I0524568

DIE STARKBOGEN-SAGA

BUCH VIER:

Die Lange Jagd

DÄNEMARK und SCHWEDEN

HERBST 845 n. Chr.

JUDSON ROBERTS

UND

RUTH NESTVOLD

NORTH MAN
BOOKS

DIE STARKBOGEN-SAGA, BUCH VIER:
DIE LANGE JAGD

Ins Deutsche übertragen von
Ruth Nestvold

Umschlaggestaltung: Lou Harper, CoverAffairs.com

Karten und Grafiken: Judson Roberts und Quinn Reid

Lektoren:
Jeanette Roberts, Laura Beyers, Quinn Reid, Alexa Linden

Redaktion: Layla Milholen

Für Jeanette

Ohne sie wäre dieses Buch nie entstanden.

INHALTSVERZEICHNIS

I

Karten

DIE SEEREISE: DÄNISCHE GEWÄSSER

LIMFJORD

JÜTLANDMEER

HALLAND

SCHONEN

Anwesen

JÜTLAND

SAMSO

FÜNEN

GROSSER BELT

SEELAND

KLEINER BELT

MØN

LOLLAND

FALSTER

Haithabu

DIE SEEREISE: DAS AUSTMARR

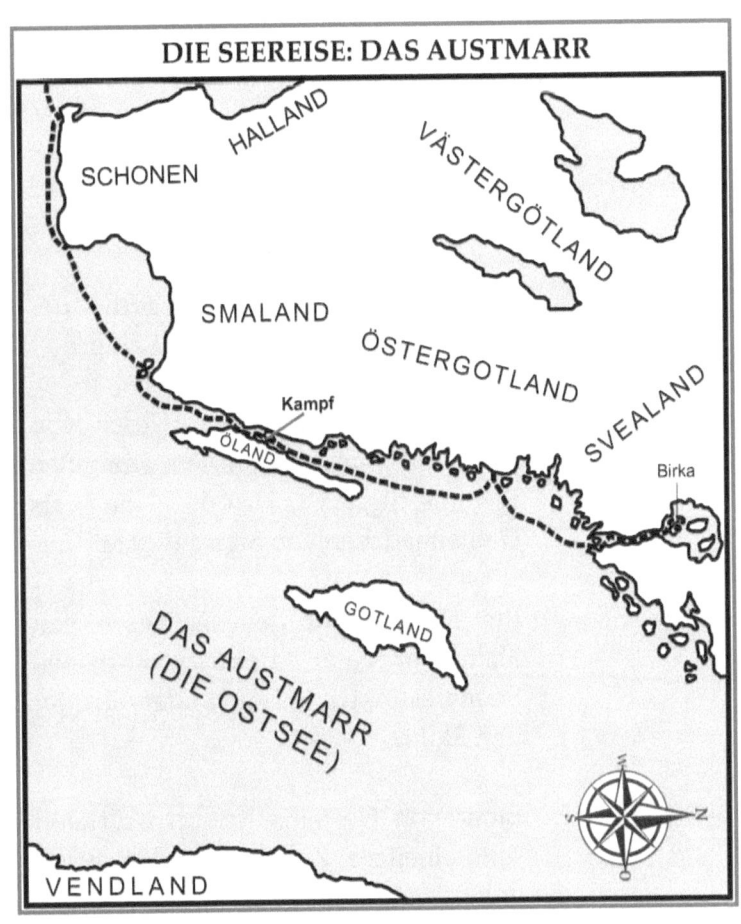

Personenverzeichnis

ALF — Ein Lotse, der Schiffe nach Birka führt.

ARINBJORN — Der dänische Jarl, der über die Insel Møn herrscht.

ASBJORN — Einer von Hasteins Kriegern, der manchmal als Bogenschütze kämpft.

ASTRID — Eine Sklavin auf dem Anwesen von Halfdans Vater, dem verstorbenen Stammesfürsten Hrorik, die als Dienstmädchen von Sigrid diente.

BAUG — Ein Huscarl auf dem Anwesen von Halfdans Vater, dem verstorbenen Stammesfürsten Hrorik; der Bruder von Floki.

BJORGOLF — Einer von Hasteins Kriegern. Er und sein eineiiger Zwillingsbruder, Bryngolf, sind als die Raben bekannt.

BJÖRN — Björn Eisenseite, ein Wikingerfürst aus dem 9. Jahrhundert und Sohn von Ragnar Lodbrok.

BRAM	Ein junger Mann, der in dem Dorf in der Nähe des Anwesens von Halfdans verstorbenem Vater Hrorik lebt.
BRYNGOLF	Einer von Hasteins Kriegern. Er und sein eineiiger Zwillingsbruder, Bjorgolf, sind als die Raben bekannt.
CULLAIN	Ein ehemaliger irischer Mönch, jetzt Hasteins Sklave, und Koch an Bord von dessen Langschiff, der Möwe. Er ist erfahren in der Behandlung von Wunden und Krankheiten
EINAR	Ein Krieger aus dem Dorf am Limfjord in Jütland. Er ist Halfdans engster Freund.
FASTI	Ein Thrall auf dem Anwesen von Halfdans Vater, dem verstorbenen Stammesfürsten Hrorik.
FLOKI	Ein Huscarl auf dem Anwesen von Halfdans Vater, dem verstorbenen Stammesfürsten Hrorik; der Bruder von Baug.
GENEVIEVE	Eine junge fränkische Adlige, die während des Feldzugs im Frankenreich von Halfdan gefangen genommen wurde und mit der er eine Liebesbeziehung einging.

GUDROD	Ein Huscarl auf dem Anwesen von Halfdans Vater, dem verstorbenen Stammesfürsten Hrorik. Er wird Gudrod der Zimmermann genannt, weil er für die Holzbearbeitung auf dem Anwesen zuständig ist.
GUDFRED	Ein Huscarl auf dem Anwesen von Halfdans Vater, dem verstorbenen Stammesfürsten Hrorik.
GUNHILD	Die Witwe von Halfdans Vater, dem Stammesfürsten Hrorik, und Mutter von Toke.
HALFDAN	Der Sohn von Hrorik, einem dänischen Stammesfürsten, und Derdriu, einer irischen Sklavin; als Krieger ist er als Starkbogen bekannt.
HALLBJORN	Einer von Hasteins Kriegern, der manchmal als Bogenschütze kämpft.
HARALD	Halfdans Halbbruder und Sigrids Zwilling.
HASTEIN	Ein dänischer Jarl, der sich mit Halfdan anfreundet.
HERIGAR	Der Kommandeur der Garnison des Königs in Birka.

HROALD	Der Vorsteher des Dorfes in der Nähe des Anwesens von Halfdans Vater, dem verstorbenen Stammesfürsten Hrorik.
HRODGAR	Der Vorsteher des Dorfes am Limfjord in Jütland in der Nähe des Hofes, auf dem Halfdans Bruder Harald von Toke getötet wurde.
IVAR	Ivar der Knochenlose, ein Wikingerfürst aus dem 9. Jahrhundert und Sohn von Ragnar Lodbrok.
NORI	Ein Dorfvorsteher auf der Insel Öland.
OSTEN	Ein Dorfvorsteher auf der Insel Öland. Seine Frau wurde von Piraten verschleppt und starb in Gefangenschaft.
RAGNAR	Ragnar Lodbrok, ein berühmter Wikingerfürst aus dem 9. Jahrhundert; der Vater von Björn Eisenseite, Ivar dem Knochenlosen und Sigurd Schlangenauge; der Kriegskönig, der die dänische Armee führte, als sie Paris eroberte.
RAGNVALD	Ein Stammesfürst, der dem dänischen König Horik dient.

RAUNA	Eine junge Frau aus dem Volk der Samen.
REGIN	Ein Besatzungsmitglied des Langschiffes Schlange, der als Koch des Schiffes dient.
ROBERT	Der fränkische Graf, der Paris regierte; Genevieves Vater.
SERCK	Ein Dorfbewohner auf der Insel Öland. Seine Tochter wurde von Piraten verschleppt und starb in Gefangenschaft.
SIGRID	Halfdans Halbschwester.
SIGTRYGG	Ein Kapitän, der Jarl Arinbjorn dient.
SIGURD	Sigurd Schlangenauge, ein Sohn von Ragnar Lodbrok.
SIGVALD	Der Anführer der Piratenbande.
SKJOLD	Einer von Tokes Männern, der von Sigvalds Piratenbande gefangen genommen wurde und sich ihr anschloss.
SKULI	Ein junger Mann, der in dem Dorf in der Nähe des Anwesens von Halfdans verstorbenem Vater Hrorik lebt.

SNORRE   Ein Stammesfürst, der Toke diente und
              von Halfdan bei einem Duell in Paris
              getötet wurde.

STIG   Ein Stammesfürst, der Jarl Hastein
              dient; der Kapitän der Schlange, eines
              Langschiffes.

STOROLF   Einer von Hasteins Kriegern, der
              manchmal als Bogenschütze kämpft.

TOKE   Der Sohn aus einer früheren Ehe von
              Gunhild, der Witwe von Halfdans
              Vater Hrorik. Toke tötete Harald,
              Halfdans Halbbruder.

TORE   Der Anführer von Hasteins Bo-
              genschützen.

TORVALD   Hasteins   Stellvertreter;   ein
              außergewöhnlich großer und starker
              Krieger.

UBBE   Der Aufseher auf dem Anwesen von
              Halfdans Vater, dem verstorbenen
              Stammesfürsten Hrorik.

1

Ein guter Plan

Bald würde es vorbei sein. Bald sollte ich Toke getötet und Harald gerächt haben. Denn wir hatten einen Plan.

„Ich habe viel darüber nachgedacht", hatte Hastein mir gesagt, nachdem wir auf unserer Rückreise aus dem Frankenreich dänische Gewässer erreicht hatten. „Ihr wollt ein Verfahren gegen Toke bei einem Thing vorbringen und ihn wegen Mordes anklagen. Und ich werde Euch natürlich in dieser Angelegenheit unterstützen, wie Hrodgar auch. Wenn sich der Jarl des Limfjords und der Stammesfürst des Dorfes, das dem Ort der Morde am nächsten liegt, Eurer Anklage anschließen, wäre der Erfolg fast sicher. Aber das härteste Urteil, das ein Thing fällen kann, ist die Verfemung. Toke würde alle Ländereien hier – die ohnehin rechtmäßig Euch gehören – verlieren und aus dem Königreich der Dänen verbannt werden. Aber es gibt eine Möglichkeit für Toke, die Entscheidung eines Things anzufechten. Er hätte das Recht, seinen Ankläger zu einem Duell herauszufordern..."

Mir war bewusst, was Hastein unausgesprochen gelassen hatte. Ich war nicht mehr der Junge, der gegen Toke einen Racheeid geschworen hatte. Ich hatte im Frankenreich viel Erfahrung als Krieger gesammelt und viele Männer getötet – sehr viele Männer, wenn man alle zusammenzählte, die durch meine Pfeile im Kampf

1

gefallen waren. Ich hatte sogar Snorre, Tokes Stellvertreter, in einem Duell getötet. Aber Toke war etwas anderes. Ich wollte Toke nicht im Einzelkampf gegenübertreten. Er war stark wie ein Bär und fast so groß. Sehr schnell und leichtfüßig war er auch. Ich hatte Angst vor ihm. Ich hatte immer Angst vor ihm gehabt, so lange ich mich erinnern konnte. Ich bezweifelte, dass ich ihn in einem solchen Kampf bezwingen konnte.

„Nein, wir müssen ihn mit einem großen Heer überraschen. Dann werde ich, als zuständiger Jarl im Gebiet des Limfjords, ihn auffordern, sich zu ergeben. Ich werde ihm sagen, dass ich ihn zu König Horik bringe, wo er sich der Anklage stellen muss, Harald und seine Männer unrechtmäßig getötet zu haben. Ich werde ihm meinen Eid geben, dass er auf der Reise dorthin unversehrt bleiben wird. Ivar und Björn werden sich mir anschließen. Für einen Mann wie Toke wird es keine Kleinigkeit sein, wenn zwei Söhne von Ragnar Lodbrok ihn dazu auffordern, friedlich mitzukommen und vor dem König zu erscheinen.

Toke ist von edler Geburt. Er ist der Enkel eines Jarls. Er wird davon ausgehen, dass der König ihn schlimmstenfalls verbannen wird." Hastein lächelte grimmig. „Wenn er nur Harald und seine Männer getötet hätte, wäre das wahrscheinlich der Fall. Solche Dinge passieren. Sein Fehler bestand darin, alle zu töten – die Frauen, die Kinder, sogar die Sklaven. Und er tötete sie, nachdem er einen Eid geleistet hatte, der ihre Sicherheit garantierte. Es war Niddingsvaark der schlimmsten Sorte. König Horik ist ein Mann, der die Ehre hoch schätzt. Er hat keine Verwendung für einen

2

Nithing. Er wird Toke hängen lassen, dessen bin ich mir
sicher. Es ist ein guter Plan."

Mein eigener Plan sah etwas anders aus als
Hasteins. Ich kannte Toke. Er würde sich niemals
ergeben. Er würde gegen uns kämpfen, selbst wenn er
wusste, dass er nicht gewinnen konnte. Er würde lieber
mit dem Schwert in der Hand sterben und möglichst
viele seiner Feinde töten als sich kampflos zu stellen. Er
würde gegen uns kämpfen, und ich würde ihm dann
einen Pfeil durchs Auge schießen.

Bald würde es vorbei sein.

In der Dämmerung landeten wir am Ufer eine
kurze Strecke von dem Anwesen entfernt, das einst
meinem Vater Hrorik gehört hatte, und nach ihm
meinem Bruder Harald. Ivar und Björn waren mit uns
gekommen. Sie wollten das Ende der Geschichte erleben,
die Hastein der gesamten Armee in jener Nacht in Paris
beim Fest erzählt hatte, bevor unsere Flotte das Frankenreich verlassen hatte und nach Hause gesegelt war –
samt dem Lösegeld und der Beute, die wir in unseren
Besitz gebracht hatten. Hrodgar und die Männer aus
dem Dorf am Limfjord waren ebenfalls dabei, auch wenn
einige murrten, weil sich ihre Heimkehr weiter verzöger-
te, obwohl sie so nah waren.

„Es ist unsere Pflicht", hatte Hrodgar sie gerügt.
„Wir haben das Gemetzel auf Hroriks Hof entdeckt. Für
uns hat Toke sein Lügengespinst gesponnen, um seine
Missetaten zu verdecken. Wir haben zugelassen, dass er
entkommen konnte, und sogar zwei unserer Männer
abgestellt, um Halfdan aufzuspüren, weil wir Toke
glaubten, dass Halfdan ein Räuber war. Wenn Toke vor

Gericht gestellt wird, soll er wissen, dass er uns nichts mehr vormachen kann."

Wir hatten vor, das Langhaus in den letzten Stunden vor Sonnenaufgang zu umzingeln, während alle noch schliefen, um Toke und seine Männer darin einzuschließen. Hastein, Ivar und der Großteil ihrer Krieger waren bei mir und versteckten sich am Rand des Waldes, der an das gerodete Land des Anwesens grenzte. Im Dunkeln hatte ich sie dorthin geführt, durch Wälder, in denen ich als Junge so oft gejagt hatte. In der Morgendämmerung sollten Björn, Hrodgar und die übrigen Männer die Schiffe in Stellung bringen, um eine Flucht über das Meer zu verhindern.

Hastein, der neben mir saß und sich mit seinem Rücken an einen Baumstamm lehnte, berührte meinen Arm. „Es ist Zeit", flüsterte er. Als wir Stellung bezogen hatten, war er kaum mehr als ein undeutlicher Schatten. Jetzt konnte ich seinen Umriss und die sich abzeichnende Gestalt von Torvald an seiner anderen Seite klar erkennen. „Es wird bald heller", fuhr er fort. „Wir sollten in Stellung sein, bevor jemand das Langhaus verlässt."

Ich setzte meinen Helm auf, drehte ihn mit meinen Händen hin und her, bis er richtig saß, und band den Riemen unter meinem Kinn fest. Dann stand ich auf, stützte meinen Bogen gegen meinen rechten Fuß und spannte ihn. Neben mir tat Tore dasselbe.

„Glaubst du, er wird kämpfen?", fragte er mich. „Dieser Toke? Gegen große Anführer wie Jarl Hastein, Ivar und Björn? Es wäre Wahnsinn. Aber Torvald sagt, er sei ein Berserker, und bei denen kann man nie sicher sein."

4

Als Antwort zuckte ich mit den Schultern und zog den Riemen meines Köchers über den Kopf, sodass er an meiner rechten Hüfte hing, wo die Pfeile bereit zum Herausziehen waren. Ich durchsuchte sie und wählte einen aus, von dem ich wusste, dass er ausbalanciert war. Er hatte einen schweren Eichenschaft und eine kurze Eisenspitze mit quadratischem Querschnitt, der spitz zulief. Ich nannte solche Köpfe Panzerbrecher. Auf Graf Roberts Inselfestung in Paris hatte ich ein ganzes Fass davon in einem Lagerraum gefunden, nachdem wir die Festung und die Stadt eingenommen hatten. Ich hatte einen Sack dieser Spitzen in meiner Seekiste verstaut, und während der langen Rückreise vom Frankenreich hatte ich zwei Dutzend davon an meinen schwersten Schäften befestigt.

Ich berührte die Spitze mit meinem Finger und spürte ihre Schärfe. Für einen kurzen Moment schweiften meine Gedanken zurück nach Paris. Wo war Genevieve wohl jetzt? Wie war es ihr ergangen? Ich erinnerte mich an ihre letzten Worte, mit denen sie mich verabschiedet hatte. Sie hatte meine Wange mit der Hand gestreichelt und geflüstert: „Ich werde jeden Tag zu meinem Gott beten, dass Er dich bewacht und beschützt. Ich werde zu ihm beten, dass Er meinen Liebsten auf der langen Rückreise nach Dänemark vor Wind und Wellen schützt." Dann hatte sie sich umgedreht und war fortgegangen, ohne zurückzublicken.

Ich schüttelte den Kopf und versuchte, mich von den Gedanken an sie zu befreien. Ich konnte es mir nicht leisten, mich durch die Erinnerung an unser flüchtiges Glück ablenken zu lassen. Ich hatte einen Mann zu töten, womöglich viele Männer. Nur darauf musste ich mich jetzt konzentrieren.

Ich führte unsere Krieger vom Rand des Waldes unterhalb des niedrigen Hügels, von dem aus man das Langhaus unten am Ufer überblicken konnte. Auf diesem Hügel waren die Leichen von Hrorik und meiner Mutter verbrannt worden, um sie auf ihre Totenreise zu schicken. Am Morgen nach der Scheiterhaufenzeremonie hatte Harald mich hier gefunden. Auf dem Grabhügel inmitten der aufgerichteten Steine, die den Umriss ihres Totenschiffes bildeten, war seit meinem letzten Besuch eine üppige Decke aus hohem Gras gewachsen.

Wusste meine Mutter im großen Festsaal der Götter, was aus mir geworden war? Hielt sie es das Opfer wert, das sie für mich gebracht hatte? Und was dachte Hrorik jetzt von seinem Sohn, dem Sklaven? Als Harald in Walhalla angekommen war, hatte er ihnen bestimmt erzählt, wie er mich ausgebildet hatte, und von meinem ersten Kampf, der ihn das Leben gekostet hatte. Aber seitdem war viel passiert. Wusste meine Familie davon, jetzt, wo sie im fernen Land der Götter weilte?

Der Hügel war in Morgennebel gehüllt. Wir schwärmten in einer langen Reihe aus, mit Hastein in der Mitte. Torvald, Tore, ich und die übrigen Krieger der Möwe – mit Ausnahme der Stammbesatzung, die mit dem Schiff von unserem gestrigen Landeplatz hierher fuhren – reihten uns zu seiner Rechten ein. Ivar und seine Männer nahmen Stellung zu Hasteins Linken. Hasteins zwei Kapitäne, Stig und Svein, und ihre Krieger bildeten die beiden Enden der Linie, die jetzt im dichten Nebel kaum noch sichtbar waren.

Hastein zog sein Schwert, schwang es über dem Kopf und richtete es dann auf das Langhaus. Wir schritten langsam den Hang des Hügels hinab. Der Nebel dämpfte das Geräusch unseres Vormarschs und verhüllte unsere Umrisse. Hätte uns jemand aus dem Langhaus unten beobachtet, hätten wir wohl wie eine Armee von Geistern ausgesehen, die lautlos durch den Nebel glitt.

Als wir den Fuß des Hügels erreichten, gingen Stig, Svein und ihre Männer weiter voran, sodass unsere Reihe einen Bogen um das Langhaus bildete, eine Mauer aus bewaffneten Männern, die an beiden Enden bis zum Ufer reichte. Die Falle war gestellt, und die Menschen im Haus waren jetzt umzingelt. Niemand würde entkommen können.

Ivar hob sein Horn an die Lippen und stieß einen langen, angriffslustigen Ton aus. Kurz danach blies er erneut. Über dem Wasser hörten wir, wie ein anderes Horn antwortete. Die Schiffe, die die Landzunge umrundet hatten und auf das Signal warteten, würden jetzt zum Ufer fahren, da sie wussten, dass wir in Position waren.

Die Tür zum Langhaus öffnete sich und ein Kopf spähte heraus. Als er uns sah, zuckte er schnell zurück, und die Tür wurde zugeschlagen.

Ich fand es töricht von Toke, während der Nacht keine Wachen draußen postiert zu haben. Obwohl das Landgut im Herzen des Dänenreiches lag, war er ein Mann mit Feinden.

Hastein rief mit kräftiger, klarer Stimme: „Ihr im Langhaus. Hört mir gut zu! Ich heiße Hastein. Ich bin Jarl im Gebiet des Limfjords. Ich habe eine Angelegenheit mit Toke zu regeln. Ich komme in Frieden, solange mir und meinen Männern keine Gewalt angetan wird. Dafür gebe ich mein Wort. Aber ihr im Haus müsst jetzt ohne Waffen herauskommen. Ihr seid umstellt. Wenn ihr nicht herauskommt und uns in Frieden trefft, wird Blut vergossen."

Lange Zeit herrschte nur Stille. Ich verbrachte die Zeit damit, mir Erinnerungen an das Langhaus durch den Kopf gehen zu lassen. Wo wäre der beste Platz für einen Angriff, wenn wir die Mauern mit einem Rammbock durchbrechen mussten? Hastein und ich waren nicht wie Toke. Wir würden ein Gebäude voller Unschuldiger nicht niederbrennen.

Schließlich öffnete sich die Tür und eine Stimme rief: „Wir kommen heraus. Wir tragen keine Waffen."

Es war Gunhild, die die Menschen aus dem Langhaus führte. Das hatte ich nicht erwartet. So sehr ich sie auch hasste, konnte ich nicht leugnen, dass sie dabei Mut bewies. Hinter ihr, einer nach dem anderen, kamen die Huscarls des Anwesens, ihre Frauen und Kinder und die Sklaven, die auf dem Land lebten und arbeiteten, wo ich den Großteil meines Lebens verbracht hatte. Sie schauten uns ängstlich an, als sie die Sicherheit des Langhauses verließen.

Toke und seine Krieger waren nicht dabei.

„Ist noch jemand im Langhaus?" rief Hastein. „Wenn ihr nicht ehrlich seid, werdet ihr es bereuen."

Gunhild schüttelte den Kopf. „Es ist niemand mehr drinnen."

Hastein murmelte zu Torvald: „Schau nach, ob sie die Wahrheit spricht. Nimm Halfdan und Tore. Sei vorsichtig."

Zu dritt gingen wir auf die offene Tür des Langhauses zu. Tore und ich hatten unsere Schilde über den Rücken geschnallt und unsere Bögen gespannt. Torvald, der zwischen uns vorrückte, hielt seinen Schild schräg vor sich, sodass Brust und Hals bedeckt waren, und trug einen Speer wurfbereit über dem Kopf. Der gefährlichste Moment würde sein, wenn er durch die Tür ging. Tore und ich würden ihm so gut wie möglich Deckung geben.

Etwas spukte in meinem Hinterkopf herum. Ich starrte in die Gesichter der verängstigten Menschen, die sich hinter Gunhild drängten, und stellte fest, dass nicht nur Toke und seine Männer fehlten.

„Warte", sagte ich leise zu Torvald und Tore, wandte mich dann an Gunhild und fauchte sie an: „Wo ist Sigrid? Wo ist Ubbe?"

Sie war vorher schon blass, aber bei meinen Fragen wich ihr sämtliche Farbe aus dem Gesicht.

„Wer seid Ihr? Wie könnt Ihr diese Namen kennen?"

Es war nicht überraschend, dass sie mich nicht erkannte. Das Licht war immer noch dämmrig – es würde noch eine Weile dauern, bevor die Sonne aufging – und der Kettenpanzer, der seitlich und hinten von meinem Helm herunterhing, verdeckte mein Gesicht teilweise. Ich war auch nicht der Junge, den sie zuletzt gesehen hatte. Ich war jetzt ein Krieger. Der Junge, der das Langhaus verlassen hatte, war jetzt ein Mann mit einem fränkischen Kettenhemd und einem fränkischen Helm, an dessen Hüfte ein edles Schwert hing. Ich war in den vergangenen Monaten größer geworden, und die ersten

Barthaare säumten meinen Kiefer. Um meinen rechten Arm trug ich einen Armreif aus massivem Gold – ein Kleinod, das auch ein König oder Jarl hätte tragen können – den Ragnar Lodbrok selbst mir geschenkt hatte. Ich trug ihn jetzt, weil ich bei meiner Rückkehr in mein früheres Zuhause einen bleibenden Eindruck hinterlassen wollte. Ich war nicht mehr Halfdan, der ehemalige Thrall. Ich war ein Krieger.

„Ich werde Starkbogen genannt", sagte ich. „Jetzt will ich eine Antwort. Wo sind Sigrid und Ubbe?"

„Ich kenne diese Stimme", sagte jemand. Ein Mann mit einer schäbigen, schmutzigen Tunika drängte sich durch die Menge.

„Geh zurück, Sklave", blaffte Gunhild, aber er ignorierte sie.

„Bist du es?" fragte er mit zitternder Stimme. „Ist es Halfdan?"

Damit hatte ich nicht gerechnet. Ich löste den Riemen unter meinem Kinn und zog den Helm vom Kopf. „Fasti", antwortete ich. „Ich bin es. Ich bin zurückgekehrt."

Gunhild taumelte zurück. Sie wäre gefallen, wenn die Menschen hinter ihr sie nicht gestützt hätten. „Aber du bist tot!" keuchte sie.

„Offensichtlich bin ich es nicht." Ich wandte mich an Fasti. „Schnell. Ich brauche diese Auskunft. Wo ist Toke? Sind er und seine Männer noch im Haus? Wo sind Sigrid und Ubbe?"

Der Ausdruck des Staunens wich aus seinem Gesicht und wurde durch Schmerz und Schrecken ersetzt.

„Toke ist fort. Er und alle seine Männer. Er hat Ubbe getötet und Sigrid mitgenommen."

2

Niddingsvaark

Nachdem unsere Schiffe gelandet waren, schickte Hastein Gruppen von Kriegern an die äußere Begrenzung der Felder, um Wache zu halten, falls eine Truppe aus dem nahe gelegenen Dorf oder aus dem Wald kam. „Toke ist jetzt vielleicht fort, aber er und seine Männer könnten immer noch in der Nähe lauern. Wir dürfen kein Risiko eingehen", sagte er.

Der Rest unserer Männer machte es sich im Hof vor dem Langhaus bequem, während die Führer unserer Gruppe sich versammelten, um sich zu beraten. In der Mitte des Langhauses in der Nähe der Feuerstelle hatten Hastein und ich Fasti auf der langen Bank an der Wand Platz nehmen lassen und befragten ihn, um mehr darüber zu erfahren, was geschehen war. Hrodgar, Ivar, Björn, Stig und Svein saßen am Haupttisch in der Nähe und lauschten. Auch Torvald war bei ihnen.

Es war schwierig, klare Antworten von Fasti zu bekommen, denn er war abgelenkt. Die Ansammlung von Anführern und Kriegern, die das Gut mit offenbar feindseliger Absicht in Besitz genommen hatten, schien ihn zu beunruhigen. Es trug auch nicht gerade zu seiner Entspannung bei, dass Gunhild sich in der Nähe herumdrückte und ihn finster anstarrte.

„Ich muss mehr wissen, Fasti", sagte ich ihm. „Du musst mir alles erzählen, was passiert ist."

„Es war nachdem das Schiff gekommen war", sagte

12

er.

„Schiff? Welches Schiff?" fragte Hastein. Mit einem beklemmenden Gefühl war ich mir fast sicher, dass ich es bereits wusste.

„Das Seeross", warf Gunhild ein.

Ich hatte befürchtet, dass wir zu viel Zeit für unsere Heimreise vom Frankenreich benötigt hatten. Nachdem ich Snorre in der Nacht des Duells in Paris getötet hatte, hatten einige unserer Posten Ragnar gemeldet, dass ein Schiff seinen Ankerplatz verlassen hatte und im Dunkeln flussabwärts unterwegs war. Es hatte nicht lange gedauert, um festzustellen, dass es sich um das Seeross handelte. Snorres Besatzung hatte sich heimlich zu ihrem Schiff begeben und war geflohen. Zweifellos gehörten die meisten von ihnen zu den Männern, die mit Toke und Snorre das Langhaus am Limfjord niedergebrannt und meinen Bruder Harald und seine Männer getötet hatten. Vielleicht hatten sie nach Hasteins Enthüllung des verräterischen Angriffs befürchtet, dass auch sie in Gefahr sein könnten. Ich hatte Hastein gedrängt, sie zu verfolgen, aber er wollte das Frankenreich nicht vor der Hauptflotte verlassen.

„Was ist passiert, als das Schiff kam?" fragte ich.

„Ich weiß nicht, welche Nachrichten es brachte, aber Toke war sehr aufgeregt", antwortete Fasti. Ich warf einen Blick auf Gunhild. Sie hatte nichts hinzuzufügen und starrte mich trotzig an. Sie hatte ihre Fassung größtenteils wiedererlangt und benahm sich jetzt mehr wie sie selbst.

„Und dann?" fragte ich.

„Toke war sehr aufgebracht", sagte Fasti. „Viele

von uns spürten seinen Zorn."

Ich wandte mich an Gunhild. „Wisst Ihr, welche Nachrichten das Schiff gebracht hat?"

Sie antwortete nicht.

„Wisst Ihr, wo das Schiff herkam?" fragte ich. Natürlich kannte ich die Antwort, aber ich wollte erfahren, wie viel sie wusste. Aber sie schwieg weiterhin.

Hastein trat vor, bis er sie drohend überragte. Obwohl er seinen Helm abgenommen hatte, trug er immer noch seine Brünne und sein Schwert am Bandelier über der Schulter. „Sprecht, Frau!" fauchte er. „Ihr verschwendet unsere Zeit."

Gunhild zuckte zusammen. Ein wütender, für den Krieg bewaffneter Jarl ist ein furchterregender Anblick. „Ich weiß, dass das Schiff auf Beutezug im Land der Franken war. Mit der Flotte, die im Frühjahr das Frankenreich angegriffen hat. Der Kapitän war ein Mann namens Snorre. Er gehörte zu den Männern, denen Toke am meisten vertraute." Sie hielt kurz inne, bevor sie hinzufügte: „Er ist nicht mit dem Schiff zurückgekehrt."

Ich lächelte grimmig.

„Welche Neuigkeiten brachte das Schiff aus dem Frankenreich?" fragte Hastein Gunhild weiter. „Hat Toke es Euch gesagt?"

Gunhild schüttelte den Kopf. „Ich schwöre, ich weiß es nicht. Toke wollte nur mit seiner Mannschaft darüber sprechen. Während sie sich berieten, verwies er alle anderen aus dem Langhaus. Sogar mich. Aber wie der Sklave bereits sagte, war Toke danach sehr aufgeregt."

Das konnte ich mir gut vorstellen. „Wisst Ihr, was

14

mit dem Schiffskapitän Snorre passiert ist?" fragte ich Gunhild.

„Nur, dass er im Frankenreich gestorben ist."

„Ich habe ihn getötet", sagte ich. Ihre Augen weiteten sich. „Ich habe ihm die Kehle durchgeschnitten", fügte ich hinzu.

Sie sah Hastein erschreckt an.

Er zuckte mit den Schultern. „Es war ein fairer Kampf. Ein Duell mit Zeugen, vielen Zeugen. Ich war unter ihnen, so wie alle Männer, die heute bei uns sind."

Es gab noch eine Frage, auf die ich schon lange eine Antwort haben wollte. „Was wisst Ihr über Haralds Tod, Gunhild? Oder den seiner Männer?"

Sie schien überrascht und verstört über den Themenwechsel. Wieder warf sie einen Blick auf Hastein, als suche sie nach Unterstützung, aber er starrte sie nur kalt an.

„Ich… ich weiß nichts", stammelte sie.

„Nichts?"

„Nur was Toke uns erzählt hat. Dass das Landgut am Limfjord, zu dem Harald gereist war, von Räubern angegriffen wurde und dass alle Menschen dort, einschließlich Harald und seiner Männer getötet wurden."

„Alle von Haralds Männern wurden getötet? Auch ich?"

„Das hat Toke gesagt." Gunhild sah verwirrt aus. Und besorgt.

„Wie hat Toke das wissen können?" fragte ich sie.

„Er sagte, dass er bei seiner Rückreise nach Irland durch den Limfjord gefahren sei. Sie hätten ihr Lager in der Nacht zufällig unweit des Landguts aufgeschlagen, als es angegriffen wurde. Er erzählte uns, dass die Räuber das Langhaus bei ihrem Angriff niedergebrannt hätten und dass er und seine Männer die Flammen gesehen hätten und dorthin geeilt seien. Er habe die meisten Angreifer ergreifen und töten können, um Haralds Tod zu rächen."

Ich hatte mich bereits gefragt, wie Toke bei seiner Rückkehr auf das Anwesen erklärt hatte, warum er am Ort des Angriffs war. Sicherlich waren Sigrid und Ubbe misstrauisch, denn sie wussten, dass Toke seit Langem einen Groll gegen Harald hegte, und dass der Konflikt neuerdings aufgeflammt war. Also hatte Toke behauptet, er sei am Limfjord gewesen, weil er nach Irland zurückkehren wollte. Das war eine Wendung, die ich nicht erwartet hatte. Die Geschichte klang sogar plausibel. Toke war ein kluger Lügner.

Ich wendete den Kopf und spuckte auf den Boden des Langhauses, um meinen Abscheu über diese Behauptungen und über Gunhild zu zeigen, weil sie sie glaubte. Hastein sah mich missbilligend an. In der Tat war es schlechtes Benehmen, aber das war mir egal.

Gunhild war empört. „Wie kannst du es wagen! Toke selbst wurde verwundet, als er Haralds Tod rächen wollte, und viele seiner Männer wurden im Kampf getötet."

„Verwundet?" fragte Hastein. „Wie?"

„Er wurde von einem Pfeil in der Brust getroffen, als er und seine Männer die Räuber angriffen. Die Spitze durchbohrte sein Kettenhemd."

Toke der Held, der im Kampf gegen Haralds Mörder verletzt wurde. Er beanspruchte die Ehre für sich, Morde zu rächen, die er in Wahrheit selbst begangen hatte. Ich drehte den Kopf und spuckte erneut auf den Boden.

„Halfdan!" ermahnte Hastein.

„Verwundert es Euch nicht, Gunhild, dass ich noch am Leben bin? Dass ich hier heute vor Euch stehe?" fragte ich sie.

„Das ist etwas, was ich nicht verstehe", räumte sie ein.

„Es gab keine Räuber. Es waren Toke und seine Krieger, die das Gut am Limfjord angegriffen haben. Sie haben Harald und seine Männer getötet. Und sie töteten auch jede Frau, jedes Kind und jeden Sklaven auf dem Hof. Nur ich konnte fliehen."

„Ich glaube dir nicht! Du lügst. Du hast Toke immer gehasst. Er ist ein großer Anführer, und du bist... du warst... nur ein Thrall."

„Das beschäftigt mich immer noch", sagte Ivar zu Björn. „Wie kann jemand, der fast sein ganzes Leben lang ein Sklave war, jetzt so gut kämpfen? Das sollte nicht möglich sein und es beunruhigt mich."

Ich ignorierte ihn. „Es gab keine Räuber", wiederholte ich. „Es war mein Pfeil, der Toke verwundete. Ich wünschte, er hätte ihn getötet."

Hrodgar trat vor und sprach Gunhild an. „Ihr erinnert Euch wahrscheinlich nicht an mich, aber wir sind uns schon einmal begegnet. Ich bin der Vorsteher des Dorfes am Limfjord, das sich in der Nähe des angegriffenen Landguts befindet. Wir trafen uns, als Hrorik Euch nach Eurer Heirat in den Norden mitnahm, um seinen Hof dort zu besuchen. Was Halfdan sagt, ist wahr.

Meine Männer und ich erreichten den Hof kurz nach dem Angriff. Das Langhaus war niedergebrannt und alle Bewohner getötet worden. Toke und seine Männer waren dort. Er erzählte auch uns, dass es Räuber gewesen seien. Er sagte uns, dass Harald und einige seiner Männer in dem Langhaus gewesen seien – das hatten wir nicht gewusst – und dass sie von den Räubern getötet worden seien. Aber es war alles gelogen. Später gestand einer seiner eigenen Krieger, was wirklich geschehen war. Die Taten von Toke und seinen Männern in dieser Nacht am Limfjord waren Niddingsvaark."

Meine Wut hatte Gunhild nur aufgewiegelt, aber Hrodgars ruhige Stimme ließ den Ärger aus ihr fließen, und seine Worte schienen das Leben aus ihren Augen zu saugen. Sie bedeckte ihr Gesicht mit den Händen und murmelte: „Toke, Toke, was hast du getan?" Dann drehte sie sich um und taumelte von uns fort. Als sie eine Bettkammer erreichte – die, die einst meiner Mutter gehört hatte und danach kurz mir – zog sie die Tür auf, wankte hinein und brach zusammen.

Wir wussten immer noch nicht, was hier auf dem Anwesen passiert war. Ich wandte mich wieder an Fasti und fragte: „Wie lange ist Toke schon weg?"

„Zwei Tage. Nein, nein, drei. Es war vor drei Tagen."

„Das ist bedauerlich", sagte Ivar zu Björn. „Wir haben drei Tage auf Hasteins Anwesen verbracht, um uns nach der Heimreise aus dem Frankenreich zu erholen und zu feiern. Wenn wir das nicht getan hätten…"

„Was ist mit Sigrid und Ubbe passiert?" fragte ich Fasti.

„Ich habe es nicht gesehen. Ich war zu der Zeit auf dem Feld. Die meisten Männer des Haushalts waren dort, die freien und die unfreien. Wir haben Heu gemacht. Aber ich weiß, dass es mit Astrid losging."

„Wer ist jetzt Astrid?" fragte Hastein. In seiner Stimme konnte ich die gleiche wachsende Ungeduld mit Fasti hören, die auch ich spürte.

„Sie ist Sigrids Dienstmädchen", antwortete ich. „Sie ist eine Sklavin."

Vom Haupttisch aus rief Björn: „Und wer ist Sigrid?"

Ich wandte mich an ihn. „Sie ist die Schwester meines Bruders Harald und meine Halbschwester. Sie ist Haralds Zwilling."

Björn sah verärgert aus. „Was hat sie mit der ganzen Sache zu tun?" grummelte er. „In was hat Hastein uns da hineingezogen?"

Ich hatte keine Lust mehr, Informationen aus Fasti herauszuquetschen. Vielleicht könnte Astrid uns mehr erzählen.

Die Bewohner des Anwesens saßen dicht gedrängt auf den langen Bänken an den Seitenwänden an dem Ende der Haupthalle, das dem Stall für die Tiere am nächsten war. Tore und ein weiterer Krieger wachten über sie. Nachdem wir das Langhaus durchsucht und sichergestellt hatten, dass Toke und seine Männer wirklich verschwunden waren, hatte Hastein ihnen befohlen, sich dorthin zu begeben und zu warten. „Ich werde Astrid holen", sagte ich zu Hastein und ging auf die Gruppe zu.

„Ich suche Astrid", rief ich, als ich näher kam. „Ich

muss mit ihr sprechen."

Die Gesichter der Menschen auf den Bänken drehten sich zu mir, aber vorerst antwortete niemand. Schließlich stand ein kräftig gebauter Mann mit braunen Haaren und Bart auf und ging zu einer Frau, die fast am Ende der Halle saß. Sie zog den Kopf ein und duckte sich, als er näher kam.

„Schon gut, Mädchen", sagte er zu ihr. „Diese Männer wollen dir nichts tun." Er wandte sich an mich. „Sie ist hier."

Ich ging zu ihnen hinüber. Der Mann starrte mich neugierig an.

„Du bist wirklich der Junge, nicht wahr?" sagte er. Als ihn grimmig anschaute, fügte er hinzu: „Ich wollte dich... Euch nicht beleidigen. Ihr seid eindeutig kein Junge mehr. Aber Ihr seid doch derjenige, der Hroriks Sohn war, nicht wahr? Von der irischen Sklavin? Der Junge, den er kurz vor seinem Tod befreit und anerkannt hat?"

Er kannte nicht einmal den Namen meiner Mutter. Sie war nur eine Sklavin für ihn gewesen. So wie ich es gewesen war, bis Hrorik mich befreit hatte.

Er fuhr fort. „Ich heiße Gudfred. Ich war mit Hrorik und Harald auf ihrer letzten Reise nach England."

„Ja", sagte ich. „Ich erinnere mich an Euch." Das war etwas übertrieben. Sein Gesicht kam mir irgendwie bekannt vor – ich wusste, dass er ein Huscarl war, der auf dem Anwesen lebte und arbeitete und Hrorik als Krieger gedient hatte – aber ich hätte mich nicht an seinen Namen erinnern können. Nachdem ich befreit worden war und Harald mich unter seine Fittiche genommen hatte, hatte Harald versucht, mir die Namen aller freien Leute beizubringen, die auf dem Gut lebten. Als ich noch ein Sklave war, gab es viele Menschen, darunter diesen Mann Gudfred, deren Namen ich nie gekannt hatte, so wie sie meinen Namen sicherlich auch nicht kannten. Gudfred war jahrelang einer von Hroriks Huscarls gewesen. Den größten Teil meines Lebens war das alles, was er für mich war, und ich war für ihn nur ein Thrall.

„Toke hat gesagt, Ihr seiet tot", fuhr er fort. „Ihr seiet mit Harald, Ulf, Rolf und den anderen am Limfjord beim Angriff der Räuber ermordet worden."

„Toke hat gelogen."

Gudfred grunzte. „Zumindest über Euch, wie es scheint. Und Harald?"

„Es gab keine Räuber. Toke und seine Krieger haben das Langhaus in der Nacht angegriffen und niedergebrannt. Sie haben Harald und seine Männer und alle Menschen auf dem Hof getötet. Nur ich konnte flüchten."

„Bei den Göttern! Und Toke war hier und lebte monatelang unter uns. Nachdem Snorre mit den meisten seiner Männer in das Frankenreich abgereist war, wäre er uns ausgeliefert gewesen. Wenn wir es nur gewusst hätten."

„Wir – die Anführer, die hierhergekommen sind, und ich – müssen wissen, was hier vorgefallen ist und wohin Toke weitergezogen ist", sagte ich zu ihm. „Mir wurde gesagt, dass Astrid beteiligt war."

„Ja", antwortete Gudfred. „Das war sie. Aber die Geschichte aus ihr herauszubekommen wird nicht einfach sein. Sie hat in den letzten Tagen nicht viel gesprochen. Ich habe alles gesehen. Ich kann es Euch berichten."

Ich sah Astrid genauer an. Sie war noch immer zusammengekauert. Sie hatte den Kopf abgewendet, und ihr langes Haar hing lose herunter und verbarg ihr Gesicht.

„Astrid?" sagte ich. „Ich bin Halfdan. Erinnerst du dich an mich?"

Sie richtete sich langsam auf und sah mich an. Wenn Gudfred mir nicht gesagt hätte, wer sie war, hätte ich sie nicht erkannt. Ihr Gesicht war eingefallen, mit tiefen, dunklen Ringen unter den Augen; eines der Augen war fast zugeschwollen. Ein dunkler Bluterguss bedeckte eine Gesichtshälfte und ihr Blick ging ins Leere. „Ist Harald hier?" flüsterte sie. „Ist er zurückgekehrt?"

Ich schüttelte den Kopf. „Nein, Astrid. Er ist nicht hier. Er ist fortgegangen."

Sie ließ den Kopf wieder hängen.

„Gut, kommt Ihr", sagte ich zu Gudfred. Wir gingen schweigend zurück, wo Hastein und die anderen warteten.

Gudfred begann seine Geschichte mit dem Zeitpunkt, als Toke vom Limfjord zum Anwesen zurückgekehrt war. „Unter uns Huscarls hier gab es niemanden, der ihn sonderlich mochte", sagte er. „Wir waren alle jahrelang in Hroriks Gefolgschaft und kannten Toke, da er hier aufgewachsen ist. Wir alle kannten seine Gewaltausbrüche. Wir hatten nicht vergessen, warum Hrorik ihn hinausgeworfen hatte. Und wir waren alle hier, als er damals zurückgekehrt und die

Feindschaft zwischen ihm und Harald aufgeflammt ist – und beinahe Blut vergossen worden wäre. Hätten wir in dieser Nacht gekämpft, hätte ich Toke selbst gern einen Speer in den Leib gerammt.

Wir leben hier, weil Hrorik unser Anführer war. Wir waren seine Männer. Und wir waren auch froh, Harald zu dienen – er war ein tapferer Mann und ein guter Krieger. Aber als Toke zurückkam und uns erzählte, dass Harald tot war...“

Gudfred schwieg einige Augenblicke. Er schüttelte den Kopf und begann erneut. „Toke war der einzige Erbe, versteht Ihr? Dieses Anwesen, diese Ländereien, sie sind an ihn übergegangen. Wir konnten nur hier bleiben, wenn er einwilligte und wenn wir bereit waren, jetzt ihm zu dienen. Oder wir konnten uns entscheiden, fortzuziehen. Nachdem Toke zurückgekommen war und uns erzählt hatte, dass das Anwesen jetzt sein Eigentum war, hatten einige von uns – ich gehörte dazu – ernsthaft das Letztere erwogen. Es wäre jedoch für unsere Familien schwer gewesen.

Aber Toke schien ein geänderter Mensch geworden zu sein. Er gab uns deutlich zu verstehen, dass es ihm lieb wäre, wenn wir bleiben und ihn als unseren Anführer akzeptieren würden. Er arbeitete daran, unser Wohlwollen und unseren Respekt zu verdienen. Einige Männer in seiner Mannschaft waren ungehobelt, und zwischen uns gab es anfangs Probleme – meistens verbale Auseinandersetzungen, aber ein- oder zweimal kam es zu Handgemengen. Aber Toke machte seinen Männern von Anfang an klar, dass er uns in jeder Hinsicht für gleichwertig hielt, und sie wurden von ihm nicht bevorzugt.

Mit seinem Mann Snorre kam allerdings niemand klar. Es schien ihm Freude zu bereiten, Unruhe zu stiften. Nachdem er fortgegangen war, um an dem großen Angriff auf das Land der Franken teilzunehmen, und die meisten von Tokes Männern mitgenommen hatte, beruhigte sich die Lage hier. Nur wenige aus Tokes Mannschaft blieben. Die meisten von ihnen waren wie Toke verwundet worden, als sie die Räuber am Limfjord bekämpften."

„Es gab keine Räuber", sagte ich. „Ich habe es Euch schon gesagt. Ich habe den Pfeil geschossen, der Toke verwundet hat."

Gudfred zuckte mit den Achseln. „Das wussten wir nicht."

„Wir wollen wissen, wo Toke ist", sagte Ivar. Er wirkte ungeduldig. „Wo ist er hingegangen? Zurück nach Irland?"

Gudfred schüttelte den Kopf. „Er sagte, dass er nach Osten wolle. Nach Birka."

„Warum ist er abgezogen?" fragte Hastein. „Was ist passiert?"

„Sein Schiff, das Seeross, ist aus dem Frankenreich zurückgekehrt. Der Kapitän Snorre war nicht dabei. Toke ging an Bord und sprach kurz mit der Besatzung, sobald das Schiff gelandet war. Ich war mit einigen unserer Leute ans Ufer gegangen, um das Schiff zu empfangen. Toke fing an zu fluchen, kurz nachdem er an Bord gegangen war. Dann befahl er allen, das Langhaus zu verlassen, und er und die Besatzung des Seerosses nahmen es in Beschlag. Sie blieben dort und unterhielten sich fast bis zur Abenddämmerung. Als der Rest von uns endlich wieder unsere Arbeit im Haus aufnehmen durfte, war Toke fast betrunken und in schlechter Stimmung."

„Was ist mit Sigrid und Ubbe passiert?" fragte ich.

„Es begann mit dem Mädchen, Astrid", antwortete Gudfred. „In der ersten Zeit, nachdem Toke zum Anwesen zurückgekehrt war, hatte er versucht, sie in sein Bett zu drängen. Sie hatte Angst vor ihm und wollte nicht. Er und Sigrid hatten damals darüber gestritten. Er sagte, er sei jetzt der Herr des Anwesens und habe das Recht, jede Sklavin in sein Bett zu holen. Aber Sigrid bot ihm die Stirn und sagte ihm, Astrid sei ihre Sklavin und nicht seine, und Toke gab nach. Damals wollte er keinen Ärger. Er wollte, dass wir alle ihn akzeptieren. Und außerdem gab es andere Sklavinnen.

Aber in dieser Nacht, als das Seeross zurückkehrte, änderte sich Toke. Er war wieder in einer seiner düsteren Stimmungen, wie der alte Toke. Nach dem Essen ging er zur Feuerstelle, packte Astrid am Arm und zog sie in seine Schlafkammer. Sigrid versuchte ihn aufzuhalten – sie hat wirklich Mut – und forderte ihn auf, das Mädchen loszulassen. Aber Toke brüllte sie nur an, ihm aus dem Weg zu gehen. Er sagte ihr, wenn sie es nicht täte, würde es sowohl für sie wie auch das Mädchen noch schlimmer kommen. Er sagte noch etwas, aber viel leiser, sodass wir es nicht mehr hören konnten. Daraufhin trat Sigrid zur Seite und ließ sie gehen. Gleich danach sah ich ihr Gesicht; sie war verängstigt.

Das Mädchen hatte eine schwere Nacht. Wir konnten sie im ganzen Langhaus schreien hören. Sigrid bat uns – Hroriks ehemalige Huscarls und Ubbe – etwas zu unternehmen. Aber nachdem die Besatzung des Seerosses wieder da war, war die Anzahl von Tokes Männern etwa so groß wie die von uns."

„Und es hätte sich nicht gelohnt, wegen einer Sklavin zu streiten", sagte ich bitter.

Gudfred zuckte die Achseln. „So ist es. Es gefiel keinem von uns, dass er sie verletzte, aber sie ist eben nur eine Sklavin. Ubbe sagte uns, wir sollten ruhig bleiben und unsere Zeit abwarten.

Am Morgen danach befahl Toke uns und seinen Männern, beide Schiffe für eine Reise vorzubereiten. Wir sollten sie mit Vorräten und Wasser beladen und sie bis zum Mittag zur Abreise bereit haben."

„Beide Schiffe?" fragte Hastein.

„Das Schiff von Toke, das Seeross, sowie den Roten Adler von Hrorik. Ubbe fragte ihn, wohin er so spät in der Saison reisen wolle. Toke sagte, dass es nach Birka gehen solle. Ubbe wollte wissen, warum, aber Toke sagte nur, er habe dort Geschäfte zu erledigen.

‚Ihr könnt nicht erwarten, dass die Männer eine Reise unternehmen und den Zweck nicht kennen', hakte Ubbe nach."

Gudfred hielt inne und schüttelte wieder den Kopf. „Nach all den Monaten, in denen er versucht hatte, uns für sich zu gewinnen, machte er die ganze Mühe mit wenigen Worten zunichte. ‚Ich will diese Bauern nicht dabei haben', sagte er zu Ubbe. ‚Ich fahre nur mit meinen Männern.'"

„Hatte er genug Männer, um Mannschaften für beide Schiffe zu bilden?" fragte Hastein.

„Nur mit Mühe und mit Rumpfmannschaften in beiden. Genug Männer, um mit den Schiffen problemlos zu segeln, aber wenn sie viel rudern müssen, wird es mit Sicherheit eine langsame und schwere Reise.

Unsere Männer zogen sich danach zurück. Wir kümmerten uns um unsere eigenen Angelegenheiten. Die meisten von uns gingen auf die Felder, weil die Wiesen gemäht werden mussten, und ließen Toke und seine Männer die Schiffe alleine vorbereiten. Als sie bereit zur Abreise waren, marschierten Toke und fünfzehn seiner Krieger zurück in das Langhaus. Alle trugen Rüstungen und waren voll bewaffnet: Schilde, Helme und die komplette Ausrüstung. Die meisten trugen Speere, und die übrigen Männer hatten ihre Schwerter gezogen.

Wie gesagt, befand sich die Mehrheit unserer Männer auf den Feldern. Wer in der Nähe des Langhauses war – ich gehörte zufällig dazu – lief los, um die eigenen Schilde und Waffen zu holen und um unsere Familien und die anderen Menschen drinnen zu warnen, sich durch den Stall in Sicherheit zu bringen. Wir wussten nicht, was uns erwartete.

Toke und seine Männer stürmten hinein. Sigrid, Gunhild und einige Sklaven standen an der Feuerstelle. Auch Ubbe war dort. Auf Tokes Befehl griffen zwei seiner Männer Sigrid, drückten ihren Kopf mit dem Gesicht auf den Haupttisch, fesselten ihr die Hände hinter dem Rücken und banden ihre Füße zusammen.

Sigrid schrie. Alle andere Frauen auch, sogar Gunhild. Ubbe griff nach einem der Männer, die Sigrid festhielten, und versuchte, ihn von ihr wegzuziehen.

Toke schritt ein, wirbelte Ubbe herum und schlug ihm hart mit dem Rücken der Faust seitlich ins Gesicht, sodass er zu Boden fiel. Er hätte liegen bleiben sollen. Er hatte keine Waffen. Aber Ubbe war Ubbe. Er war ein alter und verkrüppelter Mann, aber im Herzen immer noch ein Krieger. Als er wieder aufstehen wollte, zog Toke sein Schwert, holte aus und schwang es schräg von oben auf Ubbe herunter. Er traf ihn hier", sagte Gudfred und berührte seine linke Schulter mit der Handkante am Halsansatz. „Er spaltete ihn fast bis zum Brustbein auf. Ubbe war tot, bevor sein Körper auf den Boden landete."

„Was war mit den anderen?" fragte Ivar. „Hat niemand von Euch geholfen?"

„Wir waren nur zu fünft oder sechst im Langhaus und keiner von uns trug eine Rüstung. Tokes Männer bildeten Schulter an Schulter eine Barriere zwischen uns und der Feuerstelle und hielten uns mit ihren Speeren in Schach. Es gab nichts, was wir tun konnten. Nachdem Tokes Männer Sigrid gefesselten hatten, warf einer von ihnen sie sich über die Schulter, und alle zogen sich auf ihre Schiffe zurück.

Ase, Ubbes Frau, war im Stall gewesen, während Toke und seine Männer hereingekommen waren. Sie hatte sich um ein krankes Kalb gekümmert. Gerade als Toke das Langhaus verließ, kam sie zur anderen Tür herein – zweifellos hatte sie die Frauen schreien gehört. Sie lief zu Ubbe, der in einer Blutlache lag, aber er war schon tot. Sie schnappte sich einen Speer von der Wand und lief durch die Tür Toke und seinen Männern hinterher. ‚Mörder!' schrie sie.

„Zwei von Tokes Kriegern warfen ihre Speere nach

ihr, als sie näher kam, und trafen sie. Ich und die wenigen anderen Männer eilten inzwischen aus der Tür des Langhauses, und andere liefen von den Feldern zu uns. Aber Ase war bereits tot, als wir sie erreichten. Von beiden Seiten flogen nun weitere Speere, aber niemand anderes wurde getötet. Sie gingen an Bord ihrer Schiffe – Toke und Sigrid waren auf dem Roten Adler – schoben sie vom Ufer ab, setzten die Segel, und dann waren sie verschwunden."

3

Blutschuld

Am Abend hatten wir eine Art Festmahl. Auf jeden Fall wurde genug Essen für ein Fest zubereitet und serviert. Ich befahl, zwei junge Ochsen zu schlachten und zu braten, um den Anführern und Kriegern, die mich begleitet hatten, um bei Tokes Festnahme zu helfen, eine königliche Mahlzeit mit reichlich Fleisch zu servieren. Es war das Mindeste, was ich tun konnte. Natürlich waren sie wegen Hastein gekommen und nicht wegen mir; darüber machte ich mir keine Illusionen. Aber sie waren gekommen, um die Jagd nach Toke zu unterstützen, und dafür wollte ich ihnen danken.

Gunhild wehrte sich gegen die Maßlosigkeit, und sie hatte Recht – das Gut hatte keinen solchen Überfluss an Rindern, dass es anstandslos zwei für ein einziges Festessen opfern konnte. Aber ich machte ihr unmissverständlich klar, dass dies jetzt meine Ländereien und mein Vieh seien – obwohl diese Behauptung in Wahrheit eher leeres Imponiergehabe war als Worte, an die ich wirklich glaubte. Ich erklärte ihr weiter, dass die Männer hier meine Gäste seien, dass sie mächtige Anführer und erfahrene Krieger seien und dass sie ordentlich beköstigt und geehrt werden sollten. Sie starrte mich zornig an, widersprach mir aber nicht – vielleicht war auch sie nicht sicher, was meine Rechte waren. Sie gab die notwendigen Anweisungen und begann mit den Vorbereitungen für das Festmahl.

Als das Essen fertig war, nahmen die Anführer – Hastein, Ivar, Björn, Hrodgar, Svein und Stig – alle am Haupttisch Platz, der der langen, zentralen Feuersstelle am nächsten war, wie es ihnen gebührte. Ich hatte angenommen, dass Hastein den Platz in der Mitte einnehmen würde, da er von ihnen den höchsten Rang hatte, und ich sagte den Frauen, die an den Kochfeuern arbeiteten, dass sie ihn dort zuerst bedienen sollten. Als er jedoch hörte, was ich den Frauen befahl, blieb er neben dem Tisch stehen und sah mich mit einem amüsierten Ausdruck an. Die anderen Männer in der Halle standen ebenfalls und warteten darauf, dass Hastein sich setzte.

Nach einem Augenblick sprach er. "Das ist jetzt Euer Langhaus, nicht wahr? Und Euer Fest. Bietet Ihr mir heute den Ehrenplatz an?"

Ich hatte Gunhild zwar gesagt, dass dies jetzt meine Ländereien waren. Aber als ich hierher zurückgekommen war, hatte ich das Gefühl, dass die Anwohner des Anwesens mich immer noch als Thrall oder bestenfalls als einen ehemaligen Thrall betrachteten. Wie konnte ein Sklave, selbst ein befreiter Sklave, ein so reiches Anwesen für sich beanspruchen? Ich war Hroriks Bastard, mehr nicht. Hatte mich das jetzt zum Erben aller seiner Ländereien gemacht?

Ich spürte, wie mein Gesicht errötete, während Hastein auf meine Antwort wartete. Hatte ich mich schon zum Narren gemacht? Ich versuchte, mich an Feste zu erinnern, die Hrorik in diesem Saal abgehalten hatte. Hatte er jemals Gästen den Sitz des Hausherrn angeboten? Ich konnte mich nicht erinnern

„Ja", sagte ich schließlich. „Ich möchte, dass Ihr heute den Ehrenplatz einnehmt."

Ivar grinste. „Heil, Hastein! Im Langhaus eines Anführers wird eine solche Ehre normalerweise nur dem König erwiesen." Nach einem Augenblick fügte er hinzu: „Wenn sie vom Anführer angeboten wird."

Wenn mein Gesicht zuvor bereits rot angelaufen war, war es jetzt zweifellos dunkelrot.

Hastein ignorierte Ivar und sprach zu mir. „Dann danke ich Euch für die Ehre, die Ihr mir erweist." Er nickte mit dem Kopf. „Ihr werdet natürlich neben mir sitzen, zu meiner Rechten." Ich war ihm für seine Freundlichkeit ebenso dankbar wie für seinen Hinweis, obwohl ich mich lieber in einer dunklen Ecke verkrochen hätte.

Das Festessen – das erste, dass ich je in einem Langhaus veranstaltet hatte, das ich in meiner Vermessenheit mein eigenes nannte – war kein besonderer Erfolg. Es gab keine Freude am Fest. Keine Geschichten wurden erzählt, keine Gedichte rezitiert, keine Lieder gesungen. Die Stimmung im Saal war gedämpft. Die Männer aßen und tranken und unterhielten sich leise miteinander. Nachdem das Essen abgetragen war, blieben nur wenige an den Tischen sitzen, obwohl es noch Bier gab. Die meisten zogen sich früh zu ihren Schlafplätzen zurück – entweder in den Zelten vom Schiff, die auf dem Gelände rund um das Langhaus aufgestellt worden waren, oder auf dem Boden und auf den langen Bänken entlang der Wände des Langhauses. Schließlich wünschten mir auch die anderen Gäste am

Haupttisch eine gute Nacht, gingen zu Bett und ließen mich allein.

Ich saß dort, an meinem Platz am Haupttisch, bis tief in die Nacht, lange nachdem das einzige Geräusch im Saal das leise Grollen vieler schnarchender Männer war. Ich fühlte mich aufgewühlt und unbehaglich und wusste, dass ich nicht schlafen konnte. Ich hatte so viele Monate davon geträumt, hierher zurückkehren zu können, nach Hause zu kommen, aber jetzt, da mein Traum wahr geworden war, fühlte ich mich nicht mehr zu Hause. Hier war ich aufgewachsen; dies war der Ort, an dem ich den größten Teil meines Lebens verbracht hatte. Aber keiner von denen, die den Ort zu meiner Heimat gemacht hatten – meine Mutter, Harald, Sigrid oder sogar der alte Ubbe – waren hier. Sie waren alle fort, und ich war nicht mehr derselbe.

Schließlich stand ich steif und mit Schmerzen vom langen Sitzen vom Tisch auf und stolperte zur Tür, um meine Notdurft zu verrichten. Meine Blase war voll von dem Bier, das wir beim Festessen getrunken hatten. Danach wanderte ich ziellos durch die große Halle, die jetzt nur von den flackernden Resten des Feuers beleuchtet wurde, die in der zentralen Feuerstelle noch glimmten, bis ich das kleine, private Schlafzimmer erreichte, das einst Hrorik und Gunhild gehört hatte. Anscheinend hatte Toke es übernommen und seine Mutter gezwungen, in einer Bettkammer zu schlafen. Ironischerweise hatte sie sich die Kammer ausgesucht, die Hrorik meiner Mutter, Derdriu, überlassen hatte. Dass er einer Sklavin eine solche Gunst erwiesen hatte, hatte im Haushalt einen Skandal ausgelöst und Gunhild in Wut versetzt. Ich fand es irgendwie passend, dass sie jetzt dort gelandet war. Aber jetzt, da Toke fortgegangen war, nutzte niemand das Schlafzimmer. Ich beschloss, dass ich dort schlafen würde, denn schließlich hatte ich behauptet, dass das Langhaus mir gehöre.

Als ich die Tür aufstieß, war es im Inneren des Zimmers stockdunkel. Ich erinnerte mich, dass Hrorik in einer Nische neben der Tür eine kleine, mit Seehundfett gefüllte Lehmlampe aufbewahrt hatte. Ich tastete im Dunkeln blind danach und stellte fest, dass sie immer noch dort war. Ich ging vorsichtig durch den dunklen Saal zurück und zündete den Docht an der Glut aus der Feuerstelle an. Dann machte ich mich auf den Weg zurück zum Schlafzimmer und hielt die Lampe vor mich, um mir den Weg zu leuchten.

Die Pelze, die einst den Boden bedeckt hatten, waren herausgerissen und in einer Ecke auf einen Haufen geworfen worden, und der darunter liegende Boden war jetzt mit Löchern und kleinen Hügeln aus ausgehobenen Erdreich übersät. Toke musste geglaubt haben, dass Hrorik oder Harald dort Reichtümer vergraben hatten, und vielleicht hatte er damit sogar recht. Ich erinnerte mich, dass Harald davon gesprochen hatte, wie Sigrid, Gunhild und er nach Hroriks Tod jeweils einen Teil von dessen Schatz als ihr Erbe genommen hatten, obwohl ich einen solchen Schatz niemals gesehen hatte und auch nicht gewusst hätte, wo er aufbewahrt worden wäre. Hatte Toke Haralds und Sigrids Anteil an Hroriks Schatz an sich gebracht, als er geflohen war?

Ich warf mehrere der großen Pelze übereinander neben eine Wand und legte mich darauf. Ich hatte keine

Lust, das Bett zu benutzen, das einst Hrorik und Gunhild geteilt hatten und in dem kürzlich Toke geschlafen hatte. Ich schloss die Augen und versuchte zu schlafen, aber meine Gedanken wurden von Erinnerungen heimgesucht, die bevölkert waren von Gesichtern und Stimmen von zu vielen Menschen, die jetzt tot waren. Aber schließlich konnten selbst die Geister der Vergangenheit meine Erschöpfung nicht mehr bezwingen und ich schlief ein.

Ich wurde von einer Hand geweckt, die mich leicht an der Schulter berührte. Mit Mühe öffnete ich die Augen. Es war immer noch dunkel im Schlafzimmer, aber durch die offene Tür konnte ich in der Halle Sonnenlicht sehen, das durch das Rauchloch im Dach hereinfiel. Ich hatte bis in den späten Morgen geschlafen.

„Herr Halfdan? Der Jarl fragt nach Euch."

Fasti kniete neben meinem provisorischen Bett und beobachtete mich besorgt.

„Ich bin nicht dein Herr, Fasti", sagte ich und richtete mich auf.

„Aber Herr Hrorik ist tot und auch Herr Harald", antwortete er. „Jetzt, da Toke fort ist, seid Ihr nicht der Herr?" Er sah beunruhigt aus. „Habt Ihr nicht vor zu bleiben? Geht Ihr wieder?"

Fasti stellte Fragen, auf die ich keine Antworten hatte. Die Heimkehr, die ich mir ausgemalt hatte, umfasste diesen Tag nicht. Ich hatte angenommen, dass wir Toke hier finden und töten würden. Weiter in die Zukunft hatte ich nicht gewagt vorauszuschauen. Ich wusste nicht, was ich jetzt tun sollte, denn Toke war geflohen. Schlimmer noch, er hatte Sigrid mitgenommen. Wie sollte ich ihn jetzt finden?

„Herr Halfdan?"

Ich schüttelte den Kopf und versuchte, wieder klar zu denken. Auch das hatte ich nicht vorausgesehen. Wenn Sigrid nicht hier war, war ich dann der alleinige Besitzer des Anwesens? Wenn ja, dann gehörten auch die Sklaven jetzt mir. Sie waren mein Besitz, und ich war ihr Herr.

„Nenn mich nicht so", sagte ich schroff.

Bei meiner Tonlage zuckte Fasti zurück, als fürchtete er, ich könnte ihn schlagen. Er hat sich sehr verändert, dachte ich.

„Was ist hier passiert, Fasti?" fragte ich. „Seit Harald und ich zum Limfjord gereist und nicht zurückgekehrt sind?" Er war ein Thrall. Ich wusste, was es bedeutete, ein Thrall zu sein, denn auch ich war einer gewesen. Aber er war damals nicht so ängstlich.

Er ließ den Kopf hängen, sagte aber nichts.

„Fasti?"

„Es gab Schläge. Viele Schläge."

Das war zu erwarten gewesen. Weder Hrorik noch Harald waren harte Herren gewesen. Obwohl sie die Sklaven des Anwesens für ihr Eigentum hielten, behandelten sie sie nicht unmenschlich. Ein Thrall, der Hrorik oder Harald verärgert hatte, hörte wohl eine Schimpftirade, aber er war selten Schlimmerem ausgesetzt. In gewisser Weise hatten die Sklavinnen, die im Haushalt arbeiteten, es schwerer, denn Gunhild war jähzornig und schlug oft eine Sklavin, die sie verärgert hatte, manchmal sogar mit einer Gerte. Meine Mutter hatte Gunhilds Wut oft zu spüren bekommen.

Aber Toke hatte mit seinen Fäusten immer großzügig ausgeteilt, als er noch auf dem Anwesen gelebt hatte, bevor Hrorik ihn enterbt und verbannt hatte. Ich konnte mir gut vorstellen, wie er die Sklaven ohne Hroriks oder Haralds mäßigenden Einfluss behandelt hatte. Gunhild hätte ihn sicherlich nicht aufgehalten.

„Von Toke?" fragte ich.

Fasti zuckte die Achseln und nickte. „Er wird schnell zornig. Einige seiner Männer auch. Bei den geringsten Anlässen haben sie Fehler gefunden oder Anstoß genommen. Der Große mit einem Auge war fast so grausam wie Toke. Und nach einer Weile..." Fasti hielt inne, als zögerte er, weiter zu erzählen.

„Nach einer Weile?" wiederholte ich.

„Einige der Huscarls hier lachten über die Schläge. Andere machten sogar mit."

„Das wird sich jetzt ändern, Fasti", sagte ich zu ihm. „Der einäugige Mann ist tot. Ich tötete ihn. Und Toke wird nicht zurückkommen. Dafür werde ich sorgen."

Fasti schwieg lange. Schließlich hob er den Blick zu mir und sprach wieder. „Erinnert Ihr Euch an Hugin?"

Um ehrlich zu sein, tat ich es auf Anhieb nicht – ich verstand nicht einmal, worauf Fasti hinauswollte. Hugin war der Name eines der beiden Raben, die dem Gottvater Odin dienten. Wieso sollte ich mich an ihn erinnern? Ganz offensichtlich glaubte Fasti jedoch, dass der Name eine Bedeutung für mich haben sollte. Ich dachte an die Zeit vor meiner Befreiung zurück, als ich noch ein Thrall war, wie Fasti.

„Meinst du das Huhn? Das schwarze?" fragte ich.

Fasti nickte und lächelte.

Die Hühner waren in einer Ecke des Stalls untergebracht. Fasti kümmerte sich um alle Tiere und sorgte für ihr Wohlergehen. Jeden Morgen, bevor er den Stall säuberte, brachte er den Hühnern Reste aus der Küche und sammelte die Eier ein. Wenn ich keine anderen Pflichten hatte, hatte ich mich ihm manchmal angeschlossen und ihm geholfen, den Stall zu säubern.

Immer wenn Fasti den Stall betrat, liefen die Hühner auf zu ihn zu, um die Essensreste zu ergattern, die er mitbrachte. Beim Zusehen, wie sie um die Reste kämpften, hatten wir oft zusammen gelacht – sie stahlen gern voneinander. Solche Momente gehörten zu meinen wenigen glücklichen Erinnerungen aus dieser Zeit, denn es gibt wenig zu lachen im Leben eines Sklaven. Es gab damals eine schwarze Henne, die besonders an Fasti hing und ihm bei der Arbeit im Stall folgte. Sie flog auf die Umrandungen der Verschläge in seiner Nähe und ließ sich dort nieder, während sie mit ihrer lustigen Stimme auf ihn einredete – brr, brrr- brrr-brrp – als ob er sie verstehen könnte.

„Das ist meine Hugin, Halfdan", hatte Fasti gesagt. „Sie erzählt mir alles, was im Stall passiert ist, genau wie Odins Raben ihm berichten, was in der weiten Welt passiert." Manchmal nahm er sie auf – sie war zahm genug, um es zuzulassen – hielt sie an seiner Brust, streichelte kurz ihre Federn, und murmelte: „Wie geht es meinem Mädchen heute? Hast du mir ein Ei gelegt?"

„Ich erinnere mich an sie", sagte ich.

Das schien Fasti zu freuen. „Eines Tages war ich

dabei, den Hühnern Küchenreste zu bringen.

Ich war niedergekniet und fütterte Hugin aus der Hand. Ich wusste nicht, dass Toke in den Stall gekommen war oder dass er zugesehen hatte, bis er plötzlich über mir stand.

‚Die schwarze Henne', sagte er zu mir. ‚Gib sie mir.'

Ich hatte Angst. Ich wollte Toke nicht verärgern. Hugin ließ sich aufheben." Fasti schloss die Augen und seufzte. „Ich habe sie ihm gegeben. Sie hat mir vertraut."

„Du hattest keine Wahl", sagte ich ihm.

Fasti fuhr fort. „Er hielt sie für einen Augenblick und sah mich an. Er lächelte sogar. Dann packte er einen ihrer Flügel und riss ihn dem armen Tier aus.

Wusstest du, Halfdan, dass Hühner schreien können?" Ich bemerkte, dass er bei der Erinnerung in die alte Anrede von Sklaven untereinander zurückgekehrt war. „Hugin schrie. Ich kann sie noch immer hören."

Fasti flossen jetzt die Tränen über die Wangen. Er ehrte das Huhn, das er geliebt hatte, mit diesen Tränen. Ich hatte nicht so offen getrauert, als meine Mutter gestorben war, und fühlte mich beschämt angesichts seiner Trauer.

Als er fortfuhr, war seine Stimme kaum mehr als ein Flüstern. „Er packte ihren Kopf in einer Faust, drehte und zog, bis er ihn von ihrem Hals getrennt hatte. Dann gab er mir ihren Körper zurück. ‚Rupfe diesen Vogel', sagte er. ‚Ich werde ihn heute Abend essen.'"

Ivar und Björn waren die ersten, die sich entschieden zu gehen. Am selben Morgen, nicht lange nachdem ich aufgewacht war, erklärten sie Hastein, dass sie uns verlassen würden.

„Meine Männer waren seit Monaten im Frankenland", sagte Ivar. „Sie haben viele ihrer Kameraden verloren. Sie möchten jetzt Zeit mit den eigenen Leuten verbringen und in ihren eigenen vier Wänden wohnen."

„Willst du damit wirklich nicht lockerlassen?" fragte Björn Hastein.

„Ich lasse nicht gern etwas unverrichtet, was ich einmal begonnen habe", antwortete er. Es fiel mir auf, dass seine Antwort nicht unbedingt „ja" bedeutete.

„Dieser Toke ist ohne Frage ein Mann, der es verdient zu sterben", fuhr Ivar fort. „Aber das ist nicht unser Kampf. Der Winter naht und damit die Zeit der Stürme auf dem Meer. Und ich kann nicht erkennen, dass meine Männer einen Gewinn erzielen können, wenn wir weitermachen. Ich werde das nicht von ihnen verlangen."

Hastein antwortete nicht. Was gab es zu sagen? Ivar hatte recht. Es war weder sein Kampf, noch Björns. In Wahrheit war es auch nicht Hasteins.

Ivar fuhr fort. „Ich plane, im Frühjahr nach Irland zu segeln. Wie du weißt, gibt es für uns viel Beute und viele reiche Ländereien. Gib diese Sache auf, Hastein, und komm mit mir. Ich habe dort unerledigte Angelegenheiten und könnte deine Unterstützung gebrauchen."

Wieder sagte Hastein nichts. Ivar schien sein Schweigen als Zustimmung zu deuten. Zu meiner Überraschung wandte er sich zu mir und sprach mich an. „In Irland könnten wir einen Krieger wie Euch gebrauchen. Kommt mit uns. Kommt mit Hastein und mir."

Ich sah Hastein an und versuchte, seinen Gesichtsausdruck zu lesen. Hatte Ivar recht? Hatte Hastein die Suche nach Toke aufgegeben? Seine Gesichtszüge gaben mir keine Antwort. Er hob nur die Augenbrauen, als er mich anstarrte, als würde er auf meine Antwort warten.

Mit einem tauben Gefühl nickte ich als Zeichen meiner Dankbarkeit. „Ihr macht mir Ehre, Ivar. Aber ich schwor, den Tod meines Bruders zu rächen. Ich werde weder mich noch das Gedenken an Harald entehren. Es gibt einen Mann, den ich suchen und töten muss."

Ivar nickte zurück. „Dann wünsche ich Euch eine gute Jagd, Starkbogen. Und viel Glück." Zu Hastein sagte er: „Björn und ich werden heute unsere Schiffe bereit machen und morgen segeln. Wirst du mitkommen?"

Hastein stieß einen langen Seufzer aus. „Ich lasse nicht gern etwas unverrichtet, was ich einmal begonnen habe", sagte er erneut. Er schwieg eine Weile und fügte dann hinzu: „Ich werde morgen nicht mit dir fahren."

„Und Irland? Im Frühjahr? Wirst du dich uns dann anschließen?"

„Bis zum Frühling kann viel passieren. Wir werden sehen."

Nachdem sie das Langhaus verlassen hatten, zog mich Hastein zur Seite. „Es gibt außer Ivar und Björn und ihren Männern auch weitere, die nicht weitermachen wollen. Es ist bedauerlich, dass wir Toke hier nicht überrascht haben."

Meinte Hastein damit, dass auch er uns verlassen würde? „Ich verstehe", sagte ich. „Es ist mein Kampf

41

und nicht der eines anderen." Aber in Wahrheit war ich mir nicht sicher, wie ich ohne Hilfe weitermachen konnte, wie ich Toke finden und ihn alleine besiegen konnte.

Hastein schüttelte den Kopf. „Es ist nicht alleine Euer Kampf. Ich habe ihn zu meinem eigenen gemacht. Ich habe Euch gesagt, ich würde helfen, Toke für seine Morde an Harald und den anderen am Limfjord zur Rechenschaft zu ziehen. Dieses Versprechen habe ich nicht leichtfertig gegeben, und ich werde es nicht brechen, solange es einen Weg gibt, es zu erfüllen." Er senkte den Kopf. „Aber auch unter meinen eigenen Anhängern empfinden viele wie die Männer von Ivar und Björn. Sie waren bereits lange fern der Heimat und von ihren Familien getrennt. Und wir wissen nicht, wie lange die Suche nach Toke noch dauern oder wohin sie uns führen wird. Ich werde mit Svein und Stig und den Männern sprechen müssen. Es gibt einige Krieger, bei denen ich mich darauf verlassen kann, dass sie mir überallhin folgen. Aber ich werde niemanden zwingen, diese Reise zu unternehmen, wenn er es nicht möchte, und ich fürchte, es gibt viele, die diesen Weg nicht gehen wollen."

Während Hastein sich mit seinen Kapitänen und Männern traf, wanderte ich auf dem Gelände des Anwesens umher. Als ich an den Arbeitshütten vorbeiging, kam der Schreiner Gudrod aus dem Geräteschuppen, in dem er sein Werkzeug aufbewahrte.

„Ich habe auf eine Gelegenheit gewartet, mit dir zu sprechen", sagte er. Im Vergleich zu den anderen hatte er seine Anrede mir gegenüber nicht geändert. „Ich muss gestehen, dass ich dich gestern nicht erkannt habe, auch nachdem du deinen Helm abgenommen und mit Gunhild gesprochen hast." Er lächelte. „Du bist nicht mehr der Knabe oder der Thrall, der mir hier in der Schreinerei geholfen hat."

Gudrod sah viel älter aus als in meiner Erinnerung. Er hatte seit Jahren oben auf dem Kopf keine Haare mehr gehabt, aber die langen Fransen, die ihm bis zu den Schultern hingen, waren jetzt fast komplett grau. Waren sie früher nicht braun gewesen? Hatte er sich seit meiner Abreise so stark verändert, oder spielte meine Erinnerung mir Streiche? *Ihn* zu sehen weckte zumindest keine schmerzhaften Erinnerungen an mein früheres Leben. Er hatte mich immer anständig behandelt. Er hatte meine Fertigkeiten im Umgang mit Werkzeugen und Holz geschätzt und mir dadurch das Gefühl gegeben, mehr als nur Hroriks Eigentum zu sein. Am wichtigsten war jedoch, dass er mir beigebracht hatte, wie man einen Bogen herstellt und verwendet.

„Es ist schön, dich wiederzusehen", sagte ich zu ihm.

„Gudfred hat uns Huscarls hier berichtet, was du ihm gestern erzählt hast. Dass es Toke und seine Männer waren, die Harald am Limfjord umgebracht haben." Er schüttelte den Kopf. „Ich habe Toke nie gemocht, selbst als er noch ein Junge war. Er war schon immer verschlagen. Aber ich hätte nicht gedacht, dass er so heimtückisch sein könnte. Und dann wieder hierher zu kommen und unter uns zu leben, unter Hroriks und Haralds eigenen Männern. Bei den Göttern, ich wünschte, wir hätten es gewusst.

Einige der Männer des Jarls haben uns gestern Abend beim Festmahl vom Krieg im Land der Franken erzählt. Dort warst du also. Nach dem, was sie sagten, haben unsere Krieger dort einen großen Sieg errungen. Sie haben uns auch von dir berichtet. Du gehörst jetzt zu den auserwählten Kriegern des Jarls und zur Besatzung seines Langschiffes. Sie erzählten sogar, du hättest in einer Schlacht mit den Franken Ragnar Lodbrok selbst das Leben gerettet." Er hielt kurz inne und fuhr sich mit den Fingern durch die Haare, die von seinem Hinterkopf herunterhingen. „Mir war gar nicht bewusst, dass der alte Lodbrok noch lebt. Und dass du, Halfdan, der einst hier auf diesem Gut ein Thrall war, ihn getroffen, neben ihm gekämpft und sogar sein Leben gerettet hast! Die Nornen weben ein seltsames und verschlungenes Schicksal für dich, das ist sicher."

Ich war in dieser Hinsicht ganz seiner Meinung.

„Die Männer des Jarls sagten, Ragnar habe dir nach diesem Kampf einen Namen gegeben – Starkbogen." fuhr Gudrod fort. „Starkbogen", wiederholte er. „Ein guter Name."

In diesem Augenblick kam Einar aus dem Langhaus. Als er uns sah, gesellte er sich zu uns.

„Jarl Hastein ist im Haus", sagte er und nickte über die Schulter in die Richtung, aus der er gekommen war. „Er spricht mit den Kriegern, die mit uns gekommen sind. Er sagt, dass er mit dir Toke verfolgen will, und fragt, wer bereit ist, sich ihm auf der Reise anzuschließen."

„Und wie läuft es?" fragte ich.

Einar zuckte mit den Achseln. „Es war ein langer und kräftezehrender Feldzug, unser Angriff auf das Frankenland. Ich weiß nicht, wie sich die Männer des Jarls entscheiden werden, aber die Männer aus meinem Dorf möchten alle nach Hause zurückkehren. Sie werden nicht mit dir reisen."

Ich konnte ihnen keinen Vorwurf machen. Es war nicht ihr Kampf, und sie waren zu lange von ihren Familien getrennt gewesen. Im Frankenreich hatten sie zumindest Reichtümer angehäuft, die sie mit heimbringen konnten. Aber wie Ivar gesagt hatte, wäre auf dieser Reise kein Gewinn zu erwarten.

„Ich komme natürlich mit", fuhr Einar fort. „Du bist nicht nur ehrlich und mutig, du bist auch ein guter Kamerad." Er grinste. „Außerdem ist das auch mein Kampf. Toke und seine Männer haben meinen Verwandten Ulf getötet."

Einars Worte berührten mich. In meinem ganzen Leben hatte ich noch nie einen solchen Freund gehabt. „Danke", sagte ich einfach.

Gudrod hatte schweigend unsere Unterhaltung beobachtet. „Ihr kennt Halfdan gut?" fragte er. „Ich kannte ihn als Jungen, aber er hat sich sehr verändert, seit ich ihn das letzte Mal gesehen habe."

„Ja, ich kenne ihn gut", antwortete Einar. „Er kann ausgesprochen rücksichtslos töten, so viel ist sicher."

Einars Worte brachten mich in Verlegenheit und riefen Erinnerungen wach. Er hatte etwas Ähnliches gesagt, als wir uns das erste Mal trafen. Damals hatte es mich beunruhigt. Selbst im Frankenreich hatten die Gesichter der Männer, die ich getötet hatte, mich manchmal in meinen Träumen verfolgt und meinen Schlaf gestört. Und jetzt? Die Toten waren tot. Die Gesichter derer, die ich getötet hatte, suchten mich nicht mehr heim, während ich schlief. Ich hielt mich nicht für besonders „rücksichtslos" – keiner von Hasteins Kriegern zögerte, wenn er töten musste – aber es war sicher, dass ich jetzt ein Mörder war. Das Schicksal, das die Nornen für mich gewoben hatten, hatte dafür gesorgt.

Gesprächig wie immer redete Einar weiter. „Im Frankenreich musste unsere Armee nachts einen Fluss überqueren, ohne dass die Franken unsere Bewegungen bemerken durften. Sie hatten am Ufer des Flusses Wachen im Wald aufgestellt, um uns zu beobachten. Halfdan und ich gingen alleine in den Wald, um sie auszuschalten, aber bei einem der Posten kamen wir nicht nah genug heran. Dann bemerkte er uns und versuchte zu fliehen. Es war Nacht, wohlgemerkt, und in den Schatten unter den Bäumen war fast nichts zu sehen."

Einar hielt inne und tippte sich mit dem Finger auf die Mitte seiner Stirn. „Halfdans Pfeil hat ihn hier getroffen. Ein einziger Schuss in der Dunkelheit, und er hat ihn niedergestreckt."

Jetzt war ich richtig in Verlegenheit. Immerhin sah Gudrod beeindruckt aus.

Der Tag war fast vorbei, als ich endlich in das Langhaus zurückkehrte. Ich hatte Einar und Gudrod schon vor Stunden verlassen, und sie hatten es kaum bemerkt. Gudrod wollte mehr über den Feldzug gegen die Franken erfahren, und Einar war mehr als glücklich, einen willigen Zuhörer zu haben. Ich war den Berg hinaufgegangen, um den Grabhügel zu besuchen, unter dem die Asche meiner Mutter und von Hrorik begraben war. Von dort zog es mich in den Wald, der damals meine Zuflucht gewesen war, als ich noch ein Junge und ein Thrall war. Nur hier hatte ich mich frei gefühlt. Noch immer bedeuteten die Wälder für mich Frieden. Anders als im Frankenreich musste ich hier nicht befürchten, dass hinter jedem Baum ein Feind lauern könnte. Während ich ziellos durch die Bäume und sonnendurchfluteten Lichtungen schlenderte, ging mein Zeitgefühl verloren.

Hastein saß am Haupttisch, als ich das Langhaus betrat. Torvald und die anderen Anführer waren bei ihm. Als er mich sah, stand Hastein auf und winkte mich zu sich.

„Ich habe nach Euch gesucht", sagte er mir. „Niemand wusste, wo Ihr wart."

„Ich bin durch den Wald gestreift und habe nachgedacht."

„Es ist schlimmer, als ich befürchtet habe. Viele der Männer möchten nach Hause. Diejenigen, die auf der Möwe dienen, sind alle meine Huscarls. Wenn ich weiterziehe, sind sie natürlich bereit, mich zu begleiten, auch wenn einige nicht begeistert sind. Aber die meisten der anderen Krieger – diejenigen in den Mannschaften von Stig und Svein – leben auf kleinen Bauernhöfen in der Nähe meines Anwesens und möchten zu ihnen zurückkehren. Der Winter rückt schnell näher, und sie möchten während der langen Monate nicht von ihren

Höfen und Familien getrennt sein."

Stig ergriff das Wort. „Einige meiner Leute und eine Handvoll von Sveins Männern haben entweder keine Familien, oder wenig Lust, den Winter mit ihnen zu verbringen. Sie sind von der Sorte, die einen guten Kampf mindestens ebenso genießt wie ein warmes Feuer und ein weiches Bett. Ich bin selbst bereit, mich an dieser Jagd zu beteiligen, und wenn Hastein und ich gehen, werden diese Männer mit uns kommen. Aber..." Er zuckte die Achseln.

Hastein erklärte. „Das Problem ist, dass es nicht genug sind. Wir sind auf der Möwe stark unterbesetzt. Wir haben im Frankenreich viele gute Männer verloren. Selbst mit den Kämpfern aus Stigs und Sveins Besatzung, die bereit sind, weiterzumachen, hätten wir gerade genug, um die Möwe komplett zu besetzen und einige Ersatzmänner dabeizuhaben. Toke ist ein gefährlicher Mann und es ist jetzt klar, dass er sich nicht kampflos ergeben wird. Wenn wir mit ihm kämpfen müssen, möchte ich, dass die Chancen so weit wie möglich zu unseren Gunsten sind. Wenn wir Toke mit nur einem Schiff und einer einzigen Besatzung verfolgen, ist das zu riskant. Ich möchte keine weiteren Männer verlieren. Besonders nicht für einen Kampf, der sie nicht betrifft und der – wie Ivar gesagt hat – ihnen keinen Profit bringt. Ich bin den Männern dankbar, die willens sind, weiterzumachen, und ich werde ihre Bereitschaft nicht vergessen. Aber ich werde sie keinen unnötigen Risiken aussetzen."

Während ich Hastein zuhörte, wurde mein Herz schwer. Toke würde entkommen können. Ich konnte ihn nicht alleine verfolgen.

„Wäret Ihr bereit, wenn Ihr mehr Männer hättet?"

Die Frage kam aus Richtung der Tür des Langhauses. Gudfred stand dort mit einem anderen Mann, den ich auf Anhieb nicht erkannte. Die beiden kamen auf uns zu. Hinter ihnen strömten weitere Männer durch die Tür.

Gudfred und der zweite Mann blieben vor Hastein stehen. Die anderen stellten sich hinter ihnen auf.

„Das ist Hroald", sagte Gudfred und deutete auf den Mann an seiner Seite. Er hatte braune Haare und einen Bart, der stark ergraut war, und er trug eine Tunika und eine Hose aus grober, ungefärbter Wolle. „Er ist Vorsteher des Dorfes, das direkt hinter diesem Anwesen liegt. Diese Männer mit ihm sind auch aus dem Dorf."

„Die meisten Krieger in unserem Dorf sind schon oft mit Hrorik gesegelt", sagte Hroald. „Er war unser Gode – unser Anführer und Priester. Diese Männer hinter mir waren mit ihm und Harald auf ihrer letzten Reise nach England, die Hrorik das Leben kostete. Hrorik war ein guter und tapferer Mann, wie Harald auch."

Hroald hielt inne und holte tief Luft. Vor so vielen großen Anführern zu sprechen, machte ihn eindeutig nervös. Er schluckte und fuhr fort. „Haralds Tod durch seinen eigenen Ziehbruder war Niddingsvaark. Es ist eine Ehre, dass ein mächtiger Anführer wie Ihr – ein einflussreicher Jarl – es auf sich nimmt, gegen dieses unverzeihliche Unrecht anzugehen. Ich habe hier sieben Männer. Wir acht sind bereit, uns Euch anzuschließen und bei der Jagd nach Toke zu helfen."

„Und alle Huscarls hier auf dem Anwesen möchten sich Euch ebenfalls anschließen", fügte Gudfred hinzu. „Harald war unser Anführer, und die Männer, die mit ihm starben, waren unsere Kameraden. Toke hat sie betrogen und uns belogen, als er behauptete, Haralds Mörder getötet zu haben. Er hat uns allen gegenüber eine Blutschuld. Wenn Ihr bereit seid, Jarl Hastein, uns aufzunehmen, werden wir helfen, ihn zu fangen und zu töten. Es ist unsere Pflicht. Wir schulden es Harald und all jenen, die mit ihm gestorben sind."

Hastein sah zu mir herüber, und ein Lächeln breitete sich langsam auf seinem Gesicht aus.

„Es scheint, als wollten die Nornen die Fäden unseres Schicksals weiterhin zusammenweben", sagte er. „Na dann. Lasst die Jagd beginnen."

4

Das Heu

Leider war es dann doch nicht so einfach. Hastein wandte sich an Torvald und begann sofort aufzulisten, was zu tun sei, um die Schiffe für eine schnelle Abreise vorzubereiten. Torvald blickte finster, während er zuhörte, und Hroalds Gesichtsausdruck wirkte zunehmend beunruhigt. Er bewegte sich nervös von einer Seite zur anderen und räusperte sich mehrmals, als wolle er etwas sagen aber Angst davor hätte, zu unterbrechen. Schließlich platzte er heraus: „Aber was ist mit dem Heu?"

Es herrschte ein langes Schweigen, während Hastein offensichtlich versuchte, Hroalds Einwurf zu verarbeiten. Aber an seinem verwirrten Stirnrunzeln war klar zu erkennen, dass er die Unterbrechung nicht verstand. Schließlich gab er sich geschlagen und fragte: „Das Heu?"

Hroald nickte heftig. „Ja, das Heu. Für das Winterfutter, für unser Vieh. Wir haben das Gras geschnitten, aber es liegt noch zum Trocknen auf der Wiese. Wir müssen warten, bis es ganz trocken ist, und es einbringen, bevor wir mitfahren können."

Ivar und Björn tauschten ungläubige Blicke aus und verdrehten die Augen.

Gudfred ergriff das Wort. „Das ist auch bei uns so. Wir haben noch nicht einmal alles geschnitten. Das muss erledigt sein, bevor wir abreisen können. Wir brauchen genug Heu, um die Tiere füttern zu können, die wir nicht schlachten. Der Winter kommt, und wir wissen nicht, wie lange wir fort sein werden. Wenn die Tiere verhungern, verhungern auch die Menschen. Es führt kein Weg daran vorbei."

Torvald ignorierte die Bemerkungen von Gudfred und Hroald, beugte sich vor, bis sein Kopf dicht an Hasteins Ohr war, und sprach in einem vermeintlichen Flüsterton, der leider für alle in der Nähe zu hören war. „Hastein, wir können nicht mit diesen Männern fahren. Wir wissen nicht, wie standhaft sie sind, und haben noch nie gesehen, wie sie sich im Gefecht bewähren. Sie kennen weder unsere Gewohnheiten noch wir die ihren. Wenn wir diese Jagd nach Toke weiterführen, wird es eine Schlacht geben."

Gudfred wandte sich zornig an Torvald. „Ihr solltet uns nicht verachten, nur weil wir keinem großen Jarl dienen, wie Ihr. Glaubt nicht, dass wir nur weil wir morgen mit der Sense Gras schneiden, nicht auch dazu imstande sind, Männer mit anderen Klingen niederzumähen. Unser Anführer Hrorik war kein Feigling. Wir sind jeden Sommer mit ihm auf Beutezug gefahren. Wir sind alle erfahrenen Krieger."

Hastein sprach schnell, bevor Torvald antworten konnte. „Das bezweifle ich nicht. Hrorik Starkaxt war ein furchtloser Krieger, und Ihr seid alle mit ihm gefahren und habt mit ihm gekämpft. Ich habe keinen Zweifel, dass Ihr Mut habt und mit Waffen umgehen könnt. Dennoch ist etwas Wahres an Torvalds Worten. In der Schlacht, in einem Schildwall, müssen wir alle als Einheit zusammen kämpfen. Wir sollten zumindest kurz zusammen trainieren. Wenn Ihr Euch uns auf unseren Schiffen anschließen wollt, solltet Ihr etwas von unseren Kampfmethoden lernen."

„Und das Heu?" fragte Hroald. Ivar kicherte.

„Ah ja… das Heu. Wie viele Tage wird es dauern, um es zu ernten?" fragte Hastein.

Gudfred sah zu Hroald hinüber, der die Achseln zuckte. „Unseres ist geschnitten und trocknet gerade", antwortete Hroald. „Wenn es morgen warm und sonnig ist, könnte es bis zum Abend trocken genug sein, um eingefahren zu werden. Wenn Wolken die Sonne verdecken, dauert das Trocknen vielleicht zwei weitere Tage. Aber wenn es regnet…" Er zuckte erneut mit den Schultern.

„Und bei Euch?" fragte Hastein Gudfred.

„Das bereits geschnittene Heu trocknet seit einigen Tagen. Es kann morgen eingebracht werden. Aber der Rest muss noch geschnitten, getrocknet und gelagert werden." Als auch er die Achseln zuckte, so wie es Hroald getan hatte, sah ich meine Hoffnung wieder schwinden. „Wenn wir Hilfe hätten, würde es schneller gehen", schlug er vor.

Ivar prustete vor Lachen. „Wann hast du das letzte Mal eine Wiese gemäht, Hastein? Hast du das jemals gemacht?"

Hastein ignorierte ihn. Zu Gudfred und Hroald sagte er: „Ihr werdet das Gras schneiden und einbringen, und wir werden Euch helfen. Im Gegenzug werden wir auch zusammen trainieren. Wir müssen das alles so schnell wie möglich erledigen. Mit jedem Tag, den wir mit der Abreise warten, wird Tokes Spur kälter."

Am nächsten Morgen verließen uns Ivar und Björn. Bevor sie abreisten, zog Ivar Hastein zur Seite. Sie hatten offensichtlich nicht bemerkt, dass ich nahe genug war, um sie zu hören. „Du solltest mit uns kommen", sagte Ivar. „Gib diese Dummheit auf. Das ist nicht dein Kampf. Du schuldest diesem Halfdan nichts. Er war ein Niemand, als du ihn getroffen hast. Er war nur ein unerprobter Junge und zudem noch ein ehemaliger Sklave. Es reicht völlig, dass du ihm eine Chance gegeben und ihn in deine Mannschaft aufgenommen hast. Er steht in deiner Schuld, nicht umgekehrt. Und dieser Toke ist gefährlich. Es wäre unklug und würde dich und den Rest deiner Männer unnötig gefährden, ihn mit einem Schiff voller Bauern als Besatzung und Kampftruppe zu verfolgen."

„Wenn eine Schuld zwischen Halfdan und mir besteht, ist sie gegenseitig", antwortete Hastein. „Im Kampf mit den Franken und Bretonen war unsere Linie kurz davor, auseinanderzubrechen. Wenn das passiert wäre, wären viele, die heute noch am Leben sind, gestorben. Ich hätte auch unter ihnen sein können."

„Aber unsere Linie hat nicht nachgegeben", sagte Ivar.

„Wäre Halfdan nicht dort gewesen, um die Bogenschützen zusammenzuhalten...", konterte Hastein. „Sowohl dort als auch in Ruda hat er mir das Leben gerettet. Die Nornen haben unsere Schicksale miteinander verwoben. Ich verstehe es nicht, aber ich glaube, dass es so ist."

Es war ein Tag der Abschiede. Später segelte Svein mit dem Seewolf und Hasteins Anhängern, die nicht weiterreisen wollten. „Lebe wohl", sagte Svein zu Hastein, während sie ihre Handgelenke umklammerten, bevor er sich umwandte, um an Bord seines Schiffes zu gehen. „Hoffentlich findest du Toke schnell und kannst mit dieser Sache abschließen, bevor der Winter Land und Meer in seinem Griff hat. Ich hoffe, dass wir das Julfest gemeinsam feiern werden."

Das Schiff aus dem Dorf am Limfjord fuhr ebenfalls ab. Zu meiner Überraschung reiste Hrodgar nicht mit.

„Ich hatte heute Nacht einen Traum", sagte er zu Hastein. „Meine Frau Brynhil kam zu mir. Sie war eine gute Frau und eine gute Gattin. Sie ist jetzt seit zehn Jahren tot.

Sie sagte mir, dass eine große Gefahr im Osten liege. Sie sagte, dass viele, die auf dieser Reise mit Euch fahren, nicht zurückkehren würden, und dass ich dazu gehören würde, wenn ich mit Euch reiste."

Hrodgars Worte ließen einen Schauer über meinen Rücken laufen. Obwohl lebende Menschen nicht in die Zukunft sehen können, haben die Augen der Toten diese Einschränkung nicht.

Auch Hastein schien besorgt. „Das ist kein gutes Omen", sagte er. „Manchmal ist ein Traum nur ein Traum, aber wenn die Toten erscheinen und mit uns sprechen, um eine Botschaft von der anderen Seite zu bringen…"

„Glaubt Ihr, dass es wirklich der Geist Euer Frau

war?" fragte Torvald, der in der Nähe stand. „Vielleicht habt Ihr letzte Nacht einfach zu viel Bier getrunken."

Hrodgar schüttelte den Kopf. „Es war meine Frau. Sie trug das gleiche Kleid und die gleichen Broschen und Halsketten, die wir ihr angezogen hatten, bevor wir ihren Leichnam verbrannten."

„Warum wollt Ihr dann mit uns kommen?" fragte Torvald. Ich wollte das Gleiche wissen.

„Sie hat mir auch gesagt, dass ich jetzt ein alter Mann bin, und ich dass ich nicht so tun solle, als sei das nicht so. Sie sagte, ich sei zu alt für lange Seereisen und solle zu Hause bleiben, in dem Dorf, wo ich hingehöre, damit meine Tochter sich um mich kümmern könne." Er schnaubte. „Sie war zwar eine gute Frau, aber auch eine Nervensäge. Ich war nicht zu alt, um mit der Flotte in das Frankenreich zu segeln und dort Blut auf meinem Speer zu sehen."

„Aber was ist, wenn sie die Wahrheit sagt?" fragte ich. Botschaften der Toten sollten nicht auf die leichte Schulter genommen werden.

Hrodgar zuckte die Achseln. „Ihr seid zu jung, um das zu verstehen. Sie hat recht. Ich bin ein alter Mann. Ich fühle mich alt und müde. Ich habe nicht mehr die gleiche Kraft, die ich in jungen Jahren hatte, nicht einmal wie vor fünf Jahren. So oder so geht mein Leben zu Ende, denn niemand lebt ewig. Ich würde lieber sterben, während ich noch die Kraft habe, ein Schwert in der Hand zu halten, als krank und schwach im Bett an einem Fieber – oder schlimmer noch, an der langsamen, aufzehrenden Fäulnis, die die Menschen heimsucht, die nicht wissen, wann es Zeit ist zu sterben. Und außerdem ist Toke eine Gefahr, die beseitigt werden muss. Ich will daran teilhaben."

Hrodgar hatte gesagt, dass laut der Warnung seiner Frau viele von der Verfolgung Tokes nicht zurückkehren würden. Ich fragte mich, ob sie ihm Namen der Todgeweihten genannt hatte. Was, wenn sie meinen Kameraden Einar, Torvald oder Hastein genannt hatte? Was, wenn sie mich genannt hatte? Ich war kurz davor, ihn zu fragen, entschied mich aber dann, es lieber sein zu lassen.

Gudfred und die anderen Männer des Haushalts, sowohl die Huscarls als auch die Sklaven, waren frühmorgens auf die Wiesen gegangen. Die Abschiede der Kameraden, deren Wege sich trennten, gingen sie nichts an. Was sie anging war das Gras, das geschnitten, ausgebreitet und getrocknet werden musste. Nachdem wir unsere Lebewohls gesagt hatten und die Schiffe gesegelt waren, ging auch ich auf die Wiesen, um mich ihnen anzuschließen. Je früher das Heu geerntet wurde, desto eher konnte unsere Suche nach Toke beginnen.

Die langen Reihen des Heus, die an den Tagen zuvor geschnitten worden waren, waren zwar immer noch blassgrün aber schon trocken genug, um zusammengerecht und zur Lagerung in den Stall gebracht zu werden. Sklaven benutzten Holzharken, um die Reihen von jedem Ende her in zwei lose Stapel in der Mitte zu schichten. Wenn eine Reihe fertig war, führte Fasti einen großen, von einem Ochsen gezogenen, zweirädrigen Wagen zu dem gestapelten Heu, und die Sklaven luden es mit ihren Harken auf den Wagen.

Dahinter schritten Huscarls in einer Reihe mit langen Sensen langsam durch den noch nicht gemähten Teil der Wiese. Bei dem langsamen, gleichmäßigen Rhythmus ihrer Bewegungen – schwingen, einen Schritt nach vorne, schwingen, einen Schritt nach vorne – und dem Zischen der langen Klingen, als sie das hohe Gras schnitten, musste ich an meinen Bruder Harald denken.

Harald hatte sich nie sonderlich für die Arbeiten auf dem Anwesen interessiert – den Anbau von Pflanzen und die Viehzucht, die notwendig waren, um die Bewohner zu ernähren. Während Hrorik noch lebte, musste er mitarbeiten, denn unser Vater duldete keine Faulheit. Hätte Harald allerdings seinen Willen haben können, hätte er sich ausschließlich dem Kampf und den Raubzügen gewidmet, und in der Zwischenzeit hätte er an der Perfektionierung seiner Kampfkünste gearbeitet. Ich glaube, dass er mich auch deshalb mit so viel Freude trainiert hatte, weil es ihm einen Grund gegeben hatte, die Mühen der Landwirtschaft zu ignorieren.

Die einzige Ausnahme war die Heuernte mit der Sense. „Die Sense erfordert Geschick, Halfdan", hatte er mir eines Tages gesagt, während er mir zu erklären versuchte, was ich mit dem Schwert noch falsch machte. „Du hackst nicht einfach auf das Gras. Die Kante der Klinge muss über das Gras gleiten und es durchtrennen. Mit einem Schwert ist es dasselbe. Ziehe die Klinge bei deinem Hieb mit Schwung durch dein Ziel. Sie sollte schneiden, nicht hacken. Wenn du das lernst, wird deine Klinge mit weniger Kraftaufwand eine viel tiefere Wunde hinterlassen."

Damals hatte ich seinen Vergleich zwischen Sense

und Schwert nicht hilfreich gefunden. Er hatte vergessen, dass Sklaven die großen, scharfen Klingen nicht benutzen durften. Huscarls schnitten das Gras; Sklaven mit Holzrechen breiteten es in ordentliche Reihen zum Trocknen aus.

Als ich die Wiese erreichte, fand ich einige Werkzeuge, die am Rande auf einem Haufen lagen und auf ihren Einsatz warteten. Ich hätte gern eine Sense ausprobiert, aber es gab darunter keine, sondern nur Harken. Ich nahm eine und ging hinaus auf die Wiese.

Die Männer mit den Sensen bewegten sich in einer versetzten Reihe über das Feld, jeder weit genug hinter dem zu seiner Rechten, dass seine langen, schneidenden Züge ungefährlich für den Mann vor ihm waren und sich die Schwaden überlappten. Einar, der bei der Ernte aushalf, war der vierte Mann in der Reihe. Er schien der einzige Arbeiter zu sein, der nicht vom Anwesen stammte. Keiner von Hasteins Männern war gekommen, um zu helfen.

Sklaven folgten einigen der Huscarls und harkten das geschnittene Gras in ordentliche Reihen. Ich erkannte Ing hinter dem Mann, der rechts von Einar arbeitete, und neben ihm Hrut. Niemand arbeitete hinter Einar. Ich würde also an diesem Tag Einars Thrall sein, dachte ich, und ich fing an, die unregelmäßige Spur des Grases zu rechen, die er geschnitten hatte. Es war nicht gerade die Heimkehr, von der ich geträumt hatte.

Ich hatte einige Zeit gearbeitet und das verstreute Gras in eine ordentlichere Reihe zum Trocknen geharkt, als der Huscarl zu Einars Rechten zufällig zurückblickte und mich sah. Er legte seine Sense nieder und kam auf mich zu.

„Erinnerst du dich an mich?" fragte er. Ich erinnerte mich an ihn, wenn auch nicht an seinen Namen. Er hatte hellbraune Haare, die ihm etwas unter die Schulter hingen, und einen zu einer Spitze geschnittenen Bart. Er war nicht so groß wie Harald, hatte aber einen kräftigeren, muskulösen Körperbau. Er gehörte zu den Kriegern, die Harald herbeigerufen hatte, um einen Schildwall zu bilden, als er mir das Kämpfen in dieser Formation beibringen wollte.

„Ich heiße Floki", fuhr er fort, als ich keine Antwort gab. „Mein Bruder, Baug, und ich waren enge Kameraden von Harald." Als er den Namen seines Bruders nannte, nickte er in Richtung des Huscarls, der rechts von ihm Heu schnitt.

Jetzt erinnerte ich mich. Die beiden waren abends Haralds bevorzugten Trinkgenossen unter den Huscarls des Anwesens gewesen.

„Gudfred hat uns natürlich berichtet, dass es keine Banditen, sondern Toke und seine Männer waren, die Harald am Limfjord getötet haben", sagte Floki. „Wenn wir das gewusst hätten, wäre Toke jetzt tot. Wir haben vor, Harald und die anderen – Rolf, Ulf, Odd und Lodver – zu rächen. Sie waren alle gute Männer und unsere Kameraden.

Aber Baug und ich haben über die Geschichte nachgedacht, die du Gudfred erzählt hast. Über den Angriff von Toke. Und eines verstehen wir nicht. Wie kommt es, dass alle anderen – Harald, Rolf, die anderen Krieger und sogar die gesamte Gemeinschaft des Anwesens – getötet wurden, während du überlebt hast?

Harald war der beste Schwertkämpfer, den ich je gekannt habe, und Ulf ein sehr erfahrener Krieger. Trotzdem wurden sie getötet und du bist unverletzt davongekommen. Wie kann das sein?"

Flokis Worte überrumpelten mich. Ich hatte weder sie, noch den Ton seiner Stimme oder die Verachtung in seinen Augen erwartet. Ich spürte, wie mein Gesicht heiß wurde und rot anlief. Mit einer verwirrten Mischung aus Ärger und Scham musste ich feststellen, dass Floki glaubte – und mir so gut wie ins Gesicht zugesagt und mich beschuldigt hatte – dass ich ein Feigling war.

So gut wie. Und dann, als ich nichts sagte, tat er es.

„Bist du vor dem Kampf weggerannt?" fragte er höhnisch. „Bist du geflohen und hast die anderen zum Sterben zurückgelassen?"

Wären wir im Frankenreich, wäre er ein Mitglied unserer Armee dort und ich der Krieger Starkbogen, hätte ich Floki wegen der Beleidigung getötet oder wäre bei dem Versuch gestorben. Aber dies war mein Zuhause, zumindest hatte ich das gedacht. Hier war ich nur Halfdan, nicht Starkbogen. Ich hatte geglaubt, dass dieser Mann einer meiner Leute war und ich einer seiner Leute.

Einige Augenblicke vergingen, während ich mich bemühte, meine Gefühle unter Kontrolle zu bringen. Floki sah mich mit einem verächtlichen Ausdruck an. Schließlich antwortete ich leise. "Ja, ich bin weggelaufen. Wie am Ende alle von uns, die zu dieser Zeit noch am Leben waren. Wir haben ihren ersten Angriff zurückgeschlagen und sogar einige ihrer Männer getötet. Aber in der Verwirrung und der Dunkelheit haben wir nicht erkannt, dass es Toke und seine Männer waren, die das Langhaus umzingelt hatten. Harald dachte, es wären die Verwandten eines Mannes, den er in einem Duell am Limfjord getötet hatte. Während einer Gefechtspause nach dem ersten Angriff verhandelte er mit den Angreifern, um sicheres Geleit für die Frauen, Kinder und Sklaven zu bekommen, bevor die Kämpfe wieder losgingen. Der Anführer der Angreifer – Toke, der sein Gesicht versteckt und seine Stimme mit einem Mantel gedämpft hatte – gab Harald sein Wort, dass sie das Langhaus sicher verlassen konnten. Aber sobald sie weit genug entfernt waren, um sich nicht mehr in Sicherheit bringen zu können, schlachteten Toke und seine Männer sie ab, während wir hilflos zusehen mussten. Oder zumindest dachte Toke das. Ich konnte ihn mit einem Pfeil treffen, auch wenn es nur eine oberflächliche Wunde war."

Floki verzog das Gesicht. Vermutlich passte das nicht gut zu dem, was er sich ausgemalt hatte.

Ich fuhr fort. „Danach zündeten Toke und seine Männer das Langhaus an, und wir mussten ins Freie flüchten. Wir versuchten zuerst zusammen zu bleiben, indem wir einige der Tiere aus dem Stall als Schilde benutzten. Aber wir konnten uns nicht weit genug von den Angreifern entfernen, bevor die Tiere in Tokes Pfeilhagel alle an unserer statt starben.

Unsere einzige Überlebenschance bestand darin, den Schutz des Waldes zu erreichen. Das war bestenfalls aber nur eine geringe Chance, denn wir waren weit unterlegen und umzingelt. Also ja, wir alle sind schließlich vor dem Kampf fortgelaufen. Als wir den letzten

Ausbruchsversuch unternahmen, sagte mir Harald, dass ich auf sein Signal hin fliehen und ihn und die anderen zurücklassen solle. Er starb, als er mir einen Weg freihieb, damit ich entkommen konnte. Ich werde seine Worte in dieser Nacht nie vergessen: 'Jemand muss überleben, um uns zu rächen. Wenn du den Wald erreichst, werden sie dich nie fassen. Dort bist du unübertroffen. Das musst du für mich tun, für uns alle. Überlebe und räche uns.' Ich habe überlebt, und ich werde Harald rächen."

Mehr sagte ich nicht. Floki war lange still und dachte offensichtlich über meine Worte nach. Schließlich nickte er mit dem Kopf. „Das ergibt Sinn", sagte er. „Das hätte Harald getan." Er holte tief Luft und atmete langsam aus. „Aber eines muss dir klar sein", fügte er hinzu. „Baug, ich, Gudfred und die anderen, wir machen diese Reise aus einem Grund: um Toke zu töten. Wir werden uns Jarl Hastein anschließen und wir werden ihm auf dieser Reise folgen, weil wir Harald und die anderen rächen müssen. Wir werden dem Jarl folgen, nicht dir. Du bist vielleicht Haralds Halbbruder und Hroriks Sohn. Du bist vielleicht für den Jarl und seine Männer ein Krieger. Aber wir wissen wer du bist. Wir wissen was du bist. Du bist kein Anführer, vor allem nicht unser Anführer, und das wirst du niemals sein. Wir sind nicht deine Männer."

5

Das Omen

Die Männer des Anwesens und diejenigen von uns, wie Einar und ich, die mit Hastein hierhergekommen waren und ausgeholfen hatten, waren noch am gleichen Tag mit dem Schneiden der Wiesen fertig. Zwei Tage später brachten wir das Heu in den Stall. Gudfred und Floki und einige der anderen Huscarls beschwerten sich, es sei zu früh und das Heu noch zu grün. Hastein entgegnete, dass die Zurückgebliebenen das Heu im Stall immer wieder wenden könnten, um sicherzugehen, dass es nicht schimmelte und schlecht wurde.

Während das Heu auf den Feldern trocknete, begannen Hastein und Torvald mit dem Training. Es lief nicht gut. Die Meinungsverschiedenheiten, die über das Heu begonnen hatten, setzten sich während der Kampfübungen fort und wuchsen sich zu offener Zwietracht aus. Hastein und Torvald bestanden darauf, dass die Männer des Anwesens und des Dorfes ihre Methoden übernahmen, ihren Befehlen gehorchten und ihre Art, eine Schildmauer zu bilden, übten. In Wahrheit waren die Unterschiede zwischen dem, was Hastein forderte, und dem, was Hroriks Männer gewohnt waren, nur gering. Aber einige aus Hasteins Mannschaft verdrehten die Augen und lächelten versteckt über die anfängliche Unbeholfenheit der neuen Mitglieder angesichts der Bewegungen und Befehle, die sie nicht kannten, und die Männer des Anwesens und des Dorfes ärgerten sich über die empfundene Geringschätzung. In den wenigen Übungsgefechten wurden zuweilen Schläge mit voller Kraft ausgeführt, die hätten gebremst werden sollen, und mehr als einmal wurde es hitzig.

Nach zwei Tagen Training wurden die Übungen einen ganzen Tag lang unterbrochen, um das Heu auf den Feldern einzufahren und in den Stall zu bringen. Danach trainierten wir einen weiteren Tag, bis Hastein sich zufrieden erklärte. Es war offensichtlich, dass er es nicht war, aber er hatte sich wohl entschieden, lieber mit einer Mannschaft zu fahren, die noch keine Einheit war, als mit Männern, die sich offen anfeindeten. Er forderte Torvald auf, dafür zu sorgen, dass die Schiffe mit Proviant und Süßwasser beladen wurden, und sie für eine Abreise am nächsten Morgen bereit zu machen.

Ich hatte meine eigenen Vorbereitungen zu treffen. Ich hatte während des Feldzugs im Frankenreich beträchtliche Reichtümer erworben. Es wäre unklug, sie weiterhin in meiner Seekiste mitzunehmen. Selbst Schiffe, die von den besten Kapitänen befehligt werden, können untergehen.

In den Tagen auf dem Anwesen hatte ich in dem kleinen, geschlossenen Schlafzimmer übernachtet, das früher von Hrorik und Gunhild benutzt wurde. Es gefiel mir, dass Gunhild auf diese Weise in der Bettkammer schlafen musste, die einst meiner Mutter gehört hatte. Ich konnte nur hoffen, dass ihre Nachtruhe jede Nacht durch die Erinnerung, dass Hrorik die Kammer meiner Mutter überlassen hatte, gestört würde. Hroriks Anweisung hatte Gunhild damals wütend gemacht. Ich hoffte, dass sie sich immer noch ärgerte.

Nach der ersten Nacht hatte ich meine Seekiste von der Möwe in das Schlafzimmer geschafft. Ich öffnete sie jetzt und untersuchte den Inhalt. Einiges würde ich auf die kommende Reise mitnehmen: auf jeden Fall meine Waffen und Rüstungen, das Schmiedewerkzeug, das ich in Haithabu gekauft hatte, die zusätzliche Kleidung, die einfache, aber robuste Keramikschale und -schüssel und den Holzlöffel, die mir als Essgeschirr dienten, und zumindest einen Teil des beträchtlichen Haufens fränkischer Silbermünzen.

Aber ich hatte zehn Pfund Silbermünzen für Genevieves Freikauf erhalten, die ihr Vater Graf Robert widerwillig gezahlt hatte. Zu dieser ohnehin schon erheblichen Summe kam mein Anteil an dem Silber, das der Frankenkönig Karl als Lösegeld für die Stadt Paris gezahlt hatte, damit sich unsere Armee aus seinem Königreich zurückzog. Von den siebentausend Pfund Silber – die wie Genevieves Lösegeld vor allem in fränkischen Denier bezahlt worden waren – hatten die vier Befehlshaber der Armee, Ragnar, Hastein, Ivar und Björn, jeweils einhundert Pfund als ihren Anteil verlangt. Der Rest war zu gleichen Teilen unter den einhundertzwanzig Schiffen der Flotte aufgeteilt worden, wo er weiter auf jedes Besatzungsmitglied entsprechend deren Felag aufgeteilt wurde. In der Besatzung der Möwe hatte Hastein als Kapitän nach den Regeln der Felag Anspruch auf fünf Anteile. Angesichts der gewaltigen Summe, die er als Befehlshaber der Armee erhalten hatte, gab er diese Anteile gnädig ab, sodass ein größerer Betrag an den Rest von uns ausgeschüttet werden konnte. Die Anteile unserer fünfzehn Toten waren für ihre Familien bestimmt. Da mir als Schmied des Schiffes ein zusätzlicher halber Anteil zustand, kamen zu meinem Ertrag bei dem Feldzug noch fast zwei Pfund Silbermünzen hinzu.

Viele in der Besatzung der Möwe – und was das betrifft, auch die meisten anderen Krieger der Armee – hatten im Frankenreich weitaus mehr Reichtum durch Plünderungen als durch ihren Anteil am letzten Lösegeld erworben. Ich nicht. Abgesehen von dem schönen Schwert und der Rüstung, die ich Leonidas Leiche abgenommen hatte – dem Cousin Genevieves, den ich getötet hatte – und dem langen Speer, der einem ebenfalls von mir getöteten fränkischen Kavalleristen gehört hatte, hatte ich mir nur wenige wertvolle Gegenstände durch Diebstahl angeeignet. Die zwei silbernen Leuchter und einen reich verzierten silbernen Becher in der Art, die die Christen einen Kelch nannten, hatte ich von einem Altar in einem kleinen Raum in der Abtei von Saint Genevieve in Paris an mich genommen, an dem Tag, als ich eine Gruppe von Kriegern dorthin geführt hatte, um die Kirche zu sichern. Nachdem wir uns später wiedergesehen hatten, hatte ich Genevieve natürlich nichts davon erzählt. Ich war mir sicher, dass sie schlecht von mir gedacht hätte, hätte sie gewusst, dass ich ihrem Kloster und ihrem Gott etwas gestohlen hatte.

Die Münzen aus Genevieves Freikauf hatte ich in zwei praktischen, robusten Ledersäcken erhalten. Ich zog sie jetzt aus der Seekiste und legte sie aufs Bett, dann schüttete ich den Rest meines Silbers – lose Münzen, Becher und Leuchter – aus der Truhe neben die Säcke.

Wie viel sollte ich mitnehmen und wie viel zurücklassen? Was würde diese Reise bringen – und wie viel Silber würde ich benötigen?

Ich hatte es mir zur Gewohnheit gemacht, mindestens etwa zehn Münzen in der Gürteltasche mitzunehmen, die ich immer trug, und in der ich auch Feuerstein, Stahl, einen kleinen Schleifstein und den Kamm, den meine Mutter mir gegeben hatte, aufbewahrte. Das war eindeutig nicht genug für eine Reise von unbekannter Dauer. Ich durchsuchte meine Seekiste und stieß auf die kleine, mit eisernen Pfeilspitzen gefüllte Ledertasche, die ich in einem Abstellraum der Festung von Graf Robert auf der Seine-Insel in Paris gefunden hatte. Ich leerte die Pfeilspitzen aus, rollte sie in ein Stück Schaffell, das ich aus einem der Felle im Schlafraum herausgeschnitten hatte, und steckte sie wieder in die Truhe. Ich würde so viele Silbermünzen mitnehmen, wie in die Tasche hineinpassten. Den Rest würde ich in einem sicheren Versteck verstauen.

Ich war gerade dabei, den Ledersack mit losen Münzen aus dem Haufen auf meinem Bett zu füllen, als ein Schatten den Eingang des Zimmers verdunkelte. Ich blickte auf und sah Astrid mit einer Holzkiste in den Händen dort stehen. Mehrere zusammengelegte Kleidungsstücke lagen auf der Kiste. Astrids Gesicht zeigte immer noch blaue Flecken von Tokes Schlägen, aber ansonsten hatte sie sich in den letzten Tagen etwas davon erholt; sie schien nicht mehr benommen zu sein, und sie kauerte sich nicht mehr zusammen, wenn jemand auf sie zukam.

„Das ist für Euch", sagte sie und streckte mir die Kiste und die Kleider entgegen.

„Was ist es?" Ich konnte mir nicht vorstellen, was sie für mich haben könnte.

„Das gehörte Sigrid. Sie hat die Festkleidung auf-bewahrt, die sie für Hroriks Begräbnisfeier für Euch gemacht hat. Und einige Dinge von Harald sind auch dabei. Sigrid behielt sie. Sie wollte nicht, dass einer von Tokes Männern sie bekommt. Ich bin sicher, sie möchte, dass Ihr sie erhaltet."

Ich nahm die Truhe und die Kleider aus Astrids Händen und legte sie neben den Silberhaufen auf das Bett. Ich sah, wie sich ihre Augen weiteten, als sie den Berg Münzen sah.

Die Truhe war klein – weniger als ein Drittel so groß wie meine Seekiste, aber von erlesener Qualität. Das Holz war dunkler, glänzender Nussbaum, und die Scharniere und der Verschluss, einschließlich des Schlosses und des eingesteckten Schlüssels, bestanden aus Bronze, die zu einem kunstvollen Design gegossen war, das Schlangen darstellte, die sich um die einzelnen Teile wanden. Ich öffnete die Truhe und nahm den Inhalt nacheinander heraus.

Wie Astrid gesagt hatte, war darunter die Festklei-dung, die Sigrid und meine Mutter durch Änderungen aus Kleidung von Harald für mich hergestellt hatte, während er und ich an dem Totenschiff gearbeitet hatten, in dem die Leichen von Hrorik und meiner Mutter verbrannt werden sollten. Die weiße Leinen-tunika mit Stickerei um die Ärmel und den Hals faltete ich zusammen und fügte sie meiner Seekiste hinzu. Es konnte als bequemes Unterhemd dienen, das man unter einer Wolltunika tragen konnte. Die grüne Wollhose legte ich ebenfalls in die Seekiste. Sie war in gutem Zustand und sah viel besser aus als die braune, die ich gerade trug. Auch diese war von Sigrid für mich angefertigt worden, aber in den vergangen Monaten hatte sie einige Flecken bekommen und zeigte deutliche Abnutzung.

Den kurzen Umhang, den ich bei dem Trauerfest getragen hatte, legte ich auf das Bett. Er war ein Kleidungsstück, das eher für besondere Anlässe als für den praktischen Einsatz gedacht war, und würde auf einer Seereise wenig Schutz vor Wind und Regen bieten. Die ausgefallene Silberbrosche, mit der ich den Umhang beim Fest zusammengehalten hatte, fügte ich meinem Haufen aus Silbermünzen und Schätzen hinzu, die ich hier lassen wollte. Ich zog es vor, meinen Umhang mit der viel einfacheren Ringbrosche zu befestigen, die ich seit meiner Reise mit Harald nach Norden zum Limfjord benutzte.

Beim nächsten Gegenstand, den ich aus der Kiste nahm, stockte meinen Atem: Es war ein kleiner Beutel aus Robbenfell, in dem sich die Schriftrolle mit der Geschichte des Weißen Christus befand, mit der mir meine Mutter Latein beigebracht hatte. Ich hatte gedacht, sie sei längst verloren.

„Sigrid hat sie behalten, um sich an Derdriu zu erinnern", sagte Astrid.

Es war alles, was ich von meiner Mutter hatte, abgesehen von dem kleinen Kamm, den sie mir gegeben hatte. Ich war froh, dass die Rolle nicht verloren gegangen war, dass Sigrid sie behalten hatte.

Der Rest des Inhalts hatte Harald gehört. Es war

viel weniger als ich erwartet hatte: ein kleines Messer, ein Kamm aus Walrosselfenbein und ein paar kurze, aber robuste Lederstiefel. Ich probierte sie an. Sie waren ein wenig zu groß, aber wenn ich meine Füße mit Lumpen umwickelte oder getrocknetes Gras in den Zehenbereich stopfte, würden sie passen. Auf jeden Fall würden sie weitaus besseren Schutz vor dem Winterwetter bieten als meine eigenen, abgenutzten Schuhe. Ich fügte sie meiner Seekiste hinzu.

Als ich das Messer aufhob, um es zu untersuchen, meldete sich Astrid: „Sigrid hat das Harald geschenkt."

Seine Klinge war kurz, nicht länger als mein Zeigefinger, und sein Griff bestand aus einem Stück Hirschgeweih. Eine dunkelbraune Lederscheide umschloss die Klinge und die Hälfte des Griffs. Ich erinnerte mich, dass Harald dieses Messer manchmal benutzt hatte, um beim Essen sein Fleisch zu schneiden. Es hatte eine handliche Größe. Der Dolch, den ich an meinem Gürtel trug – ein Geschenk von Harald in der Nacht, in der er gestorben war – hatte eine lange Klinge, die für feine Arbeiten ungeschickt sein konnte. Ich fügte auch das Messer zum Inhalt meiner Seekiste hinzu.

„Ist das alles?" fragte ich. Ich erinnerte mich an einen silbernen Becher, den Harald oft benutzt hatte. Wo war er? Was war aus Haralds Erbe geworden, seinem Anteil an Hroriks Schatz? Oder Sigrids Anteil? Waren es ihre Reichtümer, nach denen Toke im Erdreich unter diesem Zimmer gesucht hatte? Hatte er sie gefunden?

„Sigrid gab das meiste von Haralds Sachen seinen engsten Kameraden, nachdem wir von seinem Tod erfahren hatten. Sie behielt nur wenige Dinge als Erinnerung an ihn", antwortete Astrid.

Ich sah sie an. „Hast du irgendetwas, das ihm gehörte – Harald?" Sie hatte sein Bett geteilt, und obwohl sie als Thrall keine Hoffnung hatte, dass er sie heiraten würde, hatte sie offensichtlich Gefühle für ihn gehabt.

Astrid schüttelte den Kopf.

„Nimm das." Ich gab ihr den Kamm. „Zur Erinnerung an Harald. Ich bin sicher, er hätte gewollt, dass du ihn bekommst."

Sie hielt den Kamm auf ihrer Handfläche und starrte ihn an, ohne ein Wort zu sagen. Ich konnte ihren Gesichtsausdruck nicht sehen – ihr Kopf hing nach vorne, und ihre Zöpfe verdeckten ihr Gesicht – aber nach ein paar Augenblicken schnüffelte sie, wischte sich die Augen mit dem Handrücken ab und steckte den Kamm in die kleine Tasche an ihrem Gürtel.

Die zusammengelegten Kleider, die Astrid auf die Kiste gestapelt hatte, hatten alle Harald gehört. Sigrid hatte vermutlich noch keine geeigneten Empfänger für sie gefunden. Eines der Stücke, die sie aufbewahrt hatte, war die schöne, tief dunkelrote Leinentunika, die Harald bei dem düsteren Festmahl getragen hatte, als er sich an die Bewohner des Anwesens und des Dorfes gewandt hatte, in der ersten Nacht, nachdem er und Hrorik und die anderen von ihrer unglücklichen Reise nach England zurückgekehrt waren. Es war seine Festtagstunika gewesen. Der Farbstoff für die bemerkenswerte Farbe war zweifellos sehr teuer gewesen. Harald hatte die Tunika auch in der Nacht von Hroriks Trauerfeier getragen. Ich legte sie zusammen und steckte sie in meine Seekiste. Sie war jetzt meine Festtagstunika. Ich würde immer an Harald denken, wenn ich sie trug.

Es gab auch eine graue Tunika aus besonders dickem, schwerem Wollstoff. Ich erkannte Haralds Wintertunika, die er trug, wenn er sich in den kalten Monaten bei rauem Wetter hinauswagte. Als Sklave hatte ich sie oft bewundert. Auch sie legte ich in meine Seekiste. Sie würde im kommenden Winter nützlich sein.

Der Stapel enthielt noch eine weitere Tunika und eine Hose. Das war mehr Kleidung als ich gebrauchen konnte. Selbst wenn ich sie hätte mitnehmen wollen, war meine Seekiste schon jetzt fast voll.

„Gib diese Fasti", sagte ich Astrid. „Sag ihm, dass sie Haralds waren und dass sie ein Geschenk von mir sind."

Sie nahm die Kleidungsstücke entgegen. „Du – Ihr müsst sie finden. Sigrid – Ihr müsst sie vor Toke retten." Dann drehte sie sich um und eilte davon.

Nachdem Astrid gegangen war, setzte ich meine Vorbereitungen für die kommende Reise fort. Ich füllte den Ledersack mit Münzen, verknotete die Schnur und packte ihn unten in meine Seekiste. Die kleinere Truhe, die Sigrid gehört hatte, füllte ich mit dem Rest meines Eigentums: den beiden Säcken mit Genevieves Lösegeld, den losen Münzen, dem silbernen Kelch, den Kerzenständern und der Brosche. Die letzten Stücke wickelte ich in den kurzen Umhang. Ich erwog, den goldenen Halsring und das mit Silber besetzte Trinkhorn, die Hastein mir gegeben hatte, ebenfalls in die kleine Truhe zu legen und zurückzulassen. Aber beide konnten nützlich sein, um andere zu beindrucken.

Sie waren die Art von Gegenständen, die ein hochgeborener Adliger oder ein berühmter Krieger besitzen könnte. Durch sie hatte ich das Gefühl, dass ich mehr als ein ehemaliger Sklave war. Ich beschloss, sie bei mir zu behalten.

Ich hatte zuvor im Bootshaus unten am Ufer einige große Säcke aus Robbenfell gefunden. Solche Säcke sind auf einem Schiff von großem Nutzen, da sie ihren Inhalt vor Wasser und den Naturgewalten schützen. Ich hatte einen davon mitgenommen und benutzte ihn jetzt, um Sigrids Kiste darin einzuwickeln. Dann nahm ich sie auf eine Schulter, verließ das Langhaus und ging zu einer der kleinen Arbeitshütten, wo Werkzeuge aufbewahrt wurden. Dort nahm ich einen Holzspaten und machte mich auf den Weg den Hügel hinauf, der sich hinter dem Langhaus erhob.

Als ich den Hügel hinaufging, sah mich Tore. „Wohin gehst du? Wir müssen die Möwe für die Abreise vorbereiten."

„Ich bin bald zurück", sagte ich und ging weiter – bergauf, an dem steinernen Totenschiff vorbei, das die Asche meiner Mutter und meines Vaters enthielt, und in den Wald dahinter.

Ich suchte einen Ort, an den ich mich aus meiner Jugend erinnerte. Während eines Wintersturms war eine riesige, alte Eiche umgefallen. Sie war bereits geschwächt, das Innere des Stamms teilweise verrottet, und die starken Winde des Sturms zusammen mit der schweren Last aus tiefem, nassem Schnee, den die Äste des alten Baumes tragen mussten, hatten den alternden Riesen zum Einsturz gebracht und beim Fallen mehrere kleinere Bäume in der Nähe mitgerissen.

Als Junge hatte ich ein geheimes Versteck am Stamm des alten Baumes gefunden, eine kleine, offene Fläche inmitten des Gewirrs aus ganzen und gebrochenen Ästen. Es war ein Ort, an den ich zu entkommen versuchte so oft ich konnte, wo ich mich vor Gunhilds Zorn oder Tokes Quälereien verstecken konnte. Es war ein Ort, an dem ich allein sein konnte und an dem ich manchmal den unmöglichen Traum träumte, dass ich eines Tages kein Thrall mehr sein würde.

Meine Erinnerung an die Wälder ließ mich nicht im Stich. Ich fand den umgestürzten Baum, und in seinen Ästen neben dem Stamm war der verborgene Platz, an dem ich mich versteckt hatte. Er war zwar kleiner als ich in Erinnerung hatte, aber dennoch groß genug. Direkt am Stamm hob ich ein Loch aus und vergrub die mit Robbenfell umwickelte Truhe darin. Ich füllte das Loch wieder auf, verstreute die Erde, die nicht wieder hineinpasste, und verteilte lose Blätter über allem, um zu verbergen, dass die Stelle aufgewühlt worden war. Ich fragte mich, ob ich jemals hierher zurückkehren würde.

Wie das Training zuvor verlief auch die Vorbereitung der beiden Schiffe, der Möwe und der Schlange, für die Reise am nächsten Tag nicht reibungslos. Das Problem war, dass die meisten Seereisen Wochen, wenn nicht Monate, im Voraus geplant sind. Man hat also Zeit, Vorräte für die Reise zu sammeln, Tiere zu schlachten, ihr Fleisch durch Pökeln haltbar zu machen und weitere Vorbereitungen zu treffen. Da die Verfolgung von Toke so kurzfristig entschieden worden war, hatten Hastein und Stig keine andere Wahl, als auf die Vorräte des Anwesens zurückzugreifen, um ihre Schiffe zu versorgen. Und obwohl sie weniger Proviant auf die Schiffe geladen hatten, als ihnen angesichts einer Reise von unbestimmter Dauer lieb war, äußerten einige Bewohner des Anwesens die Sorge, dass sie vor dem Frühling Mangel und Hunger erleiden würden, wenn der kommende Winter lang werden würde. Dabei wurde jedes Schiff nur mit einem kleinen Fass getrocknetem, gepökelten Schweinefleisch, drei mit Gerste gefüllten Fässern und einem einzigen Fass Gemüse – Kohl, Karotten, Pastinaken und in Heu verpackten Steckrüben – aus den Vorräten des Anwesens beladen.

Gunhild war am lautstärksten mit diesen Unmutsäußerungen. Sie schlug sogar vor, dass Hastein und Stig für die Vorräte bezahlen sollten, die sie mitnehmen wollten – ein Ansinnen, das fast dazu führte, dass Hastein die Beherrschung verlor.

„Wir sollen für diese ärmlichen Vorräte bezahlen?", fragte er ungläubig. „Werden sie nicht zum Teil von Kriegern dieses Anwesens gegessen, die mit uns segeln? Und fahren wir nicht, um jemanden zur Rechenschaft zu ziehen, der einige Eurer eigenen Leute ermordet hat, einschließlich Eures Anführers Harald? Während Ihr hier bleibt, begeben wir uns in Gefahr, die sowohl von Eurem verräterischen Sohn, als auch vom kommenden Winter und seinem tückischen Wetter ausgeht. Wir tun dies, um Euren eigenen Männern zu helfen, Verluste zu rächen, die ungesühnt ihre Ehre in den Augen anderer beschmutzen könnte. Und *Ihr* beschwert Euch, dass Euer Bauch bei einem langen Winter möglicherweise nicht so voll wird, wie Ihr es Euch wünscht?"

Hasteins Männer, die nah genug waren, um den Austausch zu hören, knurrten ihre Zustimmung. Die Farbe wich aus Gunhilds Gesicht und sie eilte zum Herd, wo sie sich abwandte und es vermied, Hastein anzuschauen, während sie bei der Zubereitung des Abendessens half. Aber auch einige der Huscarls des Anwesens murmelten wütend. Aus den Brocken, die ich zufällig hörte, hatte ich den Eindruck, dass er ihren Stolz erneut verletzt hatte. Ich hörte Floki murmeln: „Denkt er, dass wir nicht selbst mutig genug sind, um Harald ohne seine Hilfe zu rächen?"

Danach kam Hastein auf mich zu. „Dies ist ein unruhiger Haushalt", sagte er. „Es herrscht kein Frieden. Es ist bedauerlich, dass Ihr so schnell nach Eurer Rückkehr wieder gehen müsst. Diese Menschen brauchen eine führende Hand – jemand anderes als diese Frau."

Zumindest teilweise stimmte ich dem zu, was Hastein sagte. Die Bewohner des Anwesens brauchten jemanden, der sie führen konnte, jemand anderes als Gunhild. Aber ich glaubte nicht, dass ich das sein könnte.

Zur Zeit der Abenddämmerung, als alle sich im Langhaus zum Abendessen versammelten, forderte ich die Bewohner des Anwesens auf, in der Mitte des Hauses um die Feuerstelle zusammenzukommen. Hastein, Torvald, Tore und einige andere aus der Mannschaft gesellten sich dazu; zweifellos aus Neugier, was ich vorhatte.

Um die Menschen anzusprechen, stieg ich auf eine Seite der Feuerstelle, damit alle mich sehen und hören konnten. Es fühlte sich merkwürdig an. Es war etwas, was Hrorik oder Harald getan hätten. Aber jetzt waren beide nicht mehr da und es gab nur mich.

„Ich habe euch einiges zu sagen", begann ich. „Inzwischen habt ihr alle gehört, dass es Toke und seine Männer waren, die Harald am Limfjord getötet haben."

Viele der Huscarls sowie einige ihrer Frauen drehten sich um und starrten Gunhild an. Sie blickte trotzig zurück.

Ich fuhr fort. „Morgen bei Tagesanbruch reise ich mit Jarl Hastein und seinen Männern ab. Wir sind auf der Suche nach Toke. Viele der Huscarls aus diesem Haushalt sowie Männer aus dem Dorf begleiten uns auf unserer Jagd. Ich bin allen dankbar, die mit uns kommen."

„Und ich bin dankbar, dass du und deine großen und mächtigen Gefährten gehen", murmelte Gunhild laut genug, dass alle es hören konnten. „Du hast uns kaum genug übrig gelassen, um den Winter zu überstehen."

Ich spürte, dass alle Augen auf mich gerichtet waren; alle fragten sich, was ich zu Gunhild sagen würde, was ich tun würde. Ich entschied mich, sie zu ignorieren. Wir würden uns später sprechen, sie und ich. Aber jetzt musste ich zu denen sprechen, die mit uns kommen würden, und zu denen, die zurückblieben.

„Ubbe, der viele Jahre Aufseher war, ist nun tot. Jemand, der hier bleibt, muss seinen Platz einnehmen, muss sich um die Verwaltung des Anwesens kümmern und die Verantwortung übernehmen." Ich schaute hin und her in die nach oben gerichteten Gesichter vor mir, als wolle ich eine Entscheidung treffen, obwohl ich den Entschluss in Wahrheit schon früher am Tag gefasst hatte.

„Ich habe dieses Anwesen immer verwaltet, wenn Hrorik nicht da war", warf Gunhild ein.

Diesmal antwortete ich. „Ja, aber jetzt sind die Umstände ganz anders. Und ich möchte, dass jemand anderes als Ihr das Sagen hat – jemand, dem ich vertrauen kann."

„Wie kannst du es wagen, solche Entscheidungen zu treffen? Wie kannst du es wagen, Befehle zu erteilen?" Die Stimme kam aus den hinteren Reihen der versammelten Menschen. Ich sah nicht, wer gesprochen hatte, aber ich erkannte die Stimme: Floki.

„Ich bin Hroriks Sohn, von ihm anerkannt, bevor er starb", antwortete ich in einem Tonfall, der mehr Selbstvertrauen und Autorität enthielt als ich spürte. „Ich bin nach Recht und Gesetz jetzt der Erbe dieser Ländereien."

Mehrere Huscarls des Anwesens vor mir schüttelten den Kopf und murmelten leise. Es schien, als seien einige hier nicht damit einverstanden. Das alles lief nicht gerade gut.

„Glaubst du, dein Anspruch ist stärker als Tokes?" fragte Gunhild. Offensichtlich ignorierte sie die Tatsache, dass die meisten der im Langhaus anwesenden Krieger am nächsten Tag abreisen würden, um Toke zu finden und zu töten. „Du bist ein Bastard. Bastarde können nicht erben."

„Ich wurde von Hrorik als sein Sohn anerkannt. Und Toke hat überhaupt keinen Anspruch", antwortete ich. „Er wurde von Hrorik enterbt, wie du weißt. Wie alle hier wissen." Ich konnte nur hoffen, dass meine Worte zumindest bei einigen von ihnen Schamgefühle erwecken würden, weil sie ihn als Erben akzeptiert hatten. Ich spürte in mir die Wut diesen Menschen gegenüber aufsteigen.

„Ich habe meine Entscheidung getroffen, wer das Anwesen in meiner Abwesenheit verwalten wird", rief ich. „Gudrod. Komm herauf und stelle dich neben mich."

Gudrod stand einen Augenblick lang reglos mit überraschtem Gesichtsausdruck, dann drängte er sich durch die Menge und kam auf die Feuerstelle zu. Als er sie erreichte, streckte ich den Arm aus, griff sein Handgelenk, und zog ihn neben mich hoch. „Ist das weise?" fragte er im Flüsterton. „Ich bin nur ein Zimmermann. Ich weiß nicht, wie man dieses Anwesen führt."

Ich murmelte zurück: „Du wirst es lernen. Du hast dein ganzes Leben lang hier gelebt. Du weißt, wie dieses Anwesen funktioniert. Du brauchst nur dafür zu sorgen, dass alles so weiter läuft, wie bisher." *Und ich weiß, dass ich dir vertrauen kann. Das ist das Wichtigste.*

„Gudrod wird der neue Aufseher des Anwesens sein", sagte ich mit lauter Stimme, damit alle es hören können. Gunhild rollte die Augen und schüttelte den Kopf.

„Es gibt noch etwas, das ich euch sagen muss", fuhr ich fort. *Und das werdet ihr noch weniger mögen*, dachte ich. „Da diese Ländereien jetzt mir gehören, werde ich Veränderungen vornehmen. Alle, die hier leben und arbeiten, werden frei sein. Es wird keine Sklaven auf diesem Anwesen geben."

„Du verkaufst die Sklaven?" rief Gunhild.

„Nein", sagte ich. „Ich befreie sie."

Es war lange still im Raum. Die Huscarls des Anwesens und ihre Frauen sahen sich mit verblüfftem Gesichtsausdruck an. Torvald und Tore, die zu meiner Rechten neben der Feuerstelle standen, tauschten mit erhobenen Augenbrauen Blicke aus. Sogar die Sklaven sahen fassungslos aus.

Hastein gesellte sich zu mir, neigte den Kopf, und flüsterte mir ins Ohr: „Sie sind jetzt natürlich Euer Eigentum. Es ist Euer Recht. Aber denkt Ihr, das ist klug?"

In Wahrheit dachte ich, dass es wahrscheinlich nicht klug war. Aber es war mir egal. Ich wusste nicht, ob ich von Tokes Verfolgung zurückkehren würde. Selbst wenn ich es täte, wusste ich nicht, ob die Huscarls, die mich als Sklaven gekannt hatten, mich jemals als ihren Anführer akzeptieren würden. Das waren alles Fäden, die die Nornen noch nicht in das große Muster meines Schicksals eingewebt hatten. Aber was auch immer in den nächsten Tagen geschehen würde, hier und jetzt lag es in meiner Macht, die Sklaven dieses Anwesens zu befreien. Es lag in meiner Macht, ihnen zu ermöglichen, einem Leben als Thrall zu entkommen, wie ich es getan hatte.

Als die Überraschung nachließ, fanden die Menschen vor mir ihre Stimmen wieder, und Fragen und wütende Ausrufe füllten den Saal. Die meisten waren eine Variation des Themas „wer wird die Arbeit machen?" Fasti, der seine neue Tunika und Hose trug, rief: „Wohin sollen wir gehen? Wie werden wir leben?"

Ich hielt die Hände hoch, um die Menge zu beruhigen, wurde aber ignoriert. Schließlich donnerte Torvald, „Lasst ihn sprechen!" Dann trat er vor mir und blickte grimmig um sich, als wartete er nur darauf, dass jemand nicht gehorchen würde. Ein wütender Riese ist ein beängstigender Anblick. Der Saal verstummte schnell.

„Das Leben hier wird sich dadurch nicht wesentlich ändern", erklärte ich. „Ihr alle hier, frei oder nicht, habt die Arbeit auf diesem Anwesen immer zusammen erledigt. Aber von diesem Tag an wird es hier zwei Regeln geben. Niemand darf auf diesen Ländereien leben und den Schutz dieses Daches über seinem Kopf genießen, es sei denn, er beteiligt sich an der Arbeit des Anwesens. Und alle, die hier leben und arbeiten, sind frei. Die Sklaven werden weiterhin hier leben, solange sie ihren Anteil an der Arbeit leisten." Ich sah Fasti in die Augen. „Aber ihr werdet hier nicht mehr als Sklaven leben und arbeiten. Ihr seid jetzt frei."

Ich wandte mich nicht an die Huscarls und gab meine Meinung über sie nicht preis. Wenn ich irgendwann zurückkehrte – falls ich zurückkehrte – würde es eine Abrechnung geben. Diejenigen wie Floki, die sich weigerten, mich zu akzeptieren, würden gehen müssen.

„So einfach wird es nicht sein", sagte Hastein leise zu mir. „Freie Menschen werden Sklaven nicht so leicht als gleichberechtigt ansehen. Es wird Streit geben."

Ich seufzte. Das glaubte ich auch. „Nun", antwortete ich. „Wie Ihr bemerkt habt, ist dies eben ein unruhiger Haushalt."

Am nächsten Morgen, nachdem die aufgehende Sonne den Morgennebel vertrieben hatte, segelten wir ab. Die Menschen des Guts, die zurückblieben, kamen ans Ufer, um bei der Abreise dabei zu sein, Abschied zu nehmen und uns eine sichere Reise zu wünschen. Nur zwei von ihnen hatten mir etwas zu sagen.

Gudrod kam auf mich zu, als ich vom Langhaus zum Ufer ging. Ich trug meine Seekiste auf einer Schulter und meinen Bogen in der freien Hand.

„Ich hoffe, dass du hierfür eine Verwendung findest", sagte er und streckte mir ein Bündel Pfeile entgegen, das mehrmals mit einer Schnur umwickelt und zusammengebunden war. „Es sind alle fertigen Pfeile, die ich in meinem Arbeitsschuppen aufbewahrt hatte, sowie ein Dutzend neue aus Schäften, die ich in den letzten Tagen befiedert und mit Spitzen versehen habe. Und das ist ein Futteral aus Robbenfell, das ich für deinen Bogen gemacht habe. Es wird ihn an Bord des Schiffes schützen."

Ich stellte meine Kiste auf den Boden, öffnete sie und legte die Pfeile hinein. Es gab kaum Platz für sie. Ich rollte das Futteral aus und schob meinen Bogen hinein. Es war ein sehr nützliches Geschenk, das ich sehr zu schätzen wusste. Die ständige Feuchtigkeit von Wellen und Wetter an Bord eines Schiffes kann einem Bogen zusetzen. „Ich danke dir", sagte ich. „Von ganzem Herzen."

Als ich mich aufrichtete, streckte ich meinen rechten Arm aus, um mit ihm die Handgelenke zu umklammern. Er aber nahm meine Hand, zog mich an sich und umarmte mich. Ich war zu verblüfft, um zu reagieren.

Nach einem Moment trat er zurück, packte mich bei den Schultern und hielt mich auf Armeslänge. Seine Augen waren feucht.

„Du bist zu einem guten Mann herangewachsen", sagte er. „Dein Vater und Harald wären sehr stolz auf dich. Wenn du Toke findest, sei vorsichtig. Geh kein Risiko mit ihm ein. Töte ihn so schnell wie möglich und beende die Sache. Dann komm sofort zurück und hilf mir mit diesem Wespennest, in das du gestochen und dann mir überlassen hast. Ich bin kein Aufseher. Ich bin nur ein einfacher Schreiner." Gudrod ließ die Hände fallen und trat zurück, drehte sich um und eilte davon, bevor ich mich wieder sammeln und antworten konnte.

Fasti stand in der Nähe und sah zu. Nachdem Gudrod gegangen war, kam er auf mich zu und sagte zögernd: „H...Herr Halfdan?"

„Ich bin nicht dein Herr, Fasti", sagte ich ihm. „Du bist jetzt frei."

Er stand da und nickte nur mit dem Kopf, während auch seine Augen feucht wurden. Ich fühlte mich unbehaglich, und wieder einmal fielen mir keine passenden Worte ein. Ich war es nicht gewohnt, dass sich jemand darum scherte, ob ich blieb oder ging.

Nach einem Augenblick sagte er mit erstickter Stimme: „Danke. Ich danke dir. Mögen die Götter dich auf deiner Reise beschützen und zu uns zurückbringen."

Er hielt inne, streckte dann seine geballte rechte Hand zu mir aus und öffnete sie. Ein mit schwarzen

Federn bedecktes Etwas lag auf seiner Handfläche.

„Das ist Hugins Flügel", sagte er. „Der Flügel, den Toke ihr abgerissen hat. Ich habe ihn behalten, um mich an sie zu erinnern."

Ich starrte ihn an, wusste aber nicht, was ich sagen oder tun sollte.

„Die Federn. Benutze sie für einen Pfeil", sagte Fasti. „Hugin wird dafür sorgen, dass er ins Schwarze trifft. Töte Toke damit."

Hühnerfedern sind für die Befiederung eines Pfeils nicht besonders gut geeignet. Die Flügelfedern einer Gans sind länger und steifer und daher besser. Aber Fasti wusste das nicht, und ich sagte es ihm auch nicht. Ich nahm ihm den schwarzen Flügel ab. Er sagte nichts weiter, nickte aber dankend, drehte sich um und eilte davon.

Am Ufer waren die Möwe und die Schlange zu beiden Seiten des schmalen, ins Wasser ragenden Holzstegs festgemacht. Besatzungsmitglieder, die wie ich an Land geschlafen hatten, schafften ihre Ausrüstung auf die Schiffe. In der Nähe des Stegs rang Hastein mithilfe von Torvald und Stig mit einem Widder, um ihn zum Ufer zu bringen. Ich verstaute meine Seekiste und meinen Bogen an Bord der Möwe und eilte zurück, wo sich die beiden Schiffsbesatzungen um sie versammelten.

Inzwischen stand Hastein bis zu den Knöcheln im flachen Wasser, und der Widder war zu seiner linken Seite. Torvald, der auf der anderen Seite des Tieres stand, umklammerte mit jeder seiner großen Hände ein Horn, um den Kopf still zu halten. Stig war hinter

Torvald positioniert und hatte beide Hände in der Wolle auf dem Rücken des Widders vergraben, um den Körper zu fixieren, damit er nicht bocken oder sich aufbäumen konnte.

Hastein hob beide Arme über den Kopf. Der goldene Armreif des Goden zierte seinen linken Oberarm, und in seiner rechten Hand hielt er ein Messer.

Er rief gen Himmel: „Allvater Odin, mächtigster aller Götter, hört uns! Wir bitten Euch um Euren Segen und Schutz auf der Reise, die wir gleich antreten werden.

Wir beten zu Euch, mächtiger Thor, als Gott der Eide und der Ehre. Wir gehen auf die Jagd nach einem Eidbrecher, einem Nithing, der keine Ehre hat.

Wir beten zu Euch, weiser Odin, als Gott der Rache und des Todes. Wir rächen üblen Verrat und Mord. Helft uns, die Männer zu töten, die wir suchen.

Tapferer Thor, Meister des Regens und des Sturms, Herr des Donners, gewährt uns schönes Wetter. Nehmt dieses Blutopfer an, das wir Euch jetzt darbieten. Möge das Meer das Blut dieses Widders trinken und unseres verschonen. Möge es seinen Hunger stillen und unsere Schiffe vor Wind und Wellen schützen."

Als sein Gebet zu Ende war, ließ Hastein seine rechte Hand sinken und zog mit einer einzigen schnellen Bewegung die Klinge seines Messers von links nach rechts über den Hals des Widders, direkt unter seinem Kiefer. Aus der klaffenden Wunde spritzte Blut ins Wasser. Der Widder machte mehrere heftige, krampfhafte Zuckungen, aber Torvald und Stig hielten ihn fest.

„Das Meer trinkt unser Blutopfer", rief Hastein, und die Leute, die sich am Ufer versammelt hatten, nickten und murmelten ihre Zustimmung.

Hastein drehte sich um und deutete auf Tore, der am Ufer stand und eine flache Kupferschale und einen frisch von einer Fichte geschnittenen kurzen Zweig in den Händen trug. Tore trat vor und hielt die beiden Gegenstände Hastein entgegen, während dieser die Klinge seines Messers ins Meer tauchte, an seinem Hosenbein trockenwischte und einsteckte. Als Hastein seine Hände ausstreckte, um die Schale und den Zweig entgegenzunehmen, rutschte Tore auf einem glatten Felsen im flachen Wasser aus und fiel auf ein Knie. Er wäre mit dem Gesicht nach vorne ins Wasser gefallen, hätte er nicht den Ast fallen gelassen und sich mit einem Arm abgestützt, um seinen Sturz abzufangen.

Die Menschen am Ufer stöhnten auf. Mit einem ängstlichen Gesichtsausdruck sah Tore zu Hastein auf. „Es tut mir leid, mein Jarl."

Hastein nahm die Kupferschale in eine Hand, und mit der anderen ergriff er Tore am Oberarm und zog ihn auf die Füße. Dann bückte er sich, holte den Fichtenzweig und schüttelte das Wasser ab. „Es ist nicht von Bedeutung", sagte er, aber sein Gesichtsausdruck war ernst.

Der Widder in Torvalds und Stigs Griff sackte langsam zusammen, während sich der Blutfluss aus der Wunde in seinem Hals zu einem stetigen Strom verlangsamte, statt in großen Schüben zu spritzen. Hastein hielt die Schale unter den Hals, bis sie voll war. Er trug sie auf den schmalen Steg vor bis zur Möwe und der Schlange und verwendet den Fichtenzweig, um das Opferblut unter die geschnitzten, bunt bemalten Drachenköpfe der Buge zu pinseln. „Mögt ihr von Brechern verschont bleiben und von Wellen keine Schäden nehmen. Weicht den Felsen aus, die unter der Oberfläche lauern, und fliegt wie die Vögel vor dem Wind."

Nachdem Hastein ans Ufer zurückgekehrt war, gehörte ich nicht zu den Besatzungsmitgliedern, die sich nach vorne drängten und versuchten, mit dem Opferblut gesalbt zu werden. Ich glaubte nicht, dass ein paar Tropfen Blut von einem getöteten Schaf irgendeine Macht hätten, mich vor Tod oder Verletzungen zu schützen. Ich konnte nicht umhin, mich an eine ähnliche Szene oben am Limfjord auf Hasteins Anwesen zu erinnern, als es ein Blutopfer gegeben hatte, bevor unsere Flotte in das Frankenreich gefahren war. Viele, die damals den Schutz des Opferblutes gesucht hatten, waren nicht vom Feldzug zurückgekehrt. Die Fäden aller unserer Leben lagen in den Händen der Nornen, der Weberinnen des Schicksals. Wenn die drei Schwestern beschlossen, die Fäden zu durchtrennen, konnte nichts die Klingen ihrer Schere abwenden.

Torvald hatte den Kadaver des inzwischen gestorbenen Widders auf die Möwe getragen. Zumindest heute Abend würde die Verpflegung aus Gerste- und Gemüseeintopf durch Hammel anstelle von gesalzenem Schweinefleisch ergänzt werden.

Die übrigen Mitglieder der beiden Besatzungen gingen das enge Dock entlang und bestiegen die beiden Schiffe. Es war bald Zeit zum Auslaufen.

Ich hatte noch eine letzte Sache zu erledigen. Ich

blickte über die Gesichter der Menschen des Anwesens, die noch immer am Ufer standen und auf unsere Abreise warteten, bis ich Gunhild fand. Ich drängte mich durch die Menge und ging zu ihr.

„Ich hoffe, dass Ihr nicht mehr hier seid, wenn ich zurückkomme", sagte ich zu ihr. „Euer Vater ist ein Jarl. In seinem Haushalt ist bestimmt Platz für Euch."

„Hrorik war mein Ehemann", antwortete sie hochmütig. „Als seine Frau habe ich das Recht, hier zu leben. Mehr Recht als du. Du bist ein Bastard und nicht berechtigt, zu erben."

„Hrorik hat mich vor Zeugen anerkannt", sagte ich gereizt. Wenn sie mir keinen Respekt zeigen wollte, musste ich das ihr gegenüber auch nicht mehr tun, daher änderte ich die Anredeform. „Du warst dabei. Und er gab mir eine Erbschaft – die Farm am Limfjord. Ich bin also Erbe. Inzwischen der einzige mit irgendeinem Anspruch auf dieses Anwesen, falls Sigrid nicht zurückkehrt."

Statt zu antworten, starrte mich Gunhild nur zornig an. Wäre ich ein Thrall gewesen, hätte sie mich zweifellos geschlagen.

Ich starrte kalt zurück. „Du hast das Leben meiner Mutter zur Hölle gemacht. Glaubst du nicht, dass ich dir das Gleiche antun werde? Ich bestreite nicht dein Recht, hier als Hroriks Witwe zu leben. Aber du wirst hier weder willkommen sein, noch wird dein Leben ein glückliches sein. Geh zu deinem Vater. Vielleicht findet er einen neuen Mann für dich."

„Du kannst mich nicht vertreiben. Und ich erwarte nicht, dass du zurückkommst. Ich kenne meinen Sohn.

Toke wird dich töten. Er wird euch alle töten."

„Halfdan!" rief Torvald von der Möwe. „Es ist Zeit."

Als ich mich umdrehte und zum Schiff ging, rief Gunhild mir nach, diesmal lauter, damit alle es hören konnten. „Du hast das Omen gesehen. Das haben wir alle. Das Opfer wurde zurückgewiesen. Ihr seid alle verloren – ihr seid verflucht. Ihr werdet alle sterben."

6

Die Augen des Reiches

Unsere Truppe bestand aus einundachtzig Kriegern und einem Thrall: Cullain, Hasteins irischem Sklaven, der als Koch auf der Möwe diente. Vierzig Kämpfer segelten auf der Schlange und einundvierzig auf der Möwe. Sechsundfünfzig waren Krieger, die schon lange zur Gefolgschaft der beiden Kapitäne Hastein und Stig gehörten. Dreizehn Huscarls vom Anwesen und acht Krieger aus dem nahegelegenen Dorf fuhren ebenfalls mit uns, verteilt auf die beiden Schiffe. Hrodgar, das Dorfoberhaupt vom Limfjord, und mein Kamerad Einar, die beide an Bord der Möwe waren, vervollständigten unsere Jagdgesellschaft.

Auf mein Drängen hin hatte Einar seine Seekiste auf die andere Seite des Gangs mir gegenüber gestellt und das Ruder übernommen, das einst an der zweiten Position im Heck von Odd bemannt worden war. Torvald hatte das dritte Ruderpaar hinter Einar und mir zwei Männern aus dem Dorf zugeteilt. Er und Hastein hatten Wert darauf gelegt, die Neuankömmlinge im ganzen Schiff zwischen Hasteins eigenen Männern zu verteilen.

Die Leinen, mit denen die beiden Schiffe an dem schmalen Landungssteg festgemacht waren, wurden losgemacht und aufgerollt. Hastein, der auf dem kleinen erhöhten Achterdeck der Möwe stand, rief zur Schlange hinüber: „Stig! Lasst uns eine Zeitlang rudern."

91

Torvald, der neben Hastein stand, stützte seine Hände auf den geschnitzten Griff des Steuerruders und knurrte. „Warum?", fragte er. „Wir haben genug Wind, um das Segel zu füllen."

Hastein ignorierte ihn, steckte eine Hand in die Tasche an seinem Gürtel, zog etwas heraus und hielt es in die Höhe. Es war eine Silbermünze. „Und Stig, ich wette, dass die Möwe vor der Schlange die Stelle erreicht, wo die Mündung des Fjords auf das offene Meer trifft."

Stig grinste und rief der Mannschaft der Schlange, die das Schiff vorbereitete, zu: „Was sagt ihr dazu? Soll ich die Wette des Jarls annehmen? Und ihm sein fränkisches Silber abnehmen?" Als sie ihre Zustimmung brüllten, wandte er sich wieder Hastein zu und rief: „Machen wir es zwei Denare, wenn der Gewinner um eine volle Schiffslänge oder mehr voraus ist."

Hastein wandte sich an Torvald. „Worauf wartest du noch? Fahren wir los. Ich will nicht verlieren."

Torvald prustete empört. Hastein grinste und drängte sich zum Bug, durch die Männer, die auf dem Schiffsdeck umherliefen, ihre Seekisten verstauten und ihre Schilde und andere Ausrüstung sicherten. Als er in meiner Nähe kam, hielt er inne und legte seine Hand auf die Schulter eines Kriegers namens Asbjorn, der seine Seekiste im Heckbereich aufbewahrte und sich im Ruderdienst mit uns an den hinteren drei Riemenpaaren abwechselte.

„Rudere nicht", sagte er leise. „Ich will vorerst jeden neuen Mann am Ruder haben." Er wandte sich an die beiden Männer aus dem Dorf, die in der Nähe standen. „Ihr beide werdet das dritte Paar vom Heck rudern, ja?" Als Antwort nickten sie eifrig.

„Meine Kameraden", dröhnte Torvalds Stimme. Alle außer Hastein drehten sich um und sahen ihn an. „Die Möwe ist ein gutes Schiff, aber sie kann sich nicht selbst rudern. Der Jarl hat die Schlange herausgefordert. Es ist sein Silber, das gewettet wurde, aber wir sind es, die dieses Rennen gewinnen oder verlieren werden. Worauf wartet ihr noch? Ruderer, zieht die Riemen!"

Hastein ging weiter zum Bug. Ich sah, wie er innehielt und kurz mit anderen Besatzungsmitgliedern sprach. Manche waren seine eigenen Männer, denen er vermutlich das Gleiche mitteilte, was er Asbjorn gesagt hatte, andere waren Krieger vom Anwesen oder aus dem Dorf, denen er gelegentlich Ruderpositionen zuwies.

„Unsere Riemen sind dort oben", sagte ich zu Einar. „Alle längeren Riemen der Möwe für Heck und Bug werden dort aufbewahrt. Die seitlichen Gestelle sind für die mittleren Riemen, die alle die gleiche Länge haben."

Die beiden Männer aus dem Dorf folgten uns. Einer, der mir irgendwie bekannt vorkam, schien nicht älter als ich zu sein. Als wir das Gestell für die Riemen erreichten, griff ich nach oben, packte das Ende eines Ruders und ließ es herunter. Ich untersuchte den Schaft, drehte mich um und rief zurück zum Heck, wo Tore noch dabei war, seinen Schild an der Seite des Schiffes festzubinden.

„Tore", sagte ich, „das hier ist für dich."

Er richtete sich auf, nickte und kam auf uns zu. Ich reichte Einar den Riemen, der ihn an Tore weitergab. Ein weiterer Huscarl Hasteins, ein Krieger namens Storolf, gesellte sich zu uns. Er gehörte zu Hasteins Männern, die während des Frankenreich-Feldzugs am Limfjord zurückgeblieben waren, um das Anwesen des Jarls zu bewachen. Nach unserer Rückkehr war er anstelle eines der im Frankenreich schwer verletzten Kriegers in die Mannschaft der Möwe aufgenommen worden. Storolf saß am Ruder im ersten Paar, gegenüber von Tore.

Ich zog einen weiteren Riemen herunter. „Man erkennt es an den Kerben", erklärte ich den Dorfbewohnern und zeigte auf zwei kleine Schnitte im Schaft direkt hinter der Stelle, an der die Hände eines Ruderers ihn greifen würden. „Dies ist für die zweite Position vom Heck, wo Einar und ich rudern." Als ich seinen Namen sprach, nickte ich mit dem Kopf in Einars Richtung, um ihn sozusagen vorzustellen. „Ihr beide braucht die Riemen mit drei Kerben."

„Ruderer, an eure Stationen", rief Torvald. Schnell reichte ich Einar das Ruder in meiner Hand und zog ein weiteres herunter. Es hatte drei Kerben. Ich übergab es dem jüngeren der beiden Dorfbewohner und fragte mich wieder, warum er mir vertraut schien. Einen nach dem anderen zog ich weitere Riemen herunter, bis alle sechs von uns an den hinteren drei Paaren versorgt waren.

„Schnell zu euren Plätzen!" rief Torvald. „Die Schlange stößt bereits vom Steg ab. Wollt ihr zulassen, dass sie uns schlagen?"

Vier Männer standen mittschiffs und schoben die Möwe mit ihren Riemen vom Dock weg, während die übrigen Männer der Besatzung, die die dreißig Riemen der Möwe bemannten, sich auf ihre Seekisten setzten und die langen Schäfte ihrer Ruder über ihre Oberschenkel legten. Ich schob meine Seekiste in Position und tat das Gleiche, dann griff ich zu meinem Ruderloch auf der Seite des Schiffes, löste das Seil, das die Holzabdeckung befestigte, und schob sie aus dem Weg.

„Riemen einlegen", befahl Torvald. Ich führte das breite Blatt meines Ruders durch den Einschnitt über dem Ruderloch und schob den Schaft hinaus, bis das Ruder vollständig ausgefahren war. Dann beugte ich mich mit vor mir ausgestreckten Armen nach vorne, hielt das Ruder flach über dem Wasser und wartete auf Torvalds Befehl.

„Alles vorwärts – los!" rief er.

Ich ließ das Blatt meines Ruders ins Wasser fallen, stützte meine Füße gegen das Deck und lehnte mich nach hinten, während ich mit Rücken und Schultern zog.

„Zug!"

Die ersten Ruderschläge waren immer die schwierigsten. Die Möwe bewegte sich kaum, während die Riemen eintauchten ihren Weg durch das Wasser machten. Ich strengte mich an, mein Ruder bei jedem Schlag zu ziehen, doch es fühlte sich an, als würde das gesamte Gewicht des Meeres an meinem Blatt hängen.

„Zug! Zug!"

Allmählich wurde die Möwe schneller. Zunächst bewegte sie sich mit jedem Schlag in ungleichmäßigen Stößen vorwärts, verlangsamte sich aber dazwischen, während wir die Ruder wieder hoben und an die Ausgangsposition zurückführten. Aber schließlich erreichten wir den magischen Moment, als das Schiff plötzlich lebendig zu werden schien wie der Seevogel, der sein

Namensgeber war; es flog schnell über die Oberfläche des Meeres, während unsere Ruder im Einklang eintauchten und auftauchten.

„Zug, Zug, Zug!" rief Hastein jetzt gemeinsam mit Torvald, als er in der Mitte des Decks zwischen den Ruderern auf und ab ging.

Vor mir schwang Tores breiter Rücken mit jedem Zug vor und zurück. „Ha!" rief er aus. „Wir lassen sie hinter uns!"

Beim Rudern blickte ich seitwärts und sah, dass er recht hatte. Obwohl die Schlange vor uns losgefahren war, zog die Möwe nach und nach vorbei.

Auf der Schlange rief Stig statt „Zug! Zug!" nun „Härter, härter!" Aber es war umsonst. Die Möwe war ein sehr schnelles Schiff – schneller als die Schlange. Und ich konnte sehen, als ich über meine Schulter blickte, dass wir die Landzunge an der Mündung des Fjords fast erreicht hatten.

Irgendwo mittschiffs hinter mir hörte ich Hasteins Stimme, während Torvald noch den Takt gab. „Ruderer, bereit", rief er. Dann gaben er und Torvald gemeinsam den Befehl: „Hochscheren!"

Als ich den Griff meines Riemens nach unten drückte und das Blatt weit über die Wasseroberfläche hielt, spürte ich, wie sich der Rumpf der Möwe bewegte, als sie die Wellen durchschnitt, die den Anfang des offenen Meeres kennzeichneten.

„Gut gemacht! Gut gemacht, meine Brüder", rief Hastein.

Atemloser Jubel brach unter der Besatzung aus, als die Schlange uns erreichte und neben uns glitt. Stig stand im Heck an Steuerbord und schüttelte den Kopf. „Die Möwe verdient ihren Namen", sagte er. Er zog eine Münze aus dem Beutel an seinem Gürtel und warf sie über das Wasser zwischen den beiden Schiffen.

Hastein grinste, als er nach oben griff und sie fing. „Es war ein enges Rennen", antwortete er. „Ruderer, verstaut eure Ruder. Lasst uns die Flügel der Möwe ausbreiten, damit sie den Wind reiten kann."

Während die Besatzungsmitglieder, die nicht gerudert hatten, das Segel vorbereiteten und hochzogen, brachten wir anderen unsere Riemen zu ihren Gestellen zurück. Als er seinen Riemen an seinen Platz schob, sagte der jüngere der beiden Dorfbewohner zu mir: „Mein Name ist Bram. Und das" – er deutete auf seinen Kameraden – „ist Skuli. Wir kommen aus dem Dorf in der Nähe von Hroriks Anwesen. Wir waren beide mit ihm auf der Fahrt nach England, bevor er starb."

Es war offensichtlich, dass keiner von ihnen mich erkannte. Sie dachten, ich sei einfach einer von Jarl Hasteins Männern, sonst nichts. Es gab eigentlich keinen Grund, weshalb sie mich hätten kennen sollen. Auch wenn einer der beiden in den Jahren, in denen ich Sklave gewesen war, jemals Hroriks Anwesen besucht hatte, konnte ich mich nicht erinnern, sie gesehen zu haben, und sie hätten sicherlich keinen jungen Thrall bemerkt oder sich daran erinnert. Und während der kurzen Zeit, in der ich als freier Mann auf dem Anwesen gelebt hatte – den Wochen zwischen Hroriks Bestattung und der unglückseligen Reise zum Limfjord – hatte es wenig Kontakt zwischen den Bewohnern des Anwesens und denen des Dorfes gegeben. "Willkommen in der Mannschaft der Möwe", antwortete ich. „Ich heiße Halfdan."

Ich beobachtete ihre Gesichter und sah, dass mein Name ihnen zunächst nichts bedeutete. Nach wenigen Augenblicken konnte ich auch sehen, als es dann soweit war. Der Jüngere, Bram, erinnerte sich zuerst.

„Du bist... Ihr seid Hroriks..." stammelte er und suchte nach den richtigen Worten.

„Hroriks Bastard? Bin ich."

Sein Begleiter Skuli kicherte, aber Bram sah verlegen aus. Er wandte sein Gesicht für einen Augenblick ab und sagte nichts. Durch die Geste wurde mir klar, warum er mir bekannt vorkam. Ich hatte schon einmal gesehen, wie er das Gleiche getan hatte.

„Euer Vater und Bruder sind auch mit Hrorik nach England gefahren, nicht wahr?" fragte ich.

Bram sah überrascht aus. „Ja", sagte er und nickte.

„Aber sie sind nicht zurückgekehrt."

„Mein Vater, Krok, wurde im Kampf mit den Engländern getötet. Mein Bruder wurde verwundet. Er starb auf der Heimreise."

Ich erinnerte mich, wie seine Mutter gejammert hatte, als sie von ihrem Tod erfahren hatte. *Warum hast du dich dieser Reise angeschlossen?* fragte ich mich. *Toke ist nicht* dein *Feind. Warum bleibst du nicht bei deiner Familie?*

Der Wind wehte den ganzen Tag über aus Nordwesten, weswegen die meisten von uns an Bord der Möwe wenig zu tun hatten. Nachdem wir die Küste Jütlands verlassen hatten, segelten wir nach Süden, und am späten Vormittag kam die Insel Samsø seitlich des Bugs in Sicht. Anfangs navigierte Torvald eng an der

Küste entlang in südöstlicher Richtung, sodass das flache Land von unserer Steuerbordseite aus sichtbar war. Als die Küste der Insel allmählich nach Westen verschwand, segelten wir wieder nach Süden.

Gegen Mittag übernahm Hastein den Ruderstock, um Torvald die Möglichkeit zu geben, sich zu setzen und seine Beine auszuruhen. Torvald, Tore, Storolf und Asbjorn zogen ihre Seekisten in einen losen Kreis, setzten sich auf sie und vertrieben sich die Zeit mit Würfeln, um ihr Glück zu testen. Ich zog meine eigene Kiste dazu, setzte mich darauf und sah zu. Torvald warf am häufigsten die höchste Zahl. Er hatte Glück mit Würfeln. Tore dagegen nicht, zumindest nicht an diesem Tag. Er würfelte häufiger als die anderen die niedrigste Zahl, und nach einiger Zeit machte ihn das missmutig.

„Glaubt ihr, dass es wahr ist?", fragte er plötzlich. „Was diese Frau gesagt hat? Wurde das Opfer von den Göttern abgelehnt?"

„Unser Opfer wurde nicht abgelehnt", sagte Hastein, der hinter uns auf dem Achterdeck stand.

„Mit dem Opfer war alles in Ordnung", pflichtete Torvald ihm bei. „Du warst nur ungeschickt, aber das ist nichts Neues. Wenn deine Tollpatschigkeit die Götter so wütend machen würde, dass sie uns alle dafür töteten, wären wir längst tot."

Tore starrte ihn zornig an. Dann wandte er sich an mich und fragte: „Du kennst diese Frau, Halfdan. Sieht sie Dinge, bevor sie passieren? Kann sie hellsehen? Oder ist sie eine Hexe? Hat sie uns verflucht?"

Meine Mutter hatte die Gabe des zweiten Gesichts. Sie sah manchmal Dinge, die in unserer Welt noch nicht geschehen waren. Sie hatte von Hroriks Rückkehr aus England gewusst, und dass er im Sterben lag, bevor sein Schiff das Anwesen erreicht hatte. Aber das hatte nichts mit Tores Frage zu tun.

Ich schüttelte den Kopf. „Gunhild ist nur eine bittere und zornige Frau. Sie will anderen nur übel und hofft, dass geschieht, was sie gesagt hat. Aber sie hat nicht die Kräfte, es herbeizuführen."

„Aber was, wenn es ein Omen war?" beharrte Tore. „Was, wenn die Frau in diesem Fall die Wahrheit gesagt hat und wir alle sterben werden?"

„Natürlich hat sie die Wahrheit gesagt", sagte Torvald. „Wir werden alle sterben. Es ist die einzige sichere Sache in unserem Leben, vom Tag unserer Geburt an."

Storolf und Asbjorn lachten. Sogar Hastein, oben auf dem Achterdeck, lächelte.

„Ihr macht euch über mich lustig", sagte Tore gereizt. Er schob seine Seekiste zur Seite und ging wütend zum Bug des Schiffes.

Torvald schüttelte den Kopf. „Tore hat sich seit Odds Tod sehr verändert. Er hat sein Lachen verloren und sieht überall Zeichen und Omen."

Zeichen und Omen. Die Worte ließen mir einen Schauer über den Rücken laufen. Harald hatte die gleichen Worte gesprochen, am ersten Abend unserer Reise zum Limfjord. Wir hatten einen Stern vom Himmel fallen sehen, und er hatte gesagt, dass einige glaubten, solche Ereignisse würden den Tod eines großen Mannes vorhersagen. Ein paar Nächte später war er tot, ermordet von Toke und seinen Männern.

„Glaubst du nicht, dass wir manchmal wirklich

Omen sehen können?" fragte ich. „Dass es manchmal Warnungen vor bevorstehenden Ereignissen gibt?"

Torvald zuckte mit den Schultern. „Vielleicht. Vielleicht auch nicht. Was spielt das für eine Rolle? Ich selbst würde solche Zeichen nicht sehen wollen. Es wäre nur schmerzhaft, im Voraus Kenntnis des eigenen Tods zu haben. Jeder Mensch muss sterben, und niemand kann dem Tod ausweichen, wenn seine Zeit gekommen ist. Es liegt alles in den Händen der Nornen. Es nützt nichts, sich zu sorgen, was der morgige Tag bringt. Was sein wird, wird sein."

Am Nachmittag ließen wir die Südspitze von Samsø hinter uns. Als Hastein die Möwe nach Osten navigierte, zogen wir die Taue und Schoten an und drehten das Segel, damit der Wind es weiterhin füllen konnte. Die Möwe neigte zum Krängen, wenn der Wind direkt von der Seite kam, daher schoben wir unsere Seekisten auf die hohe Seite und standen oder saßen dort, um die Neigung auszugleichen. Aber das Meer blieb ruhig, und wir kamen gut voran.

Am späten Nachmittag erreichten wir wieder Land – eine schmale Landzunge, die aus der Westküste von Seeland herausragte.

„Wir sind heute gut vorangekommen", sagte Hastein. „Wir werden hier einen Platz zum Übernachten suchen. Wenn wir morgen wieder guten Wind haben, sollten wir in der Lage sein, durch den Großen Belt und hoffentlich noch weiter zu fahren."

Seeland – die Insel der dänischen Könige. Ich war schon einmal hier gewesen, als Hastein von Haithabu aus gesegelt war, um dem Rat mit König Horik und anderen großen Anführern Dänemarks, darunter Ragnar Lodbrok, beizuwohnen. Damals war die Entscheidung getroffen worden, die Franken anzugreifen. War das wirklich erst in diesem Jahr gewesen?

Die Spitze der vor uns liegenden Landzunge ragte über das Meer, einiges höher als der Mast der Möwe. Die Klippen fielen steil zu einem schmalen, felsigen Strand herunter ab. Als wir näher kamen, konnte ich ein kleines Gebäude auf der Spitze sehen, und daneben einen großen Haufen, der wie Äste und Holz aussah. Drei Männer kamen aus dem Gebäude und zeigten in unsere Richtung.

„Wächter", sagte Torvald. „König Horiks Männer." Er wandte sich dem Heck zu, wo Hastein stand und ebenfalls die Männer anstarrte. „Hastein?" fragte er.

Hastein nickte. „Zeigt die Friedensschilde – auch wenn ich nicht glaube, dass sie das Signalfeuer für nur zwei Schiffe anzünden würden."

Torvald ging nach vorne und band zwei ganz in Weiß bemalte Schilde von der Spitze des Bugs los, wo sie unterhalb des geschnitzten, bunt bemalten Drachenkopfes am Vordersteven der Möwe befestigt waren. Er zurrte sie auf beiden Seiten des Drachenkopfes fest und bedeckte so das grimmige Gesicht, um zu zeigen, dass wir in Frieden kamen.

Hastein steuerte die Möwe näher ans Ufer, als wir unter dem Wachposten vorbeikamen. Torvald zog die lange Stange mit der Standarte vom oberen Gestell herunter, zog die Abdeckung ab, trat auf das Achterdeck neben Hastein und hob die Standarte hoch, sodass

Hasteins Möwenfahne über ihm in der Brise hin und her flatterte. Oben auf der Klippe hob eine der Wachen den Arm und winkte eine Begrüßung. Hastein erwiderte die Geste.

Die Landzunge, an der wir vorbeigekommen waren, bildete die Nordseite einer breiten Bucht. Hastein steuerte die Möwe jetzt über deren Öffnung nach Süden in Richtung einer zweiten Halbinsel, die aus dem Festland der großen Insel herausragte und die Bucht an ihrer Südseite umrahmte.

„Wo werden wir übernachten?" fragte Tore.

„Das Nordufer hier ist steil und der Strand felsig, aber es gibt einen Platz am Südufer der Bucht kurz bevor sie wieder ins offene Meer übergeht, wo der Boden eben und flach genug für einen guten Ankerplatz in Strandnähe ist", antwortete Hastein.

Nachdem wir etwas weitergefahren waren und den größten Teil der Strecke bis zur anderen Seite der Bucht durchquert hatten, rief er mit lauter Stimme: „Bereitet euch vor, das Segel zu senken. Ruderer, zieht eure Ruder."

Wir ruderten eine kurze Strecke entlang des Südufers der Bucht, bis wir die Untiefen fanden, nach denen Hastein gesucht hatte. Beide Schiffe ankerten nahe am Ufer und parallel dazu. Da mittschiffs Laufplanken ausgefahren wurden, war es nur ein kurzes Waten durch knöcheltiefes Wasser zum Festland. Hastein und Stig schickten vier Männer los, um von der Anhöhe über unserem Ankerplatz aus Wache zu halten, während die übrigen Männer der Möwe und der Schlange sich an die Arbeit machten, das Nachtlager vorzubereiten. Einige benutzten das Segel und die Planen, um zeltähnliche Abdeckungen über den Decks der Schiffe aufzuschlagen, um dort Schutz für die Schlafplätze zu bieten. Andere verteilten sich an Land und suchten Brennholz. Ich entschied mich, Hasteins Thrall Cullain zu helfen, das Abendessen zuzubereiten, ebenso wie Tore und Storolf sowie Gudfred vom Anwesen.

Cullain und der Koch für die Mannschaft der Schlange, ein untersetzter, glatzköpfiger Mann namens Regin, stellten ihre Dreifüße am Strand auf und hängten große eiserne Kochtöpfe daran, die halb mit frischem Wasser gefüllt waren. Als unsere Sammler begannen, das Holz zu stapeln, das sie in der Nähe gefunden hatten, hackten Tore und Gudfred die größeren Äste mit kleinen Äxten in Stücke und stapelten die abgeschnittenen Teile neben den Kochstellen, während Storolf und Regin das Feuerholz unter den Kesseln arrangierten und dann Zunder mit Stahl und Feuerstein anzündeten.

Ich half Cullain, den Widder zu zerlegen, der am Morgen als unsere Opfergabe gedient hatte, während Regin anfing, auf einem Holzbrett Karotten, Pastinaken und Steckrüben zu hacken. Immer wenn das Brett mit gewürfeltem Gemüse voll war, schob er die Würfel in die Töpfe, nahm dann eine weitere Handvoll und fing wieder an zu hacken.

Cullain hatte den Widder früh am Tag ausgeweidet, um zu verhindern, dass das Fleisch verdarb. Den größten Teil der Innereien hatte er während der Fahrt über Bord geworfen, aber Herz und Leber hatte er behalten. Wir legten den Widder am Strand auf den Rücken. Sein Körper war versteift, was die Arbeit erschwerte. Mit Cullain auf einer Seite und mir auf der anderen schlitzten wir das Fell den Hals und die Brust hinunter und entlang jedes Beines auf und lösten die Haut vom Körper. Das Fell breiteten wir mit der blutigen Seite nach oben auf dem Boden aus und benutzten es als Arbeitsfläche, um den Kadaver in Stücke zu schneiden.

Mittlerweile waren beide Schiffe mit Zelten überdacht. Die meisten der Besatzungsmitglieder, die beim Errichten der Unterkünfte geholfen hatten, kamen an Land. Da sie nichts Besseres zu tun hatten, versammelten sich mehrere um uns herum, um uns bei der Arbeit zuzusehen. Torvald war unter ihnen, ebenso wie zwei Brüder namens Bjorgolf und Bryngolf, die im Bug der Möwe ruderten. Hasteins Männer nannten sie die Raben, vielleicht weil beide kohlschwarze Haare und Bärte hatten, oder vielleicht, weil sie Zwillinge waren und so ähnlich aussahen, dass es schwierig war, sie auseinanderzuhalten. Wie Storolf waren sie in Jütland zurückgeblieben, um Hasteins Land während des Feldzugs im Frankenreich zu bewachen, und waren erst nach unserer Rückkehr nach Dänemark zur Mannschaft der Möwe gekommen, um Männer zu ersetzen, die wir im Kampf gegen die Franken verloren hatten.

„Das Fleisch muss vollständig von den Knochen entfernt werden", sagte Cullain zu mir. „So viel wie möglich. Wir werden es in kleine Stücke schneiden, etwa so groß", fügte er hinzu und machte mit Daumen und Finger einen Kreis, um es mir zu zeigen. „Wir fangen diesen Eintopf spät am Tag an und müssen ihn so schnell wie möglich kochen."

Wir hatten bereits alle Muskeln vom Hals

abgeschnitten und die Vorder- und Hinterbeine vom Kadaver getrennt. Storolf und Tore begannen, die großen Muskelpartien vom Hals in kleine Stücke zu schneiden, wie Cullain es angeordnet hatte, und gaben sie mit den Händen in die Kessel.

Cullain benutzte ein Messer, um die Muskelteile von einem der Hinterbeine zu trennen und sie vom Knochen zu befreien. Nachdem er sie freigeschnitten hatte, warf er die blutigen Fleischstücke auf eine freie Stelle der Haut auf einen Haufen. Als Thrall hatte ich viele Tiere gehäutet und zerlegt und hielt mich bei dieser Aufgabe für geschickter als die meisten anderen. Aber als ich sah, wie Cullain mit schnellen Schnitten des kleinen, scharfen Messers und ohne unnötige Bewegungen den Körper des Widders in sauber geschnittene Fleischstücke verwandelte, fühlte ich mich unbeholfen und ungeschickt.

Ich fing an, mit meiner kleinen Axt auf beiden Seiten entlang der Wirbelsäule zu hacken und die Rippen abzutrennen. Cullain zeigte auf sie. „Die Rippen müssen wir einfach in Stücke teilen und mitsamt den Knochen in den Topf geben."

„Was willst du mit dem Rückgrat machen?" fragte Bjorgolf.

Cullain blickte zu ihm auf. „Ich habe keine Pläne dafür."

Bjorgolf blickte zu seinem Bruder, der nickte. „Können wir es haben? Wir graben in der flachen Zone am Strand ein Loch und legen das Rückgrat hinein. Vielleicht fangen wir damit ein paar Krabben oder sogar einen Heilbutt."

Cullain zuckte mit den Schultern. Ich war fertig damit, die Rippen abzuschneiden. Ich interpretierte sein Achselzucken als Ja und hielt das blutige Rückgrat des Widders samt Kopf hoch.

„Nicht den Kopf", sagte Torvald zu mir. „Schneide ihn ab und gib ihn mir. Dieser Widder war eine Opfergabe. Er gehört den Göttern. Es ist passend, dass wir den geopferten Widder ehren, indem wir sein Fleisch essen. Aber seinen Kopf als Köder für Krabben zu benutzen, könnte die Götter verletzen."

Ich benutzte die Klinge meiner kleinen Axt, um die Wirbelsäule zwischen zwei Knochen im Nacken zu durchtrennen, dann drehte ich den Kopf und brach ihn los.

„Was wirst du damit machen?" fragte ich, als ich Torvald den Kopf des Widders reichte.

„Ich werde einen Steinhaufen am Ufer aufschichten, den Kopf darauf legen und ihn dort den Göttern überlassen."

„Und die Krabben werden ihn immer noch fressen, aber wir werden die Krabben nicht fangen", murmelte Bjorgolf.

Ich war überrascht. Ich hatte Torvald nie als religiösen Mann wahrgenommen. Hatte das Gerede von Omen und Tod auch ihn verunsichert, trotz seiner gespielten Tapferkeit?

Während der Eintopf kochte, wurde es dunkel. Cullain und Regin hatten einige Handvoll Gerste in die Töpfe gegeben, als das Gemüse noch bissfest war, um den Eintopf zu verdicken und herzhafter zu machen.

Während wir warteten, breiteten Hastein, Hrodgar und Stig ein dickes Bärenfell als Sitzgelegenheit am Strand aus und machten ein kleines Feuer davor. Sie füllten ihre Becher mit Wein aus einem kleinen Fass, das Hastein an Land gebracht und angezapft hatte. Cullain brachte ihnen eine Tonschüssel mit der Leber des Widders, die er in dünne Streifen geschnitten hatte, und sie spießten die Stücke auf Stöcke und brieten sie über den Flammen ihres Feuers, während die Mitglieder der beiden Mannschaften hungrig zusahen.

In Erwartung des bevorstehenden Essens waren Torvald, Tore und ich zurück zum Steg der Möwe gewatet und hatten unsere Schalen und Becher aus unseren Seekisten an Bord geholt. Torvalds Magen knurrte inzwischen vor Hunger, und als er sah, wie Cullain die Schale mit der Schafsleber an Hastein und Stig reichte, stieß er einen lauten Seufzer aus, ging dann hinüber zum Bärenfell und setzte sich.

„Ich werde mich euch anschließen. Danke", sagte er. Hastein sah ihn mit angehobenen Augenbrauen an, sagte aber nichts. Durch ihre gemeinsamen Jahre und ihre Freundschaft waren Torvald gewisse Freiheiten gegenüber dem Jarl erlaubt, die kein anderer Mann sich herauszunehmen wagen würde.

Torvald hielt das kleine Fass aufrecht, zog den Stöpsel aus dem Spundloch, und goss sich einen Becher Wein ein. Er nahm einen langen Zug, seufzte vor Vergnügen und füllte seinen Becher wieder auf. „Bier ist gut, sehr gut, und gut gebrauter Met hat eine Kraft, die kein anderes Getränk erreichen kann. Aber Wein...ah, Wein!"

„Ich nehme an, du willst auch etwas von der Leber?" sagte Hastein.

Torvald nickte und lächelte. „Aber ja. Ich danke dir." Er wandte sich an mich und sagte: „Halfdan, ich brauche einen Spieß. Kannst du mir einen dünnen Ast aus dem Brennholzhaufen besorgen?"

Stig verdrehte die Augen. Hastein schüttelte grinsend den Kopf, dann sagte er zu meiner Überraschung: „Bringt zwei Spieße, Halfdan, und gesellt Euch zu uns."

„Füllt Euren Becher", sagte Hastein, nachdem ich mich auf das Bärenfell gesetzt hatte. Torvald streckte seine Hand aus, nahm meinen Becher und füllte ihn für mich.

„Ich wollte mit Euch über etwas sprechen", begann Hastein, nachdem ich den Becher zurückbekommen hatte. „Ich denke, dass es sehr unklug war, die Sklaven zu befreien. Ich verstehe nicht, wieso Ihr es getan habt. Zugegebenermaßen könnt Ihr manchmal impulsiv handeln, aber normalerweise halte ich Euch nicht für einen Narren."

Mir war klar gewesen, dass Hastein meine Tat nicht gutheißen würde. Zweifellos hatte ich in seinen Augen ohne Grund wertvolles Eigentum aufgegeben. Aber mich einen Narren zu nennen, wie er es zu tun schien, war rüde. Mit solcher Schroffheit hatte ich nicht gerechnet und war überrascht.

„Wollt Ihr damit sagen, dass Ihr mich für einen Narren haltet?" fragte ich ihn.

„Bis jetzt habe ich es nicht getan", antwortete er. „Ich hoffe, Ihr könnt mich davon überzeugen, dass Ihr es auch in diesem Fall nicht wart."

Ich schwieg lange und überlegte mir, was ich sagen sollte, während Hastein mich erwartungsvoll anstarrte. Schließlich, weil mir nichts Besseres einfiel, sagte ich einfach: „Ich erwarte nicht, dass Ihr es versteht."

„Das ist Eure Antwort? Ich werde es auf jeden Fall nicht verstehen, wenn Ihr nicht einmal versucht, es zu erklären."

Wie macht man es einem Mann begreiflich, der sein ganzes Leben nur Privilegien gekannt hat, wie es sich anfühlt, Eigentum eines anderen zu sein?

„Was wäre das Bitterste, was Euch je widerfahren könnte?" fragte ich ihn.

Hastein dachte kurz nach und antwortete dann: „Meine Ehre zu verlieren. Ein Mann ohne Ehre ist überhaupt kein Mann."

Stig nickte zustimmend. „Ja", sagte er. „Ich würde lieber mein Leben verlieren als meine Ehre."

„Hat ein Schaf auf dem Hof Ehre?" fragte ich. „Ein Schwein?"

„Das ist eine dumme Frage", sagte Hastein gereizt. „Das sind keine Menschen. Es sind Tiere."

„Und was ist dann ein Sklave? Sicherlich kein Mann mit Ehre. Denn er ist nur Eigentum, nicht wahr? Nichts anderes als ein weiteres Tier auf dem Gut."

Torvald nickte zustimmend und schenkte sich noch einen Becher Wein ein. Hastein strich seinen Bart mit einer Hand, und seine Augen verengten sich, als er mich anblickte. „Was Ihr sagt, ist einerseits wahr, aber andererseits auch nicht."

Stig runzelte die Stirn. „Wieso das?"

„Ein Thrall mag Eigentum sein, aber er ist mehr als ein Tier. Halfdan war ein Sklave. Er ist jedoch eindeutig ein Mann, der ein starkes Ehrgefühl besitzt. War seine Ehre auf einmal da, nachdem er befreit wurde, oder hatte er sie die ganze Zeit?"

„Vielleicht ist Halfdan anders, und deshalb haben die Nornen beschlossen, sein Schicksal so zu gestalten, dass er frei wurde", schlug Torvald vor. „Vielleicht war es ihm nicht bestimmt, ein Sklave zu sein."

„Vielleicht bin ich nicht anders", sagte ich.

In diesem Moment kam ein Ruf vom Hügel über uns, wo die Wachen aufgestellt waren. „Jarl Hastein! Ich sehe Fackeln. Reiter nähern sich."

Wir standen alle schnell auf. Hastein und Stig griffen nach ihren Schwertern, die neben ihnen auf dem Bärenfell gelegen hatten, und zogen ihre Bandeliers über die Schulter.

„Wir setzen diese Unterhaltung später fort", sagte Hastein zu mir. „Ich erahne die Richtung Eurer Argumentation, aber ich verstehe immer noch nicht, warum Ihr so gehandelt habt. Dennoch sind Eure Worte klug. Sie sind sicherlich nicht die eines Narren."

Eine Gruppe von Reitern erschien über uns auf dem Kamm des Hügels, der den Strand überragte. Sechs waren mit Panzerhemden und Helmen bekleidet und hatten Schilde auf dem Rücken. Sie trugen Fackeln, denn der Himmel war bewölkt und die Nacht dunkel. Der siebte Mann, der anscheinend ihr Anführer war, trug keine Rüstung und war mit Ausnahme eines Schwerts unbewaffnet. Wie Hastein und Stig trug er es in einer Scheide an einem Riemen, den er über die rechte

Schulter geschlungen hatte, sodass die Klinge an seiner linken Hüfte hing.

Während seine Begleiter am Hügelkamm auf ihren Pferden saßen und beobachteten, bewegte er sein Pferd den Hang hinunter zum Strand und ritt langsam auf uns zu.

„Ich heiße Ragnvald", sagte er. „Ich diene Horik, dem König der Dänen. Ich bin einer seiner Hauptleute, die über Seeland wachen. Meine Männer berichteten mir, dass Eure beiden Schiffe hier ihr Lager aufgeschlagen haben und dass sie außer Kriegern keine Fracht mit sich führen. Ich möchte den Zweck Eurer Reise erfahren."

„Ich bin Däne", antwortete Hastein. „Ich heiße Hastein. Ich bin Jarl über das Land am Limfjord im Norden Jütlands, das ich für den König verwalte."

Ragnvald nickte. „Meine Wachen beschrieben das Banner, das Ihr gezeigt habt, als Ihr Euch ihrem Posten genähert habt. Ich danke Euch für diese Höflichkeit. Was sie gesehen hatten, klang für mich wie das Möwenbanner von Jarl Hastein. Ich dachte, dass sie sich geirrt haben mussten, aber es scheint, dass ich mich getäuscht habe." Er schwang sein rechtes Bein über sein Pferd und sprang zu Boden. Er reichte Hastein seinen rechten Arm. „Willkommen in Seeland, Jarl Hastein."

Hastein nahm den ausgestreckten Arm, und die beiden Männer umklammerten ihre Handgelenke. „Ich danke Euch", sagte er. „Cullain, hole noch einen Becher für unseren Gast." Zu Ragnvald fügte er hinzu: „Wir trinken Wein aus dem Frankenland. Wir wären geehrt, wenn Ihr Euch uns anschließen würdet. Wir haben heute Abend nur eine einfache Mahlzeit zubereitet, aber Ihr und Eure Männer seid herzlich eingeladen, sie mit uns zu teilen."

Cullain griff in die schlichte Holztruhe, in der er seine Kochutensilien aufbewahrte, und zog einen Becher aus Ton heraus. Nachdem er ihn aus dem kleinen Fass gefüllt hatte, das Torvald für ihn hielt, reichte er den Becher an Hastein, der ihn wiederum an Ragnvald weitergab.

Ragnvald nahm einen Schluck. „Das ist ein gutes Getränk. Ich danke Euch. Wir bekommen hier nicht sehr oft Wein. Was das Essen betrifft, so danke ich Euch für das Angebot, aber ich werde es ablehnen müssen. Meine Ländereien und mein Langhaus liegen an dieser Bucht, und unsere Frauen kochen bereits für uns. Wir hatten keine Zeit, uns auf unerwartete Gäste vorzubereiten. Aber morgen würde ich einen solchen bedeutenden Besucher gerne mit einem Festessen ehren, wenn Ihr und Eure Männer Euch uns anschließen würdet. Soweit ich weiß seid Ihr erst kürzlich aus dem Westfrankenreich zurückgekehrt. Wir würden uns freuen, mehr über den Feldzug dort zu erfahren. Bisher haben wir nur Bruchstücke von einem Boten des Königs gehört, der bei den Festen zugegen war, als Ragnar zu Besuch kam."

Ich war überrascht, dass Ragnar König Horik bereits besucht hatte. Nach unserer Rückkehr aus dem Frankenreich waren seine Söhne Ivar und Björn während des gesamten dreitägigen Aufenthalts auf Hasteins Gut am Limfjord geblieben und hatten uns von dort bis zu Hroriks Anwesen begleitet. Ragnar aber hatte Hasteins Ländereien nach nur einer Nacht verlassen und gesagt, er hätte dringende Geschäfte zu erledigen.

Torvald stieß mich mit seinem Ellenbogen in die Rippen und lehnte sich zu mir hinüber. In einem Flüsterton, der laut genug war, dass alle in der Nähe es hören konnten, sagte er, „Ragnar verschwendet keine Zeit, um Geschichten über seine eigenen Erfolge zu verbreiten."

Hastein drehte sich um und starrte ihn an, bevor er sich wieder Ragnvald zuwandte. „Ich danke Euch für die angebotene Gastfreundschaft, aber ich fürchte, wir werden nicht mit Euch speisen können. Wir müssen morgen bei Tagesanbruch weitersegeln."

„Was führt Euch hierher, wenn ich fragen darf?" fragte Ragnvald. „König Horik wird es wissen wollen, wenn er hört, dass Ihr hier vorbeigekommen seid. Der Winter naht, und die Zeit der Beutezüge ist vorbei. Und nach dem, was Ragnar dem König über den Feldzug im Frankenreich erzählt hat, müssten alle, die dort gekämpft haben, wenig Grund haben, in diesem Jahr weitere Erfolge zu suchen."

„Die Götter haben uns in der Tat einen großen Sieg im Land der Franken beschert", sagte Hastein. Es war eine Antwort, die viel unbeantwortet ließ.

Als Hastein nicht geneigt schien, mehr zu sagen, fuhr Ragnvald fort: „Kann ich dem König eine Nachricht von Euch übermitteln?"

Hastein schüttelte den Kopf. „Nein, danke."

Ragnvald sagte nichts weiter, blickte Hastein aber erwartungsvoll an. Nach einiger Zeit wurde die Stille peinlich.

„Wir suchen einige Männer", sagte Hastein schließlich. „Sie reisen mit zwei Schiffen und kamen vielleicht hier vorbei." Es überraschte mich, dass er so wenig mitteilsam war.

„Viele Schiffe kommen hier vorbei", antwortete Ragnvald. „Viele machen Halt hier in dieser Bucht, entweder bevor sie durch den Großen Belt fahren oder wenn sie ihn von Süden kommend verlassen. Was zwei einzelne Schiffe betrifft, so ist es schwer zu sagen, ohne mehr zu wissen."

Hastein wandte sich an mich und sagte: „Beschreibt sie für ihn."

„Beides sind Langschiffe. Eines hat einen rot lackierten Drachenkopf, der wie der Kopf eines Adlers mit einem goldenen Schnabel geschnitzt ist. Es hat sechzehn Ruderpaare. Das andere Schiff ist kleiner, vierzehn Paare, und der Drachenkopf ist vergoldet und geschnitzt wie der Kopf eines wilden Kampfhengstes."

Ragnvald zuckte mit den Achseln, sagte aber nichts.

„Beide Schiffe wären mit sehr leichten Besatzungen unterwegs", fügte Hastein hinzu.

Ragnvald zuckte erneut mit den Achseln. „Wie gesagt, viele Schiffe kommen hier vorbei. Sind diese Männer Freunde von Euch?" Jetzt war er es, der wenig offenbaren wollte. Ich vermutete, dass er an Hasteins Zurückhaltung Anstoß genommen hatte.

„Wenn sie hier entlang gekommen sind, wäre es etwa zehn Tage her gewesen", fügte Hastein hinzu. Er schien entschlossen, so wenig Informationen wie möglich preiszugeben. Ich verstand diese Taktik nicht. Es wäre hilfreich zu wissen, ob Toke diese Route genommen hatte.

„Der Kapitän des größeren Schiffes ist sehr groß

und stark gebaut", fügte ich hinzu. „Seine Haare und sein Bart sind schwarz, und er trägt sie lang. Er trägt oft eine ärmellose Außenjacke aus Bärenfell. Und es ist vielleicht eine Frau an Bord seines Schiffes. Sie ist groß und schlank, mit langen Haaren in der Farbe von blassem Gold."

„Ihr scheint viel über diese Menschen zu wissen", sagte Ragnvald zu mir. „Vielleicht mehr als der Jarl selbst. Ihr heißt...?"

Ich wollte ihm gerade sagen, dass ich Halfdan hieße, als Hastein dazwischen kam. „Er ist einer meiner Huscarls. Er wird Starkbogen genannt."

Zu meiner Überraschung sagte Ragnvald: „Ich habe vielleicht von ihm gehört. Der Bote von König Horik, der uns kürzlich besucht hat, ist ein Skalde. Er verfasst gerade ein Lied über Ragnar und seinen Feldzug gegen die Franken. Er trug es uns vor – zumindest das, was er bereits geschrieben hatte. Darin ist ein Starkbogen vorgekommen, der mit seinen Pfeilen Ragnar in einer großen Schlacht vor einem fränkischen Kämpfer rettete. Wie gingen die Verse noch mal?"

Wir fütterten die Wölfe und Raben mit den Toten unseres Feindes.
Auf der fränkischen Ebene war unsere Schildmauer stark
Und hielt allzeit gegen die angreifenden Rosse und in Eisen gerüsteten Männer.
Die Axt des Seekönigs spaltete Schilde und Helme,
Das grüne Schlachtfeld wurde mit Blut rot

gestrichen.

Wir fütterten die Wölfe und Raben mit den Toten unseres Feindes.
Umgeben von Feinden stand der große Ragnar.
Wie Weizen vor der Sense mähte ein fränkischer Krieger alle
Um ihn herum; das Rabenbanner wäre beinahe gefallen.
Aber schnell und sicher flogen die tödlichen Pfeile des Starkbogen,
Der Seekönig lebte, um wieder zu kämpfen.

„Ja, ich glaube, es ging so", sagte Ragnvald. „Natürlich gab es noch viel mehr, aber ich erinnere mich an den fränkischen Krieger, der durch die schnellen und sicheren Pfeile getötet wurde. Das ist also der Bogenschütze, der Starkbogen, der geschossen und Ragnar gerettet hat?"

Hastein nickte. „Das ist er."

Ragnvald sah mich prüfend an und sagte überrascht: „Ihr seid sehr jung." Er schürzte die Lippen und schwieg einige Augenblicke, als wolle er mehr sagen. Aber dann wandte er sich wieder an Hastein. „Es ist mir klar, dass hier vieles ungesagt geblieben ist und dass Ihr es nicht sagen wollt. Ihr seid allerdings im ganzen Land der Dänen als ein Mann von großer Ehre bekannt. Ich muss darauf vertrauen, dass Ihr Eure Gründe habt – auch wenn König Horik nicht mit mir zufrieden sein wird, weil ich sie nicht in Erfahrung bringen konnte. Die

Schiffe, die Ihr sucht, leicht bemannt und von dem Mann befehligt, den er beschrieben hat", er nickte zu mir, „sind hier vorbeigefahren. Es ist zehn Tage her. Ich erinnere mich gut an den Kapitän, denn auch er hatte wenig über seine Angelegenheiten zu sagen."

„Hat er Euch seinen Namen genannt?" fragte Hastein.

„Er sagte, er hieße Harald, obwohl ich Grund hatte, daran zu zweifeln. Die Krieger, die neben ihm standen, als ich zum Ufer hinunterritt, wo sie ihr Abendessen zubereiteten, sahen überrascht aus, als er diesen Namen angab, und zwei lachten sogar. Ich fand ihn etwas unhöflich."

Es war schwarzer Humor von Toke, Haralds Namen zu benutzen. „Habt Ihr die Frau gesehen, die ich beschrieben habe?" fragte ich.

„Nein. Aber die Schiffe waren für die Nacht überdacht, als ich ankam. Sie waren wie Eure vor der Küste verankert, und ich bin nicht an Bord gegangen."

„Ich danke Euch für diese Informationen", sagte Hastein.

Ragnvald nickte, dann leerte er seinen Becher Wein und gab ihn Cullain. „Ich weiß nicht, warum Ihr diese Männer verfolgt, auch wenn ich vermute, dass die Frau dabei eine Rolle spielt. Aber zehn Tage sind ein großer Vorsprung."

Später am Abend, nachdem Ragnvald gegangen war, fragte ich Hastein, wieso er nicht einfach gesagt hatte, dass und warum wir Toke verfolgten.

„Wir wissen noch nicht genau, wohin Toke sich

wendet. Er sagte dem getöteten Vorarbeiter Ubbe, dass er nach Birka segeln würde. Aber wir wissen nicht, ob das die Wahrheit oder eine Lüge war. Wir wissen nur, dass er vor zehn Tagen hier in dieser Bucht an der Küste von Seeland übernachtet hat. Und von hier aus segelte er mit ziemlicher Sicherheit den Großen Belt hinunter. Es gäbe keinen anderen Grund für ihn, diese Route zu nehmen. Bislang können wir uns also nur sicher sein, dass er nicht nach Norden nach Norwegen oder weiter nach England oder Irland gefahren ist, aber auch das ist schon sehr hilfreich.

Doch jenseits des Großen Belts kann er genauso gut weiter nach Süden nach Haithabu fahren, anstatt nach Osten in das Austmarr nach Birka. Oder er könnte noch in der Nähe sein, in dänischen Gewässern, auf der Suche nach Verbündeten. Der Vater seiner Mutter ist Jarl auf der Insel Fünen, nicht wahr?" Ich nickte, und Hastein fuhr fort. „Selbst wenn Toke nach Osten segeln würde, gibt es am Austmarr viele andere Orte als Birka, zu denen er unterwegs sein könnte."

Hastein ließ unser Unterfangen hoffnungslos klingen. Mein Gesichtsausdruck musste wohl meine Entmutigung widergespiegelt haben, die ich bei seinen Worten empfand. „Was tun wir dann?" fragte ich.

„Im Moment fahren wir weiter in Richtung Birka. Das ist alles, was wir haben, und wenn er auf der ersten Etappe seiner Reise hierher kam, könnte Toke tatsächlich dorthin unterwegs sein."

„Aber warum habt Ihr Ragnvald nicht gesagt, dass wir Toke jagen?" Die Frage hatte Hastein immer noch nicht beantwortet.

119

„Weil Ragnvald verpflichtet wäre, es König Horik zu berichten, und es im Langhaus des Königs schnell allgemein bekannt werden würde – und Stoff für viele Gespräche und Spekulationen bieten könnte. Viele Menschen sind dort auf der Durchreise. Wer weiß, an wen oder wohin sich die Nachricht von unserer Suche verbreiten könnte? Derzeit ist unser einziger Vorteil, dass Toke nicht sicher weiß, ob er verfolgt wird, und wenn ja, von wie vielen."

„Ich frage mich, was Toke dazu veranlassen sollte, nach Birka zu segeln", murmelte ich, mehr zu mir selbst als zu Hastein.

Hastein blickte mich einige Augenblicke schweigend an. „Warum hat er, glaubt Ihr, Eure Schwester Sigrid entführt und mitgenommen?"

Um ehrlich zu sein, hatte ich versucht, nicht daran zu denken. Toke hatte zweimal Sigrids Dienstmagd Astrid vergewaltigt und auch versucht, meine Mutter zu vergewaltigen – das war die Tat, die zu seiner Verbannung durch Hrorik geführt hatte. Und er hatte Harald ermordet, seinen eigenen Stiefbruder. Unter diesen Umständen glaubte ich nicht, dass er vor irgendetwas zurückschrecken würde, auch wenn Sigrid seine Stiefschwester war. Ich konnte mir durchaus vorstellen, dass Sigrid zu verletzen oder zu entehren nach Tokes perverser Denkweise ein Weg wäre, seinen Hass auf Harald und Hrorik weiter auszuleben und mich anzugreifen. Aber was dann?

„Ich fürchte..." Ich hasste es, meine Ängste in Worte zu fassen, denn es war, als würde ich sie realer machen, wenn ich sie laut ausspräche. „Ich fürchte, er hat sie verschleppt, um sie zu entehren. Und weil Ragnvald sie nicht gesehen hat, befürchte ich, dass er sie danach getötet haben könnte. Womöglich ist sie jetzt schon tot."

Hastein dachte eine Weile über meine Worte nach, als würde er abwägen, ob sie wahr sein könnten. Er atmete tief durch. „Vielleicht, aber vielleicht auch nicht. Es würde nicht erklären, weshalb Toke nach Birka segelt – falls er das tatsächlich tut. Ich glaube, er hätte sie aus einem anderen Grund entführen können. Es gibt dort einen großen Sklavenmarkt."

Zuerst verstand ich nicht, dann aber doch. „Aber Sigrid ist keine Sklavin", widersprach ich. „Sie ist eine Dänin und von edlem Blut. Sicherlich würden die Svear nicht zulassen, dass eine wie sie auf ihren Märkten in die Sklaverei verkauft wird!" Sobald ich die Worte aussprach, wusste ich in meinem Herzen, dass ich sie selbst nicht glaubte.

„Einige Käufer, die in Birka Sklaven kaufen, reisen von dort aus entlang der östlichen Handelswege und machen Geschäfte mit den arabischen Königreichen. Sklavenhändler, die für den arabischen Markt kaufen, zahlen hohe Preise für hübsche Sklavinnen. Diejenigen, die besonders hellhäutig sind und rote oder goldene Haare haben, werden von den Arabern besonders geschätzt. Frauen von solcher Schönheit werden selten in die Sklaverei geboren."

Als ich nicht antwortete, fügte Hastein hinzu. „Wir wissen nicht, ob das Tokes Plan ist. Aber wenn die Nornen dieses Schicksal für sie gewoben haben..." Er zuckte die Achseln. „Niemand kann seinem Schicksal entkommen. So ist es eben."

* * *

Nachdem ich mit dem Abendessen fertig war, spülte ich meine Schüssel, meinen Becher und meinen Löffel und verstaute sie wieder in meiner Seekiste an Bord der Möwe. Danach kehrte ich zum Ufer zurück und kletterte den Hang hinauf, um meinen Kameraden Einar abzulösen, der einer der vier Männer war, die Wache hielten.

„Ich soll noch nicht abgelöst werden", sagte er. „Außerdem wurde bereits jemand anders angewiesen, mich später abzulösen."

„Das macht nichts. Geh und hol dir etwas zu essen, solange es noch warm ist. Und sage dem Mann, der dich ablösen sollte, dass ich auch seinen Wachdienst übernehme. Mir geht vieles durch den Kopf und ich glaube nicht, dass ich jetzt schlafen kann. Ich wäre lieber hier oben schlaflos als in meinem Bett."

Während der langen Stunden der Nacht schritt ich entlang des Kamms über dem Strand auf und ab, fest in meinen Umhang gehüllt. Es war gut, dass wir die Nacht in einem Land verbrachten, in dem kein Angriff drohte, denn meine Gedanken waren weit weg. Ich konnte die Vorstellung nicht aus meinem Kopf vertreiben, dass Sigrid in die Sklaverei verkauft werden sollte. Sie hatte mir einmal gesagt, dass sie keinen Mann heiraten könne, den sie nicht liebte. Würde sie jetzt einem viel schlimmeren Schicksal ausgesetzt – in einem fernen Land Eigentum eines Fremden zu werden, der sie nach Belieben benutzen würde? Ein solches Leben wäre viel schlimmer als die Sklaverei, die ich ertragen hatte. Ich fragte mich, ob eine Frau wie Sigrid den Tod vorziehen würde.

Schließlich überwand die Müdigkeit selbst solche beunruhigenden Gedanken, und als in den letzten Stunden vor Sonnenaufgang vier Krieger vom Strand aufstiegen, um die letzte Wache zu übernehmen, stolperte ich den Hang hinunter an ihnen vorbei Richtung Möwe, wo ich noch ein paar Stunden Schlaf an Bord ergattern wollte. Da ich am weitesten von den Schiffen entfernt auf dem Hang gewesen war, waren die anderen drei abgelösten Wachen mir weit voraus, als ich den Strand erreichte, und bestiegen bereits die Laufplanken ihrer Schiffe.

Als ich mich dem Ufer näherte, hörte ich zu meiner Rechten ein Geräusch wie das Klappern von Steinen. Dort hätte eigentlich niemand sein dürfen.

Ich hatte meinen Schild an dem langen Lederriemen über meinen Rücken geschlungen; nun schwang ich ihn vor mich und packte die Holzstange auf der Rückseite, die als Griff diente. Ich hielt meinen Speer fester in der rechten Hand und streckte die Klinge vor mir aus.

„Ist da jemand?" rief ich leise. Es gab keine Antwort. Nach einer Weile hörte ich kurz vor mir wieder das Geräusch, als würden zwei Steine gegeneinander reiben, und danach den Aufprall eines herunterfallenden Steins, der auf andere trifft.

Ich nahm eine Kauerstellung ein, sodass mein Schild mehr von meinem Körper bedeckte, schlich vorwärts und spähte über den oberen Rand des Schilds. Eine niedrige Gestalt erschien aus der Dunkelheit zu meiner Linken. Als ich näher kam, erkannte ich, dass es der Steinhaufen war, den Torvald am Ufer aufgestapelt hatte. Mit einem Mal wurde mir bewusst, dass der Kopf des Widders, den er darauf gelegt hatte, verschwunden war. Ein unfreiwilliger Schauer lief mir über den Rücken.

Irgendwo in der Nähe hörte ich ein schwaches Knirschen im Sand, als würde jemand – oder etwas – sich leise und vorsichtig über den Strand bewegen, um nicht gehört zu werden.

„Wer ist da?" zischte ich. Das Geräusch verstummte. Ich trat einen Schritt vor, dann noch einen. Plötzlich erkannte ich, dass eine große Gestalt in der Dunkelheit stand – größer als ein Mann.

„Unnnnhh. Unh! Unh!"

Das Geräusch war nicht menschlich. War am Strand vor mir ein Gott oder eine Art Diener der Götter, der die Opfergabe abholen wollte? Oder könnte es ein Draugr sein, einer der wandernden Toten, die nachts aus ihren Gräbern stiegen? So oder so wollte ich es nicht herausfinden. Voller Angst drehte ich mich um und lief auf die Laufplanke der Möwe zu.

Der Morgen dämmerte so dunkel wie meine Stimmung. Kurz vor Tagesanbruch hatte es angefangen zu regnen – ein stetiger, nebelartiger Vorhang aus Regen, der so leicht war, dass er kein Geräusch machte, als er auf das Zelt über dem Deck der Möwe traf. Er reichte jedoch aus, die Planen und Segel zu durchtränken, bis das Wasser auf die darunter liegenden Schlafenden tropfte; es war genug, um den an Land gestapelten Brennholzhaufen zu nass zum Anzünden zu machen, als

Cullain versuchte, Gerste für einen einfachen Brei zu kochen, damit wir etwas zum Frühstücken hatten, bevor wir lossegelten. Es reichte, um unsere Mäntel und Tuniken und Hosen zu durchdringen und sie nass und klamm zu machen.

Und der Regen stoppte auch den Wind. „Ruderer, holt eure Riemen", befahl Hastein. „Wir werden heute wohl etwas rudern müssen."

Ich stand am hohen Gestell in der Mitte mit den anderen, die im Heck ruderten, als Tore mich mit seinem Ellenbogen in die Rippen stieß und aufgeregt sagte: „Schau, Halfdan! Der Steinhaufen am Ufer. Der Kopf des Widders ist weg. Die Götter müssen ihn genommen haben."

Was er sagte, stimmte. Ich fühlte, wie mir ein Schauer über den Rücken lief.

Torvald, der in Richtung Heck vorbeiging, blieb stehen und sagte: „Siehst du, Tore. Es ist, wie der Jarl und ich dir gesagt haben. Das Opfer wurde von den Göttern nicht abgelehnt."

Tore nickte. „Du hast recht", stimmte er zu und klang erleichtert. Er nahm seinen Riemen, drehte sich um und eilte zurück zu seiner Ruderposition.

Torvald sah ihm nach, schüttelte den Kopf und grinste. „Im Kampf ist Tore ein guter Mann, den man gern an seiner Seite hat, aber er ist etwas einfältig."

„Etwas hat den Kopf des Widders genommen", murmelte ich, als ich nach oben griff und meinen Riemen aus dem Gestell zog. Ich wollte nicht unbedingt erzählen, was ich gesehen hatte.

„In der Tat", antwortete Torvald.

Ich drehte mich um, um zu meiner Ruderposition im Heck zurückzukehren, als ich hinter mir ein Geräusch aus Torvalds Richtung hörte. „Unnnnnnhhh!"

Für einen kurzen Moment kehrte die Angst zurück, die ich gestern Abend gespürt hatte, und ich erstarrte. Dann wurde mein Gesicht vor Ärger und Verlegenheit rot, und ich schaute ihn über meine Schulter finster an.

Torvald hielt einen Finger an die Lippen. „Shh." Mit leiser Stimme fügte er hinzu: „Ich bin froh, dass du deinen Speer nicht in die Dunkelheit geworfen und mich aufgespießt hast."

Rudernd verließen wir die Mündung der Bucht und bogen nach Süden in den breiten Kanal zwischen den Inseln Seeland und Fünen ein, den man den Großen Belt nennt. Den ganzen Tag ruderten wir. Wir tauschten die Plätze an den Riemen mit unseren zusätzlichen Besatzungsmitgliedern, denn der Wind kam nicht zurück. Die Küste von Seeland wich von uns zurück, bis sie nur noch ein undeutlicher Fleck im Osten war, der kaum zu sehen war. Auf offener See gab es keine Möglichkeit, unseren Fortschritt zu messen oder überhaupt ein Gefühl dafür zu entwickeln, dass wir uns wirklich fortbewegten. Es wurde eine endlose Abfolge von eintauchen, ziehen, die Blätter aus dem Wasser heben und nach vorne lehnen, und dann alles wiederholen, immer und immer wieder, während der nebelartige Dauerregen fiel. Zumindest hielt die Arbeit an den Riemen uns warm.

Wir ruderten und ruderten, bis wir schließlich zur Abenddämmerung eine kurze, breite Halbinsel erreichten, die aus der Westküste Seelands herausragte. Wir landeten mit den Bugen unserer Schiffe auf dem sandigen, sanft abfallenden Ufer nahe der Spitze und schlugen unser Lager auf. Das Landesinnere war flach mit ausgedehnten Sumpfgebieten. Es sah nicht sonderlich einladend aus.

„Wir sind heute nur langsam vorangekommen", sagte Hastein und schüttelte den Kopf. Wir hatten uns an Land versammelt, vertraten uns die Beine und versuchten, die winzigen Fliegen aus den Sümpfen totzuschlagen, während wir darauf warteten, dass Cullain eine einfache Mahlzeit aus gekochtem Gerstenbrei zubereitete. „Sehr langsam. Wir haben nicht einmal den Großen Belt hinter uns gelassen. In diesem Gebiet habe ich noch nie einen ganzen Tag ohne Wind erlebt."

Hrodgar und Stig, die in der Nähe standen, nickten zustimmend. „Es war ein seltsamer Tag", sagte Hrodgar. „Der Belt war so glatt und still wie ein Teich. Aber wenigstens hat der Regen endlich aufgehört."

Der Wind kehrte mit der Morgendämmerung zurück, eine sanfte, aber stetige Brise aus dem Nordosten. Am Vormittag ließen wir das südliche Ende des Belts hinter uns, und nachdem wir einen schmalen Kanal zwischen zwei kleinen Inseln am südwestlichen Zipfel von Seeland passiert hatten, bogen wir nach Südosten ab und folgten der südlichen Küstenlinie der Insel der Könige. Fast als wolle er seine Abwesenheit am Vortag ausgleichen, drehte der Wind kurz darauf. Er wehte nun so heftig aus dem Nordwesten und schob unsere Schiffe mit einer solchen Geschwindigkeit vorwärts, dass die

Möwe fast über die Meeresoberfläche zu schweben schien.

Wir unterbrachen unsere Reise früher als am Tag zuvor, nachdem wir am späten Nachmittag die Insel Falster südlich von Seeland erreicht hatten. „Wir haben seit der ersten Nacht unserer Reise kein anständiges Essen mehr zu uns genommen", erklärte Hastein. „Ich bin hungrig und habe keine Lust, wieder gekochte Gerste zu essen. Cullain wird uns wieder einen Eintopf zubereiten." Er wandte sich an Torvald. „Das ist einer der Gründe, weshalb ich unsere Reise heute früher unterbrochen habe. Cullain braucht Zeit, um das gepökelte Schweinefleisch zu kochen, bis es essbar ist."

„Einer der Gründe?" fragte Torvald. Auch ich fragte mich, was für andere Gründe er haben könnte.

Der alte irische Thrall, der normalerweise schweigend seiner Arbeit nachging, unterbrach. „Wie Ihr wollt", sagte er zu Hastein. „Aber Ihr solltet wissen, dass unser Vorrat an Gemüse bereits knapp wird. Wir haben nur ein Fass voll an Bord der Möwe gebracht, und es gibt viele Münder zu versorgen."

„Ich bin mir dessen bewusst", antwortete Hastein. Er wandte sich an Torvald. „Ich habe vor, morgen auf der Insel Møn anzuhalten. Von hier aus dauert es nur einen halben Tag, wenn der Wind so konstant weht wie heute. Dort regiert ein Jarl namens Arinbjorn, und ich möchte mit ihm sprechen. Die Kanäle zwischen Møn und Seeland im Norden und Møn und Falster im Westen sind beide eng. Es sind die Tore, die vom Austmarr in die dänischen Gewässer führen. Arinbjorn achtet genau darauf, wer dort hindurchfährt, denn die Wenden versuchen oft, unsere südlichen Inseln zu überfallen."

Cullain sah verwirrt aus und runzelte die Stirn. „Das Gemüse...?" unterbrach er wieder.

„Wenn wir auf Møn sind, werde ich mehr Vorräte kaufen", sagte Hastein zu ihm. „Es ist alles geplant. Auf der Nordseite der Insel, nicht weit vom Sitz des Jarls entfernt, liegt ein großes Dorf. Die Bewohner haben Lebensmittel, die sie uns verkaufen können. Sie handeln oft mit vorbeifahrenden Schiffen, denn es ist nicht ungewöhnlich, dass diejenigen, die sich auf die Über-fahrt durch das Austmarr vorbereiten, auf Møn anhalten, um sich mit Proviant zu versorgen."

Hastein wandte sich an mich. „Wenn Tokes Schiffe diesen Weg gekommen sind, wird Arinbjorn es wissen. Das ist der andere Grund, auf Møn Halt zu machen."

Hastein hatte nicht übertrieben, als er sagte, dass Jarl Arinbjorn alle genau im Auge behielt, die durch die Gewässer rund um die Insel Møn fuhren. Wir waren nicht lange durch den Kanal zwischen Møn und dem Südufer von Seeland gesegelt, als wir eine Verengung erreichten, bei der eine Landzunge aus der kleineren Insel herausragte. Als wir an der Landzunge vorbeika-men, hoben zwei dahinter lauernde Langschiffe ihre Segel und steuerten auf einem Kurs in den Kanal, auf dem sie uns abfangen würden. Die beiden Schiffe waren kleiner als die Möwe und die Schlange, aber sie waren sehr schnell, und als sie näher kamen, konnte ich sehen, dass ihre Decks voller bewaffneter Männer waren.

„Kannst du die Banner erkennen, die an den Mas-ten wehen?" fragte Hastein und zeigte auf die sich nähernden Langschiffe. Er stand auf dem kleinen erhöhten Hinterdeck neben Torvald, der am Steuerruder war. Wie einige andere Mitglieder der Besatzung war ich zur Steuerbordseite der Möwe gegangen, um die sich nähernden Schiffe zu beobachten.

Jedes der beiden Langschiffe hatte an der Mastspitze ein langes, schmales Banner, das am Ende spitz zulief. Ich konnte die Illustration nicht erkennen.

Torvald kniff die Augen zusammen. „Es ist eine Schlange – oder vielleicht ein Drache."

„Es ist ein Drache, dessen Schwanz um seinen Körper geschlungen ist", sagte Hastein. „Das gleiche Symbol ziert Arinbjorns Standarte. In diesen Gewässern tragen alle seine Schiffe dieses Banner, damit alle wissen, dass sich seine Männer nähern."

„Sollen wir unser Segel senken?" fragte Torvald.

Hastein schüttelte den Kopf. „Wir müssen nicht ganz anhalten. Wir werden das Segel aber reffen und die Möwe verlangsamen, damit sie problemlos neben uns fahren können."

Auf Hasteins Befehl senkten wir den Baum und verkürzten das Segel, bündelten es in der Mitte, banden es mit den Reffleinen fest und zogen den Baum und das gereffte Segel wieder ganz nach oben. Als wir fertig waren, hatte eines der Schiffe von Møn etwa die Länge eines Ruders entfernt an unserer Steuerbordseite mit uns gleichgezogen. Es verkürzte sein eigenes Segel, um mit uns Schritt zu halten, während das andere Schiff hinter der Möwe vorbeigesegelt war und sich nun zwischen ihr und der Schlange befand. Ich betrachtete das Schiff, das neben uns fuhr. Es war kürzer als die Möwe und hatte nur zwölf Ruderpaare. Aber einen weiteren Unterschied zwischen ihm und unserem Schiff fand ich bemerkenswerter. Wie bei einer langen Seereise üblich, war das Deck der Möwe in der Mitte mit unserer Fracht gefüllt: die Fässer mit den rasch abnehmenden Vorräten, ein großes Fass vor dem Mast, das mit Süßwasser gefüllt war, und die Seekisten unserer Besatzungsmitglieder, die in die Mitte des Decks geschoben wurden, wenn sie nicht zum Sitzen oder als Ruderbänke verwendet wurden. Im Gegensatz dazu war dieses Schiff eindeutig nur für Patrouillen in heimischen Gewässern eingerichtet. Mit dem leeren Deck ohne Proviant oder Ausrüstung war Platz für eine weitaus größere Besatzung als auf einem Schiff derselben Größe, das sich auf einer Seereise befand. Es sah so aus, als wären fast vierzig Krieger an Bord, und alle waren voll bewaffnet. Einige hielten bespannten Bögen, und die meisten der übrigen Speere. Diese Schiffe und die Krieger an Bord waren bereit für einen Kampf, falls es nötig war.

Ein großer Krieger, der im Heck stand und eine Brünne und einen Helm mit Nasenschutz trug, der seine Gesichtszüge verdeckte, rief uns zu. „Diese Gewässer gehören der Insel und dem Volk von Møn. Wir bewachen sie im Namen des Jarls von Møn. Wenn Ihr hierhindurch segeln wollt, dürft Ihr das nur mit seiner Erlaubnis."

„Haben wir die Erlaubnis von Jarl Arinbjorn, hier zu segeln?" antwortete Hastein. Ich war überrascht von seiner Antwort. Der Kapitän des anderen Schiffes hatte meiner Ansicht nach arrogant und überheblich geklungen, und Hastein neigte dazu, ein stolzer Mann zu sein.

131

„Wer seid Ihr? Woher kommt Ihr und wohin wollt Ihr?"

„Ich heiße Hastein. Ich bin Jarl über das Land am Limfjord in Jütland. Wir sind von dort aufgebrochen und sind auf dem Weg nach Møn, denn ich habe etwas mit Jarl Arinbjorn zu besprechen."

„Verzeihung, Jarl Hastein." Die Stimme des Kapitäns klang jetzt viel respektvoller. „Euer Schiff zeigt kein Banner, und ich wusste nicht, mit wem ich sprach. Natürlich steht es Euch frei, weiterzufahren." Er wandte den Kopf und sprach zu seinem Steuermann, und das Schiff entfernte sich von uns.

„Es ist wohl eine gute Sache, auch ehrlichen Seeleuten auf der Durchfahrt durch diese Passage mit zwei Schiffen voller bewaffneter Männer zu begegnen, um sie zu befragen", murmelte Torvald. „Andernfalls vermute ich, dass viele ihr Recht mit Stahl würden durchsetzen wollen."

Hinter der Landzunge, bei der die beiden Wachschiffe gewartet hatten, erstreckte sich eine riesige Bucht. In der Mitte der langen, geschwungenen Küste führte ein kurzer Kanal zu einem Brackwassersee mitten auf der Insel. Eine kleine Festung mit Erdmauern und Holzpalisaden darauf bewachte die Mündung des Kanals. Drei Langschiffe ähnlicher Größe wie die beiden, die uns befragt hatten, lagen in der Nähe vor Anker, mit ihren Bugspitzen auf dem Sandstrand.

Der Brackwassersee war nicht so groß oder lang wie das Noor bei Haithabu, aber er war dennoch beeindruckend. Ein Dorf erstreckte sich entlang des Ufers unweit vom Kanal. Ich war überrascht, dass weder

Mauer noch Graben es schützten. Vielleicht waren die nahe gelegene Festung und ihre Garnison für die Bewohner des Dorfes Schutz genug.

Am Ufer des Dorfes waren zahlreiche kleine Boote an Land gezogen. Dahinter waren Fischernetze über Holzrahmen zum Trocknen aufgehängt worden. Ein starker Geruch von Fisch und Rauch hing in der Luft. Der Rauch kam aus einer Reihe kleiner, fensterloser Schuppen jenseits der Netze.

Torvald rümpfte die Nase. „Das Problem mit den Fischerdörfern ist, dass sie immer nach Fisch riechen."

„Beklage dich nicht über den Geruch oder den Fisch", sagte Hastein zu ihm, als wir die Möwe an den Booten am Ufer vorbei in Richtung der Landungsstege ruderten, die weiter hinten aus dem Ufer ragten. „Wir werden in den kommenden Tagen viel davon essen. Große Heringsschwärme schwimmen in der Bucht. Die Leute hier salzen und räuchern ihren Fang und packen ihn für den Handel in Fässer. Der Fisch ist nach dem Räuchern gut haltbar und muss im Gegensatz zu gepökeltem Schweinefleisch nicht gekocht werden, bevor er gegessen werden kann."

„Huh", grunzte Torvald unverbindlich. Er sah nicht sehr überzeugt aus, dass geräucherter Hering getrocknetem, gepökeltem Schweinefleisch vorzuziehen sei.

„Ich übertrage dir die Verantwortung dafür, Proviant für die Möwe zu kaufen", fuhr Hastein fort. Er ging zu einer seiner beiden Seekisten, hob einen Ledersack heraus und nahm eine Handvoll Silbermünzen. Er hielt einen Moment inne, dann fügte er noch einige hinzu. „Das sollte mehr als genug sein, um das zu besorgen, was wir für die Möwe und die Schlange benötigen. Kaufe vier Fässer geräucherten Hering für jedes Schiff. Nimm Cullain mit, damit er Gemüse auswählen kann, und lass es mit Stroh in Fässer verpacken. Und ich möchte auch drei weitere Fässer Gerste pro Schiff. Nimm Tore und einige andere mit, um das Gekaufte zu den Schiffen zurückzubringen."

„Und Bier?" fragte Torvald hoffnungsvoll. „Soll ich auch ein paar Fässer Bier besorgen, wenn sie etwas zu verkaufen haben?"

Hastein nickte und zählte weitere Münzen aus seinem Beutel ab.

„Wo wirst du sein?" fragte Torvald.

„Ich mache Jarl Arinbjorn meine Aufwartung", antwortete Hastein. „Ich nehme Stig und auch Halfdan mit."

Ich war überrascht, dass Hastein mich ausgewählt hatte. Mein Gesichtsausdruck verriet es wohl.

„Ich habe diese Reise unternommen, weil ich es für nötig halte, dass Toke vor Gericht gestellt wird", erklärte er. „Er hat zu viele Menschen in Gebieten getötet, für deren Schutz ich verantwortlich bin. Auch die Krieger vom Anwesen Eures Bruders Harald" – ich bemerkte, dass er es nicht meines nannte – „haben allen Grund, Tokes Tod zu suchen. Aber diese Reise der Rache, auf der wir uns befinden, diese Jagd, die wir unternommen haben, ist eigentlich Eure. In allen Angelegenheiten, die unsere Suche nach Toke betreffen, seid Ihr auf *dieser* Reise mehr als nur einer meiner Männer."

Er sah mich an, schürzte die Lippen und runzelte die Stirn. „Ihr solltet eine bessere Tunika anziehen, eine saubere. Und auch eine saubere Hose."

Ich trug die graue Wolltunika, die Sigrid für mich angefertigt hatte – das schien jetzt so lange her. Sie war oft getragen und etwas fleckig, aber warm und bequem. Obwohl sie sich für eine Seereise gut eignete, war sie wohl für ein Treffen mit Jarl Arinbjorn nicht akzeptabel.

„Ihr solltet Euer Schwert tragen", sagte Hastein. Er runzelte wieder die Stirn, musterte mich, und fügte nach einem Moment hinzu: „Bringt auch Euren Bogen mit."

Hasteins detaillierten Anweisungen, was ich tragen und welche Waffen ich mitbringen sollte, verwirrten mich, aber ich ging zu meiner Seekiste, um sie zu befolgen. Ich zog die Hose und Tunika aus, die ich getragen hatte, und wählte die grüne Wollhose und die blaue Leinentunika, die Hastein mir geschenkt hatte, bevor wir ins Frankenreich gefahren waren. Er hatte damals gesagt, dass ich sie bei Anlässen wie Festen oder Räten tragen solle, damit mein Auftreten zu seinem Ansehen beitragen würde. Anscheinend war unser Treffen mit Jarl Arinbjorn ein solcher Anlass.

Ich zog auch die kurzen Lederstiefel an, die einst Harald gehört hatten. Wenn meine Kleidung zu schäbig aussah, waren meine getragenen, geflickten Schuhe es zweifellos auch. Ich schulterte das Bandelier mit meinem Schwert, zog meinen besten Umhang an und benutzte die Silberringbrosche, um ihn an meiner Schulter zu befestigen. Die Luft war etwas kühl, und die Tunika, die ich angezogen hatte, nicht sehr warm. Sie sah zwar viel edler aus als die andere, war aber aus Leinen statt aus Wolle. Zuletzt nahm ich den schöneren meiner beiden Köcher aus meiner Seekiste, zog meinen Bogen aus dem

Robbenfell, den Gudrod mir gegeben hatte, und ging zu Hastein.

Auch er hatte feinere Kleidung angezogen – die Tunika, die er jetzt trug, bestand aus bunter Seide. Hastein war die einzige Person, die ich je gesehen hatte, die ganze Kleidungsstücke aus diesem seltenen und teuren Stoff trug. Er blickte mich kurz an und nickte.

Die beiden schwarzhaarigen Brüder, die die Raben genannt wurden, standen neben ihm. „Bjorgolf und Bryngolf werden auch mit uns kommen", sagte er. Ich fragte mich, ob es ihr Zweck war – und in gewissem Maße auch meiner – Hastein mit einem Gefolge von Kriegern zu umgeben, wenn er sich mit einem anderen Jarl traf. Ihr identisches Erscheinungsbild machte ihren Anblick sehr beeindruckend.

Mittlerweile waren die Möwe und die Schlange an den Seiten eines schmalen Holzstegs festgemacht, der sich in das brackige Wasser des Noors hinein erstreckte. Als die anderen Besatzungsmitglieder der Möwe ihre Ruder sicherten und Torvald die Gruppe versammelte, die ihn bei der Versorgung der Schiffe unterstützen sollte, folgte ich Hastein den Kai hinunter und ins Dorf.

Jarl Arinbjorns Anwesen befand sich in einiger Entfernung am Ende eines langen, schmalen Ausläufers des Noors. Es war nicht allzu weit – vom Dorf aus konnten wir das Langhaus und die Nebengebäude in der Ferne sehen – aber Hastein verkündete, dass er nicht beabsichtigte, sich dorthin zu Fuß aufzumachen, sondern zu Pferde. Eine Zeitlang schien es, als würde sein Wunsch vereitelt werden, denn es gab niemanden im Dorf, der überhaupt fünf Pferde besaß, geschweige denn bereit gewesen wäre, sie völlig Fremden zu überlassen. Glücklicherweise war der Kommandant der nahegelegenen Festung mit einigen seiner Männer die kurze Strecke zum Dorf gekommen, um festzustellen, wer sich an Bord der beiden Schiffe befand, die angelegt hatten. Nachdem er mit Hastein gesprochen und erfahren hatte, wen er vor sich hatte, war er mehr als bereit, uns die nötigen Reittiere zu leihen.

Wir waren nur ein kurzes Stück aus dem Dorf geritten, als Hastein, der mit Stig neben ihm vor uns ritt, sich im Sattel umdrehte und mir ein Zeichen gab, an seine Seite zu kommen. Stig fiel daraufhin zurück und ritt mit Bjorgolf und Bryngolf hinter uns.

„Neben Toke gibt es auch einen anderen Grund, weshalb ich Euch bei dem Treffen mit Jarl Arinbjorn dabei haben wollte", sagte Hastein. „Auch deshalb wollte ich, dass Ihr angemessen gekleidet seid.

Ich habe über das Gut in Jütland nachgedacht, über das Land, das Eurem Vater gehörte, und nach ihm Eurem Bruder Harald", fuhr er fort. „Ihr habt einen legitimen Anspruch darauf. Niemand sonst hat einen stärkeren. Es könnte möglich sein, das Land erfolgreich nur mit den von Euch befreiten Sklaven zu bestellen, wenn sie nicht alle weglaufen. Aber es ist das Anwesen eines Stammesfürsten. Ein Mann, der solche Ländereien besitzt, muss Anhänger haben, die mehr als ehemalige Sklaven sind, wenn er seinen Besitz behalten will. Er muss Huscarls haben, Krieger, die kämpfen können, um das Anwesen und seine Bewohner zu schützen."

Ich fand es ironisch, dass Hastein die Tatsache ignorierte, dass ich ein befreiter Sklave war und dennoch kämpfen konnte, doch ich sagte nichts.

„Um aber als Besitzer des Anwesens anerkannt zu werden, müsst Ihr ein Stammesfürst sein", sagte er. „Die Menschen auf dem Gut müssen akzeptieren, dass Ihr ihr Anführer seid. Also müsst Ihr lernen, wie man sich als Stammesfürst verhält. Dazu gehört, wie man Menschen befehligt und sie dazu bringt, einem zu folgen. Aber es steckt mehr dahinter. Ihr müsst Euch in allen Dingen immer so verhalten, als glaubtet Ihr, dass Ihr so gut wie jeder andere seid und sogar besser als die meisten. Deshalb habe ich entschieden, dass ich es sein werde, der Euch diese Dinge vermittelt. Es gibt sonst niemanden, der das kann. Ihr habt niemanden sonst: Euer Vater und Euer Bruder sind beide tot."

Ich war sprachlos. Das war völlig unerwartet.

„Nun?" fragte Hastein. Er erwartete offensichtlich eine Antwort.

„Ich... ich weiß nicht, was ich sagen soll." In Wahrheit war ich mir überhaupt nicht sicher, ob ich das überhaupt wollte. Als wir auf dem Anwesen waren, hatte ich behauptet, ich hätte einen Anspruch darauf. Aber Hastein hatte recht: Es war das Gut eines Stammesfürsten. Ich war kein Stammesfürst und glaubte nicht, dass ich es jemals sein könnte. Für die Menschen auf dem Anwesen würde ich sicherlich immer nur Hroriks Bastard und ein ehemaliger Sklave sein. Aber das konnte ich Hastein nicht sagen – vor allem nicht jetzt. „Ich danke Euch", sagte ich schließlich.

Hastein nickte mit dem Kopf; offensichtlich betrachtete er meine Antwort als Zustimmung. „Wie ich schon zuvor gesagt habe, glaube ich, dass die Nornen die

Fäden unserer Schicksale aus einem bestimmten Grund miteinander verwoben haben", sagte er. „Dies könnte ein Teil davon sein."

Ich fand die ganze Idee von Schicksal als großem Muster, das die Nornen aus dem Leben aller Menschen woben, manchmal sehr verwirrend.

„In Wahrheit", sagte ich zögernd, „hatte ich nie das Gefühl, dass die Nornen mein Leben irgendwie besonders gestalten wollten. Ich verstehe das Schicksal nicht und kann mir kaum vorstellen, wie mein Leben in irgendeinem von den Nornen gewebten Muster von Bedeutung sein könnte."

„Sicherlich glaubt Ihr, dass die Nornen existieren und dass sie die Weberinnen des Schicksals sind?"

Ich dachte nicht gern über solche Dinge nach. Ich fragte mich manchmal, wie drei alte Schwestern, die an den Wurzeln des Weltenbaums saßen, etwas aus den Leben der Menschen weben konnten. Wie konnten unsere Leben Fäden in ihren Händen sein, um auf einem großen Webstuhl gewebt zu werden? Doch ich wollte meine Zweifel nicht laut äußern. Falls die Nornen tatsächlich die Weberinnen des Schicksals waren und die Fäden des Lebens aller Menschen in ihren Händen hielten, wollte ich sie nicht verärgern.

„Natürlich", sagte ich, nicht ganz ehrlich.

„Es ist gut, dass Ihr daran glaubt", sagte Hastein. „Seid nicht bekümmert, weil Ihr es nicht versteht. Das könnt Ihr nicht erwarten. Dass unsere Leben für die Nornen nur zu webende Fäden sind, geht über das Verständnis von uns sterblichen Menschen hinaus. Es ist nicht unsere Aufgabe, es zu verstehen. Es genügt, wenn wir glauben und darauf vertrauen, dass unser Leben und alles, was uns widerfährt, einem Zweck dient und Teil eines großen Plans ist, den wir nicht kennen können." Hastein nickte. „Es ist gut, dass Ihr daran glaubt", wiederholte er. „Es gibt viele Männer, die nicht glauben können, was sie nicht verstehen. Torvald gehört dazu. Er scheint nicht an das Schicksal oder die Götter zu glauben."

„Aber warum sollte mein Leben für die Nornen von Bedeutung sein? Warum sollten sie sich die Mühe machen, es mit Eurem zu verknüpfen?"

Hastein zuckte die Achseln. „Ich weiß es nicht. Aber die Nornen haben immer ein Ziel. Als ich heute Morgen aufwachte, fragte ich mich: 'Was ist, wenn zum Muster der Nornen gehört, dass Halfdan Stammesfürst wird? Was ist, wenn sie vorhaben, dass er eines Tages ein großer Anführer wird?' Da wurde mir klar, wenn das Euer Schicksal ist, wenn es aus irgendeinem Grund dem Plan der Nornen für Euer Leben entspricht, dann muss ich Euch helfen, es zu verwirklichen. Das muss Teil meines Schicksals sein."

Ich schätzte es wirklich, dass Hastein mir helfen wollte. Aber ich konnte immer noch nicht glauben, dass seine Hilfe oder mein möglicher Aufstieg zum Stammesfürsten Teil eines großen Plans sein könnte.

„Deshalb habe ich Euch gesagt, dass Ihr Eure schäbige Kleidung wechseln solltet", fuhr er fort. „Wenn Ihr als jemand von Rang wahrgenommen werden wollt, als Stammesfürst oder zumindest als jemand, der eines Tages einer werden könnte, müsst Ihr entsprechend aussehen und Euch auch so verhalten. Deshalb wollte ich auch zu Jarl Arinbjorns Anwesen reiten, anstatt zu Fuß dorthin zu gehen. Von nun an müsst Ihr Euch immer bewusst sein, welchen Eindruck Ihr hinterlasst – besonders wenn Ihr wichtige Männer wie Arinbjorn trefft. Und das ist auch der Grund dafür, dass ich Euch gebeten habe, Euren Bogen mitzubringen. Ihr habt bereits einen gewissen Ruf als Krieger erworben, nicht zuletzt aufgrund Eurer ungewöhnlichen Fähigkeiten mit dem Bogen. Der berühmte Kriegskönig Ragnar Lodbrok hat Euch vor einer ganzen Armee den Namen Starkbogen gegeben. Das ist eine Ehre, die nur wenigen zuteil wird. Lasst nicht zu, dass andere – vor allem nicht die Huscarls Eures Anwesens – das jemals vergessen. So mancher große Mann ist hauptsächlich deshalb groß, weil andere glauben, dass er es ist."

Was Hastein von mir wollte würde nicht einfach sein. Wie konnte ich andere davon überzeugen, dass ich es wert war, ein Stammesfürst zu werden, wenn ich es selbst nicht glaubte?

„Glaubt Ihr wirklich, dass der Weg meines Lebens bereits von den Nornen festgelegt wurde? Dass das Leben eines jeden Menschen vorbestimmt ist?"

Hastein schüttelte den Kopf. „Nein, überhaupt nicht. So ist das nicht. Es ist nicht so einfach. Ich habe viel über das Thema, das Wesen des Schicksals, nachgedacht und glaube, dass ich es vielleicht besser verstehe als die meisten anderen.

Ihr habt den Weg Eures Lebens erwähnt. Es ist hilfreich, das Leben auf diese Weise zu betrachten. Während wir durch unser Leben gehen, kommt jeder von uns immer wieder an Orte, an denen der Weg sich gabelt – wo verschiedene Richtungen möglich sind, abhängig davon, welche Entscheidungen wir treffen. Was wäre zum Beispiel in Eurem Leben passiert, wenn Ihr nicht geschworen hättet, den Tod Eures Bruders Harald, seiner Männer und der Bewohner des Guts am Limfjord zu rächen, nachdem Toke sie ermordet hatte? Was wäre gewesen, wenn Ihr einfach geflohen wäret, Euch nur um Eure eigene Sicherheit gekümmert hättet und ein heimatloser Wanderer geworden wäret? Wenn ich Euch unter solchen Umständen getroffen hätte, wäre ich sicherlich nicht geneigt gewesen, Euch einen Platz in der Mannschaft der Möwe anzubieten. Und wäre das nicht passiert, wäret Ihr nicht bei mir und meinen Männern im Frankenreich gewesen und hättet nicht das Leben von Ragnar Lodbrok retten können. Aber nur deshalb ist es dazu gekommen, dass er Euch vor der gesamten Armee als ‚Starkbogen‘, einen angesehener Krieger, geehrt hat. Seht Ihr, wie es funktioniert? Wie viel dieser einen Entscheidung geschuldet ist? Wie leicht Euer Leben einen anderen Weg hätte einschlagen können?“

Je mehr Hastein versuchte, es zu erklären, desto verwirrter fühlte ich mich.

„Wenn es Teil des Plans der Nornen ist, dass ich Harald rächen und Toke töten will, hätte ich dann jemals etwas anderes entscheiden können?“

„Oh ja“, sagte Hastein. „Es war an Euch, diese Entscheidung zu treffen oder eben nicht. Die Laufbahn eines Menschen ist nicht wie Runen, die in Stein gemeißelt sind und nicht geändert werden können.“

„Aber wenn der Weg, den mein Leben bisher genommen hat, Teil eines großen Schicksalsmusters ist, das von den Nornen gewoben wird, wäre das Muster dann nicht verändert worden, wenn ich keine Rache geschworen hätte und vor Toke geflohen wäre?"

„Das ist eine gute Frage!" Hastein genoss diese Diskussion offensichtlich viel mehr als ich. „Was das Schicksal so schwer zu begreifen macht, ist sein gewaltiges Ausmaß. Deshalb können wir Sterbliche es nicht wirklich verstehen."

Das ist nur einer der Gründe, dachte ich.

„Für die Nornen besteht das Leben eines jeden Menschen nur aus einigen wenigen Fäden", fuhr er fort. „Außerdem sind diese Fäden sehr kurz. Ihr habt gesehen, wie Stoff gewebt wird, nicht wahr?"

Ich nickte. Als ich aufwuchs, hatte ich meine Mutter und die anderen Frauen in Hroriks Haushalt beobachtet, die an großen Webstühlen saßen und Stoff aus den Fäden webten, die sie aus Schafwolle gesponnen hatten.

„Stellt es Euch so vor. Viele, viele Fäden werden zu einem einzigen Stoffballen gewebt. Um etwas Großes wie ein Langschiffssegel herzustellen, müssen viele Stoffballen gewebt und zusammengenäht werden. Wenn ein einziger Weber einen Fehler machen und einige kurze Fadenstücke in einem Tuchballen nicht an der richtigen Stelle oder in der richtigen Reihenfolge weben würde, wäre das Segel dadurch in irgendeiner Weise verändert, die man bemerken könnte?"

Ich schüttelte den Kopf.

„Das Schicksal der ganzen Welt, das die Nornen weben, ist weitaus größer als das Segel eines Langschiffes. Im Gegensatz zu sterblichen Menschen können die Nornen beim Weben sehen, was noch nicht geschehen ist. Wenn sie die Fäden des Lebens eines jeden Menschen in den Fingern halten, können sie einen Weg erkennen, dem unser Leben folgen könnte, der am besten dem Muster entspricht, das sie weben. Jeder von uns hat die Möglichkeit, dem Weg zu folgen, den die Nornen für uns vorgesehen haben. Aber wenn sich ein Mensch durch seine eigenen Entscheidungen und Handlungen von diesem Weg abwendet..." Hastein zuckte die Achseln. „Er ist nur ein Mensch und sein Leben sind nur ein paar Fäden. Es gibt andere Leben, andere Fäden, die stattdessen gewebt werden können, um das endgültige Muster zu schaffen. Kein einziges Menschenleben kann den Lauf des Schicksals selbst ändern."

Ich versuchte, mir das vorzustellen. Ich dachte an die Entscheidungen, die ich getroffen hatte, an die Dinge, die ich getan hatte, die den Kurs meines Lebens hätten verändern können. Mir wurde schnell klar, dass es weit über mich hinausging. Was war mit all den Menschen, deren Lebensweg meinen eigenen gekreuzt hatte, und den Entscheidungen, die sie getroffen hatten? Was war mit all den Männern, gegen die ich gekämpft und die ich getötet hatte? Was wäre, wenn sie sich entschieden hätten, nicht gegen mich zu kämpfen? Was wäre, wenn sie nicht gestorben wären? Und was wäre, wenn ich Genevieve nicht getroffen hätte? War das alles Teil eines großen Schicksalsmusters, das die Nornen webten? Es war zu viel. Wenn ich daran dachte, tat mir der Kopf weh.

Hastein lachte. „Ihr seht sehr verwirrt aus."

Ich nickte. „Das bin ich auch."

„Versucht nicht, es zu verstehen. Das werdet Ihr nicht können. Wie ich Euch gesagt habe, kein gewöhnlicher Sterblicher kann das."

„Warum habt Ihr dann so viel darüber nachgedacht?" fragte ich.

„Auch das ist eine gute Frage. Ich versuche nicht, das große Muster zu verstehen, das die Nornen weben, denn das ist jenseits des Wissens eines Menschen. Aber ich glaube, dass es manchmal möglich ist, den Weg zu erkennen, den die Nornen einem weisen wollen, und die Entscheidungen zu erahnen, die nahtlos in ihren Plan passen würden. Es ist nicht anders als Eure Fähigkeit, Spuren zu lesen, um Menschen oder Tieren im Wald nachzustellen. Manchmal wenn ich eine Entscheidung treffen muss, kann ich die Gabelung im Weg meines Lebens fast sehen. In solchen Momenten wäge ich die Entscheidung sehr sorgfältig ab, denn ich versuche immer, mein Leben so zu leben, wie es sich die Nornen wünschen würden."

„Warum bemüht Ihr Euch so sehr, den Nornen zu dienen?" Viele glaubten an das Schicksal, aber ich hatte noch nie von jemandem gehört, der versucht hatte, ihm zu dienen.

„Weil ich glaube, dass es mir oft zugutekommt. Ich glaube, die Nornen haben Euren und meinen Weg aus einem bestimmten Grund zusammengeführt. Als wir uns trafen und ich erfuhr, was Euch widerfahren war, glaubte ich, dass die Nornen wollten, dass ich Euch in die Mannschaft der Möwe aufnehme und Euch bei der Erfüllung Eures Racheschwurs helfe. Aber Euch zu

145

unterstützen, hat auch mir geholfen. Ihr habt mein Leben im Frankenreich mehr als einmal gerettet. Ich hätte dort sterben können, aber stattdessen kam ich als wesentlich wohlhabenderer Mann von dem Feldzug zurück."

„Ihr glaubt also, dass Ihr selbst auch davon profitiert, wenn Ihr mir helft und das, was Ihr als Plan der Nornen für mein Leben erkannt habt, unterstützt?" Dadurch fühlte ich mich irgendwie besser.

„Ich glaube, dass wir nutzlos für die Nornen werden, wenn unser Leben zu weit von dem vorgesehenen Muster abweicht, und dass dann die Gefahr wächst, dass sie sich entscheiden, die Fäden unseres Lebens zu durchtrennen."

Inzwischen näherten wir uns dem Anwesen von Jarl Arinbjorn. Ich war froh, dass damit unsere Diskussion über die Nornen und das Schicksal beendet war.

Arinbjorns Langhaus war das größte, das ich je gesehen hatte. Es war viel größer als das von Hrorik, in dem ich aufgewachsen war, und sogar größer als Hasteins auf seinem Anwesen am Limfjord. Auf dem Land um es herum standen auch zahlreiche andere Gebäude: drei Bootshäuser am Ufer des Noors, verschiedene Arbeitsschuppen, ein separater Stall für Vieh und sogar ein zweites, viel bescheideneres Langhaus.

Leider war Jarl Arinbjorn nicht zu Hause. Er war zu den Klippen am östlichen Rand der Insel geritten, um die Wachposten dort zu inspizieren, berichteten uns seine Gefolgsleute, als wir uns dem großen Langhaus näherten. Sie wussten nicht, wann er zurückkehren würde.

Ich hatte gehofft, dass Hastein kurz mit Jarl Arinbjorn sprechen und in Erfahrung bringen könnte, ob seine Männer die beiden Schiffe von Toke gesehen hatten, und dass wir danach unsere Reise fortsetzen könnten. Der Wunsch war natürlich unrealistisch. Wenn ein Jarl einen anderen besuchte, war zumindest ein bescheidenes Fest angebracht. Aber wie lange würden wir hier noch festsitzen, da Arinbjorn unterwegs war?

Ein alter Mann kam aus dem Langhaus. Er hatte weiße Haare und einen langen weißen Bart. Sein Rücken war durch sein hohes Alter gekrümmt, und er stützte sich auf einen Stab, während er uns durch zusammengekniffene Augen anstarrte.

„Bei den Göttern!" rief Hastein. Er saß vom Rücken seines Pferdes ab und näherte sich dem alten Mann. „Aki? Seid Ihr das?"

„Kenne ich Euch?", fragte der alte Mann.

„Ich bin Hastein. Ich bin der jüngere Sohn von Jarl Eirik."

„Diesen Namen habe ich seit vielen Jahren nicht mehr gehört. Jarl Eirik. Ertrunken, nicht wahr? Und Ihr sagt, Ihr seid sein Sohn? Ich dachte, er wäre auch ertrunken."

„Das war mein Bruder Hallstein. Ich bin Hastein. Ich habe hier vor vielen Jahren einen Sommer verbracht. Ihr wart damals der Vorarbeiter des Anwesens."

Der alte Mann richtete seinen verkrümmten Körper so weit es ging auf und hob das Kinn. „Ich bin es immer noch", sagte er. „Ich bin zwar alt, aber ich bin nicht zu altersschwach, um hier Ordnung zu halten. Hastein, Sohn von Eirik. Ich weiß jetzt, wer Ihr seid. Arinbjorn erzählte mir damals vom Tod Eures Vaters und Bruders, aber das ist schon einige Jahre her. Und wie ich mich erinnere, gab es Schwierigkeiten nach dem Tod Eures Vaters, aber am Ende wurdet Ihr Jarl. Ihr sagt, Ihr habt hier einen Sommer verbracht?" Er kratzte sich am Kopf und schaute Hastein wieder genau an. Als er seine Gesichtszüge studierte, konnte man sehen, wie er ihn langsam erkannte.

„Ich sehe es", sagte er. „Ihr seid jetzt ein Mann und sehr verändert. Aber ich kann es sehen." Er grinste. „Ihr seid dieser Junge. Ich hatte es fast vergessen. Wo ist der Rest Eurer Männer?"

Als er erfuhr, dass wir zwei Schiffe hatten und sich ihre Besatzungen derzeit im Dorf befanden, bestand Aki darauf, dass Hastein und seine gesamte Begleitung mindestens für diese Nacht Gäste des Anwesens sein sollten. Bryngolf wurde entsandt, um unsere Reittiere zur Festung zurückzubringen. Er sollte auch ausrichten, dass die Möwe und die Schlange das Noor hinauf zum Anwesen des Jarls fahren sollten, sobald die Vorräte geladen waren. „Und ich werde einen Reiter zu den Klippen schicken, um Arinbjorn zu holen", sagte Aki. Es werde wohl bis zur Dämmerung dauern, bis Jarl Arinbjorn zurückkehren würde, erklärte Aki uns, obwohl der Bote angewiesen worden war, hart zu reiten. „Ihr und Eure Männer seid willkommen, das Badehaus zu benutzen", bot er an. „Es ist immer gut, nach einer Seereise das Salz abzuwaschen."

Uns wurde Bier serviert, während das Wasser für die Bäder erhitzt wurde. Danach humpelte Aki davon, um Befehle für die Vorbereitungen des Abendessens zu erteilen.

„Ihr kennt also Jarl Arinbjorn?" fragte ich Hastein. „Ihr seid ihm schon zuvor begegnet?"

„Ja." Hastein nickte. „Er gehört zu König Horiks engsten Ratgebern. Da Møn so nahe bei Seeland liegt, berät sich der König oft mit ihm, auch wenn er keinen großen Rat einberuft. Zuletzt habe ich ihn bei der Sitzung gesehen, bei der die Entscheidung fiel, Krieg gegen die Franken zu führen.

Aber ich kenne ihn seit vielen Jahren. Arinbjorn ist heute ein alter Mann und verlässt Møn nur noch selten, außer um die Meerenge nach Seeland zu überqueren und den König zu besuchen. Aber als junger Mann war er ein großer Krieger, und er und mein Vater sind manchmal zusammen auf Beutezug im Austmarr gegangen. Als Junge verbrachte ich einen Sommer hier auf Møn. Es war das Jahr, bevor ich in Halland Ziehsohn des Stammesfürsten Thorfinn wurde, einem Kameraden und Verbündeten meines Vaters. Ich blieb hier auf Arinbjorns Gut, während er und mein Vater den Sommer über auf Beutezug waren."

Während er sprach, schweifte Hasteins Blick in die Ferne, und auf seinen Lippen war der Hauch eines Lächelns. Offensichtlich war der Sommer auf Møn eine glückliche Zeit für ihn gewesen.

„Was meinte Aki, als er sagte, dass Ihr dieser Junge seid?" fragte ich.

Hastein blickte mich finster an, als sei dies eine unverschämte Frage.

Stig nickte. „Das habe ich mich auch gefragt."

„Es war ohne Bedeutung", sagte Hastein. Nach ein

paar Augenblicken, als wir ihn immer weiter erwartungsvoll anschauten, fügte er hinzu: „Da war ein Mädchen."

Stig grinste. „Tja, das war zu erwarten."

Wie Hastein gesagt hatte, war Jarl Arinbjorn jetzt ein alter Mann, aber die Jahre hatten es gut mit ihm gemeint. Im Gegensatz zu Aki war sein Rücken noch gerade, und er sah immer noch kräftig genug aus, um mit Schwert oder Speer zu kämpfen und das Gewicht von Brünne, Helm und Schild tragen zu können. Seine Haare und sein Bart waren gelblich-weiß, aber sie waren gepflegt; den Bart trug er kurzgeschnitten am Kiefer, und seine Haare, die immer noch voll waren, hingen ihm gerade und ohne verfilzte Knoten fast bis zu den Schultern.

Er schien sich wirklich zu freuen, Hastein zu sehen. „Ich war sehr erleichtert zu hören, dass du sicher vom Feldzug im Frankenreich zurückgekommen bist, und dass du noch dazu viel Silber erbeutet hast. Auch wenn es ein großer Sieg war, klang es doch, als sei die Schlacht gegen die Franken nur auf Kosten vieler Menschenleben gewonnen worden."

„Du hast bereits von dem Feldzug gehört?" Hastein klang überrascht.

Arinbjorn nickte. „Am Hof von Horik. Glücklicherweise bist du nicht früher gekommen. Wir sind erst vor vier Tagen nach Møn zurückgekehrt."

Arinbjorn drehte sich um und winkte einen jungen Mann zu sich, der hinter ihm stand. „Das ist Sigurd, Ragnars jüngster Sohn. Er ist hier als Ziehkind. Nachdem Ragnar aus dem Frankenland nach Dänemark zurückgekehrt war und Horiks Anwesen erreicht hatte, sandte der König zu uns und lud uns ein, an den Festmahlen teilzunehmen, die er zu Ehren von Ragnar und zur Feier des Sieges über die Franken abhalten wollte. Er wollte zudem eine Angelegenheit in Bezug auf die Svear mit mir besprechen."

Ich war überrascht, dass Ragnar einen so jungen Sohn hatte. Obwohl er sich dem Mannesalter näherte, schien Sigurd jünger zu sein als ich. Seine beiden Brüder Ivar und Björn, die beim Feldzug im Frankenreich führende Positionen in der Armee eingenommen hatten, waren viele Jahre älter als er. Sigurds Haare waren von hellem Beige, etwa der Farbe von Sand, wie die von Ivar, und er hatte auch Ivars schlanken Körperbau anstatt Björns Stämmigkeit. Sein rechtes Auge hatte etwas Merkwürdiges, obwohl ich nicht erkennen konnte, was es war.

„Das ist Stig, einer meiner Kapitäne", sagte Hastein. Stig trat nach vorne und nickte Arinbjorn und Sigurd zu. Zu Arinbjorn fügte Hastein hinzu: „Du bist Stig vielleicht schon begegnet, weil er mit mir bei der Sitzung des Rates in Seeland im Frühjahr war." Arinbjorn und Sigurd nickten ihrerseits Stig zu.

„Und das ist einer meiner Krieger, Halfdan, Sohn von Hrorik", fuhr Hastein fort. „Wenn du bereits Geschichten über die Kämpfe im Frankenreich gehört hast, hast du vielleicht von ihm gehört. Er ist auch als Starkbogen bekannt."

Arinbjorn sah mich prüfend an. „Also seid Ihr derjenige, der mit seinem mächtigen Bogen Ragnar, den Rabenkönig, gerettet hat."

151

„Rabenkönig?" fragte Hastein.

„Das ist der Name, den sie Ragnar bei den Festen gegeben haben", erklärte Arinbjorn. „Ich glaube, er wurde von einem von Horiks Skalden in einem Gedicht benutzt, das er über den Feldzug schreibt. Er hat etwas mit Ragnars Sieg als Kriegskönig im Frankenreich zu tun, und wie er die Raben mit den Leichen unserer Feinde fütterte, und vielleicht hängt es auch mit seinem eigenen Vogel zusammen. Auf jeden Fall klingt der Beiname besser als Lodenhose."

Die Art, wie Hastein mich vorstellte, und die Geschichten, die anscheinend über mich erzählt wurden, machten mich verlegen, aber ich versuchte, es nicht zu zeigen. Wenn Hastein mich als potenziellen Stammesfürsten präsentieren wollte, musste ich versuchen, meine Rolle zu spielen, auch wenn ich nicht daran glaubte.

„Es ist mir eine Ehre, Euch kennenzulernen, Jarl Arinbjorn", sagte ich.

„Was führt dich nach Møn?" fragte Arinbjorn Hastein.

„Wir suchen einen Mann, der eine hohe Blutschuld zu bezahlen hat. Ich hatte gehofft, dass du oder deine Männer wissen, ob er Møn passiert hat."

Arinbjorn zuckte die Achseln. „Vielleicht", sagte er. „Wir wachen über die Meerenge. Das ist die Leistung, die König Horik von mir verlangt: die Augen des Reiches im Süden zu sein. In erster Linie halten wir Ausschau nach einfallenden Wenden – sie sind in den letzten Jahren immer dreister geworden. Ich habe hier auf Møn genügend Krieger und Schiffe, um kleinere Überfälle zurückzuschlagen oder die Eindringlinge zu töten, wenn sie nicht klug genug sind, zu fliehen. Bis jetzt haben die Wenden noch nie mit einem ernst zu nehmenden Heer angegriffen, aber sollten sie es tun, haben wir große Holzstapel für Signalfeuer auf den Klippen angelegt. Die Klippen sind hoch genug, dass die Feuer in Seeland und Falster zu sehen sind. Dort werden weitere Signalfeuer angezündet, um die Warnung nach Westen und Norden zu verbreiten."

„Mir ist aufgefallen, dass deine Kriegertruppe vergleichsweise groß ist", sagte Hastein.

„Einige der Krieger und Schiffe werden von König Horik gestellt. Er hält es für vorteilhaft, fremde Krieger aus dem Süden hier bei Møn am Rande seines Königreiches aufzuhalten."

„Zwei deiner Schiffe näherten sich meinen, als wir die Gewässer um Møn erreichten. Untersuchen sie jedes Schiff, das so nah vorbeifährt?"

„Es hängt davon ab, welcher der Kapitäne in der Meerenge unterwegs ist. Einige sind neugieriger als andere. Aber in den meisten Fällen wird kontrolliert. Dieser Mann, den du suchst – wie reiste er?"

Hastein drehte sich zu mir um und nickte.

„Er ist mit zwei Langschiffen unterwegs", sagte ich. „Eines hat einen Drachenkopf, der wie der Kopf eines Adlers geschnitzt ist, rot angemalt mit einem goldenen Schnabel. Es hat sechzehn Ruderpaare. Das andere ist kleiner, es hat nur vierzehn Paare, und der Kopf ist vergoldet und geschnitzt wie der Kopf eines Hengstes. Beide Schiffe sind mit sehr kleinen Besatzungen unterwegs."

„Das Letztere würde auf jeden Fall Aufmerksamkeit erregen", sagte Arinbjorn. „Dieser Mann ist also ein Stammesfürst? Sind es seine Schiffe?"

„Das sind sie."

„Und wie heißt er?" fragte Arinbjorn.

Hastein antwortete. „Sein Name ist Toke. Er weiß noch nicht mit Sicherheit, dass wir ihn verfolgen. Wir würden das gerne so lange wie möglich so lassen."

„Ich werde allen meinen Kapitänen Bescheid geben und sie fragen, ob jemand diese beiden Schiffe gesehen hat. Sie müssen nicht wissen, warum ich frage. Wenn sich jemand erinnert, sie gesehen zu haben, werde ich ihn bitten, hierher in meinen Saal zu kommen, damit du ihn befragen kannst. Morgen gegen Mittag werden wir es wissen.

Und heute Abend", fügte er hinzu, „gibt es Festmahl."

7

Ein Festmahl und ein Wettbewerb

Zu meiner großen Überraschung wurde ich beim Festmahl von Jarl Arinbjorn eingeladen, am Ehrentisch zu sitzen. Es war die erste von mehreren Überraschungen in dieser Nacht.

Zwei seiner Kapitäne, sowie Hastein, Stig, Hrodgar und ich gesellten uns zu Arinbjorn und seiner Frau am Ehrentisch. Frauen aus dem Haushalt des Jarls – alle attraktiv, und außer Arinbjorns Frau, alle jung – nahmen ebenfalls Platz. Als Ehrengast erhielt Hastein den Platz zu Arinbjorns Rechten. Seine Ehefrau saß zu seiner Linken, mit dem jungen Sigurd neben ihr. Ich saß links von Sigurd.

„Ich heiße Asny", sagte eine junge Frau, die sich auf die Bank neben mich setzte. Sie hielt ein Trinkhorn in der Hand, in dessen silbernen Rand ein langer Drache mit einem um den Körper geschlungenen Schwanz graviert war. Die Figur ähnelte der auf den Bannern der beiden Schiffe, die uns vor Møn entgegengekommen waren. Das Horn war fast bis zum Rand mit dunklem Bier gefüllt. „Ich werde beim Fest mit Euch das Trinkhorn teilen."

Ich wusste nicht, wie ich reagieren sollte. Zum Teil war ich erschrocken, dass diese junge Frau plötzlich neben mir auftauchte und sich neben mich setzte. Die Tatsache, dass sie sehr ansehnlich war, war nicht gerade hilfreich. Statt höflich zu antworten, konnte ich nicht anders, als sie bewundernd anzustarren. „Das Trinkhorn teilen?" brachte ich schließlich heraus.

Asny lächelte und unterdrückte ein Lachen. „Ihr seid mit dem Brauch nicht vertraut?"

Ich schüttelte den Kopf. „Ich heiße Halfdan", fügte ich etwas verspätet hinzu. „Es freut mich, Euch kennenzulernen."

„Seid Ihr der Sohn von Jarl Hastein?", fragte sie.

Ich war von der Frage verwirrt; wie kam sie darauf? „Nein", antwortete ich. „Ich bin nur einer seiner Krieger."

Jetzt sah sie verwirrt aus. „Ihr scheint aber sehr..."

„Jung, um am Ehrentisch zu sitzen?" ergänzte ich. Sie errötete und nickte.

Sigurd beugte sich vor der jungen Frau, die an seiner Seite Platz genommen hatte, zu mir herüber. Es schien ihr nichts auszumachen. „Er wird Starkbogen genannt", sagte er Asny. „Er hat beim jüngsten Feldzug im Frankenreich viel Ehre erlangt." Er lehnte sich zurück und legte seinen Arm um die Schulter seiner Begleiterin. „Das ist Saeunn", stellte er sie mir vor. Ich nickte ihr grüßend zu. Sie hatte rote Haare, die in zwei langen Zöpfen über ihrer Brust hingen, und sehr auffällige grüne Augen. Sie schien einige Jahre älter zu sein als Sigurd. „Ich habe darum gebeten, dass Ihr heute Abend bei mir sitzt", sagte er zu mir.

Das erklärte zumindest, weshalb ich am Ehrentisch saß.

In dem Augenblick stand Jarl Arinbjorn auf, und der große Festsaal wurde allmählich still, als es alle bemerkten. „Heute Abend begrüßen wir Ehrengäste und halten dieses Festmahl, um ihren Besuch auf Møn zu feiern", verkündete er mit einer tiefen, kräftigen Stimme, die den ganzen Saal ausfüllte. „Das ist Jarl Hastein vom Limfjord. Er ist der Sohn eines alten und geschätzten Kameraden von mir, Jarl Eirik. Sein Vater und ich haben unsere Schwerter oft zusammen blutig gemacht. Jarl Hastein war an der Führung unserer siegreichen Armee im Frankenreich beteiligt. Hoffentlich wird er uns heute Abend Geschichten über diesen Feldzug erzählen." Arinbjorn hob das Trinkhorn, das er in seiner rechten Hand hielt, und fuhr fort. „Steht auf und trinkt mit mir auf Jarl Hastein."

Alle im Festsaal standen auf. Neben mir reichte Asny mir das Trinkhorn.

„Auf Jarl Hastein", rief Arinbjorn. „Auf Jarl Hastein", wiederholten alle Männer in der Halle und tranken Bier mit Arinbjorn.

„Jetzt gebt mir das Horn zurück", sagte Asny. An Arinbjorns Seite hob seine Ehefrau das Horn. Sie war eine würdevoll aussehende Frau in einem ähnlichen Alter wie ihr Gatte, „Auf Jarl Hastein", wiederholte sie. Zusammen mit den Frauen am Ehrentisch und an den anderen Tischen im Saal rief Asny: „Auf Jarl Hastein", und trank aus dem Horn. Sie wandte sich an mich und lächelte. „Seht Ihr? So wird es gemacht."

Hastein antwortete natürlich mit einem Trinkspruch auf Jarl Arinbjorn, und der Vorgang wurde wiederholt. Zu meiner Erleichterung setzte sich Arinbjorn dann hin, und die Frauen und Sklaven, die an der zentralen Feuerstelle arbeiteten, fingen an, das Essen zu servieren.

Einen Vorteil des Ehrentisches bemerkte ich schnell:

wir wurden zuerst bedient. In solch einem großen Saal würden diejenigen auf Plätzen an einem der Außentische lange auf ihr Essen warten müssen.

Es war eine ausgezeichnete Mahlzeit. Wir bekamen Servierteller aus Holz, Keramikschalen und Löffel. Die Sklaven brachten als erstes große Töpfe mit einer herzhaften Suppe aus Kohl, Karotten und Rüben, gefolgt von großen Platten mit großzügigen Stücken gebratener Hammelkeule. Die Diener legten die Platten vor jedem Gast vor, damit wir mit unseren Essmessern so viel abschneiden konnten, wie wir wollten.

Trinkhörner haben eine Besonderheit. Beim Begräbnisfest im Frankenreich nach unserem Sieg über die fränkische Armee hatte mir Hastein ein sehr schönes Horn geschenkt. Ich hatte es seither nicht mehr benutzt; ein Becher war mir lieber. Ein mit Bier oder anderem Getränk gefülltes Horn kann nicht abgestellt werden. Es sieht zwar eindrucksvoll aus und ist vielleicht für Veranstaltungen mit vielen Trinksprüchen geeignet, aber wenn man auch essen möchte, ist es nicht sehr zweckmäßig.

Nachdem ich eine Scheibe Hammel für mich abgeschnitten hatte, musste ich auch Asny bedienen, denn sie konnte es nicht selbst tun, während sie das Trinkhorn hielt. Es war offensichtlich, dass sie ihr eigenes Fleisch auch nicht in Stücke schneiden konnte.

„Reichen wir uns das Horn hin und her und essen abwechselnd?" fragte ich sie. Ich hoffte, dass ich sie nicht auch noch füttern musste.

„Das könnte man machen", sagte sie. „Aber der Brauch ist anders. Ich werde Euch das Horn geben, damit Ihr Euren Durst stillen könnt, wann immer Ihr wollt. Und ich werde Euer Fleisch für Euch schneiden."

Es war eine seltsame Art, eine Mahlzeit zu essen und dabei von einem anderen Menschen so abhängig zu sein, aber nach einer Weile fand ich es nicht unangenehm. Um sich um meine Bedürfnisse zu kümmern, musste Asny dicht neben mir auf der Bank sitzen, sodass ihr Oberschenkel meinen berührte. Sie hatte einen Duft, der mich an frisch geschnittenes Sommerheu erinnerte.

Es war offensichtlich, dass Sigurd und Saeunn bereits zuvor das Horn geteilt hatten. Sie schienen sehr vertraut miteinander zu sein, lachten und redeten, während sie aßen, und fütterten sich gegenseitig. Ich wünschte, ich könnte so frei und selbstbewusst wie Sigurd sein. Ich fühlte mich zwar wohler als anfangs und genoss Asnys Gesellschaft, aber es fiel mir nicht leicht, zwanglose Gespräche mit jemandem zu führen, den ich nicht kannte. Und ich spürte, dass es für Asny mehr Pflicht als Vergnügen war, meine Begleiterin für das Fest zu sein. Obwohl sie immer höflich lächelte, tat sie dies nur mit dem Mund – die Empfindung erreichte nie ihre Augen. Ich erfuhr, dass sie die Tochter eines der Kapitäne von Jarl Arinbjorn war. Vielleicht empfand sie es als unter ihrer Würde, mit einem einfachen, jungen Krieger gepaart zu sein.

Als ich durch den Saal blickte, trafen meine Augen zufällig die von Floki von unserem Anwesen. Er und sein Bruder Baug saßen am Ende eines Tisches in der zweiten Reihe von der Mitte der Halle aus. *Was hältst du davon, dass ich hier am Ehrentisch sitze?* fragte ich mich. *Ärgert es dich, dass ich so geehrt werde?* Ich hielt seinen

Blick, hob ihm das Horn entgegen und trank. Nach ein paar Augenblicken hob er seinen Becher als Antwort, trank, und sah dann weg.

„Wer ist dieser Mann?" fragte Asny.

„Er war einer der Huscarls meines Bruders."

„War?"

„Mein Bruder ist tot."

„Wem folgt er jetzt?", fragte sie.

„Auf dieser Reise, Jarl Hastein."

Nach dem Essen kamen die Geschichten. Jarl Arinbjorn bat Hastein, der Versammlung etwas über den Feldzug im Frankenreich zu erzählen. „Erzähl uns von der großen Schlacht gegen die Franken", bat er. „Ich habe einige Geschichten davon gehört, als ich am Hof von König Horik war, aber viele der hier Anwesenden noch nicht. Ich würde mich ohnehin freuen, deine Darstellung der Geschehnisse zu hören."

Daraufhin wurde ich mit einem weiteren Brauch im Festsaal von Arinbjorn bekanntgemacht, zusätzlich zum Teilen des Horns am Ehrentisch: Geschichten wurden häufig durch Trinksprüche unterbrochen.

Hastein war ein erfahrener Redner und erzählte die Geschichte gut. Zu meiner großen Verlegenheit begann er seine Schilderung mit der Überquerung der Seine in der Nacht vor der Schlacht. Der versammelten Menge erzählte er, wie zwei einsame Krieger den kalten Fluss im Dunkeln durchschwammen, durch den Wald entlang des Ufers schlichen und die Wachen der Franken zum Schweigen brachten, damit die dänische Armee unbemerkt übersetzen konnte.

„Ich habe diesen Teil der Geschichte noch nie

gehört", sagte Arinbjorn, der die Erzählung offensichtlich sehr genoss. „Wer waren diese beiden Krieger?"

„Einer ist ein erfahrener Fährtenleser vom Limfjord", antwortete Hastein. „Er heißt Einar." Er schaute in die Halle und rief: „Steht auf, Einar."

Als Einar stand, erhob sich auch Jarl Arinbjorn. „Gut gemacht. Anerkennung! Auf Einar!" Er hob sein Horn und trank. Im Saal hallte die Antwort, „Auf Einar!", zuerst von den Männern und dann von den Frauen.

„Und der andere?" fragte Arinbjorn Hastein.

„Er sitzt hier am Ehrentisch: Halfdan, Sohn von Hrorik."

Ich hatte keine andere Wahl, als aufzustehen und zu versuchen, nicht allzu rot zu werden, während auf mich getrunken wurde.

Es kam noch schlimmer. Hastein erzählte die von Einar verbreitete Geschichte, wie die letzte Wache seinen Posten an einer Stelle bezogen hatte, an die wir nicht nahe genug herankommen konnten, um ihn mit unseren Messern zu töten. „Aber Halfdan ist ohne Frage der beste Bogenschütze, den ich je gesehen habe", fuhr Hastein fort. „Da es unmöglich war, diesen letzten Wachposten mit einer Klinge zu töten, schoss er im Dunkel der Nacht, inmitten der tiefen Schatten des Waldes, einen Pfeil mitten in den Kopf des Franken." Hastein deutete mit dem Zeigefinger auf die Stirn. „Der Mann war sofort tot."

Ein ehrfürchtiges Murmeln breitete sich in der Halle aus. Asny sah mich jetzt ganz anders an, als säße sie plötzlich neben einer anderen Person.

„Wie habt Ihr das gemacht?" fragte mich Arinbjorn. „Wie habt Ihr so einen Schuss im Dunkeln ins Ziel gebracht?"

Da mir keine bessere Antwort einfiel, sagte ich die Wahrheit. „Es war nicht Können meinerseits. Es war Zufall. Ich hatte auf die Brust des Franken gezielt. Aber in dem Moment, als ich meinen Pfeil losließ, stolperte er und fiel rückwärts. Es war Glück, nicht Geschick, dass ich ihn überhaupt getroffen habe."

Einen langen Moment herrschte Stille, dann brach in der Halle Gelächter aus. Ich konnte spüren, wie mein Gesicht rot wurde. Arinbjorn hob sein Horn und schmunzelte. „Auf Euer Glück also. Manchmal ist es besser als Können."

Nachdem auf das Glück getrunken und der Trinkspruch wiederholt worden war, sprach einer von Arinbjorns Kapitänen am Ehrentisch. „Es waren wohl zwei Sorten von Glück im Spiel: das Glück von Halfdan und das Pech des Franken." Wieder brach im Festsaal Lachen aus.

Hasteins Erzählung über die Schlacht selbst war spannend, und als er die Stelle erreichte, an der die Franken unsere Linie durchbrochen hatten und sowohl seine Standarte als auch die von Ragnar in Gefahr waren, hingen die Zuhörer im Saal an jedem Wort.

„In diesem Moment", sagte er mit gedämpfter Stimme, „hatte ich keinen Zweifel daran, dass die Nornen die Fäden meines Lebens in ihren Händen hielten – und auch die vieler anderer Kämpfer in unserer Armee – und abwägten, ob es an der Zeit war, sie zu durchtrennen. Aber es war nicht mein Schicksal, an diesem Tag auf diesem Schlachtfeld tief im Frankenreich zu sterben. Denn Halfdan, auch als Starkbogen bekannt, bezog Position auf dem Hang hinter den beiden Standarten. Und mit seinen Pfeilen streckte er die Franken nieder, die die Schildmauer vor mir durchbrochen hatten. Er brachte auch den fränkischen Krieger zur Strecke, der Ragnar zu Boden gebracht und versucht hatte, sein Rabenbanner niederzureißen. Die Pfeile von Odin selbst sind nicht tödlicher als die, die Starkbogen an jenem Tag geschossen hat."

Jubel brach im Saal aus, gefolgt von vielen Trinksprüchen auf mich, auf meine Pfeile und meinen Bogen, auf Hastein, auf Ragnar, auf das Rabenbanner. Asny musste das Horn mehrmals mit Bier nachfüllen. Ich war dankbar, dass wir keinen Met tranken.

Sigurd lehnte sich über Saeunn hinweg zu mir hinüber, während sie mit den Fingern durch sein Haar strich. „Wie viele Männer habt Ihr im Kampf getötet?" fragte er.

Ich hatte darauf keine Antwort. Es lag nicht nur an dem Bier, das ich in dieser Nacht getrunken hatte, und auch nicht daran, dass ich nicht wissen konnte, wie viele der Bretonen, die ich während des Angriffs der Reitertruppen auf unsere Linie getroffen hatte, tatsächlich gestorben waren. Ich konnte mich nicht einmal daran erinnern, wie viele ich getroffen hatte. Aber es war mehr als das. Es war, was danach passiert war. Nach Ivars Angriff auf die Flanke der fränkischen Armee waren die fränkischen Krieger zwischen seiner Truppe und unserer Hauptarmee eingekesselt worden. Wir hatten sie von allen Seiten umzingelt und zogen den Kreis um sie immer enger. Zu diesem Zeitpunkt hatte ich längst keine Pfeile mehr und hatte meinen Bogen oben am Hang zurückgelassen. Ich war mit den übrigen Kriegern gegen die Pferde vorgerückt, die so dicht zusammengedrängt waren, dass sie sich nicht mehr bewegen konnten. Der ganze Vorstoß war ein einziges Stechen und Hauen mit dem Schwert. Nachdem wir die Pferde vor uns alle ihrer Reiter entledigt hatten, hieben wir auch auf sie ein, bis die armen Tiere zusammenbrachen. Einige unserer Krieger, die ungeduldig waren, weiter zu töten, kletterten über ihren Rücken, um an die Franken dahinter zu gelangen. Wir alle – Dänen, Franken und Pferde – waren von Blut durchtränkt, und der Boden unter unseren Füßen war damit durchweicht und rutschig.

„Ich weiß es nicht", antwortete ich. Der Festsaal verblasste, und in meinen Gedanken sah und roch ich wieder das Blut und hörte die Schreie. „Ich weiß es nicht."

„Waren es mehr als zehn? Mehr als zwanzig?"

Ich wusste es wirklich nicht. Das Schlachten hatte lange gedauert. „Vielleicht. Wahrscheinlich", antwortete ich.

„Ich habe noch nie einen Mann getötet", sagte Sigurd. Er klang enttäuscht. „Ihr habt auch einen Mann in einem Duell getötet, nicht wahr? Im Frankenreich?"

Ich nickte. „Ja, habe ich."

Inzwischen hatte Hastein seine Geschichte über die große Schlacht beendet. Arinbjorn stand leicht schwankend auf und wandte sich an den Saal. Viele darin hatten inzwischen trübe Augen von den vielen Trinksprüchen.

„Wir alle danken Jarl Hastein für seine wunderbare

164

Erzählung über den großen Sieg unserer dänischen Krieger über die Franken. Es wäre schön, wenn wir mehr Geschichten über den Feldzug hören könnten, aber es wird spät und wir haben viel Bier getrunken. Lasst uns alle zu Bett gehen. Das Fest ist beendet."

Ich war erleichtert. Im Laufe des Abends hatte ich versucht, mich mit dem Trinken zurückzuhalten, indem ich bei den Trinksprüchen immer nur einen kleinen Schluck nahm, aber trotzdem fühlte ich mich unsicher auf den Beinen, als ich von der Bank aufstand. Auch Asny schien etwas zu viel von dem Bier getrunken zu haben, das wir geteilt hatten, und beim Aufstehen schwankte sie rückwärts. Aus Angst, sie könnte das Gleichgewicht verlieren und stürzen, fasste ich sie am Arm über dem Ellenbogen und zog sie hoch und auf mich zu.

Sigurd, der sich während der Trinksprüche offensichtlich überhaupt nicht gebremst hatte, deutete die Geste falsch.

„Nein, Halfdan", sagte er undeutlich. „Sie ist aus gutem Hause und heiratsfähig. Deshalb ermutigt ihr Vater sie, bei Arinbjorns Festen das Trinkhorn zu teilen. Wenn Ihr heute Nacht eine Frau für Euer Bett wollt, schicke ich Euch eine Sklavin."

Asnys Gesicht wurde tief rot. „Es tut mir leid", murmelte sie zu mir. „Ich weiß, dass das nicht Eure Absicht war."

„Das macht nichts", sagte ich. „Ich bin froh, dass ich Euch nicht beleidigt habe. Und ich danke Euch für Eure Gesellschaft heute Abend."

Als sie davoneilte, wandte ich mich an Sigurd. Er

lehnte sich an Saeunn an; ein Arm lag über ihren Schultern und einer ihrer Arme um seine Taille. „Nun?" fragte er. „Soll ich?"

Wenn ich ja sagen würde, würdet Ihr überhaupt den Namen des Mädchens kennen, das Ihr in mein Bett schickt? fragte ich mich. *Würde es Euch überhaupt interessieren, wie sie sich fühlt, wenn ihr befohlen wird, sich einem Mann hinzugeben, den sie noch nie zuvor gesehen hat?* Ich fand Sigurd plötzlich sehr unsympathisch.

Mit Mühe erinnerte ich mich daran, was Hastein von mir erwartete. Ich musste mich immer wie ein Mann verhalten, der ein Stammesfürst sein könnte, ein Führer von Männern. Dazu gehörte sicherlich auch, lügen zu können, um sich nicht zum Feind des Sohnes eines reichen und mächtigen Mannes zu machen.

„Ich danke Euch", sagte ich zu ihm. „Ihr seid sehr zuvorkommend. Aber ich bin sehr müde, und heute Nacht möchte ich nichts anderes in meinem Bett finden als Schlaf."

„Morgen früh", rief Sigurd, als ich wegging, „werden wir vielleicht zusammen Bogen schießen."

Das Tagesmahl am nächsten Morgen in Arinbjorns Saal war eine einfache, informelle Angelegenheit. Zwei große Töpfe mit heißem Gerstenbrei waren an einem Ende der großen, zentralen Feuerstelle an Ketten über den glühenden Kohlen aufgehängt. Eine kräftige Frau mit grauen Haaren beaufsichtigte sie. Die Bewohner und Gäste des Anwesens erwachten nach und nach, stolperten zu den Abtritten hinaus, erleichterten sich, wuschen sich und begaben sich zur Feuerstelle. Dort verteilte ein Thrall Keramikschalen und Holzlöffel, und die grauhaarige Köchin füllte die Schalen mit Brei. Außerdem gab es dicke Scheiben kräftiges Roggenbrot und einen weichen Streichkäse.

Trotz der Nachtruhe fühlte ich mich nach den vielen Trinksprüchen des letzten Abends immer noch nicht ganz klar im Kopf. Ich war erneut dankbar, dass Jarl Arinbjorn sich nicht entschieden hatte, beim Fest Met zu servieren. Wenigstens schmerzte mein Kopf nicht.

Ich hatte mein Essen zu der Bank an der Wand zurückgebracht, auf der ich die letzte Nacht in meinem Umhang geschlafen hatte. Der Brei beruhigte meinen Magen. Das Brot war etwas trocken, aber ich hatte genug von dem weichen Käse darauf gestrichen, dass es leichter zu schlucken war. Ich war völlig ins Essen vertieft – ich dachte an nichts anderes als an den Geschmack und das wohlige Gefühl in meinem Bauch und hatte die Geräusche und die Geschäftigkeit der Halle um mich herum völlig ausgeblendet – als eine Stimme mich aus meinen Tagträumen riss.

„Ah, da seid Ihr ja. Ich habe Euch gesucht."

Es war Sigurd. In Anbetracht des Zustands, in dem ich ihn zuletzt gesehen hatte, sah er überraschend frisch und wach aus. Er hielt einen Bogen in der linken Hand und einen Köcher mit Pfeilen in der rechten. Bei dem Anblick erinnerte ich mich an seinen letzten Worte in der Nacht zuvor.

„Habt Ihr Euren Bogen bei Euch, oder ist er auf dem Schiff Eures Jarls?"

Dank Hasteins Beharrlichkeit am Vortag hatte ich ihn bei mir. Ich zeigte mit dem Daumen über meine

Schulter hinter mich, wo mein Bogen, mein Köcher und mein Schwert am Ende der Bank neben der Wand lagen. „Er ist dort", sagte ich, nachdem ich einen Mundvoll Brot und Käse heruntergeschluckt hatte.

Ich hatte keine Lust, mit Sigurd zu schießen. Ich wollte eigentlich überhaupt keine Zeit mehr in seiner Gesellschaft verbringen. Er kam mir verzogen und arrogant vor, ganz im Gegensatz zu seinen beiden erwachsenen Brüdern. Aber ich wusste nicht, wie ich höflich ablehnen konnte.

„Wo schießt Ihr?" fragte ich.

„Wir haben eine große Heugarbe, die wir als Ziel verwenden", antwortete er. „Sie ist nicht weit vom Langhaus entfernt."

Vielleicht war es doch kein so schlechtes Vorhaben. Ich hatte in der letzten Zeit wenig Gelegenheit gehabt, mit dem Bogen zu schießen. Seit der Eroberung von Paris hatte ich nur einmal kurz mit Tore während unseres Aufenthalts auf Hasteins Anwesen geübt. Ein Langbogen ist keine Waffe, mit der man sowohl selten als auch gut schießen kann.

Sigurd setzte sich neben mich auf die Bank, während ich meinen Brei und mein Brot schnell fertig aß. „Kennt Ihr meine Brüder Ivar und Björn?", fragte er.

Ich nickte. „Wir sind uns begegnet."

Die Kürze meiner Antwort schien Sigurd vorübergehend die Sprache zu verschlagen. Er kam jedoch schnell darüber hinweg.

„Ich hatte noch zwei andere Brüder", sagte er. „Eric und Agnar. Sie wurden von Vaters erster Frau Thora geboren. Sie ist gestorben. Eric und Agnar sind jetzt auch tot. Sie hatten versucht, das Königreich der Svear zu erobern und den Thron zu übernehmen, aber König Eystein besiegte und tötete sie."

Es schien mir seltsam, solche privaten Dinge einem fast völlig Fremden zu offenbaren. „Das wusste ich nicht", erwiderte ich mangels einer besseren Antwort. Der Drang, sich ein Königreich anzueignen, schien in dieser Familie zu liegen. Auf jeden Fall war Ragnar davon befallen. Ich sah Sigurd von der Seite an und fragte mich, ob auch er eines Tages König werden wollte. Dabei bemerkte ich wieder, dass sein rechtes Auge etwas Seltsames hatte.

„Ihr starrt mein Auge an", sagte Sigurd.

„Was ist damit los?" fragte ich.

„Nichts. Es ist das Zeichen der Schlange. Deshalb werde ich Sigurd Schlangenauge genannt. Meine Mutter Kraka sagt, es bedeutet, dass ich den Geist eines Drachen in mir habe und dass ich für Großes bestimmt bin."

Das klang wie etwas, das eine Mutter sagen würde. Durch die Iris seines Auges verlief unten eine gewundene rote Linie, aber mir wäre nicht in den Sinn gekommen, sie als Schlange zu bezeichnen.

„Ich bin fertig", sagte ich. Ich stand auf und schwang den langen Gurt meines Köchers über die linke Schulter, sodass die Pfeile an meiner rechten Hüfte hingen. Ich zog meinen Umhang über den Arm, nahm mein Schwert und meinen Bogen, und sagte zu Sigurd: „Gehen wir zur Heugarbe."

Es war ein warmer Tag, und einige Leute aus dem Haushalt sowie viele Mitglieder unserer beiden Mannschaften standen oder saßen im Hof vor dem Langhaus und genossen den Sonnenschein. Hastein und Arinbjorn waren auch dort und sprachen miteinander, und Torvald, Hrodgar und Stig standen in der Nähe. Als wir an ihnen vorbeikamen, rief Hastein mir zu: „Geht nicht zu weit. Einer von Arinbjorns Kapitänen hat die beiden Schiffe gesehen, die wir suchen. Er wird bald hier sein."

Bevor ich antworten konnte, verkündete Sigurd mit lauter Stimme: „Wir gehen gerade zur Heugarbe. Halfdan und ich werden zusammen Bogen schießen."

„Das würde ich gerne sehen", sagte Arinbjorn zu Hastein. „Nach allem, was du gesagt hast, ist sein Können bemerkenswert."

Da es nichts anderes zu tun gab, veranlasste die Aussicht auf Unterhaltung die meisten, die sich draußen vor dem Langhaus die Zeit vertrieben, leider dazu, ebenfalls zu folgen. Gudfred, Floki und Baug vom Anwesen meines Vaters gehörten auch zu ihnen.

Ich hatte nur mit meinem Bogen ein wenig üben wollen. Ein Publikum dabei zu haben war schon schlimm genug. Aber Torvald fand einen Weg, es noch schlimmer zu machen.

„Jarl Arinbjorn", sagte er. „Ist einer deiner Männer besonders gut mit dem Bogen? Vielleicht könnte er gegen Halfdan schießen."

Ich wusste sofort, was Torvald vorhatte. Er hoffte, dass es einen Wettbewerb geben würde, den ich gewinnen würde, und er wollte darauf wetten.

„Sigtrygg ist der beste Bogenschütze unter meinen Männern", antwortete Arinbjorn. „Er ist ziemlich gut." Er wandte sich an einen Mann in der Nähe – den Kapitän, der am Abend zuvor am Ehrentisch gesessen und sich über das Pech des fränkischen Wachpostens lustig gemacht hatte – und fragte ihn: „Willst du schießen?"

„Mit Vergnügen", antwortete er. „Ich hole meinen Bogen."

Die Garbe aus gerolltem Heu, das mit einem Seil zusammengehalten wurde, war etwa so hoch wie meine Schulter. Ein kleines Quadrat aus weißem Tuch etwa so groß wie ein Schildbuckel war in der Mitte als Ziel angebracht worden. Als wir uns näherten, sahen wir, dass zwei von Arinbjorns Männern, die mit Helmen, Brünnen und Schilden wie für den Kampf gerüstet waren, Speere darauf warfen. Sie bemerkten die herannahende Menge mit ihrem Anführer Arinbjorn in der ersten Reihe, zogen ihre Speere aus dem Ziel und traten zur Seite.

Die Heugarbe war an einem Ort aufgestellt worden, an dem lange Schüsse geübt werden konnten, aber Sigurd ging weiter, bis wir nur noch einen Speerwurf entfernt waren.

„Ich bin nicht sehr gut mit Pfeil und Bogen", sagte er entschuldigend.

„Man muss erst lernen, aus nächster Nähe gut zu schießen, bevor man sich an längeren Schüssen versucht", sagte ich. „Das ist eine gute Distanz zum Üben."

„Was war der längste Schuss, mit dem Ihr einen Mann getötet habt?", fragte er.

Er schien vom Töten fasziniert zu sein. Ich dachte über seine Frage nach. Es dauerte eine Weile; ich hatte inzwischen so oft getötet. Aber nur während der großen Schlacht im Frankenreich und in der Nacht am Limfjord, als Toke und seine Männer uns angegriffen hatten, hatte ich Schüsse auf eine große Entfernung abgefeuert, und ich vermutete, dass die meisten von ihnen ihre Ziele verfehlt hatten. Die Schüsse, die mit Sicherheit tödlich waren – wie damals, als ich Stenkils Kamerad Sigvid in Ruda getötet hatte – hatte ich größtenteils aus nächster Nähe abgegeben.

„Die meisten habe ich aus dieser Entfernung getötet, manchmal weniger", sagte ich zu ihm. Sigurd sah überrascht aus.

Ich legte mein Schwert in seiner Scheide auf den Boden auf meinen Umhang, richtete mich auf, und rieb mit den Händen über die Wurfarme meines Bogens.

„Was tut Ihr da?" fragte Sigurd.

„Ich habe schon seit einiger Zeit nicht mehr mit diesem Bogen geschossen. Wenn er nicht benutzt wird, werden die Arme steif. Ich wärme sie auf, damit sie leichter zu biegen und zu bespannen sind."

Ich stützte die Spitze des unteren Wurfarms gegen den Rist meines rechten Fußes und packte mit der rechten Hand den lederbezogenen Griff des Bogens. Während ich ihn zurückzog, drückte ich mit der linken Hand hart gegen den oberen Arm und schob die Schlaufe der Bogensehne mit Daumen und Zeigefinger nach oben, während der Bogen gekrümmt war, bis ich die Schlaufe in die Einkerbung in der Hornspitze schieben konnte.

Ich zog meine lederne Armschiene aus dem Köcher, schob sie über meinen linken Unterarm und zog ihre Schnüre fest. Dann schob ich meine Finger durch die Schlaufen in dem Handschutz aus dickem Leder, den ich jetzt trug, um meine Finger vor der Bogensehne zu schützen. Ich benutzte ihn erst seit kurzem. Tore hatte ihn mir nach dem Kampf gegen die Franken geschenkt. An jenem Tag hatte ich meinen Bogen so oft abgefeuert, dass meine Fingerspitzen trotz der Schwielen, die sich im Lauf der Zeit gebildet hatten, vom Zurückziehen der Sehne wund und blutig geworden waren. „Er gehörte Odd", hatte er mir gesagt, als er mir den Handschutz gab. „Es würde ihn freuen, dass er jetzt dir gehört. Er hielt viel von dir."

Sigtrygg näherte sich vom Langhaus her mit Bogen und Köcher. Er sah aus wie ein Mann, der sich viele Gedanken über sein Aussehen machte. Er trug seinen Bart kurz – eine kluge Entscheidung für jemanden, der regelmäßig mit dem Bogen schoss. Seine Haare waren von einem so hellen Gold dass sie fast weiß waren, und er trug sie länger als die meisten Männer. Sie hingen locker und schimmernd halb bis zur Taille über seinen Rücken, und sahen zugegebenermaßen sehr beeindruckend aus. Ich merkte, dass er seine Tunika gewechselt hatte, während er seinen Bogen holte. Vorher war sie mattgrau gewesen, jetzt trug er tiefblau. Einige Frauen, darunter Asny und Saeunn, kamen mit ihm und lachten über etwas, was er sagte.

Als er uns erreichte, blickte er mehrmals zwischen uns und der Heugarbe hin und her und verkündete: „Diese Entfernung ist keine große Herausforderung."

Sigurd errötete. Er sah dabei sehr jung aus. „Ich habe vorgeschlagen, dass wir von hier aus schießen", sagte er und klang verlegen.

Sowohl Sigurds als auch Sigtryggs Bögen hatten abgeflachte Wurfarme. Solche Bögen waren einfacher zu bauen – als der alte Gudrod mir einst die Herstellung eines Bogens beigebracht hatte, war es ein Flachbogen gewesen, den wir als erstes angefertigt hatten. Aber auch wenn es viel einfacher ist, einen Bogen aus einem Stab herzustellen, können solche Bögen nie die Reichweite eines gut gemachten Langbogens mit seinen langen, schlanken und abgerundeten Wurfarmen erreichen. Vor allem Sigurds Bogen sah aus, als könnte er nicht weit ausgezogen werden.

„Soll ich zuerst schießen?" fragte Sigtrygg Arinbjorn. Der Jarl sah mich an, und als ich mit den Achseln zuckte, nickte er.

Sigtrygg übergab seinen Köcher Asny, die darüber sehr erfreut aussah. Er wählte einen Pfeil daraus aus, nockte ihn auf die Bogensehne, drehte sich seitwärts zur Heugarbe, nahm Stellung und zog langsam aus. Er blieb so eine kleine Ewigkeit, bevor er löste.

Der Schuss war sehr gut. Sein Pfeil traf genau in die Mitte des viereckigen Stücks Stoff.

Sigurd trat vor, um als nächster zu schießen. Er hatte nicht übertrieben, als er gesagt hatte, dass er über kein besonderes Können mit dem Bogen verfügte. Als er seinen Pfeil zurückzog, tat er es nur mit dem rechten Arm, ohne seinen Rücken zu benutzen, während er den Bogen mit vollständig ausgestrecktem linken Arm vor sich fest umklammert hielt. Außerdem hielt er die Waffe zu hoch und versuchte, das Ziel entlang des Pfeils anzuvisieren, anstatt seine Arme und den Pfeil auf gleicher Höhe mit seinen Schultern zu halten. Ein starker Bogen konnte so erst gar nicht ausgezogen werden. Sigurd hielt den Auszug lange, während er zielte, als würde er Sigtrygg nachahmen. Als er schließlich löste, schlug sein Pfeil links direkt unter dem Rand des Stoffziels ein.

„Nicht schlecht, Junge, nicht schlecht", sagte Sigtrygg. Sigurd errötete wieder und starrte ihn zornig an.

Beim Fest am Abend zuvor hatte ich eine Abneigung gegen Sigurd entwickelt. Er kam mir wie ein verwöhnter und arroganter junger Mann vor, der in der Welt – oder zumindest in Arinbjorns Haushalt – allein wegen seines berühmten Vaters und nicht aufgrund eigener Fähigkeiten einen hohen Rang genoss. Heute Morgen schien er jedoch eher ein Junge als ein Mann zu sein. Möglicherweise lag sein Gehabe daran, dass er damit versuchte, seiner Stellung als Sohn von Ragnar und Bruder von Ivar und Björn gerecht zu werden. Es ließ ihn, wenn auch nicht liebenswert, zumindest etwas weniger unsympathisch erscheinen.

„Ich glaube, Ihr seid jetzt mit dem Schießen dran", sagte Sigtrygg zu mir. Er grinste fast unmerklich. Sein Schuss war unmöglich zu übertreffen, und er wusste es. Ich hatte jedoch den dringenden Wunsch, dies zu tun.

Ich wählte einen Pfeil aus meinem Köcher, nockte ihn auf meine Bogensehne und nahm Stellung. Wenn ich seinen Pfeil treffen könnte, dachte ich. Es wäre ein fast unmöglicher Schuss, aber wenn ich es nur könnte...

Ich wollte es zu sehr. Ich war zu bemüht. Ich zog vollständig aus und hielt so, während ich versuchte, meinen Blick genau auf das Ende von Sigtryggs Pfeil zu richten, der sich dunkel auf dem weißen Fleck des Ziels abzeichnete. Aber ich war mir der Zuschauermenge um mich herum zu bewusst. Und je länger ich hielt und versuchte zu zielen, desto mehr spürte ich, wie meine Muskeln sich gegen die Kraft meines Bogens verkrampften. Als ich schließlich löste, merkte ich sofort, dass ich die Sehne ruckartig losgelassen hatte, statt sie von meinen Fingern gleiten zu lassen.

Es war ein schlechter Schuss. Noch schlechter als Sigurds. Ich hatte das Ziel völlig verfehlt.

Ein Moment herrschte Stille, dann ging eine Welle von Gelächter über die versammelten Zuschauer. Hastein sah verlegen aus.

„Nun", sagte Sigtrygg. „Es ist ein Glück, dass Ragnar Lodbroks Leben und die Sicherheit des Raben-Banners nicht von *diesem* Schuss abhingen."

Seine Bemerkung löste große Heiterkeit aus. Arinbjorns Leute lachten am lautesten. Zweifellos freuten sie sich, dass ihr Kämpfer den Herausforderer so gründlich besiegt hatte, dessen Können im Bogenschießen von Jarl Hastein gepriesen und sogar von den Skalden des Königs in Versen geehrt worden war. Ich sah, dass auch Floki und Baug laut lachten. Sogar meine eigenen Schiffskameraden, die mit mir im Frankenreich gekämpft hatten, schienen sehr amüsiert zu sein.

Alle außer Torvald. Mit finsterem Blick kam er auf mich zu und zog mich zur Seite.

„Du bist viel besser als das! Was machst du da? Ich hatte vor, eine Wette vorzuschlagen."

Ich schob seine Hand von meiner Schulter und ging zur Heugarbe, um meinen Pfeil zu holen. Torvald folgte mir. „Was ist passiert?" fragte er hartnäckig. „Du hast uns alle vor Jarl Arinbjorn und seinen Männern in

Verlegenheit gebracht. Und schau dir Sigtrygg an! Er stolziert vor den Frauen hin und her wie ein Gockel. Es ist gut, dass ich nicht auf dich gesetzt habe."

Ich starrte ihn verärgert an. „Ich bin es nicht gewohnt, auf Heugarben zu schießen." Sobald ich es gesagt hatte, wurde mir klar, wie dumm sich meine Worte anhörten.

„Was?" fragte er ungläubig.

Es war zu kompliziert zu erklären. Gudrod der Zimmermann hatte mir das Schießen im Wald beigebracht, nachdem er an mir Gefallen gefunden hatte. Wir konnten nicht auf die Heugarben auf Hroriks Anwesen schießen, weil es einem Sklaven nicht erlaubt war, einen Bogen oder eine andere Waffe zu benutzen. Deshalb hatte ich zunächst gelernt, Ziele wie auf dem Boden liegende Kiefernzapfen anzuvisieren. Sobald ich diese regelmäßig treffen konnte, war ich dazu übergegangen, auf Eichhörnchen, Vögel und andere kleine Tiere zu schießen, die nicht lange genug an einem Fleck verharrten, um sorgfältiges Zielen zu ermöglichen.

Mein Blick fiel zufällig auf eine Frau, die inmitten der Menge stand und auf dem Rückweg vom nahegelegenen Feld zum Langhaus stehen geblieben sein musste, denn sie trug mehrere Kohlköpfe in einem großen Korb.

„Sollen wir noch einmal schießen?" rief Sigtrygg. „Wir können näher an die Heugarbe heranrücken, wenn Ihr wollt." Wieder brach Gelächter in der Menge aus.

„Jarl Hastein, Jarl Arinbjorn", sagte ich laut genug, um über das Lachen gehört zu werden. „Ich entschuldige mich für meine schlechte Leistung. In Wahrheit bin ich diese Art des Schießens auf Heugarben nicht ge-

177

wohnt. Mit Eurer Erlaubnis, dürfen wir es mit einer anderen Art von Ziel versuchen?"

„Was schlagt Ihr vor?" fragte Arinbjorn.

„Hilf mir dabei", murmelte ich zu Torvald und ging zu der Frau, die die Kohlköpfe hielt. „Ich brauche zwei davon."

Sie sah Arinbjorn an. „Gib sie ihm", sagte er.

Ich schaute mich um und fand die beiden Krieger, die mit ihren Speeren geübt hatten. „Darf ich mir zwei davon ausleihen?" fragte ich sie. „Nur kurz."

Torvald runzelte die Stirn. „Willst du die Speere werfen, anstatt mit dem Bogen zu schießen?"

„Folge mir", sagte ich ihm und ging zurück zur Heugarbe. Dort reichte ich Torvald einen Speer und einen der Kohlköpfe. Den anderen spießte ich auf die Spitze des Speers, den ich behalten hatte. Ich hielt den Schaft des Speeres auf Schulterhöhe und schob sein Ende tief in den großen Heuballen, sodass der Kohl auf dem Speer vor dem Heu aufgehängt war.

„Ah", sagte Torvald, als ich ihm Speer und Kohl abnahm und den Vorgang wiederholte.

„Ihr sagt, Ihr seid es nicht gewohnt, mit dem Bogen auf Heugarben zu schießen?" fragte Sigtrygg lautstark. „Habt Ihr das Bogenschießen in einem Kohlfeld gelernt?"

„Kräh weiter, Gockel", murmelte ich durch zusammengebissene Zähne.

„Gut", sagte Torvald. „Du wirst wütend."

Ich ging zurück zu den beiden Kriegern, deren Speere ich genommen hatte. „Darf ich mir auch Eure Helme ausleihen?"

Sie sahen sich an, grinsten und gaben mir ihre Helme. Inzwischen hatte die Menge aufgehört zu lachen und beobachtete mich mit Interesse.

Ich kehrte zur Heugarbe zurück und setzte die Helme fest auf die Kohlköpfe, sodass nur noch die Hälfte von jedem frei war. Dann kehrte ich mit Thorvald im Schlepptau zu Sigtrygg zurück.

„Diese Ziele sind den Köpfen von Kriegern nicht unähnlich, nicht wahr?" fragte ich. „Sowohl der Größe nach, als auch in der Art, wie der Helm sie schützt? Hier ist mein Vorschlag. Wir werden zur gleichen Zeit schießen, Ihr auf den Kopf rechts, ich auf den Kopf links. Wir werden beide einen Pfeil auf die Sehne nocken, aber wir werden unsere Bögen nicht heben und erst schießen, wenn Jarl Arinbjorn das Signal gibt. Derjenige, dessen Pfeil zuerst trifft, gewinnt."

„Das ist ein alberner Wettkampf", prustete Sigtrygg.

„Wir können näher an die Heugarbe gehen, wenn Ihr wollt", sagte ich ihm. Sein Gesicht wurde rot.

„Was sagst du, Sigtrygg?" fragte Arinbjorn. „Es scheint ein raffinierter Wettbewerb zu sein."

Nachdem er sich zuvor so aufgeführt hatte, hatte er jetzt keine Wahl. „Na gut."

„Einen Moment, Jarl Arinbjorn, einen Moment", sagte Torvald. „Vielleicht möchten einige Eurer Männer die Fähigkeiten ihres Kameraden mit der Wette unterstützen, dass er gewinnt? Ich würde gern darauf eingehen."

Arinbjorn winkte seine Zustimmung, und Torvald wandte sich an die Zuschauer. „Ich wette gegen alle, die meine Wette annehmen wollen, zwei Silbermünzen, dass Halfdan gewinnt. Will jemand sein Silber riskieren und seine Münzen gegen meine setzen?" Mehrere Männer drängten sich vor, um die Wette anzunehmen.

Ich zog einen Pfeil aus meinem Köcher und steckte seine Spitze in den Boden vor mir. Dann zog ich einen zweiten heraus und legte ihn an meine Bogensehne.

„Zwei Pfeile?" fragte Sigtrygg.

„So wie ich heute schieße, könnte ich beim ersten Mal daneben schießen", sagte ich ihm.

Nachdem die Wettenden ihre Verhandlungen abgeschlossen hatten, rief Arinbjorn: „Bogenschützen, seid ihr bereit?"

Ich hielt den Bogen mit gebeugten Armen auf der Höhe meiner Taille, sodass der bereits angelegte Pfeil auf den Boden gerichtet war. Dann stellte ich mich so auf, dass mein linker Fuß und meine linke Schulter in Richtung des Ziels zeigten, blickte zu Arinbjorn und nickte.

„Ich bin bereit", sagte Sigtrygg. Sein linker Arm, der den Bogen hielt, hing vollständig gestreckt nach unten, und er lehnte sich leicht nach vorne. Sein rechter Arm hielt die Sehne.

Arinbjorn hob seine rechte Hand. „Wenn ich meine Hand senke, könnt ihr schießen", sagte er und ließ seine Hand fallen.

Ich schwang den Bogen nach oben, drückte bei dieser Bewegung meinen linken Arm und den Bogen nach vorne und zog gleichzeitig meinen rechten Arm und die Sehne zurück. Ich schaute den Bogen überhaupt nicht an, während ich ihn in Position brachte – meine Augen waren auf den Kohl gerichtet, der mein Ziel war, etwas rechts vom Nasenschutz des Helms. Als der ausgestreckte Daumen meiner rechten Hand gegen mein Ohr streifte, öffnete ich meine Finger und gab die Sehne frei.

Sigtrygg hatte seinen Bogenarm in die Waagrechte gehoben und war gerade dabei, voll auszuziehen, als mein Pfeil meinen Bogen verließ. Der Anblick erschreckte ihn, und er zuckte bei seinem eigenen Schuss. Sein Pfeil traf klirrend auf den Rand des Helms auf seinem Ziel, prallte ab, und blieb auf der Außenseite der Heugarbe stecken.

Sobald ich meinen ersten Pfeil losgelassen hatte, schaute ich hinunter zu dem Pfeil, der vor mir im Boden steckte, schwang meinen Bogen nach unten und beugte wieder die Arme. Mit der rechten Hand griff ich den Pfeil, legte ihn an die Sehne und schwang meinen Bogen in einer flüssigen Bewegung wieder hoch. Mein Blick richtete sich auf den zweiten Kohlkopf, und wieder löste ich, sobald mein rechter Daumen mein Ohr berührte.

In diesem Moment rief Sigtrygg laut aus: „Euer Schuss hat das Ziel auch verfehlt! Der Pfeil ist nicht einmal in der Heugarbe."

Mein zweiter Pfeil schlug in den zweiten Kohl ein. Durch die Wucht des Aufpralls fiel der Helm, der bereits durch Sigtryggs Schuss schräg saß, zu Boden.

Ich wandte mich an Sigtrygg. „Ihr irrt Euch. Ich habe das Ziel nicht verfehlt."

Sigurd rannte zur Heugarbe. Sigtrygg starrte mich einen Augenblick an und trabte dann hinter ihm her.

„Es ist wahr", rief Sigurd. „Halfdans erster Pfeil traf seinen Kohl und ging glatt hindurch. Er steckt in der

Heugarbe dahinter. Er hat beide Kohlköpfe getroffen, und Sigtrygg keinen!"

Ich hatte nicht vorausgesehen, welche Missstimmung meine Schüsse verursachen würden. Als Torvald versuchte, die gewonnenen Wetteinsätze von Arinbjorns Männern einzutreiben, protestierten sie wütend, dass sie betrogen worden seien – dass ich meinen ersten Pfeil absichtlich schlecht geschossen hätte, damit sie auf Sigtryggs Sieg wetten würden. Anstatt sie zu besänftigen und zu überzeugen, dass das nicht der Fall war, hetzte Torvald die Verlierer sogar noch auf, indem er behauptete, dass sie selbst dann, wenn ihre Anschuldigung wahr wäre, nicht erwarten könnten, aus einer Wette aussteigen zu können, nur weil sie dummerweise leichtgläubig gewesen seien.

Wenn Torvald nicht so groß und stark gewesen wäre, wäre es zu diesem Zeitpunkt wohl zu einem Handgemenge gekommen. Aber auch ohne Tätlichkeiten schrien Arinbjorns Männer wütend, schüttelten Torvald und mir die Fäuste entgegen und weigerten sich zu zahlen. Tore, die beiden Raben und einige andere aus unserer Besatzung hatten sich inzwischen nach vorne gedrängt, und Torvald verkündete lautstark, dass Männer, die ihre Schulden nicht beglichen, nicht besser waren als Diebe. Hastein und Arinbjorn schoben sich durch die beiden Seiten und befahlen allen, zu schweigen.

Arinbjorn wies seine Männer an, die verlorenen Einsätze an Torvald zu zahlen. „Unabhängig davon, ob ihr betrogen wurdet oder nicht, habt ihr mit diesem Mann Wetten abgeschlossen und sie verloren, und diese

Schulden müsst ihr begleichen. Ihr werdet euch und mich nicht entehren, indem ihr euch weigert, sie zu bezahlen. Dennoch muss ich sagen", fügte er hinzu, „wenn hier eine Täuschung durch jemanden im Spiel ist, der gestern Abend Ehrengast an meinem hohen Tisch war, dann wird durch diese Angelegenheit die Ehre eines Anderen in Frage gestellt."

„Jarl Arinbjorn", sagte ich ihm, „Ich versichere Euch, es gab kein Betrug meinerseits. Mein erster Schuss war sehr schlecht, aber ich habe nicht absichtlich so schlecht geschossen."

„Das Gesicht eines Feindes – oder einen Kohlkopf – unterhalb des Helms zu treffen ist keine einfache Sache", antwortete er. „Dies so schnell zweimal nacheinander zu tun, zeugt von großem Können mit dem Bogen. Ich kann ehrlich gesagt nicht verstehen, wie einer, der so geschickt ist, sich so viel Zeit nehmen und dennoch ein viel einfacheres Ziel ganz verfehlen kann."

Ich konnte ihm nicht übel nehmen, dass er mir nicht glaubte. Selbst für mich klang meine Ausrede nicht plausibel.

„Ich weiß nicht, wie ich es erklären soll", sagte ich. „Ich kann nur sagen, dass ich es nicht gewohnt bin, auf Heugarben zu schießen. Ich bin es gewohnt, auf Ziele zu schießen, die sich bewegen und die ich nur kurz sehen kann. Ich bin es gewohnt, zu schießen, um zu töten."

Zum Glück griff Hastein ein. „Auch ich bin überrascht, wie schlecht Halfdan seinen ersten Pfeil geschossen hat, angesichts seines Könnens mit dem Bogen. Und mir ist bewusst, dass mein Steuermann Torvald Scherze und Wetten zu sehr mag. Aufgrund seiner Rolle in dieser Angelegenheit könnte ich mir durchaus vorstellen, dass eine Manipulation im Spiel gewesen sein könnte. Aber ich weiß auch, dass Halfdan ein Mann von unerschütterlicher Ehre ist. Er würde in dieser Sache nicht lügen. Wenn er sagt, dass er nicht getäuscht hat, und sein erster Pfeil einfach nur ein schlechter Schuss war, dann muss ich ihm glauben, egal wie unwahrscheinlich es erscheinen mag."

Auch Hrodgar äußerte sich. „Ich stimme Jarl Hastein zu. In meiner eigenen Beziehung zu Halfdan habe ich festgestellt, dass er ehrlicher ist als die meisten Männer und sich mehr bemüht, das Richtige zu tun. Ich glaube nicht, dass er Euch anlügen würde."

Arinbjorn schwieg, während sein Blick in die Ferne schweifte und seine rechte Hand geistesabwesend über seinen Bart strich. Offensichtlich wägte er ab, was geschehen und gesagt worden war. Schließlich sprach er und richtete seine Worte zuerst an Hastein. „Ich kann weder an deinem Wort noch an deiner Ehre zweifeln, denn ich kenne dich als aufrichtigen Mann." Er wandte sich an mich. „Deshalb scheint es, dass ich auch an Eurem Wort nicht zweifeln kann. Es war keine Trickserei im Spiel. Ich akzeptiere das als die Wahrheit. Diese Angelegenheit ist erledigt – wir werden sie hinter uns lassen."

Er drehte sich um und ging in Richtung Langhaus. Hastein begleitete ihn. Allmählich begannen auch die anderen, sich in die gleiche Richtung zu bewegen.

Sigurd kam auf mich zu. „Wie macht Ihr das?", fragte er. „Wie habt Ihr gelernt, so gut mit dem Bogen zu schießen? Ich würde gerne auch so gut werden."

Wie hatte ich gelernt, so gut zu schießen? Ich konnte ihm die wahre Antwort nicht sagen. Als ich ein Thrall war, konnte ich mich nur dann frei fühlen, wenn ich mit meinem Bogen in den Wald entweichen konnte, weil Ubbe mit erlaubt hatte, meine anderen Aufgaben zurückzustellen. Dieses Privileg hätte ich schnell verloren, wenn ich kein Fleisch für Ubbe zurückgebracht hätte, wenn ich es nicht geschafft hätte, im Wald Wild zu finden und mit meinem Bogen zu töten. Der Hunger nach Freiheit ist ein großer Ansporn.

„Möchtet Ihr lernen, mit dem Bogen im Krieg zu schießen?" fragte ich ihn. Nicht viele Männer wollten das. Während die meisten Krieger gelegentlich einen Bogen für die Jagd benutzten, zogen sie es vor, mit Speer und Schwert zu kämpfen. Mein Bruder Harald hatte so gedacht und mein Vater Hrorik auch.

Sigurd nickte. „Das möchte ich", versicherte er mir.

„Ihr müsst oft üben", sagte ich ihm. „Nicht, weil es notwendig ist, sondern weil Ihr es wollt. Und Ihr solltet lernen, mit einem stärkeren Bogen zu schießen, der größere Weiten erreicht und dessen Pfeile Rüstungen durchschlagen können. Ihr solltet auch einige Eurer Gewohnheiten ändern." Ich nahm seinen Bogen und reichte ihm meinen zum Halten.

„So wie Ihr mit Eurem Bogen zieht und schießt, werdet Ihr nie einen starken Bogen verwenden können. Das müsst Ihr anders machen. Ihr zieht so", sagte ich und hielt seinen Bogen mit meinem ausgestreckten linken Arm, während ich die Sehne mit meiner rechten Hand zurückzog. Ich hatte recht – Sigurds Bogen war schwach. „Ihr zieht nur mit dem rechten Arm. Mit einem wirklich starken Bogen kann man das nicht machen."

Ich senkte seinen Bogen und hielt ihn mit beiden Armen gebeugt nach unten, etwa auf Höhe meiner Taille. „Ihr müsst lernen, die Kraft von Rücken, Brust und beiden Armen zusammen zu nutzen, wenn Ihr zieht", erklärte ich. „So", fügte ich hinzu, als ich seinen Bogen hob und ihn mit meiner linken Hand nach vorne drückte, während ich die Sehne mit meiner Rechten zurückzog.

Ich hielt seinen Bogen bei vollem Zug, hob meine Arme hoch und neigte den Kopf nach unten, bis mein Blick den Pfeil entlang verlief. „Außerdem versucht Ihr, so zu zielen, am Pfeil entlang", sagte ich zu ihm. „Das ist ohne Nutzen. Der Pfeil fliegt nicht dorthin, wo Ihr hinschaut, es sei denn, Ihr steht dem Ziel sehr, sehr nahe – und wenn man in dieser Haltung einen Bogen zieht, wird man nie in der Lage sein, einen starken Bogen zu schießen." Ich senkte den gezogenen Bogen, bis mein linker Arm gestreckt und auf der gleichen Höhe wie meine Schulter war. „In dieser Position solltet Ihr den Bogen halten, wenn Ihr zieht. Seht Ihr den Daumen meiner rechten Hand, die die Sehne zieht? Seht Ihr, wie er nach oben abgespreizt ist?"

Sigurd nickte.

„Ich ziehe die Sehne immer so weit zurück, bis mein Daumen mein Ohr berührt. So weiß ich, dass ich immer gleich ziehe."

„Aber wie zielt Ihr?", fragte er.

„Ich schaue weder auf den Bogen noch auf den Pfeil. Ich schaue dorthin, wo ich treffen möchte. Wenn Ihr genug übt und lernt, so zu ziehen, wie ich Euch gezeigt habe, werdet Ihr und Eurer Bogen mit der Zeit als Einheit zusammenarbeiten, und er wird Eure Befehle befolgen."

„Das ist alles, was ich tun muss?" fragte Sigurd. Er klang nicht überzeugt.

Um gut mit einem Bogen schießen zu können, ist viel Übung erforderlich – mehr als Sigurd jemals zu investieren bereit sein würde, vermutete ich. „Das ist alles, was *ich* Euch beibringen kann", antwortete ich.

Der Kapitän, der Tokes Schiffe zu Gesicht bekommen hatte, hieß Bard. „Ich habe sie nur zufällig gesehen", sagte er uns. „Sie waren sehr früh unterwegs – kurz nach Tagesanbruch. Ich war beim ersten Tageslicht mit meinem Schiff aus dem Noor gesegelt. Wir waren auf dem Weg zur nördlichen Öffnung des Kanals zwischen Møn und Seeland, um nach Schiffen Ausschau zu halten, die aus dem Austmarr kamen. Wir hatten gerade Nyord umrundet – die kleine Insel, die in der Nähe von Møns nördlichem Kap liegt – als wir zwei Schiffe vor uns sahen, die ins Austmarr hinaussegelten. Ich erinnere mich, dass ich dachte, es seien Männer, die nicht gesehen werden wollten."

„Warum habt Ihr das gedacht?" fragte Hastein.

„Der Kanal zwischen Seeland und Møn ist stellenweise recht eng und gewunden. Wenn man bei Tagesanbruch das östliche Ende bereits erreicht hat, muss man ihn in der Dunkelheit befahren haben. Es wäre viel sicherer gewesen, wenn sie erst bei Tageslicht hindurch gesegelt wären."

„Habt Ihr sie angehalten und mit ihnen gesprochen?"

Bard nickte. „Sie hielten sich eng an die Seeland-Seite des Kanals und waren schon fast jenseits von Nyord, als wir sie entdeckten. Auch wenn wir eigentlich im Kanal bleiben und nach Schiffen Ausschau halten sollten, die vom offenen Meer aus in unsere Gewässer einlaufen, war ich neugierig, und wir verfolgten sie. Wir waren schließlich nah genug, dass ich sie mir ansehen und feststellen konnte, dass es zwei Langschiffe waren, eines mit einem rot gestrichen Vordersteven, der wie der Kopf eines Adlers geschnitzt war, und das andere mit einem vergoldeten Hengst. Beide Schiffe waren leicht bemannt. Zuerst wurden sie nicht langsamer, als sie uns sahen. Wenn überhaupt, schienen sie zu versuchen, sich meinem Schiff zu entziehen. Ich dachte, sie fürchteten vielleicht, wir würden sie angreifen, also befestigten wir unsere Friedensschilde auf unserem Drachenkopf. Daraufhin hielten sie zwar nicht an, aber sie refften ihre Segel und wurden langsamer, sodass wir gleichziehen konnten."

„Haben sie Euch gesagt, wo sie hin wollten?" fragte Hastein.

Bard schüttelte den Kopf. „Ich habe gefragt. Aber ihr Anführer – ein großer, stämmiger Mann mit langen schwarzen Haaren und einem schwarzen Bart – sagte, er sei es nicht gewohnt, seine private Angelegenheiten Männern mitzuteilen, die er nicht kannte."

„Habt Ihr bei ihnen eine Frau gesehen?" fragte ich besorgt.

Bard nickte. „Ja, das habe ich. Sie war auf dem Schiff mit dem Adlerkopf, auf dem sich ihr Anführer befand. Ich konnte nicht viel von ihr sehen, denn sie hatte einen Umhang um sich gewickelt, der hochgezogen war, um auch ihren Kopf zu bedecken. An diesem Morgen war es draußen auf dem Meer kalt. Aber ich konnte erkennen, dass es eine Frau war."

„Hilft dir das?" fragte Arinbjorn Hastein. „Es ist schade, dass Bard nicht erfahren konnte, wo sie hin wollten."

„Auch wenn ich ihr genaues Ziel nicht in Erfahrung bringen konnte, bin ich mir fast sicher, dass sie entlang der Nordküste des Austmarrs segeln wollten", ergänzte Bard.

„Warum sagt Ihr das?" fragte Hastein.

„Als wir uns bereitmachten, nach Møn zurückzukehren, rief ich ihrem Anführer zu, dass sie sich vor den Piraten in Acht nehmen sollten, falls sie in der Nähe von Öland zu segeln planten. Er war dann auf einmal sehr interessiert an dem, was ich zu sagen hatte. Er wollte alles wissen, was ich ihm über sie erzählen konnte."

„Piraten?" fragte Hastein.

Arinbjorn antwortete. „Einige Reisende haben uns berichtet, dass eine Piratenflotte den ganzen Sommer über vor der Insel Öland auf Beutezug unterwegs war. Sie verlangen Tribut von allen Schiffen, die vorbeikommen, wenn sie sie für zu schwach halten, um sich zu verteidigen."

„Ich glaube nicht, dass meine Warnung den Schwarzhaarigen interessiert hätte, wenn er nicht vorhätte, diese Route zu nehmen", fügte Bard hinzu.

„Ich danke Euch", sagte Hastein zu Bard.

Arinbjorn nickte zu seinem Kapitän. „Ihr könnt

gehen." Er wandte sich an Hastein und fragte wieder: „Hilft dir das?"

„Es ist besser, wenig zu wissen als gar nichts", antwortete Hastein. Nach einem Augenblick fügte er hinzu: „Möglicherweise sind die Männer, die wir verfolgen, auf dem Weg nach Birka."

„Das könnte sein", sagte Arinbjorn. „In diesem Fall ist es tatsächlich die wahrscheinlichste Route, die Nordküste entlang zu segeln. Bist du schon einmal auf dem Austmarr gefahren?"

Hastein schüttelte den Kopf. „Meine Reisen haben mich alle in den Westen geführt."

„Birka ist ziemlich weit weg. Ich glaube nicht, dass man es von hier aus – am westlichen Ende des Austmarrs – in weniger als zehn Tagen erreichen kann, sofern man seine Reise jede Nacht unterbricht – und das wäre bei idealen Winden. Höchstwahrscheinlich dauert es etwas länger.

Die Route, die du nehmen musst, führt dich entlang der Nordküste des Meeres, genau wie die derjenigen, die du verfolgst. Den ersten Teil der Reise fährst du entlang der Südküste von Schonen nach Osten. Dort bist du noch in dänischen Gewässern. Dann ändern die Küste – und dein Kurs – die Richtung nach Norden, und du kommst an einen langen, wenig besiedelten Küstenabschnitt südlich des Königreiches Östergötland. Die Bewohner leben hauptsächlich im Landesinneren, weit weg vom Meer. Nördlich davon sind das Land der Gauten und danach das Königreich der Svear. Dort liegt Birka, aber nicht an der Küste. Die Stadt ist im Landesinneren, auf einer Insel inmitten eines großen Sees."

„Wie erreicht man diesen See? Ich dachte, Birka sei eine Hafenstadt?"

„Man kann ihn vom Meer aus erreichen", antwortete Arinbjorn. „Nicht weit hinter Öland – der Insel, auf der sich die Piraten befinden – ändert sich die Küstenform. Man kommt an vielen Fjorden und kleinen Inseln in Ufernähe vorbei. Dort fährt man fast genau nach Norden. Wenn die Küste ihren Verlauf wieder ändert und in Richtung Nordosten abbiegt, ist man fast da. Du musst nach der Mündung eines Kanals Ausschau halten, der vom Meer aus wie eine breite Bucht oder das Ende eines Fjords aussieht. Er fließt aus dem Binnensee. Folge ihm. Fast die gesamte Länge des Kanals fährst du nach Norden und er verengt sich kurz vor dem Ende, doch wenn er in den großen See mündet, ist die Insel, auf der Birka liegt, direkt vor dir in Sichtweite."

„Gibt es besondere Gefahren, auf die wir achten sollten?" fragte Hastein.

„Es ist eine lange Reise, und viele Jahre sind vergangen, seit ich auf dieser Route gesegelt bin", antwortete Arinbjorn. „Zu dieser Jahreszeit besteht natürlich immer die Gefahr von schlechtem Wetter." Er hielt inne und kratzte sich am Kopf. „Aber die einzigen ungewöhnlichen Gefahren, von denen wir von Schiffen gehört haben, die von Birka oder weiter weg nach Dänemark zurückgekehrt sind, sind die Piraten vor Öland."

Ich fragte mich, was jenseits von Birka liegen könnte und wer sich dorthin wagen würde und warum.

„Erzähl mir mehr über diese Piraten", sagte Hastein.

„Öland ist eine langgezogene Insel, die nicht weit vor der Küste Götalands liegt. Sie ist etwa auf halbem Weg zwischen hier und Birka. Nach unseren Informationen haben die Piraten auf oder in der Nähe der Insel einen Stützpunkt errichtet, und sie besitzen mehrere Schiffe. Ich denke, es ist unwahrscheinlich, dass sie dich angreifen werden – du reist mit einer starken Truppe. Vermutlich suchen sie leichtere Beute. Aber die Männer, die du verfolgst..." Arinbjorn zuckte mit den Schultern. „Zwei Langschiffe mit nur leichten Besatzungen zur Verteidigung wären verlockend."

Mein Herz wurde schwer bei Arinbjorns Worten. Ich kannte Toke. Wenn Piraten seine Schiffe angriffen, würde er sich ihnen nicht ergeben – er würde kämpfen. Und wenn er stark in Unterzahl wäre, würde er fast sicher verlieren und wahrscheinlich getötet werden. Wenn es so käme, könnte meine Suche nach Rache beendet sein. Das wäre zumindest eine gute Sache. Aber was wäre mit Sigrid? Was würde mit ihr passieren, wenn die Piraten sie verschleppten?

8

Das Austmarr

Wir verließen Møn vor dem Mittag. Wie üblich tauschten Hastein und Jarl Arinbjorn beim Abschied Geschenke aus. Hastein gab unserem Gastgeber einen reich verzierten Helm mit Gravuren und Goldeinlagen, den er in den Quartieren von Graf Robert in der Pariser Inselfestung gefunden hatte. Er war offensichtlich mehr zum Imponieren als für den Krieg gedacht, aber es war ein schönes Geschenk. Im Gegenzug schenkte Arinbjorn Hastein einen dicken, langen, tiefblau gefärbten Umhang, der an den Säumen mit roten und goldenen Stickereien verziert war. Er gab ihm auch einen Speer mit einem dicken, stabilen Schaft und einer breiten und scharfen Damaszenerklinge zum Stechen und Schneiden. Es war ein Speer, der eher zum Schlagen als zum Werfen gemacht war.

„Mit dem nahenden Winter wird es auf dem offenen Meer kalt. Dieser Umhang wird dich warm halten", sagte er. „Er wurde von meiner jüngsten Tochter Ingirid gewebt. Sie ist sehr geschickt am Webstuhl." Seine Tochter, die ihn zum Ufer begleitet hatte, um uns zu verabschieden, sah sittsam zu Boden, als ihr Vater sie lobte, hob dann ihren Blick und lächelte Hastein warm an.

Torvald lachte leise. „Ich glaube, Arinbjorn hofft, dass Hastein ihm die letzte seiner Töchter abnimmt. Er hat die beiden beim Fest zusammengebracht, als sie mit ihm das Horn geteilt hat. Das Mädchen ist auf jeden Fall eine Schönheit, und es wäre eine gute Verbindung für beide Seiten."

Zu meiner Überraschung kam Sigurd zu mir, als wir an Bord der Möwe gehen wollten. „Ich habe ein Abschiedsgeschenk für Euch", sagte er. Er zog einen Ring von einem seiner Finger und gab ihn mir. Es war aus Silber und in Form einer Schlange gegossen, die sich um den Finger des Trägers wickelte.

„Es ist eine Schlange", erklärte er unnötigerweise und zeigte auf sein Auge. „Es ist mein Zeichen."

„Ich danke Euch", sagte ich. Es war mir peinlich, denn natürlich wurde ein Geschenk im Gegenzug erwartet, aber ich wusste nicht, was ich ihm geben sollte. Damit hatte ich nicht gerechnet.

Ich griff in meinen Köcher, zog einen Pfeil heraus und gab ihn Sigurd. „Dies ist der Pfeil, mit dem ich den fränkischen Krieger getötet habe, der Euren Vater Ragnar in der großen Schlacht im Frankenreich fast erschlagen hätte. Möge er Euch Glück bringen und möge er immer sein Ziel treffen, wann immer Ihr ihn schießt."

In Wahrheit wusste ich nicht, ob der Pfeil, den ich ihm gegeben hatte, derselbe war, mit dem ich den Franken getötet hatte. Ich hatte viele Pfeile, deren Federn mit der gleichen Garnfarbe befestigt waren. Aber Sigurd wusste das nicht, und obwohl ein Pfeil ein schlechter Tausch gegen einen Silberring war, schien er mit dem Geschenk zufrieden.

Es war ein klarer Tag und wir hatten günstige Winde. Nachdem wir die Mündung des Kanals zwischen Møn und Seeland verlassen hatten, setzte

Torvald, der an der Pinne der Möwe stand, einen Kurs nach Nordosten. Vor uns konnte ich nur die endlosen Wellen des offenen Meeres sehen. Hinter uns blieben die hohen weißen Klippen entlang der Ostküste Møns noch lange sichtbar, nachdem der Rest der Insel sowie Seeland im Norden verschwunden waren, als seien sie von den weiten Fluten des Austmarrs, des östlichen Meeres, verschluckt worden.

Nach dem kurzen Aufenthalt auf Møn und dem großzügigen Festmahl, das Jarl Arinbjorn in der Nacht zuvor veranstaltet hatte, waren alle an Bord der Möwe in guter Stimmung, sogar diejenigen, die noch immer die Auswirkungen ihres übermäßigen Biergenusses spürten. Zum ersten Mal seit dem Beginn unserer Reise wirkten die Männer an Bord des Schiffes wie eine einheitliche Mannschaft und nicht wie drei verschiedene Gruppen von Kriegern: Hasteins Männer, die Huscarls vom Anwesen und die Männer aus dem Dorf. Tore verkündete lautstark, sodass alle es hören konnten: Obwohl Ragnar Lodbrok selbst mir den Namen Starkbogen gegeben hätte, während wir im Land der Franken kämpften, sei ich für ihn vom heutigen Tag an nur noch als Halfdan Kohltöter bekannt. Jeder – sogar die Brüder Floki und Baug vom Anwesen – lachte und rief: „Heil, Kohltöter!"

Bis wir wieder Land erreichten, war die Dämmerung bereits angebrochen. Die Küste von Schonen war ein niedriger Schatten vor dem sich verdunkelnden Himmel. Der alte Mond war verschwunden und die Nacht hatte noch keinen neuen Mond geboren, sodass nur das schwache Licht der Sterne übrig blieb. Wir ruderten die

Schiffe langsam und vorsichtig Richtung Ufer, während Ausgucke im Bug an Seile gebundene Gewichte auswarfen, um die Wassertiefe zu ergründen, und versuchten zu erspähen, welche in der Dunkelheit verborgenen Gefahren vor uns liegen könnten.

Von der Schlange rief Stig hinüber: „Hastein! Es ist sinnlos. Wir können nichts sehen."

Mittlerweile waren wir so nah an der Küste, dass das Wasser nur noch so tief wie ein Mann von Torvalds Größe war, aber wir konnten immer noch nicht erkennen, ob das Ufer vor uns felsig oder ein Sandstrand war. „Du hast recht, Stig", antwortete Hastein. „Es ist zu gefährlich. Wir werden hier über Nacht ankern."

Wir warfen Anker vom Bug und Heck der Möwe, während die Mannschaft der Schlange neben uns dasselbe tat. Dann nahmen wir die Segel und richteten zeltähnliche Dächer über den Decks der beiden Schiffe auf. Aufgrund der späten Stunde und der Tatsache, dass Cullain kein Feuer zum Kochen machen konnte, war unser Abendessen kalt und dürftig: geräucherter Hering und Scheiben hartes, trockenes Brot aus den neuen Vorräten, die Cullain und Torvald im Dorf auf Møn erworben hatten.

Weder der Bug noch das Heck war vom Zeltdach bedeckt, und die meisten Männer der Besatzung versammelten sich in diesen beiden Bereichen, um im Freien unter den Sternen des Nachthimmels zu essen. Ich schob meine Seekiste an die Seite des Schiffes, um Platz für andere zu machen, und setzte mich auf das Deck daneben mit dem Rücken gegen die Planken des Rumpfs.

Hrodgar ging mit seinem Abendessen in Richtung des kleinen erhöhten Decks im Heck, wo Hastein und Torvald saßen. Als er mich sah, hielt er inne. „Darf ich mich zu Euch setzen?" fragte er.

„Natürlich", antwortete ich.

„Ich werde auf Eurer Seekiste sitzen, wenn es Euch nichts ausmacht." Nachdem er sich dort niedergelassen hatte, sagte er: „Ich bin froh, dass ich heute Morgen endlich die Gelegenheit hatte, Euch schießen zu sehen. Ich habe von Einar natürlich Geschichten darüber gehört." Er lachte leise. „Kohltöter. Das war gut. Aber es war faszinierend zu sehen, mit welcher Geschwindigkeit und Genauigkeit Ihr geschossen habt. Euer Vater Hrorik wäre stolz auf den Krieger gewesen, der Ihr geworden seid. Es ist schade, dass er es nicht mehr erlebt hat."

„Wenn er noch leben würde, wäre ich kein Krieger", antwortete ich. „Ich wäre immer noch einer seiner Sklaven."

Hrodgar war lange still. Im Dunkeln konnte ich den Ausdruck auf seinem Gesicht nicht sehen. Schließlich stieß er einen langen Seufzer aus und sagte: „Ach, ja. Das hatte ich vergessen."

Hrodgars Worte waren freundlich. Ich hoffte, dass meine Antwort nicht zu grob geklungen hatte. „Es ist schwer für mich, Hrorik als Vater zu betrachten, denn ich kannte ihn nie als solchen." Ich wollte meine früheren Worte etwas abmildern und fügte nach einem Augenblick hinzu: „Ich danke Euch, dass Ihr heute Morgen bei Jarl Arinbjorn ein gutes Wort für mich eingelegt habt."

„Hunh", antwortete er. „Es war klar, dass er

glaubte, Ihr wolltet seine Männer hereinlegen, damit Torvald ihr Silber gewinnen konnte. Seine Gefühle waren verständlich aber ungerecht. Das hättet Ihr nie getan. Ein Mann, der glaubt, dass seine Ehre ihm gebietet, mich für das Töten meiner Hunde zu bezahlen, obwohl ich dafür verantwortlich war, dass sie auf ihn gehetzt wurden, würde sich nicht an der Art von Betrug beteiligen, den Arinbjorn vermutete."

Es überraschte mich, dass Hrodgar meinem Bedauern, dass ich seine Hunde getötet hatte, so viel Bedeutung beimaß. Er war von Toke getäuscht worden und dachte, seine Hunde könnten dabei helfen, einen Mann zu finden, der am Massaker am Limfjord beteiligt war. Ich machte ihm keinen Vorwurf, dass er Tokes Männern geholfen hatte, mich zu jagen, und wollte nicht, dass er dadurch einen Verlust erlitt.

„Seid Ihr schon einmal über das Austmarr gefahren?" fragte ich ihn.

Hrodgar schüttelte den Kopf. „Ich bin nicht weit gereist. Für manche Männer ist das Wikingerleben eine Berufung. Sie wünschen sich den Reichtum und das Abenteuer, die erfolgreiche Raubzüge bringen können, und halten wenig von einem Leben in Frieden. Jarl Hastein ist so ein Mann. Aber mich hat es nie gedrängt, auf Beutezüge zu gehen. Ich finde mehr Freude an meiner Familie, meinem Haus und meinem Dorf als an dem Gedanken, das Silber anderer Leute zu stehlen. Ich brauche diese Art von Reichtum nicht und muss auch nicht in ferne Länder reisen. Ich ziehe die wechselnden Jahreszeiten am Limfjord mit ihrer jeweiligen Fülle vor: Die neuen Lämmer meiner Mutterschafe im Frühjahr zu sehen, die Wildgänse singen zu hören, während sie abends den Himmel überqueren – solche Dinge sind mein Reichtum. Ich werde kämpfen, wenn es sein muss, und mein Speer ist schon mehr als einmal blutig gewesen, aber ich führe nicht das Leben eines Kriegers, und ich bereue es nicht."

„Warum habt Ihr dann an dem Angriff auf die Franken teilgenommen?"

„Es gibt Dinge, die man manchmal tun muss, auch wenn man keine Lust dazu hat. König Horik schickte den Kriegspfeil und rief alle Dänen dazu auf, sich dem Angriff auf unsere Feinde, die Franken, anzuschließen. Es ist ein Dienst, den unsere Könige selten verlangen, aber wenn sie es tun, ist es die Pflicht aller freien Menschen, ihn zu leisten. Meines Wissens ist es schon zweimal vorgekommen. Mein Vater antwortete auf den Kriegspfeil, als der Frankenkönig Ludwig unser Land angriff und durch die Tapferkeit unserer Krieger vertrieben wurde. Und in der Zeit meines Vaters Vater rief König Godfred die Dänen auf, sich im Süden Jütlands zu versammeln, um das Danewerk instand zu setzen und auszubauen und es und unser Land gegen eine mächtige fränkische Armee zu verteidigen, die von ihrem König Karl geführt wurde, der ein großer Menschenmörder war. Die Sachsen, die südlich von Jütland lebten, haben nach einem langen und blutigen Krieg gegen seine Armeen verloren, und jetzt ist ihr Volk verstreut oder versklavt, und ihr Land gehört den Franken. Aber wir sind Dänen, und kein ausländischer König wird uns jemals unsere Freiheit oder unser Land nehmen. Es ist eine Lektion, die wir den Franken und ihren Königen offensichtlich immer wieder beibringen müssen."

„Was ist mit dieser Reise? Warum habt Ihr deswegen Euer Zuhause verlassen?" Was ich mich wirklich fragte, ohne es laut auszusprechen, war, weshalb er sich dazu entschieden hatte, obwohl seine Frau aus dem Land der Toten zurückgekehrt war, um ihn zu warnen, dass es ihn sein Leben kosten würde.

„Euer Vater, Hrorik, war ein guter Mann. Ich sah ihn nur noch selten, nachdem er in sein großes Anwesen weit südlich des Limfjords umgezogen war, aber als junge Männer waren wir Kameraden. Und sein Sohn, Harald – Euer Bruder – war ebenfalls ein guter Mann. Ich möchte nicht, dass Haralds Mord und das Abschlachten der Leute auf dem Bauernhof oben am Limfjord ungerächt bleiben. Ich stehe bei Hroriks Linie in der Schuld und will sie nicht unbezahlt lassen. Hätte es den Mut von Hroriks älterem Bruder nicht gegeben, wäre mein Dorf vielleicht den Räubern der Gauten und Svear zum Opfer gefallen, und meine Frau und meine Kinder wären verschleppt worden und hätten ihr Leben in der Sklaverei verbracht."

Ich nickte. „Einar hat mir von dem Angriff erzählt."

„Mein Körper wird immer älter und mit jedem Jahr schwächer. Er übersteht nicht mehr viele Winter. Diese Sache – Euch bei der Suche nach Toke zu helfen und ihn zu töten – wird meine Blutschuld begleichen. Es ist eine gute Gelegenheit, die mir verbleibende Zeit sinnvoll zu nutzen. Ich habe ein langes Leben gelebt und bin damit zufrieden. Alles, was ich mir jetzt wünsche, ist ein guter Tod."

Hrodgar holte tief Luft und ließ sie langsam aus.

„Euer Leben, auch wenn es bisher nur kurz war, war schon sehr merkwürdig. Ich habe noch nie einen Mann gekannt oder von einem gehört, der als Thrall geboren wurde, dann aber ein Krieger wurde, und zwar ein sehr guter." Er hielt einige Augenblicke inne und fuhr dann fort. „Ich habe noch nie Sklaven besessen. Niemand in meinem Dorf hat welche. Wir sind einfache Leute. Darf ich fragen... ärgert es Euch, dass Ihr ein Sklave wart?"

Seine Frage überraschte mich, und zuerst brachte sie mich aus der Fassung. Aber ich wusste, dass Hrodgar es nicht böse gemeint hatte.

„Als ich noch ein Sklave war, hat es mich sehr geärgert", antwortete ich.

„Ihr habt nicht gedacht, dass es Euer Schicksal war und es akzeptiert?"

„Ich dachte nicht viel an Dinge wie das Schicksal und die Nornen, als ich ein Sklave war. Die Huscarls des Anwesens, und vor allem Hrorik – der Mann, der mich gezeugt hatte, aber nie mein Vater war – unterschieden sich nicht von mir, aber sie waren frei und konnten ihr Leben führen, wie sie wollten, während ich nur Eigentum war. Die freien Frauen konnten wählen, wen sie heiraten wollten, aber meine Mutter, die einst eine Prinzessin in Irland war, hatte kein Recht, Hrorik abzuweisen, wann immer er ihr Bett aufsuchte und sie für sein Vergnügen benutzen wollte. Auch sie war nur sein Eigentum und hatte keine Rechte. Würden solche Dinge Euch nicht ärgern?"

Hrodgar beantwortete meine Frage nicht. Stattdessen sagte er: „Die Vergangenheit ist Vergangenheit und kann nicht geändert werden. Eure eigene

Vergangenheit – einschließlich der Tatsache, dass Ihr einst ein Thrall wart – ist ein Teil dessen, was Euch zu dem Mann gemacht hat, der Ihr heute seid. Eisen muss mit dem Hammer geschmiedet und im Feuer geglüht werden, um zu Stahl zu werden. Ihr seid zu einem starken Krieger und einem guten Mann herangewachsen. Ich hoffe, Eure Vergangenheit wird Euch nicht immer erzürnen."

Wir segelten den ganzen nächsten Tag nach Osten und folgten der Küste von Schonen. Am Ende des Tages erreichten wir die Stelle, von der Arinbjorn uns erzählt hatte, wo der Verlauf des Landes nach Norden abknickte. Ab hier würden wir außerhalb der dänischen Gewässer sein.

Es stellte sich heraus, dass Stig vor vielen Jahren als junger Mann diese Route befahren hatte. „Ich war in der Besatzung eines Schiffes auf einer Handelsreise", sagte er Hastein. „Unser Kapitän hatte noch nie zuvor im Austmarr navigiert, also folgte er der Küste, wie wir es getan haben. Ich erinnere mich an diesen Teil der Reise, wo die Küste hinter Schonen nach Norden abbog. Schließlich entdeckten wir, dass sich die Uferlinie allmählich in Richtung Osten krümmte und eine riesige Bucht bildete, bevor sie wieder ihren Verlauf nach Norden aufnahm. Auf unserer Rückfahrt segelten wir nicht am Ufer entlang, sondern quer über die Bucht und sparten so viel Zeit."

„Wie lange würde es dauern, wenn wir geradeaus segeln?" fragte Hastein.

„Nur einen Tag. Wenn wir früh genug aufbrechen,

treffen wir bei gutem Wind abends wieder auf Land."

„Welchen Kurs müssen wir setzen, um die andere Seite der Bucht zu erreichen?" fragte Torvald.

„Nordost."

Stigs Erinnerung erwies sich als zutreffend. Am frühen Abend des nächsten Tages erreichten wir eine Gruppe von Inseln, die vor dem Festland lagen, und schlugen auf der äußersten Insel unser Lager für die Nacht auf. Eine sumpfige Bucht lag nicht weit von der Stelle entfernt, an der wir die Buge der Möwe und der Schlange auf den Strand gezogen hatten. Das Trompeten, das wir aus dieser Richtung hören konnten, war ein untrügliches Zeichen dafür, dass sich dort viele Wildgänse aufhielten. Einar und ich sahen uns an, grinsten und zogen mit unseren Bögen los.

Tore sah uns gehen und eilte mit seinem Bogen hinterher. „Wartet auf mich", rief er. „Ich komme mit."

Ein zusätzlicher Bogen könnte uns helfen, mehr Fleisch zu beschaffen, aber mit Tore als Schütze könnte es das Gegenteil bewirken. Er war zwar ein guter Nebenmann im Kampf, aber er war als Jäger nicht besonders geeignet, denn er neigte dazu, im Wald ungeschickt und laut zu sein.

„Du musst sehr ruhig sein", sagte ich ihm, als er uns einholte. „Und tu nur, was ich dir sage." Zu meiner Überraschung widersprach er nicht.

„Verteilt euch", flüsterte ich Tore und Einar zu, als wir uns dem Rand der Bucht näherten. An Tore gerichtet fügte ich hinzu: „Versuche, einen Ort auszuwählen, an dem mehrere Gänse dicht beieinander sind. Nimm zusätzliche Pfeile aus dem Köcher und lege sie bereit.

Schau zu mir. Wenn ich aufstehe, schießen wir alle zusammen. Du musst so schnell wie möglich schießen. Einige Augenblicke lang werden die Gänse vielleicht nicht merken, was los ist, aber es wird nicht lange dauern, bis sie Angst bekommen und fortfliegen."

Ich ging gebückt am Ufer der Bucht entlang und hielt mich in der Deckung aus hohem Gras und Schilf, das den Rand des Wassers säumte, bis ich die langen Hälse von zwei Gänsepaaren sah, die sich im Wechsel über das Schilf hoben und senkten. Eine Gans in jedem Paar hielt immer Wache, während die andere fraß.

Ich blickte entlang des Ufers zurück. Einar kauerte und beobachtete mich. Hinter ihm tat Tore dasselbe. Ich zog drei Pfeile aus meinem Köcher – solche mit breiten, scharfen Spitzen für die Jagd – und steckte sie mit den Spitzen in den sandigen Boden, sodass sie aufrecht in einer Reihe vor mir standen. Dann legte ich einen vierten Pfeil an meinen Bogen, stützte den Schaft oben auf meine Bogenhand und nockte ihn auf die Sehne.

Ich nickte Einar zu. Als er zurücknickte, stand ich schnell auf und zog dabei meinen Bogen aus. Die beiden aufpassenden Gänse, aufgrund ihrer Größe wohl die Männchen der Paare, drehten ihre Köpfe gleichzeitig zu mir, schlugen aber keinen Alarm. Ich konzentrierte mich auf einen Punkt auf der Brust direkt vor dem Flügel des hinteren Aufpassers, öffnete die Finger meiner rechten Hand, ließ die Bogensehne los und griff nach dem nächsten Pfeil.

Das Zischen meiner Bogensehne und das leise Rauschen des Pfeils bei seinem Flug erschreckten sie nicht. Offensichtlich waren diese Gänse noch nie von

Menschen gejagt worden. Mein Pfeil traf die Gans, auf die ich gezielt hatte, und ging durch sie hindurch. Der große Vogel fiel tot zu Boden. Seine Partnerin trompetete, und die beiden anderen drehten sich um und schauten in ihre Richtung.

Mein zweiter Pfeil traf das Weibchen im zweiten Paar, während sie und ihr Gefährte ihre Köpfe abgewandt hatten. Von den beiden war sie mir näher. Der Aufprall des Pfeils, der ihren Körper durchschlug, drückte sie nach vorne auf den Boden. Als ihr Partner das Geräusch vernahm, drehte er sich wieder um und trompete eine Warnung, dann watschelte er zu ihr hinüber, um sie zu untersuchen. Währenddessen hatte das Weibchen des ersten Paars erkannt, dass ihr Partner tot war, und breitete ihre Flügel aus, um loszufliegen. Ich schoss schnell, aber ich traf sie nur ungenau. Die Gans fiel auf die Seite, dann stolperte sie wieder auf die Füße, während sie laut trompetete. Mit einem hängenden Flügel, der offensichtlich von meinem Pfeil gebrochen worden war, lief sie das Ufer hinunter.

Inzwischen hatte die letzte Gans ihre gefallene Gefährtin erreicht. Sie stand über ihr und trompete verzweifelt. Überall in der Bucht flogen Gänse los, die die Alarmgeräusche gehört hatten. Ich zog meinen letzten Pfeil voll aus und traf das trauende Männchen in die Mitte der Brust, dann lief ich dem verwundeten Weibchen hinterher.

Einar hatte ebenfalls vier Gänse getroffen. Er hatte alle seine Vögel sauber erlegt und lachte, während ich meine verwundete Gans am Ufer hin und her jagte, um sie zu fangen, bis ich schließlich aufgab und sie erschoss.

Sogar Tore hatte es geschafft, drei zur Strecke zu bringen. Als er auf uns zukam, hielt er zwei an den Beinen in einer Hand, die dritte und seinen Bogen in der anderen, und er strahlte mit einem riesigen Lächeln im Gesicht.

„Schaut!" rief er. „Drei Gänse! Ich habe noch nie zuvor einen solchen Erfolg bei der Jagd gehabt. Wir müssen öfter zusammen jagen."

Mir gefiel der Gedanke nicht besonders, Tore als Jagdpartner zu haben. Aber seit Odds Tod im Frankenreich hatte ich ihn nicht mehr so glücklich wahrgenommen. Es war gut, ihn mit etwas anderem als einem missmutigen Stirnrunzeln im Gesicht zu sehen. Tore hatte seine Fehler, aber er war trotzdem ein echter Kamerad. Ich lächelte zurück. „Aber jetzt beginnt die eigentliche Arbeit. Jetzt müssen wir sie rupfen."

Glücklicherweise meldeten sich mehrere Männer der Möwe freiwillig, darunter Gudfred vom Gut und Bram und Skuli aus dem Dorf, um uns beim Rupfen und Ausnehmen der Gänse zu helfen. Als wir fertig waren, war der Strand mit Büscheln windgeblasener Daunen bedeckt.

Obwohl es eine gute Beute war, konnten elf Gänse nicht annähernd die Bäuche von einundachtzig Männern füllen. Während die großen Vögel auf Spießen über zwei langen Feuerstellen gebraten wurden, die in flachen Gruben am Ufer ausgehoben worden waren, bereiteten Cullain und Regin große Töpfe mit Gersten- und Gemüseeintopf zu. Unterdessen linderten die Männer der beiden Mannschaften ihren Hunger mit Stücken des geräucherten Herings, den wir auf Møn gekauft hatten. Der Geruch der bratenden Gänse sorgte für eine festliche

Abendstimmung, und Hastein genehmigte, dass ein Fass Bier aufgemacht und unter den Männern verteilt wurde, während wir darauf warteten, dass die Vögel garten.

„Wenn ich mich recht erinnere, werden wir weniger als einen Tag brauchen, um morgen die südliche Spitze der Insel Öland zu erreichen", sagte Stig zu Hastein. „Was ist mit den Piraten, von denen Arinbjorn sagte, sie könnten dort lauern? Was sollen wir dagegen unternehmen?"

In diesem Augenblick rief mich Einar zu den Kochfeuern, um mit mir zu beraten, ob die Gänse fertig seien, daher hörte ich Hasteins Antwort nicht. Aber kurz danach ging er hinüber zu Cullain, der den Eintopf zubereitete, schloss den Deckel der Holztruhe, in der der kleine Ire seine Kochutensilien aufbewahrte, und stieg auf sie. Cullain runzelte die Stirn, sagte aber nichts.

„Versammelt euch", rief Hastein. „Ich habe euch einiges mitzuteilen."

Die Männer der beiden Besatzungen, die sich während des Kochens am Strand herumgetrieben oder an Bord der Schiffe ausgeruht hatten, kamen und standen erwartungsvoll vor ihm. Als alle da waren, fuhr Hastein fort.

„Bevor wir Møn verließen, warnte mich Jarl Arinbjorn, dass in den letzten Monaten eine Piratenflotte das Gebiet um eine große Insel namens Öland unsicher gemacht hat. Am morgigen Tag führt uns unser Kurs an Öland vorbei. Es ist eine lange Insel, und wir werden mehr als einen Tag brauchen, um sie zu passieren.

Stig ist vor vielen Jahren auf dieser Route gefahren. Er erzählte mir, dass der mittlere Teil der Insel sehr nahe an das Festland heranreicht, sodass der Durchlass an dieser Stelle zu einer engen Passage wird. Wenn Piraten unterwegs sind, liegen sie nach Stigs Meinung wahrscheinlich dort auf der Lauer.

Ich weiß nicht, wie viele Schiffe und Männer diese Piraten haben oder ob sie sich überhaupt noch in diesen Gewässern befinden. Wenn ja, ist es wohl unwahrscheinlich, dass sie zwei mit Kriegern gefüllte Langschiffe angreifen. Aber es wäre töricht, unvorbereitet zu sein. Behaltet die nächsten beiden Tage alle eure Waffen bei euch und verstaut sie nicht in euren Seekisten. Wenn sie geschärft werden müssen, kümmert euch heute Abend darum. Diejenigen, die Brünnen oder andere Rüstungen besitzen, sollten sie tragen, und alle müssen ihre Helme und Schilde griffbereit haben."

Nachdem wir am nächsten Morgen gefrühstückt hatten, öffnete ich meine Seekiste und nahm heraus, was ich brauchte, um mich zu bewaffnen. Ich sortierte meine Pfeile und steckte die besten in meinen Lieblingsköcher. Den zusätzlichen Köcher füllte ich mit dem Rest.

Ich hatte meine Brünne aufgerollt in dem gepolsterten Wams aufbewahrt, das ich darunter trug. Ich nahm sie aus der Truhe, rollte sie aus und zog zuerst das Wams und dann die Brünne über Kopf und Schultern. Normalerweise trug ich das kleine Messer, das einst Harald gehört hatte. Es war jedoch zum Kämpfen ungeeignet, deshalb zog ich die Scheide mit dem Messer von meinem Gürtel ab und ließ sie in meine Seekiste fallen. Stattdessen fädelte ich den Gürtel durch die Schlaufen der Scheide meines Dolches und schnallte ihn um meine Taille.

Während die Möwe auf See war, bewahrte ich meinen Bogen in seiner Tasche aus Seehundsfell auf, die zusammen mit meinem Speer an der Seite des Schiffes neben meinem üblichen Ruderplatz in der Nähe des Hecks festgebunden war. Dort befand sich auch mein Schild. Ich legte mein Schwert mit dem um die Scheide gewickelten Bandelier, die beiden Köcher und meine kleine Axt auf das Deck darunter. Wenn wir an diesem Tag überhaupt Piraten begegnen sollten, dann wahrscheinlich erst nach einigen Stunden. Es hatte keinen Sinn, meine Waffen anzulegen, bis es wirklich notwendig war. Zuletzt zog ich meinen fränkischen Helm – den ich wie Brünne, Schild und Schwert dem jungen fränkischen Kavallerieoffizier abgenommen hatte, den ich getötet hatte, – aus der Seekiste und fügte ihn den anderen Waffen hinzu. Der Kettenpanzer hinten und an den Seiten machte den Helm schwer, schützte aber meinen Nacken. Noch wichtiger war, dass er im Gegensatz zu meinem anderen Helm keinen Nasenschutz hatte. Dadurch war ich beim Bogenschießen weniger gestört, auch wenn er meinem Gesicht weniger Schutz bot.

Als ich fast fertig war, kam Bram, der junge Mann aus dem Dorf, und öffnete seine eigene Seekiste. „Das ist ein schöner Helm", sagte er.

Ich nickte. „Er ist fränkisch."

Seine eigenen Vorbereitungen waren viel einfacher als meine. In der Scheide am Gürtel trug er bereits einen großen Sax. Er zog eine kleine Axt aus seiner Kiste und steckte den Griff in seinen Gürtel hinten am Rücken.

Auch er hatte Speer und Schild an der Seite des Schiffes in der Nähe des Hecks befestigt.

„Habt Ihr keinen Helm? Keine Rüstung?" fragte ich. Letzteres war nicht überraschend. Kettenhemden waren teuer und selten. Meistens besaßen nur wohlhabende Männer oder diejenigen, die sie wie ich der Leiche eines getöteten Feindes abgenommen hatten, einen solchen Schutz. Aber da Bram schon mit meinem Vater Hrorik auf Beutezug gewesen war, hätte ich erwartet, dass er zumindest einen Helm besäße.

Meine Frage schien ihn in Verlegenheit zu bringen. Er schüttelte den Kopf. „Ich hatte einen Helm, aber ich habe ihn auf der Reise nach England mit Eurem Vater verloren. Im Kampf mit den Engländern, als wir zum Schiff zurück hetzten."

Ich hob den Deckel meiner Seekiste wieder. „Ich habe noch einen", sagte ich. „Und außerdem auch dieses schwere Lederwams. Ihr könnt sie benutzen, wenn Ihr wollt."

Brams Gesicht strahlte und er nahm sie gerne entgegen. „Ich danke Euch", sagte er.

Die Morgenwinde wehten zwar schwach aber in eine günstige Richtung, und wir kamen stetig nach Norden voran, wobei wir uns nah an die Küste des Festlands hielten. Das war Stigs Vorschlag gewesen. „Wenn Piraten in der Gegend sind, haben sie möglicherweise Ausgucke am Ufer der Insel Öland", hatte er Hastein gesagt. „Wenn wir in der Nähe des Festlands bleiben, können wir entlang der Insel eine große Distanz unentdeckt zurücklegen, bevor der Kanal so schmal wird, dass man von einer Seite zur anderen sehen kann."

Am Mittag schätzte Stig, dass wir wahrscheinlich so weit gefahren waren, dass wir uns gegenüber der Südspitze Ölands befanden, obwohl noch nichts davon zu sehen war. Hastein übernahm den Ruderstock der Möwe und schickte Torvald zum Bug, um Ausschau zu halten. Mit seiner Größe und seinem scharfen Auge würde er wohl die Insel vor allen anderen erspähen können. Torvald stellte zwei Seekisten nebeneinander auf das kleine erhöhte Bugdeck, stellte sich darauf und hielt sich mit einer Hand am Hals des geschnitzten Drachenkopfes des Schiffes fest, während er das Meer nördlich und östlich vor uns absuchte.

Der Nachmittag war halb vorbei, bevor Torvald die Nachricht an Hastein zurückschickte, dass er im Osten direkt am Horizont Land sehen konnte. Hastein befahl, das Segel zu reffen und den Baum so abzusenken, dass das verkürzte Segel knapp über dem zentralen Rudergestell hing. Ohne die volle Segelfläche würde die Möwe langsamer fahren, wäre aber aus der Ferne viel schwerer zu erkennen.

Die Besatzung der Schlange tat dasselbe mit ihrem Segel, und Stig steuerte dicht neben uns.

„Torvald hat die Insel gesehen", rief Hastein zu ihm herüber. „Der Kanal verengt sich, wie du gesagt hast."

Stig schirmte seine Augen mit einer Hand ab und starrte eine Zeitlang nach Osten. „Torvalds Augen sind viel schärfer als meine."

„Auch schärfer als meine. Außerdem schaut er von weiter oben über das Meer als wir. Kannst du abschätzen, wie lange es dauert, bis wir die schmale Meerenge erreichen, wo sich das Festland und die Insel am nächsten sind?"

Stig schüttelte den Kopf. „Ich weiß, dass wir immer noch ein ganzes Stück zu fahren haben, aber ich bin mir nicht sicher, wie weit. Es sind zu viele Jahre vergangen. Doch wenn wir erst einmal in dem Kanal sind, werden wir eine beträchtliche Strecke zurücklegen müssen, bevor er sich wieder erweitert. Wir können die Meerenge heute nicht mehr hinter uns lassen. Die Nacht ist zu nah."

„Dann werden wir unsere Reise unterbrechen, sobald wir einen geeigneten Lande- und Lagerplatz finden", entschied Hastein. „Ich möchte die Nacht nicht so nah an Orten verbringen, wo Piraten Wache halten und unsere Kochfeuer sehen könnten. Ich will nicht riskieren, im Dunkeln angegriffen zu werden."

Ich schlief schlecht, und die Nacht schien sich ewig zu ziehen. Die Möglichkeit, dass es morgen zu einem Kampf kommen könnte, geisterte immer durch meine Gedanken. Die beiden Besatzungen wirkten verhaltener als sonst, und Tore fragte mich erneut, ob Gunhild jemals Anzeichen gezeigt hatte, das zweite Gesicht zu besitzen.

Als ich mich am nächsten Morgen wieder bewaffnete, ließ ich meine Waffen nicht wie zuvor in einem Stapel auf dem Deck liegen. Ich hängte mir den Köcher und das Bandelier meines Schwertes über die Schultern, sodass sie sich über meiner Brust kreuzten und der Griff des Schwertes an meiner linken Hüfte und meine Köcher an meiner rechten hingen. Wie Bram es am Tag zuvor getan hatte, steckte ich meine kleine Axt hinten auf dem Rücken durch meinen Gürtel. Als letztes zog ich meinen Bogen aus seinem Futteral. Nur meinen Helm setzte ich nicht auf. Er war zu heiß und schwer zu tragen, bevor ich ihn brauchte.

Um mich herum trafen die anderen Besatzungsmitglieder der Möwe ähnliche Vorbereitungen. Wir sahen sehr kriegerisch aus. Selbst wenn Piraten vor uns lauerten, würden sie uns sicherlich nicht behelligen.

Das Wetter hatte sich über Nacht verändert. Der blaue Himmel von gestern, der mit hohen weißer Wolken übersät war, war verschwunden und durch eine trübe graue Wolkendecke ersetzt worden, die so dick war, dass man die Position der Sonne nicht erkennen konnte. Ein kalter Wind wehte stetig aus dem Norden, peitschte die Meeresoberfläche zu unruhigen Wellen und füllte die Luft mit Sprühnebel, der von ihren Kämmen geblasen wurde.

„Wir können noch eine Zeitlang mit dem Segel vorankommen", sagte Stig zu Hastein. „Aber wenn wir die schmalste Stelle der Meerenge erreichen, werden wir fast direkt in den Wind fahren und nur wenig Platz zum Kreuzen haben. Ich fürchte, die Fahrt wird langsam und das Rudern schwer, bevor wir das andere Ende von Öland sehen."

Es wurde wie Stig es vorausgesagt hatte. Eine Weile hatten wir noch Platz, um über den Kanal hin und her zu steuern und den Wind so in die Segel zu bekommen, dass sich die Schiffe vorwärts bewegten, auch wenn unser Fortkommen langsam war. Aber je weiter wir fuhren, desto näher kam das Ufer auf beiden Seiten und desto kürzer mussten wir wenden. Schließlich gab Hastein den Befehl, das Segel zu senken und zu sichern und unsere Riemen herauszuziehen. Auf der Schlange tat Stig dasselbe.

Wir ruderten nun gegen den Wind und kamen langsam voran. Ich konnte Öland zu meiner Linken jetzt deutlich erkennen. Die Uferlinie war gerade, und hinter einem schmalen Strand und sanft abfallenden Graslandschaften verlief das Gelände steil auf einen Bergrücken zu, der sich die Mitte der Insel entlang zog. Zu meiner Rechten auf der anderen Seite des Kanals erstreckte sich so weit ich sehen konnte das Festland. Es war flach und stark bewaldet, und vor seiner Küste lagen zahlreiche kleine Inseln.

Nachdem wir gegen Mitte des Nachmittags schon einige Zeit durch die Meerenge gerudert waren, bemerkte Torvald etwas. Er stand am Ruderstock, während Hastein vorne am Bug Ausschau hielt.

„Hastein!" rief er. „Ein Schiff folgt uns."

Hastein eilte zurück zum erhöhten Achterdeck und blickte in die Richtung, aus der die Möwe gekommen war. Von meiner Ruderposition aus versperrte das nach oben gekrümmte Heck meine Sicht nach hinten, aber ich hörte zu, während Torvald und Hastein sich unterhielten.

„Wann hast du es zum ersten Mal bemerkt?" fragte Hastein.

„Kurz bevor ich dich rief. Es kann noch nicht lange dort gewesen sein. Ich habe das Meer hinter uns regelmäßig überwacht."

„Huh", sagte Hastein. „Es muss hinter einer der kleinen Inseln, an denen wir vorbeigekommen sind, auf der Lauer gelegen haben. Aus dieser Entfernung kann ich die Größe nicht erkennen, aber es hat viele Riemen. Sicher ist es ein Langschiff, keine Knarr."

„Sie versuchen nicht, uns einzuholen", bemerkte Torvald.

„Stimmt."

Wie ich hatte auch Tore zugehört. „Sind es die Piraten?" fragte er.

Hastein antwortete ihm nicht direkt. Aber er drehte sich um und rief zwei Besatzungsmitglieder, die in der Nähe standen und nicht ruderten. „Harek, Solvi. Kommt her. Ihr müsst die Ruder von Tore und Halfdan übernehmen." Er hob seinen Schild von der Seite des Schiffes auf und wandte sich an uns. „Holt eure Bögen und bleibt in meiner Nähe. Ich gehe zurück zum Bug."

Bis Tore und ich unsere Helme und Bögen geholt und uns auf den Weg nach vorne gemacht hatten, hatte die Schlange mit der Möwe gleichgezogen. Sie steuerte durch das raue Meer so nah an uns heran, dass die Spitzen der Riemen beider Schiffe sich beim Auf- und Abgleiten fast berührten. Stig hatte den Helmstock an einen seiner Männer übergeben und stand jetzt wie Hastein auf dem erhöhten Vordeck seines Schiffes.

Vor uns erstreckte sich eine Insel vor der Küste des Festlands – viel größer als alle anderen, an denen wir bisher in dem schmalen Kanal vorbeigefahren waren. Sie ragte so weit in die Meerenge, dass sich die Breite des Kanals zwischen Öland und dem Festland um die Hälfte verringerte.

„Dort wird es sein", murmelte Hastein. „Wenn ich hier auf der Jagd wäre, würde ich dort eine Falle stellen."

Wie gerufen ruderte ein Langschiff aus seinem Versteck hinter einer Landzunge in unseren Sichtbereich. Kurz danach folgten ein zweites und ein drittes.

Ich setzte meinen Helm auf und zog den Riemen fest. Hrodgar trat auf das Vordeck neben Hastein. „Werdet Ihr versuchen, an ihnen vorbeizukommen?" fragte er.

Hastein schüttelte den Kopf. „Wenn sie nicht nachgeben wollen und uns die Durchfahrt nicht ermöglichen, dann müssen wir kämpfen. Ich werde nicht fliehen wie ein Hirsch, der von einem Rudel Wölfe verfolgt wird. Es wäre zu gefährlich, falls unsere Schiffe getrennt werden sollten."

„Stig", rief Hastein hinüber. „Wenn es zu einem Kampf kommt, sollten wir die Möwe und die Schlange zusammenbinden."

Stig nickte und wandte sich an einen Mann, der auf dem Deck hinter ihm stand. „Zieh Enterhaken und Seile heraus und halte sie bereit."

Inzwischen waren die drei Langschiffe so weit in den Kanal hinausgerudert, dass sie eine Linie quer über seine Mitte bildeten. Während wir zusahen, hoben sie gleichzeitig ihre Riemen an und hielten sie bereit über dem Wasser, während die Rümpfe langsamer durch das graue, raue Meer vorwärts glitten. Als sie fast zum Stillstand gekommen waren, tauchten die äußeren beiden Schiffe ihre Riemen ins Meer, hielten sie dort und brachten die Schiffe so vollständig zum Stehen. Sie lagen jetzt mit der Breitseite zu uns weniger als einen langen

Bogenschuss entfernt und blockierte unsere Weiterfahrt.

Als die äußeren Schiffe stoppten, wendete das Schiff in der Mitte scharf. Die Ruderer auf der einen Seite ruderten rückwärts, während die auf der anderen Seite zogen. Nachdem der Bug sich zu uns gedreht hatte, bewegte das Schiff sich langsam vorwärts.

„Möwe!" rief Hastein. „Riemen hoch!" Auf der Schlange gab Stig den gleichen Befehl, und unsere beiden Schiffe fuhren immer langsamer, bis sie zum Stillstand kamen.

Ich drehte mich um und blickte zurück zum Heck. Das Schiff, das uns gefolgt war, war viel näher gekommen, bis es kaum einen Speerwurf hinter uns lag, aber jetzt hatte es ebenfalls angehalten.

Das mittlere Langschiff vor uns näherte sich weiter der Möwe und der Schlange, wenn auch langsamem Tempo. Ein großer, breitschultriger Mann stand im Bug. Eine Hand lag auf dem Hals des Drachenkopfes, der wie ein knurrender Wolf geschnitzt war. Sein Oberkörper war von einer Brünne bedeckt, und er trug einen Helm, der sein Gesicht gut schützte, mit Metallwangenklappen auf jeder Seite und einem langen Nasenschutz in der Mitte. Er hatte einen langen, leuchtend roten Bart, der über seine Brust hing. Weitere bewaffnete Männer in Rüstungen drängten sich hinter ihm im Bug des Schiffes.

Hastein blickte über seine Schulter auf Tore und mich. „Legt Pfeile an eure Bögen und stellt euch hinter mir auf beiden Seiten auf, wo ihr gesehen werden könnt." Er drehte sich zurück zum herannahenden Langschiff und rief laut über das Wasser: „Halt! Kommt nicht näher."

Der rotbärtige Mann hielt eine Hand hoch und sagte etwas über seine Schulter zu den Männern hinter ihm. Die Ruderer auf seinem Schiff hoben ihre Riemen. Das wolfsköpfige Schiff trieb noch ein Stück, bis sein Bug kaum mehr als eine Ruderlänge von demjenigen der Möwe entfernt war, direkt in unserem Weg.

„Ihr blockiert unsere Fahrt", rief Hastein. „Macht Platz."

„Das ist eine unhöfliche Art, einen Fremden zu begrüßen", sagte der Kapitän des anderen Schiffes – denn es war offensichtlich, dass er dies war. „Mein Name ist Sigvald. Ich werde Schiffkaperer genannt. Mit wem spreche ich?"

„Ich heiße Hastein. Ich bin Jarl über das Land der Dänen rund um den Limfjord im Norden Jütlands. Jetzt kennen wir den Namen des anderen. Nochmals sage ich Euch: Macht Platz und lasst uns durch."

„Hastein. Und ein Jarl der Dänen aus dem Limfjord im Norden Jütlands", wiederholte Sigvald mit einem spöttischen Ton in der Stimme. „Das ist vorzüglich. Seltsamerweise habe ich vor wenigen Tagen von Euch gehört.

Ich selbst bin nur der Kapitän dieser kleinen Mannschaft hier. Andererseits sieht es so aus, als hätte ich zumindest heute mehr Krieger in meiner Truppe als Ihr. Aber auch wenn ich weder ein Jarl noch ein großer Stammesfürst bin, betrachte ich diese Gewässer um Öland als meine. Diejenigen, die passieren wollen, müssen dafür eine Abgabe zahlen."

„Das Meer gehört niemand", antwortete Hastein. „Ich werde nicht für das Recht bezahlen, darauf zu fahren."

„Das klingt wie die Worte eines gierigen Mannes",
sagte Sigvald im gleichen spöttischen Ton. „Sicherlich
kann ein großer Jarl wie Ihr es sich leisten, etwas von
seinem Reichtum mit denen zu teilen, die weniger Glück
haben als er? Ihr seid vor kurzem aus dem Frankenreich
zurückgekehrt, nicht wahr? Ich habe gehört, dass Ihr
dort einen großen Sieg errungen und viel Silber erbeutet
habt. Ich bitte nur darum, dass Ihr und Eure Männer ein
wenig von dem neu gewonnenen Reichtum mit diesen
weniger gesegneten Seeleuten teilt."

Woher konnte dieser Pirat das wissen? Wie konnte
er von Hastein und dem Frankenreich und unserem Sieg
dort erfahren haben?

„Macht euch bereit", murmelte Hastein zu Tore
und mir. „Wenn ich es sage, schießt eure Pfeile in das
Gesicht dieses arroganten Hundes."

Mit lauter Stimme rief Hastein: „Ich werde nur
noch einmal bitten: Gebt den Weg frei. Wenn Ihr es nicht
tut, werdet Ihr nicht unser Silber sehen, sondern unseren
Stahl schmecken."

„Nur ein Narr entscheidet, alles zu verlieren, um
ein wenig zu sparen", antwortete der rotbärtige Mann.
„Ich hatte noch nie das Vergnügen, einen Jarl zu töten.
Heute scheint dafür ein guter Tag..."

„Jetzt!" befahl Hastein. Zusammen hoben Tore und
ich unsere Bögen, zogen sie bis zum Anschlag aus und
schossen.

Der Piratenkapitän hatte wohl erwartet, dass wir
versuchen würden, ihn zu töten, denn er duckte sich
hinter den Vordersteven seines Schiffes, als wir unsere

Pfeile losließen. Die Männer, die hinter ihm standen, waren nicht so gut vorbereitet. Mein Pfeil prallte von der Seite des Helms eines Kriegers ab, und er taumelte rückwärts. Tores Pfeil traf einen anderen Mann mitten ins Gesicht und streckte ihn nieder.

„Riemen einziehen!" rief Hastein. „Rüstet euch für den Kampf!"

Während die Ruderer in den Besatzungen der Möwe und der Schlange eilig ihre Riemen einzogen, warfen zwei Männer auf Stigs Schiff Enterhaken an stabilen Seilen hinüber zum Deck der Möwe. Zwei unserer Männer trugen sie zu den beiden Enden des Mastfisches, der schweren Holzstrebe, die den Mast der Möwe stützte, und hakten sie dort ein. Sobald die Haken an Ort und Stelle waren, zog Stigs Mannschaft an den Seilen, um unsere beiden Schiffe zusammenzuziehen, bis ihre Rümpfe sich mittschiffs berührten.

Auf dem Piratenschiff rief der Kapitän Sigvald: „Zieht, zieht!" Die Ruderer zogen ihre Riemen, um das Schiff vorwärts in den Raum zwischen den Bugen der Schlange und der Möwe zu treiben. Es war ein kühner, aber auch ein riskanter Schachzug. Bis die anderen Piratenschiffe eintrafen, würden Sigvalds Schiff und Besatzung in Unterzahl sein.

„Zum Bug! Zum Bug!" rief Hastein. „Lasst sie nicht entern!"

Auf Hasteins Befehl stürzten sich die Krieger in der Möwe nach vorne. Die Brüder Bryngolf und Bjorgolf bildeten die Spitze, als sie an Tore und mir vorbeidrängelten.

„Halfdan", brüllte Tore. „Komm mit!" Er drehte

sich um und lief zurück zum Hauptwasserfass vor dem Mast der Möwe, das so groß wie das Rad eines Wagens und so hoch wie die Taille eines Mannes war. „Hier hinauf", sagte er, kletterte darauf, und reichte mir seine Hand. Wir packten uns gegenseitig am Handgelenk, und er zog mich hoch. So hoch über dem Deck hatten wir eine gute Sicht auf das Schiff des Feindes und konnten über die Rücken unserer eigenen Männer sehen, die sich vorwärts in den Kampf drängten.

Krieger im Bug des Piratenschiffes schwangen Enterhaken mit Schleppseilen über ihren Köpfen und schleuderten sie auf die Bugseiten der Möwe und der Schlange. Weiter hinten auf dem Piratenschiff warfen andere Krieger Speere über die Köpfe ihrer Kameraden hinweg auf unsere Schiffe.

„Torvald!" rief Hastein. „Auf das Vordeck! Zu mir!" Er wandte sich an Hrodgar und sagte: „Übernehmt das Kommando über das Heck. Lasst nicht zu, dass die Männer auf dem Schiff hinter uns an Bord kommen."

Ich spürte einen dumpfen Schlag, als das Schiff des Piratenkapitäns gegen die Möwe stieß. Ein Pirat in Bug seitlich des Vordersteven zog mit beiden Händen an einem Seil, das an einem Enterhaken befestigt war, der sich in der Seite der Möwe verkeilt hatte. Seine Brust war oberhalb der Reling sichtbar. Ich schoss einen Pfeil hindurch.

Bryngolf, Bjorgolf und ein anderer von Hasteins Männern namens Thorstein standen auf dem Vordeck neben dem Jarl. Sie hielten Speere in beiden Händen. Die Spitzen zielten über den Bug der Möwe und ihre Schilde hingen über ihren Rücken. Hastein, der nur mit seinem

Schwert bewaffnet war, hielt seinen Schild vor sich.

Ein Krieger kletterte auf die Reling des Piratenschiffes und versuchte, auf die Möwe zu springen. Bjorgolf und Thorstein drückten die Spitzen ihrer Speere gegen sein Kettenhemd und hielten ihn fern. Als er mit seinem Schwert auf die Speerschäfte hieb und versuchte, sie zur Seite zu schlagen, schoss Tore ihm einen Pfeil ins Gesicht.

„Wie das Schießen von Kohlköpfen", sagte er und grinste.

Ein weiterer Pirat versuchte, auf unser Schiff zu gelangen, indem er die auf ihn gerichteten Speerspitzen mit seinem Schild zur Seite fegte, als er auf die Reling des Schiffes kletterte. Hastein machte einen Satz nach vorn, schwang sein Schwert und durchtrennte das Bein des Mannes unterhalb des Knies. Der Pirat fuchtelte schreiend mit den Armen, und Bjorgolf stach ihm seine Speerspitze durch den Hals.

Inzwischen hatten die beiden anderen Piratenschiffe, die zuvor den Kanal blockiert hatten, uns erreicht. Eines brachte sich auf unserer Steuerbordseite unweit der vorderen Hälfte der Möwe in Position. Die Mannschaft versuchte nicht, uns zu entern; stattdessen nahmen sie an der uns zugewandten Seite Aufstellung und schossen Pfeile und Speere auf unsere Krieger im Bug. Pfeile schlugen in die Schilde über Bryngolfs und Bjorgolfs Rücken ein, und einer prallte von Bryngolfs Helm ab. Ein Speer segelte an Hastein vorbei und traf Thorstein in die Seite. Er taumelte, fiel rückwärts vom Vordeck und landete direkt dahinter. Nach wenigen Augenblicken setzte er sich auf, zog den Speer mit der rechten Hand heraus und kroch auf Händen und Knien an uns vorbei zum Heck. Er hinterließ eine Blutspur auf den Holzplanken des Decks. Andere Krieger traten vor, um die Lücke zu füllen.

„Wir müssen sie schützen", rief Tore.

Bogenschützen ohne schützende Schildträger sind dankbare Ziele. Fünf Männer schossen Bögen von der Reling des zweiten Piratenschiffes, während andere Speere warfen. Ich wählte einen Mann aus, der gerade seinen Bogen auszog, und traf ihn oben in den Rücken direkt unter seiner Schulter. Tore erschoss einen Krieger, der aufrecht stehend einen Pfeil auf seinen Bogen legte und ein Ziel auf dem Vordeck der Möwe suchte, ohne zu bemerken, dass er selbst in Gefahr sein könnte. Beide Männer fielen, aber andere drängten sich vor, um ihren Platz einzunehmen. Wir schossen so schnell, wie wir Pfeile aus dem Köcher ziehen konnten, und töteten sechs weitere Männer, darunter alle Bogenschützen, bevor die Piraten erkannten, woher das tödliche Feuer kam. Einige drehten sich in unsere Richtung und schleuderten ihre Speere, während andere die Bögen ihrer gefallenen Kameraden griffen. Nun waren es Tore und ich, die ohne Schildträger in Gefahr waren. Wir sprangen vom Wasserfass hinunter und gingen dahinter in Deckung, während Pfeile und Speere über uns flogen und in das Deck um uns herum einschlugen.

Das dritte Piratenschiff fuhr am wolfsköpfigen Langschiff des Anführers vorbei und schmiegte sich an den Bug der Schlange. Während einige der Besatzungsmitglieder Enterhaken warfen, um ihr Schiff fest an die Schlange zu ziehen, stießen andere mit langen Speeren

223

auf die Krieger auf dem Vordeck der Schlange, die versuchten, die Angreifer vom ersten Schiff abzuwehren.

Hinter uns war das vierte Schiff der Piraten herumgeschwenkt, sodass es mit der Breitseite zu den Hecks der Möwe und der Schlange stand. Die Mannschaft säumte die Reling und tauschte Schüsse mit unseren Kriegern im hinteren Teil der Schiffe aus, die unter Hrodgars Kommando kämpften. An Hrodgars Seite stand Einar und schoss unablässig mit seinem Bogen.

Nach dem Verlust weiterer Männer, die über die Bugreling auf die Möwe und die Schlange zu klettern versucht hatten, gaben die Piraten den Versuch auf, unsere Schiffe zu entern. Die Schlacht in den Bugen war vorläufig zum Stillstand gekommen. Auf beiden Seiten standen die Krieger auf den Vordecks Schulter an Schulter, so dicht wie in einer Schildmauer, und stießen mit ihren Speeren aufeinander.

Zusammen mit Torvald, der kurz zuvor den Bug erreicht hatte, eilte Hastein zum Wasserfass und ging mit Tore und mir dahinter in Deckung. Torvald hatte einen grimmigen Ausdruck im Gesicht und schüttelte den Kopf.

„Es sind zu viele, Hastein. Sie sind überall. Wir können diesen Kampf nicht gewinnen, und wir können nicht entkommen."

Bei seinen Worten verdrehte es mir vor Angst den Magen. Meine Gedanken gingen zurück zu der Nacht am Limfjord, als wir von Tokes Männern umzingelt waren, und Harald und so viele andere getötet wurden. Damals hatten wir zumindest versuchen können, die

Sicherheit des Waldes zu erreichen. Hier konnten wir nirgendwohin fliehen.

Ein Pfeil schlug in den Mast. Hastein duckte instinktiv seinen Kopf, hob ihn wieder vorsichtig, und blickte über das Wasserfass. Er schaute in alle Richtungen und betrachtete unsere Schiffe und die Angreifer um sie herum. „Ich fürchte, du hast recht", sagte er zu Torvald. „Wir können vielleicht nicht gewinnen. Aber wir dürfen nicht verlieren. Wenn wir sie lange genug abwehren und den Preis für den Sieg in die Höhe treiben können, dann können wir sie vielleicht noch davon überzeugen, sich zurückzuziehen und uns passieren zu lassen. So könnten wir es schaffen, lebendig herauszukommen."

Er wandte sich an mich. „Geht zur Schlange und holt Stig. Seid vorsichtig. Bleibt in Deckung und macht Euch nicht zum Ziel. Und sagt auch Hrodgar, er soll hierherkommen."

Ich reichte meinen Bogen und Köcher an Tore. „Behalte sie für mich, bis ich zurückkomme."

„Wo ist Euer Schild?" fragte Hastein.

„Im Heck."

„Nehmt meinen", sagte er. „Ich brauche ihn nicht, solange wir hier warten."

Die meisten Besatzungsmitglieder der Möwe und der Schlange befanden sich im vorderen Drittel der Schiffe, wo die größte Bedrohung war, doch auch in jedem Heck befanden sich genügend Männer, um auf einen Angriff zu reagieren, falls das hintere Piratenschiff noch näher kommen und seine Besatzung versuchen sollte, uns zu entern. Die Mitte des Decks war dadurch seltsam verlassen. Ich hielt mich mit Hasteins Schild über dem Rücken bedeckt, um mich vor verirrten Speeren oder Pfeilen zu schützen, krabbelte wie ein Krebs geduckt zu der Stelle, an der sich die Relings der Möwe und der Schlange berührten, und kletterte hinüber.

Stig stand im Bug der Schlange, gleich hinter der vordersten Reihe von Kriegern. Die nach oben gezogenen Seiten des Schiffes, die sich beim Vordersteven mit dem Drachenkopf trafen, schützten die Unterkörper seiner Männer, als würden sie hinter einer niedrigen Palisade kämpfen. Sie hielten ihre Schilde hoch vor ihren Oberkörpern und schauten kaum über deren obere Ränder, während sie mit ihren Speeren auf die Piraten einstachen, die nur wenige Fuß entfernt kämpften und ihrerseits durch die eigenen Schiffe geschützt waren. Gelegentlich erlitt ein Krieger einen leichten Schnitt im Gesicht, wenn er sich mit seinem Schild zu langsam bewegte, oder er wurde mit einer Speerspitze am Arm verletzt, wenn er mit ihm zum Schlagen ausholte, aber es würde wahrlich Pech oder große Nachlässigkeit erfordern, damit ein Mann in einem solchen Kampf eine tödliche Wunde erlitt. Vielleicht waren wir doch nicht dem Untergang geweiht.

„Stig", sagte ich und berührte seine Schulter. „Hastein will sich mit Euch auf der Möwe beraten."

Er nickte, teilte es dem Krieger neben sich mit und überließ ihm das Kommando. Dann folgte er mir gebückt zurück zur Mitte des Schiffes, wo wir zur Möwe hinüberkletterten. Während er weiter zu Hastein und Torvald eilte, lief ich geduckt zurück zum Heck. Dort holte ich Hrodgar und auch meinen Schild, meinen Speer und meinen zweiten Köcher.

„Was sind Eure bisherigen Verluste?" fragte Hastein Stig und Hrodgar, nachdem wir alle am Wasserfass versammelt waren.

„Keine Toten an Bord der Schlange", antwortete Stig. „Einige Verwundete, aber nichts, was nicht heilen wird, falls wir hier herauskommen."

„Zwei mit kleinen Wunden im Heck", sagte Hrodgar.

Hastein nickte. „Im Bug der Möwe sieht es ähnlich aus. Thorstein bekam einen Speer in die Seite, aber der Wurf war schwach und seine Brünne schützte ihn vor einer tieferen Wunde. Cullain verbindet ihn gerade. Er wird eine Zeitlang kein Schwert mit voller Kraft schwingen können, aber er wird leben. Einige weitere sind verwundet, können aber immer noch kämpfen."

„Was ist dein Plan?" fragte Stig. „Wenn die beiden bisher noch unbeteiligten Schiffe sich ebenfalls nähern und versuchen, uns zu entern, müssen wir uns an noch mehr Seiten gleichzeitig verteidigen und sind dann sehr schwach besetzt. Ich fürchte, zu schwach."

„Wir müssen dafür sorgen, dass ihr Anführer Sigvald zu der Überzeugung kommt, zu viele Männer zu verlieren, wenn er weiterkämpft. Er hat bereits größere Verluste erlitten als wir, als sie zum ersten Mal zu entern versuchten. Ich habe mindestens vier Gefallene gesehen, an die ich mich erinnere."

„Ich habe einen getötet, als er auf die Reling kletterte", sagte Tore. „Und zusammen erschossen Halfdan und ich acht Bogenschützen auf dem Schiff dort", fügte er hinzu und zeigte auf das Piratenschiff vor der Steuerbordseite der Möwe. „Sie griffen unsere Männer auf dem Vordeck mit Bögen und Speeren an und sahen nicht, wie wir sie vom Wasserfass hier hinten unter Beschuss nahmen."

„Vielleicht kann uns das einen Ausweg weisen", sagte Hastein. „Wir werden sie vorerst im Bug und Heck nur abwehren, während alle unsere Bogenschützen ihr Feuer auf das Schiff an unserer Steuerbordseite konzentrieren, um seine Mannschaft weiter zu schwächen, sodass sie es nicht wagen, uns zu entern. Wenn wir dieses und das andere Schiff hinter uns davon abhalten können, sich uns zu nähern, und der Kampf nur in den Bugen stattfindet, kämpfen auf beiden Seiten gleich viele Schiffe gegeneinander. Dann werden wir sehen, wer die besseren Männer sind. Wie viele in unseren Besatzungen sind mit Bögen bewaffnet?"

Es dauerte einige Zeit, um dies herauszufinden, und noch länger, bis die Betreffenden aus den Schildmauern abgezogen waren, ihre Bögen und Köcher geholt und sich im Mittelschiff auf der Möwe neben dem Mast versammelt hatten. Insgesamt gab es dreizehn Bogenschützen, sechs von der Schlange und sieben von der Möwe: Tore, ich und drei andere von Hasteins Männern – Asbjorn, Hallbjorn und Storolf – sowie Einar und, zu meiner Überraschung, Gudfred vom Anwesen.

„Ich wünschte, Odd wäre hier", sagte Tore.

Inzwischen hatte sich die Anzahl der Schüsse von den Piratenschiffen erheblich verringert, zweifellos weil ihre Vorräte an Pfeilen und Wurfspießen zu Neige gingen. Hastein hatte unseren Kriegern den Befehl erteilt, dass niemand eine Waffe zurückwerfen sollte, es sei denn, er war sich eines Treffers sicher. Zudem waren mehrere Männer damit beauftragt worden, die Speere und Pfeile einzusammeln, die auf uns geschossen worden waren und nicht über die Seite ins Meer gefallen waren.

In den Bugen hatten die Piraten hinter ihren Schildmauern begonnen, Steine auf unsere Vordecks zu werfen. Mit einem lauten Knall traf ein Stein auf den Helm eines Mannes, und er ging in die Knie.

„Sie haben ihr Deck geöffnet und werfen ihre Ballaststeine auf uns", sagte Torvald.

Das Piratenschiff, das vor der Steuerbordseite der Möwe lag, bewegte sich nun langsam weiter entlang unseres Rumpfs, indem es die hinteren vier Ruderpaare des Schiffes zum Manövrieren benutzte, damit die Krieger im Bug einen besseren Schusswinkel auf die Rücken unserer Männer haben würden, die auf dem Vordeck der Möwe kämpften. Auch sie hatten begonnen, Steine als Wurfgeschosse zu benutzen. Sie schossen weiterhin Pfeile und warfen Speere, wenn auch nur noch selten. Im Bug der Möwe drehten sich die hintersten Krieger um und hoben ihre Schilde, um sich und ihre Kameraden vor dem flankierenden Angriff zu schützen.

Ich stieß Hastein an und zeigte auf das Schiff. „Sie rücken näher. Sie wissen nicht, dass wir hier so viele Bogenschützen versammelt haben. Unser Beschuss ist am effektivsten, wenn er unerwartet und geballt kommt", sagte ich ihm. „Wenn unsere Bogenschützen die Reling der Möwe direkt gegenüber dem Bug ihres Schiffes unbemerkt erreichen können und sich gleichzeitig erheben und zusammen schießen, können wir ihnen einen schweren Schlag versetzen."

Hastein betrachtete das Piratenschiff einen Augenblick lang und lächelte grimmig.

„Vielleicht können wir sogar noch mehr", sagte er. „Wir werden tun, was Ihr sagt. Aber wenn die Bogenschützen mit dem Beschuss begonnen haben, dürfen sie nicht aufhören, sondern müssen weiter schießen. Haltet alle ihre Krieger vom Bug ihres Schiffes fern. Wenn Ihr das schafft, werden wir Enterhaken werfen und es zu uns ziehen."

Ich drehte mich um und sah Tore an. Er nickte. „Ein guter Plan."

Während Hastein, Torvald und Stig Seile mit Enterhaken vorbereiteten, sprachen Tore und ich mit unserer kleinen Gruppe von Bogenschützen. „Wir kriechen flach auf dem Bauch von hier bis zur Seite dort, direkt gegenüber dem Piratenschiff", sagte ich und zeigte ihnen, wo wir unsere Schusspositionen einnehmen würden. „Wir müssen uns bedeckt halten. Sie dürfen uns nicht sehen."

„Wir werden auf mein Signal gemeinsam aufstehen und schießen, als Einheit", fügte Tore hinzu. „Wählt eure Ziele genau und schießt vorsichtig. Einige von euch haben nur noch wenige Pfeile. Macht etwas aus den wenigen Schüssen, die ihr habt. Wir werden schießen, bis der Bug ihres Schiffes geräumt ist, damit Jarl Hastein es entern kann."

„Wir sind bereit", sagte Hastein, versteckt hinter dem Wasserfass. Er hielt ein Seil in der linken Hand und den Enterhaken, der an das Ende des Seils gebunden war, in der rechten. Sein Schild war über seinen Rücken geschlungen, und ein Speer – das Geschenk von Arinbjorn – lag auf dem Deck neben ihm. Hinter ihm kauerten Torvald und Stig, und jeder hielt ein zusammengerolltes Seil und einen Enterhaken. Fünf weitere Krieger versteckten sich hinter der Reling auf dem Deck der Schlange, um schnell hinüberzuklettern und am Kampf teilzunehmen.

Aus unserem Versteck hinter den Fässern mit Proviant in der Mitte des Decks krochen Tore und ich auf unseren Bäuchen wie Schlangen zur Reling an der Steuerbordseite. Tore positionierte sich ein Stück unterhalb des Vordecks der Möwe. Ich nahm den Platz neben ihm ein und Einar ging neben mir in Stellung. Es fühlte sich gut an, ihn im Kampf an meiner Seite zu haben. Die übrigen Bogenschützen folgten uns an die Seite der Möwe und nahmen entlang der Reling Stellung.

Wir gingen alle in die Hocke, sodass wir unter der obersten Planke noch versteckt waren, und legten Pfeile auf unseren Bögen. „Gute Jagd", flüsterte Einar mir zu und zwinkerte. Tore sah Hastein an und nickte. Hastein nickte zurück.

„Bogenschützen! Jetzt!" rief Tore, stand auf und zog seinen Bogen aus. Wir taten es ihm gleich und suchten im Schiff gegenüber schnell nach einem Ziel.

Da sie so wenig Gegenfeuer vom Bug der Möwe erhalten hatten – nur gelegentlich einen zurückgeworfenen Speer – und gar nichts aus den anderen Bereichen unseres Schiffes, standen die angreifenden Krieger aufrecht an der Reling ihres Schiffes und waren unseren Schüssen ungeschützt ausgesetzt, während sie nach Zielen unter den Kriegern auf unserem Vordeck suchten. Ihr Schiff war inzwischen so nah, dass ich mit einem voll ausgestreckten Speer seine Seite hätte berühren können.

Direkt gegenüber von mir zog ein Krieger mit einem langen braunen Bart, der in zwei Zöpfe geflochten war, seinen Bogen, während er unsere Krieger im Bug der Möwe anvisierte. Er war so nah, dass ich sehen konnte, wie er seine Augen weit aufriss, als er mich plötzlich direkt vor sich aufspringen sah. Er versuchte, sich zu drehen und seinen Pfeil auf mich zu richten, aber er war zu langsam – ich traf ihn mitten im Gesicht, und er fiel nach hinten. Der Mann zu seiner Linken, der einen großen Stein in der rechten Hand hielt, drehte sich um und sah überrascht zu, wie sein Mannschaftskamerad fiel. Einar schoss ihm glatt durch den Hals, und er taumelte von der Seite des Schiffes weg, während ihm Blut aus der Wunde und aus dem Mund spritzte.

Die ersten Schüsse unserer Bogenschützen, so unerwartet und aus nächster Nähe, waren verheerend. Überall entlang der Reling des Piratenschiffes fielen unsere Feinde. „Weiter schießen! Weiter schießen!" rief Tore, als er einen weiteren Pfeil abfeuerte.

An Bord des Piratenschiffes duckten sich die Männer, die nicht von den ersten Salven getötet worden waren, und befanden sich nun außer Sicht und Gefahr. Nur sieben Männer in der vorderen Hälfte des Schiffes hatten unseren tödlichen Angriff überlebt. „Verschwendet eure Pfeile nicht!" rief ich, als sie in Deckung gingen.

Hastein und Torvald eilten aus ihrem Versteck zur Reling der Möwe und warfen ihre Enterhaken über die kleine Lücke zwischen den beiden Schiffen. Die Eisenhaken schlugen auf das nun leere Vordeck des Piratenschiffes, und Hastein und Torvald zogen an den Seilen, sodass die Haken sich in der Schiffsseite verkeilten. Torvald stützte seine Füße gegen die obere Planke der Reling und zog das Seil mit aller Kraft, um die Schiffe zusammenzuziehen.

„Schnell zu uns! An die Seile!" rief Hastein. Die fünf Krieger, die sich an Bord der Schlange versteckt hatten, kletterten über die Reling und liefen zu den Seilen, um beim Ziehen zu helfen. Vier unserer Bogenschützen ließen ihre Bögen fallen und schlossen sich ihnen an.

Langsam zogen unsere Männer das tote Gewicht des Piratenschiffes näher heran. Als sie die Gefahr erkannten, krochen drei ihrer Krieger, die sich vor unseren Pfeilen in Sicherheit gebracht hatten, auf Händen und Knien zum Bug und den Seilen. Als sie sich dem Vordeck näherten, richtete sich der vordere Mann etwas auf und hob ein Schwert, um eines der Seile zu kappen. Er war nun nicht mehr in Deckung, und er trug keine Brünne. Sowohl Tore als auch ich trafen ihn.

Die anderen beiden Piraten, die Richtung Bug krochen, ließen sich fallen und waren für uns nicht mehr sichtbar. Wenige Augenblicke später gab eines der Seile – offensichtlich durchgeschnitten – plötzlich nach, und unsere Männer, die daran zogen, einschließlich Hastein, fielen rückwärts in einem Haufen auf das Deck der Möwe.

Stig eilte hinzu, warf das dritte Seil hinüber, und hakte das Piratenschiff wieder ein. „Tore! Halfdan!" rief Hastein, als er wieder auf die Beine kam. „Schützt die Seile!"

„Ich kann sie nicht sehen", rief Tore. „Ich kann nicht schießen."

„Halte meinen Gürtel", sagte ich zu ihm. „Lass mich nicht fallen." Ich zog drei Pfeile aus dem Köcher, hielt sie in der linken Hand zusammen mit meinem Bogen und setzte einen Fuß auf die Oberkante der Reling. Tore und Einar griffen meinen Gürtel von hinten und hoben mich hoch, sodass ich mit beiden Füßen auf die obere Planke der Rumpfseite steigen konnte. Während ich auf der Reling stand und versuchte, mein Gleichgewicht zu halten, wählte ich einen der Pfeile aus und legte ihn auf meine Bogensehne. Tore und Einar hielten mich am Gürtel fest, damit ich nicht fiel.

Im Bug des Piratenschiffes sägte ein Krieger mit einem Messer an Torvalds Seil. Ich zog aus und schoss, aber ich schwankte zu sehr und verfehlte mein Ziel. Der Pfeil schlug harmlos in die Seite des Schiffes über dem Kopf des Mannes. Der Pirat erschrak, duckte sich und drehte sich um, um zu sehen, woher der Schuss gekommen war. Ich nockte einen weiteren Pfeil und zog aus, aber er hatte mich schon entdeckt. Bevor ich schießen konnte, rollte er gegen die Seite seines Schiffes und war nun außer Sichtweite.

Der Bug des Piratenschiffes war nur noch wenige Fuß von der Seite der Möwe entfernt. Hastein zog sein Schwert aus der Scheide, schwang seinen Schild vor sich und lief auf die Seite der Möwe zu. Er sprang hoch, landete mit dem rechten Fuß auf der Reling, federte in der gleichen Bewegung wieder von ihr ab und machte einen Satz über die kurze Entfernung zwischen den beiden Schiffen. Er landete auf dem Deck des Piratenschiffes direkt hinter dem Vordeck. Der Schwung trug ihn vorwärts, und da er das Gleichgewicht verloren hatte, taumelte er gegen die Seite des Schiffes.

Der zweite der beiden Piraten, der sich bis jetzt in Deckung gehalten hatte, stand auf und hob eine kleine Axt, um Hastein anzugreifen. Fast aus nächster Nähe schoss ich ihm einen Pfeil in den Rücken zwischen die Schulterblätter. Er fiel mit dem Gesicht nach vorne auf das Deck. Hastein richtete sich auf und stürzte über das Deck. Mit seinem Schwert stach er auf den Piraten, auf den ich zuvor geschossen und den ich verfehlt hatte. Er war hinter der Reling seines Schiffes immer noch außerhalb meines Blickfelds, aber ich hörte ihn schreien, und als Hastein sein Schwert zurückzog, war die Spitze blutig.

Der Bug des Piratenschiffes stieß gegen die Seite der Möwe. Hätten Tore und Einar mich nicht festgehalten, wäre ich durch den Aufprall gestürzt.

Torvald ließ das Seil fallen, an dem er gezogen hatte, beugte sich nach unten und hob Hasteins Speer vom Deck auf. „Stig", rief er. „Sichere die Seile. Alle anderen, folgt mir!"

Während Torvald, die fünf Krieger von der Schlange und die vier Bogenschützen, die beim Ziehen an den Seilen geholfen hatten, über die Relings der beiden Schiffe kletterten, auf das Deck des Piratenschiffes sprangen und ihre Waffen zogen, wickelte Stig eines der Enterseile um den Mast der Möwe und befestigte es an einer Klampe.

„Lasst mich jetzt los", sagte ich zu Tore und Einar. Als sie meinen Gürtel losließen, sprang ich auf das Deck des Piratenschiffes und nockte einen weiteren Pfeil auf meine Bogensehne.

„Ich komme auch", rief Tore, und er und Einar kletterten hinter mir her.

Von der ursprünglichen Gruppe der Krieger, die vom Bug des Piratenschiffes aus auf die Möwe geschossen hatten, als unsere Bogenschützen zum ersten Mal angegriffen hatten, waren nur noch vier übrig. Sie hatten sich zum Mast ihres Schiffes zurückgezogen und kauerten dort in enger Formation tief hinter ihren Schilden. Hinter ihnen im Heck saßen noch acht Krieger an den letzten vier Ruderpaaren. Da sie dem Bug den Rücken zukehrten, hatten sie noch nicht bemerkt, dass ihr Schiff geentert worden war. Auf dem Achterdeck befanden sich zwei weitere Männer – einer davon, der den Ruderstock bemannte, war vermutlich der Kapitän.

Hastein stürzte auf die vier Krieger vor dem Mast zu und brüllte wie ein wildes Tier. Torvald und der Rest unserer Männer folgten ihm mit wenigen Schritten Abstand. Einer der vier Piraten drehte sich um und floh zum Heck. Ich schoss und traf ihn unten in der rechten Seite seines Rückens. Während er nach vorne strauchelte, rammte Hastein seinen Schild gegen den Schild des Kriegers auf der linken Seite ihrer kurzen Linie. Der Aufprall riss den Piraten von den Füßen. Als er fiel, ging Hastein in die Hocke und schwang sein Schwert in einem abwärts gerichteten Schnitt nach rechts. Er traf den Mann in der Mitte der Reihe im Bein und trennte es knapp unter dem Knie ab. Der dritte Pirat wollte Hastein angreifen, aber inzwischen hatte Torvald den Kampf erreicht. Er stürzte sich mit dem Speer nach vorne und stieß die lange Klinge durch den Hals des Mannes. Dann zerrte er den Speer zur Seite und warf seinen Gegner zu Boden.

Hastein raste weiter zum Heck, Torvald und unsere anderen Krieger dicht hinter ihm. Einer davon – Gudfred vom Anwesen – hielt vor dem Mann an, den Hastein niedergeschlagen hatte, und erschlug ihn mit dem Schwert.

Der Piratenkapitän rief nun und zeigte auf den vorderen Teil des Schiffes, um die Männer an den Rudern vor der Gefahr zu warnen. Tore und ich schossen beide Pfeile auf ihn, aber er schwang seinen Schild hoch und konnte sie abwehren. Einar zog aus, löste und traf einen der Ruderer im Rücken, als er gerade seinen Kopf drehte, um über seine Schulter zu schauen. Er fiel seitlich neben seine Seekiste. Ich zog einen weiteren Pfeil aus meinem Köcher, nockte, schoss und traf den Mann, der vor ihm ruderte.

Dann erreichten Hastein und der Rest unserer Männer das Heck. Die restlichen sechs Ruderer waren schnell überwältigt; wir schlachteten sie ab, als sie versuchten, ihre Waffen zu ziehen oder ihre Schilde von den Gestellen entlang der Reling zu holen. Der Kapitän des Piratenschiffes und der Krieger an seiner Seite versuchten zu kämpfen, aber zu viele Waffen schlugen und stachen auf sie ein, um alle abwehren zu können. Innerhalb weniger Augenblicke lagen auch sie tot auf dem Deck und bluteten aus zahlreichen Wunden.

Neben mir gab Tore einen lauten Freudenschrei von sich. „Wir haben es geräumt", rief er. „Das Schiff gehört uns."

Während Gudfred und einige andere unserer Männer dazu übergingen, die gefallenen Piraten zu überprüfen und alle, die noch lebten, endgültig auszuschalten, kamen Hastein und Torvald zu Tore und mir zurück. Stig, der inzwischen auch auf das Piratenschiff hinübergeklettert war, kam ebenfalls hinzu.

„Gut gemacht", sagte er und grinste breit. „Gut gekämpft."

Noch immer keuchend von der Anstrengung des schnellen Kampfes beugte sich Hastein für einige Augenblicke nach vorne, stützte die Hände auf die Oberschenkel und atmete tief ein und aus. Er war voller Blut, aber keines davon war seins.

Er richtete sich auf. „Es ist ein Anfang. Wir dürfen diesen Vorteil nicht vergeuden. Tore, Halfdan, versammelt Eure Bogenschützen. Vom Heck dieses Schiffes aus solltet Ihr eine freie Schussbahn auf die Krieger haben, die im Bug des Schiffes ihres Anführers kämpfen. Falls Ihr ihnen von hinten genug zusetzen könnt, können wir vielleicht die Buge überqueren und sie in die Flucht schlagen. Wenn wir ihren Kapitän Sigvald erreichen und töten können, sollten wir die Schlacht gewonnen haben. Schießt erst auf mein Signal. Ich werde dreimal das Horn blasen, wenn wir bereit sind."

Er wandte sich an Torvald und Stig. „Torvald, du und ich reihen sich wieder bei unseren Männern auf dem Vordeck der Möwe ein. Stig, kehre zur Schlange zurück. Auf mein Signal greifen wir alle von unseren beiden Schiffen das Schiff des Anführers an, während unsere Bogenschützen hier von hinten auf sie schießen. Wenn wir auf unseren Vordecks einige Seekisten aufstellen, können wir damit die Reling leichter überqueren. Kommt, lasst uns diesen Hunden zeigen, wie Schiffe gekapert werden."

Der geschwungene Bug des Piratenschiffes, auf dem wir uns befanden, war jetzt mit den beiden Enterhakenseilen mittschiffs fest am Rumpf der Möwe vertäut. Dadurch stand der Rumpf des Piratenschiffes in einem Winkel von der Seite der Möwe ab. Hastein hatte recht. Vom Heck des Schiffes aus hatten wir eine ungehinderte Schusslinie auf den Bug des Anführers, sodass wir auf die hinteren Reihen der dort kämpfenden Krieger schießen konnten. Aber wir würden nicht aus nächster Nähe schießen, wie wir es beim Angriff auf dieses Schiff getan hatten. Es war unwahrscheinlich, dass unsere Pfeile genauso effektiv sein würden.

Während Hastein, Torvald, Stig und die fünf Krieger zur Möwe zurückkehrten, erklärte Tore unseren Männern den Plan. Die vier, die ihre Bögen an Bord der Möwe zurückgelassen hatten, gingen sie holen, und auf meine Bitte brachten sie mir auch meinen Schild und meinen Speer mit. Dann widmeten wir uns der beklemmenden Aufgabe, unsere Pfeile aus den Leichen der Männer zu ziehen, die wir erschossen hatten. Zumindest war keiner mehr am Leben. „Macht schnell", mahnte Tore. „Wir müssen bereit sein, wenn Hastein das Signal gibt."

Ich stand über der Leiche des ersten Kriegers, den

ich bei unserer Salve aus kürzester Entfernung getötet hatte – dem Mann mit dem geflochtenen Bart – als Einar sich näherte. Mein Pfeil war unter dem rechten Auge des Mannes eingedrungen. Die eiserne Spitze und eine Fingerlänge des Schaftes ragten aus der Rückseite seines Schädels. Ich zog an dem Schaft, aber der Knochen, den er durchbohrt hatte, hielt ihn fest. Das war ein Problem bei Kopfschüssen: Ein Treffer war zwar fast immer tödlich, aber es war schwierig, die Pfeile unbeschadet zurückzubekommen.

„Schau", sagte Einar und zeigte aufs Meer. „Das Schiff bewegt sich."

Er hatte recht. Die Besatzung des vierten Piratenschiffes, das vor den Hecks der Möwe und der Schlange gelegen hatte, war wieder an ihre Ruder zurückgekehrt. Aber sie saßen mit dem Gesicht zur Vorderseite ihres Schiffes und nicht zum Heck. Sie ruderten das Schiff langsam rückwärts in Richtung der Seite der Möwe, die mit dem gekaperten Schiff verbunden war.

Tore, Gudfred und einige andere unserer Bogenschützen schlossen sich uns an. „Das gilt uns. Sie kommen, um dieses Schiff zurückzuerobern", sagte Einar.

Ich hörte einen dumpfen Schlag. Ein Krieger neben Tore namens Storolf, ein Huscarl Hasteins, der im Frankenreich dabei gewesen war, keuchte und würgte, bevor er auf die Knie sank. Blut sickerte aus seinem Mundwinkel, und ein Pfeil ragte aus seinem Rücken.

Ich ging sofort in eine tiefe Hocke und riss Einar mit hinunter. Ein weiterer Pfeil pfiff durch die Luft über unsere Köpfe, er kam vom Schiff des Piratenführers. Als sich der Rest unserer Bogenschützen niederbückte und Schutz hinter der Schiffsseite suchte, ertönte von der Vorderseite der Möwe aus dreimal das Horn.

„Der Angriff beginnt", rief Tore. „Aufstehen! Aufstehen! Wir müssen sie unterstützen." Er stand auf und legte einen Pfeil an seinen Bogen, als ein Pfeil knapp über die Reling des Schiffes flog und in den Köcher an seiner rechten Hüfte schlug. Er bohrte sich durch das dicke Leder und den Rock seiner Brünne. Tore brüllte vor Schmerz und ließ seinen Bogen fallen. Mit beiden Händen umklammerte er den Pfeil, der jetzt in seiner Hüfte steckte.

Ich griff nach oben und zog ihn hinunter, kurz bevor ein weiterer Pfeil durch die Luft sauste. „Bei den Göttern", fluchte Tore. „Der hätte mich umgebracht. Wer auch immer diesen Bogen schießt, er ist sehr gut."

„Wie schwer verletzt bist du?" fragte ich.

„Ich kann es nicht sagen. Hilf mir. Mein Köcher steckt an mir fest."

Ich packte den Schaft des Pfeils mit beiden Händen, unmittelbar über der Stelle, wo er Tores Köcher durchbohrt hatte. Er nickte, und ich brach den Schaft in zwei Teile. Tore keuchte vor Schmerz, als sich der Pfeil bewegte.

Ich zog den Köcher vorsichtig vom gebrochenen Stumpf des Holzschaftes. Darin waren nun mehrere Pfeile gebrochen. Ich schob auch den Rock der Brünne und das gepolsterte Wams darunter über das Ende des gebrochenen Schaftes.

Neben mir spähte Einar vorsichtig über die Reling. „Ich sehe ihn. Er versteckt sich hinter dem Mast. Und er hat einen Schildträger, der ihn schützt, wenn er die Deckung zum Schießen verlässt." Er legte einen Pfeil an seinen Bogen, nockte ihn auf die Sehne, und stand auf, während er auszog. Er hielt den Bogen einen kurzen Moment bei vollem Auszug, bevor er löste und wieder in die Hocke hinter der Deckung der Schiffsseite ging. Ein Pfeil flog durch die Luft, wo er gestanden hatte.

„Ich habe ihn nicht getroffen. Bei den Göttern, ist er schnell. Sehr schnell und sehr gut."

„Wir müssen Hastein unterstützen", sagte Tore mit zusammengebissenen Zähnen.

„Wir müssen zuerst diesen Mann töten, sonst hat der Jarl bald keine Bogenschützen mehr", antwortete Einar.

Blut durchtränkte Tores Tunika und Hose an der Stelle, wo der Pfeil ihn in die Hüfte getroffen hatte. Zumindest war die Spitze nicht zu tief eingedrungen, denn die eiserne Fassung der Pfeilspitze, die den Holzschaft umschloss, ragte noch aus der Wunde heraus. Weil der Pfeil zuerst den Köcher und die Brünne durchschlagen hatte, hatte der Schuss wohl einiges an Kraft eingebüßt.

„Ich kümmere mich darum", sagte Tore. Er zog sein Messer aus der Scheide an seinem Gürtel und schnitt den Stoff seiner Tunika und Hose um den Pfeil herum auf, um die Wunde freizulegen. „Du musst das Kommando über unsere Bogenschützen übernehmen."

Ich hob meinen Kopf gerade genug, um über den Rand der obersten Planke zu spähen. Im Schiff des Piratenführers drängten Krieger im Bug nach vorne, um Hasteins Angriff abzuwehren. Im Bug der Möwe dahinter sah ich zwei Krieger, die mit langstieligen Großäxten auf die vordere Reihe der Piraten schlugen, während andere um sie herum mit Speeren stießen und versuchten, die Verteidiger zurückzudrängen. Bislang hatten es unsere Männer nicht geschafft, die Reling zu überqueren und das feindliche Schiff zu entern. Als ich zurück auf das Piratenschiff blickte, konnte ich einen Mann hinter dem Mast erkennen, der seinen Kopf vorsichtig nach rechts aus der Deckung bewegt hatte, während er nach seinem nächsten Ziel Ausschau hielt. Ein anderer Mann kauerte neben ihm und hielt einen Schild vor der eigenen Brust.

Wiederum ertönte ein Horn dreimal.

„Jarl Hastein braucht uns", sagte Tore. „Enttäusche ihn nicht."

Unsere Bogenschützen kauerten an der Seite des Schiffes unterhalb der Reling und beobachteten mich.

„Breitet euch aus!" rief ich. „Der Mann, der auf uns schießt, ist sehr gefährlich. Er lauert hinter dem Mast des Piratenschiffes. Vier von uns – Einar, Asbjorn, Gudfred und ich – werden auf ihn schießen. Der Rest von euch schießt auf die Piraten, die im Bug kämpfen. Wir müssen ihre Verteidigung schwächen. Auf meinen Befehl stehen wir alle auf einmal auf, schießen und gehen wieder in Deckung."

Ich zog einen Pfeil und nockte ihn auf die Sehne. Als die anderen bereit waren, rief ich „Jetzt!" Zugleich richtete ich mich auf und zog meinen Bogen aus.

Wie Einar gesagt hatte, war der feindliche Bogenschütze sehr schnell und sehr gut. Als er sah, wie sich unsere Bogenschützen erhoben, trat er halb hinter dem

Mast hervor und zog seinen Bogen. Der Schildträger erhob sich neben ihm, bereit zum Einsatz.

Ich schoss schnell, ohne lange zu zielen, aber als ich meine Bogensehne losließ, war der Pfeil des gegnerischen Schützen bereits unterwegs. Er raste über das Wasser zwischen den beiden Schiffen und traf einen unserer Bogenschützen, der weiter Richtung Heck stand – einen Mann aus der Mannschaft der Schlange, dessen Gesicht mir bekannt war, dessen Namen ich jedoch nicht kannte. Der Pfeil traf ihn in die Schulter und warf ihn zur Seite. Einer seiner Kameraden zog ihn hinter den Planken in Deckung.

Von den vier Pfeilen, die wir auf den feindlichen Bogenschützen abgefeuert hatten, wurden drei vom Schildträger abgewehrt, der nach vorne getreten war, sobald sein Kamerad geschossen hatte, um ihn vor unseren Schüssen zu schützen. Der vierte Pfeil schlug in den Mast.

Wir waren jetzt noch zehn Bogenschützen. Wir mussten Hasteins Angriff unterstützen, aber wir konnten es uns nicht leisten, weiterhin Männer in dieser Geschwindigkeit zu verlieren. Ich blickte zurück zum vierten Piratenschiff. Er hatte sich vom Heck der Möwe wegbewegt und war herumgeschwenkt, sodass sein Bug jetzt auf das Schiff gerichtet war, auf dem wir uns befanden. Seine Ruderer hatten sich umgedreht und waren nun dem Heck ihres Schiffes zugewandt, während sie ruderten. Langsam aber stetig steuerte das Schiff auf uns zu.

Ich drehte mich um und hob vorsichtig den Kopf, um über die Reling zu schauen. Der Piratenschütze musste erkannt haben, dass ich das schon einmal getan hatte, und war bereit, denn er hatte seinen Bogen voll ausgezogen, und zielte auf mein Gesicht. Ich duckte mich schnell. Der Pfeil flog über meinen Kopf und schlug in die andere Seite des Schiffes ein.

Mit angelegten Pfeilen auf den Bögen hatten unsere Bogenschützen mich beobachtet und auf meinen nächsten Befehl gewartet. Als sie den Pfeil über mich hinwegfliegen sahen, sprangen Asbjorn und Hallbjorn auf, schossen schnell auf die Krieger im Bug des Piratenschiffes und gingen wieder in Deckung.

Das vierte Piratenschiff nahm an Fahrt auf und rückte näher. Es war ein kleines Schiff mit nur zehn Ruderpaaren. Im Bug standen zwei Männer, die aufgerollte Seile und Enterhaken hielten.

Wenn wir den Bogenschützen der Piraten nicht töteten, saßen wir in der Falle.

Neben mir hatte Tore den Pfeil aus seiner Hüfte gezogen und hielt nun ein Stück Tuch, das er von der Unterseite seiner Tunika geschnitten hatte, auf die Wunde, um den Blutfluss zu stoppen. „Dies wird sehr bald eine unhaltbare Position für uns sein", sagte er durch zusammengebissene Zähne.

Mein Schild lag in der Nähe, wo ich ihn neben meinem Speer abgelegt hatte. Ich hob ihn auf und schob ihn über das Deck zu Hallbjorn.

„Ihr müsst die Schüsse des Feindes auf Euch ziehen", sagte ich zu ihm. „Auf mein Zeichen steht Ihr mit dem Bogen in der linken Hand auf, als suchtet Ihr nach einem Ziel im Bug des Piratenschiffes. Haltet meinen Schild in Eurer Rechten außer Sichtweite unter der

Reling bereit, um ihn rechtzeitig zum Schutz hochzuheben. Seid vorsichtig – er wird sehr schnell schießen. Sobald er seinen Pfeil abfeuert, ruft 'Jetzt!' damit wir reagieren können."

Ich wandte mich an Asbjorn und Gudfred. „Ihr zwei und Einar müsst Euch bereithalten. Wenn Hallbjorn sagt, dass der Feind geschossen hat, steht auf und schießt auf seinen Schildträger. Tötet ihn, oder bringt ihn zumindest dazu, sich zu schützen. Ich werde mit Euch aufstehen und versuchen, einen Schuss auf den Bogenschützen abzugeben."

Hinter uns hörte ich zwei dumpfe Schläge, als die Enterhaken auf unserem Deck landeten.

„Schau", sagte Einar. „Es ist Hrodgar. Er kommt, um uns zu helfen."

Aber es blieb keine Zeit zum Schauen. Ich nickte Hallbjorn zu. „Los!"

Er stand auf, und kurz darauf schwang er den Schild nach oben. „Jetzt!" rief er.

Wir vier – Gudfred, Asbjorn, Einar und ich – kamen aus der Deckung der Reling hoch und zogen gleichzeitig unsere Bögen aus. Der Daumen meiner rechten Hand berührte meinen Kiefer und mein Ohrläppchen, als ich auszog. Auf dem Schiff des Piratenführers trat der Schildträger nach vorne, während der Bogenschütze den Flug seines Pfeils über seinen Bogen hinweg verfolgte.

Aus dem Augenwinkel sah ich den vorbeirasenden Pfeil des Feindes, der über die Seite unseres Schiffes flog und in Hallbjorns Schild schlug. Zur gleichen Zeit hörte ich das Schwirren zu meiner Seite, als Asbjorn und Gudfred ihre Pfeile lösten. Einen Augenblick später folgte Einar. Ich zwang mich, meinen Blick auf den Bogenschützen und die Stelle zu richten, wo seine Brust sein musste, auch wenn sie jetzt hinter dem Schild versteckt war.

Die drei Pfeile flogen über das Wasser. Einer traf den Schild unten am Rand, und der zweite flog unten vorbei und streifte den Oberschenkel des Schildträgers. Der dritte Pfeil – Einars – klapperte seitlich gegen seinen Helm und prallte ab. Erschrocken taumelte der Mann einen Schritt zurück und schwang seinen Schild hoch, um sein Gesicht zu schützen. Im gleichen Augenblick öffnete ich die gekrümmten Finger meiner rechten Hand und löste die Bogensehne und meinen Pfeil.

Der Flug meines Pfeils über das Wasser zwischen den beiden Schiffen schien ewig zu dauern. Ich befürchtete, dass der feindliche Bogenschütze die Gefahr erkennen und sich hinter dem Mast in Sicherheit bringen würde. Aber er drehte sich zu seinem Kameraden um, vielleicht um zu sehen, ob er verwundet war. Es reichte gerade. Mein Pfeil traf ihn, und er fiel.

Ich zog einen weiteren Pfeil aus meinem Köcher und warf einen Blick zurück auf die Gefahr hinter uns. Krieger vom vierten Piratenschiff kamen bereits an Bord, aber wie Einar gesagt hatte, hatte Hrodgar unsere Männer vom Heck der Möwe herübergebracht, um uns gegen sie zu verteidigen. Männer stachen und hackten aufeinander in einem verwirrenden, wirbelnden Nahkampf entlang der Schiffsseite, wo die beiden Piratenschiffe durch die Enterhaken und ihre Seile miteinander verbunden waren. Einige Männer waren bereits gefallen; ihre Körper lagen auf dem Deck unter den Füßen der

Kämpfer.

Zum dritten Mal ertönte Hasteins Horn.

Ich wandte mich wieder unseren Bogenschützen zu und zeigte auf den Bug des Schiffes des Piratenführers. Es sah nicht so aus, als hätten es die Krieger der Möwe geschafft, die Verteidiger zurückzudrängen, um entern zu können. „Steht auf!" rief ich. „Jarl Hastein braucht uns, um seinen Angriff zu unterstützen."

Sie standen auf und legten Pfeile an ihren Bögen. Gudfred zog aus.

„Wartet", sagte ich. „Wir werden alle auf meinen Befehl ziehen und schießen. Wir werden unsere Pfeile in Salven auf sie regnen lassen, wie der Tod, der vom Himmel fällt.

Zieht!" befahl ich. „Wählt eure Ziele. Löst! Zieht...löst! Zieht...löst!"

Fünfmal feuerten wir unsere Pfeile als Einheit ab. Der Vordeck- und Bugbereich eines Langschiffes ist nicht allzu groß. Fünfzig Pfeile, die auf eng zusammengedrängten Menschen herunterregnen, sind ein furchterregendes Ereignis.

Nach unserer vierten Salve sah ich Torvald hinter der vordersten Reihe der Krieger im Bug der Möwe. Er hielt mit beiden Händen ein Fass über dem Kopf, schleuderte es auf die feindlichen Krieger, die sich auf dem Vordeck des Piratenschiffes drängten, und zermalmte einige darunter. Die anderen zerstreuten sich, gerade als unsere fünfte Salve auf sie prasselte. Krieger aus der Möwe und der Schlange kletterten über die Bugreling ihrer Schiffe auf den Bug des Piratenschiffes und fielen stechend und schlagend über die plötzlich verwirrten Verteidiger her.

Wir konnten nicht mehr schießen, ohne unsere eigenen Männer zu gefährden. Ich ließ Bogen und Köcher auf das Deck fallen, holte Schild und Speer und drehte mich um, um mich der wachsenden Gefahr auf dem Schiff zu stellen, auf dem wir uns befanden.

Ich entdeckte Bram, den jungen Mann aus dem Dorf, der vor einem Piraten zurückwich, der sein Schwert schnell hin und her schwang und jedes Mal ein Stück aus der Oberkante von Brams erhobenem Schild herausschlug. Ich lief auf sie zu und warf meinen Speer. Ich verfehlte den Feind – meine Fertigkeit mit dem Speer lässt zu wünschen übrig – aber als der Speer an ihm vorbeiflog, schaute der Pirat nach dem Werfer und sah, wie ich auf ihn zulief und mein Schwert zog.

Er schwang sein Schwert ein letztes Mal gegen Bram und wendete sich dann mir zu. Ich hob meinen Schild und holte mit dem Schwert aus, aber als ich versuchte, für den Kampf Stellung zu nehmen, landeten meine Füße in einer großen Blutlache, und ich rutschte aus.

Ich fiel hart flach auf den Rücken. Als der Pirat nach vorne sprang und sich auf mich stürzte, schwang ich verzweifelt meinen Schild über meinen Körper, um mich vor seiner Klinge zu schützen. Bram näherte sich von hinten und stach seinen Speer in den Rücken des Piraten. Knurrend wirbelte er herum, schlug mit seiner Schwertklinge auf den Schaft und drückte ihn zur Seite. Diese Gelegenheit nutzte ich, um mich aufzurichten und mein Schwert in einem schneidenden Hieb von rechts nach links zu führen, der die Rückseite des Beins des

Piraten direkt unter dem Knie traf. Mein Schlag hatte nicht genug Kraft, um den Knochen zu durchtrennen, aber der Pirat stürzte verwundet seitlich auf das Deck. Ich kroch auf seine Brust und stach ihm meine Klinge in den Hals.

Als ich versuchte aufzustehen, versetzte mir jemand, den ich nicht erkennen konnte, einen harten Schlag hart gegen den Helm. Kurzzeitig benommen fiel ich auf Hände und Knie. Als ich meine Sinne wieder erlangte, bemerkte ich, dass ich über einer Leiche kniete. Es war Hrodgar. Er hatte einen Pfeil im Rücken – wohl einer der letzten, den der Bogenschütze auf dem Schiff des Piratenführers verschossen hatte – und in seinem Hals war eine klaffende Wunde, die seinen Kopf fast vom Körper abgetrennt hatte. Seine Augen waren offen, und sein einst weißer Bart war nun rot gefärbt. Sein Körper war von einer großen, sich ausbreitenden Blutlache umgeben – dem Blut, in dem ich ausgerutscht war.

Eine Welle von Wut brach über mich herein. Ich weiß nicht genau, was danach passiert ist. Das nächste, dessen ich mich entsinnen konnte, war, dass ich im Heck des vierten Piratenschiffes über dem Körper eines Mannes stand und mit meinem Schwert immer und immer wieder auf ihn einschlug.

Jemand packte mich an der Schulter. Ich drehte mich um und hob mein Schwert, um auch ihn zu attackieren, doch ein anderer Mann griff meinen Schwertarm von der anderen Seite.

Der erste Mann sprach. Es war Gudfred. „Es reicht. Er ist tot."

Der Mann, der meinen Schwertarm festgehalten hatte, war Einar. „Sie sind alle tot", sagte er. „Wir haben das Schiff geräumt. Es gehört uns."

9

Öland

Obwohl das Blatt sich zu unseren Gunsten gewendet hatte, war die Schlacht noch lange nicht gewonnen. Wir hatten zwei Schiffe der Piraten eingenommen, und an Bord des Schiffes ihres Anführers hatten unsere Krieger unter Hasteins und Torvalds Führung seine Verteidiger bis zum Mast zurückgedrängt.

Ich schüttelte den Kopf und versuchte, mich von dem Blutrausch zu befreien, der meinen Verstand getrübt hatte. Ich sah mich um. Entlang des Decks des Piratenschiffes vom Bug bis zum Heck waren die Leichen gefallener Krieger verstreut. Wir hatten sie von einem Schiff zum anderen getrieben und waren ihnen auf ihres gefolgt. Es hatte einen laufenden Kampf zurück zum Heck gegeben, wo die letzten von ihnen gestorben waren. Ich konnte mich an nichts davon erinnern. Das beunruhigte mich.

Unsere Krieger – die zehn verbliebenen Bogenschützen, die alle den Kampf überlebt hatten, sowie etwa zehn weitere Männer von den Besatzungen der Möwe und der Schlange, die mit Hrodgar gekommen waren – versammelten sich im Heck und schauten mich an, als würden sie auf Befehle warten.

„Wie viele Männer haben wir verloren?" fragte ich.

Gudfred antwortete. „Vier Tote. Skuli und Kari aus dem Dorf, der alte Hrodgar vom Limfjord und einer unserer eigenen Männer – Grimar. Alle fielen während des ersten Kampfes, auf dem anderen Schiff. Wir haben niemand mehr verloren, nachdem wir sie auf dieses Schiff zurückgedrängt haben."

Einen Augenblick lang musste ich überlegen, was Gudfred damit gemeint hatte, als er Grimar als einen von „unseren" Männern bezeichnet hatte, denn alle waren unsere Männer, alle waren aus der Mannschaft der Möwe. Dann wurde mir klar, dass Grimar einer der Männer meines Vaters und meines Bruders und ein Huscarl auf dem Anwesen gewesen war.

„Wir müssen weiter", murmelte Einar leise, damit es die anderen nicht hören konnten.

Er hatte recht. Der Kampf war noch nicht vorbei. „Bogenschützen", sagte ich. „Holt eure Bögen zurück. Die anderen kommen mit uns. Wir haben noch Feinde zu töten."

Wir trabten die Länge des geräumten Piratenschiffes zurück zum Bug und kletterten über die Reling auf das Deck des ersten Schiffes, das wir eingenommen hatten, das nun fest mit dem Rumpf der Möwe vertäut war. Ich hielt an, als ich Hrodgars Leichnam erreichte, wo er in seinem eigenen Blut lag.

Einar kam von hinten auf mich zu. "Er war ein guter Mann. Ich werde ihn vermissen." Dann fügte er hinzu: „Hier haben wir sie gebrochen. Du warst es, der das getan hat, weißt du."

Ich sah ihn an und runzelte die Stirn. Gudfred hielt neben uns an und nickte. „Das stimmt."

„Von der anderen Seite des Schiffes aus sah ich dich auf Händen und Knien auf dem Deck, hier bei Hrodgars

Leiche", fuhr Einar fort. „Ich dachte, du wärst verwundet, und wollte zu dir laufen, um dir zu helfen, denn zwei Piraten näherten sich. Aber plötzlich warst du auf den Beinen und hattest die Klinge deines Schwertes durch den Hals dieses Mannes gebohrt." Er zeigte auf die Leiche eines Kriegers mit aufgerissener Kehle, der auf dem Rücken lag. „Dann hast du so schnell, dass ich es kaum verfolgen konnte, deine Klinge zur Seite geschlagen und dem anderen den Nacken sauber durchgeschnitten." Er zeigte auf eine andere Leiche, diesmal kopflos. Einar grinste. „Ich glaube, dass der Anblick seines Kopfes, der durch die Luft segelte, den anderen den Rest gegeben hat. Die Piraten in deiner Nähe zogen sich so schnell sie konnten zurück, und sie leisteten auch kaum noch Widerstand, als wir zu ihnen vordrangen."

Gudfred drehte den Kopf zur Seite und spuckte angewidert auf das Deck. „Es ist immer eine schlechte Idee, sich umzudrehen und wegzulaufen", sagte er. „Viele ihrer Toten haben ihre Todeswunden im Rücken. Es ist kein guter Tod."

Ich starrte die beiden ausdruckslos an. Einar kniff die Augen zusammen und sah mir aufmerksam ins Gesicht. „Du erinnerst dich nicht daran, nicht wahr?" Er und Gudfred tauschten kurze Blicke aus.

Ich antwortete nicht. „Wir dürfen hier nicht verweilen", sagte ich und ging zu der Stelle, an der ich meinen Bogen und Köcher liegengelassen hatte. Tore war noch da. Er lehnte gegen die Seite des Schiffes und hatte die Augen geschlossen. Seine Atmung war so flach, dass ich für einen Moment befürchtete, er wäre tot. Als er hörte, wie ich mich näherte, öffnete er die Augen und sah sich verwirrt um.

„Wie läuft die Schlacht?", fragte er. Er war sehr blass, und das Bein seiner Hose war mit Blut getränkt.

Ich wandte mich an Einar. „Hilf mir, ihn hochzuheben. Wir müssen ihn zur Möwe bringen, zu Cullain. Vielleicht kann er die Blutung stoppen."

Tore stöhnte, als Einar und ich ihn hochzogen und seine Arme über unsere Schultern legten. „Vergesst meinen Bogen nicht", keuchte er.

Gudfred beugte sich und hob Tores und meine Bögen und Köcher auf. „Ich werde sie mitbringen."

„Holt auch Storolfs Köcher", sagte ich ihm. „Teilt seine und Tores Pfeile unter den Bogenschützen auf."

An Bord der Möwe hatten sich die Verwundeten, die noch kräftig genug waren, um den Kampf auf eigenen Beinen oder kriechend zu verlassen, hinter dem Mast versammelt und saßen oder lagen dort auf dem Deck. Cullain ging zwischen ihnen von einem zum anderen, überprüfte ihre Wunden und verband sie. Er war gerade dabei, dem in der Schulter getroffenen Bogenschützen von der Schlange die Tunika zu entfernen, als Einar und ich mit Tore ankamen. Tore versuchte nicht einmal, zwischen uns zu laufen. Seine Füße schleiften über das Deck, und der rechte hinterließ eine Blutspur.

Als Cullain uns sah, eilte her herüber. „Wo ist er verwundet?" fragte er.

„In der Hüfte. Es war ein Pfeil."

Nachdem wir Tore auf dem Rücken auf das Deck gelegt hatten, richtete ich mich auf und nahm meinen Bogen und meinen Köcher von Gudfred. „Wir müssen weiter", sagte ich Cullain, der den provisorischen Verband entfernte, mit dem Tore versucht hatte, die Blutung zu stoppen. Die Stoffstreifen waren so durchtränkt, dass von ihnen Blut aufs Deck tropfte. „Kannst du ihn retten?"

„Sein Leben liegt in Gottes Hand, aber ich werde tun, was ich kann."

Die Schlacht wurde nun hauptsächlich auf dem wolfsköpfigen Langschiff des Piratenkapitäns Sigvald ausgetragen. Sein Bug war immer noch zwischen den Bugen der Möwe und der Schlange eingeklemmt und verzurrt. Die Geräusche des Kampfes waren auch auf der Möwe zu hören: die Rufe, Flüche und Schmerzensschreie der Männer und der Aufprall von Waffen auf Schilde und Helme. Vor dem Mast hielt ich an, um mir einen Überblick zu verschaffen. Die vordere Hälfte der Möwe war völlig verlassen – die gesamte Mannschaft mit Ausnahme von Cullain, den Verwundeten, und den Kriegern, die bei mir waren, hatten zusammen mit Hastein Sigvalds Schiff geentert.

Die meisten Besatzungsmitglieder der Schlange, einschließlich Stig, waren über die rechte Bugseite ihres Schiffes geklettert und hatten das Schiff des Piratenkapitäns ebenfalls geentert. Eine Handvoll Männer bemannte noch das Vordeck der Schlange, um sie vor Angriffen durch das andere Langschiff der Piraten zu schützen, das zu Beginn der Schlacht die linke Seite der Schlange mit Enterhaken zu sich gezogen hatte. Die Piraten an Bord hatten ihr Schiff auch mit Sigvalds verbunden, und die meisten von ihnen waren inzwischen in den Kampf verwickelt, um Hastein und seine Männer zurückzudrängen. Einige waren auf Sigvalds Schiff geklettert, um dessen Männer dort zu verstärken, während andere sich an die Seite ihres eigenen Schiffes gestellt hatten und Geschosse auf Hasteins Flanke abfeuerten. Da die meisten Krieger der Schlange an Bord von Sigvalds Schiff waren, hatten die Piraten nur wenige Männer auf dem Vordeck ihres Schiffes zurückgelassen, um sich vor dem Versuch zu schützen, von der Schlange aus geentert zu werden.

Als ich die Szene vor mir betrachtete, bemerkte ich mit einem Mal, dass der vergoldete Drachenkopf auf dem Vordersteven des letzten Piratenschiffes wie der Kopf eines Kampfpferdes geschnitzt war. Es war das Seeross – das Schiff, das Snorre im Frankenreich befehligt hatte, und eines der beiden Schiffe, mit denen Toke aus Jütland geflohen war.

Einar und Gudfred standen neben mir, der Rest unserer Bogenschützen und die Männer, die Hrodgar geführt hatte, dicht hinter uns.

„Schaut", sagte ich zu Gudfred und zeigte auf das Piratenschiff. „Es ist das Seeross."

Er starrte es für einige Augenblicke an, runzelte die Stirn und grunzte. „Huh. Das stimmt."

„Wie lauten deine Befehle?" fragte Einar. Es war seltsam, diese Worte von ihm zu hören. Wir waren Kameraden. Ich hielt uns für ebenbürtig.

Wie konnten wir Hastein am besten helfen? Unsere kleine Truppe war die einzige Reserve von Kriegern auf beiden Seiten, die noch nicht in die Schlacht eingegriffen hatte.

„Wir werden das Vordeck dieses Schiffes räumen",

sagte ich und zeigte auf das Seeross. „Einar, Asbjorn, Hallbjorn – Ihr kommt mit mir. Gudfred, bringt die übrigen Männer zum Vordeck der Schlange. Ich möchte, dass Ihr mit Stigs Männern, die bereits dort sind, über den Bug das Schiff entert."

„Und Ihr?" fragte Gudfred.

„Wenn Ihr mit dem Angriff beginnt, werden wir vier von hinten auf sie schießen."

Nur sechs Piraten bewachten den Bug des Seerosses. Als sie sahen, wie Gudfred und die übrigen Krieger von der Möwe auf die Schlange kletterten und auf sie zustürmten, riefen sie ihre Kameraden weiter hinten auf ihrem Schiff um Hilfe, hoben ihre Schilde und Speere hoch und drängten nach vorne, um sich gegen die Bugreling zu stellen und die Versuche der Angreifer abzuwehren, an Bord ihres Schiffes zu gelangen.

Das Vordeck von Sigvalds Schiff war wie das der Möwe verlassen, abgesehen von den Leichen derjenigen, die bei Hasteins Angriff getötet worden waren. Der Kampf wurde inzwischen weiter hinten im Rumpf geführt. Einar, Asbjorn, Hallbjorn und ich kletterten vom Bug der Möwe über die Relings der beiden Schiffe, ließen uns auf das Deck des Piratenschiffes fallen und liefen gebückt in Richtung Heck, bis wir eine klare Schusslinie auf den Bug des Seerosses hatten.

Die sechs Piraten, die verzweifelt den Bug des Seerosses davor zu schützen versuchten, von Gudfreds viel größerer Truppe geentert zu werden, waren kaum mehr als die Länge eines Speerschafts von unserer Position entfernt. Ich nockte einen Pfeil, zog aus, und schoss einem Piraten in den Hinterkopf. Neben mir töteten auch Einar, Asbjorn und Hallbjorn jeweils einen Mann. Auf so kurze Distanz wäre es schwer, nicht zu treffen. Einer der beiden verbleibenden Piraten drehte sich um, um sich der neuen Gefahr zu stellen. Ein Speerstoß von einem von Gudfreds Männern auf dem Vordeck der Schlange durchbohrte seinen Rücken. Der letzte Mann versuchte zu fliehen, aber Pfeile von Einar und mir brachten ihn zur Strecke.

Als Gudfred und seine Krieger über die Bugreling auf das Vordeck des Seerosses kletterten, riefen die restlichen Piraten an Bord, die von der linken Reling aus auf Hastein und seine Männer geschossen hatten, sich Warnungen zu und bildeten schnell eine Verteidigungslinie quer über ihr Schiffsdeck. Sie waren nur noch zu zehnt. Abgesehen von den sechs Männern, die wir soeben getötet hatten, war die übrige Besatzung wohl auf Sigvalds Schiff.

„Ausnahmsweise stehen in diesem Kampf die Chancen gut für uns", sagte Einar. Einschließlich der Männer der Schlange, die ihr Vordeck bewacht hatten, zählten unsere Krieger, die jetzt an Bord des Seerosses gingen, einundzwanzig.

Ein Krieger mitten in der Schildmauer der Piraten, der fast einen ganzer Kopf größer als seine Gefährten war, ermahnte seine Kameraden, die Linie zu schließen und zu straffen. Seine Aufmerksamkeit galt ausschließlich Gudfred und seinen Männern – er hatte nicht bemerkt, dass vier feindliche Bogenschützen am Bug von Sigvalds Schiff standen. Ich nockte einen weiteren Pfeil, zog aus und schoss. Mein Pfeil traf ihn ins linke Auge. Unsere Chancen standen jetzt noch besser.

„Gudfred!" rief ich. „Stellt Eure Bogenschützen quer über das Vordeck und den Rest Eurer Männer vor ihnen auf dem Hauptdeck in einer Schildmauer auf, um sie zu schützen. Auf meinen Befehl werden wir alle zusammen schießen."

Es ist nicht einfach, einem Mann auf dreißig Schritte Entfernung zuzusehen, wie er einen Bogen zieht und auf einen richtet. Es braucht viel Mut, zu warten, bis der Pfeil abgefeuert wird, und viel Schnelligkeit, um dem Schuss auszuweichen oder ihn abzuwehren. Es ist viel schlimmer, wenn zehn Männer aus zwei verschiedenen Richtungen auf einen schießen.

Bei unserer ersten Salve fielen drei Männer. Bei unserer zweiten, vier weitere. Dann stürmte unsere Schildmauer und massakrierte die übrigen, und das Schiff gehörte uns. Unsere Männer an Bord des Seerosses standen über den Leichen ihrer Feinde, schwenkten ihre blutigen Waffen über ihren Köpfen und jubelten.

Auf dem Schiff des Piratenführers wurde die Hauptschlacht noch mittschiffs ausgetragen. Die Piraten hatten ihre Schildmauer keilförmig anstatt in einer geraden Linie aufgestellt. Sigvald und zwei Männer an seiner Seite bildeten die Spitze, jeder mit Schild und Speer bewaffnet. Hinter ihnen ging die Formation schräg auf beiden Seiten zurück, bis sie die Reling erreichte. Der Rest der Piraten hatte sich in diesem Keil versammelt und war bereit, den Platz eines gefallenen Kameraden einzunehmen.

Zusätzlich zu seinem Helm trug Sigvald eine Brünne mit langen Ärmeln, die bis zu seinen Handgelenken reichte, und einem Rock, der ihm bis unter die Knie ging. Ich hatte noch nie ein solches Kettenhemd gesehen, das kaum Angriffsflächen bot. Sein Schild hing ihm über den Rücken, und er benutzte beide Hände für eine Waffe, die ich ebenfalls noch nie zuvor gesehen hatte – eine langstielige Axt mit einer Speerspitze, die oberhalb der Klinge am Ende des Schaftes angebracht war, und die die Axt auch zur Stichwaffe machte. Er benutzte sie, um sowohl anzugreifen als auch auf ihn gerichtete Schläge abzuwehren. Durch seine Position an der Spitze des Keils war er der Hauptlast der Angriffe unserer Schildmauer ausgesetzt, aber er hatte auch mehr Platz, um mit seiner Waffe auszuholen. Leichen von vier unserer Krieger auf dem Deck vor ihm zeugten von seinem Können und seiner grimmigen Entschlossenheit.

In der Mitte unserer Linie wehrten Hastein und Torvald seine Angriffe ab. Ihre Schilde waren stark beschädigt und sahen aus, als hätten sie mehrere Schläge von Sigvalds Waffe abbekommen. Als der Jubel unserer Krieger vom Deck des Seerosses erklang, blickte Hastein schnell hinüber und rief: „Rückzug! Mit mir – alle zurückziehen!"

Während unsere Schildmauer sich langsam von den Piraten absetzte, organisierte Gudfred seine Männer auf dem Seeross an der linken Seite des Schiffes. Er und die fünf Bogenschützen mit ihm stellten sich zusammen mit jeweils zwei Kriegern mit Schilden und Speeren, die sie schützen sollten, gegenüber der rechten Seite der Keilformation der Piraten auf und begannen, ununterbrochen Pfeile aus nächster Nähe auf die Piraten zu schießen.

Inzwischen hatte sich unsere Schildmauer an Bord

von Sigvalds Schiff weit genug zurückgezogen, dass sie sie nur noch von einer geworfenen Waffe getroffen werden konnte. Auf Hasteins Befehl stoppten sie und stellten sich mit aufgerichteten Speeren gegenüber dem Keil der Piraten auf. Hastein nahm seinen Speer in die linke Hand zusammen mit dem Griff seines Schildes, hob sein Horn an die Lippen, und blies einen einzelnen langen Ton. Bei diesem Signal drehten sich die Krieger an Bord des Seerosses um und blickten in seine Richtung. „Feuer einstellen!" rief er. „Feuer einstellen!"

Wegen seiner Größe konnte Torvald über die Köpfe unserer Krieger hinwegsehen, die die hinteren Reihen der Schildmauer bildeten. Er warf einen Blick auf den Bug des Piratenschiffes. Als er mich und die drei Bogenschützen sah, die neben mir auf dem Vordeck standen, beugte er sich vor und sprach mit Hastein. Dann gab er uns mit der Hand ein Zeichen, dass wir nach vorne kommen sollten.

Als wir uns durch die Männer gedrängt und ihn erreicht hatten, fragte Hastein: „Wo ist Tore? Ich sehe ihn nicht an Bord des anderen Schiffes."

„Er wurde von einem Pfeil getroffen."

„Ist er tot?"

Ich schüttelte den Kopf. „Er lebte noch, als ich ihn bei Cullain zurückließ. Aber es geht ihm schlecht. Und Hrodgar ist tot."

„Stig wurde auch verwundet, als wir die Bugreling überstiegen", sagte Hastein. „Ich weiß nicht, ob er noch lebt."

Stig war verwundet? Ich war wohl im Bug an ihm vorbeigegangen. Ich hatte die Körper dort nicht genau angeschaut.

„Wer befehligt die Krieger an Bord die Schiffes neben uns?" fragte Hastein.

„Gudfred. Er war einer der Männer meines Bruders Harald."

„Huh", sagte Hastein. „Das Kapern des Schiffes war gut gemacht. Er muss ein guter Mann sein. Was ist mit dem vierten Schiff?"

„Es wurde ebenfalls eingenommen", antwortete ich.

Er drehte sich um und starrte auf die Linie der Piraten. Sie starrten zurück, zeigten aber vorerst keine Neigung zum Angriff.

„Sie haben die Lust auf diesen Kampf verloren", sagte Torvald. Irgendwann während der Schlacht hatte er sich mit einer langstieligen Kriegsaxt bewaffnet. Die Kante ihrer großen, geschwungenen Klinge war blutbeschmiert. „Lass uns sie jetzt erledigen."

„Zahlenmäßig sind wir jetzt fast ausgeglichen", sagte Hastein. „Und nun sind sie es, die an mehreren Fronten kämpfen müssen. Aber ich würde das gerne beenden, ohne noch mehr von unseren Männern zu verlieren. Halfdan, Ihr und Einar kommt her und stellt Euch neben mir zu meiner Rechten auf. Asbjorn, Hallbjorn, zu meiner Linken. Bereitet Eure Bögen vor. Auf mein Zeichen schießt Ihr zusammen. Tötet ihren Anführer."

Ich nockte einen Pfeil und hielt meinen Bogen vor mir bereit. Mein Bogenarm war gebeugt und die ersten drei Finger meiner rechten Hand waren um die Sehne gekrümmt, bereit zum Ziehen. Neben mir tat Einar das

Gleiche.

Mit lauter Stimme, die über die gesamte Länge des Schiffes tönte, rief Hastein: „Legt Eure Waffen nieder und ergebt euch. Ihr könnt nicht gewinnen. Ihr seid umzingelt. Eure anderen Schiffe wurden alle eingenommen. Alle Eure Kameraden an Bord sind tot. Legt Eure Waffen nieder, und wir werden Euch am Leben lassen."

Sigvald hob seine Waffe über den Kopf, schwenkte sie mit beiden Händen und brüllte: „Wir werden nie..."

„Tötet ihn!" befahl Hastein.

Einar und ich schwangen unsere Bögen gleichzeitig hoch und zogen sie aus. Asbjorn und Hallbjorn taten das Gleiche. Ich starrte auf Sigvalds rechtes Auge, und sah, wie es sich vor Angst und Überraschung weitete. Aus so einer kurzen Entfernung hatte er keine Zeit zu versuchen, seinem Schicksal zu entkommen. Alle vier unserer Pfeile trafen ihn im Gesicht. Sein Kopf schnappte zurück und er fiel auf das Deck.

„Wie auf Kohlköpfe zu schießen", sagte Einar. „Nicht wahr, Halfdan?" Tore hatte mir dasselbe zu Beginn des Kampfes auch gesagt. Ich fragte mich, ob er noch lebte.

„Legt eure Waffen nieder", rief Hastein wieder. „Ergebt Euch, und ich gebe Euch mein Wort, dass meine Männer Euch nicht töten werden."

Einer der beiden Krieger, der neben Sigvald gestanden hatte, blickte auf den leblosen Körper seines Kapitäns, beugte sich dann langsam nach unten und legte seinen Speer und seinen Schild aufs Deck. Hinter ihm taten die anderen es ihm gleich.

* * *

Der Wind war den ganzen Tag über aus dem Norden gekommen, und im Laufe der Schlacht hatte er unsere unansehnlich miteinander vertäuten Schiffe allmählich in Richtung des Ufers von Öland getrieben. Als wir mit der Entwaffnung der mehr als zwanzig Piraten fertig waren, die sich ergeben hatten, war die Insel so nah, dass wir ihren steinigen Strand sehen konnten.

„Wir müssen die Möwe und die Schlange von diesen Schiffen und voneinander losbinden", warnte Torvald Hastein. „Wir müssen manövrierfähig sein, um uns von den Felsen fernzuhalten."

Hastein starrte auf das Ufer, als wolle er abschätzen, wie viel Zeit wir hatten, bevor die Schiffe es erreichen würden.

„Außer zu diesem Schiff – dem Schiff ihres Kapitäns – kappen wir alle anderen Leinen", sagte er schließlich. „Das Schiff ist das Wertvollste und die kostbarste Beute. Es ist schade um die anderen, aber du hast recht – wir haben nicht genug Zeit, um alle zu retten. Wir müssen Männer auf die anderen Schiffe schicken, um unsere Toten und Verwundeten von dort zurückzuholen. Sie sollen möglichst schnell jedes Schiff durchsuchen und alle Waffen und anderen wertvollen Gegenstände mitnehmen, bevor sie es losschneiden." Er sah sich um und schaute, wer in der Nähe war und zugehört hatte, dann sprach er die Brüder an, die man die Raben nannte. „Bjorgolf, Bryngolf, nehmt je fünf Männer und erledigt das schnell. Sobald ihr jedes Schiff durchsucht habt, schneidet ihr es los und schiebt es von uns weg."

Er wandte sich an Torvald. „Du musst das Kommando über die Schlange übernehmen. Sobald sie fertig sind und wir unsere beiden Schiffe trennen, fahren wir im Kanal zurück und suchen nach einem sicheren Ankerplatz am Festland."

„Was ist mit den Gefangenen?" fragte Torvald.

„Wir stellen sie an Bord dieses Schiffes unter Bewachung und schleppen es hinter uns." Er wandte sich an mich. „Halfdan, Ihr werdet hier an Bord bleiben und auf die Gefangenen aufpassen. Sucht Euch vier Männer aus, die bei Euch bleiben sollen. Ihr werdet in erheblicher Unterzahl sein. Wenn einer der Gefangenen einem Befehl nicht gehorcht, tötet ihn sofort. Lasst sie nicht in die Versuchung kommen, Euch zu überwinden um ihre Freiheit zurückzugewinnen."

Ich wählte Einar, Gudfred und Hallbjorn aus, um mir zu helfen. Ich wollte auch Asbjorn fragen – ich dachte, es wäre eine gute Idee, wenn alle Wachen Bogenschützen wären, da wir die Gefangenen aus der Ferne töten könnten, sollten sie versuchen, sich gegen uns zu erheben – aber Bram aus dem Dorf fragte, ob er helfen könne, also wurde er unser fünfter Mann.

Nachdem Bjorgolf und Bryngolf mit den von ihnen ausgewählten Helfern gegangen waren, um ihren Auftrag auszuführen, machten wir uns daran, das Schiff des Piratenführers zu sichern. Die meisten unserer eigenen Toten und Verwundeten hatten wir auf diesem Schiff zu beklagen, denn hier waren die schlimmsten Nahkämpfe ausgetragen worden. Die Durchsuchung der über das Deck verstreuten Leichen ergab, dass sieben unserer Krieger während der Kämpfe gestorben waren, drei von der Besatzung der Möwe und vier von der Schlange; sieben weitere waren schwer verletzt worden. Zu Hasteins Erleichterung gehörte Stig zu den letzteren. Obwohl er schwer verwundet war, lebte er noch.

„Es war der Kapitän Sigvald, der Stig niedergestochen hat", sagte Hastein zu mir, nachdem wir ihn unter den Toten und Verwundeten auf dem Vordeck gefunden hatten. „Was auch immer er sonst gewesen sein mag, dieser Pirat war ein mutiger Krieger. Stig war gerade vom Bug der Schlange über die Reling geklettert und ließ sich auf das Vordeck herab. Nachdem Torvald das Fass geworfen hatte, waren die Piraten dort in Unordnung. Wir überquerten die Relings von der Möwe und der Schlange aus so schnell wie möglich, um unseren Vorteil zu nutzen, bevor sie sich wieder formierten. Sigvald stürmte nach vorne durch seine Männer, die entweder gestürzt waren oder sich zurückzogen. Ich sah, wie Stig seinen Speer auf ihn stieß, um ihn abzuwehren, während er versuchte, stabilen Halt auf dem Deck zu finden. Sigvald schwang seinen seltsamen Axt-Speer und schlug Stigs Speer beiseite. Dann hackte er mit seiner Klinge nach unten über Stigs Handgelenk und stieß ihm mit der Spitze durch seine Brünne in die Brust."

Stigs Brustwunde war hoch genug, dass sie Herz und Lunge verfehlt hatte. Wenn die Blutung gestoppt werden konnte und kein Fieber einsetzte, könnte er möglicherweise überleben. Aber sein Handgelenk war zertrümmert und halb abgeschnitten. Im besten Fall würde er seine Hand verlieren. Er hatte auch viel Blut verloren – vielleicht zu viel. So sanft wie möglich hoben Hastein und Torvald ihn vom Deck und trugen ihn zur Bugreling, wo sie seinen bewusstlosen Körper in die Arme der Krieger übergaben, die auf dem Vordeck der Möwe unsere Toten und Verwundeten entgegennahmen. Stigs Kopf fiel schlaff hin und her, und sein Gesicht war blass wie Wintereis. Ich fragte mich, ob er den Tag überleben würde.

Nachdem alle unsere Toten und Verwundeten geborgen waren, kehrten Hastein, Torvald und die anderen zur Möwe und zur Schlange zurück. Inzwischen hatten wir die Hände und Füße der Gefangenen gefesselt und sie mittschiffs gegen die Seiten ihres Schiffes gelehnt sitzend aufgereiht, halb auf der einen Seite und halb auf der anderen. Ich ließ Hallbjorn in der Mitte des Schiffes mit angelegtem Pfeil am Bogen über sie wachen.

Ich schickte Bram zum Bug, um die Schleppleinen zwischen der Möwe und der Schlange festzumachen, während Einar, Gudfred und ich uns der grauenvollen Aufgabe widmeten, die gefallenen Piraten zu überprüfen und diejenigen zu töten, die noch am Leben waren. Es würde schwer genug sein, uns um unsere eigenen Verwundeten zu kümmern. Wir hatten weder die Mittel noch den Wunsch, uns auch um die Angreifer zu kümmern, die im Kampf schwer verletzt worden waren.

Als wir von Körper zu Körper gingen, nutzte ich die Gelegenheit, nach unbeschädigten Pfeilen zu suchen. Diejenigen, die ihr Ziel verfehlt hatten und in den Seitenplanken oder dem Deck des Schiffes stecken geblieben waren, konnte ich leicht bergen. Dagegen erforderten diejenigen, die getroffen hatten, mehr Mühe.

Der letzte Körper, den ich überprüfte, lag auf seiner Seite nahe dem Mast. Einer meiner Pfeile hatte seine Brust durchbohrt. Ein kräftiger Langbogen lag auf dem Deck neben ihm. Mir wurde klar, dass dies der Bogenschütze der Piraten sein musste, dessen Pfeile einen solchen Tribut gefordert und Hrodgar, Tore und die anderen getroffen hatten.

Ich packte die Leiche an einer Schulter und rollte sie auf den Rücken. Ich hatte mir einen so tödlichen Feind als großen, mächtigen Krieger vorgestellt, aber in Wahrheit war der Bogenschütze ein kleiner Mann mit schlankem, drahtigem Körperbau. Er trug weder Helm noch Rüstung. Er hatte dichte, von Grau durchzogene schwarze Haare, die ziemlich kurz geschnitten waren, sodass sie sein Gesicht umrahmten aber ihm nicht bis auf die Schultern hingen. Sein kurz geschnittener Bart war dünn, und sein tief gebräuntes Gesicht voller Falten. Er trug eine Tunika, wie ich sie noch nie zuvor gesehen hatte: Sie bestand aus geschmeidigem, gegerbtem Leder, das wie Hirschleder aussah, und hatte einen hohen Kragen, der mit Fell besetzt war. Außer einem langen Messer in einer Scheide am Gürtel hatte er keine andere Waffe als den Bogen, der neben ihm lag.

Ich bückte mich und packte mit der rechten Hand den Schaft meines Pfeils nahe am Körper, um ihn herauszuziehen. Mit etwas Glück würde er nicht in Knochen oder Sehnen stecken, und ich würde die Wunde nicht aufschneiden müssen, um den Pfeil freizubekommen. Als ich zog, keuchte der Mann und öffnete die Augen. Erschrocken fuhr ich zurück.

Er murmelte einige Worte in einer Sprache, die ich nicht erkannte, und hustete mehrmals. Vor Schmerz zuckte er dabei zusammen, und aus einem Mundwinkel sickerte Blut.

Hallbjorn, der in der Nähe gestanden hatte, um die Gefangenen zu bewachen, kam hinüber und sah auf den sterbenden Bogenschützen hinab. „Das ist der Mann, der Storolf getötet und Tore verwundet hat? Hmm – er ist Finne."

„Was?" fragte ich.

„Finne. Einer der Waldbewohner. Sie leben tief in der Wildnis im Land der Svear und der Nordländer. Sie bleiben meist unter sich und wagen sich nicht aus ihrem eigenen Land. Ich frage mich, wie es dazu kam, dass er einer dieser Piraten wurde."

Der Mann schien jetzt wacher zu sein. Er schaute auf den einsatzbereiten Bogen, den Hallbjorn hielt, dann auf meinen Bogen, den ich in der linken Hand an meiner Seite trug. Mit viel Mühe hob er seine rechte Hand an seine Brust und berührte den aus ihr herausragenden Pfeilschaft.

„Wessen?" fragte er, diesmal in der gemeinsamen Sprache des Nordens. Seine Stimme war schwach, kaum lauter als ein Flüstern, und er hatte einen starken Akzent, sodass ich zuerst nicht verstand, was er gesagt hatte.

„Der Pfeil?" fragte ich zurück. Er nickte. „Es ist meiner", sagte ich zu ihm.

Seine Augen schlossen sich. Ich dachte – um ehrlich zu sein, hoffte ich – dass er gestorben war. Männer im Kampf zu töten, war eine Sache. Es störte mich nicht, denn wenn ich sie nicht tötete, würden sie ihr Bestes tun, mich zu töten. Aber es widerstrebte mir, die Verwundeten zu töten. Manchmal musste es getan werden, aber einem Mann die Kehle durchzuschneiden, während er hilflos dalag und mir in die Augen starrte, war mir ein Gräuel. Dennoch brauchte ich meinen Pfeil. Ein Bogen ohne Pfeile ist nur ein gebogener Stock mit einer Schnur.

Nach ein paar Augenblicken öffnete der Finne seine Augen wieder. „Es war... ein guter Schuss", flüsterte er.

Inzwischen hatten sich auch Einar und Gudfred zu uns gesellt. „Soll ich es tun?" fragte Gudfred. Er hielt sein gezogenes Schwert in der rechten Hand. Die Spitze war rot vor Blut.

Der Bogenschütze versuchte, seine Hand wieder zu heben, hatte aber nicht mehr die Kraft. Als er mir in die Augen starrte, krümmte er seinen Finger als Zeichen, dass ich näher kommen sollte. „Bitte", flüsterte er.

Ich wollte ihn ignorieren. Ich dachte, er bettelte nur um sein Leben. Aber er bewegte seine Hand unsicher über seine Brust bis zum Hals und zog dort an einem Lederband. „Bitte", sagte er noch einmal und sah mich flehentlich an.

Ich kniete neben ihm nieder, griff in den hohen Kragen seiner Tunika und zog einen kleinen Lederbeutel heraus, der an dem Band hing.

„Gebt dies meiner Tochter", sagte er. Er warf einen Blick auf seinen Bogen auf dem Deck. „Meinen Bogen gebe ich Euch."

Ich wusste nicht, wie dieser Mann – ein Fremder und ein Feind – erwartete, dass ich seine Tochter finden könnte, selbst wenn ich dazu bereit wäre. Ich hatte nicht vor, es zu versuchen. Wenn ich seinen Bogen wollte, würde ich ihn mir nehmen, unabhängig davon, ob er ihn mir überlassen hatte oder nicht. Dennoch hatte ich vor seinem Können großen Respekt, obwohl er ein Feind war. „Das werde ich", log ich. Es kostete mich nichts, einem sterbenden Mann einen so kleinen Trost zu spenden. Ich legte meinen Bogen auf das Deck neben seinen, hob seinen Kopf mit der linken Hand und zog die Kordel darüber.

„Jetzt?" fragte Gudfred, als ich aufstand.

Auch wenn ich ihm nicht selbst die Kehle durchschneiden wollte, musste dieser Mann sterben. Er war ein Feind, er hatte Hrodgar und Storolf getötet und Tore schwer verletzt. Ich nickte. Gudfred hielt den Griff seines Schwerts mit der rechten Hand, legte die linke zur Unterstützung oben auf dem Knauf, setzte die Spitze auf den Hals des Finnen und stieß die Klinge nach unten. Der Körper krampfte kurz zusammen, als sein Blut rings um die Klinge aufstieg, dann zuckte er einmal mit dem Bein und lag still.

„Was ist in dem Beutel?" fragte Einar.

Ich hob die Schultern. „Ich weiß es nicht."

„Ihr hättet ihm nicht sagen sollen, dass Ihr ihn seiner Tochter geben würdet", sagte Gudfred. „Es bringt Unglück, ein Versprechen zu brechen, das man einem sterbenden Mann gegeben hat. Diese Reise ist bereits mit zu viel Pech belastet."

Für mich waren die Worte, die ich gesprochen hatte, kein Versprechen. Ich wickelte die Kordel um den Beutel und steckte ihn in meine Tasche am Gürtel. Ich hob meinen Bogen, den des Toten und auch seinen

Köcher auf. Ich würde mich später entscheiden, ob ich sie behalten wollte.

Inzwischen waren die Raben und ihre Männer mit den beiden Piratenschiffen neben der Möwe fertig. Die Seile, die sie miteinander und dem Rumpf der Möwe verbunden hatten, waren losgemacht worden, und mit Rudern wurden sie von der Seite weggeschoben.

Als Bjorgolf und Bryngolf mit ihren Männern über die Buge auf das Vordeck des Seerosses kletterten, rief Einar ihnen zu. „Auf diesem Schiff haben wir viele Männer mit unseren Bögen getötet. Könntet Ihr die Pfeile für uns holen?"

Bryngolf signalisierte Zustimmung.

Ich drehte mich zu den Gefangenen um. „Das Schiff dort", sagte ich laut und zeigte auf den Seeross. „Wie ist eure Truppe in seinen Besitz gekommen?"

Niemand antwortete. Die Piraten starrten mich mürrisch an.

Gudfred lief die Reihe der Gefangenen an der Steuerbordreling herunter und schaute jedem Mann aufmerksam ins Gesicht. Was auch immer er suchte, er fand es nicht, und er machte auf der anderen Seite weiter. Auf halbem Weg hielt er vor einem Mann mit kahlem Kopf und einem buschigen braunen Bart an.

„Du", sagte er dem Mann vor ihm. „Ich kenne dich. Du bist einer von Tokes Männern."

Der Mann starrte ihn an, antwortete aber nicht. Gudfred blickte weiter die Reihe hinunter und zeigte auf einen schwarzhaarigen Mann, der zwei Gefangene entfernt vom ersten saß. „Und du auch."

„Ihr kennt diese Männer?" fragte ich.

Gudfred nickte. „Der Schwarzhaarige gehört sicher zu Toke. Ich kenne sein Gesicht. Er lebte über Monate im selben Langhaus wie ich, während Toke auf dem Anwesen war." Er zeigte auf den Mann mit dem buschigen Bart. „Und dieser hier zog mit dem einäugigen Snorre ins Frankenreich. Ich kannte ihn nicht annähernd so gut, aber auch ihn erkenne ich."

Ich ging hinüber und stellte mich vor den glatzköpfigen Piraten. Der Mann vor mir auf dem Deck war einer der Krieger gewesen, die das Langhaus am Limfjord angegriffen hatten. Er hatte geholfen, Harald und die anderen zu töten. Er war mit Snorre ins Frankenreich gefahren, in der Hoffnung, mich dort zu finden und zu töten. Und jetzt hatte er sich diesen Piraten angeschlossen und heute mit ihnen in einer Schlacht gekämpft, die Hrodgar und zu viele andere das Leben gekostet hatte.

„Da warst einer der Männer, die die Farm am Limfjord angegriffen haben", sagte ich. „Ich war dabei. Mein Bruder Harald wurde dort getötet. Ich habe einen Eid geschworen, Toke und alle, die ihm bei diesem Angriff geholfen haben, zu töten. Im Gegensatz zu Toke bin ich kein Eidbrecher. Aber ich habe ein Angebot für dich. Erzähl mir, wie du zu den Piraten gekommen bist und warum Tokes Schiff, das Seeross, jetzt Teil dieser Flotte ist. Wo ist Toke jetzt? Was ist mit ihm passiert? Was ist mit meiner Schwester Sigrid? Sag mir all das, und ich verspreche dir, dass ich dich schnell und mit so wenig Schmerzen wie möglich töten werde."

Der Mann grinste höhnisch. „Du wirst mich nicht töten. Das kannst du nicht. Dein Anführer gab sein Wort, dass uns nichts angetan würde, wenn wir uns ergeben. Aber ich werde dir sagen, was du wissen willst, wenn du mir die Freiheit wiedergibst und mich gehen lässt."

Was hatte Hastein gesagt? *„Ergebt Euch, und ich gebe Euch mein Wort, dass meine Männer Euch nicht töten werden."*

„Ich habe den Eindruck, dass du in einer schlechten Position bist, zu verhandeln", sagte ich dem Mann. „Der Jarl hat tatsächlich versprochen, dass seine Männer keinen von euch töten werden, wenn ihr euch ergebt. Und ich bin einer von Jarl Hasteins Männern. Aber man kann auf vielerlei Weise sterben."

Ich wandte mich an Einar und Gudfred. „Er möchte freigelassen werden. So soll es sein."

Gudfred sah verwirrt aus. Zu Einar sagte ich: „Hilf mir, ihn hochzuheben." Wir packten den Mann unter den Armen und hoben ihn auf die oberste Planke der Schiffsreling.

„Was tut Ihr da?" fragte Gudfred. „Was ist mit dem Versprechen des Jarls?"

„Ich werde diesen Mann nicht töten", antwortete ich. „Ich werde ihn freilassen, wie er es verlangt hat. Es ist nicht meine Schuld, wenn er nicht schwimmen kann."

„Binde mich los!" stotterte der glatzköpfige Mann. Einar grinste und nickte, und wir wuchteten ihn über die Reling ins Meer. Er hustete und schrie kurz, aber es dauerte nicht lange, bis er unter der Oberfläche verschwand.

Ich ging die Reihe der Gefangenen entlang zu der Stelle, wo der schwarzhaarige Mann saß. Er und Gudfred starrten mich ungläubig an.

„Also", sagte ich. „Es scheint, dass ich auch dich wegen des Versprechens von Jarl Hastein nicht töten kann, trotz meines eigenen Eids. Aber es gibt Fragen, die ich gerne beantwortet hätte. Wirst du mir sagen, was ich wissen möchte, oder soll ich dich ebenfalls freilassen?"

„Ich werde es Euch sagen", antwortete er. „Alles, was Ihr wissen wollt."

Nach ihrer eiligen Suche nach Wertgegenständen an Bord des Seerosses waren die Raben und ihre Männer wieder in den Bug der Schlange geklettert. Sie machten die Seile mit den Enterhaken, die die beiden Schiffe zusammengehalten hatten, los und benutzten nun die Ruder, um das Schiff vom Rumpf der Schlange wegzuschieben. Die Seile, die Sigvalds wolfsköpfiges Schiff fest mit der Schlange und der Möwe verbunden hatten, waren ebenfalls gelöst worden, und die Schlepptaue waren an uns übergeben worden.

„Schau", sagte Einar und zeigte auf Öland. „Oben am Kamm, oberhalb des Ufers."

Ich sah hinauf. Eine Gruppe von Männern und Frauen säumten den Bergkamm und starrten auf unsere Schiffe. Die meisten waren zu Fuß, aber einige waren auch beritten. Wie lange hatten sie schon zugeschaut? Waren sie Verbündete der Piraten – und jetzt auch unsere Feinde?

Als hätte er meine Gedanken gehört, murmelte Einar: „Sind das Freunde oder Feinde?"

An Bord der Möwe hatte Hastein das Achterdeck bestiegen und den Ruderstock übernommen. Er befahl nun der Mannschaft, ihre Riemen zu ziehen. Im Heck der Schlange tat Torvald dasselbe. Bjorgolf und Bryngolf führten ihre Männer von der Schlange auf die Möwe, wo sich die Relings der Schiffe mittschiffs berührten, und lösten die Seile, die die Schiffe noch miteinander verbanden. Nachdem die Ruderer die Schiffe mit ihren Riemen auseinandergeschoben hatten, begannen diejenigen an Bord der Möwe auf Hasteins Befehl langsam zurückzurudern, während er hart am Ruderstock zog. Das Schiff drehte sich allmählich, bis das Heck auf uns und der Bug in Richtung Süden entlang des Kanals zwischen Öland und dem Festland gerichtet waren.

Nachdem auch die Schlange dieses Manöver durchgeführt hatte, wurden die Schlepptaue von den beiden Schiffen zu Sigvalds Schiff auf die gleiche Länge gebracht, straff gezogen und festgebunden. Endlich waren wir bereit, loszufahren.

Das tote Gewicht des Piratenschiffes zu schleppen, würde langsame, harte Arbeit für die Ruderer auf der Möwe und der Schlange werden. Wir an Bord des erbeuteten Schiffes dagegen hatten wenig zu tun, abgesehen von der Bewachung der Gefangenen und der Bedienung des Ruderstocks, um den Bug des Schiffes gerade zu halten. Es war eine gute Zeit, die Geschichte von Tokes Mann zu hören und zu erfahren, was dem Seeross und denen, die auf ihm unterwegs gewesen waren, widerfahren war.

Gudfred war nach achtern gegangen, um den Ruderstock zu übernehmen. Bram war im Bug und behielt die Schleppseile im Auge, und Hallbjorn bewachte weiterhin die Gefangenen. Ich gab Einar ein Zeichen, mir zu folgen, und ging zu dem schwarzhaarigen Mann, dessen Rücken an die Schiffsreling gelehnt war. Er beobachtete uns nervös, als wir uns näherten.

„Wie heißt du?" fragte ich ihn. Bei genauerer Betrachtung wurde mir klar, dass er viel jünger war, als ich zunächst gedacht hatte.

„Skjold", antwortete er.

„Wie lange gehörst du zu Tokes Männern?"

„Seit er weg ist."

Ich runzelte die Stirn. „Weg?"

„Als Hrorik Toke aus seinem Haus verbannte, ging ich mit ihm. Ich kam aus dem Dorf. Seither bin ich bei ihm."

Als Hrorik Toke verbannt hatte. Es schien ein halbes Leben her zu sein. In Wahrheit waren es weniger als drei Jahre. Seitdem war so viel passiert. So viel hatte sich verändert, so viele waren gestorben.

„Gudfred wird das hören wollen", sagte ich zu Einar. „Hilf mir, ihn hochzuheben."

Ich wollte den Gefangenen eigentlich unter den Armen packen und ihn das Deck hinunter zum Heck schleifen, aber er protestierte. „Bindet meine Beine los. Lasst mich aufrecht gehen. Ich gebe Euch mein Wort, dass ich nicht versuchen werde zu entkommen. Wohin sollte ich auch fliehen?"

Am Heck setzten wir den schwarzhaarigen Mann auf den Rand des erhöhten Hinterdecks. Trotz seines Versprechens banden wir seine Füße wieder zusammen. „Das müsst Ihr nicht tun", sagte er. Ich starrte ihn kalt an, antwortete aber nicht.

„Er heißt Skjold", sagte ich zu Gudfred. „Er sagt, er komme aus dem Dorf in der Nähe des Anwesens und er sei mit Toke weggegangen, als Hrorik ihn verbannt hat."

Gudfred starrte ihn eine Weile an, runzelte die Stirn und schüttelte den Kopf. „Ich erinnere mich nicht an dich. Wer ist dein Vater?"

„Gorm."

Gudfred nickte. „Ich kannte ihn." Zu mir sagte er: „Er wurde bei Hroriks letztem Angriff im Kampf gegen die Engländer getötet." Er wandte sich wieder an Skjold. „Warum hast du dein Zuhause verlassen? Warum bist du mit Toke gegangen, als Hrorik ihn hinausgeworfen hat?"

Skjold zuckte mit den Schultern. „Ich war der dritte von fünf Söhnen. Das Land meines Vaters reichte nicht, um uns alle zu ernähren."

„Das Seeross", unterbrach ich ungeduldig. „Wie sind die Piraten in seinen Besitz gekommen?"

„Das ist auf Tokes Veranlassung geschehen. Wir hörten von den Piraten, als wir Møn passierten. Ein Schiff, das wir trafen, warnte uns vor ihnen. Aber wir wussten nur, dass sie in den Gewässern um Öland aktiv waren. Toke glaubte, unsere Mannschaft sei nicht stark genug, um einen Kampf gegen sie zu bestehen – wir hatten gerade noch genug Männer, um beide Schiffe zu besetzen – und er wollte nicht riskieren..." Er blickte zu Gudfred und dann zu mir auf. „Er wollte nicht riskieren, die Frau zu verlieren."

„Du meinst Sigrid?" fragte ich. Er nickte.

„Toke zog den größten Teil der Mannschaft vom Seeross ab, als wir uns Öland näherten. Er ließ nur fünf Männer übrig – gerade genug, um das Schiff zu manövrieren. Ich gehörte dazu. Gurt auch – der Mann, den Ihr ertränkt habt."

„Wo sind die anderen drei?" fragte Einar.

„Sie wurden im Kampf mit Euren Männern getötet. Sie gehörten zu denen, die an Bord des Seerosses starben."

„Du sagtest, Toke war dafür verantwortlich, dass das Seeross erbeutet wurde?" fragte ich.

Skjold nickte. „Er befahl uns, durch den Kanal zwischen Öland und dem Festland zu fahren. Er sagte, wenn Piraten uns beobachten würden, würden sie die Verfolgung aufnehmen. Während wir sie ablenkten, würde Toke Öland mit dem Roten Adler auf der Seeseite außer Sichtweite des Landes passieren. Wenn es keine Piraten gäbe, sollten wir uns eine Tagesreise von Öland entfernt an der Küste treffen. Wenn es Piraten gäbe..." Er zuckte mit den Schultern. „Wenigstens hätten Toke und die meisten seiner Männer eine sichere Fahrt."

„Es war ein großes Risiko für diejenigen von euch, die auf dem Seeross geblieben sind", sagte Gudfred.

Skjold zuckte erneut mit den Schultern. „Toke war unser Anführer. Die anderen, die mit ihm auf dem Roten Adler fahren, waren unsere Kameraden. Ein Mann, der kein Risiko auf sich nimmt, um seine eigenen Kameraden zu schützen, hat es nicht verdient, als Mann bezeichnet zu werden. Und Toke versprach uns eine gute Belohnung, wenn wir sicher durchkämen – wenn es keine Piraten gäbe."

„Aber es gab Piraten", sagte Einar.

Skjold nickte. „Ja. Es gab Piraten. Toke sagte uns, dass wir das Schiff ohne Kampf übergeben sollten, wenn wir auf sie träfen und ihnen nicht entkommen könnten.

Es sei es nicht wert, für ein Schiff zu sterben."

„Und genau das ist passiert?" fragte ich. „Die Piraten verfolgten euch, ihr habt ihnen das Seeross übergeben, und dann haben sie euch aufgenommen?"

„Ich bin überrascht, dass sie euch nicht einfach getötet haben", sagte Gudfred.

„Anfangs war es knapp", gab Skjold zu. „Aber Toke hatte einen Plan. Er sagte uns, wir sollten nach dem Anführer der Piraten fragen und ihm von einer sehr wertvollen Beute erzählen, die bald hier vorbeikommen würde. Wir sollten dem Anführer anbieten, ihm alles darüber zu erzählen, wenn er uns erlaubte, uns seiner Bande anzuschließen und an der Kaperung teilzunehmen. Sigvald stimmte zu."

„Was war die Beute?" fragte Einar. Aber ich wusste es bereits.

„Ihr wart es", antwortete Skjold. „Ihr alle. Wir sagten Sigvald, dass ein Schiff hier vorbeifahren würde, das gerade aus dem Krieg im Frankenreich zurückgekehrt war. Wir erzählten ihm von dem hohen Lösegeld, das der König der Franken gezahlt hatte, und sagten, dass die Seekisten aller Männer an Bord des Schiffes mit Silber gefüllt seien."

Toke hatte nicht sicher sein können, dass wir ihn verfolgen würden. Was wäre passiert, wenn wir es nicht getan hätten? Hätte Sigvald die fünf Männer von Toke getötet, wenn keine reiche Beute erschienen wäre? Kümmerte sich Toke überhaupt um die Gefahr, in die er sie gebracht hatte?

„Wohin fährt Toke?" fragte ich.

„Nach Birka. Er will die Frau auf dem Sklavenmarkt dort verkaufen. Er sagte, sie werde beim richtigen Käufer einen sehr hohen Preis erzielen."

„*Die Frau* hat einen Namen", fauchte ich. „Sigrid. Und sie ist keine Sklavin, die man kaufen und verkaufen kann. Sie ist von hoher Geburt. Sie ist meine Schwester. Dein Anführer, Toke, ist ihr Stiefbruder. Ein Mann, der jemanden so verraten würde – noch dazu eine Frau und ein Mitglied seiner eigenen Familie – hat es nicht verdient, als Mann bezeichnet zu werden", zitierte ich wütend Skjolds eigene Worte. Er zuckte zusammen, ließ den Kopf hängen und blickte nervös zu mir auf wie ein getretener Hund. Nach einigen Augenblicken fuhr ich fort. „Du hast selbst viele Monate in ihrem Haushalt gelebt und trotzdem geholfen, sie zu verraten. Du bist kein Mann. Du hast keine Ehre. Du bist ein Nithing. Dich zu töten wäre ein Geschenk an alle wahren Männer."

Ich griff an meinen Rücken nach meiner kleinen Axt. Ich hatte vor, die Klinge im Kopf dieses niederträchtigen Verbrechers zu versenken. Aber Gudfred streckte seine Hand aus und hielt mich davon ab, die Axt aus meinem Gürtel zu ziehen.

„Tut es nicht", sagte er. „Nicht auf diese Weise. Nicht jetzt. Ihr müsst das Versprechen halten, das Jarl Hastein diesen Männern gegeben hat."

Widerwillig zog ich meine Hand von der Waffe zurück. Aber als ich Skjold anstarrte und ihm in die Augen sah, gab ich mir ein Versprechen. Irgendwie würde ich ihn sterben sehen.

„Meine Schwester Sigrid", sagte ich. „Wurde ihr etwas zuleid getan?"

Skjold schüttelte den Kopf. „Toke erlaubte es niemandem, sie anzufassen. Er sagte, dass Sklavenhändler, die an die arabischen Königreiche weit im Süden verkaufen, immense Summen für schöne Frauen bezahlen, die noch nie einen Mann gekannt haben. Die Könige und Fürsten dort legen großen Wert auf Jungfrauen, besonders solche von großer Schönheit, mit Haaren wie Gold oder rot wie Feuer."

Einar drehte den Kopf und spuckte angewidert auf das Deck.

„Ihr solltet wissen, dass die meisten von uns keine Ahnung von Tokes Absichten hatten, bevor es passierte", fügte Skjold hinzu. „Die meisten von uns bereiteten die Schiffe zur Abfahrt vor, als er fünfzehn Männer auswählte, ihnen befahl, sich zu bewaffnen, und mit ihnen zum Langhaus ging. Ich gehörte zu denen, die auf den Schiffen zurückgelassen wurden. Dann kamen Toke und die anderen zurückgelaufen, und es gab einige Scharmützel. Wir legten ab, sobald er an Bord war. Es war vorbei, bevor viele von uns überhaupt wussten, dass er die Frau... Eure Schwester entführt hatte."

„Aber danach? Hat niemand dagegen aufbegehrt?" fragte Gudfred.

Skjold sah weg. „Nicht Toke gegenüber. Einige von uns hielten es für unklug und machten uns Sorgen darüber, was Toke getan hatte. Ich war unter ihnen. Aber niemand sagte etwas zu Toke."

Skjold sah zu mir auf. „Toke hegt einen gewaltigen Hass auf Eure Familie. Auf Euren Vater, Euren Bruder, Euch. Er hätte nicht zugehört, wenn jemand Bedenken geäußert hätte. Er wäre nur wütend geworden. Er hat Eure Schwester nicht des Preises wegen verschleppt, den sie beim Verkauf bringen wird, obwohl er glaubt, dass sie sich als sehr reiche Beute erweisen wird. Er entführte sie, um euch alle zu entehren – sogar Eure Verwandten, die bereits tot sind. Er denkt, wenn sie eine Sklavin wird, deren Herr sie zu seinem Vergnügen jederzeit benutzen kann, wäre es für euch alle eine Schande. Und er sagte, dass insbesondere Ihr wissen würdet, wie sie leidet."

„Was ist Tokes Ziel nach Birka?" fragte Einar.

Es war eine gute Frage – die ich hätte stellen sollen. Ich konnte es mir nicht leisten, meinen klaren Verstand durch die Wut und Verzweiflung über Skjolds Aussagen trüben zu lassen.

„Nach Irland", antwortete Skjold. „Toke hat dort Verbündete."

In diesem Augenblick kam Bram vom Bug auf das Deck herunter. „Ein Boot ist von der Insel ausgelaufen. Es nähert sich der Möwe." Er blickte kurz hinab zu Skjold, dann starrte er ihn an, während er sein Gesicht sorgfältig studierte. „Ich kenne dich", sagte er überrascht.

„Ein Schiff?" fragte Gudfred.

Bram schüttelte den Kopf. „Ein kleines Boot. Es sind vielleicht vier oder fünf Männer an Bord. Sie schwenken eine weiße Flagge."

Es stellte sich heraus, dass die Bewohner von Öland nicht unsere Feinde waren. Die Piraten waren nicht ihre Verbündeten; vielmehr hatten sie sie grausam unterdrückt. Die Männer, die sich mit dem kleinen Boot zur Möwe hinausgewagt hatten, versicherten Hastein, dass wir auf Öland herzlich willkommen seien. Sie boten an, uns den Weg zu einem geschützten Ankerplatz auf der Insel zu weisen.

Als wir die kleine Bucht erreichten, hatten sich dort bereits einige Inselbewohner versammelt, um uns zu begrüßen. Es war Abenddämmerung, aber sie hatten große Lagerfeuer am Ufer entzündet und einfache, leicht transportierbare Lebensmittel mitgebracht, die sie mit uns teilen wollten: Brot, Würste und Käse und vor allem mehrere kleine Fässer mit Bier.

„Morgen veranstalten wir ein angemessenes Festessen, um Euch und den Göttern zu danken, die Euch als Antwort auf unsere Gebete gesandt haben", sagte ein weißhaariger Inselbewohner namens Nori zu Hastein. Er war ein Gode, Priester und Oberhaupt eines der kleinen Dörfer, die über die Insel verstreut waren. Er drehte sich zu den Inselbewohnern um, die sich hinter ihm versammelt hatten, und rief mit lauter Stimme: „Aber jetzt müssen wir uns alle wieder zurückziehen und diese tapferen Männer heute Nacht in Frieden lassen. Sie müssen sich um ihre Verwundeten und Toten kümmern, und zweifellos sind sie nach dem Kampf müde. Lasst uns gehen; morgen früh versammeln wir uns in der alten Festung nördlich von hier, wo wir eine Opfergabe und ein Festessen vorbereiten werden." Bevor er in der Dunkelheit verschwand, sagte er zu Hastein: „Ich werde am Morgen zurückkehren."

Wir waren tatsächlich sehr müde. Meine Schritte waren so schleppend, als ob mir Säcke mit Steinen an die Füße gebunden wären.

Die Küste der Bucht war flach und sandig, und wir hatten die Buge der drei Schiffe an den Strand gezogen, mit dem erbeuteten Schiff zwischen der Möwe und der Schlange. Insgesamt zehn Männer der beiden Besatzungen waren schwer verwundet. Wir trugen sie an Land, wo wir ein einfaches offenes Zelt neben den Lagerfeuern für sie aufbauten. Dadurch würden sie warm bleiben, und Cullain hätte Licht, um ihre Wunden zu versorgen. Da Cullain damit beschäftigt war, sich um die Verwundeten zu kümmern, machte sich jeder von uns aus dem von den Inselbewohnern mitgebrachten Essen eine kalte und schlichte Abendmahlzeit. Über den Decks der Möwe und der Schlange wurden Zelte aufgespannt, damit auch der Rest von uns etwas Schutz hatte, und viele machten sich gleich nach dem Essen auf den Weg dorthin, um Schlaf zu suchen.

Hastein und Torvald stellten Wachposten in Bug und Heck jedes Schiffes sowie zwei weitere Männer auf, um die Gefangenen zu bewachen. Die Wachen sollten während der Nacht in regelmäßigen Abständen abgelöst werden. „Wir sind alle müde", sagte Hastein. „Keinem von uns wird es leicht fallen, heute Nacht lange wach zu bleiben. Aber wir müssen auf der Hut bleiben. Die Ölander waren bisher freundlich, aber ein Lächeln verbirgt manchmal verbrecherische Absichten."

Nachdem ich die leichte Kost gegessen und sie mit einem Glas Bier heruntergespült hatte, machte ich mich auf den Weg zu dem Zelt, in dem die Verwundeten untergebracht waren, um nach Tore zu suchen. Aber bevor ich es erreichte, stieß ich auf die Körper unserer Toten, die auf einer Seite des Zeltes in einer Reihe gebettet waren. Obwohl wir uns im Kampf weit besser geschlagen hatten als die Piraten, hatten wir dennoch erhebliche Verluste. Zwölf Mitglieder unserer Truppe – acht von der Möwe, einschließlich Hrodgar, und vier von der Schlange – lagen leblos auf dem Boden.

Vier Fackeln waren in regelmäßigen Abständen neben den Leichen in den Sand gesteckt worden, und bei dem schwachen Licht kümmerten sich Männer um ihre gefallenen Kameraden. Sie zogen ihnen die Rüstung und die steife und blutbefleckte Kleidung aus, wuschen ihre Körper und kämmten ihre Haare und Bärte. Bram war da. Die Männer aus dem Dorf hatten schwere Verluste erlitten. Brams Kamerad Skuli und ein anderer Mann aus dem Dorf namens Kari, der ebenfalls mit uns auf der Möwe gewesen war, waren im selben Kampf wie Hrodgar getötet worden, und ein dritter Dorfbewohner, der an Bord der Schlange gereist war, war im letzten Kampf gegen Sigvalds Schiff gestorben. Hroald, der Dorfvorsteher, half Bram, ihre Leichen zu reinigen.

Hinter ihnen kniete eine Gruppe über den Körpern von drei Männern. Als ich an ihnen vorbeikam, sah einer auf und rief meinen Namen. Es war Gudfred. Er stand auf und trat über den Leichnam, dessen Tunika auszuziehen er geholfen hatte.

„Wir haben drei unserer Männer verloren", sagte er. „Und ein weiterer ist schwer verletzt."

Unsere Männer. Es war das zweite Mal, dass Gudfred das zu mir gesagt hatte, als er von den Huscarls des Anwesens sprach.

„Wer sind die Toten?" fragte ich.

„Grimar, Hemming und Baug."

Vor dieser Reise hätte ich weder von Grimar noch von Hemming den Namen gekannt. Sie waren für mich kaum mehr als Fremde. Baug kannte ich, wenn auch nur oberflächlich. Er und sein Bruder Floki, der mich im Heufeld konfrontiert hatte, waren enge Gefährten meines Bruders Harald gewesen, und sie hatten mir beim Training geholfen, als wir das Kämpfen in einer Schildmauer geübt hatten.

Wenn das Anwesen mir gehörte, wie ich es so dreist behauptet hatte, sollte mir der Tod dieser Männer etwas bedeuten. Aber ich fühlte nichts.

„Kann ich mit den Toten helfen?" fragte ich.

Einer der knienden Männer drehte sich zu mir um. „Nein! Wir sind ihre Kameraden. Das ist unsere Aufgabe."

„Floki!" sagte Gudfred scharf. Er drehte sich wieder zu mir um und murmelte: „Er trauert sehr."

„Auch ich habe meinen Bruder verloren", sagte ich und sah weg. „Ich verstehe. Wenn Ihr meine Hilfe nicht braucht, werde Euch jetzt verlassen."

Am Ende der aufgereihten Leichname versuchte Einar, Hrodgars Brünne über dessen Schulter zu ziehen. Er hatte Schwierigkeiten mit der Aufgabe, denn die Totenstarre hatte bereits eingesetzt, und die Wunde an Hrodgars Hals war so groß, dass sein Kopf locker von einer Seite zur anderen kippte, wenn sein Körper angehoben wurde.

„Lass mich dir helfen", sagte ich und kniete auf der anderen Seite des Toten. „Er war ein guter und tapferer Mann und ein Freund."

Keiner unserer Verwundeten starb in der Nacht, obwohl Stig, der am schwersten verletzt war, so blass und hohlwangig aussah, dass sein Überleben wohl in den Händen der Nornen lag. Er war immer noch nicht aufgewacht, aber das war gar nicht so schlecht. Da er die Blutung der Wunde nicht stoppen konnte, war Cullain in der Nacht gezwungen gewesen, Stigs rechte Hand oberhalb des zerschmetterten Handgelenks abzuschneiden, um eine neue, saubere Wunde zu schaffen, die kauterisiert werden konnte, um den Blutverlust zu beenden.

Als ich am Morgen das Zelt der Verwundeten besuchte, war Tore wach. Obwohl auch er sehr blass aussah, bestand er darauf, dass ich ihm ausführlich berichtete, wie die Schlacht verlaufen war, nachdem er verwundet worden war, aber er war so schwach, dass er gleich danach die Augen schloss und wieder einschlief.

Mit Unterstützung von Regin hatte Torvald sich darum gekümmert, dass wir zum Frühstück eine warme Mahlzeit hatten. Es handelte sich um einen einfachen, aber sättigenden gekochten Gerstenbrei, und jeder durfte so viel essen, wie er wollte. Ich genoss jeden Bissen des nussigen Breis und hatte den Eindruck, dass ich selten eine so befriedigende Mahlzeit genossen hatte.

Hastein war über die Decks aller drei Schiffe sowie den Strand geschlendert und hatte mit jedem unserer Männer gesprochen. Schließlich kam er zu der Stelle, wo ich saß und ganz faul das Gefühl genoss, einen vollen Bauch und nichts zu tun zu haben.

„Ihr habt Euch gestern in der Schlacht gut geschlagen", sagte er mir. „Ich habe von mehr als einem unserer Männer von Euren Taten gehört."

Ich war erfreut und stolz über Hasteins Worte und

auch angenehm überrascht, dass sich andere die Mühe gemacht hatten, mit ihm über mich zu sprechen.

„Unser Angriff über die Buge auf Sigvalds Schiff wäre wahrscheinlich gescheitert, wenn Eure Bogenschützen nicht eingegriffen hätten. Ich hatte mich gefragt, warum es so lange gedauert hat, bis Eure Männer den Angriff unterstützten, bis ich heute Morgen mit einigen von ihnen sprach. Sigvalds Bogenschütze, der Finne, stand kurz davor, den Ausgang der Schlacht umzukehren. Zweifellos wird Euer Duell eines Tages eine der Geschichten sein, die zunehmend über den Starkbogen erzählt werden."

Nun war ich verlegen. Aber es entging mir nicht, dass Hastein die Bogenschützen als meine Männer bezeichnet hatte.

„Gudfred – er scheint ein guter Mann zu sein – sagte mir, dass Ihr auch den Angriff angeführt habt, der eines der Piratenschiffe geräumt hat. Er sagte, Ihr hättet gekämpft wie ein Mann, der von der Wut eines Berserkers besessen ist. Er hat angeblich gesehen, wie Schwerter Euch getroffen aber nicht verletzt haben. Und noch nie habe er einen solchen schnellen Klingenschlag gesehen wie Euren. Er sagte, Ihr hättet eine Spur von Toten hinterlassen, als Ihr Euch den Weg vom Bug zum Heck des Piratenschiffes gebahnt habt."

Ich hatte keine Erinnerung an Schwerter, die mich trafen – ich konnte mich nicht einmal an das Entern des Schiffes und den anschließenden Kampf erinnern. Aber ich hatte mehrere lange blaue Flecken an den Schultern und am Rücken, die mich steif machten und die schmerzten.

„Der Krieger, den er beschrieb – ich weiß, dass Ihr ein hervorragender Bogenschütze seid, aber ich hätte den Mann, den er beschrieb, nie als Euch erkannt", fügte Hastein hinzu.

Um ehrlich zu sein, hätte ich das auch nicht.

„Wenn mich die Schwerter nicht verletzt haben, war es sicherlich keine Magie", sagte ich. „Der fränkische Kettenpanzer, aus dem meine Brünne besteht, und das dicke Lederwams, das ich darunter trage, sind zweifellos das, was mich vor Schaden bewahrt hat."

„Hm", antwortete Hastein. „Ihr seid natürlich jetzt der Kapitän meiner Bogenschützen. Ich fürchte, es wird noch einige Zeit dauern, bis Tore wieder kampfbereit ist."

„Ich danke Euch." Hastein hatte mich schon einmal gebeten, seine Bogenschützen zu befehligen. Diesmal lehnte ich nicht ab.

„Jetzt müssen wir über eine Angelegenheit sprechen, über die ich nicht erfreut bin. Ich habe erfahren, dass Ihr und Einar einen der Gefangenen getötet habt. Ich gab ihnen mein Wort, dass ihnen nichts passieren würde, wenn sie sich ergeben."

Ich fragte mich, ob Gudfred Hastein von dem Vorfall erzählt hatte. Er schien darüber sehr bestürzt gewesen zu sein. „Wusstet Ihr, dass es einer von Tokes Männern war?" fragte ich.

Hastein sah überrascht aus. „Nein."

Es war also nicht Gudfred gewesen. Das war eine Tatsache, die er nicht ausgelassen hätte.

„Das Langschiff der Piraten, das am Bug der Schlange neben Sigvalds befestigt war, war das Seeross, eines der beiden Schiffe von Toke, die wir verfolgt haben. Es war das Schiff, mit dem Snorre im Frankenreich war."

„Wie kamen die Piraten in seinen Besitz?" fragte Hastein.

„Das war es, was ich herausfinden wollte. Gudfred erkannte zwei von Tokes Männern unter den Piraten, die sich ergeben hatten. Ich versuchte, einen von ihnen zu befragen – er war mit Snorre im Frankenreich gewesen – aber er weigerte sich zu reden. Er sagte, ich könne ihm nichts anhaben, denn Ihr hättet ihnen ihr Leben versprochen, wenn sie sich ergeben würden. Er sagte, er würde mir nur sagen, was ich wissen wollte, wenn ich ihn freiließe."

„Was Ihr nicht tun konntet", sagte Hastein. „Nicht ohne meine Erlaubnis."

Ich schüttelte den Kopf. „Ich hätte es auf keinen Fall getan. Ich habe einen Eid geschworen, alle Männer zu töten, die zusammen mit Toke meinen Bruder Harald und die anderen am Limfjord ermordet haben."

„Hm", murmelte Hastein. „Aber als Ihr ihn getötet habt, habt Ihr das Versprechen gebrochen, das *ich* gegeben hatte."

Ich schüttelte wieder den Kopf. „Ihr habt den Piraten versprochen, dass weder Ihr noch Eure Männer sie töten würden, wenn sie sich ergeben. Das waren Eure Worte. Ich habe Tokes Mann nicht getötet. Er bat darum, freigelassen zu werden, also schaffte ich ihn über die Reling ins Meer. Er konnte zufällig nicht schwimmen und ist ertrunken. Nicht ich habe ihn getötet. Es war das Meer."

Hastein starrte mich lange schweigend und mit ausdruckslosem Gesicht an. Irgendwann wurde mir klar, dass er Mühe hatte, ein Lächeln zu unterdrücken. „Wenn Ihr dieses Argument vor dem Richter eines Things vorgebracht hättet", sagte er schließlich, „falls gegen Euch eine Klage wegen des Todes dieses Mannes erhoben worden wäre, hätte ich ernsthafte Zweifel, dass Ihr darum herumgekommen wärt, ein Wergeld zu zahlen. Aber es ist trotzdem eine raffinierte Rechtfertigung. Ich muss sie mir merken." Nun lächelte er tatsächlich und schüttelte den Kopf. „Nicht Ihr habt ihn getötet, sondern das Meer. Und nachdem das Meer seinen Kameraden mitgenommen hatte, redete Tokes anderer Mann?"

Ich nickte. „Es war sehr gesprächig." Ich berichtete, was Skjold mir gesagt hatte. Als ich fertig war, hatte sich Hasteins Gesichtsausdruck in kalte Wut gewandelt.

„Toke ist kein Gegner, den man auf die leichte Schulter nehmen darf", sagte er. „Es war ein kluger Zug in diesem Spiel, die Piraten gegen uns einzusetzen. Er wusste nicht einmal mit Sicherheit, dass er verfolgt wurde. Er setzte ein Schiff auf die Möglichkeit, dass wir ihm folgten, und auf die Chance, dass die Piraten uns angreifen würden. Es war ein Glücksspiel, das er gewonnen hat. Aber er wird es womöglich bereuen. Zuvor jagte ich ihn nur wegen des Unrechts, das er Euch und Euren Leuten angetan hat, und wegen des Niddingsvaark bei dem Angriff am Limfjord, die Frauen und Kinder zu töten, nachdem er ihre Sicherheit versprochen hatte. Ich wollte, dass er vor Gericht gestellt wird, aber in Wahrheit war ich nicht bereit, ihn auf unbestimmte Zeit weiter zu verfolgen. Jetzt ist es für mich genauso persönlich geworden, wie für Euch. Durch Tokes Verrat habe ich gute Männer verloren. Ich werde ihren Tod rächen."

Er schüttelte langsam den Kopf und seufzte. „Aber ich fürchte, dass wir jetzt vielleicht den zahlenmäßigen Vorteil verloren haben, den wir zuvor hatten. Wenn wir jetzt auf Toke treffen – falls wir ihn einholen – ist der Kampf wohl eher ausgeglichen."

Ein langes Hornsignal ertönte als Warnung. Bei Tagesanbruch hatte Hastein die Posten von den Schiffen aufs Land verlegt, um eine Verteidigungsformation um unser Lager zu bilden.

„Jarl Hastein", rief einer der Wachposten, „Männer kommen näher."

Acht Reiter kamen von dem fernen Kamm hinunter und überquerten die sanft abfallenden Wiesen, die zwischen ihm und dem Strand lagen. Nori, der Anführer, der am Vorabend als Sprecher der Ölander fungiert hatte, führte sie an.

Hastein und ich gingen zu dem Feuer, das Torvald und Regin vor dem Zelt der Verwundeten errichtet hatten. Neben Torvald waren auch Gudfred und Einar unter den dort versammelten Männern. Wir stellten uns hinter Hastein auf, als er auf die Inselbewohner zuging.

„Seid gegrüßt", sagte Nori, als er abstieg. „Ich hoffe, Ihr und Eure Männer hatten eine friedliche Nacht." Er blickte auf das offene Zelt und die verwundeten Männer, die darin lagen, dann weiter zu der Reihe der Toten, die jetzt mit einer Plane aus dem erbeuteten Schiff zugedeckt waren, um sie vor Vögeln zu schützen. Seit Tagesanbruch waren bereits mehrere Krähen dicht über sie hinweggeflogen, zweifellos angezogen vom Geruch des Todes.

„Habt Ihr schon Pläne für Eure Toten?" fragte Nori.

„Ich wollte es heute in Angriff nehmen", antwortete Hastein.

„Wir würden uns Euch gerne anschließen, um sie zu ehren. Und wie ich gestern Abend sagte, möchten wir ein Festmahl abhalten, um den Göttern, Euch und Euren Männern für Euren Sieg über die Piraten zu danken." Er deutete auf die Männer, die mit ihm in unser Lager gekommen waren. „Dies sind auch Anführer von Dörfern auf dieser Insel. Ich möchte sie Euch vorstellen."

Nachdem er alle miteinander bekannt gemacht hatte, fuhr Nori fort. „Wir haben uns unterhalten und beschlossen, das Fest erst in zwei Tagen zu veranstalten. Das gibt uns mehr Zeit, es vorzubereiten. Wir brauchen auch Zeit, um die Pferde für unsere Opfergabe auszuwählen und sie bereit zu machen. Wäre es Euch recht, wenn wir unser Fest nicht nur als Danksagung, sondern zugleich auch als Trauerfeier zu Ehren Eurer Toten veranstalten?"

Hastein nickte – so tief, dass es fast eine Verbeugung war. „Meine Männer und ich sind Euch dankbar für die Ehre, die Ihr unseren Kameraden erweist."

„Gut. Dann ist es also entschieden", sagte Nori. „Wir werden unsere Opferzeremonie bei Sonnenaufgang in zwei Tagen halten. Wenn Ihr Euch uns anschließen würdet, wären wir Euch dankbar. Auch Eure Männer sind willkommen. Wir bereiten danach das Fleisch der Opfertiere zu, und zur Abenddämmerung werden wir gemeinsam essen."

Zwei Tage? Ich wusste, dass unsere Männer sich nach dem Kampf ausruhen mussten und dass unsere Toten angemessen auf den Weg in die nächste Welt geschickt werden mussten. Aber in dieser Zeit konnte Toke seinen Vorsprung weiter ausbauen.

„Wir werden unsere Toten vor dem Fest verbrennen", sagte Hastein. „Das ist unser Brauch." Er blickte auf den Strand, wo unsere Schiffe an Land gezogen worden waren, dann wandte er sich wieder an Nori. „Wir werden sie in dem Schiff verbrennen, das wir vom Piratenkapitän Sigvald erbeutet haben. Es wird ihr Totenschiff sein."

Nori blickte an Hastein vorbei auf Sigvalds Schiff, und sein Gesichtsausdruck wurde wehmütig. „Es ist ein schönes Schiff. Wir haben hier auf Öland keine Schiffe mehr. Wir hatten drei, aber die Piraten haben sie bei ihrer Ankunft verbrannt."

Mir war bei Tageslicht aufgefallen, dass weiter unten in der Bucht die verkohlten Überreste eines Bauwerks standen, das ein Bootshaus gewesen sein könnte, sowie die geschwärzten Umrisse mehrerer anderer Gebäude in der Nähe. Für ein Schiff in der Größe der Möwe wäre es zu klein gewesen, aber es war lang genug für ein kleines Langschiff oder eine Knorr. Die Ruinen hatten wohl die Piraten zu verantworten. Der Anblick erinnerte mich an das Frankenreich und ein zerstörtes Dorf, auf das ich dort gestoßen war. Es war schade, dass wir die beiden anderen erbeuteten Schiffe nicht hatten behalten können, um sie den Öländern zu geben.

Nori fuhr fort. „Wir haben einige unserer kleinen

Boote retten können, indem wir sie vom Ufer weggezogen und versteckt haben, aber wir haben jetzt keine Schiffe." Er seufzte und schwieg eine Weile, als hoffte er, dass Hastein etwas sagen würde. Schließlich sprach er wieder. „Wir möchten Euch um etwas bitten."

Ich fragte mich, ob er Hastein um Sigvalds Schiff bitten würde, da er es offensichtlich haben wollte. Er tat es aber nicht.

„Ihr habt bei dem Kampf Gefangene gemacht, nicht wahr?"

„Das haben wir."

„Die Piraten hatten ihr Lager nicht auf Öland. Den ganzen Sommer über blieben sie in der Nähe, aber wir wissen nicht, wo. Zuerst haben sie uns oft überfallen und unsere Vorräte und Tiere gestohlen, wann immer sie uns unvorbereitet überraschen konnten. Nach einiger Zeit kamen sie alle paar Tage und zwangen uns, sie mit Essen zu versorgen, im Austausch dafür, dass sie uns nicht angriffen. Sie nannten es einen Tribut. Bei ihren ersten Angriffen verschleppten sie auch einige unserer Frauen. Wir würden gern wissen, ob sie noch leben. Falls ja, möchten wir erfahren, wo sie festgehalten werden. Eure Gefangenen werden es wissen."

„Wir werden sie befragen", sagte Hastein zu ihm.

Da Skjold bereits mit uns gesprochen hatte, nachdem Einar und ich ihn davon überzeugt hatten, dass es das Vernünftigste war, schien es logisch zu sein, mit ihm anzufangen. Gudfred und ich eskortierten ihn von dem erbeuteten Schiff zum Ufer, wo Hastein und die Inselbewohner warteten. Er war bereit, ja sogar begierig, zu kooperieren.

„Sigvald und seine Männer errichteten ein Lager auf der großen Insel im Kanal zwischen Öland und dem Festland", sagte er uns. „Dieselbe Insel, hinter der wir euch aufgelauert haben. Auf der Rückseite befindet sich eine kleine Bucht, die einen sicheren Ankerplatz bietet, und gegenüber dem Kanal verborgen und vor Stürmen geschützt ist. Das Lager ist dort. Und sie bauten Türme an beiden Enden der Insel, von denen aus sie den nördlichen und südlichen Zugang zum Kanal nach Schiffen überwachen konnten."

„Die Inselbewohner sagen, dass einige ihrer Frauen von den Piraten entführt wurden. Sind von ihnen irgendwelche im Lager auf der Insel?" fragte ich.

Skjold nickte. „Ja. Es sind sieben Frauen dort. Ich habe gehört, dass es früher mehr gab, aber..."

„Aber was?" forderte einer der Männer, die mit Nori gekommen waren. Er hatte einen langen, hellbraunen Bart, der über seine Brust hing, und sein Gesicht war vor Wut verzerrt.

„Zwei von ihnen sind gestorben, habe ich gehört. Es war, bevor ich mich ihnen anschloss."

„Hat Sigvald Männer zurückgelassen, um das Lager zu bewachen?" fragte Hastein. „Oder waren sie alle an Bord der Schiffe, die uns angegriffen haben?"

„Er ließ sechs Männer auf der Insel zurück", antwortete Skjold. „Um die Frauen und das Lager zu bewachen."

„Bringt Ihr uns über den Kanal zur Insel?" fragte Nori. „Helft Ihr uns, unsere Frauen zu finden und sie nach Hause zu bringen?" Er hielt einen Moment inne und fügte dann hinzu: „Wir haben keine Schiffe."

„Vergesst die Wachtürme nicht", warnte Skjold. „Sie werden Euch kommen sehen, lange bevor Ihr die Insel erreicht."

Nori steckte den Finger in den Mund, benetzte ihn und hielt ihn hoch. „Der Wind weht aus dem Osten, vom Meer", sagte er. „Morgen früh wird es Nebel über dem Wasser geben. Wenn wir morgens im Nebel den Kanal überqueren, können sie uns nicht sehen."

Torvald meldete sich zu Wort. „Hastein, wir kennen diese Gewässer nicht. Ein Schiff bei Nebel zu steuern ist ohnehin gefährlich. Wir könnten die Möwe verlieren, wenn wir auf einen Felsen treffen und der Rumpf beschädigt wird."

„Es besteht keine Gefahr für Euer Schiff", versicherte Nori. „Bevor die Piraten kamen, haben wir oft in dem Gebiet vor dieser Insel gefischt. In dem Bereich, der Öland gegenüber liegt, ist der Strand sandig und das Meer vor der Küste flach und frei von Felsen. Ich werde Euch den Weg zeigen."

„Wir werden Euch helfen", sagte Hastein zu ihm. „Wir bringen Eure Leute auf die Insel."

Nachdem die Ölander abgereist waren, debattierte Torvald weiter. „Sie haben Boote", sagte er. „Sie brauchen unser Schiff nicht. Warum müssen wir uns darauf einlassen?"

Hastein runzelte die Stirn. „Es ist nur eine kleine Sache, um die sie uns bitten."

„Lass diese Inselbewohner ihre eigenen Probleme lösen. Ich vermute, sie haben immer noch Angst vor den Piraten, obwohl es auf der Insel nur noch sechs von ihnen gibt. Diese Männer sind keine Krieger. Hast du sie gesehen? Kein Wunder, dass die Piraten hier bleiben wollten."

„Ich habe mich entschieden, Torvald. Wir werden ihnen helfen." Hastein klang ungeduldig. Aber Torvald wollte nicht aufhören.

„Warum musst du immer Unrecht gutmachen, das uns nichts angeht? Wir haben gute Männer verloren, die nur aus Loyalität zu dir mit auf diese Reise gegangen sind. Es ist aber nicht unser Anliegen. Nichts davon ist es. Es ist nicht unser Kampf."

Ich merkte, wie mein Gesicht rot wurde. Torvald sprach nicht mehr davon, die Ölander über den Kanal zu bringen. Und er war wütend. Ich hatte ihn noch nie so mit Hastein sprechen sehen. Empfanden andere unserer Männer genauso wie er?

Falls Hastein die kaum verhüllte Bedeutung in Torvalds Worten bemerkt hatte, ignorierte er sie. „Die Piraten rauben seit Monaten Schiffe aus, die diese Insel passieren. Glaubst du nicht, dass sie ihnen großes Vermögen abgenommen haben?"

Torvalds Miene hellte sich merklich auf, als er sich Hasteins Worte durch den Kopf gehen ließ. „Womöglich", sagte er schließlich.

„Wenn im Lager der Piraten Beute zu finden ist, gehört sie rechtmäßig uns, denn wir haben sie besiegt", sagte Hastein zu ihm. „Selbst wenn die Ölander mich nicht darum gebeten hätten, hätte ich den Kanal zur Insel überquert, um ihr Lager zu finden, nachdem ich davon erfahren hatte. Es ist nur eine Kleinigkeit, sie mitzunehmen, damit sie nach ihren Frauen suchen können."

10

Rauna

Nachdem die Sonne ihren Höhepunkt überschritten hatte, segelten wir mit der Möwe gemächlich entlang der Küste von Öland nach Norden. Wir fuhren mit dem Segel hart am Wind, um die sanfte Brise aus dem Osten zu nutzen. Nori begleitete uns, um uns zu zeigen, wo wir für die Nacht ankern sollten. Die anderen Ölander, die wir auf die Insel mitnehmen sollten, würden morgen vor Tagesanbruch zu uns stoßen. Es waren neun Männer, deren Frauen oder Töchter von den Piraten entführt worden waren.

Den ganzen Tag über hatten die Ölander Holz und Gestrüpp gesammelt und einen großen Haufen auf dem Kamm oberhalb des Ankerplatzes aufgeschichtet, zu dem Nori uns führte. „Morgen früh, wenn wir den Kanal überqueren, werden sie ihn anzünden", erklärte er Hastein. „Selbst durch den Nebel sollte man ihn während des größten Teils der Überfahrt sehen können – wenn der Nebel nicht zu dicht ist, sogar die ganze Zeit. Wenn Ihr den Feuerschein genau achteraus behaltet, führt Euer Kurs direkt über den Kanal zur Mitte der Insel, auf der die Piraten ihr Lager haben, an eine Stelle, wo das Ufer aus weichem Sand besteht und das Wasser flach und frei von Felsen ist."

Aufgrund der Verluste im Kampf mit den Piraten – acht Besatzungsmitglieder der Möwe waren getötet und fünf schwer verwundet worden – benannte Hastein zehn

Männer von der Schlange für diese Fahrt mit der Möwe. Die Verluste der Schlange waren geringer gewesen: vier Tote und fünf mit schweren Wunden, einschließlich Stig. Bei der Abreise aus Jütland zählte unsere Truppe einundachtzig Männer; jetzt waren wir nur noch neunundfünfzig kampffähige Krieger. Wie Hastein bemerkt hatte, wurde unser zahlenmäßiger Vorteil, den wir einst über Toke hatten, immer geringer.

Wir hatten die meisten Gefangenen mit unseren Verwundeten und den beiden anderen Schiffen in unserem ursprünglichen Lager auf Öland zurückgelassen. Doch auf meinen Vorschlag hin hatten wir Skjold mitgebracht.

„Nachdem wir auf der Insel gelandet sind, kann er uns zum Piratenlager führen", hatte ich Hastein erklärt, bevor wir nach Norden segelten. „Wir werden sie viel eher überraschen können, wenn wir sie nicht erst suchen müssen."

„Habt Ihr genug Vertrauen, dass er nicht versuchen wird, das Lager zu warnen?" hatte Hastein gefragt.

„Das habe ich", sagte ich. Als ich ihn an Bord von Sigvalds Schiff, auf dem die Gefangenen immer noch gefesselt waren und unter ständiger Bewachung standen, darauf angesprochen hatte, hatte Skjold bereitwillig zugestimmt, uns zu führen, obwohl andere unter den gefangenen Piraten ihn böse angeschaut hatten.

„Er scheint sehr gewillt zu sein, uns zu helfen, und ist bestrebt, Euch zu gefallen. Wenn Ihr nicht an das Versprechen gebunden wäret, das ich den Gefangenen bei ihrer Kapitulation gegeben habe – wenn ich Euch davon befreien und Euch Skjold geben würde, damit Ihr tun könntet, was Ihr wolltet, würdet Ihr ihn töten, wenn wir hier fertig sind?"

Ich hielt das für eine seltsame Frage. „Warum fragt Ihr?"

„Er hofft offenbar, mit seiner Kooperation Eure Gnade zu erkaufen. Ich bin gespannt, ob seine Hoffnung wegen Eures Racheeids vergeblich ist."

Ich antwortete nicht. Hastein schätzte mich wohl falsch ein. Ich hätte Skjold an dem Tag, an dem wir ihn gefangen genommen hatten, an Bord des Piratenschiffes getötet, hätte Gudfred mich nicht abgehalten. Doch es stimmte, dass Skjold sich sehr bemühte, meine Gunst zu gewinnen, und hätte ich nicht gewusst, dass er Toke gedient hatte, hätte ich ihn sympathisch gefunden.

Wie Nori vorhergesagt hatte, schlich sich in der Nacht Nebel über das Wasser. Obwohl er bei Tagesanbruch nicht so stark war, dass man den Bug der Möwe nicht vom Heck aus erkennen konnte, war er doch dicht genug, dass ich den kompletten Flug eines über das Wasser geschossen Pfeils nicht hätte sehen können. Selbst wenn die Piraten in den Türmen an beiden Enden der Insel Wachen aufgestellt hatten – was zumindest während der Nacht unwahrscheinlich war, da es nur sechs Männer waren – würden sie die Möwe nicht sehen können, wenn wir mitten auf der Insel landeten.

Die neun Männer, die in der nachlassenden Dunkelheit zu unserem Schiff ruderten, trugen alle Waffen, aber Torvald hatte dennoch recht. Die Männer von Öland waren keine Krieger. Sie waren Bauern und Fischer, friedliche Menschen. Alle hatten Messer oder

Saxe in den Scheiden an ihren Gürteln, und die meisten trugen Äxte. Dabei brachte ein Mann eine Axt mit, die eine große Klinge zum Spalten von Baumstämmen hatte und viel zu schwerfällig war, um sie als Waffe zu verwenden. Drei trugen auch Speere und einer einen Bogen, aber nur zwei von ihnen hatten Schilde und keiner von ihnen war mit einem Schwert oder Helm ausgerüstet.

Ein Dorfvorsteher, der Nori am Morgen zuvor begleitet hatte – der Mann mit dem langen braunen Bart, der so wütend geworden war, als Skjold den Tod von zwei der gefangenen Frauen enthüllt hatte – war unter ihnen. Er hatte den Bogen. Ich erfuhr, dass er Osten hieß. Seine Frau war beim ersten Überfall der Piraten auf Öland entführt worden. Er schritt unruhig über das Deck der Möwe hin und her, als wir langsam über den Kanal ruderten. Ich konnte seinen Gemütszustand gut nachvollziehen. Selbst wenn es uns gelingen sollte, die Frauen der Öländer zu retten, würden zwei dieser Männer ihre Angehörige nicht finden.

Trotz Noris Zusicherungen, dass wir auf dem von ihm vorgegebenen Kurs keinen Gefahren begegnen würden, die die Möwe beschädigen könnten, befahl Hastein, mit halber Geschwindigkeit zu rudern. Er stand auf dem Vordeck und blickte durch den Nebel nach vorne, während Torvald den Ruderstock im Heck bemannte. Ich stand ebenfalls im Bug und wartete direkt hinter dem Vordeck. Einar, Gudfred, Asbjorn und Hallbjorn – alle mit Bögen bewaffnet – waren bei mir. Hastein hatte befohlen, dass wir die ersten an Land sein sollten, sobald die Möwe die Insel erreicht hatte. Dort sollten wir Ausschau nach Feinden halten und Wache stehen, während der Rest unserer Männer an Land ging.

Hinter uns wurde das Licht des Leuchtfeuers immer schwächer, bis nur noch ein heller Fleck in der formlosen grauen Wand des Nebels zu sehen war. Dann war auch er weg.

„Wie weit noch, bis wir Land erreichen?" fragte Hastein Nori angespannt.

Der alte Mann zuckte mit den Achseln. „Das ist schwer zu sagen."

Verärgert forderte Hastein Bryngolf auf, zu ihm auf das Vordeck zu kommen. „Werft die Leine aus, und gebt mir Bescheid, wenn Ihr den Boden gefunden habt."

Bryngolf zog die Wurfleine aus dem Stauraum unter dem Vordeck heraus. Es handelte sich um ein langes Seil mit Knoten im Abstand von jeweils einer Elle, an dessen Ende ein faustgroßer Stein mithilfe eines durchgebohrten Lochs festgebunden war. Er packte das aufgerollte Seil in der linken Hand, zog zehn Knoten davon in ihren Wicklungen in die rechte Hand und ließ den Stein um eine Ellenlänge herunterhängen. Er trat an die Seite des Schiffes, schwang den Stein im Kreis und ließ ihn fliegen. Das Seil in seiner Rechten glitt durch seine Finger, während der Stein vor der Möwe einen Bogen in der Luft beschrieb und ins Meer stürzte.

Nachdem er der gewichteten Leine einige Augenblicke zum Absinken gegeben hatte, blickte Bryngolf zu Hastein und schüttelte den Kopf. Dann zog er das Seil wieder ein, wickelte es in seiner rechten Hand auf und wiederholte den Vorgang.

Ich zählte längst nicht mehr, wie oft er die Leine ausgeworfen hatte, als Bryngolf sich schließlich an

Hastein wandte und sagte: „Es hat den Boden getroffen. Neun Ellen tief."

Der Meeresboden vor dem Ufer, dem wir uns näherten, erwies sich als sanft abfallend mit flachen Stellen, die sich weit in den Kanal hinein erstrecken. Bryngolf warf die Leine noch dreimal, und die Tiefe war auf sechs Ellen gesunken, bevor sich die Umrisse der Insel als dunkle Schatten durch das Grau des Nebels zeigten. Hastein teilte es Torvald mit, der den Takt der Ruderer weiter verlangsamte, und wir näherten uns dem unbekannten Ufer sehr vorsichtig. Noris Zusicherungen erwiesen sich jedoch als wahr. Als wir uns genug genähert hatten, um das Land vor uns deutlich zu sehen, entdeckten wir einen steinfreien Sandstrand. Auf Torvalds Befehl zogen die Ruderer auf der letzten, kurzen Strecke hart und trieben den Bug der Möwe fast bis aufs Trockene, bevor wir mit der Vorderseite des Rumpfs auf dem sandigen Boden zum Stillstand kamen.

Ich ließ mich über die Seite in das flache Wasser fallen und watete mit meinen vier Männern an Land, Einar und Gudfred zu meiner Rechten, Asbjorn und Hallbjorn zu meiner Linken. Wir nockten Pfeile auf unsere Bögen und überquerten den Strand, während wir ausschwärmten, bevor wir den Wald erreichten. Der Nebel war dort nicht eingedrungen, und es war inzwischen hell genug geworden, um auch im Schatten der Bäume deutlich zu sehen. Die Sonne konnten wir zwar nicht erkennen, aber sie war über dem Nebel aufgegangen.

Hastein vergeudete keine Zeit. Als wir zum Strand zurückkehrten, um zu berichten, dass keine Gefahr drohte, war der Steg bereits in Position gebracht und der Großteil der Landungstruppe von Bord gegangen. Zehn Männer würden bei der Möwe bleiben, um sie zu bewachen. Der Rest, einschließlich der Männer von Öland, bereitete sich darauf vor, die Insel auf der Suche nach dem Piratenlager zu durchqueren.

„Gibt es irgendwelche Pfade?" fragte Hastein Skjold. Obwohl ich nicht glaubte, dass er uns zu entkommen versuchen würde, ging ich kein Risiko ein. Seine Hände waren vor ihm gefesselt, und Bram hielt ein kurzes Seil, das in einer Schlaufe um Skjolds Hals endete.

Im Vergleich zu unserer Abreise aus Jütland sah Bram jetzt viel mehr wie ein Krieger aus. Nur wenige der Piraten hatten Brünnen besessen, aber auf meinen Drängen hatte Bram sich nach dem Kampf eine beschafft, indem er sie und das gepolsterte Wams darunter dem Leichnam ihres toten Besitzers ausgezogen hatte. Er hatte auch einen Helm gefunden, der ihm passte, und hatte den zurückgegeben, den er sich von mir geliehen hatte.

„Keine, die bis zu diesem Ufer kommen", antwortete Skjold. „Es gibt einen Weg, der vom Norden der Insel nach Süden führt und die beiden Wachtürme verbindet, und einen anderen, der von dort zum Lager führt."

„Ihr und Eure Männer werdet den Weg weisen", sagte Hastein zu mir. „Nehmt den Gefangenen mit. Unsere Haupttruppe folgt mit etwas Abstand, damit wir nicht zu hören sind. Sobald Ihr das Lager gefunden habt, schickt eine Nachricht zu mir. Wenn möglich, möchte ich es umstellt haben, bevor unsere Anwesenheit bemerkt wird."

Meine vier Bogenschützen trugen wie ich alle Brünnen und Helme, aber wir hatten unsere Schilde an Bord der Möwe gelassen. Nur Bram trug einen Schild. Ohne sie könnten wir uns schneller und leiser durch den Wald bewegen, und wenn wir kämpfen mussten, würden wir das mit unseren Bögen tun.

Anfangs kamen wir nur langsam voran, denn wir mussten dichtes Unterholz durchqueren. Aber schon bald erreichten wir ältere, höhere Bäume, die den Waldboden so stark beschatteten, dass nicht mehr so viel wuchs. Hier kamen wir schneller voran, und wir gingen nebeneinander anstatt in einer Reihe hintereinander.

Die Insel war nicht groß. Wir fanden schnell die Wege, von denen Skjold gesprochen hatte, und es war noch früh am Morgen, als wir das Lager erreichten. Wir kauerten nieder, versteckten uns hinter den Bäumen und prüften die Lage. Am Ufer der kleinen Bucht, von der uns Skjold erzählt hatte, war eine Lichtung gerodet worden. Die Stümpfe der Bäume, die einst dort gestanden hatten, waren noch da. Das Lager hatte keine Verteidigungsbauten – Sigvald musste gedacht haben, dass die verborgene Lage genug Sicherheit bot. Aus den gefällten Bäumen war ein Langhaus aus grob behauenen Stämmen errichtet worden, dessen Dach mit Schichten geschnittener Kiefern- und Fichtenzweige, die über Tragbalken gelegt waren, leidlich gedeckt war. Es sah so aus, als würde es bei Regen sehr undicht sein.

Auf beiden Seiten des Blockhauses waren zwei große Schiffszelte aufgebaut worden. Das einzige andere

Bauwerk im Lager war ein kleines, seltsam aussehendes Zelt, das nahe am Ufer und dem Waldrand auf einer Seite der Lichtung aufgestellt worden war. Es bestand aus zusammengenähten Tierhäuten, die über einen Rahmen aus langen Holzstangen gespannt waren.

Es war niemand zu sehen. Das einzige Lebenszeichen war ein kleines Feuer, das in einem Ring aus Steinen vor dem Zelt aus Häuten brannte.

„Wo sind die sechs Piraten?" flüsterte ich Skjold zu. Es war offensichtlich, dass keiner von ihnen Wache stand.

„Im Langhaus. Als die ganze Truppe hier war, schliefen einige der Männer im Zelt auf der rechten Seite, aber da es jetzt so wenige sind, werden sie alle im Langhaus sein. Es ist wärmer und trockener dort."

Ich blickte auf das Dach des Gebäudes und fragte mich, wie trocken es wirklich war. „Und die Frauen der Öländer?"

„Sie sind wohl auch im Langhaus."

Einar kauerte neben mir. „Was ist mit dem kleinen Zelt mit dem Feuer davor?", fragte er Skjold.

„Das gehörte dem Finnen. Er schlief dort."

Der Finne – der Bogenschütze der Piraten, der so treffsicher gewesen war. „Er ist vor zwei Tagen gestorben", sagte ich. „Wenn alle im Langhaus sind, wer hat dann dieses Feuer angezündet?"

In diesem Augenblick wurde die Klappe über der Öffnung des Zeltes angehoben und jemand trat heraus. Es war eine kleine, schlanke Frau, die in Hosen und eine lange Tunika gekleidet war.

„Sicher war sie das", antwortete Skjold. „Sie ist die

Tochter des Finnen."

Ich biss die Zähne zusammen. „Gibt es noch jemanden in diesem Lager, von dem du uns nicht erzählt hast?"

Skjold hörte den wütenden Ton in meiner Stimme und sah beunruhigt aus. Er schüttelte energisch den Kopf. „Nein."

„Aus dem Zugloch im Langhausdach kommt kein Rauch", stellte Einar fest. „Da drin werden sie noch schlafen."

Ich schickte Asbjorn zurück zu Hastein, um ihn über die Lage des Piratenlagers zu informieren und ihm mitzuteilen, dass sie unsere Anwesenheit noch nicht bemerkt hatten. Wir waren tief genug in den Bäumen versteckt, dass die Finnin, die sich über ihr kleines Feuer beugte, nichts hätte hören oder sehen können, aber als Asbjorn fortging, richtete sie sich auf und stand eine Zeitlang regungslos da, während sie in unsere Richtung starrte.

„Wir müssen sie zum Schweigen bringen", flüsterte Einar. „Und zwar schnell. Hastein und die anderen sind bald hier. Wenn sie sie näherkommen hört, warnt sie möglicherweise die Männer im Langhaus, bevor wir das Lager umzingeln können, und sie könnten vielleicht fliehen."

Gudfred, der hinter einem Baum auf der anderen Seite von Skjold kauerte, nahm einen Pfeil aus seinem Köcher und hielt ihn hoch. „Wenn wir alle auf einmal schießen..." flüsterte er.

Ich schüttelte den Kopf. Ich hatte noch nie eine Frau getötet und wollte das auch jetzt nicht tun.

„Einar und ich gehen wieder ein Stück in den Wald zurück und machen einen weiten Bogen bis hinter ihr Zelt. Haltet nach uns Ausschau. Sobald wir in Position sind, kommen wir aus den Bäumen und geben uns zu erkennen. Dann müsst Ihr und Hallbjorn Euch auch in der Lichtung zeigen, damit sie nicht in diese Richtung läuft. Haltet Pfeile auf Euren Bögen bereit, damit sie die Gefahr erkennt, wenn sie versuchen sollte zu fliehen. Schießt aber nicht auf sie. Einar und ich werden sie lebend gefangen nehmen."

Während ich sprach, trat das Mädchen vom Feuer zurück und ging wieder ins Zelt. „Jetzt", sagte ich zu Einar, und wir huschten zurück in die Tiefe des Waldes.

Als wir vom Lager aus nicht mehr zu hören waren, hetzten wir zwischen den Bäumen hindurch und umrundeten die Lichtung. Wir hatten nicht viel Zeit. Wie Einar gesagt hatte, würden Hastein und die anderen das Lager bald erreichen.

Als wir durch Lücken zwischen den Bäumen das Schimmern des Wassers in der Bucht sehen konnten, wussten wir, dass wir weit genug waren. Das Zelt befand sich in der Nähe des Ufers.

„Du gehst am Ufer entlang zum Waldrand", sagte ich zu Einar. „Für den Fall, dass sie versucht, in diese Richtung zu laufen." Als er sich auf den Weg machte, schlich ich mich von Baum zu Baum vorwärts in die Richtung, in der ich das Zelt vermutete. Bald sah ich es und kroch leise näher heran. Ich kauerte hinter dem Stamm einer großen Eiche und spähte dahinter vor, aber die Tochter des Finnen war nicht zu sehen. War sie noch im Zelt? Wenn ich sie dort erwischen könnte, hätte sie keine Gelegenheit, wegzulaufen.

Ich stand auf und machte zwei Schritte vorwärts, als ich ein leises Keuchen neben mit hörte, gleich zu meiner Linken. Es war das Mädchen. Sie musste in den Wald gegangen sein, um Brennholz zu suchen – sie hatte ein Bündel Äste unter einem Arm und hielt eine kleine Axt in der anderen Hand. Der unerwartete Anblick von ihr so nah erschreckte mich fast so sehr wie mein plötzliches Erscheinen sie erschreckt haben musste.

„Schhh!" sagte ich und hob einen Finger an die Lippen. „Macht keinen Ton." Als ich sprach, wurde mir klar, dass ich nicht wusste, ob sie die gemeinsame Sprache des Nordens verstand. Als ihr Vater zum ersten Mal mit mir sprach, war es in einer Sprache, die ich nicht kannte. Hoffentlich beherrschte sie, wie er, auch die gemeinsame Sprache.

„Dieses Lager ist umzingelt", fuhr ich fort. Es stimmte nicht, denn Hastein war noch nicht eingetroffen. „Wir sind hier, um die Piraten zu fangen oder sie zu töten, wenn sie sich wehren, und die entführten Frauen zu befreien. Euch wird nichts geschehen, wenn Ihr tut, was ich sage. Versucht nicht, die anderen zu warnen oder zu fliehen."

Sie machte einen zögernden Schritt zum Rand der Lichtung, und ich konnte sehen, wie sie zwischen den Bäumen um sie herum hin und her schaute. Mir wurde klar, dass sie nach anderen Kriegern suchte. Sie wollte sehen, ob ich die Wahrheit gesagt hatte, dass das Lager umstellt sei. Das bedeutete zumindest, dass sie mich verstehen konnte.

Plötzlich erstarrte sie und starrte in Richtung des

Wegs, der auf die Lichtung führte, nahe der Stelle, an der ich Gudfred, Hallbjorn und Bram verlassen hatte. Ihr Gehör war viel besser als meines. Es dauerte einige Augenblicke, bis auch ich es vernehmen konnte – das rhythmische Geräusch vieler Füße, die sich in einem schnellen Tempo bewegten.

Gudfred und Hallbjorn traten aus der Deckung mit Pfeilen auf ihren Bögen. Gudfred sah in meine Richtung zum Zelt. Ich winkte mit dem Arm hin und her, um ihm ein Zeichen zu geben, konnte aber nicht erkennen, ob er mich sah, da ich noch ein Stück von der Lichtung entfernt war und zwischen den Bäumen stand.

Hastein erschien und trabte mit Torvald an seiner Seite den Pfad entlang. Der Rest unserer Männer folgte in einer Doppelkolonne hinter ihm. Noch im Schutz des Waldes hielt er seine Hand hoch, und sie hielten an. Er sprach kurz mit Hallbjorn, der über die Lichtung auf das Zelt zeigte. Dann drehte er sich um und gab einen Befehl. Die Krieger der der Möwe rückten auf die Lichtung vor und bildeten einen Halbkreis um das Langhaus.

Bei näherer Betrachtung hatte ich festgestellt, dass es sich bei der Finnin um eine junge Frau und nicht um ein Kind handelte. Nun stand sie einige Augenblicke da und beobachtete die wachsende Menge der Krieger, die sich über die Lichtung verteilten. Dann blickte sie kurz in den Wald hinter sich und auf mich. Sie ließ das Holzbündel, das sie gesammelt hatte, zu Boden fallen.

Lauf nicht weg, dachte ich, denn ich konnte sehen, dass sie es erwog.

„Einar", rief ich.

„Hier", antwortete er. Seine Stimme war nicht weit entfernt.

„Komm her", sagte ich ihm. „Schnell. Das Mädchen ist hier."

„Versucht nicht zu fliehen", sagte ich noch einmal. „Ich werde Euch nichts antun."

Ich konnte hören, wie Einar durch die Bäume auf uns zukam. Das Mädchen schaute in Richtung des Geräusches, jetzt mit Angst in den Augen. Sie blickte wieder hinter sich auf die Sicherheit des Waldes.

Ich tastete nach der Tasche an meinem Gürtel und zog den kleinen Lederbeutel heraus, den ihr Vater mir gegeben hatte. Ich hielt das Ende der Schnur, die ich um ihn gewickelt hatte, und ließ sie ausrollen, sodass der Beutel unter meiner Hand baumelte und sie ihn deutlich sehen konnte.

Sie starrte ihn mit einem fassungslosen Gesichtsausdruck an, dann blickte sie mir in die Augen. „Wie?" fragte sie. Wie ihr Vater sprach sie mit einem starken Akzent.

„Euer Vater hat mir das gegeben. Er hat mich gebeten, es Euch zu geben. Ich breche mein Wort nicht. Versucht nicht zu fliehen. Ich verspreche Euch, dass Euch nichts geschehen wird."

Ich hielt meinen Arm und den angebotenen Beutel vor mir ausgestreckt und ging langsam und vorsichtig auf sie zu. „Nehmt es", sagte ich. „Ihr braucht keine Angst zu haben."

Als ich näher kam, streckte sie ihren eigenen Arm aus und schloss ihre Hand um den Beutel.

„Was ist Euer Name?" fragte ich.

„Rauna", antwortete sie.

Es gibt viele Möglichkeiten, wie man auf Gefahr und Unglück reagieren kann. Das Maß eines Mannes zeigt sich oft darin, wie er es tut. Die sechs Piraten, die plötzlich auf der kleinen Insel gestrandet waren, während ihrer Kameraden alle entweder getötet oder gefangen worden waren, hatten beschlossen, sich bis zur Besinnungslosigkeit zu betrinken.

Einar und ich gingen über die Lichtung zu Hastein und Torvald, die vor der geschlossenen Tür des Langhauses standen. Die Krieger der Möwe hatten sich zu beiden Seiten von ihnen in einer Linie aufgestellt, die einen Halbkreis um die Vorderseite des Gebäudes bildete. Rauna folgte uns widerwillig, den kleinen Beutel ihres Vaters noch fest in der Hand. Sie hatte mich gefragt, wie ich in seinen Besitz gekommen war und wieso ich mit ihrem Vater über sie gesprochen hatte. Ich hatte geantwortet, dass ich jetzt keine Zeit hätte, mit ihr zu sprechen. Wie ich gehofft hatte, schien ihre Neugier, mehr zu erfahren, stärker als ihr Drang zu fliehen.

Hallbjorn, Gudfred und Asbjorn standen neben Hastein und hielten ihre Bögen mit eingelegten Pfeilen bereit. Die Männer aus Öland waren ein Stück hinter ihnen versammelt.

Hastein warf einen Blick auf Rauna, als wir näher kamen.

„Ist sie eine der Öländerinnen?" fragte er.

„Nein", sagte ich und schüttelte den Kopf. Er runzelte die Stirn und starrte sie genauer an, dann wandte er sich wieder dem Langhaus zu.

Torvald musterte sie ebenfalls. „Ist sie eine Finnin?"

Ich nickte. Ich vermutete, dass ihre Kleidung ihre Herkunft verraten hatte. Ihre Tunika war unverwechselbar und der ihres Vaters ähnlich: sie bestand aus zusammengenähten, geschmeidig gegerbten Tierhäuten. Dünn, wie sie waren, handelte es sich wohl um Hirschleder. Die Tunika fiel ihr bis zu den Knien und hatte einen hohen Kragen um die Halsöffnung. Im Gegensatz zum Gewand ihres Vaters hatte ihre Tunika gewebte Bänder als Verzierungen um die Ärmelbündchen, die Halsöffnung und den unteren Saum. Ich hatte nicht gewusst, dass eine solche Tunika typisch für die Finnen war – ehrlich gesagt hatte ich bis vor ein paar Tagen noch nie von Finnen gehört.

„Ihr dort im Langhaus", rief Hastein. „Ihr seid umstellt. Legt eure Waffen nieder und kommt mit erhobenen Händen heraus, sodass wir sie sehen können. Versucht nicht, Widerstand zu leisten, sonst werden wir euch töten." Zu Hallbjorn und den anderen murmelte er: „Wenn einer von ihnen mit einer Waffe herauskommt, tötet ihr drei ihn mit euren Pfeilen."

Wir warteten alle, aber nichts passierte.

Torvald versuchte es als nächster. Seine Stimme dröhnte viel lauter als Hasteins. „Ihr im Langhaus! Legt eure Waffen nieder! Kommt jetzt heraus. Ergebt euch oder ihr werdet sterben." Wieder geschah nichts.

Ich wandte mich an Rauna. „Es sind sechs von ihnen – sechs Piraten, ja?"

Sie nickte.

„Sind sie alle im Langhaus?"

Sie nickte erneut.

Torvald schüttelte angewidert den Kopf. „Sie sind Feiglinge. Sie haben Angst, herauszukommen."

Rauna schüttelte den Kopf und sprach mit leiser Stimme zu mir. „Sie schlafen wahrscheinlich. Sie trinken seit der Nacht des großen Kampfes auf dem Wasser."

Hastein wandte sich an Bryngolf und Bjorgolf, die zu seiner Rechten standen und amüsiert aussahen. „Geht und schlagt an die Tür. Tretet sie ein, wenn ihr müsst. Tut alles, um sie aufzuwecken und hier herauszubringen. Tötet sie, wenn sie sich wehren."

Die schwarzhaarigen Zwillinge reichten Torvald ihre Speere und gingen mit gezogenen Schwertern zur Tür des Langhauses. Sie standen zu beiden Seiten und nickten einander zu, dann begann Bryngolf – oder es könnte Bjorgolf gewesen sein, denn in Wahrheit konnte ich sie nicht auseinanderhalten – mit dem schweren eisernen Knauf seines Schwertes gegen die Tür zu hämmern.

„Kommt heraus! Kommt heraus!" rief er. „Ihr seid umstellt." Dann hoben er und sein Bruder ihre Schwerter, hielten sie auf Schulterhöhe und zogen sich angriffsbereit zu beiden Seiten neben der Tür an die Wand zurück.

Nach einigen Augenblicken schwang die Tür auf und ein nur mit einer Hose bekleideter Mann kam herausgewankt und blinzelte gegen das Licht. In seiner rechten Hand baumelte lose ein Schwert. Als die beiden Raben es sahen, stießen sie ihre Klingen in die nackte Brust des unglückseligen Piraten, dann griff einer der beiden zu, packte das Haar des Sterbenden und schleuderte seinen Körper aus der Tür auf den Boden.

„Bryngolf hat sie nicht gewarnt, dass sie unbe-waffnet herauskommen müssen", stellte Torvald fest.

„Aber ich habe es getan", sagte Hastein gereizt. „Und es war Bjorgolf, der gerufen hat, nicht Bryngolf."

„Hm", antwortete Torvald. „Bist du sicher?"

„Nein", gab Hastein zu.

Die beiden Brüder nickten sich erneut zu und stürz-ten sich nacheinander durch die offene Tür. Im Inneren begann eine Frau zu schreien, und dann eine andere. Die Männer aus Öland tauschten beunruhigte Blicke. Nach kurzer Zeit kehrten die Raben mit blutigen Schwertern zurück.

„Sie sind alle tot", sagte einer zu Hastein. „Keiner von ihnen hat sich ergeben."

„Es ist gefährlich, sich so zu betrinken, dass man nicht mehr denken kann", sagte Torvald.

Hastein wandte sich an Nori. „Eure Männer kön-nen jetzt zu ihren Frauen gehen. Es besteht keine Gefahr mehr."

Nori drehte sich zu den Männern um, die sich hint-er ihm versammelt hatten. „Geht."

Als die Ölander an ihm vorbeiliefen und ins Langhaus stürmten, sah Hastein zu mir hinüber. „Ist sie eine der Frauen der Piraten?" fragte er und nickte zu Rauna.

„Sie ist die Tochter des Bogenschützen an Bord von Sigvalds Schiff", sagte ich. „Derjenige, der so gut war, der Tore, Hrodgar und die anderen erwischt hat."

„Ach, ja", antwortete Hastein. „Ihr meint den Fin-nen. Der, den Ihr getötet habt."

Hinter mir schnappte Rauna nach Luft.

Gudfreds Kinnlade fiel herunter, und er schüttelte ungläubig den Kopf. „Das ist die Tochter des Finnen? Und Ihr habt ihr den Beutel gegeben, wie Ihr versprochen habt?"

„Welches Versprechen?" verlangte Hastein. „Wovon sprecht Ihr?"

„Wir fanden den finnischen Bogenschützen sterbend auf dem Deck von Sigvalds Schiff, als wir es durchsuchten und ihre Verwundeten töteten", erklärte Gudfred. „Er fragte, wessen Pfeil ihn getroffen habe. Als er erfuhr, dass es Halfdan war, bat er ihn, seiner Tochter einen Lederbeutel zu geben, den er um den Hals trug. Halfdan willigte ein. Ich hielt es für gefährlich, einem Sterbenden ein Versprechen zu geben, das nicht gehalten werden kann. Es bringt Unglück." Er schüttelte erneut den Kopf. „Aber hier ist die Tochter, und Halfdan hat sein Versprechen gehalten. Das ist in der Tat ein seltsame Begebenheit."

„Was war in dem Beutel?" fragte Hastein.

Ich zuckte mit den Schultern. „Ich weiß es nicht. Ich habe nicht hineingesehen."

Aus dem Langhaus ertönte eine Männerstimme in einem wortlosen Heulen aus Wut und Trauer. „Bera, Bera!" schluchzte er dann.

„Das ist Ostens Stimme", sagte Nori. „Bera ist seine Frau. Seine zweite Frau. Sie haben diesen Frühling geheiratet, nur wenige Wochen bevor die Piraten kamen. Sie ist erst fünfzehn – viel jünger als er. Osten verlor seine erste Frau, Ingunn, vor zwei Jahren. Sie starb bei der Entbindung, genau wie das Kind."

„Ich fürchte, er hat jetzt auch seine zweite Frau verloren", sagte Hastein.

Eine Durchsuchung des Lagers ergab, dass die Wahl der See um Öland als Jagdrevier für die Piraten gewinnbringend gewesen war. Eines der beiden Schiffszelte neben dem Langhaus war mit Waren gefüllt, die sie von vorbeifahrenden Schiffen erbeutet hatten. Es gab Pelzballen, Bündel gegerbter Häute ohne Haare, drei Fässer mit in Stroh verpackten Töpfen und Schalen aus Speckstein und ein weiteres Fass mit Wetzsteinen. Zudem fanden wir viele Fässer mit Bier und Wein, und – was am wertvollsten war – eine große Holzkiste mit Walrosszähnen und eine kleine mit Bernsteinbrocken.

Hastein schickte Torvald und die meisten unserer Männer zurück über die Insel, um die Möwe zu holen und zur geschützten Bucht der Piraten zu rudern, damit unser neu gefundener Schatz an Bord geladen werden konnte. Torvalds Stimmung hatte sich erheblich gebessert. „Es sieht so aus, als ob sich diese Reise doch als rentabel erweisen könnte", sagte er.

Eine Handvoll von uns – ich selbst, Einar, Gudfred und die Raben – blieben im Lager bei Hastein, um die Suche fortzusetzen. „Sigvald und seine Männer müssen den vorbeifahrenden Schiffen auch Silber geraubt haben", sagte Hastein. „Zweifellos hat er es irgendwo in der Nähe versteckt – wahrscheinlich vergraben." Wir befragten Skjold, aber er behauptete, er wisse nichts von einem verborgenen Schatz.

Die Öländer und ihre Frauen waren ebenfalls im Lager geblieben und warteten dort auf die Ankunft des Schiffes. Die meisten Frauen waren schwer gezeichnet, und einige hatten frische blaue Flecken im Gesicht und am Körper. Wir erfuhren, dass die zwei jüngsten der neun geraubten Frauen gestorben waren: Ostens Frau, die erst fünfzehn Jahre alt war, sowie die noch jüngere Tochter eines anderen Mannes. Laut Nori waren beide hübsche Mädchen gewesen. Ihre Jugend und Schönheit hatten dazu geführt, dass sie von den Piraten am häufigsten missbraucht worden waren. Es war letztendlich mehr als ihr Körper und ihr Geist ertragen konnten.

Rauna hatte sich in ihr Zelt zurückgezogen, nachdem Hastein und Gudfred vom Tod ihres Vaters gesprochen hatten, und sie war seitdem nicht mehr herausgekommen.

„Was habt Ihr jetzt mit ihr vor?" fragte mich Hastein.

Die Frage überraschte mich. „Ich? Nichts." Nachdem die Piraten getötet worden waren, ohne dass sie uns in die Quere gekommen war, hatte sie aufgehört, für mich von Interesse zu sein. Ich hatte über sie nicht weiter nachgedacht, seit wir mit der Durchsuchung des Lagers begonnen hatten.

„Es ist aber seltsam, nicht wahr?" sagte er. „Ihr und ihr Vater trefft euch im Kampf, und Ihr besiegt ihn. Obwohl Ihr ein Feind und ein Fremder für ihn seid, bittet er Euch vor seinem Tod, seine Tochter zu finden und ihr etwas zu geben. Ihr stimmt zu, obwohl Ihr nicht glaubt, es jemals tun zu können. Dann, nur wenige Tage später, findet Ihr sie. Ich frage mich, was in dem Beutel war. Ich wünschte, Ihr hättet nachgesehen."

Ich ahnte, worauf Hastein hinauswollte. Er sah die Arbeit der Nornen darin. Ich nicht. Er fragte sich, ob die

Nornen meinen Weg und den des Mädchens zu einem bestimmten Zweck gekreuzt hatten. Aber zweifellos hatte der Finne vermutet, dass wir nach der Schlacht das Lager der Piraten suchen würden und gewusst, dass wir in diesem Fall seine Tochter dort finden würden. Mehr war nicht dabei. Es war überhaupt nicht seltsam.

Ich zuckte mit den Achseln. „Sie ist nicht meine Angelegenheit."

Hasteins Blick ging zu etwas hinter mir. „Ah", antwortete er. „Dann ist es auch nicht Eure Angelegenheit, dass die Ölander Pläne für sie zu haben scheinen."

Ich drehte mich um und sah in die gleiche Richtung. Zwei Männer, Nori und Osten, standen vor Raunas Zelt. Als ich hinblickte, hob Osten gerade die Klappe, die den Eingang bedeckte, und wollte das Zelt betreten. Er wich hastig zurück und schrie wütend, dann ging er hinüber zu der Stelle, wo Rauna neben ihrem Feuer Zweige verschiedener Größe gestapelt hatte. Er durchsuchte sie, wählte einen kräftigen Ast von der Länge eines Arms aus und ging zurück zur Vorderseite des Zeltes.

Ich kannte das Mädchen nicht – sie bedeutete mir überhaupt nichts – aber ich wollte nicht, dass sie geschlagen oder sogar getötet wurde. Ich trabte über die Lichtung zum Zelt, Hastein dicht hinter mir.

„Was ist hier los?" fragte ich.

Osten war offensichtlich sehr wütend – sein Gesicht war dunkelrot, und sein Atem ging ruckartig. „Das geht Euch nichts an."

Bis vor wenigen Augenblicken hätte ich ihm voll und ganz zugestimmt.

„Ostens Frau wurde von den Piraten entführt", sagte Nori, als würde das alles erklären.

„Das wissen wir", sagte Hastein ungeduldig.

„Sie haben sie getötet. Sie haben meine Frau Bera getötet. Dies ist eine ihrer Frauen. Ich nehme sie mir", fügte Osten hinzu.

Ich fragte mich, zu welchem Zweck er sie wollte. Um seine Frau zu ersetzen? Als Sklavin? Um sie zu töten? „Und der Stock?" fragte ich.

„Sie hat gerade versucht, mich mit einem Messer zu verletzen, als ich ihr sagte, dass sie mit mir kommen solle. Ich werde ihr Gehorsam beibringen."

„Ihr werdet den Stock weglegen und verschwinden", sagte ich ihm. Während ich sprach, nahm ich meinen Bogen in die linke Hand und legte die rechte auf meinen Gürtel, genau über der Stelle, an der mein Dolch in der Scheide hing. Osten trat einen Schritt zurück.

„Die Piraten verschleppten seine Frau und töteten sie. Er hat einen begründeten Anspruch", wandte Nori ein.

„Es tut mir leid, dass Eure Frau entführt wurde und gestorben ist", sagte ich zu Osten. Nori ignorierte ich. „Aber dieses Mädchen hatte nichts damit zu tun. Und sie steht unter meinem Schutz. Ich gab ihrem Vater das Versprechen, bevor er starb. Ein Versprechen an einen sterbenden Mann werde ich nicht brechen."

Osten war wütend, aber er hatte keinen Todeswunsch. Er war nur ein einfacher Bauer, kein Krieger. Er ließ den Ast fallen, drehte sich um und ging davon, sein Gang steif und unbeholfen von Wut.

„Es scheint, dass sie doch Eure Angelegenheit ist",

sagte Hastein amüsiert. „Was habt Ihr jetzt mit ihr vor?"

„Ich weiß es nicht", antwortete ich.

„Ihr solltet Euch schnell entscheiden", sagte er. „Die Möwe wird bald hier sein."

Nachdem er gegangen war, rief ich ins Zelt, „Rauna, kommt heraus. Die anderen sind jetzt fort. Wir müssen reden."

Nach einigen Augenblicken zog sie die Klappe vor dem Zelt so weit zur Seite, dass sie durch den Spalt blicken konnte. Als sie niemanden außer mir sah, schob sie sie weg und trat heraus. Sie hielt ein kleines Messer mit einer schmalen Klinge und einem Griff aus geschnitztem Knochen in der rechten Hand. Als sie meinen Blick bemerkte, schob sie es in die Lederscheide, die am Gürtel um ihre Taille hing.

„Habt Ihr die Wahrheit gesagt?", fragte sie. „Habt Ihr meinem Vater versprochen, mich zu beschützen?"

Einige Augenblicke schwieg ich und überlegte, was ich sagen sollte. „Nein", sagte ich schließlich und schüttelte den Kopf. „Ich habe nur versprochen, Euch den Beutel zu geben."

„Also habt Ihr gelogen."

Ich nickte. „Ja, ich habe gelogen."

„Und als Ihr meinem Vater das Versprechen gegeben habt, wusstet Ihr nicht, wer und wo ich war. Waren Eure Worte an ihn auch eine Lüge?"

„Letztendlich waren sie es nicht. Ich habe Euch gefunden und Euch den Beutel gegeben."

So wie sie mich ansah, fand sie meine Antwort nicht überzeugend. Ich konnte es ihr nicht verdenken.

„Was wollt Ihr von mir? Was habt Ihr mit mir vor?"

fragte sie. „Und lügt diesmal nicht."

„Nichts." Das war die Wahrheit, hoffte ich zumindest. „Habt Ihr eine Heimat, in die Ihr zurückkehren könnt? Vielleicht zu Eurem Volk?"

„Ich kann nicht einmal von dieser Insel entkommen", sagte sie. „Was glaubt Ihr, wie ich mein Volk finden kann?"

Ich seufzte. „Ich gab Euch mein Wort, dass Euch nichts geschieht, wenn Ihr nicht flieht oder die anderen warnt. Das war nicht gelogen. Packt Eure Sachen zusammen. Wir werden Euch mit unserem Schiff von der Insel bringen."

„Und danach? Was werdet Ihr dann mit mir machen?"

„Ich weiß es nicht. Wir werden sehen."

Es war gut, dass die Reise von der Pirateninsel zurück zu unserem Lager auf Öland nur kurz war. Auf dem Deck der Möwe standen die Bündel und Fässer mit Waren, die wir aus dem Piratenlager mitgenommen hatten, sowie die Öländer und ihre Frauen. Torvald schimpfte über das zusätzliche Gewicht und bestand darauf, dass wir einige unserer Ballaststeine über Bord werfen, damit das Schiff nicht zu tief im Wasser lag und Gefahr lief, von einer Welle überspült zu werden.

Raunas Besitz trug wesentlich zur Unordnung an Deck bei. Selbst zusammengefaltet war das Zelt ein großes Bündel, und die Stangen des Gerüsts – die sie trotz meines Vorschlags, sie könne bei Bedarf immer neue schneiden, mitgebracht hatte – waren so lang, dass sie ohne Probleme nur auf dem erhöhten Deck verstaut werden konnten, wo die längsten Ruder gelagert und der Baum und das Segel gesichert waren, wenn wir nicht auf See waren. Den Rest ihrer Habseligkeiten hatte sie in drei große Ledertaschen gepackt, an die jeweils zwei Riemen genäht waren, damit sie auf dem Rücken getragen werden konnten. Sie reiste nicht mit leichtem Gepäck und sah offensichtlich nicht ein, wie knapp der Platz an Bord eines Schiffes ist.

Ich stieß eine der Ledertaschen mit dem Fuß an. „Gehören alle drei Euch?" Ich konnte mir nicht vorstellen, was ein einziges Mädchen besitzen könnte, um sie alle zu füllen.

„Einiges darin gehört mir. Das meiste davon gehörte meinem Vater und meiner Mutter."

„Wo ist Eure Mutter?"

„Sie ist tot."

Ich fragte mich erneut, wie sie und ihr Vater dazu gekommen waren, Teil von Sigvalds Bande zu werden.

Ich fügte die drei Taschen und das gebündelte Zelt der ungeordneten Ladung in der Mitte des Decks der Möwe hinzu und führte Rauna zum Heck. Auf Torvalds Anweisung hatten sich die Ölander im Bug direkt hinter dem erhöhten Vordeck niedergelassen. Ich hielt es für das Beste, sie von ihnen fernzuhalten; Osten hatte uns wütend angestarrt, als wir an Bord kamen. „Das ist meine", sagte ich ihr und zeigte auf meine Seekiste, die für diese Fahrt gegen die Schiffsseite direkt vor dem erhöhten Achterdeck geschoben worden war. „Bleibt in der Nähe. Lauft nicht herum und behindert die Besatzung nicht."

Torvald war nun auch im Heck und machte sich

immer noch Sorgen um das Gleichgewicht des Schiffes. „Warum ist sie an Bord?" fragte er.

„Wir können sie nicht einfach auf der Insel zurücklassen", antwortete ich.

Sein Gesichtsausdruck verriet, dass er nicht zustimmte. „Wirst du auf jeder unserer Reisen eine Frau finden?" grummelte er.

„Was meinte er damit?" fragte Rauna, nachdem Torvald zur Vorderseite des Schiffes gestampft war.

Ich ignorierte sie und fing an, meine Waffen und Rüstung abzulegen, um sie in meiner Seekiste zu verstauen. Als ich sie öffnete, wurde mir klar, dass darin gut sichtbar der Köcher und die Pfeile ihres Vaters lagen. Ich hatte die Pfeile behalten, weil ich gedacht hatte, dass sie der Zugkraft seines Bogens entsprechen würden. Ich brauchte keinen weiteren Köcher, aber da dieser Lederarbeiten von außergewöhnlicher Qualität aufwies, hatte ich ihn trotzdem behalten.

Sie starrte ihn eine Weile an und sagte dann mit leiser Stimme: „Das gehörte meinem Vater. Meine Mutter hat es für ihn gemacht." Sie hob die Augen und sah mir ins Gesicht. Ich hatte ihrem Aussehen bisher wenig Beachtung geschenkt. Ihr Haar hatte die Farbe von Roggen, der am Ende des Sommers auf den Feldern steht, wenn er trocken und bereit für die Ernte ist: zu hell, um braun genannt zu werden, aber auch nicht blass golden wie Haralds oder Sigrids Haar. Sie hatte es zu einem einzelnen langen Zopf geflochten, der in der Mitte ihres Rückens hing. Ihr Gesicht hatte starke, hohe Wangenknochen, leicht mit Sommersprossen besprenkelt, und ihre Augen waren hellblau mit nur einem

Hauch von Grau, wie der Himmel, wenn sich der Abend nähert. Sie glitzerten jetzt voller Tränen.

„Auf der Insel", fuhr sie fort, „der Mann, der Euer Anführer ist... er sagte, Ihr hättet meinen Vater getötet."

Ich hatte mich gefragt, wann sie es ansprechen würde. Ich war überrascht, dass sie es noch nicht getan hatte. Es war sehr unangenehm, mit der Tochter eines der Männer zu sprechen, die ich getötet hatte.

„Es gab eine Schlacht auf dem Meer. Das wisst Ihr doch, oder?" fragte ich. Sie nickte. „Die Piraten – die Männer, mit denen Euer Vater zusammen war – griffen unsere Schiffe an. Wir haben uns gegen sie verteidigt und sie besiegt. Der größte Teil der Piraten fiel im Kampf. Euer Vater gehörte zu denen, die gestorben sind."

„Aber Ihr wart es, der ihn getötet hat?"

Ich wollte nicht darüber sprechen. Ich seufzte. „Er hat einige meiner Kameraden getötet. Er versuchte, auch mich zu töten. Ja, ich habe den Pfeil geschossen, der ihn getroffen hat."

Lass es jetzt damit bewenden, dachte ich, aber sie tat es nicht.

„Wenn Ihr ihn mit Eurem Bogen getötet habt, wie konntet Ihr dann mit ihm sprechen?"

„Nachdem wir das Schiff, auf dem er sich befand, erobert hatten, fand ich ihn auf dem Deck liegend, wo er gefallen war. Er lebte noch, aber er lag im Sterben. Er fragte mich, ob ich ihn getroffen hätte. Als ich bejahte, bat er mich, Euch den Beutel zu geben, den er um den Hals trug."

Ich hoffte, sie würde nicht noch mehr über den Tod

ihres Vaters erfahren wollen. Ich wollte ihr nicht sagen, dass Gudfred ihm sein Schwert in die Kehle gestoßen hatte.

„Was ist mit seiner Leiche passiert?"

Dasselbe wie mit allen toten Piraten an Bord von Sigvalds Schiff: Während wir hinter der Möwe und der Schlange nach Öland geschleppt wurden, hatten wir sie über Bord geworfen.

„Wir haben sie im Meer bestattet." Als ich die Worte sagte, fragte ich mich, ob dadurch sein Geist an diese Welt gebunden sein würde.

„Was geschieht mit den Menschen Eures Volks, nachdem sie gestorben sind?" fragte ich.

Sie runzelte die Stirn und schüttelte den Kopf. „Ich verstehe nicht."

Ich wusste nicht, wie ich es erklären sollte. War für ihr Volk der Tod das Ende der Existenz, oder hatten Menschen Geister, die in eine andere Welt eingehen konnten, wie die unseres Volkes? Die Geister meines Vaters Hrorik und meines Bruders Harald waren nach ihrem Tod nach Walhalla gelangt, dem Festsaal der Götter, die tapfere Männer und große Krieger ehrten, indem sie sie dort willkommen hießen. Meine Mutter war als Hroriks Gefährtin im Jenseits ebenfalls dort. Die Geister derjenigen in unserem Volk, die keine großen Krieger waren, gingen nach Hel, dem Land der Toten, es sei denn, sie waren an diese Welt gebunden und wurden zu Draugr. Aber ich wusste nicht, ob die Finnen Geister hatten, die nach ihrem Tod weiterlebten. Hatten alle Menschen Geister?

„Ich wusste, dass er tot war", sagte sie plötzlich.

„Sein Geist kam und sagte es mir, während er auf dem Weg auf die andere Seite war."

„Die andere Seite?"

„Die Geisterwelt."

Ich war erleichtert. Ich bereute es nicht, den Vater dieses Mädchens getötet zu haben. Er war ein Feind gewesen und hätte mich seinerseits ohne Bedauern getötet. Aber da sie sich jetzt zumindest für eine kurze Zeit völlig unbeabsichtigt in meiner Obhut befand, wäre es noch unangenehmer gewesen, als es ohnehin war, wenn ich ihn zum Draugr gemacht hätte, indem ich seine Leiche daran gehindert hätte, eine ordnungsgemäße Bestattung zu erhalten.

„Ihr habt den Geist Eures Vaters gesehen?" fragte ich. Nach seinem Tod war mir Harald mehr als einmal im Traum erschienen. Aber ich hatte ihn noch nie gesehen, während ich wach war.

„Es war am Abend nach dem Kampf auf dem Wasser. Ich war vor unserem Zelt und schichtete das Holz für ein Feuer auf, um das Abendessen zu kochen. Ich wusste noch nicht, dass es einen Kampf auf See gegeben hatte. Ich wusste nur, dass die Schiffe morgens ausgelaufen waren, um nach Beute zu suchen, und ich erwartete sie bald zurück. Ich hörte ein seltsames Geräusch über mir, eine krächzende Stimme, die meinen Namen zu sagen schien: „Raa-naa, Raa-naa." Ich sah auf, und da saß ein Rabe im Baum über mir. Als unsere Blicke sich trafen, nickte er mit dem Kopf und flog davon. In meinem Herzen wusste ich, dass es mein Vater war, und dass er mir damit sagte, dass er gestorben war."

„In Eurem Volk werden die Menschen nach dem

Tod zu Vögeln?" Es schien ein sehr seltsamer Glaube zu sein.

Sie schüttelte den Kopf und sah mich an, als sei ich schwer von Begriff. „Der Rabe erlaubte dem Geist meines Vaters, mir eine Botschaft zu übermitteln, bevor er diese Welt ganz verließ und auf die andere Seite ging."

Ich hielt das für unwahrscheinlich.

„Wohin gehen die Geister der Menschen aus Eurem Volk?" fragte ich.

Sie streckte ihre Hände vor sich aus. „Hier. Der Ort ist überall um uns herum. Wir können ihn von dieser Welt aus allerdings nicht sehen, weil er die andere Seite ist." Nach einem Moment fügte sie hinzu: „Es sind nicht nur die Menschen meines Volks. Die Geister aller Dinge, aller Menschen und aller Geschöpfe, gehen dorthin, wenn ihre Zeit in dieser Welt vorbei ist."

Die Finnen, dachte ich, müssen ein einfaches Volk sein, um einen solchen Glauben zu haben. Was war mit den Göttern? Was war mit Walhalla? Ich war mir sicher, dass Haralds Geist dort feierte und nicht ungesehen durch den Wald schlich.

Sie zeigte auf den Köcher in meiner Seekiste. „Wenn Ihr dies habt, wo ist der Bogen meines Vaters? Habt Ihr ihn auch? Dieser Bogen ist bei meinem Volk berühmt. Mein Vater war ein großer Jäger."

Wenn sein Können als Waldläufer seiner Gefähr-lichkeit als Schütze gleichkam, konnte ich es gut glau-ben. Der Bogen war in der langen Robbenfelltasche, in der ich meinen eigenen Bogen aufbewahrte. Sie war geräumig genug für beide.

Ich nickte. „Bevor er starb, gab mir Euer Vater seinen Bogen."

Sie runzelte die Stirn. „Er hat ihn Euch gegeben?" Sie sah skeptisch aus. „Ist das wahr, oder lügt Ihr wieder?"

„Es ist wahr." Ich war gereizt. Ich hatte vielleicht ein paar notwendige Unwahrheiten gesagt, aber ich mochte es nicht, dass sie mich ständig der Lüge bezichtigte.

Meine Antwort schien sie zu beunruhigen, denn sie wandte sich ab und fand einen Platz nahe beim Ende der gestapelten Ladung, die die Mitte des Decks füllte. Dort setzte sie sich hin und zog ihre Füße an sich, um allein zu sein – zumindest so allein, wie man an Bord eines überfüllten Schiffes sein kann.

Am späten Nachmittag erreichte die Möwe unser Lager am Strand von Öland. Während wir fort waren, hatten die gesunden Besatzungsmitglieder der Schlange an der Vorbereitung der Beerdigung gearbeitet, die am nächsten Morgen für unsere Toten stattfinden sollte.

Auf Befehl von Nori hatten morgens einige der Männer aus Öland vier Ochsengespanne in unser Lager gebracht. Die Gespanne wurden mit Tauen verbunden, die am Bug von Sigvalds Schiff befestigt waren. Einige unserer Männer hatten gekürzte Stücke von Baumstämmen davor gelegt, damit der Kiel darüber rollen konnte, während andere daneben gingen und den Rumpf stützten, damit er nicht umkippte. So wurde das Schiff aus dem Wasser, über den Strand und die Felder dahinter und dann entlang des Wegs zu dem hohen Kamm gezogen, hinauf zu einer flachen Stelle auf halber Höhe. Es war ein guter Ort für einen Scheiterhaufen, hoch genug, um das Land und das Wasser dahinter zu überblicken.

Als wir zurückkehrten, war das Schiff bereits in Position. Die Stämme, die als Rollen verwendet worden waren, stützten nun die Seiten, und Unterholz und Äste waren an allen Seiten unter und gegen den Rumpf gestapelt worden. Die Laufplanke war mittschiffs angelegt worden, und die Segel und Planen waren als Zelt über das Deck gespannt.

Hastein war erfreut, dass die Vorbereitungen so weit gediehen waren. „Ich danke Euch, dass Ihr die Männer und Ochsen geschickt habt, um uns zu helfen", sagte er zu Nori.

„Und ich danke Euch", antwortete Nori. „Ihr und Eure Männer habt uns geholfen, die Frauen zu retten, die man uns geraubt hatte. Wegen Eurer Taten wird es heute Abend in vielen Haushalten große Freude geben. Ich werde Euch jetzt verlassen, aber vor Tagesanbruch komme ich wieder, um Euch und Eure Männer zum Ort der Opfergabe zu bringen. Wir werden sie im Landesinneren abhalten, nicht weit von hier. Auch das Fest findet dort statt."

Trotz seiner Worte ging er nicht weg, sondern schwankte leicht von einem Fuß auf den anderen, mit einem unentschlossenen Ausdruck im Gesicht.

„Ja?" fragte Hastein. „Gibt es noch etwas?"

„Es gab viele Diskussionen unter uns...", begann er, dann verstummte seine Stimme. Er atmete tief durch und fing wieder an. „Wir haben noch eine Bitte an

Euch."

Torvald verdrehte die Augen. Hasteins lächelndes Gesicht nahm langsam einen härteren Ausdruck an. Vielleicht erwartete er, wie ich, dass Nori darum bitten würde, dem Volk von Öland einen Teil der Beute abzugeben, die wir aus dem Lager der Piraten mitgebracht hatten.

„Was ist es?" fragte Hastein kurz angebunden.

„Eure Gefangenen", antwortete Nori. „Die Piraten. Was habt Ihr mit ihnen vor?"

Offensichtlich war Hastein von der Frage überrascht. „Ich habe mich noch nicht entschieden."

„Sie und ihre toten Kameraden haben viele Verbrechen gegen unser Volk begangen. Sie raubten uns mehrmals aus und entführten unsere Frauen. Bei den ersten Überfällen töteten sie einige unserer Männer. Das sind Taten, die nicht ungestraft bleiben sollten. Diejenigen, die Ihr im Kampf getötet habt, haben Gerechtigkeit erfahren. Aber auch diejenigen, die gefangen genommen wurden, sollen bezahlen. Würdet Ihr sie uns geben?"

„Ihr wollt Euch an ihnen rächen?" fragte Hastein.

„Wir wollen keine Rache", antwortete Nori und schüttelte den Kopf. „Wir wollen Gerechtigkeit für das, was sie getan haben. Das ist etwas anderes. Würdet Ihr das an unserer Stelle nicht auch wollen?"

Hastein schwieg eine lange Zeit. Schließlich sagte er: „Ihr könnt sie haben."

Noris Reaktion überraschte mich. Sein Gesicht wurde blass und er schnappte leise nach Luft. Vielleicht hatte er gehofft, dass Hastein ablehnen würde. Er schluckte mehrmals, als wäre seine Kehle plötzlich trocken, dann krächzte er: „Ich danke Euch. Wir werden vor Einbruch der Dunkelheit Männer schicken, um sie abzuholen." Dann drehte er sich um und eilte davon.

„Andere aus seinem Volk wollen diese Männer möglicherweise töten, aber er hat offensichtlich keinen Geschmack daran", bemerkte Torvald. „Wenigstens werden wir sie damit los."

„Hm", grunzte Hastein. Er wandte sich an mich. „Erinnert Ihr Euch, worüber wir vorhin gesprochen haben?"

Ich hatte keine Ahnung, was er meinte. Wir hatten über viele Dinge gesprochen.

Hastein sah den verwirrten Blick in meinem Gesicht und erklärte: „Euer Racheschwur. Der Gefangene Skjold, der uns in der Hoffnung auf Gnade geholfen hat. Wenn Ihr es wollt, werde ich ihn nicht mit den anderen an die Ölander ausliefern. Ich lege sein Schicksal in Eure Hände."

Ich antwortete nicht. Ich wusste nicht, was ich sagen sollte. Es war eine Entscheidung, die ich nicht treffen wollte.

„Es ist nicht einfach, nicht wahr?" sagte Hastein mit leiser Stimme. „Einen Mann im Kampf zu töten, ist eine Sache. Das hier ist eine andere. Ihr müsst für diesen einen Mann dieselbe Entscheidung treffen, die ich für alle anderen treffen musste. Sie sind in unserer Gewalt und uns ausgeliefert. Lasse ich sie leben oder schicke ich sie in den Tod? Sie werden zweifellos das Gefühl haben, dass ich sie betrogen und mein Wort gebrochen habe, das ich ihnen bei ihrer Kapitulation gegeben habe. Aber wie Ihr mir dargelegt habt, habe ich nur versprochen, dass ich und meine Männer ihnen nichts antun werden."

Hastein befahl, eines der im Piratenlager gefundenen Bierfässer an Land zu bringen, denn es würde heute Abend viele Trinksprüche auf und Erinnerungen an die zwölf Kameraden geben, deren Leichen wir morgen verbrennen würden. Die übrige Beute sollte vorerst an Bord der Möwe bleiben.

In unserer ersten Nacht auf Öland hatten wir die Leichen unserer gefallenen Kameraden gewaschen, ihnen die feinste Kleidung angezogen, die wir in ihren Seekisten finden konnten, und jeden ausgestreckt auf den Rücken, wie schlafend, auf einen Umhang gelegt. Die Aufgabe war viel einfacher zu erledigen, bevor die Totenstarre einsetzte.

Inzwischen, zwei Tage nach ihrem Tod, hatten die Leichen angefangen anzuschwellen und zu stinken. Wir arbeiteten daher so schnell wie möglich, hoben sie an ihren Umhängen hoch und trugen sie den Kamm hinauf zum Totenschiff, wo wir sie in der Mitte des Decks Seite an Seite betteten. Die Rüstung und die Waffen der Männer wurden neben ihre Leichen gelegt, und zu ihren Füßen ordneten wir jeweils die Ausrüstung eines Piraten an, der im Kampf getötet worden war. Wir hatten sonst kaum Opfergaben, die sie auf ihrer letzten Reise mitnehmen konnten, außer dem Schiff selbst. Zugegebenermaßen war das aber ein außerordentlich wertvolles Geschenk. Wenigstens würden die Waffen der getöteten Feinde und das von ihnen erbeutete Schiff den Bewohnern von Walhalla zeigen, dass diese Männer zwar im Kampf gestorben waren, aber auch die Sieger waren.

Einar und ich halfen, Hrodgars Leiche zu tragen. Wir packten die Ecken des Umhangs neben seinen Füßen, während Hastein und Torvald die beiden Ecken am anderen Ende unter seinem Kopf und seinen Schultern nahmen. Hastein erwies Hrodgar große Ehre, indem er beim Tragen seiner Leiche half, denn es war keine angenehme Aufgabe. Wie alle Toten war er mit einer Zeltplane von Sigvalds Schiff bedeckt gewesen, aber die Fliegen hatten dennoch den Weg drunter gefunden und die klaffende Wunde in seinem Hals entdeckt. Sie war nun übersät von Maden.

„Ugh", sagte Torvald. „Es ist gut, dass wir nicht länger damit warten, sie zu verbrennen. Es wird viel Bier nötig sein, um sich an Hrodgar zu erinnern, wie er war, anstatt so."

Hastein legte Sigvalds Waffen zu Hrodgars Füßen ab: seinen Helm, seine Brünne, sein Schwert und den seltsamen Speer, mit dem er gekämpft hatte. Ich erwog, auch den Bogen und den Köcher des Finnen dort abzulegen, tat es aber nicht. Ich wusste, es würde das Mädchen unglücklich machen, wenn der schöne Bogen ihres Vaters und der Köcher, den ihre Mutter dazu gemacht hatte, verbrannt würden. Es hätte mir nichts ausmachen sollen, und ich verstand nicht, wieso es das doch tat.

„Gute Reise, alter Freund", sagte Hastein. „Du warst für mich immer ein wahrer Kamerad und ein mutiger Mann."

„Ich weiß nicht, ob ich hätte tun können, was er getan hat", gab Torvald zu. „Sich auf eine Reise zu begeben in dem Wissen, dass sie einen in den Tod führen wird. Was wäre, wenn er nicht mitgekommen wäre?"

„Niemand kann seinem Schicksal entkommen", sagte Hastein.

Als wir vom Totenschiff zurückgingen, erzählte ich Einar von Noris Anliegen, und dass Hastein daraufhin Skjolds Schicksal in meine Hände gelegt hatte.

„Sie kommen vor Einbruch der Dunkelheit, um die Gefangenen abzuholen?" erwiderte er. „Wir haben wenig Zeit."

Ich verstand nicht. „Zeit wozu?"

„Du hast immer noch die Runenstäbe, die ich geschnitzt habe, oder? Hast du sie auf diese Reise mitgebracht?"

Einar hatte die Stäbe in der Nacht geschnitzt, in der wir uns zum ersten Mal begegnet waren. Gemeinsam hatten wir Tord befragt, den einzigen Überlebenden der Männer, die Toke geschickt hatte, um mich zu verfolgen, nachdem ich dem Angriff auf das Langhaus am Limfjord entkommen war. Bevor Einar ihn getötet hatte, hatten wir von Tord die Namen aller Männer erfahren, die Toke bei dem verräterischen Angriff geholfen hatten, der meinem Bruder Harald und so viele andere das Leben gekostet hatte. Einar hatte die Namen in zwei Holzstücke geschnitzt, die er zurechtgeschnitten und geglättet hatte.

„Sie sind in meiner Seekiste", antwortete ich.

„Wir sollten sie holen." Er lief los in Richtung der Möwe. Über seine Schulter rief er: „Wir müssen Skjold nach den Namen fragen, solange wir noch Zeit haben."

An der Möwe holte ich ihn ein. Als wir an Bord gingen, bemerkte ich, dass Rauna ihre Sachen vom Schiff fortgebracht und ihr Zelt etwas weiter unten am Strand aufgeschlagen hatte.

Ich öffnete meine Seekiste und kramte darin herum, bis ich die beiden Runenstäbe fand. Ich gab sie Einar. „Es liegt allerdings in meiner Macht, Skjold hierzubehalten, wenn die Ölander kommen, um die anderen abzuholen. Wenn ich das täte, könnten wir ihn befragen, wann immer wir wollen."

Einar runzelte die Stirn. „Warum solltest du das tun? Er hat zugegeben, dass er zu Tokes Männern gehört, seit dieser von deinem Vater verbannt wurde und Jütland verlassen hat. Das heißt, er war in der Nacht am Limfjord dabei. Du kannst nicht wissen, ob seine Klinge vielleicht geholfen hat, deinen Bruder Harald oder meinen Verwandten Ulf zu töten. Höchstwahrscheinlich hat er geholfen, die Frauen und Kinder zu töten, deren Sicherheit versprochen worden war. Er beteiligte sich am Niddingsvaark. Warum solltest du ihn verschonen?"

Ich hatte keine Antwort. Alles, was Einar sagte, war wahr. Skjold hatte uns aber hier auf Öland geholfen und uns viele nützliche Informationen über Tokes Pläne gegeben. Andererseits hatte er es nur aus Angst um sein eigenes Leben getan. Er schien ein Mann zu sein, der alles tun und jeden verraten würde, um sich selbst zu retten. Warum sollte ich ihm helfen?

Bevor Sigvalds Schiff vom Ufer weggezogen worden war, waren die Gefangenen von dort heruntergebracht worden. Sie saßen jetzt am Strand am Rand unseres Lagers, zusammengekauert unter dem wachsamen Blick von drei unserer Männer. Als Einar und ich sie erreichten, traf Hastein mit vier weiteren voll bewaffneten Kriegern ein. Während sich Einar in die Gruppe der sitzenden Gefangenen drängte und sich neben Skjold hockte, zog Hastein mich beiseite. „Nun? Habt Ihr Euch entschieden?"

Ich holte tief Luft, ließ sie langsam aus und nickte. „Ja", sagte ich. „Die Ölander können ihn auch mitnehmen."

„Hm", sagte Hastein. „Ich stimme zu. Es kann gefährlich sein, wenn man zu barmherzig ist. Wenn man eine Giftschlange nicht tötet, wenn sie einem über den Weg kriecht, kann sie einen später beißen."

„Warum die zusätzlichen Wachen?" fragte ich und deutete auf die Männer, die Hastein mitgebracht hatte. Bram war unter ihnen, und er trug seine neu erworbene Brünne und den Helm.

„Die Ölander werden bald hier sein. Wenn diese Männer erfahren, dass sie mit ihnen mitgehen sollen, werden sie erkennen, welches Schicksal ihnen zugedacht ist, oder es zumindest ahnen. Wir müssen bereit sein. Wenn jemand versucht zu fliehen oder zu kämpfen, werden wir sie hier und jetzt töten."

Als die Ölander ankamen, beendeten Einar und ich gerade unsere Befragung von Skjold. Nacheinander hatte Einar ihm die Namen vorgelesen, die in Runen in die beiden Stäbe geschnitzt waren. Es waren achtundzwanzig, einschließlich Toke. Bei den meisten nickte Skjold. „Er lebt noch. Er folgt immer noch Toke."

Einar hielt einen Moment inne und ein grimmiges

Lächeln huschte über sein Gesicht. „Snorre", las er vor.

„Er ist tot", antwortete Skjold. „Ihr wisst, dass er tot ist." Er sah mich an. „Ihr habt ihn im Frankenreich getötet."

„Ja", sagte Einar. „Halfdan hat ihn getötet." Er nahm sein Messer aus der Scheide und schnitt den Holzspan mit Snorres Namen vom Stab.

Vier weitere Male las Einar einen Namen vor, bei dem Skjold sagte: „Er ist tot", und Einar schabte den Namen von den Stäben. Alle vier gehörten zu der Notbesatzung, die mit Skjold auf dem Seeross die Engstelle zwischen dem Festland und Öland passieren sollte, während Toke unbehelligt auf der Seeseite vorbeifuhr. Drei waren in der Schlacht gefallen, als Sigvald unsere Schiffe angegriffen hatte. Der vierte – Gurt – war der Mann, den Einar und ich über Bord geworfen und ertränkt hatten.

Unsere Wachen oben auf dem Kamm über unserem Lager bliesen eine Warnung auf einem Horn, und Torvald rief: „Hastein, sie kommen!" Wenige Augenblicke später tauchten die Öländer auf dem Grat auf. Es war wohl fast hundert von ihnen, alle bewaffnet mit Äxten, Messern und anderen Behelfswaffen, und einige trugen Fackeln, die noch nicht angezündet waren. Geführt von Nori kamen sie vom Kamm herunter.

Einar und ich standen auf. „Warum sind sie hier?" fragte Skjold nervös. „Und wieso sind es so viele und mit Waffen?"

„Es gibt noch einen weiteren Namen auf diesen Stäben, Skjold", sagte Einar. „Deiner." Mit seinem Messer schnitt er ein letztes Stück von einem der Stöcke

342

ab und ließ den Holzspan in Skjolds Schoß fallen. „Damit bleiben zweiundzwanzig, einschließlich Toke, die noch zu finden und zu töten sind", sagte er mir. „Dann ist dein Eid erfüllt."

Wir drehten uns um. Überall um uns herum murmelten die Gefangenen ängstlich miteinander. Es wäre nicht klug, in ihrer Mitte zu bleiben.

Skjold packte meinen Ärmel. „Ich habe Euch geholfen", rief er. „Lasst nicht zu, dass sie mich mitnehmen. Ich bin einer Eurer Leute. Ich komme aus dem Dorf nahe dem Anwesen Eures Vaters."

Ich schüttelte ihn ab. „Du hast den Weg gewählt, der dich hierher geführt hat", sagte ich ihm. „Du hättest ihn nicht gehen müssen. Du hast viele Fehler begangen. Jetzt musst du für einige von ihnen bezahlen."

Als ich wegging, hörte ich Bram zu ihm sagen: „Skjold, gibt es eine Nachricht, die ich deiner Familie überbringen soll?" Falls Skjold antwortete, hörte ich es nicht.

Die Ölander hatten Hastein gebeten, am nächsten Morgen bei Morgendämmerung an der Dankes- und Opferzeremonie teilzunehmen, und den Rest unserer Männer eingeladen, ebenfalls zu kommen, wenn wir es wünschten. Einige, darunter Einar, Torvald und Gudfred, begleiteten Hastein. Ich war nicht dabei. Die Opfergabe der Ölander betraf mich nicht, und der Gedanke, erneut vor Tagesanbruch aufzustehen, hatte keinen Reiz. Ich fühlte mich von einer großen Müdigkeit überkommen. Die langen blauen Flecken, die kreuz und quer über meinen Rücken, meine Arme und meine Schultern verliefen, waren im Laufe des Tages nach der Schlacht dunkler und schmerzhafter geworden, und meine rechte Schulter und mein rechter Arm, mit denen ich mein Schwert während der Eroberung des Piratenschiffes geschwungen hatte – an deren Einzelheiten ich mich immer noch nicht erinnern konnte –, waren so steif, dass es schmerzte, sie zu benutzen.

Ich schlief bis weit nach Tagesanbruch. Als ich schließlich erwachte, fühlte ich mich, wenn auch nicht erfrischt, dann doch zumindest nicht mehr so erschöpft.

Am Tag der Schlacht hatte ich unter meiner Rüstung meine älteste Wolltunika und Hose getragen. Das war eine gute Entscheidung gewesen. Sie waren schon vorher alles andere als neu, aber jetzt waren sie überall mit Blut befleckt, das während des Kampfes auf mich gespritzt war. Ich fand einen Eimer an Bord der Möwe, füllte ihn mit Meerwasser und weichte die Sachen darin ein.

Nicht nur meine Kleidung war schmutzig. Ich war dreckig und ich stank. Ich wickelte mich in meinen längsten Umhang, um die kühle Morgenluft abzuhalten, denn ich hatte nur meine Stiefel darunter an, und ging ein Stück den Strand hinunter mit einer sauberen Tunika und Hose unter einem Arm und meinem Schwert in seiner Scheide unter dem anderen. Es gab keine Gefahr hier, die uns bekannt war, aber inzwischen fühlte ich mich unwohl, wenn ich keine Waffe in der Nähe hatte. Monate des Krieges und der Gefahr im Frankenreich hatten mich gelehrt, dass es immer klüger war, vorsichtig zu sein.

Ich blieb nicht lange im Wasser, denn das Meer war

kalt. Während ich mich mit meinem Umhang abtrocknete und mich anzog, wurde mir bewusst, dass Rauna weder gestern Abend noch heute Morgen ein Feuer vor ihrem Zelt gehabt hatte. Ich hatte sie heute überhaupt noch nicht gesehen. Hatte sie Nahrung bei sich, die sie selbst kochen konnte?

Auf dem Rückweg zum Lager blieb ich neben ihrem Zelt stehen. „Rauna, seid Ihr da drin?" rief ich. „Es ist Halfdan." Als ich es sagte, fiel mir ein, dass ich ihr nie meinen Namen genannt hatte.

Die Klappe über der Tür des Zeltes wurde einen Spalt weit geöffnet. Es war nicht genug, um hineinzuschauen, aber ich konnte erkennen, dass sie hinausspähte.

„Ich heiße Halfdan", sagte ich ihr. „Das habe ich bis jetzt nicht erwähnt."

„Was wollt Ihr?"

„Habt Ihr etwas zu essen? In unserem Lager gibt es Essen, wenn Ihr möchtet." Cullain und Regin hatten einen großen Topf gekochten Gerstenbrei zum Morgenmahl vorbereitet. „Es ist einfach, aber es ist heiß."

Sie antwortete nicht. „Ich werde mir jetzt Essen holen", sagte ich ihr. „Bringt eine Schüssel mit, wenn Ihr etwas wollt."

Unterwegs holte ich meine Schüssel und meinen Löffel von der Möwe. Als ich das Kochfeuer erreichte, sah ich, dass Hastein und die anderen zurückgekehrt waren. Hasteins Zelt war gegenüber dem Feuer aufgestellt worden, und er saß auf einer seiner Seekisten und aß.

Torvald hatte seine eigene Kiste daneben gestellt

und aß ebenfalls, wenn auch mit wenig Begeisterung. „Ich kann nur sehr begrenzt jeden Tag Brei essen, bevor er mir in der Kehle steckenbleibt", sagte er, „Es ist gut, dass es heute Abend beim Festessen Fleisch gibt."

Einar saß mit Gudfred in der Nähe auf dem Boden. „Ich mag gekochte Gerste zum Morgenmahl", sagte er.

Torvald hielt seinen Löffel über seine Schüssel und ließ den Inhalt mit einem Plumpsen wieder hineinfallen. Er schüttelte den Kopf und seufzte. „Ich ziehe es vor, Gerste als Bier zu trinken, statt sie als Brei zu essen."

Ich füllte meine Schüssel am Feuer. Als ich mich umdrehte, um mich zu den anderen zu setzen, sah ich etwas, das aussah wie ein Stapel blutiger Pferdebeine, die etwas abseits lagen.

„Der Ort der Opferzeremonie war sehr seltsam", sagte Einar, als ich mich setzte. „Es war eine große Steinfestung, die am Rande einer Klippe errichtet war, sehr alt und verfallen. Du wirst sie heute Abend sehen. Das Fest soll dort stattfinden."

„Ich habe Nori danach gefragt", sagte Hastein. „Er erzählte mir, dass es viele solcher Ruinen in Öland gibt – fast zwanzig insgesamt. Sie sind alle seit Menschengedenken verlassen. Einst muss diese Insel die Heimat vieler Krieger gewesen sein. Sie muss damals ein mächtiges Königreich gewesen sein." Er blickte zu mir. „Übrigens, Einar erzählte mir von Eurer Befragung von Skjold. Es war hilfreich, dass Ihr das getan habt. Ich wusste nicht, dass Toke so wenige Männer bei sich hatte. Wir sind ihm immer noch zahlenmäßig überlegen – zumindest vorerst." Er starrte mich einen Augenblick lang an. „Ihr habt einen merkwürdigen Ausdruck im

Gesicht."

„Dort liegt ein Stapel Beine neben dem Feuer. Pferdebeine", antwortete ich.

„Die habe ich mitgebracht", sagte Torvald. „Die Ölander haben sie mir gegeben. Cullain hat darum gebeten."

„Die Ölander haben heute Morgen zwei Pferde geopfert", sagte Einar zu mir. „Ich habe noch nie zuvor ein Pferdeopfer gesehen. Sie banden ihnen die Füße zusammen und stießen sie um, sodass sie auf der Seite lagen, dann schnitten sie ihnen die Kehlen durch."

„Es waren große, schöne Tiere", fügte Torvald hinzu. „Wenigstens wird es beim Fest viel Fleisch geben."

„Aber warum die Beine?" fragte ich.

Hastein antwortete. „Cullain will sie auskochen, um eine Knochenbrühe zuzubereiten. Er sagte, dass es mindestens zwei Tage dauern werde, aber wenn sie fertig sei, könne sie unseren Verwundeten helfen, wieder zu Kräften zu kommen. Er macht sich Sorgen um Stig. Er hat viel Blut verloren und ist sehr schwach. Wenn er nicht bald kräftiger wird, wird er nicht überleben."

Cullain ging zu dem Stapel, hob eines der Beine auf und trug es und einen großen Eisenkessel zu einem nahegelegenen Baumstamm, der an den Strand gespült worden war. Mit dem Stamm als Hackblock begann er, das Bein mit einer Axt in kurze Stücke zu zerteilen und sie in den Topf zu werfen.

„Das macht die Klinge ganz sicher stumpf", sagte Torvald.

„Habt ihr etwas von den Gefangenen gesehen?" fragte ich.

„Oh, ja", antwortete Gudfred mit einem grimmigen Lächeln. „Sie waren da. Oder zumindest ihre Köpfe, die auf Pfähle aufgespießt waren."

„Ah", sagte Torvald und zeigte auf etwas. „Schaut. Dort kommt Halfdans neue Frau."

„Sie ist nicht meine Frau", sagte ich gereizt und drehte mich um. Rauna stand am Rande des Lagers, als hätte sie Angst davor, es zu betreten. Sie hielt eine Holzschale in den Händen. Einige unserer Männer starrten sie neugierig an.

Ich stand auf und ging zu ihr hinüber. „Folgt mir", sagte ich. Sie antwortete nicht, folgte aber mit gesenktem Kopf, damit sie den Blicken derer, die sie musterten, nicht begegnen musste.

Am Feuer nahm ich ihre Schüssel, füllte sie und gab sie ihr zurück. Sie starrte es misstrauisch an. „Was ist das?"

„Es ist Gerste. Gekochter Gerstenbrei. Baut Euer Volk keine Gerste an?"

Sie schüttelte den Kopf. Nach ein paar Augenblicken sagte sie: „Ich danke Euch." Dann drehte sie sich um, eilte durch das Lager zu ihrem Zelt zurück, und schlüpfte hinein, wo sie versteckt vor allen Augen war.

„Ich habe noch nie eine Frau der Finnen gesehen", sagte Gudfred, als ich zurückkam. „Sie entspricht nicht dem, was ich erwartet habe."

„Was hast du erwartet?" fragte Torvald.

„Ich weiß es nicht. Ich habe gehört, dass die Finnen tief in den Wäldern leben und ein wildes Volk sind. Aber sie ist ziemlich hübsch und sieht überhaupt nicht wie eine unzivilisierte Wilde aus."

„Sie sehen nicht viel anders aus als wir, obwohl sie in der Regel nicht so groß sind", sagte Hastein. „Ich lebte als Junge eine Zeitlang in Halland, wo ich als Pflegekind bei einem Anführer aufgezogen wurde. Er handelte jedes Frühjahr mit den Finnen. Sie handelten mit Pelzen für Waren, die sie nicht selbst herstellen konnten. Sie sind ein einfaches, friedliches Volk. Obwohl sie meist tief in den Wäldern leben, sind sie keine Wilden."

„Ihr Vater war nicht so friedlich", bemerkte Gudfred.

„Nein", stimmte Hastein zu. „Es war seltsam, einen Finnen unter Sigvalds Männern zu finden." Er wandte sich an mich. „Ihr betrachtet sie vielleicht nicht als die Eure, aber Ihr solltet zumindest bekannt machen, dass sie wegen eines Versprechens an ihren sterbenden Vater unter Eurem Schutz steht. Wenn Ihr es nicht tut, könnte ein anderer sein Glück mit ihr versuchen. Wenn unsere Männer sie für eine ungebundene Frau halten, ohne Familie, die sie beschützt..." Er zuckte mit den Achseln. „Wie Gudfred sagt, sie *ist* hübsch genug, und unsere Männer sind schon lange weg von ihren Frauen."

„Aber Halfdan hat dem Finnen kein solches Versprechen gegeben", widersprach Gudfred überrascht. „Ich war dabei. Er hat nur versprochen, ihr den Beutel zu geben, den er um den Hals trug."

Hastein sah mich an und hob die Augenbrauen. Jetzt zuckte ich die Achseln. „Es schien der einfachste Weg, Osten zu überzeugen, sie in Ruhe zu lassen."

„Ich frage mich, was in dem Beutel war", sagte Einar. „Ich vermute, es war eine Art magischer Talisman."

„Wenn ja, dann hat er den Finnen nicht geschützt",
sagte Gudfred.

„Ihr habt Osten überredet, sie in Ruhe zu lassen",
sagte Hastein mit indigniertem Gesichtsausdruck. „Aber
was jetzt? Was ist Euer Plan, jetzt da sie hier mit uns auf
Öland ist?"

„Ich habe keinen Plan", gab ich zu.

„Dann solltet Ihr Euch besser einen einfallen lassen.
Und zwar schnell", antwortete Hastein.

Als die Sonne ihren Zenit erreichte, marschierten
wir auf den Kamm zum Totenschiff, um uns von unseren gefallenen Kameraden zu verabschieden. Jeder
brachte einen Becher für die Trinksprüche mit, die wir
auf die Toten ausbringen würden. Ich trug das schöne
Trinkhorn, das Hastein mir im Frankenreich gegeben
hatte.

Das Bierfass, das von der Möwe an Land gebracht
worden war, war in der Nacht zuvor schon ausgiebig
zum Einsatz gekommen, war aber noch halb voll. Es war
den Hügel hinaufgetragen worden und befand sich nun
in unmittelbarer Nähe des Totenschiffes. Ein kleines
Feuer war daneben angezündet worden, und mehrere
noch nicht in Brand gesetzte Fackeln lagen neben dem
Feuer bereit. Als die Männer an dem Fass vorbeigingen,
tauchten sie ihre Becher in die Öffnung und füllten ihre
Gefäße mit Bier.

Während Hastein die Planke zum Deck hinaufging,
versammelten wir uns an der Seite des Schiffes in einem
Halbkreis davor. Eine große Gruppe der Ölander,
darunter Nori, stand in der Nähe und sah zu.

Hastein hob die Hand, um uns zum Schweigen zu bringen, und sprach.

„Meine Kameraden. Meine Brüder, denn das sind wir alle jetzt. Als wir diese Reise begannen, waren wir keine Einheit. Wir waren nur den Namen nach eine Truppe. Aber jetzt haben wir gemeinsam gekämpft und einen großen Sieg über eine viel größere Streitmacht als unsere eigene errungen. Jetzt sind wir wirklich alle Waffenbrüder.

Jeder Sieg hat seinen Preis. Zwölf unserer Männer haben für unseren Sieg mit ihrem Leben bezahlt. Wir sind hier, um sie zu ehren und sie auf ihren Weg zu bringen. Heute Abend, während wir hier auf Öland feiern, werden unsere Kameraden mit den Göttern in Walhalla feiern."

Hastein drehte sich leicht um, damit er die zwölf Toten hinter sich auf dem Deck sehen konnte aber immer noch von den vor dem Schiff Stehenden zu hören war. Dann hob er den silbernen Becher in seiner Hand und rief: „Auf Hrodgar!" Ich sah, dass er um den Oberarm seinen goldenen Armreif trug – den Eidring eines Goden.

Er senkte den Becher und sprach weiter. „Er war ein mutiger Mann, der die Ehre mehr schätzte als das Leben. Ein gerechter Mann, der die Augen vor Niddingsvaark nicht verschloss. Ein Mann, der ein langes und erfülltes Leben führte und den Tod eines Kriegers wählte. Oft hat Hrodgar an meiner Seite für mich gekämpft. Ich werde dich vermissen, mein Freund." Wieder hob Hastein seinen Kelch hoch. Diesmal hoben wir alle unseren Trinkgefäße, riefen gleichzeitig: „Auf

Hrodgar!" und tranken.

Als ich mein Trinkhorn an meine Lippen hob, flüsterte ich dem alten Anführer ein privates Gebet zu. „Grüße an meinen Bruder Harald, an meine Mutter und an meinen Vater Hrorik. Sagt ihnen, dass ich hoffe, eines Tages mit ihnen und Euch in Odins großem Saal wieder vereinigt zu sein."

Einen nach dem anderen rief Hastein die Namen der Toten aus. Für jeden hatte er freundliche Worte und Lob, obwohl es in Wahrheit über einige Verstorbene nicht viel zu sagen gab, beispielsweise Skuli, Brams Freund. Er war nur ein junger Mann aus einem kleinen Dorf. Er hatte noch keine großen Taten vollbracht, die hervorgehoben werden konnten. Aber er war bereit gewesen, an der Jagd nach Toke teilzunehmen. Diese Entscheidung hatte ihn sein Leben gekostet.

Ich hatte erwartet, dass das Feuer angezündet würde, sobald alle Toten gewürdigt waren und auf sie getrunken worden war, aber Hastein sprach weiter.

„Meine Kameraden, vielleicht glaubt ihr, dass der Blutpreis für unsere gefallenen Brüder abgegolten ist. Wir haben den meisten Piraten, die uns angegriffen haben, das Leben genommen, denn sie waren unserem Mut und unseren Klingen nicht gewachsen. Die Menschen auf Öland haben diejenigen getötet, die den Kampf überlebt haben. Aber der volle Blutpreis ist noch nicht bezahlt. Ich erzähle Euch jetzt, was ich erst kürzlich erfahren habe.

Sigvald und seine Bande haben uns nicht zufällig angegriffen. Sie waren nur Piraten, und wir waren eindeutig eine Achtung gebietende Truppe. Habt Ihr

Euch schon gefragt, weshalb sie uns nicht unbehelligt passieren ließen?"

Viele nickten mit dem Kopf, und einige murmelten zustimmend.

„Sigvald wusste im Voraus, dass wir hier vorbeikommen würden. Ihm war erzählt worden, dass wir erst kürzlich aus dem Krieg im Frankenreich zurückgekehrt und unsere Seekisten mit Silber gefüllt seien. Er griff uns an, weil er glaubte, wir wären eine solch reiche Beute, dass Verluste, die er sicher erleiden würde, durch den zu erbeutenden Schatz aufgewogen werden würden. Wir sind in eine Falle gefahren, die mit dem Ziel gestellt wurde, uns zu töten. Wären wir weniger kampfstark gewesen, wäre es gelungen. Das war das Werk von Toke, dem Mann, den wir jagen. Er stellte eine sehr schlaue Falle. Er ist ein gefährlicher Gegner. Das Blut unserer Kameraden klebt an seinen Händen."

Ein wütendes Grollen breitete sich unter den Männern aus, die Hastein zuhörten.

„Ich habe auch erfahren, dass Toke unterwegs nach Birka ist", fuhr Hastein fort. „Dort hofft er, Sigrid, die Schwester unseres Kameraden Halfdan, an Sklavenhändler zu verkaufen. Sie gilt als eine große Schönheit, die in den arabischen Königreichen einen hohen Preis erzielen kann. Danach will er nach Irland segeln.

Toke darf Irland nicht erreichen. Im Moment hat er nur noch einundzwanzig Männer in seiner Kampftruppe. Wir sind ihm immer noch um mehr als zwei zu eins überlegen. Wenn wir ihn jetzt einholen können, gehört er uns. Aber in Irland hat er starke Verbündete. Thorgils, der größte Anführer der Dänen und Nordmänner, die dort leben, wird ihn unterstützen, ebenso wie andere.

Heute Abend feiern wir. Die Ölander wollen uns für unseren Sieg ehren und für ihre Befreiung danken. Aber morgen, sobald wir unsere Schiffe bereit gemacht haben, segeln wir nach Birka und nehmen die Jagd wieder auf. Das schwöre ich vor euch allen. Mit dem Tod der zwölf Männer, die wir hier ehren, zähle ich mich zu denjenigen, denen Toke Unrecht getan hat. Jetzt schuldet er mir eine Blutschuld, genau wie jene, die er schon durch seine bisherigen Verrats- und Mordtaten auf sich geladen hat. Ich werde diese Schuld eintreiben."

Hastein zog den goldenen Ring von seinem Arm und hielt ihn in der Faust hoch. „Auf diesen ungebrochenen Ring lege ich vor euch allen diesen Eid ab: Ich werde diese Jagd nicht aufgeben, auch wenn sie mich an den Rand der Welt führt."

Die versammelten Krieger brüllten ihre Zustimmung. Sie hielten ihre Becher hoch, riefen „Bis zum Rand der Welt!", und tranken auf Hasteins Eid. Auch ich wiederholte Hasteins Worte und trank. Aber in meinem Herzen hoffte ich, dass sie sich nicht als prophetisch erweisen würden.

Nachdem Hastein seine Rede beendet hatte, wurden die Fackeln angezündet und das Holz, das um das Totenschiff gestapelt war, an mehreren Stellen angezündet. Eine stetige Brise wehte nach Westen über den Kamm hinaus in Richtung des Kanals und entflammte die Glutnester schnell zu einem gewaltigen Feuer. Als das Feuer das Schiff zu verschlingen begann, erschien ein Fischadler weit über uns und kreiste dreimal in der Luft. Dann fand er eine Windbö und schwebte davon, währen der Rauch des Feuers hinter ihm her wehte. Alle waren sich einig, dass dies ein gutes Omen war. Einar vermutete, der Vogel sei aus Walhalla selbst geschickt worden, um die Geister unserer Kameraden auf ihrer letzten Reise zu führen.

Nachdem das brennende Schiff in einem Funkenregen in sich zusammengestürzt war, ging ich langsam zurück zum Lager. Die anderen um mich herum waren in bester Stimmung, teils von dem Bier, das wir zu Ehren unserer Toten getrunken hatten, teils in Erwartung des abendlichen Fests. Unsere Gruppe würde bald dorthin aufbrechen müssen. Hastein sagte, die Ruine der Festung befände sich etwas weiter oben auf der Insel, und selbst wenn wir uns jetzt auf den Weg machten, wäre es schon Abenddämmerung, bis wir sie erreichten.

Mir wurde klar, dass Hastein vorhin recht hatte: Wenn wir morgen abreisen wollten, musste ich entscheiden, was mit dem Mädchen geschehen sollte. Ich musste jetzt mit ihr sprechen, bevor wir zum Festmahl aufbrachen.

Ich hatte nicht vor, mein Trinkhorn zum Fest mitzunehmen. Ich würde meinen Holzlöffel in meine Gürteltasche stecken, aber Nori hatte Hastein versichert, dass unsere Gastgeber, die Ölander, uns Schüsseln für das Essen und Becher zum Trinken zur Verfügung stellen würden. An Bord der Möwe öffnete ich meine Seekiste, um das Horn zu verstauen. Dabei fiel mir der verzierte Lederköcher des Finnen auf.

Das Mädchen schien gerührt gewesen zu sein, als

sie ihn gesehen hatte. Spontan leerte ich die Pfeile aus und nahm ihn mit.

Wie heute Morgen war sie nirgends zu sehen, als ich ihr Zelt erreichte, und die Klappe über dem Eingang war verschlossen. „Rauna", rief ich. „Es ist Halfdan. Wir müssen reden."

Ich hörte ein Rascheln, als sie sich bewegte, aber sie antwortete nicht. Ich seufzte verärgert. „Ich habe Euch etwas mitgebracht. Den Köcher Eures Vaters."

Nach einigen Augenblicken sagte sie so leise, dass ich mich anstrengen musste, um sie zu verstehen. „Was ist… Köcher? Ich kenne das Wort nicht."

„Die Ledertasche für Pfeile. Ihr habt gesagt, Eure Mutter hätte sie für Euren Vater gemacht."

Sie zog die Klappe zur Seite und sah hinaus. Sie kniete knapp hinter der Türöffnung und hatte die Beine unter sich gezogen. Sie schaute einen Augenblick auf den Köcher in meiner Hand und dann auf mein Gesicht. Ich sah, dass Spuren von Tränen auf ihren Wangen waren. Sie hatte geweint.

Als sie sah, sie ich sie beobachtete, schnüffelte sie und wischte sich mit den Händen die Wangen ab, dann streckte die Hand aus und nahm den Köcher.

„Wir müssen sprechen", sagte ich wieder, diesmal sanfter. „Wir reisen morgen ab. Wir verlassen Öland. Wir müssen uns entscheiden, was mit Euch geschieht."

Eine Miene der Verzweiflung zog über ihr Gesicht, dann schaute sie nach unten.

„Ihr könntet hier auf Öland bleiben. Möchtet Ihr das?" Für mich wäre es am einfachsten, wenn sie es tun würde. Ich wäre sie gerne los.

Bei dem Vorschlag schaute sie ängstlich zu mir auf und schüttelte den Kopf. „Ich habe Angst vor ihnen", flüsterte sie. Ich konnte es ihr nicht verdenken.

„Wo ist Euer Volk?" fragte ich. „Wo wohnt Ihr?"

Sie zeigte vage in nordwestlicher Richtung. „Da", sagte sie. „Weit weg. Sehr weit weg."

Ich fragte mich wieder, wie sie und ihr Vater hier bei Sigvalds Piraten gelandet waren.

„Wir segeln nach Birka", sagte ich ihr. „Kennt Ihr Birka? Habt Ihr schon einmal davon gehört?"

Sie sah womöglich noch ängstlicher aus als zuvor, nickte aber. „Ich war schon dort. Einmal. Mit meinem Vater und meiner Mutter."

Das war zumindest hilfreich. Wenn ihr Volk manchmal nach Birka reiste, würden vielleicht einige von ihnen bei unserer Ankunft dort sein. In diesem Fall könnte ich sie bei jemandem lassen, der ihr helfen könnte, nach Hause zu finden.

„Gut", sagte ich. „Dann ist es beschlossen. Ihr werdet mit uns nach Birka reisen."

Ich hatte erwartet, dass sie zufrieden wäre. Stattdessen fing sie an zu zittern. Ohne ein weiteres Wort zu sagen, senkte sie die Türklappe und zog sich tiefer in ihr Zelt zurück.

Wir marschierten gemeinsam zum Festmahl. Zuerst überquerten wir das grasbewachsene Weideland hinter dem Strand und stiegen dann den Hang dahinter hinauf. Als wir den Gipfel erreichten, stellte ich fest, dass das, was ich für einen schmalen Kamm gehalten hatte, viel breiter war – der Höhenzug erstreckte sich über die gesamte Mitte der Insel. Der Boden auf dem Kamm war felsig und weit weniger fruchtbar als die flachen Landstriche, die das Ufer säumten, und überall waren Dickichte aus niedrigen, krummen Bäumen.

Eine Art Straße – eine harte Piste aus Erde, die breit genug für mehrere Reiter nebeneinander oder einen großen Wagen war – verlief am Rand des Kamms entlang und überblickte die breiten, fruchtbaren Weiden und Felder darunter. Wir folgten der Straße nach Norden, während die Sonne immer tiefer sank und die Schatten immer länger wurden.

Die Sonne war hinter dem Horizont versunken und der Mond noch nicht aufgegangen, als wir die Festung erreichten. Hier fiel die Seite des Kamms in einer steilen Felswand abrupt ab. Eine Mauer aus gestapelten Steinen, die höher war als ein Mann, fing am Rand der Klippe an und verlief fast die Länge eines Bogenschusses, bevor sie einen weiten Halbkreis beschrieb, um auf der anderen Seite wieder auf den Steilhang zu treffen. Als wir näher kamen, konnte ich sehen, dass die Festung verfallen war. Die Oberseite der Mauer war zerklüftet und uneben, und herausgefallene Steine lagen auf dem Boden daneben.

Die Straße machte eine Biegung bis zur Vorderseite der Festung, wo sich eine Öffnung befand. Vermutlich war sie einst durch ein Tor gesichert gewesen, aber jetzt war dort nichts weiter als eine große Lücke in der Mauer. Zu beiden Seiten waren Fackeln in die Steine gesteckt, die uns als leuchtende Wegweiser dienten. Wir erreichten die Öffnung und wurden dort von Nori und einer Gruppe von Männern und Frauen empfangen, die sich hinter ihm versammelt hatten und alle ein

Willkommenslied sangen. Als sie fertig waren, drehten sie sich um und führten uns hinein.

Das Innere der Festung bestand nur aus einer flachen Wiese. In der Mitte waren drei große Lagerfeuer aufgeschichtet worden, um Licht zu spenden, und im beleuchteten Bereich dazwischen befand sich ein langes, niedriges Kochfeuer. Während Nori weitschweifend mit Hastein sprach, wanderten Einar und ich in der Festung umher. Wie hatte dieser Ort in früheren Zeiten ausgesehen? Wer hatte die Festung gebaut und wohin waren sie gegangen?

„Im Frankenreich", sagte ich zu Einar, „als wir auf der Suche nach der fränkischen Armee waren, fand ich eine alte Festungsruine tief im Wald. Hast du dich schon einmal gefragt, welche Geschichten die Steine an solchen Orten uns erzählen würden, wenn sie sprechen könnten?"

Einar schüttelte den Kopf. „Nein, habe ich nicht." Er sah mich an, als wäre der Gedanke absurd. „Komm hier entlang", sagte er.

Er führte mich zum hinteren Teil der Festung und dann die Klippe entlang bis zu einem Punkt in der Mitte zwischen den beiden Stellen, an denen die lange, geschwungene Mauer den Steilhang berührte. „Hier haben sie heute Morgen die Opferzeremonie abgehalten. Und sie müssen hier auch die Gefangenen getötet haben. Schau, da sind ihre Köpfe. Ich frage mich, wo Skjolds ist."

Die Ölander hatten zwei hohe Dreibeine aus langen Holzstangen gebaut, die an ihren oberen Enden zusammengezurrt und an den unteren Enden weit gespreizt waren. Über jedes Dreibein war die Haut eines Pferdes gespannt worden, sodass sie wie ein hageres, blutiges Geistertier aussah, das sich auf den Hinterbeinen aufbäumte. Die Pferdeköpfe, die noch an den Häuten hingen, waren oben auf den Dreibeinen so befestigt, dass es den Anschein hatte, als würden sie auf das ferne Meer hinaus starren.

Auf beiden Seiten der Pferdeopfer waren entlang der Klippe so viele Pfähle in regelmäßigen Abständen in den Boden gerammt worden, dass sie auf beiden Seiten fast bis zur Mauer reichten. Auf jedem Pfahl war ein menschlicher Kopf aufgespießt, und auch sie waren dem Meer zugewandt. Es war ein grausiger Anblick. Ich war froh, dass sie nicht in die andere Richtung schauten. Ich wollte nicht, dass mich ihre toten Augen während des Festes anstarrten.

Zwei kurze Tische mit je einer Bank waren zur Festung geschleppt und mit Blick auf das Kochfeuer nebeneinander aufgestellt worden. Zusammen bildeten sie den Ehrentisch für das Fest. Nori und drei andere Dorfvorsteher saßen an einem der Tische, wobei Nori den Platz einnahm, der dem anderen Tisch am nächsten war. „Und Ihr werdet hier neben mir sitzen", sagte er zu Hastein und zeigte auf den Nachbartisch. „Bitte wählt drei Eurer Kapitäne aus, die ebenfalls hier Platz nehmen."

Natürlich saß Torvald an Hasteins Seite. Als neuer Kapitän der Bogenschützen nahm ich den Sitz neben ihm ein. Als vierten am Ehrentisch wählte Hastein Hroald, das Oberhaupt des Dorfes in der Nähe des Anwesens in Jütland, aus. Ich fand, das war eine großzügige Geste. Wären die Dorfbewohner nicht mitgekommen, hätten wir nicht genug Männer gehabt, um diese Reise zu unternehmen. Sie waren nicht wie die Männer des Anwesens verpflichtet, Harald zu rächen. Und sie waren mehr Bauern als Krieger. Dennoch waren sie aus Respekt vor Hrorik, meinem Vater, und vor seinem ermordeten Sohn mitgekommen. Jetzt waren drei der ursprünglich acht tot. Ihre Ehre und Loyalität hatten einen hohen Preis gefordert.

Ich genoss das Fest nicht. Nori als erster und dann jeder andere Anführer am hohen Tisch fühlte sich bemüßigt, wiederholt und langatmig Trinksprüche auszubringen und den Göttern dafür zu danken, dass wir sie von der Unterdrückung durch die Piraten befreit hatten. Ich glaubte nicht, dass die Götter uns geschickt hatten. Wir hatten unsere eigenen Motive, hierher zu kommen. Wenn die Nornen beschlossen hatten, unsere Fäden mit denen der Piraten und der Ölander zu kreuzen, hatten sie wohl ihre eigenen Gründe, die wir als Sterbliche nicht erkennen konnten. Aber es waren nicht die Gebete der Ölander, die uns hierher gebracht hatten.

Meine Gedanken führten immer wieder zu meinem Gespräch am Nachmittag mit Rauna. Warum war sie so ängstlich gewesen? Was war in Birka passiert? Wieder einmal fragte ich mich, wie sie und ihr Vater dazu gekommen waren, sich Sigvalds Piraten anzuschließen.

Im Gegensatz zu mir amüsierte sich Torvald ungemein. Ich fand das Pferdefleisch in dem Eintopf, den die Ölander zubereitet hatten, ziemlich zäh und fad, aber für Torvald war es genug, dass es frisches Fleisch war. Und natürlich trug es in seinen Augen zum Erfolg des Festes bei, dass es so viel Bier gab, wie wir trinken konnten.

Er stieß mich mit dem Ellbogen an und warf mich fast von der Bank. „Du hast einen seltsamen Gesichtsausdruck", sagte er. „Du siehst besorgt aus."

„Es ist nichts", sagte ich zu ihm. „Meine Gedanken sind einfach woanders."

„Es gibt Zeiten, in denen es am besten ist, überhaupt keine Gedanken zu haben. Du solltest mehr Bier trinken", schlug Torvald vor.

Ich befolgte seinen Rat. Später wünschte ich mir, ich hätte es nicht getan.

Viele Becher später – mehr als ich zählen konnte – stand ich an der Klippe, schwankte gefährlich und erleichterte mich von dem Bier, das ich getrunken hatte. Es war mir inzwischen egal, ob die toten Augen der Pferde und der hingerichteten Piraten mir zusahen.

Nori erschien an meiner Seite. Auch er hob seine Tunika an und schob seine Hose über die Oberschenkel herab, um sich zu erleichtern.

„Wir haben es jedem von ihnen angeboten", sagte er.

„Was?" murmelte ich. Ich hatte keine Ahnung, wovon er sprach.

„Die Piraten zu töten. Wir gaben jedem Mann, dem eine Frau geraubt wurde, die Möglichkeit, einen der Piraten zu töten. Wir stellten sie hier nebeneinander auf, und zwangen einen nach dem anderen, seinen Hals über einen Baumstamm zu legen. Dann erhielten diejenigen von uns, denen eine Frau entführt worden war, das Recht, einem Piraten den Kopf abzuschlagen."

Das wollte ich nicht hören. Ich wusste nicht, warum er es mir erzählte.

„Es waren neun", fuhr Nori fort. „Die Frauen von sieben der Männer wurden jetzt zu ihnen zurückgebracht. Aber bei zwei, Osten und Serck, waren die Frauen gestorben. Vier haben es geschafft. Sie nahmen die Axt und töteten einen Mann. Aber der letzte traf nicht richtig. Sein erster Schlag tötete den Piraten nicht, und er brauchte insgesamt drei Schläge, um seinen Kopf abzuschlagen. Danach sagten die meisten anderen, sie wollten niemanden mehr töten. Also töteten Osten und Serck die übrigen Piraten. Sie schlugen ihnen die Köpfe ab und warfen ihre Leichen die Klippe hinunter."

Ich wünschte, der alte Mann würde aufhören zu reden und mich in Ruhe lassen. Es war mir egal. Es ging mich nichts an. Skjold hatte den Weg gewählt, den er gegangen war. Sein Tod war seine Schuld, nicht meine.

„Osten ist nicht mehr der Mann, der er einmal war", sagte Nori. Der alte Mann war ein Schwätzer. Es ermüdete mich, ihm zuzuhören. Ich zog meine Hose hoch und drehte mich unsicher um, um zum Fest zurückzukehren.

„Seine Wut zehrt ihn auf", fuhr Nori fort. Er hielt einen Moment inne und fügte dann hinzu. „Ich weiß nicht, wo er hingegangen ist."

Ich blieb stehen und versuchte mit einem Kopfschütteln, den Biernebel zu vertreiben. „Was sagt Ihr da?"

„Osten, und Serck auch. Sie haben das Fest vor kurzem verlassen. Ich weiß nicht, wohin sie gegangen sind – aber ich bin besorgt."

„Warum erzählt Ihr mir das?" fragte ich. Aber in meinem Herzen wusste ich es.

„Euer Jarl und Euer Volk, Ihr habt uns gerettet", antwortete er. „Ich möchte nicht, dass es Ärger zwischen uns gibt."

Ich hatte mein Schwert auf dem Tisch an meinem Sitzplatz liegen lassen. Ich hastete leicht schwankend dorthin, schwang das Bandelier über meine Schulter und lief etwas langsamer auf das Tor zu. Hinter mir hörte ich Hastein rufen: „Halfdan! Wo wollt Ihr hin?" Ich nahm mir nicht die Zeit, ihm zu antworten.

Der Weg zurück zu unserem Lager schien viel weiter zu sein, als er es an diesem Nachmittag gewesen war. Die Scheide meines Schwertes verfing sich andauernd zwischen meinen Beinen und fast wäre ich gestolpert. Schließlich nahm ich sie von der Schulter und trug sie in meiner linken Hand. Ich hatte kaum Atem zum Laufen – das ganze Bier, das ich getrunken hatte, war zweifellos daran schuld. Ich musste immer wieder anhalten, Luft holen und eine Zeit lang gehen, bevor ich wieder laufen konnte.

Der Nachthimmel war klar, wurde aber nur von einem Halbmond beleuchtet. Einmal dachte ich, in der Ferne eine Gestalt oder möglicherweise zwei zu sehen, weit vor mir auf der Straße.

Gerade als ich die Stelle erreichte, an der der Kamm unser Lager überblickte, hörte ich irgendwo unten einen Frauenschrei. Dort war keine andere Frau außer Rauna. Ich stürmte den Hang hinunter, verlor den Halt und fiel kopfüber. Dabei schlug ich mit dem Kopf auf einen Felsen und zog mir eine Prellung an der Schulter zu.

Ich lag einige Augenblicke benommen da, bevor ich wieder auf die Füße taumelte. Mein Schwert war fort. Ich hatte es bei dem Sturz verloren.

Rauna schrie wieder. Ich ging bergab, diesmal etwas vorsichtiger. Sobald der Boden flacher wurde, lief ich so schnell zu ihrem Zelt, wie meine bleiernen Beine mich tragen konnten.

Die Klappe für die Abdeckung der Türöffnung war abgerissen. Drinnen kniete ein Mann mit schwarzen Haaren und einem kurz geschnittenen Bart neben Raunas Kopf, wohl derjenige, den Nori Serck genannt hatte. Er hielt ihre Arme fest, sodass sie hilflos auf dem Rücken lag, während Osten auf ihr hockte.

Ich duckte mich durch die Öffnung in das Zelt und packte Ostens langen braunen Bart direkt unter seinem Kiefer mit meiner linken Hand. Mit einem kräftigen Ruck drehte ich seinen Kopf zurück und zur Seite und zog ihn von Rauna herunter. Dann nahm ich meinen Dolch in die rechte Hand und fuhr mit der Klinge über seine Kehle. Blut spritzte aus der Wunde, und ich zerrte und schob seinen Körper aus dem Zelt.

Hinter mir ließ Serck Rauna los und sprang auf die Füße. Aus dem Augenwinkel konnte ich sehen, wie er etwas vom Boden des Zeltes aufhob. Als ich mich zu ihm umdrehte, schwang er seinen Arm und etwas Schweres prallte gegen die Seite meines Kopfes. Meine Knie gaben unter mir nach, und ich stürzte zur Seite. Das Letzte, was ich sah, bevor alles schwarz wurde, war die triumphierende Grimasse in Sercks Gesicht.

11

Birka

Als ich wieder zu mir kam, waren wir auf See. Ich öffnete meine Augen und konnte zunächst nichts erkennen. Ich wusste nicht, wo ich war, und für einen Augenblick fürchtete ich, dass ich blind war. Dann lichtete sich der graue Nebel, der meine Sicht trübte, und über mir erkannte ich Rauna, die sehr besorgt aussah. Einar war neben ihr.

„Er wacht auf", sagte er, stand dann auf und eilte davon.

Kurz darauf erschien Hastein.

„Wir waren uns nicht sicher, ob Ihr in diese Welt zurückkehren oder zur nächsten übergehen würdet", sagte er. „Torvald wollte Euch mit dem Rest unserer Verwundeten auf Öland zurücklassen, damit Cullain sich um Euch kümmern könnte. Aber Einar und Gudfred überredeten mich, Euch mitzunehmen: Es wäre eine Schande, Toke zu fangen, ohne dass Ihr dabei wäret, sagten sie. Und das Mädchen hat sich um Euch gekümmert, während Ihr bewusstlos wart. Nach dem Angriff auf sie konnten wir sie sowieso kaum noch auf Öland lassen."

„Wo bin ich?" fragte ich. Meine Stimme klang wie das trockene Krächzen eines Raben. Hastein nickte Rauna zu, und sie legte ihre Hand hinter meinen Kopf, hob ihn leicht an und hielt einen Becher an meine Lippen. Als das kühle Wasser durch meinen ausgetrockneten Hals floss, schloss ich die Augen und dachte für einige Augenblicke an nichts anderes.

„Ihr seid an Bord der Möwe", sagte Hastein, als ich meine Augen wieder öffnete. „Wir sind unterwegs nach Birka. Wir verließen Öland gestern kurz nach Mittag. Wir sind die Nacht durchgefahren, denn wir haben viel Zeit aufzuholen."

„Was ist passiert?" fragte ich. Nach dem siegessicheren Feixen in Sercks Gesicht konnte ich mich an nichts mehr erinnern.

„Ihr habt wohl das Leben des Mädchens gerettet, und sie Eures", sagte Hastein. „Die Männer, deren Frauen von den Piraten getötet wurden – Osten und Serck hießen sie – griffen sie an. Ihr habt Osten getötet, aber Serck hat Euch mit einem eisernen Kochtopf niedergeschlagen. Er wollte Euch damit den Schädel einschlagen, aber Rauna durchtrennte die Sehnen in seiner Kniekehle mit einem Messer. Er drehte sich um und schwang den Topf nach ihr, aber sie wich schnell zurück und er verfehlte sie. Er verlor das Gleichgewicht und fiel hin – es ist schwer zu stehen, wenn man ein Bein nicht mehr belasten kann. Rauna hob eine kleine Axt auf und spaltete ihm damit den Schädel. Dieses Mädchen hat eindeutig das Herz eines Kriegers. Zwei Wachen aus unserem Lager erreichten das Zelt, als Serck Euch niederschlug, und sahen alles. Es war vorbei, als der Rest von uns vom Fest kam. Wir hatten gesehen, wie Ihr davongeeilt seid, und folgten Euch. Nori erzählte mir, wie er Euch gewarnt hatte."

„Ah", sagte ich. „Ich verstehe." Aber das war etwas übertrieben. Ich schloss die Augen und schlief wieder ein.

Den Rest des Tages verbrachte ich abwechselnd im Schlaf und in benommenem Wachen. Rauna war immer bei mir, wenn ich die Augen öffnete. Jedes Mal, wenn ich erwachte, fragte sie nur: „Wasser?" Ich sagte auch nicht viel. Ich war zu benebelt, um Worte hervorzubringen.

Spät am Tag wurde mir allmählich bewusst, dass sich der Bewegungsrhythmus der Möwe geändert hatte. Ich öffnete meine Augen und sah, dass das Segel gesenkt worden war, und wir uns unter Ruderkraft bewegten.

Diesmal fühlte ich mich wacher. Ich versuchte, mich aufzurichten, aber mir wurde sofort schwindlig, und ich fiel zurück. Rauna musste wohl in der Nähe gewesen sein, denn sie erschien und kniete an meiner Seite. „Helft mir, mich aufzusetzen", sagte ich.

Ich lag auf einer Pritsche aus Pelzen und Decken, die ich nicht erkannte. Mein dickster Umhang war über mich gelegt worden, um mich warm zu halten, denn meine Stiefel und Kleidung waren ausgezogen worden. Wir waren im Heck, direkt hinter den beiden letzten Stützen der Gestelle für die Riemen und den Baum. Zwei Stangen von Raunas Zelt waren an den Stützen festgezurrt worden und bildeten einen einfachen Rahmen, und mein zweiter Umhang war darüber ausgebreitet, um mich vor Sonne und Wetter zu schützen.

Beginnend mit meiner Schlafstätte am Rudergestell bis fast zur Vorderseite des Schiffes war die Mitte des Decks mit Fracht gefüllt: unseren eigenen Vorräten sowie der Beute aus dem Piratenlager. Nachdem Rauna mir geholfen hatte, mich aufzurichten, lehnte ich mich langsam gegen ein Bündel Pelze am Ende der gestapelten Waren. Danach war ich fast atemlos, und mein Kopf pochte vor Schmerz.

Hastein war allein auf dem Achterdeck und bemannte den Helmstock. So wie es aussah, waren alle anderen Besatzungsmitglieder an den Riemen. Trotzdem war das letzte Paar im Heck unbemannt.

Im Sitzen konnte ich gerade noch über die Reling sehen. Unweit von unserer Steuerbordseite bewegte sich die Schlange auf gleicher Höhe ebenfalls unter Ruderkraft. Torvald stand aufrecht im Heck. Beide Schiffe steuerten auf das Ufer zu. Das Deck der Schlange war wie das der Möwe voll beladen. Offensichtlich war ein Teil unserer Beute aus dem zusammengerafften Reichtum des Piratenlagers zu ihr gebracht worden, um das Gewicht zwischen den beiden Schiffen so weit wie möglich auszugleichen. Langschiffe sind nicht für den Transport schwerer Lasten ausgelegt. Die Ladung, die sie befördern sollen, sind Krieger.

„Wo sind meine Kleider?" fragte ich.

Rauna drehte sich um und zeigte hinter sich. Meine Seekiste war von meinem Ruderplatz zum Ende der gestapelten Ladung gebracht worden. „Dort", sagte sie.

Ich war so schwach, dass sie mir beim Anziehen helfen musste, was mir sehr peinlich war. Wieder ließ mich die Anstrengung atemlos und mit pochendem Kopf zurück. Gudfred, der an einem Riemen gegenüber meiner Schlafstätte ruderte, beobachtete den gesamten Vorgang, was alles noch erniedrigender machte. Als wir fertig waren und Rauna mir geholfen hatte, mich erneut gegen das Pelzbündel zu lehnen, sagte er: „Versucht nicht, zu viel zu früh zu tun. So ein harter Schlag auf den Kopf kann eine heikle Sache sein. Ich kannte einmal einen Mann, der einen solchen Schlag abbekam. Nachdem er davon erwacht war, ging es ihm scheinbar gut, aber drei Tage später ist er plötzlich gestorben. Ihr sollt Euch ausruhen. Wenn der Schlag Euch nicht tötet, werdet Ihr Euch mit der Zeit besser fühlen."

Seine Worte sollten mich wohl ermutigen, sie taten es aber nicht.

Nachdem die beiden Schiffsbuge an einen Sandstrand gezogen worden waren, damit wir unser Lager für die Nacht aufschlagen konnten, legte Einar zur Unterstützung meinen Arm über seine Schultern und half mir an Land. Rauna brachte eine der dicken Pelzdecken mit – es stellte sich heraus, dass sie ihr gehörten –, um eine warme, trockene Unterlage für mich zu schaffen, und Gudfred trug meine Seekiste an Land, damit ich etwas zum Anlehnen hatte.

Während sie mir halfen, mein Lager nicht weit vom Kochfeuer einzurichten, kamen Hastein und Torvald herüber.

„Du lebst also", sagte Torvald. „Ich war mir überhaupt nicht sicher, ob du es schaffen würdest, so wie du ausgesehen hast. Wir konnten dich nicht wecken, nicht einmal am nächsten Tag. Die Skalden werden erleichtert sein."

Hastein runzelte die Stirn. „Was?"

„Die Skalden", antwortete Torvald. „Sie erzählen solch schöne Geschichten über den mächtigen Krieger Starkbogen. Es wäre überhaupt nicht passend, wenn er mit einem Kochtopf erschlagen worden wäre, während er betrunken um eine Frau kämpfte. Das wäre ein unwürdiges Ende für seine Geschichte."

Ich starrte ihn verärgert an. Wenn er mich nicht ermutigt hätte, beim Festmahl so viel zu trinken, wäre das alles vielleicht nicht passiert.

Ich bemühte mich, Torvald zu ignorieren, und wandte mich an Hastein. „Also sind wir unterwegs nach Birka? Was ist der Plan?"

Hastein zuckte mit den Achseln und grinste. „Er ist einfach. Wir verkaufen die Waren, die wir aus Sigvalds Lager mitgenommen haben, und hoffentlich finden wir Toke dort und töten ihn. Und wenn wir das tun, befreien wir auch Eure Schwester Sigrid."

„Glaubt Ihr wirklich, dass es Hoffnung gibt?" fragte ich. „Hat er nicht zu viel Vorsprung, um noch dort zu sein?"

„Vielleicht", gab Hastein zu. „Aber vielleicht auch nicht. Toke hat große Anstrengungen unternommen und ist weit gereist, um Eure Schwester nach Birka zu bringen, um sie dort zu verkaufen. Nur in Birka findet er Sklavenhändler, die mit den arabischen Königreichen handeln, wo sie den höchsten Preis bringen wird. Die Umstände haben sich für ihn eindeutig verschlechtert. Vor wenigen Wochen war er noch Herr über ein stattliches Anwesen in Jütland, und er betrachtete die Menschen und Krieger dort als seine eigenen. Jetzt ist er mit nur einer Handvoll Männern auf der Flucht. Ich glaube, dass der Gewinn, den er sich vom Verkauf Eurer Schwester erhofft, für ihn von großer Bedeutung ist."

Ich konnte nicht erkennen, wie irgendetwas davon

die Tatsache verändern konnte, dass Toke Birka Tage vor uns erreichen würde. „Aber er wird mehr als genug Zeit gehabt haben, um sie zu verkaufen und zu verschwinden", sagte ich.

„Vielleicht", sagte Hastein erneut. „Aber vielleicht auch nicht. Die Sklavenhändler, die Toke sucht, die ihm den Preis zahlen werden, den er vermutlich haben will, sind nicht immer in Birka. Es sind reisende Händler. Ich nehme an, dass er falls erforderlich in Birka warten wird, um den bestmöglichen Preis für Eure Schwester herauszuschlagen. Wenn wir Glück haben, ist Toke immer noch in Birka, wenn wir dort ankommen, und wartet auf einen lukrativen Sklavenhändler."

„Und wenn nicht?"

Hastein zuckte mit den Schultern. „Dann verkaufen wir unsere Waren, kehren nach Öland zurück, um unsere Verwundeten abzuholen, und treten die Heimreise nach Jütland an. In diesem Fall wird unsere Jagd länger dauern. Der Winter naht, und die Reise nach Irland, Tokes nächstem Ziel, ist auch bei gutem Wetter nicht einfach. Wir nehmen dann die Verfolgung im Frühjahr wieder auf."

Als ich über Hasteins Worte nachdachte, erinnerte ich mich plötzlich an mein Schwert. Wir waren auf halbem Weg nach Birka, und es lag auf dem Hang des Bergkamms auf Öland.

„Was ist?" fragte Hastein, als er meinen Gesichtsausdruck sah.

„Mein Schwert", antwortete ich. „Ich verlor es, als ich zu Raunas Zelt lief und fiel, nachdem ich sie schreien gehört hatte."

„Es ist in Eurer Seekiste", sagte Hastein. „Wir bemerkten am nächsten Morgen, als wir Euch an Bord der Möwe brachten, dass es fehlte. Einar suchte den Weg ab, den Ihr gegangen seid, und fand es."

Ich atmete erleichtert tief durch.

Hastein starrte mich einige Augenblicke schweigend an. „Es gibt etwas, worüber Ihr nachdenken solltet", sagte er schließlich. „Dies ist das zweite Mal, dass der Genuss von zu viel Bier Euch fast das Leben gekostet hat." Dann drehte er sich um und ging weg.

Hasteins Worte waren schmerzlich. Ich wusste, worauf er sich bezog – auf die Zeit in Ruda, nachdem Snorre in der Stadt angekommen war. In einer Schlägerei hatte ich mich von ihm fast aufschlitzen lassen. Auch damals hatte ich mit Torvald getrunken.

Ein Gefühl der Verzweiflung überkam mich. Wir waren so nah dran gewesen, Toke zu erwischen. Aber ich glaubte nicht, dass wir ihn in Birka finden würden. Ich glaubte nicht, dass wir rechtzeitig dort ankommen würden, um Sigrid zu retten. Ich hatte nicht das Gefühl, dass wir auf dieser Reise Glück hatten.

Rauna hatte ihr Zelt in der Nähe meines Sitzplatzes aufgebaut, während Torvald und Hastein mit mir sprachen. Das war etwas neues. Auf Öland hatte sie sich weitgehend versteckt gehalten und versucht, mich zu meiden, außer wenn es absolut notwendig war. Jetzt war sie meistens in meiner Nähe. Vielleicht lag es daran, dass ich so schwach war und sie sich mir verpflichtet fühlte, weil ich versucht hatte, Ostens und Sercks Angriff entgegenzutreten. Oder vielleicht hatte sie danach nur

Angst, allein zu sein. Oder vielleicht war es ein bisschen von beidem.

Später am Abend, nachdem das Abendessen zubereitet worden war – ein einfacher Eintopf aus Gerste und Gemüse – brachte sie zwei Schüsseln davon vom Kochfeuer. Sie gab mir eine und setzte sich mit der anderen neben mich.

Wir aßen schweigend. Ich hatte Heißhunger, denn ich hatte vor zwei Tagen das letzte Mal gegessen. Ich leerte schnell meine Schüssel, und auf meine Bitte hin kehrte Rauna zum Kochfeuer zurück und füllte sie wieder. Aber als ich zu essen anfing, hatte ich plötzlich Magenschmerzen. Ich hätte nicht so viel so schnell hinunterschlingen sollen, nachdem ich so lange nichts zu mir genommen hatte.

Nach ein paar Löffeln stellte ich die Schüssel neben mir auf den Boden und lehnte mich wieder zurück. „Ich werde den Rest später essen", sagte ich.

„Wer ist dieser Mann Toke, von dem Euer Anführer sprach?" fragte Rauna plötzlich. „Ihr und Eure Leute jagt ihn, ja?"

Ich nickte. „Er ist ein sehr böser Mann. Er hat meinen Bruder und viele andere getötet. Ich habe geschworen, sie zu rächen."

„Und er hat auch Eure Schwester geraubt?"

Ich nickte wieder. „Unser Vater war ein Stammesfürst. Sie ist hochgeboren, aber er will sie als Sklavin verkaufen."

Sie saß da und starrte mich an, sagte aber nichts weiter. Ich fragte mich, was sie sich dachte. Wenn, wie Hastein sagte, ihr Volk – die Finnen – ein friedliches

Volk war, was musste sie dann von uns halten?

Ich brach das Schweigen. „Ich stehe in Eurer Schuld."

Sie runzelte die Stirn. „Aus welchem Grund?"

„Für mein Leben. Ohne Euch hätte Serck mich getötet. Für mich ist das keine Kleinigkeit."

„Ich habe nicht gehandelt, um Euch zu retten", sagte sie. „Ich hatte Angst um mich. Ich weiß, was Eure Leute den Frauen meines Volkes antun können. Ich habe es gesehen. Es gibt viele böse Menschen unter euch."

Nach dem, was Osten und Serck versucht hatten, konnte ich es ihr nicht verübeln, dass sie so dachte. Aber sie sollte nicht ein ganzes Volk für die Taten einiger ruchloser Männer verantwortlich machen. „Ich stehe in Eurer Schuld", sagte ich noch einmal. „Ich werde es nicht vergessen. Ich werde alles tun, damit Ihr zu Eurem eigenen Volk zurückkehren könnt. In Birka werden wir jemanden finden, der Euch hilft."

Wie in der Nacht auf Öland überzog bei meiner Erwähnung von Birka Angst ihr Gesicht, und sie begann zu zittern.

„Was ist los?" fragte ich. „Was in Birka macht Euch Angst? Was ist dort passiert?"

„Lasst mich nicht in Birka zurück", flehte sie. „Es ist niemand da, der mir helfen wird. Es ist ein böser Ort voller böser Menschen."

„Ich werde Euch nicht in Gefahr bringen. Das verspreche ich Euch. Aber Ihr müsst mir sagen, wovor Ihr Euch fürchtet."

Sie sagte nichts, sondern rang die Hände und schaukelte mit dem Oberkörper vor und zurück.

„Rauna", sagte ich mit leiser Stimme, „Wie seid Ihr und Euer Vater Teil von Sigvalds Piratenbande geworden? War es in Birka? Was ist dort passiert? Ich möchte Euch helfen, aber das kann ich nicht, wenn ich die Hintergründe nicht kenne."

Sie schwieg so lange, dass ich dachte, sie würde nicht antworten. Aber schließlich atmete sie tief durch, hob den Kopf und sah mir ins Gesicht. „Viele Jahre lang kam ein Mann – einer aus Eurem Volk – in unser Land, um mit uns zu handeln", begann sie.

Das überraschte mich. Meines Wissens lebten die Finnen tief im Hinterland von Svealand und Götaland. „Heißt das, er war Däne?" unterbrach ich sie.

Sie runzelte die Stirn. „Was ist ein Däne?"

„Ich bin Däne. Mein Volk sind die Dänen. Wir leben in Gebieten weit westlich von hier." Es war klar, dass sie nicht verstand. „Es gibt viele Völker der Nordländer", sagte ich ihr. „Hier, wo wir jetzt sind, ist Svealand – das Königreich der Svear. Das Land hier gehört ihnen."

„Niemand kann das Land besitzen", widersprach sie.

Ich ignorierte sie und fuhr fort. „Westlich von hier liegt das Land der Gauten und westlich ihrer Königreiche das Land der Dänen. Jenseits der Dänen nördlich des Meeres um Jütland leben die Nordmänner."

Sie schüttelte den Kopf. „Sprecht ihr nicht alle die gleiche Sprache?"

Ich nickte. „Ja, die gemeinsame Sprache des Nordens. Was wir jetzt sprechen."

„Und ihr kleidet Euch alle in Eisen und tragt viele Waffen und kämpft und tötet. Alle diese Völker, von denen Ihr sprecht, sind gleich. Sie sind alle die Anderen. Ich", sagte sie und klopfte auf ihre Brust, „bin einer der Menschen – ich bin Sami. Ihr seid einer der Anderen."

Das führte nirgendwo hin. Sie wusste zu wenig von der Welt, um sie zu verstehen. „Setzt Eure Geschichte fort", sagte ich ihr.

„Der Händler, der jedes Jahr zu uns kam, hieß Barne. Er war an unseren Pelzen interessiert. Für sie gab er uns Messer, Äxte, bunte Stoffe, Perlen und andere Dinge, die wir nicht hatten. Er war ein guter Mann. Er war nicht böse. Er brachte meinem Vater und anderen in unserem Volk, die es lernen wollten, Eure Sprache bei. Er versuchte, uns zu überreden, seinem Gott zu folgen – er glaubte, dass es nur einen gäbe, was wirklich töricht ist.

Mehrmals nahm er meinen Vater mit nach Birka, wenn er viele Felle hatte. Das war seine Heimat."

„Ach", sagte ich. „Dann war dieser Barne ein Händler der Svear."

Sie schenkte mir keine Beachtung. „Wenn mein Vater zurückkehrte, hatte er immer sehr viele Güter für unser Volk. Er sagte, Barne habe ihn viel über die Sitten und den Glauben der Anderen gelehrt.

Letzten Winter ist Barne nicht gekommen. Stattdessen kam eine große Gruppe der Anderen in unser Land. Sie kamen nicht zum Handeln. Sie hatten viele Waffen, und sie kamen, um zu rauben und zu töten. Alle, die konnten, flohen tief in die Wälder, um ihnen zu entkommen, aber viele wurden getötet und andere weggebracht, und wir haben sie nie wieder gesehen. Unsere Dörfer wurden niedergebrannt und unser Eigentum gestohlen."

Sie erzählte ihre Geschichte so langsam wie Einar. Ich fragte mich, wie spät in der Nacht es sein würde, bevor wir zu Sigvald kamen.

„Im Frühjahr, nachdem die Räuber weg waren und sich unser Volk wieder gefunden hatte, suchten unsere Noaidi auf der anderen Seite nach Barne und fanden ihn dort. Auch er war von den Räubern getötet worden, und sein Geist hatte diese Seite der Welt verlassen."

Nun verstand *ich* nicht. „Was ist ein Noaidi?" Ich hatte große Mühe, das seltsame Wort auszusprechen. Es stammte eindeutig aus der Sprache ihres Volkes, nicht aus der gemeinsamen Sprache.

„Ein Noaidi ist ein spiritueller Reisender. Sein Geist kann seinen Körper verlassen, auf die andere Seite reisen und zurückkehren. Die Welt von beiden Seiten sehen zu können, gibt ihm große Kraft und Weisheit. Gibt es keine Noaidi in Eurem Volk?"

Ich schüttelte den Kopf. Sie schien überrascht.

„Was ist passiert, als Ihr erfuhrt, dass Barne tot war?" fragte ich.

„Es wurde viel diskutiert, was wir tun sollten. Niemand glaubte, dass die Angreifer nie zurückkommen würden. Einige sagten, dass wir fortgehen und andere Gebiete suchen sollten, in denen wir leben konnten. Aber andere sagten, dass unser Volk seit Anbeginn der Zeit auf diesem Land gejagt und gefischt hätte und dass unsere Geister und die unserer Väter und ihrer Väter vor ihnen an das Land gebunden seien. Wenn wir es verlassen würden, würden sich unsere Geister nach unserem Tod verirren.

Mein Vater sagte, wir sollten nach Birka gehen und dort um Hilfe bitten. Als Barne mit ihm nach Birka gereist war, hatte er ihm gesagt, dass die Menschen dort Regeln hätten, nach denen sie lebten. Wenn jemand gegen die Regeln verstoße und eine andere Person verletze, könne die verletzte Person zu einer großen Versammlung gehen und darum bitten, dass das Unrecht wiedergutgemacht werde. Barne hätte ihn zu einem Treffen mit dem Anführer in Birka mitgenommen, der solche Versammlungen leitete, wenn sie abgehalten wurden. Mein Vater sagte, er sei wie Barne ein guter Mann. Unserem Volk sagte mein Vater, dass er die Reise nach Birka unternehmen würde, um den dortigen Führer um seine Hilfe gegen die bösen Männer zu bitten, die uns angegriffen hatten. Wir sollten ein Geschenk der schönsten Winterpelze von Füchsen und Mardern mitnehmen, das wir dem Anführer von Birka geben könnten. Alle unsere Leute gaben ihre besten Pelze für das Geschenk."

Das war fürwahr eine seltsame Geschichte. Wie würde sie zu Sigvald führen?

„Weil die Reise so lang war, reisten meine Mutter, mein Bruder und ich mit meinem Vater, damit er nicht allein war. Nach vielen Tagen erreichten wir das Ufer eines großen Sees. Birka, erklärte mein Vater, läge auf einer Insel in der Mitte des Sees. Wir würden dort am Ufer ein Lager aufschlagen und warten, bis ein Boot vorbeikam. Er und Barne hätten das so getan. Wenn ein Boot kam, würden wir die Fahrt zur Insel bezahlen.

„Nach drei Tagen kam tatsächlich ein Boot. Es waren fünf Männer darin, die angelten. Mein Vater erzählte ihnen, warum wir nach Birka gekommen waren, und bat sie, uns dorthin zu bringen. Die Männer sagten, ihr Boot hätte nur noch Platz für einen weiteren Passagier. Also nahm mein Vater das Bündel Pelze und ging mit ihnen. Er sagte uns, wir sollten warten, bis er zurückkäme.

Die Männer im Boot waren böse, wie die Räuber. Sie waren nicht weit vom Ufer entfernt, als meine Mutter sah, wie einer von ihnen meinen Vater mit großer Gewalt auf den Kopf schlug und ihn über Bord in das Wasser des Sees warf. Dann wendeten sie ihr Boot und ruderten zurück zu unserem Lager.

Ich war im Wald, um Feuerholz zu sammeln, und sah es nicht. Ich hörte meine Mutter schreien und rannte zu ihr. Ich kam bei unserem Lager an, als das Boot der bösen Männer gerade das Ufer erreichte. Meine Mutter rief mir zu, sie hätten meinen Vater getötet und ich solle fliehen. Sie ergriff meinen Bruder – er war erst zwei Jahre alt – und lief ebenfalls weg. Ich hatte solche Angst. Ich floh in den Wald, so schnell ich konnte. Meine Mutter konnte nicht Schritt halten. Ich hörte sie wieder schreien, aber ich hatte zu viel Angst, um zurückzukehren und ihr zu helfen.“

Rauna ließ den Kopf hängen und fing an zu weinen.

„Du hast das Richtige getan“, sagte ich, sie spontan duzend. „Deine Mutter wollte, dass du wegläufst. Du hättest ihr nicht helfen können.“

„Das kannst du nicht wissen“, sagte sie bitter. „Du warst nicht da.“

Erleichtert stellte ich fest, dass sie mich auch geduzt

hatte – ich hatte sie damit nicht beleidigt. „Erinnerst du dich an den Mann, von dem Jarl Hastein sprach? Den bösen Mann Toke? Du hast mich nach ihm gefragt."

Sie nickte.

„Er und andere Männer haben einen Bauernhof in meiner Heimat angegriffen. Sie töteten alle Frauen und Kinder dort. Am Ende waren mein Bruder und ich von ihnen umstellt. Mein Bruder sagte mir, ich solle laufen. Er wollte nicht, dass ich dort mit ihm sterbe. Ich bin weggelaufen, und ich bin entkommen, aber er wurde getötet. Ich kenne den Schmerz, den du fühlst. Aber du hast getan, was deine Mutter von dir wollte. Du hättest ihr nicht helfen können."

Sie hob den Kopf und starrte mir lange ins Gesicht. Sie hatte jetzt aufgehört zu weinen, aber ihre Wangen waren feucht von ihren Tränen, und sie musste noch schniefen.

„Ist das wahr? Oder lügst du mich an?"

„Es ist die Wahrheit. Ich floh, weil mein Bruder es verlangte. Es war das, was er für mich wollte. Ich hätte ihm nicht helfen können. Ich hätte nur mit ihm sterben können. Aber ich habe geschworen, alle zu töten, die an seinem Tod beteiligt waren. Deshalb habe ich überlebt."

„Die Männer, die meine Mutter getötet haben, sind bereits tot", murmelte sie.

„Erzähle mir, was passiert ist."

„Später am Tag, als es dunkel wurde, schlich ich mich zurück zu unserem Lager. Ich fand ihre Leichen. Weil sie meinen Bruder trug, hatte meine Mutter nicht schnell genug laufen können, um zu entkommen. Die Männer hatten den Schädel meines Bruders an einem

Baum zerschmettert und ihn dort liegen lassen. Die Kleider meiner Mutter hatten sie weggerissen, und sie hatten, sie hatten..." Sie schüttelte den Kopf. Sie starrte vor sich hin, als sehe sie ihre Mutter in ihren Gedanken – was sie an diesem Tag gefunden hatte – und ihr Gesicht reflektierte das Grauen.

„Sie hatten sie vergewaltigt?" fragte ich.

Sie schüttelte wieder den Kopf, als wolle sie ihn freimachen, und sah mich an. „Was ist... vergewaltigt?"

„Wenn ein Mann Beischlaf mit einer Frau ohne ihr Erlaubnis hat. Wenn er sie gegen ihren Willen nimmt."

„Dein Volk würde für so etwas ein Wort haben", sagte sie bitter. „Mein Volk hat kein solches Wort. So etwas passiert bei uns nicht. Ja, sie hatten meine Mutter vergewaltigt und dann getötet."

„Aber was ist mit deinem Vater? Offensichtlich lebte er noch."

Sie nickte. „Als die bösen Männer ihn in den See warfen, weckte ihn das kalte Wasser. Aber er war wie du nach dem Schlag mit dem Topf – er war schwach und verwirrt. Er schaffte es, zum Ufer zu schwimmen, fiel dann aber wieder in Ohnmacht. Am nächsten Morgen fand ich ihn in einem Schilfrohrgestrüpp etwas unterhalb unseres Lagers.

Ich begrub meine Mutter und meinen Bruder. Ich war froh, dass mein Vater sie nicht im Tod sah. Aber ich wusste, wie sehr er sie geliebt hatte. Ich schnitt ein Stück von ihrem Zopf ab, damit er etwas hatte, das ihn an sie erinnerte. Diese Erinnerung an meine Mutter war in dem Beutel um seinen Hals, von dem er wollte, dass du ihn mir gibst. Ich verlegte unser Lager in den Wald, wo es vom Ufer aus nicht zu sehen war. Und ich pflegte meinen Vater, bis seine Kräfte zurückkehrten.

Mein Vater sagte, wir müssten nach Birka gehen. Er glaubte, dass die Männer, die ihn beraubt und meine Mutter und meinen Bruder getötet hatten, sicherlich von dort kämen. Was sie getan hatten, habe gegen die Regeln der Menschen in Birka verstoßen. Er war sicher, dass der Anführer dort, den er mit Barne getroffen hatte, ein guter Mann sei, der dafür sorgen werde, dass die bösen Männer bestraft würden.

Meinem Vater zufolge gab es in Birka immer viele sehr große Boote – Schiffe – denn die Menschen kamen aus vielen fernen Ländern dorthin, um Handel zu treiben. Barne hatte ihm gesagt, dass die Schiffe von Süden her durch einen engen Kanal vom offenen Meer kämen. Mein Vater wollte, dass wir zu Fuß den See umrundeten, bis wir den Kanal erreichten. Dort würden wir eines der vom Meer kommenden Schiffe bitten, uns nach Birka zu bringen.

Ich flehte ihn an, es nicht zu tun. Ich hatte Angst. Ich sagte ihm, dass selbst wenn ein Boot anhalten würde, sie uns das gleiche antun würden, was die anderen Männer getan hatten. Aber er wollte nicht auf mich hören. Er sagte mir, dass nicht alle böse seien. Es seien viele gute Männer unter ihnen, wie Barne und der Anführer von Birka, und dass diese guten Männer uns helfen würden.

Wir brauchten vier Tage, um die Mündung des Kanals zu erreichen. Wir warteten dort einen weiteren Tag, bevor ein Schiff aus dem Süden auftauchte. Das erste Schiff hielt nicht an, als wir es auf uns aufmerksam machten. Nachdem es vorbeigefahren war, ging mein Vater in den Wald und erlegte einen Hirsch. Er hängte den Kadaver so auf, dass er vom Kanal aus zu sehen war, und jedes vorbeikommende Schiff wusste, dass wir Fleisch zum Handeln hatten. Das nächste Schiff hielt an. Ich wünschte, es wäre nicht so gewesen. Mein Vater könnte heute noch am Leben sein, wenn wir nicht an Bord gegangen wären. Der Kapitän des Schiffes war Sigvald."

„Sigvald?" stieß ich aus. „Der Anführer der Piraten? Er war in Birka?"

Rauna nickte. „Er hatte viele Güter an Bord seines Schiffes und wollte sie nach Birka bringen, um sie zu verkaufen. Er und seine Männer hatten viele Waffen. Sie kamen mir sehr wie die Männer vor, die unser Volk im Winter angegriffen hatten. Sie machten mir Angst. Aber sie haben uns nichts getan.

Mein Vater erzählte Sigvald, warum wir aus unserem Land nach Birka gekommen waren; von den Räubern und wie wir Hilfe gegen sie suchten. Er erzählte Sigvald auch, wie die bösen Männer ihn betrogen und ausgeraubt hatten und meine Mutter und meinen Bruder getötet hatten. Er müsse nach Birka gehen, um dem Anführer dort zu erzählen, was passiert sei, damit er die Männer bestrafen würde, die gegen die Regeln ihres Volkes verstoßen hatten. Er sagte Sigvald, er und seine Männer könnten den Hirsch haben, wenn sie uns in die Stadt brächten." Auf einmal schwieg sie.

„Was hat Sigvald getan?" fragte ich. „Was hat er gesagt?"

Sie schüttelte den Kopf. „Es ergab für mich keinen

Sinn. Zuerst hat er nur gelacht. Alle seine versammelten Männer, die die Worte meines Vaters gehört hatten, lachten ebenfalls. Dann fragte er meinen Vater, wie gut er mit seinem Bogen umgehen könne.

Ich sah, dass mein Vater wütend war, aber versuchte, es zu verbergen. Er wandte sich zu mir und sagte, dass wir das Schiff verlassen sollten. Aber Sigvald sagte, wenn mein Vater ein von ihm genanntes Ziel treffen könne, würden er und seine Männer uns nach Birka bringen. Als mein Vater das Ziel traf, nickte und lächelte Sigvald und die Männer mit ihm.

Ich bin sicher, Sigvald wusste, was in Birka passieren würde. Mein Vater fand den Anführer. Zuerst wollte er nicht einmal mit uns sprechen, aber mein Vater erinnerte ihn daran, dass sie sich schon einmal begegnet seien und dass damals Barne dabei gewesen sei. Nach der Erwähnung von Barnes Namen hörte er zumindest zu, was mein Vater zu sagen hatte. Aber er half uns nicht. Er sagte, dass das, was im Winter im Land unseres Volkes geschehen sei, ihn nichts angehe. Außerdem könne mein Vater nicht wissen, dass die Männer, die ihn beraubt und meine Mutter und meinen Bruder getötet hätten, aus Birka stammten. Ohnehin würden die Regeln, von denen mein Vater sprach – die Regeln der Einwohner von Birka – nicht für unser Volk gelten. Er sagte, es tue ihm leid – das klang so unaufrichtig, dass ich gleich dachte, es sei gelogen– aber es gebe nichts, was er tun könne, um uns zu helfen.

Sigvald hatte uns zum Anführer von Birka begleitet. Danach sagte er meinem Vater, dass die Männer, die meine Mutter und meinen Bruder getötet hatten, nur auf einer Weise zur Rechenschaft gezogen werden könnten: Er müsse sie finden und selbst töten. Sigvald sagte, er würde meinem Vater dabei helfen, aber er würde eine Gegenleistung fordern. Er bräuchte Männer, die mit einem Bogen umgehen können. Wenn mein Vater einverstanden sei, ihm ein Jahr lang zu dienen, würde er ihm helfen, die Männer zu finden, die meine Mutter getötet hatten. Nach Ablauf des Jahres könnten mein Vater und ich nach Hause zurückkehren, wenn wir wollten, und wir hätten viele Reichtümer, die wir mitnehmen könnten."

„Dein Vater hat zugestimmt?" fragte ich. Sie nickte. „Und Sigvald half ihm, die Männer zu finden, die deine Mutter und deinen Bruder getötet haben?"

Sie nickte wieder. „Er brachte uns mit seinem Schiff zurück zu unserem Lagerplatz. Er sagte, wenn sie an jenem Tag in dieser Gegend geangelt hätten, würden sie früher oder später wiederkommen. Zwei Tage lang ruderten er und seine Männer mit ihrem Schiff am Ufer entlang. Viermal sahen wir kleine Boote mit Männern beim Angeln, und wir näherten uns ihnen, aber sie waren es nicht. Aber im fünften Boot, das wir am zweiten Tag fanden, waren die bösen Männer. Sigvald manövrierte sein Schiff dicht neben das Boot, und mein Vater erschoss einen nach dem anderen mit seinem Bogen.

Er hatte nie zuvor einen Mann getötet. Er dachte, die Männer zu töten, würde ihm helfen. Sigvald hatte ihm gesagt, sie müssten eine Blutschuld zahlen. Aber danach war mein Vater nicht mehr derselbe. Und dann, später, erfuhren wir die Wahrheit über den Handel, den mein Vater eingegangen war. Sigvald und seine Männer waren nicht anders als die Räuber, die unser Land angegriffen hatten. Obwohl er nie mit mir darüber sprach, wusste ich, dass auch mein Vater manchmal Männer tötete, die ihm nie etwas getan hatten, wenn Sigvald mit seinen Schiffen auf Jagd ging. Mein Vater änderte sich. Er war nicht mehr derselbe Mann, der er einmal war. Es war, als wäre etwas in ihm gestorben."

Wir saßen eine Weile schweigend da. Was Rauna mir erzählt hatte, erklärte vieles. Aber ich hatte nun ein Problem. Es würde niemanden in Birka geben, der ihr helfen könnte, in ihre Heimat zurückzukehren. Ich konnte sie dort nicht sich selbst überlassen.

Donner grollte in der Ferne. Ein kalter Wind wehte vom Meer herüber. Damit kam Nebel auf, der Regen ankündigte.

Rauna roch den Wind. „Es wird heute Abend einen Sturm geben." Sie zögerte und fügte dann hinzu: „Du kannst in meinem Zelt schlafen – nur heute Nacht, zum Schutz vor dem Regen. Das bedeutet nicht, dass du in mein Bett kommen kannst. Verstehst du das?"

Ich nickte.

Sie stand auf und ging zu ihrem Zelt, ohne sich umzusehen. Ich stand unsicher auf, sammelte die Pelze auf, die mein Bettlager gebildet hatten, und torkelte hinter ihr her.

Am nächsten Tag entschied sich Hastein wie schon am Tag unserer Abreise aus Öland, die Nacht hindurch zu segeln, anstatt anzuhalten und ein Lager aufzuschlagen. Wir konnten nicht wissen, ob Toke noch in Birka war. Wenn er Glück hatte, waren Sklavenhändler, die mit den arabischen Königreichen Geschäfte machten, in Birka, als er dort ankam, und in diesem Fall war Toke bereits auf dem Weg nach Irland. Aber Hastein wollte nicht, dass eine warme Mahlzeit und guter Schlaf an Land uns bremsten, solange es noch eine Möglichkeit gab, dass auch wir Glück haben könnten, und es die Hoffnung gab, dass wir Toke in Birka erwischen könnten.

Am nächsten Morgen erreichten wir die breite Öffnung der Bucht, die nach Birka führte. In der Nacht des Festes hatte Nori Hastein gesagt, wie man sie erkennt. Bevor die Piraten gekommen waren und ihre Schiffe verbrannt hatten, waren die Ölander regelmäßig nach Birka gereist, um Handel zu treiben. Es war gut, dass er mit Hastein darüber gesprochen hatte, denn die Küste, an der wir seit einiger Zeit entlangfuhren, war ein verworrenes Labyrinth aus Flussmündungen, Buchten und kleinen Inseln.

„Man muss auf eine Insel achten, die sich in der Mitte der Öffnung einer großen Bucht befindet, vor der sich ein steiler. felsiger Gipfel aus dem Meer erhebt, der höher als der Mast eines Schiffes ist", hatte Nori gesagt. „Auf der Seeseite ist ein großes, weißes Auge auf den Gipfel gemalt. In Kriegszeiten ist es rot gefärbt. Es stellt das Auge von Odin dar, dem einäugigen Gott, der alles sieht. Man sagt, dass die Könige der Svear von ihm abstammen. Auf der Insel hinter dem Felsen befindet sich ein kleiner Tempel für Odin, der von den Lotsen unterhalten wird, die Schiffe nach Birka führen. Auf der Insel sind immer einige Lotsen stationiert. Ihr könnt dort einen anheuern."

„Brauchen wir einen Lotsen?" hatte Hastein gefragt.

Nori nickte heftig. „Oh ja. Wenn Ihr noch nie in Birka wart, kann es eine Herausforderung sein, die Stadt zu finden. Sie liegt landeinwärts ein ganzes Stück entfernt vom Meer. Es gibt viele kleine Kanäle, die von der Bucht ins Landesinnere führen, aber nur einer führt zu dem großen See, in dessen Mitte die Insel Björkö liegt. Birka ist dort, auf Björkö. Ihr braucht einen Lotsen aber nicht nur, um den richtigen Kanal zu finden. Selbst wenn man den Kanal ohne Lotsen findet, kann es gefährlich werden, denn an manchen Stellen liegen große Felsen unter der Oberfläche, die von den Svear dort versenkt wurden, um den Zugang vom Meer nach Birka und in das Hinterland zu schützen. Wo sich die Felsen befinden, ist der Kanal sehr schmal, sodass er bei Bedarf leicht blockiert werden kann."

Die Insel war so, wie Nori sie beschrieben hatte. Wir waren gerade an einer langen, flachen Insel vorbeigekommen, als Torvald vom Heck der Schlange aus rief und auf eine Bucht dahinter zeigte. In der Ferne ragte eine graue Steinsäule aus dem Meer. Dahinter lag eine Insel. Auf der Felswand befand sich der weiße Umriss eines riesigen Auges, das größer als ein Mann war.

Wir senkten unsere Segel und legten die Riemen ein, als wir uns dem Felsen näherten. Das schmale Ende der Insel dahinter wurde durch eine lange Bucht geteilt, die Platz für einen geschützten Hafen bot. Am hinteren Ende waren zwei kleine Boote ans Ufer gezogen, und ein klapprig aussehender hölzerner Pier ragte über das Wasser. Ein niedriges, quadratisches Holzgebäude aus Baumstämmen – vermutlich der Tempel, von dem Nori gesprochen hatte – stand wie eine Krone auf der Spitze eines kahlen Hügels, der die Bucht überragte.

Als wir in die Bucht hineinfuhren und zum Pier ruderten, kamen fünf Männer aus dem Tempel und beobachteten uns. Während wir unsere Schiffe zu beiden Seiten des Piers festmachten, gingen zwei von ihnen den Hang hinunter auf uns zu.

Hastein und Torvald machten sich auf den Weg, um sich mit den beiden zu treffen, und wir anderen stürzten an Land, um das Beste aus unserem kurzen Halt zu machen. Wir waren steif und wund von den vielen Stunden auf den engen, überfüllten Decks der Möwe und der Schlange.

Rauna und ich hatten nur wenig geredet, seit sie mir erzählt hatte, was in Birka passiert war. An Land angekommen, eilte sie in Richtung des Waldes, der auf der Insel bis dicht an das Ufer wuchs.

„Rauna!" rief ich. „Warte! Ich komme mit."

Sie drehte sich zu mir um und runzelte die Stirn. „Ich will nicht, dass du mitkommst. Ich möchte eine Weile allein sein."

Ich verstand. Es gibt keine Privatsphäre an Bord eines Langschiffes. Während wir auf See waren, konnten die Besatzungsmitglieder der Möwe ihre Hose fallen lassen und sich über die Reling erleichtern oder sich über einen Eimer hocken, wenn sie das Bedürfnis verspürten. Für Rauna war das zweifellos unangenehm. Ich wollte nicht die einzige Frau an Bord eines Schiffes voller

Krieger sein und von allen angestarrt werden, während ich mich erleichterte.

„Du kannst allein sein", sagte ich, als ich sie einholte. „Aber wir wissen nicht, wer auf dieser Insel ist. Ich werde einfach in der Nähe warten. So bist du in Sicherheit."

Sie dachte einen Moment über meine Worte nach und nickte. Als wir die Bäume erreichten, sagte sie: „Warte hier." Dann ging sie zum Unterholz zwischen zwei großen Eichen und verschwand dahinter.

Obwohl mein Kopf immer noch dumpf schmerzte, fühlte ich mich schon mehr wie ich selbst. Ich hatte mich sogar stark genug gefühlt, einen Riemen zu übernehmen, als wir die Möwe in die Bucht ruderten, auch wenn mir dabei Gudfreds Warnung eingefallen war. Ich konnte nur hoffen, dass die Anstrengung mich nicht plötzlich tot umfallen lassen würde. Mit Erleichterung hatte ich meinen Riemen eingezogen, als wir andockten.

Nachdem Rauna wieder aufgetaucht war, gingen wir langsam zurück zu den Schiffen. „Ich habe viel darüber nachgedacht, was mit deiner Familie in Birka passiert ist", sagte ich ihr. „Es ist gut, dass du es mir erzählt hast. Ich sehe jetzt ein, dass ich dich nicht dort zurücklassen kann."

„Wo wirst du mich dann zurücklassen?"

„Ich habe Ländereien in Dänemark auf Jütland, das Gut meiner Familie. Wenn diese Reise vorbei ist, kannst du dorthin mitkommen und als Teil meines Haushalts auf meinem Anwesen leben. Du wirst nicht mehr unter deinem eigenen Volk sein, aber wenigstens bist du dort sicher." Ich seufzte. Das war nicht das, was ich wollte.

Ich wäre sie gern los, aber ich konnte keinen anderen Weg sehen. Wenn ich sie in Birka – oder auch sonst irgendwo – zurückließe, wäre sie hilflos und würde bald zum Opfer skrupelloser Männer.

„Was wirst du dort mit mir machen?" fragte sie vorsichtig.

Dachte sie, ich würde sie zur Sklavin machen? Oder sie als Konkubine benutzen?

„Nichts", antwortete ich. „Du wärest eine freie Frau. Es gibt einige freie Männer und Frauen im Haushalt." Wir näherten uns jetzt dem Pier. Gudfred stand am Ufer in der Nähe und sprach mit Einar. Ich zeigte auf ihn. „Da ist Gudfred, einer der Huscarls – der freien Männer – des Anwesens. Natürlich würde von dir erwartet, dass du arbeitest. Jeder muss arbeiten. Aber das ist alles."

Vielleicht würde sie die Aufmerksamkeit von jemandem aus dem Dorf auf sich ziehen, und er könnte sie zur Frau nehmen. Das wäre die beste Lösung. Ein Dorfbewohner würde nicht erwarten, eine Frau mit einer Mitgift zu heiraten. Ich beschloss, Bram zu ermutigen, sie kennenzulernen.

Meine Antwort befriedigte sie nicht. „Muss ich dein Bett teilen? Werden andere wollen, dass ich ihr Bett teile?"

„Du wärest eine freie Frau", wiederholte ich. „Es wäre deine Entscheidung, ob du dein Bett mit jemandem teilst. Niemand würde dich zwingen."

„Meine Mutter war eine freie Frau. Alle in meinem Volk sind frei. Das hat uns nicht vor den Männern eurer Art geschützt."

„Du wirst dort sicher sein. Das verspreche ich dir. Mehr kann ich nicht für dich tun. Willst du mitkommen oder nicht?"

Inzwischen hatten wir das Ufer erreicht. Rauna antwortete nicht, sondern senkte den Kopf und eilte auf dem Steg zur Möwe.

Hastein und Torvald waren zurückgekehrt. Ein kurzer, glatzköpfiger Mann mit einem runden Bauch und einem weißen Bart war bei ihnen. Sowohl Hastein als auch Torvald machten finstere Gesichter.

„Geht wieder an Bord der Schiffe!" rief Torvald mit dröhnender Stimme. „Riemen ziehen und bereit halten. Wir fahren."

Der kleine Mann huschte den Steg hinunter und stieg an Bord der Möwe. Als die Mitglieder unserer beiden Besatzungen ihm den schmalen Pier hinunter folgten, zog ich Hastein beiseite. „Ihr und Torvald seht wütend aus", sagte ich. „Gibt es Ärger? Haben wir keinen Lotsen, der uns den Weg nach Birka zeigt?"

Torvald antwortete. „Oh ja, wir haben einen Lotsen. Es ist dieser dicke, gierige Zwerg, der gerade an Bord der Möwe ging."

„Was ist dann das Problem?" fragte ich.

„Er verlangt von uns zehn Silberpfennige, um unsere beiden Schiffe nach Birka zu führen! Die reguläre Gebühr, die die Lotsen hier für ein Schiff verlangen, beträgt fünf Pfennige. Aber er berechnet uns zehn, weil wir zwei Schiffe haben. Er steuert aber die Schlange überhaupt nicht! Ich werde der Möwe nur folgen."

„Es steckt mehr dahinter", fügte Hastein hinzu. „Der Lotse – er heißt Alf – ist ein neugieriger kleiner

Mann, der viele Fragen stellt, aber wenig Antworten gibt. Wären wir Nordmänner oder Gauten oder sogar Wenden oder Franken gewesen, glaube ich nicht, dass es ihn interessiert hätte. Er hätte seine fünf Pfennige pro Schiff genommen, uns den Weg nach Birka gezeigt, und das wäre alles gewesen. Aber er interessierte sich sehr dafür, dass wir Dänen sind. Als er das merkte, wurde er sehr neugierig – zu neugierig. Wo sind wir hergekommen? Wie lange sind wir schon unterwegs? Was ist der Zweck unserer Reise? Es gibt etwas an ihm, dem ich nicht traue. Behaltet ihn im Auge."

Nori hatte nicht übertrieben, als er Hastein gesagt hatte, dass Birka ziemlich weit im Landesinneren lag. Die Reise dorthin dauerte den Rest des Tages. Am Anfang war der Kanal, auf dem wir unterwegs waren, noch recht breit. Der Wind war zwar schwach aber günstig, sodass wir zumindest den größten Teil der Strecke segelnd zurücklegen konnten. Aber im letzten Abschnitt, bei dem der Kanal sehr eng wurde, drehte der Wind, und wir mussten rudern. Alf verdiente seine Pfennige in diesem schmalen Kanal, denn dort lagen die versteckten Felsen, und mehrmals mussten wir auf seinem Befehl von einer Seite zur anderen wechseln, um sie zu umgehen.

Hastein hatte recht. Alf war ein neugieriger kleiner Mann. Wann immer er seine Aufmerksamkeit nicht auf unseren Kurs richten musste, wanderte er an Deck auf und ab, zerrte an den Bündeln und Fässern unserer Ladung und versuchte, deren Inhalt zu bestimmen, während er Fragen stellte. Die Besatzung entwickelte schnell eine Abneigung gegen ihn. Bryngolf blaffte ihn an und befahl ihm, unsere Ladung in Ruhe zu lassen, aber Alf erwiderte, dass er nur versuchen würde, uns zu helfen: Wenn er wüsste, welche Waren wir hätten, könnte er die besten Händler in Birka für sie vorschlagen.

Die Abenddämmerung hatte schon eingesetzt und der Weg der Sonne über den Himmel war fast beendet, als wir schließlich aus dem Kanal auf einen großen See kamen. In der Ferne sahen wir den Rauch von zahlreichen Feuerstellen, der über einer vor uns liegenden Insel aufstieg.

Auf dem See konnten wir wieder das Segel setzen und den Wind für unsere Fahrt nach Norden nutzen. Birka befand sich am fernen Ende der Insel, die Nori Björkö genannt hatte. Die südliche Seite, die der Mündung des Kanals zugewandt war, war von dichten Wäldern bedeckt und laut Alf unbewohnt.

Als wir Björkös Westseite umrundeten, tauchte vor uns eine steile, felsige Anhöhe auf, die die Küste überragte. Ganz oben konnte man die Mauern einer Festung sehen. Hastein deutete darauf und fragte Alf: „Ist das ein Teil der Stadt?"

„Die Festung?" Alf schüttelte den Kopf. „Der König hat eine große Garnison in Birka, um die Stadt zu beschützen und den Frieden zu wahren. Es ist ihre Festung. Birka liegt am Ufer gleich dahinter."

Nachdem wir die Festung passiert hatten, kam die Stadt in Sicht. Birka war nicht so groß wie Haithabu, aber dennoch eine Stadt von einer beachtlichen Größe. Gebäude drängten sich bis zum Ufer einer breiten, geschwungenen Küste, die den Hafen bildete. Dahinter war die Landseite der Stadt von einem Erdwall umgeben, der von einer hölzernen Palisade gekrönt war, über der sich in regelmäßigen Abständen Wachtürme befanden. Der Hafen selbst war durch eine Mole aus Holzpfählen geschützt, die sich in einem großen Bogen über die gesamte Breite erstreckte. Eine Lücke in der Mitte der Mole bot den einzigen Zugang zum Hafen.

Wir zogen die Segel ein und ruderten die Möwe gefolgt von der Schlange in den Hafen von Birka. Ich war am letzten Riemen im Heck, genau vor Hastein, der auf dem erhöhten Achterdeck am Helmstock stand. Beim Rudern sah ich mich über die Schulter um und suchte den Hafen so gut ich konnte ab. Zahlreiche Landungsstege ragten ins Wasser hinein. An vielen waren Schiffe vertäut – meistens Knorren, aber es gab hie und da auch andere Schiffstypen, darunter auch einige Langschiffe.

Inzwischen wurde es immer dunkler, obwohl die volle Dunkelheit der Nacht die Insel noch nicht erreicht hatte. Hastein rief über das Deck zu Bjorgolf und Bryngolf, die das vordere Paar ruderten, dass sie Fackeln anzünden und im Bug stehen sollten, damit er den Weg besser sehen konnte. Als sie ihre Riemen verstauten und vorbereitete Fackeln unter dem Vorderdeck hervorholten, fragte er mich mit viel leiserer Stimme: „Ist er hier? Habt Ihr sein Schiff gesehen?"

Ich schüttelte den Kopf. Ich hatte nach dem Roten Adler gesucht – ich hoffte verzweifelt, dass es eines der Langschiffe war – aber das Licht war zu schwach, um Details zu sehen. „Es ist zu dunkel", antwortete ich.

„Das kann ich nicht sagen."

Alf hatte unsere kurze Unterhaltung mit Interesse verfolgt. „Ihr trefft hier jemanden?" fragte er.

Hastein ignorierte seine Frage. „Führt uns, Lotse. Dafür bezahlen wir Euch. Wo sollen wir anlegen?"

Alf betrachtete kurz das dunkle Ufer und zeigte dann nach rechts. „Dort. Seht Ihr den leeren Steg hinter der Knorr? Ihr könnt Eure Schiffe auf beiden Seiten festmachen. Es ist einer der breiteren Landungsstege im Hafen. Das wird das Entladen Eurer Waren erleichtern."

Die Anlegestelle, die Alf uns zugewiesen hatte, lag kurz vor dem Ende des Hafens. Nicht weit dahinter traf die Mole aus rauen Pfählen auf das Ufer am Fuße der felsigen Anhöhe. Ich fragte mich, ob es Zufall oder Absicht war, dass Alf unsere Schiffe zum Andocken direkt unter die Festung geschickt hatte. Als ich auf die Mauern über mir starrte, marschierte eine Gruppe Krieger mit Fackeln, deren Licht auf ihren Helmen und Rüstungen schimmerte, aus dem Tor und bewegte sich den Hügel hinunter in Richtung Stadt.

Alf stand in der Nähe. Als ich ihn seitlich ansah, bemerkte ich, dass auch er auf die Festung gestarrt hatte. Er nickte mit dem Kopf und wandte sich dann an Hastein. „Na dann. Wenn Ihr mich bezahlt, kann ich mich verabschieden. Mein Haus ist in der Stadt. Es wird gut sein, heute Nacht in meinem eigenen Bett zu schlafen."

Als er weg war, fragte ich Hastein: „Soll ich am Ufer nachsehen, ob der Rote Adler im Hafen liegt?" Ich war ungeduldig zu erfahren, ob Toke noch in Birka war. Wir hatten ihn so lange gejagt – hatten wir ihn endlich gestellt?

Hastein schüttelte den Kopf. „Wir werden am Morgen nachsehen", antwortete er. „Wenn er heute Abend in Birka ist, ist er auch morgen noch hier."

Meine Enttäuschung stand mir wohl ins Gesicht geschrieben. „Halfdan", sagte er, „Ihr seid jetzt der Kommandant meiner Bogenschützen. Und da Torvald jetzt Kapitän auf der Schlange ist, seid Ihr auch mein Stellvertreter an Bord der Möwe. Wir dürfen kein Risiko eingehen. Wenn Toke in Birka ist, hält er vielleicht Ausschau nach uns. Möglicherweise hat er hier Verbündete gefunden und könnte in diesem Augenblick erwägen, uns anzugreifen. Wir können es uns nicht leisten, noch mehr unserer Männer zu verlieren. Ich kann es mir nicht leisten, Euch zu verlieren.

Niemand darf an Land und in die Stadt gehen. Ich will, dass die ganze Nacht über eine starke Wache postiert ist. Fünf Männer, alle voll bewaffnet und gerüstet. Sie sollen regelmäßig abgelöst werden – ich brauche Wachen, die wach und aufmerksam sind und nicht im Stehen dösen. Und sagt allen unseren Männern, sie sollen mit ihren Waffen in der Nähe schlafen. Veranlasst diese Dinge. Ich gehe zur Schlange, um dafür zu sorgen, dass Torvald dasselbe tut."

Es wurde etwas gemurrt, als ich mich auf den Weg zum Bug machte und Hasteins Befehle wiederholte. Wir waren zwei volle Tage auf See gewesen und die Besatzung hatte auf eine warme Mahlzeit und vielleicht mehr gehofft. In solchen Handelsstädten gab es meist Wirte, die Bier und Wein bis in die Nacht ausschenkten, und Frauen, die bereit waren, ihre Gesellschaft gegen

Münzen anzubieten. Aber niemand dachte daran, den Anweisungen nicht Folge zu leisten. Der zusammenge-würfelte Haufen von zweifelhafter Disziplin, der diese lange Reise begonnen hatte, war zu einer Truppe von Kriegern geworden, die es wert war, einem Jarl zu dienen.

Ich war gerade hinter dem Vordeck und wählte die Männer für die erste Wache aus – ich hatte mich selbst eingeteilt, denn ich hielt es für unwahrscheinlich, dass ich in dieser Nacht schlafen könnte, jetzt wo wir Toke möglicherweise so nah waren – als Einar rief: „Halfdan, Männer kommen." Ich blickte auf und sah eine Gruppe von zwanzig oder mehr Kriegern, alle bewaffnet und mit Fackeln, die aus einer Straße zwischen zwei Gebäuden genau in der Verlängerung des Landungsstegs in die Stadt hinein auftauchten. Obwohl ich mir nicht sicher sein konnte, sahen sie aus wie die Krieger, die ich beim Verlassen der Festung gesehen hatte.

Die Raben, Bryngolf und Bjorgolf, sollten in der ersten Wache sein und hatten ihre Brünnen bereits angelegt. „Kommt mit", sagte ich ihnen. Ich trat auf die oberste Planke des Schiffes und sprang auf den Steg. Als ich zurückblickte, sah ich Hastein und Torvald vom Heck der Schlange auf das Dock klettern.

Die Raben und ich erreichten das Ende des Stegs, als die Kolonne der Krieger sich ihm näherte. Ein großer, schlanker Mann mit grauen Haaren und grauem Bart, der als einziger von ihnen keinen Helm und keinen Schild trug, führte sie. Er hob seine Hand, um die Kolonne zu stoppen. Dann nahm er eine Fackel von einem der Krieger hinter sich, hielt sie hoch und kam auf uns zu, bis er direkt vor mir stand. „Mein Name ist Herigar", verkündete er. „Ich bin der Hauptmann der Garnison des Königs in Birka."

„Mein Name ist Halfdan", sagte ich.

„Sind das Eure Schiffe?" fragte er. Er klang verständlicherweise überrascht.

Hastein, der uns inzwischen erreicht hatte, antwortete. „Die Schiffe gehören mir. Mein Name ist Hastings."

„Hastings." Herigar nickte, als er den Namen wiederholte, und strich sich mit der freien Hand durch den Bart. „Und Ihr seid Däne? Ihr seid alle Dänen?" fragte er.

Ich war überrascht, dass er das nach den wenigen Worten, die wir gesprochen hatten, erkannt hatte. Obwohl die Dänen, Nordmänner, Gauten und Svear alle die gemeinsame Sprache verwendeten, gab es einige Unterschiede in der Art und Weise, wie wir sie sprachen. Aber hätte Herigar uns wirklich so schnell als Dänen identifizieren können? Vielleicht war Alf zu ihm gegangen, sobald er die Möwe verlassen hatte. Aber warum?

„Ja", antwortete Hastein, „wir sind Dänen."

Herigar schien weitere Informationen zu erwarten, denn er wartete eine Weile und musterte Hastein dabei. „Was ist der Zweck Eurer Anwesenheit hier?" fragte er schließlich.

„Dies ist eine Handelsstadt, nicht wahr? Sie ist offen für alle – sogar für Dänen?" fragte Hastein. „Wir sind hier, um Handel zu treiben. Welche andere Absicht könnten wir haben, um nach Birka zu kommen?"

„Tja, welche andere Absicht könntet Ihr haben?"

sagte Herigar. „Darf ich die Waren sehen, die Ihr dabei habt?"

„Selbstverständlich", antwortete Hastein.

Während Hastein und Torvald Herigar über die Decks der Möwe und der Schlange begleiteten und ihm die verschiedenen Ballen und Fässer mit Gütern aus dem Piratenlager zeigten, ging ich zu meiner Seekiste, zog meine Rüstung an und nahm meine Waffen, um mich auf den Wachdienst vorzubereiten. Als ich fertig war, stieg Herigar von der Schlange zurück auf den Steg und Hastein folgte ihm. Er warf einen Blick zurück auf das Heck der Möwe und hielt inne, als er mich sah. Dann kam er dem Steg entlang auf mich zu.

„Während ich auf den Schiffen war, habt Ihr Euch bewaffnet", sagte er zu mir. „Warum?"

„Ich stehe heute Nacht die erste Wache an Bord unseres Schiffes", antwortete ich.

Herigar wandte sich an Hastein. „Man braucht hier nachts keine bewaffneten Wachen. Meine Männer und ich bewahren den Frieden in Birka."

„Ich bin von Natur aus ein vorsichtiger Mann", antwortete Hastein. „Ich bin sicher, dass Birka von Euch und Euren Männern gut bewacht wird, aber ich habe es immer für sinnvoll gehalten, mein größtes Vertrauen in mich und meine eigenen Männer zu setzen."

Herigar starrte Hastein wieder lange an, ohne etwas zu sagen. Hastein erwiderte seinen Blick, ohne zu sprechen oder zu blinzeln. Es war Herigar, der schließlich blinzelte und wegschaute. Das ärgerte ihn offensichtlich.

„Wir sind es nicht gewohnt, hier Händler zu sehen,

401

die ihre Waren an Bord eines Langschiffes herbringen. Solche Schiffe sind für den Krieg gedacht und eignen sich schlecht für den Transport von Fracht", sagte er.

Hastein zuckte mit den Schultern. „Das sind nun einmal die Schiffe, die ich besitze. Und ich bin es nicht gewohnt, dass mir eine bewaffnete Patrouille entgegentritt, wenn ich in eine Handelsstadt komme. Begrüßt Ihr alle so, die nach Birka zum Handeln kommen?"

Herigar schüttelte den Kopf. „Nein, das tue ich nicht. Aber Kaufleute, die hier handeln, bringen in der Regel keine Kriegertruppen mit. Auch ich bin ein vorsichtiger Mann."

Wieder gab es ein unangenehm langes Schweigen zwischen den beiden. Diesmal war es Hastein, der es brach.

„Gibt es noch etwas, das Ihr von uns braucht?"

„Ja", sagte Herigar. „Da Ihr zum Handeln nach Birka gekommen seid, müsst Ihr die Landegebühr des Königs bezahlen. Alle Händler, die hierher kommen, müssen sie bezahlen. Es ist der Preis für den Zutritt zu unserem Markt und für das Recht, hier zu handeln. Ihr könnt mich jetzt bezahlen. Vier Aurar Silber für jedes Schiff – eine Mark für beide."

„Dem König was ihm zusteht", sagte Hastein.

Nachdem Herigar und seine Wache gegangen waren, rief Hastein Torvald und mich zum Heck der Möwe, um sich mit uns zu beraten. Die Raben sowie Einar und Gudfred kamen ebenfalls dazu.

„Wir müssen heute Abend sehr wachsam sein. Hinter Herigars Besuch steckt mehr, als wir im Moment erkennen können.", sagte Hastein.

„Glaubst du nicht, dass es genau so ist, wie er gesagt hat?" fragte Torvald. „In unseren beiden Schiffen haben wir viele Krieger. Dadurch sehen wir nicht gerade aus wie Kaufleute. Sicherlich war er nur vorsichtig."

Hastein schüttelte den Kopf. „Zum Teil könnte das stimmen. Aber es war ihm wichtig, dass wir Dänen sind."

„Offensichtlich ging Alf zu ihm, sobald er die Möwe verlassen hatte", sagte ich. „Auch er fand es sehr interessant, dass wir Dänen sind. Es ist, als ob alle auf die Ankunft von Dänen warten."

„So kommt es mir auch vor", sagte Hastein. „Aber warum? Hat Toke Herigar und seine Männer irgendwie gegen uns aufgehetzt, wie er es bei Sigvald getan hat?"

„Sigvald war ein Pirat", widersprach Torvald. „Herigar ist ein Kommandant, der dem König der Svear dient. Die Svear und die Dänen sind nicht im Krieg. Sicherlich würde Herigar es nicht riskieren, König Horik zu provozieren und einen Krieg anzuzetteln, indem er dänische Schiffe ohne Grund angreift."

„Ich weiß es nicht. Eigentlich solltest du recht haben", antwortete Hastein. „Aber es gibt etwas jenseits des Offensichtlichen, das hier im Gange ist. Wir müssen sehr vorsichtig sein."

Nach der ersten Wache versuchte ich zu schlafen, aber trotz meiner Müdigkeit waren meine Bemühungen erfolglos. Wie ich erwartet hatte, hielt mich der Gedanke, dass Toke in der Nähe sein könnte – dass wir ihn morgen finden könnten – wach und machte mich überreizt.

Außerdem war ich seit dem seltsamen Besuch von Herigar und seinen Männern besorgt, dass uns von ihnen Gefahr drohen könnte. Zu Beginn der dritten Wache – der letzten vor dem Morgen – wusste ich, dass ich in dieser Nacht keine Ruhe finden würde, und ging zurück zum Bug der Möwe, um wieder Wache zu stehen. Bram, Gudfred, Hallbjorn und ein anderer von Hasteins Männern namens Harek teilten die Wache mit mir.

Ein dichter Nebel hatte sich in der Nacht über die Stadt und den Hafen gelegt. Als ich auf dem erhöhten Vordeck stand, konnte ich kaum über das Ende des Stegs hinausblicken, an dem wir festgemacht hatten. Die erste Reihe der Gebäude in der Stadt, etwas weiter entfernt, war überhaupt nicht zu erkennen.

Ich starrte in die graue Wand aus Nichts und überlegte, ob ich einige unserer Wachposten vorverlegen und am Ufer aufstellen sollte, als ich aus dem Augenwinkel etwas sah, das sich hinter mir den Steg entlangschlich. Ich erschrak und hob meinen Bogen, während ich herumwirbelte, um zu sehen, was es war. Ich hatte den Bogen schon vor einiger Zeit gespannt und einen Pfeil an die Sehne angelegt, denn der Nebel war mir unbehaglich.

Ich hörte ein Keuchen, gefolgt von einer ängstlichen Stimme kaum lauter als ein Flüstern. „Ich bin es!" Es war Rauna.

„Was machst du da?" zischte ich ebenfalls flüsternd. Ich war fassungslos, denn ich hätte sie töten können.

„Ich muss an Land gehen."

„Niemand darf an Land gehen", sagte ich. „Das sind Jarl Hasteins Befehle."

„Ich muss an Land gehen", wiederholte sie. „Bitte. Ich gehe nicht weit. Es wird nicht lange dauern."

Es war ein schlechter Zeitpunkt dafür, dass sich ihre Bedürfnisse bemerkbar machten. Fast sagte ich nein. Stattdessen seufzte ich. „Na gut. Warte einen Moment. Ich komme mit bis zum Ende des Stegs und passe auf."

„Bleib in der Nähe", sagte ich, als wir das Ende des Landungsstegs erreichten. „Der Nebel ist sehr dicht. Geh nicht so weit, dass ich dich nicht mehr sehen kann und du mich auch nicht. Jetzt beeil dich!"

Sie ging ein kurzes Stück am Ufer entlang. Ich konnte sie noch erkennen, aber nur undeutlich. Sie fingerte an ihrer Kleidung herum und hockte sich hin. Nach einigen Augenblicken stand sie wieder auf, kehrte aber nicht zurück. Sie wirkte erstarrt. Dann duckte sie sich plötzlich, schlich in den Nebel hinein und war verschwunden.

Hätte ich sie in diesem Moment packen können, hätte ich sie geschüttelt, bis ihre Zähne klapperten. Wo war sie hingegangen und warum?

Ich kniete nieder und hielt meinen Bogen bereit, während ich überlegte, was ich tun sollte. Ihre unerwarteten Handlungen hatten mich konsterniert. Ich hatte mich immer noch nicht entschieden, als sie tief geduckt vor mir aus dem Nebel erschien. Als sie näher kam, hob sie einen Finger an ihre Lippen, um mir zu bedeuten, dass ich schweigen sollte, und zog mich am Arm den Steg hinunter in der Richtung der Schiffe.

Nachdem wir eine kurze Strecke zurückgelegt hatten, flüsterte ich: „Was war los?"

„Ich habe Geräusche gehört", erklärte sie. „Eisen auf Eisen. Und flüsternde Stimmen."

Ich erinnerte mich, dass sie auf der Insel der Piraten ein ungewöhnlich gutes Gehör bewiesen hatte. Sie hatte Hastein und seine Männer schon lange vor mir kommen hören, obwohl sie weiter entfernt war.

„Es sind viele Männer, die Eisen tragen und sich zwischen den Gebäuden verstecken", fuhr sie fort. „Viele Männer."

„Haben sie dich gesehen?" fragte ich.

Sie schüttelte den Kopf. „Ich glaube nicht, dass sie etwas gesehen haben, aber wenn doch, dann werden sie denken, sie hätten einen Hund gesehen, denn ich habe mich auf Händen und Knien fortbewegt."

Als ich an Bord der Möwe zurückkletterte, flüsterte ich den anderen Wachen zu: „Krieger versammeln sich zwischen den Gebäuden. Ein Angriff droht. Bram, geht und warnt die Wachposten an Bord der Schlange und sagt ihnen, sie sollen ihre Besatzung wecken, und zwar leise. Harek, weckt unsere Männer und sagt ihnen, sie sollen sich bewaffnen. Gudfred und Hallbjorn, haltet hier Ausschau und eure Bögen bereit. Alle müssen leise sein. Harek, passt auf, dass die aufwachenden Männer keinen Ton von sich geben. Die Krieger, die sich in der Stadt versammeln, dürfen nicht wissen, dass wir sie bemerkt haben. Ich werde Hastein wecken."

Rauna folgte mir, als ich zurück zum Heck trabte. Hastein war auf dem Achterdeck ausgestreckt und in einen dicken Umhang gehüllt. Wir hatten das Deck der Möwe nicht mit Planen überdacht, weil Hastein befürchtet hatte, dass Herigar etwas im Schilde führen könnte. Er schlief so fest, dass ich seine Schulter kräftig schütteln und seinen Namen immer wieder flüstern musste, um ihn zu wecken. Schließlich richtete er sich erschrocken auf, war aber ganz offensichtlich immer noch schlaftrunken.

„Hastein", sagte ich, „Krieger versammeln sich zwischen den Gebäuden am Ufer. Ich fürchte, wir werden angegriffen."

Er schüttelte den Kopf und versuchte, ihn klar zu bekommen. „Wie viele?" fragte er. „War Herigar bei ihnen?"

„Ich weiß es nicht. Ich habe sie nicht gesehen. Das war Rauna. Aber sie sagte, es seien viele."

Er runzelte die Stirn. Vermutlich fragte er sich, wieso Rauna sie gesehen hatte, aber er verschwendete keine Zeit mit Fragen. „Wir müssen die Schlange warnen", sagte er.

„Das ist bereits geschehen. Ich schickte Bram, um sie zu warnen und ihnen zu sagen, dass die Mannschaft geweckt werden soll. Harek weckt unsere Männer an Bord der Möwe und sagt ihnen, sie sollen sich bewaffnen."

Hinter uns auf dem gesamten Deck der Möwe deuteten gedämpfte Geräusche und schemenhafte Bewegungen in der nebeligen Dunkelheit darauf hin, dass die Besatzung wach wurde.

„Gut", sagte Hastein. „Ich muss mich bewaffnen. Geht zurück zum Bug und setzt die Beobachtung fort. Ich bin bald dort."

Als ich mich umdrehte, sah ich wie Rauna neben

meiner Seekiste auf dem Deck kauerte und die Arme um ihre Knie geschlungen hatte. Sie sah verängstigt aus.

„Wahrscheinlich gibt es einen Kampf", sagte ich. „Gehe zur Ladung in der Mitte des Decks auf dieser Seite des Schiffes und suche dir darin ein Versteck. Bleibe in Deckung und decke dich zu, damit du nicht gesehen wirst. Ich muss gehen."

Sie bewegte sich nicht. „Beeil dich!" sagte ich. „Du bist hier nicht sicher." Nach einem Augenblick fügte ich hinzu: „Und ich danke dir. Du hast richtig gehandelt."

Als ich den Bug erreichte, hatten sich bereits viele der Besatzungsmitglieder der Möwe dort versammelt. Einige zogen noch an ihren Brünnen oder richteten die Gurte ihrer Helme. „Habt Ihr etwas gesehen?" fragte ich Gudfred.

Er schüttelte den Kopf. „Nein, aber in diesem Nebel heißt das wenig."

Ich brauchte alle unsere Bogenschützen bei mir. „Asbjorn, Einar", flüsterte ich den Männern zu, die sich hinter dem Vordeck versammelt hatten. „Wo seid ihr?"

„Hier. Hier." Ihre Stimmen kamen von irgendwo in der Menge der Männer vor mir.

„Zu mir. Bringt eure Bögen mit." Ich bemerkte Bjorgolf und Bryngolf unter den Männern, die bereits bewaffnet waren, und winkte sie her. „Kommt auch."

Sobald alle bei mir auf dem Vordeck waren, erklärte ich meinen Plan. „Wir Bogenschützen werden eine Linie über den Steg bilden. Hallbjorn, geht hinüber zur Schlange und sagt ihnen, dass wir die Bogenschützen aus ihrer Besatzung brauchen. Bjorgolf, Bryngolf, ihr müsst Männer versammeln, um einen Schildwall hinter uns zu bilden. Wenn die Svear kommen, schießen wir eine Salve auf sie, vielleicht zwei, wenn die Zeit ausreicht. Dann müsst ihr den Wall lange genug öffnen, damit wir hinter euch zurückfallen können. Schnell – lasst uns gehen! Wir wissen nicht, wann sie angreifen."

Wir waren schon auf dem Landungssteg und nahmen in zwei Reihen quer darüber Aufstellung – die Bogenschützen auf gleicher Höhe mit dem Bug der Schiffe und die Schildmauer kurz dahinter – als Hastein und Torvald erschienen. „Was macht ihr da? Was ist hier los?" fragte Hastein schroff.

Als ich es ihm erklärt hatte, nickte er. „Ein guter Plan."

„Nachdem wir uns durch den Schildwall zurück-gezogen haben, gehen die Bogenschützen auf den Vordecks der Möwe und der Schlange in Stellung. Die Angreifer können uns dort nicht erreichen", fügte ich hinzu. Aufgrund der Krümmung der Rümpfe waren die Enden der Schiffe sowohl im Bug als auch im Heck ein ganzes Stück vom Steg entfernt. „Aber wir können unsere Pfeile von beiden Seiten in ihre Reihen schießen."

Hastein nickte erneut. „Gut. Ich habe keinen Zweifel, dass sie in der Überzahl sind – wahrscheinlich um ein Vielfaches. Aber sie können nur über diesen Steg angreifen, was uns einen Vorteil verschafft. Wir müssen sie bluten lassen, wenn sie kommen."

„Wir können die Fracht benutzen, um einen Wall über dem Steg zu bauen", schlug Torvald vor. „Wenn wir hinten ihm kämpfen, ist unsere Position noch stärker."

„Tu es", sagte Hastein zu ihm. „Aber nimm nicht

mehr als zehn Männer mit. Ich will den Rest hier bei mir an der Schildmauer."

Torvalds geplanter Wall war noch nicht fertig – er und seine Männer brachten noch immer Fässer und Pelzballen von den Decks der Schiffe auf das Dock – als die Svear ihren Angriff starteten. Inzwischen hatten die fünf Bogenschützen aus der Besatzung der Schlange sich Einar, Gudfred, Hallbjorn, Asbjorn und mir angeschlossen, um eine Reihe von zehn Bogenschützen zu bilden, die sich über den hölzernen Steg erstreckte. Wir warteten mit Pfeilen auf unseren Bögen und versuchten, in dem dichten Nebel, der das Ufer verbarg, etwas zu hören oder zu sehen.

„Ich glaube, ich höre etwas", flüsterte Einar. Er stand zu meiner Rechten neben mir. Kurz darauf sprach Gudfred, der zu meiner Linken war. „Ja, ich auch." Und dann tauchten aus dem Nebel am Ende des Stegs die schattigen Umrisse von Kriegern auf, die sich tief gebückt hinter ihren Schilden vorwärts bewegten.

Schweigen war nicht mehr nötig. „Zieht!" rief ich. Zusammen hoben wir unsere Bögen und zogen die Sehnen mit den Pfeilen zurück. Wir konnten nur vage Gestalten sehen, was es unmöglich machte, genau zu zielen. Dennoch suchte ich mir einen der Umrisse aus und sagte: „Löst!"

Sobald meine rechte Hand die Sehne freigegeben hatte, griff ich nach dem Köcher an meiner rechten Hüfte, riss einen weiteren Pfeil heraus, legte ihn an den Bogen, und nockte ihn auf die Sehne. Links und rechts von mir taten die anderen das Gleiche.

Am Ufer hinter dem Steg schlugen unsere Pfeile

ein. Dumpfe Aufschläge und Geräusche von splittern-
dem Holz waren ein Zeichen dafür, dass viele nur die
Schilde getroffen hatten, aber es gab auch
Schmerzensschreie die uns sagten, dass einige Pfeile ihr
Ziel gefunden hatten.

„Zieht!" rief ich. „Löst!"

Wieder rasten unsere Pfeile die den Steg entlang in
die Schattengestalten im Nebel. Ihre Reihe war nicht
mehr geschlossen. Ich konnte Lücken erkennen, und
Männer, die verwirrt umher liefen. Bis jetzt waren sie
noch zu überrascht von unserem unerwarteten Feuer,
um sich zu sammeln und anzugreifen. Ihre Verwirrung
gab uns die Zeit, sie noch einmal zu beschießen.

„Zieht! Löst!" Eine dritte Salve flog auf die Angreifer zu.

Irgendwo hinten im Nebel ertönte eine Stimme, die
wie Herigars klang. „Vorwärts! Angriff! Bringt sie zur
Strecke!"

Die Männer stürmten aus dem Nebel den Steg
hinunter auf uns zu. Ihre Füße dröhnten auf den
Holzbrettern, während sie wütende Kampfschreie von
sich gaben.

„Zurück! Rückzug!" rief ich.

Hinter uns trat jeder zweite Mann in der ersten
Reihe des Schildwalls vor den Mann zu seiner Rechten.
Ich drehte mich um und drängte mich durch eine der
Lücken, wie die anderen Bogenschützen auch.

„Schildwall schließen!" befahl Hastein. „Bereit!
Vordere Reihe nach unten! Speere senken!"

Die vordere Reihe der Männer des Schildwalls ging
auf ein Knie, richtete ihre Speere nach vorne aus und

stützte die Enden der Schäfte auf der Oberfläche des Stegs ab. Die zweite Reihe stellte sich mit übereinanderliegenden Schilden dicht hinter ihnen auf, und ihre Speere ragten auf Brusthöhe über die knienden Männer. Die dritte Reihe hatte ihre Schilde über den Rücken geschwungen und hielt die Speere mit beiden Händen in die Höhe, damit sie über die Schultern der Krieger vor ihnen stoßen konnten, sollte sich einer der Feinde durch das Dickicht der Klingen vor ihnen kämpfen können.

Die Svear hatten Mut. Sie warfen sich gegen die Speere und versuchten, sie mit ihren Schilden und Schwertern zur Seite zu schlagen. Ich beobachtete das Geschehen nur einen Augenblick lang und rief dann: „Bogenschützen, auf die Vordecks!"

Einar und Gudfred waren die ersten, die die am Steg angebundene Seite der Möwe erreichten, an Bord kletterten, und auf dem Deck zum Bug eilten. Ich folgte ihnen in schnellem Trab, mit Asbjorn und Hallbjorn neben mir, während die Bogenschützen der Schlange auf dem Weg zu ihrem Schiff waren.

Noch bevor wir die Vordecks erreichten und sie von beiden Seiten mit unseren Pfeilen unter Beschuss nahmen, schwankte der Angriff der Svear. Als wir dann fast aus nächster Nähe schossen und unsere Pfeile sie fällten, gerieten viele in Panik und rannten. Einige zogen sich vorsichtig mit schützend gehobenen Schilden und einsatzbereiten Waffen den Steg hinunter zurück, falls unser Schildwall angreifen sollte, aber andere drehten sich um und liefen weg. Einen davon traf ich mit einem Pfeil mitten im Rücken. Er war vielleicht geflohen, aber das bedeutete nicht, dass er später nicht wieder angreifen würde.

Auf dem Steg herrschte nun Stille, die nur durch das Stöhnen der verwundeten Männer unterbrochen wurde. Ich wusste nicht, wie viele unserer Angreifer wir mit unseren ersten drei Salven am Ufer niedergestreckt hatten, aber auf dem Steg lagen neun von Pfeilen Getroffene, und vor dem Schildwall zählte ich vier Krieger, die in dem kurzen Nahkampf verwundet worden waren. Sie schleppten sich das Dock hinunter und hinterließen breite Blutstreifen auf den Planken. Gudfred schoss und tötete einen, aber Hastein rief: „Lasst sie gehen." Also stellten wir unseren Beschuss ein, während die anderen drei fortkrochen.

Keiner unserer Krieger hatte auch nur eine kleine Wunde erlitten. Es war ein einseitiger Kampf gewesen.

Wir bereiteten uns auf einen zweiten Angriff vor, aber keiner kam. „Sie warten auf Tageslicht", sagte Gudfred. „Damit sich der Nebel verzieht." Seine Worte würden sich als wahr erweisen.

Während wir warteten, vollendeten Torvald und seine Männer ihre Barrikade aus Fracht. Bei einem erneuten Angriff hätten wir keinen Überraschungsvorteil mehr. Aber unsere Angreifer hätten immer noch nur die Breite des Stegs, um sich zu nähern und mit uns zu kämpfen, und unsere Bogenschützen könnten immer noch aus den Schiffsbugen zu beiden Seiten auf sie schießen. Jetzt hätten die Krieger in unserem Schildwall auch eine provisorische Palisade, die sie schützte. Ich fand, dass wir immer noch die Oberhand hatten.

Inzwischen war die Sonne über dem Nebel aufgegangen und war dabei, ihn zu auflösen. Ich hatte mich Hastein und Torvald in der Mitte der Barrikade auf dem Steg angeschlossen. Der Himmel über uns war noch nicht klar, und wir konnten weder bis zur anderen Seite des Hafens noch bis zur Festung sehen, die von den niedrigen Wolken um die obere Hälfte des felsigen Hügels noch vollständig verhüllt war. Aber die Häuser am Ufer jenseits des Stegs waren jetzt sichtbar.

Torvald zeigte auf eine Lücke zwischen zwei der Gebäude, die den Endpunkt einer Straße durch die Stadt am Hafen kennzeichnete. „Sie kommen."

Eine Gruppe von Kriegern in einer engen Keilformation mit überlappenden Schilden marschierte langsam auf das Ende des Stegs zu. Es waren zu wenige für einen Angriff, und sie schwenkten eine weiße Flagge am Schaft eines Speers über ihren Köpfen.

Als sie den Steg erreichten, rief Herigar: „Dürfen wir uns nähern, ohne beschossen zu werden?"

„Mal sehen, was sie zu sagen haben", murmelte Hastein, bevor er zurückrief, „Ihr könnt Euch nähern."

Sie hielten einen Speerwurf entfernt von der Frachtbarrikade an und blieben weit genug auf dem Steg zurück, dass unsere Bogenschützen in den Bugen der Schiffe keine Schusslinie auf ihre Flanken hatten.

„Ihr und Eure Männer kämpft gut, Däne", sagte Herigar, nachdem sie angehalten hatten. „Ich respektiere Euch dafür. Aber auch wenn Ihr das erste Gefecht gewonnen habt, ist dies ein Kampf, den Ihr nicht gewinnen könnt."

Hastein sagte nichts. Nach einigen Augenblicken fuhr Herigar fort. „Noch während wir hier sprechen, gehen Bogenschützen auf dem Hang über Euch in Stellung." Ich blickte auf den Hügel. Männer mit Bögen bewegten sich vorsichtig den steilen Hang hinunter. Sie waren weit entfernt, so weit wie ein langer Pfeilschuss. Auf diese Entfernung konnten sie nicht mit großer Genauigkeit schießen, aber sie konnten immer noch Salven auf uns abfeuern, und ohne Zweifel würden einige Pfeile ihr Ziel finden.

„Meine Garnison zählt viel mehr Männer", sagte Herigar. „Ihr habt uns bluten lassen, das gebe ich zu. Und wenn wir das bis zum Ende auskämpfen müssen, habe ich keinen Zweifel daran, dass ich weitere Männer verlieren werde. Aber am Ende werden wir euch überrennen. Und ich verspreche: Wenn wir das bis zum Ende auskämpfen müssen, werden wir keine Gnade kennen. Ihr werdet alle sterben. Legt jetzt eure Waffen nieder, ergebt euch uns, und wir werden eure Leben schonen. Das ist eure einzige Chance."

„Das ist kein allzu gutes Angebot", bemerkte Torvald.

„Wirklich nicht", stimmte Hastein zu. Er rief zurück: „Nach Eurem verräterischen Angriff auf uns haben wir wenig Grund, darauf zu vertrauen, dass Ihr Eure Versprechen einhaltet. Wir sind hier vielleicht in einer schlechten Lage. Es könnte sogar unser Schicksal sein, hier zu sterben. Aber vielleicht auch nicht. Das ist etwas, das kein Mensch vorhersagen kann. Aber wenn ich sterbe, will ich es auf jeden Fall mit ungebundenen Armen tun. Wir werden uns nicht ergeben."

„Ihr seid ja der richtige, um von Verrat zu sprechen, Däne", antwortete Herigar. „Dachtet Ihr, wir wüssten nicht, weshalb Ihr hier seid? Wir haben den Zugang zum Hafen blockiert. Ein Schiff ist dort verankert und an die Pfosten zu beiden Seiten angekettet. Dem Rest Eurer Flotte ist der Zugang verwehrt, wenn er hier eintrifft. Niemand wird Euch retten. Und Eure beiden Schiffe können nicht entkommen. Wenn Ihr euch jetzt nicht ergebt, werden wir angreifen und Ihr werdet sterben."

„Was sagt er da?" murmelte Torvald. „Das ergibt keinen Sinn."

„Nichts davon hat jemals einen Sinn ergeben", sagte Hastein. „Wartet!" rief er Herigar zu.

„Ihr werdet euch ergeben?"

„Nein", antwortete Hastein. „Aber bevor Ihr angreift, sollten wir reden. Ihr seht Feinde, wo es keine gibt. Es gibt keine Flotte. Es gibt nur uns, nur unsere beiden Schiffe. Und wir kamen in Frieden nach Birka. Wir haben keine verwerflichen Absichten. Wir sind nicht Eure Feinde. Wir wissen nicht, warum Ihr uns als solche betrachtet. Denkt darüber nach. Was ist, wenn Ihr einen Fehler macht? Ihr schickt Eure Männer, um ohne Grund zu kämpfen und zu sterben. Und zwischen unserem König und Eurem König wird es keine Kleinigkeit sein, wenn Ihr zwei Schiffe voller Dänen grundlos tötet."

Auf Hasteins Worte folgte ein langes Schweigen. Schließlich antwortete Herigar. „Wenn Ihr lügt, werdet Ihr dadurch nichts erreichen. Aber ihr seid hier gefangen und könnt nicht entkommen. Wir brauchen uns nicht zu beeilen, euch zu töten. Wir werden reden."

Es dauerte eine Weile, bis die Bedingungen für einen Waffenstillstand ausgehandelt waren. Als Gegenleistung für das Aufschieben seines Angriffs verlangte Herigar zuerst Geiseln, aber Hastein lehnte dieses Ansinnen rundweg ab. Dann bat Herigar darum, seine Toten und Verwundeten vom Steg holen zu dürfen, was Hastein gewährte. Keine Seite vertraute der anderen, und beide Seiten bezichtigten einander des Verrats. Am Ende willigte Herigar ein, nur so lange nicht anzugreifen, bis die Sonne ihren Zenit erreicht hatte. Er und Hastein würden sich am Ende des Landungsstegs treffen, jeder von nur einem Mann begleitet. Niemand würde Waffen oder Rüstungen tragen.

Hastein wählte mich aus, um ihn zu begleiten. „Wir sind nur wegen Toke hier in Birka", erklärte er. „Und ich frage mich, ob Herigars Überzeugung, dass wir Feinde sind, irgendwie auf Toke zurückzuführen ist. Wenn ja, dann gibt es niemanden, den es mehr betrifft als Euch."

Wir gingen den Steg hinunter zu Herigar und seinem Begleiter. Ich vermutete, dass Herigar ihn nur aufgrund seiner beeindruckenden Körpermasse ausgewählt hatte. Er war stämmig, hatte eine niedrige, wulstige Stirn, eine Brust von der Größe eines Fasses und massive Arme. Er sah aus wie die Brut eines Höhlentrolls – als könne er einem Mann mit bloßen Händen den Kopf vom Körper reißen. Offensichtlich glaubte Herigar, wir könnten den Waffenstillstand brechen und versuchen, ihn bei dem Treffen zu töten oder gefangen zu nehmen. Zumindest hoffte ich, dass er seinen Beschützer aus diesem Grund ausgewählt hatte und nicht, weil er selbst Verrat plante. Hastein und ich hätten ohne Waffen gegen diesen Troll-Mann keine Chance.

Als wir das Ende des Stegs erreichten, legte Herigar

den Kopf schief und sah nach oben. „Die Sonne zieht über den Himmel, Däne. Sprecht. Ich weiß nicht, wovon Ihr mich überzeugen wollt, aber die Zeit vergeht."

Hastein schien ausnahmsweise sprachlos zu sein. Es war eine ungünstige Zeit dafür. Schließlich holte er tief Luft und atmete langsam aus. Dann fragte er: „Herigar, könnt Ihr mir bitte sagen, warum Ihr glaubt, dass wir Eure Feinde sind?"

Das klang für mich nicht nach einem starken Auftakt. Herigar dachte wohl ähnlich. Er verdrehte die Augen. „Deshalb habt Ihr um einen Waffenstillstand gebeten? Haltet Ihr mich für einfältig? Ihr und Eure Männer seid keine Kaufleute. Ihr seid nicht den ganzen Weg über das Austmarr von Dänemark nach Birka gekommen, um die Waren an Bord Eurer Schiffe zu verkaufen. Ihr hättet sie in Haithabu loswerden und innerhalb weniger Tage wieder in Euren eigenen Betten schlafen können."

Das war eine so einfache Tatsache, dass ich nicht daran gedacht hatte.

„Ihr habt recht", sagte Hastein. „Als wir Jütland verließen, war Handel nicht der Zweck unserer Reise."

Herigar schien sich bestätigt zu fühlen. „Ihr habt mich also angelogen, als Ihr behauptet habt, zum Handeln hierhergekommen zu sein. Zudem habt Ihr gesagt, Ihr hießet Hastings. Ist es nicht so, dass Ihr Hastein heißt und ein mächtiger Jarl im Königreich der Dänen seid?"

Hasteins Überraschung war ihm ins Gesicht geschrieben. Wir blickten uns kurz an. Diese Information hatte nur von Toke kommen können.

Herigar fuhr fort. „Das traf ins Schwarze, nicht

wahr? Ich sehe es in Euren Gesichtern. Ihr habt also gelogen, als Ihr sagtet, Ihr wäret zum Handeln hierhergekommen. Ihr habt über Euren Namen gelogen. Und Ihr habt verschwiegen, dass Ihr ein mächtiger Anführer der Dänen seid. Und doch beschuldigt Ihr mich des Verrats?"

Hastein schüttelte den Kopf. „Ich hatte meine Gründe, meinen Namen nicht preiszugeben. Sie haben nichts mit Euch oder Eurer Stadt zu tun. Es stimmt, dass ich ein Jarl in Nordjütland bin. Dass ich das nicht bekannt geben wollte, ist meine Sache. Aber wir sind tatsächlich unter anderem zum Handeln gekommen, auch wenn das nicht unsere ursprüngliche Absicht war. Wir haben die Waren, die Ihr gesehen habt, spät auf unsere Reise auf Öland erworben. Und da wir ohnehin nach Birka wollten, dachten wir, wir könnten sie hier verkaufen."

Herigar wedelte mit der Hand, als wolle er eine Fliege verscheuchen. „Ihr habt Eure Handelswaren auf Öland erworben? Ihr habt viele Pelzballen. Wann wurde Öland zum Zentrum des Pelzhandels? Ihr lügt schon wieder, Däne. Ihr seid hier im Auftrag von Anund. Euer Plan war, euch getarnt als Kaufleute in Birka einzuschleichen und den Zugang zum Hafen zu sichern, damit der Rest seiner Schiffe ungehindert einfahren kann. Jetzt, da der Hafen gesperrt ist, muss er auf dem Landweg angreifen und versuchen, die Stadtmauern zu überwinden. Aber wenn Ihr ihm den Hafen geöffnet hättet, wäre Birkas verwundbare Stelle bloßgelegt worden. Glaubt Ihr, ich sehe das nicht?"

„Anund?" sagte Hastein. „Ich kenne keinen Anund.

Ist das nicht der Name eines der Könige der Svear?"

„Eure Zeit ist um, Däne", sagte Herigar gereizt. Er drehte sich um, und sein Umhang wirbelte um ihn herum. Mit langen Schritten ging er davon. „Komm!" rief er über seine Schulter zu seinem Begleiter, der sich rückwärts bewegte und uns vorsichtig beobachtete.

„Wartet!" rief ich. Ich musste es wissen. „War hier ein Mann namens Toke? Hat er Euch erzählt, wir würden kommen, um Birka anzugreifen?"

Herigar blieb mit dem Rücken zu uns stehen, als würde er meine Worte abwägen.

„Wir sind hier in Birka, weil wir ihn suchen", fuhr ich fort. „Das ist der einzige Grund. Er hat meinen Bruder ermordet. Er raubte meine Schwester und brachte sie nach Birka, um sie in die Sklaverei zu verkaufen. Sie hat goldene Haare. Sie heißt Sigrid. Ist sie hier?"

Herigar drehte sich halb um und starrte mich über seine Schulter an. *Kommt zurück*, dachte ich. *Hört uns zu.* Aber dann ging er weiter, ohne sich noch einmal umzusehen. Als ich ihn gehen sah, spürte ich, wie mich alle Hoffnung verließ.

Wir warteten den ganzen Tag auf den Angriff, aber er kam nicht. Kurz nachdem Herigar weggestürmt war, ruderte ein Langschiff voller Krieger durch den Hafen und ankerte außer Reichweite eines Schusses zwischen unseren Schiffen und der Hafeneinfahrt. Dahinter bewegte sich das Schiff, das die Einfahrt blockiert hatte, zur Seite, und ein zweites Langschiff ruderte aus dem Hafen, hob das Segel und machte sich auf den Weg nach Süden.

Später am Nachmittag ruderte ein kleineres Schiff, eine Knorr, heraus und wurde neben dem verankerten Langschiff festgebunden. Auf seinen Decks war Holz aufgeschichtet und im Heck standen mehrere kleine Fässer. Torvald zeigte auf sie. „Die werden mit Öl gefüllt sein. Sie wollen ein Feuerschiff gegen uns schicken."

Warten und Warten und Warten ist schwierig, besonders wenn man damit rechnet, dass man letztendlich auf den Tod wartet.

Als der Tag verging und kein Angriff kam, nahmen alle ihre Helme ab, außer denen, die in den Bugen der Schiffe und an der Barrikade Wache standen. Ich nahm die Sehne von meinem Bogen, denn ich wollte nicht, dass die Arme zu lange gespannt waren und sich verbogen. Bryngolf und Bjorgolf benutzten eine Schere, um sich gegenseitig die Haare und Bärte zu stutzen. „Wir wollen möglichst gut aussehen, wenn wir den Festsaal der Götter betreten", erklärten sie.

Torvald verbrachte die Zeit damit, die längsten Riemen zu den Hecks der Schlange und der Möwe zu tragen. Er füllte auch jeden Eimer auf den beiden Schiffen mit Wasser aus dem Hafen und stellte sie im hinteren Teil der Schiffe auf. „Wenn sie das Feuerschiff zu uns schicken und wir es lange genug aufhalten können, wird es bis zur Wasserlinie niederbrennen und untergehen", erklärte er. „Ich habe keine Angst vor einem Tod durch Stahl, aber ich will nicht verbrennen. Das ist ein schlimmer Tod."

Hastein öffnete ein frisches Fass des geräucherten Herings, den wir auf Møn gekauft hatten, und bestand darauf, dass alle essen, um bei Kräften zu bleiben. Der

Anblick und Geruch des Essens erinnerte mich an Rauna. Ich hatte sie seit letzter Nacht nicht mehr gesehen.

Ich holte einen Wasserschlauch aus meiner Seekiste und füllte ihn aus dem großen Fass vor dem Mast der Möwe. Mit ihm und zwei der geräucherten Heringe ging ich an der gestapelten Fracht entlang und rief leise: „Rauna, Rauna, wo bist du?"

Sie hatte sich einen Platz zwischen zwei Pelzballen geschaffen und einen ihrer eigenen Pelze über die Öffnung gespannt. Sie war gut versteckt; ich hatte keine Ahnung, wo sie war, bis sie das Fell beiseiteschob und aufstand. Sie hielt ihre kleine Axt – die, mit der sie Serck getötet hatte – in der rechten Hand.

„Ich habe dir etwas zu essen gebracht", sagte ich und reichte ihr den Hering und den Wasserschlauch. Sie steckte den Axtstiel durch ihren Gürtel und nahm sie mir ab. Schnell hob sie einen der Fische zum Mund und kaute hungrig daran.

Ich sah ihr beim Essen zu. *Was wird mit dir passieren,* fragte ich mich, *wenn die Möwe überrannt wird?* Ich konnte nur hoffen, dass Torvalds Strategie das Feuerschiff erfolgreich abwehren würde.

Dann fiel mir etwas ein. „Ich bin gleich zurück", sagte ich und eilte zu meiner Seekiste. Ich kramte darin bis auf den Boden und fand den goldenen Armring und die kleine Ledertasche mit Silbermünzen, die ich auf dir Reise mitgebracht hatte.

Als ich zu Rauna zurückkehrte, gab ich ihr den Armring. „Lege das um deinen Arm." Sie runzelte die Stirn und sah verwirrt aus, tat es aber. Ich reichte ihr die

Tasche und sagte: „Das sind Silbermünzen. Sie sind sehr wertvoll. Behalte sie bei dir. Verstecke die Tasche in deiner Tunika, wenn du kannst."

„Ich verstehe nicht", sagte sie.

„Hör mir gut zu", sagte ich. „Du musst dir merken, was ich sage. Die Svear – die Krieger hier in Birka – werden unsere Schiffe wieder angreifen. Letztendlich werden sie siegen. Du musst hier versteckt bleiben, bis der Kampf vorbei ist. Danach werden sie das Schiff durchsuchen und dich finden. Dann musst du Folgendes sagen.

„Du musst ihnen erzählen, dass du die Frau des Sohns eines großen Stammesfürsten in Dänemark bist. Der Name des Stammesfürsten war Hrorik Starkaxt. Sage den Namen."

Ihr erster Versuch war nicht allzu gut. Ich wiederholte es nochmal für sie, und sie sagte: „Rorik?"

„Das reicht aus", sagte ich. „Vergiss es nicht. Und sage ihnen, dass dein Mann Halfdan heißt und dass er ein berühmter Krieger ist, der Starkbogen genannt wird. Der Name wurde ihm von Ragnar Lodbrok gegeben. Merke dir das auch."

„Warum kannst du ihnen diese Dinge nicht sagen?" fragte sie.

„Weil ich tot sein werde."

Es folgte langes Schweigen. Schließlich sagte sie mit leiser Stimme: „Du willst, dass ich deine Frau werde?"

„Wenn du sagst, dass du meine Frau bist, könnte es dein Leben retten", erklärte ich. „Das will ich. Es kann dich davor bewahren, dass dir etwas zuleid getan wird. Die Männer, die uns angreifen, gehören den

Kriegertruppen des Königs der Svear an. Es werden ehrenhafte Männer sein. Sie werden uns töten, weil sie glauben, dass wir ihre Feinde sind, aber sie werden die Frau eines gefallenen Gegners nicht töten oder entehren." Zumindest hoffte ich, dass sie es nicht tun würden. Es war Raunas einzige Chance.

Trotz der Vorbereitungen, die die Svear getroffen hatten, verlief die Nacht ohne Zwischenfälle. Am Morgen waren wir alle müde vom Schlafmangel und dem langen Warten auf einen Angriff, der nicht kam. Vor allem Hastein sah ausgelaugt aus. Die Tatsache, dass wir in der Falle saßen und ihm kein Weg zur Flucht einfiel, lastete schwer auf ihm.

Etwas nach Mittag kehrte das Langschiff zurück, das wir am Tag zuvor beim Verlassen des Hafens beobachtet hatten. Kurz darauf näherte sich Herigar in Begleitung eines einzelnen Kriegers, der eine weiße Friedensflagge schwenkte, dem Ende des Stegs.

„Kommt", sagte Hastein zu mir. „Lasst uns sehen, was er jetzt will."

Als wir ihn erreichten, sagte Herigar zu uns: „Ich habe ein Schiff den Kanal hinunter bis zum Meer und weiter nach Süden geschickt. Sie fanden keine Anzeichen einer Flotte."

Hastein sagte nichts. Er starrte Herigar nur mit einem müden Gesichtsausdruck an.

„Ich bin für den Schutz dieser Stadt und aller ihrer Bewohner verantwortlich", fuhr Herigar fort. „Ihre Sicherheit wurde mir anvertraut. Ich nehme Bedrohungen gegen sie sehr ernst."

„Wir waren nie eine Bedrohung", sagte Hastein.

„Ihr sagtet, Ihr wüsstet nichts von Anund. Wann wart Ihr zuletzt am Hof Eures Königs Horik?"

„Im Frühjahr habe ich dort an einem Rat teilgenommen, wie viele andere Stammesfürsten der Dänen auch. Danach führten wir Krieg gegen die Franken. König Horik führte eine Flotte gegen Hamburg und brannte die Stadt nieder. Meine Männer und ich segelten mit einer zweiten Flotte zu den Westfranken. Wir sind vor weniger als einem Monat nach Dänemark zurückgekehrt. Ich habe Horik seit dem Frühjahr nicht mehr gesehen und war seitdem auch nicht an seinem Hof. Wir verließen Jütland für die jetzige Reise nur wenige Tage nach unserer Rückkehr."

Herigar ließ einen langen Seufzer entweichen. „Viele Jahre lang teilte König Björn seine Herrschaft über die Svear mit seinem jüngeren Bruder Anund", sagte er. „Aber Anund ist ein ehrgeiziger Mann. Er wurde es leid, die Macht zu teilen. Er versuchte, das Volk gegen Björn aufzustacheln, indem er behauptete, dass sich die Götter von den Svear abwandten, weil Björn die Religion des Weißen Christus im Land der Svear zugelassen hatte. Er sagte, wir müssten unser Königreich vom fremden Gott und allen, die ihn anbeteten, reinigen, um die Gnade der Götter zurückzugewinnen.

Gegen Mitte des Sommers hat sich die Situation zugespitzt. Schon seit Monaten herrscht eine Dürre, die bereits im Frühjahr einsetzte. Deshalb fällt die Ernte in diesem Jahr sehr niedrig aus. Viele nahmen es als Zeichen dafür, dass Anund die Wahrheit sprach. Unter Anunds Einfluss kamen einige nach Birka, verbrannten die christliche Kirche, deren Bau König Björn zugelassen hatte, und töteten die Priester. Nur einer, ein Franke namens Gautbert, entkam ihrer Wut. Ich half ihm, sich zu verstecken und sicher ins Frankenreich zurückzukehren.

König Björn war außer sich und verbannte Anund aus Svealand. Er floh an den Hof von König Horik. Wir wissen, dass er dort versucht, eine Flotte zusammenzustellen, um seine Rückkehr zu unterstützen und ihm zu helfen, den Thron zu übernehmen. Wenn er kommt, wird er Birka zuerst angreifen, denn es ist das Tor zum Königreich."

„Und Ihr dachtet, nur weil wir Dänen sind, seien wir die Vorhut von Anunds Angriff?" fragte Hastein ungläubig.

„Nicht nur, weil ihr Dänen seid. Ihr und Eure Männer seid keine Kaufleute, das ist klar. Wie ich bereits sagte, hättet Ihr Eure Waren viel leichter in Haithabu verkaufen können. Dann ist da noch die Sache mit Eurem Namen. Ihr sagtet mir, Ihr hießet Hastings, aber während Alf Euer Schiff steuerte, hörte er, wie die Männer Euch Hastein nannten. Und Ihr seid ein Jarl, ein mächtiger Führer der Dänen. So ein Mann könnte sich Anund anschließen, um den Thron der Svear zu erobern."

„Woher wusstet Ihr, dass Hastein ein Jarl ist?" fragte ich.

„Ah", sagte Herigar. „Ja, das ist der andere Teil. Da war ein Mann, ebenfalls ein Däne, der vor Euch nach Birka gekommen ist."

„Habt Ihr ihn auch verdächtigt, mit Anund im

Bunde zu sein?" fragte Hastein mit bitterem Ton in der Stimme. Er und ich wussten beide, wer der Däne war.

Herigar schüttelte den Kopf. „Er kam nur mit einem einzigen Schiff, und selbst das war unterbesetzt. Aber ich habe ihn befragt, um zu erfahren, ob er von Anund und seinen Plänen wusste."

Und aus Euren Fragen erfuhr er zweifellos von Anunds Verbannung und dass er nach Dänemark geflohen war, wo er Unterstützung für seine Rückkehr suchte, dachte ich.

Herigar fuhr fort. „Er sagte mir, er wisse nichts mit Sicherheit, aber es gebe einen Jarl, einen häufigen Besucher am Hof von Horik, der ein großer Abenteurer und Wikinger sei. Wenn jemand in Dänemark mit Anund gemeinsame Sache machen würde, wäre er sehr wahrscheinlich einer von ihnen. Er sagte mir, dieser Jarl hieße Hastein."

„Der Name des Mannes, der Euch das erzählt hat, war Toke, nicht wahr?" fragte ich.

Herigar nickte. „Ja."

„Ich habe Euch meinen wahren Namen nicht genannt, weil wir Toke jagen", sagte Hastein. „Er ist ein kluger und gefährlicher Feind. Falls er noch hier in Birka ist, wollte ich nicht, dass er von unserer Ankunft erfährt." Er seufzte. „Toke spielt Menschen gegeneinander aus, als seien sie Figuren in einer Partie von Hnefatafl. In Öland sagte er den Piraten, dass wir viel Silber auf unseren Schiffen hätten, damit sie uns angreifen."

„Ich habe gehört, dass es auf Öland eine große Gruppe Piraten gibt", sagte Herigar. „Ich habe König Björn gedrängt, eine Truppe zu entsenden, um sie zu zerschlagen."

„Das ist nicht mehr nötig", sagte Hastein. „Sie sind jetzt alle tot. Wir haben sie besiegt. Die Waren, die wir hier in Birka zum Verkauf anbieten wollten, stammen aus ihrem Lager. Toke – wo ist er jetzt?"

„Er hat die Stadt verlassen", sagte Herigar. Das Herz wurde mir schwer.

Herigar stieß einen langen Seufzer aus. „Dieser Toke hat mich tatsächlich gegen Euch ausgespielt", sagte er. „Ich handelte aus Sorge um die Sicherheit von Birka und seinen Bewohnern, aber..." Er schüttelte den Kopf und seufzte wieder. „Ich bin dankbar, dass zumindest keiner Eurer Männer wegen meines Fehlers gestorben ist. Es lastet schwer genug auf mir, dass einige meiner eigenen Männer tot sind, weil ich die Situation falsch eingeschätzt habe."

Er zögerte, dann streckte er Hastein die Hand entgegen. „Es ist viel verlangt, ich weiß. Aber ich bitte Euch um Verzeihung dafür, wie Ihr und Eure Männer hier in Birka behandelt wurdet, und reiche Euch meine Hand in Freundschaft."

Es war eine großzügige Geste von Herigar zuzugeben, dass er sich geirrt hatte.

Hastein streckte die Hand aus und griff Herigars Handgelenk. „Ich akzeptiere Eure Freundschaft und werde sie schätzen. Was die Vorkommnisse zwischen uns betrifft, so hätte ich möglicherweise genauso gehandelt, wenn ich an Eurer Stelle gewesen wäre."

„Was ist mit meiner Schwester Sigrid?" fragte ich.

Es schien Herigar unbehaglich zu sein, darüber zu sprechen. „Birkas Markt ist einer der größten Märkte für den Sklavenhandel im Norden", sagte er. „Darauf bin ich nicht stolz. Ich selbst folge dem Weißen Christus. Ich glaube, es ist falsch, dass Menschen sich gegenseitig kaufen und verkaufen. Es ist falsch, Menschen zu Eigentum zu machen. Der Sohn Gottes lehrte, dass wir andere so behandeln sollen, wie wir selbst behandelt werden wollen. Als ich mich zu ihm bekannte, befreite ich alle meine eigenen Sklaven. Aber der Sklavenhandel bringt Birka viel Reichtum, und der König will nicht auf die Steuer darauf verzichten."

Ich interessierte mich nicht für Birkas Markt oder die Steuer des Königs. Es war mir egal, was Herigar glaubte. „Was ist mit meiner Schwester?" wiederholte ich.

„Nachdem er in Birka angekommen war, ließ Toke wissen, dass er eine Frau von großem Wert und seltener Schönheit zu verkaufen hatte. Sie sei von edler Geburt, behauptete er, und hätte noch nie einen Mann gekannt."

„Als Ihr gehört habt, dass eine Frau edler Herkunft verkauft werden sollte, habt Ihr Euch nicht bemüht, den Handel zu stoppen?" fragte ich.

Herigar schüttelte den Kopf. „Sie war keine Svear. Sie zu verkaufen, verstieß nicht gegen die Gesetze unseres Landes. Zu dieser Zeit waren drei Händler hier in Birka, die die Flüsse der Oststraße hinunterfahren. Käufer für die Sklavenmärkte der arabischen Königreiche am anderen Ende zahlen hohe Preise für hellhäutige Frauen mit goldenen oder roten Haaren. Sie werden von den Adligen dort als Konkubinen sehr geschätzt. Einer der Händler hatte sogar einen arabischen Käufer dabei, der die lange Reise die Oststraße

hinauf gemacht hatte, um unsere Länder kennenzulernen.

Drei Tage lang bearbeitete Toke die drei mit
Beschreibungen der Schönheit dieser Frau, aber er ließ
keinen von ihnen in ihre Nähe, um sie anzusehen. Am
vierten Tag bot er sie zum Verkauf an. Die Auktion fand
in einem Schiffszelt statt, das er am Ufer aufgebaut hatte.
Inzwischen hatten sich in Birka Gerüchte über die Frau
verbreitet, und viele wollten am Verkauf teilnehmen, nur
um sie zu sehen. Aber nur diejenigen, die Toke zeigen
konnten, dass sie das Geld für das Anfangsgebot
besaßen – eine volle Silbermark – durften ins Zelt. Die
drei Händler der Oststraße und natürlich der Araber
waren alle anwesend, ebenso wie mehrere Kaufleute aus
der Stadt. Aus Neugierde habe ich auch teilgenommen.
Toke hätte mich kaum daran hindern können.

Toke versorgte uns alle mit Wein, Bier und Essen.
Zweifellos hoffte er, dass die Getränke helfen könnten,
die Geldbörsen der Käufer zu lockern. Während wir
warteten, ließ er Eure Schwester untersuchen. Es gibt
eine alte Frau, die für die Sklavenhalter hier in Birka
arbeitet. Wenn behauptet wird, dass eine Sklavin noch
nie mit einem Mann zusammen war – was sie wertvoller
macht – untersucht sie sie gegen eine Gebühr. Die Alte
kam heraus und bestätigte Tokes Behauptung – die Frau
habe noch nie einen Mann gekannt.

Dann brachte Toke sie in einen Umhang eingewick-
elt in das Zelt und präsentierte sie vor uns. Er riss den
Umhang weg und ließ sie nackt stehen, damit alle sie
sehen konnten. Er erlaubte jedem, sie aus der Nähe
anzusehen, um sie herumzugehen und sie genau zu

untersuchen. Aber niemand durfte sie berühren.

„Alle seine Behauptungen waren wahr. Eure Schwester ist eine Frau von seltener Schönheit. Allein dafür hätte sie einen hohen Preis gebracht. Aber es war mehr als nur ihre Schönheit, die die Händler begeisterte und sie dazu brachte, immer höher und höher gegeneinander zu bieten. Die meisten Frauen hätten unter solchen Umständen geweint oder Angst gezeigt. Aber Eure Schwester vergoss keine einzige Träne, und das Einzige, was sich in ihren Augen und ihrem Gesicht zeigte, waren Zorn und Hass auf uns alle. Die Händler waren sich alle einig, dass die Adligen, die in den arabischen Königreichen am anderen Ende der östlichen Straße auf sie bieten würden, ein Vermögen dafür zahlen würden, eine solche Frau gefügig zu machen.

Am Ende war es der Händler, der den Käufer aus dem Süden mitgebracht hatte, der sie ersteigerte. Zusammen boten sie dreieinhalb Silbermark für sie. Es ist eine unerhörte Summe für eine einzelne Sklavin."

„Ihr sagtet, Toke sei schon fort. Meine Schwester... Sigrid?" fragte ich, obwohl ich in meinem Herzen bereits die Antwort wusste.

Herigar schüttelte den Kopf. „Der Händler, der sie gekauft hat, hat Birka am Tag vor Eurer Ankunft verlassen. Inzwischen sind er und sein arabischer Begleiter vielleicht schon auf der Oststraße."

12

Wie gefährlich kann es sein?

Bevor er uns verließ, bat Herigar Hastein, unsere Männer davon abzuhalten, in die Stadt zu gehen. „Ich weiß jetzt, dass Ihr keine Bedrohung seid", sagte er. „Aber mehrere Tage lang glaubten die Bewohner dieser Stadt, wie ich auch, dass Ihr die Vorhut eines Angriffs auf Birka und auf sie wart. Sie haben in Angst gelebt, und Angst erzeugt oft Wut. Ich werde dafür sorgen, dass allgemein bekannt wird, dass Ihr nicht mit Anund verbündet seid, aber dennoch seid Ihr Dänen. Die Leute hier erwarten, dass Anund eines Tages mit einer Truppe von Dänen kommen wird, um Birka anzugreifen. Ich möchte nicht, dass es Probleme zwischen Euren Männern und den Bürgern der Stadt gibt. Ich werde Kaufleute herschicken, um Eure Waren anzusehen und mit Euch zu handeln."

Er tat mehr als das. Herigar schien wirklich Reue für das zu verspüren, was geschehen war. Gegen Abend kam ein Karren mit drei Fässern Bier, vier gebratenen Spanferkeln und Körben mit Wurst, Brot und Käse. Es war ein Festessen als Friedensangebot. Am Ende des Abends tranken unsere Männer auf seine Großzügigkeit und sein Entgegenkommen. Alle waren in guter Stimmung, denn wir hatten gekämpft und einen stärkeren Gegner ohne eigene Verluste geschlagen, waren dem scheinbar sicheren Tod entkommen und erwarteten nun auch Gewinn aus den erbeuteten Waren, die Sigvalds

Bande während ihrer Monate der Piraterie zusammengerafft hatte.

Alle waren guter Stimmung, außer mir. Toke war geflohen, und Sigrid war verloren.

„Lasst Euch nicht entmutigen", sagte Hastein. „Fürs Erste ist Toke uns entkommen. Aber wir wissen, wo er hin will. Ich gebe Euch mein Wort: Im Frühjahr werden wir ihm nach Irland folgen. Bis dahin sind die Verwundeten in unserer Mannschaft wieder gesund. Und nachdem sie den Winter über zu Hause waren, werden meine übrigen Männer einschließlich Svein mit Freude an der Fahrt teilnehmen."

Ich antwortete nicht.

„Es tut mir leid wegen Eurer Schwester Sigrid", fuhr Hastein fort. „Aber ich sehe keine Möglichkeit, sie jetzt noch zu finden. Ihr Schicksal wurde von den Nornen bestimmt, und die Wege ihres und Eures Lebens werden sich wohl nicht wieder kreuzen. Das müsst Ihr akzeptieren."

Ich wusste, dass Hastein nur die nüchterne Wahrheit ausgesprochen hatte. Aber ich wurde das Bild von Sigrid nicht los, wie sie allein, nackt und hilflos vor einer Gruppe von Sklavenhändlern stand, die sie ersteigern wollten. Und auch nicht die Bilder von dem, was ihr widerfahren würde, nachdem der erfolgreiche Sklavenhändler sie weiterverkauft hatte.

Später in der Nacht, während die übrige Besatzung mit dem guten Bier, das Herigar zur Verfügung gestellt hatte, auf ihn anstieß, kam Rauna zu mir. Ich saß im Dunkeln auf dem Deck der Möwe, mit dem Rücken gegen meine Seekiste. Ich wollte mit meinen Gedanken allein sein und wünschte, sie würde wieder gehen.

„Der Mann, den du gejagt hast – der böse Mann – er ist aus Birka fortgegangen, ja?" fragte sie.

Ich nickte.

„Deine Schwester – er hat sie verkauft, um sie zu einer Sklavin zu machen, wie du befürchtet hast?"

Ich nickte wieder, wandte mich ab, und hoffte, dass sie mich in Ruhe lassen würde.

„Und die Männer, die sie gekauft haben, haben sie weggebracht?"

„Ja", sagte ich und seufzte schwer. „Sie haben sie weggebracht."

„Mein Vater war ein großer Jäger, der größte unseres Volks. Er hat mir viel beigebracht. Ich stehe in deiner Schuld. Du hast mich zweimal gerettet. Ich bin sehr gut im Verfolgen von Spuren. Ich helfe dir, diesen Männern nachzustellen und deine Schwester zu finden."

Es war eine solch unerwartete Freundlichkeit, dass sie mein Herz ergriff, sodass ich einige Augenblicke lang nicht sprechen konnte. Ich sah sie an, wie sie vor mir kniete. „Ich danke dir. Aber sie haben sie über das Meer gebracht. Ich weiß nicht, wo sie ist. Ich kann ihr nicht helfen. Niemand kann das."

Die von Herigar versprochenen Händler erschienen am nächsten Morgen. Sie waren ziemlich mürrisch. Hastein hatte Torvald mit den Verhandlungen beauftragt, aber er verlor schnell die Beherrschung in Anbetracht der Preise, die sie für unsere Waren boten. Er hatte sich wohl mehr Erlös für die Beute aus Sigvalds Lager erhofft. Nachdem das Angebot eines Kaufmanns für einen Pelzballen ihn zu einer Tirade von Flüchen und Beleidigungen über die Abstammung des Mannes veranlasst hatte, übernahm Hastein die Verhandlungen.

„Ist das das beste Angebot, das Ihr dafür machen werdet?" fragte er.

„Es ist das beste Angebot, das ich einem Dänen machen werde", sagte der Mann höhnisch.

„Wir haben zehn solcher Ballen. Nehmt Ihr alle zum gleichen Preis?"

Der Kaufmann, ein dicker Mann mit Knopfaugen, war offensichtlich überrascht. „Ja, das tue ich", antwortete er.

„Dann gehören sie Euch. Gebt mir das Silber – versucht nicht, bei seinem Gewicht nachzuhelfen – und nehmt sie."

Hastein ging am Pier entlang, wo die restlichen Waren gestapelt waren, und fand schnell Käufer für alles. Die Händler von Birka feixten hinter unserem Rücken, denn die von Hastein akzeptierten Preise würden es ihnen ermöglichen, beim Weiterverkauf große Gewinne zu erzielen.

Einar und ich hatten die Verhandlungen beobachtet. Hastein kam mit einem angewiderten Gesichtsausdruck zu uns hinüber. „Sie sind kaum besser als Räuber", sagte er. „Aber was auch immer wir für diese Waren bekommen ist ein Gewinn, denn wir haben nichts dafür bezahlt. Ich möchte den Verkauf erledigen und dann schnell aufbrechen. Ich bin froh, wenn wir Birka hinter uns lassen. Wir haben eine lange Reise vor uns, bis wir Jütland wieder erreichen. Der Winter naht, und wir sollten dann nicht mehr auf dem Meer sein.

Aber ich werde weder die Walrosszähne noch den Bernstein hier verkaufen. Sie sind zu wertvoll, um sie wegzuwerfen. Wir nehmen sie mit zurück und verkaufen sie zu einem fairen Preis in Haithabu."

Nachdem die Händler abgezogen waren und die Waren, die unsere Decks gefüllt hatten, mitgenommen hatten, bereiteten wir am Abend die Möwe und die Schlange für die Abreise am nächsten Tag vor. Torvald schickte Männer, um abgeworfene Ballaststeine zu sammeln, die entlang des Ufers verstreut waren, damit er die beste Trimmung für die Schiffe erreichen konnte. Er hatte viele Steine aus dem Inneren der Rümpfe der Möwe und der Schlange entfernen müssen, bevor wir von Öland aus losgefahren waren, um das Gewicht der Waren auszugleichen, die wir im Lager der Piraten erbeutet hatten.

Herigar – ausnahmsweise ohne bewaffnete Wachen – kam den Steg hinunter zu unseren Schiffen. Ein großer Mann mit blonden Haaren und hellem Bart war bei ihm. In seiner Statur und seinem Körperbau ähnelte er Hastein, auch wenn er etwas jünger wirkte.

In der Annahme, dass Herigar sich von uns verabschieden wollte, trafen Hastein und Torvald ihn auf dem Steg zwischen den beiden Schiffen. Ich schloss mich ihnen an, ebenso wie viele andere aus unserer Mannschaft, darunter Einar und Gudfred. Obwohl wir ihn einst für einen Feind gehalten hatten und ihn getötet hätten, wenn wir die Gelegenheit gehabt hätten, hatten wir nun alle vor dem Kommandanten von Birkas Garnison großen Respekt.

„Ihr verlasst also Birka?" fragte Herigar.

Hastein nickte. „Ja. Bei Tagesanbruch fahren wir nach Öland. Nach unserem Kampf mit den Piraten ließen wir einen Teil unserer Mannschaft zurück, damit sie sich dort von ihren Wunden erholen konnten. Von Öland aus geht es dann zurück nach Jütland und nach Hause."

„Ich wünsche Euch eine gute und schnelle Reise." Herigar wandte sich an mich und zeigte auf den Mann neben ihm. „Das ist Rurik. Ich kannte seinen Vater vor Jahren, aber Rurik ist erst seit kurzem in Birka. Er hat die östliche Straße bereist. Er hat Informationen, die für Euch von Interesse sein könnten."

„Herigar hat mir gesagt, dass Eure Schwester an einen Sklavenhändler verkauft wurde", sagte Rurik, „und das er Birka in Richtung der Oststraße verlassen hat."

„Ja", sagte ich. „Das ist wahr."

„Sie werden nach Aldeigjuborg segeln. Es liegt am nördlichen Ende der Oststraße fast direkt östlich von Birka über das Austmarr. Sobald sie das Meer überquert haben, kommen sie in eine lange, schmale Bucht und müssen ihr zum äußersten Ende folgen. Dort mündet ein Fluss in die Bucht. Der Fluss ist nicht lang und führt zu einem großen See wie der hier um Birka. In diesen See mündet an seinem Südufer ein weiterer, viel längerer Fluss. Aldeigjuborg liegt dort an diesem Fluss."

„Wie lange dauert die Fahrt?" fragte ich.

Er betrachtete kurz die Möwe und die Schlange. „Auf schnellen Schiffen wie diesen kann man das Ende der Bucht auch bei schwachem Wind ohne Halt in drei

Tagen erreichen. Bei stärkerem Wind ist die Reise kürzer."

„Die Männer, die Eurer Schwester gekauft haben, reisen nicht in einem Langschiff", sagte Herigar. „Sie sind in einer Knorr. Sie haben zusätzlich zu ihrer übrigen Fracht auch viele weitere Sklavinnen dabei. Sie können nicht annähernd so schnell segeln wie diese Schiffe. Und sie werden vermutlich nicht durchsegeln. Wenn sie ihre Reise für die Nacht unterbrechen, nachdem sie die Bucht auf der anderen Seite des Austmarrs erreicht haben..."

„Hastein!" rief ich und wandte mich an ihn. „Es ist möglich, dass wir sie einholen können!"

Er schüttelte den Kopf. „Die Wahrscheinlichkeit ist zu gering, Halfdan. Sie haben Birka vor fünf Tagen verlassen. Selbst wenn ihr Schiff langsamer ist als unseres, ist zu viel Zeit vergangen. Inzwischen werden sie Aldeigjuborg sicherlich erreicht haben oder sich der Stadt zumindest nähern. Sie sind mit ziemlicher Sicherheit bereits auf der Oststraße, wenn wir dort ankommen. Es tut mir wirklich leid, aber das ist eine Reise, zu der ich nicht bereit bin."

„Sie werden Aldeigjuborg vielleicht nicht so schnell verlassen", sagte Rurik. „Die Oststraße ist sehr lang und sehr gefährlich. Sie werden nicht allein reisen. In einer Gruppe ist man sicherer. Sie werden wohl warten, bis auch andere Händler bereit sind, die Reise anzutreten. Und sie können die Straße nicht in einer Knorr befahren. Sie brauchen ein Schiff – oder eher mehrere Schiffe, wenn sie viele Sklaven und Waren mitnehmen – mit geringerem Tiefgang und mehr Riemen, denn sie werden auf dem ersten Teil der Reise flussaufwärts

438

fahren und oft rudern müssen, und es gibt mehrere Umtragestellen, wo die Schiffe über Land gezogen werden müssen. Es wird einige Zeit dauern, bis sie sich auf diese Reise vorbereitet haben. Da der Winter bevorsteht, besteht sogar die Möglichkeit, dass sie bis zum Frühjahr dort bleiben. Viele Händler der Oststraße sind in Aldeigjuborg zu Hause."

„Wir kennen den Weg nicht", hielt Hastein dagegen. Er klang gereizt.

„Ich kann Euch führen", bot Rurik an. „Ich suche eine Überfahrt nach Aldeigjuborg, denn meine Verwandten wohnen dort, und ich war lange weg."

„Sicherlich wollen die Nornen, dass wir diese Reise unternehmen", flehte ich. „Sonst hätten sie uns keinen Führer und keine Möglichkeit gegeben, Sigrid zu finden. Sie ist meine Familie", fügte ich hinzu. „Die einzige Familie, die ich noch habe."

Hastein musterte die Gesichter der Männer, die sich neugierig um uns versammelt hatten und aufmerksam zuhörten. „Wir haben diese Reise unternommen, um Toke zu jagen", sagte er ihnen. „Deshalb seid ihr alle mitgekommen. Wenn wir die Jagd jetzt mit einem anderen Ziel fortsetzen, dann nur, weil wir alle damit einverstanden sind. Ich werde diese Entscheidung nicht alleine treffen."

„Wir sollten weitermachen", sagte Gudfred. „Hrorik Starkaxt war unser Stammesfürst. Sigrid ist seine einzige Tochter. Wenn es eine Chance gibt, sie zu retten, sollten wir es versuchen. Wir sollten das für Hrorik, für Sigrid und für Halfdan tun."

„Ja, ja!" riefen die Männer vom Anwesen und vom

Dorf zustimmend.

„Torvald?" fragte Hastein.

„Was ist mit unseren Kameraden auf Öland?"

„Ich werde eine Nachricht überbringen lassen, dass ihr euch verspätet habt", sagte Herigar.

Torvald blickte hin und her in die Gesichter von Hasteins Männern. Bryngolf, Hallbjorn und die anderen nickten ihm zu. „Halfdan ist unser Kamerad", sagte Torvald und zuckte mit den Schultern. „Wir sollten es machen."

Hastein wartete, aber niemand widersprach. „Dann ist es entschieden", sagte er, klang aber nicht erfreut.

Er wandte sich an Herigar. „Wie heißt der Sklavenhändler, den wir suchen, und wie viele Männer hat er?"

„Er heißt Hugliek", antwortete Herigar. „Er hat fünfzehn Krieger, die ihm helfen, die Knorr zu segeln und seine Waren zu schützen. Und da ist auch noch der arabische Käufer. Er hat zwei Krieger aus seinem eigenen Volk als Wachen bei sich."

Hastein seufzte und zuckte mit den Schultern. „Wir sind fast durch das gesamte Austmarr gefahren und haben es mit Piraten und der Garnison von Birka aufgenommen", sagte er resigniert. „Im Vergleich dazu ist dies nur eine kurze Reise, und wir haben es nur mit einer kleinen Gruppe von Händlern zu tun. Wie gefährlich kann es sein?"

Diagramme der Seeschlacht

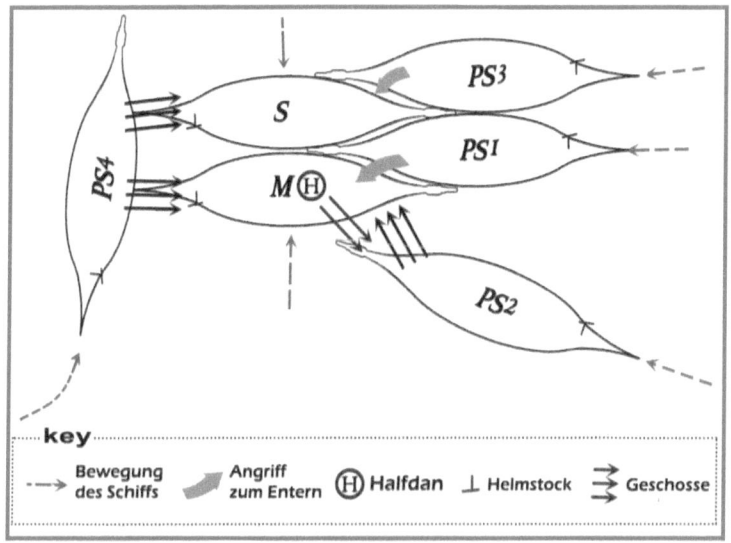

1. Die Piratenschiffe 1, 2 und 3 blockieren den Kanal, und Piratenschiff 1, Sigvalds Schiff, rudert dicht vor die Möwe und die Schlange. Sigvald verlangt die Zahlung einer Abgabe, um Hasteins Schiffe passieren zu lassen. Hastein weigert sich, und der Kampf beginnt.

2. Die Möwe und die Schlange werden zu einer Kampfplattform zusammengebunden. Piratenschiff 1 rudert zwischen ihre Buge, wirft Enterhaken zu beiden hinüber, und seine Mannschaft versucht, an Bord der Möwe zu gelangen. Die Besatzung von Piratenschiff 3 wirft Haken auf die Schlange und versucht, sie zu entern, während Piratenschiff 2 Geschossfeuer auf die Verteidiger im Bug der Möwe richtet. Piratenschiff 4 beschießt die Möwe und die Schlange vom Heck aus.

3. Von ihrer Position auf dem Wasserfass der Möwe schießen Halfdan (H) und Tore auf Piratenschiff 2 und töten einige Besatzungsmitglieder, bis sie durch Gegenfeuer in Deckung gehen müssen. Hrodgar übernimmt das Kommando über die Verteidigung der Hecks der Möwe und der Schlange.

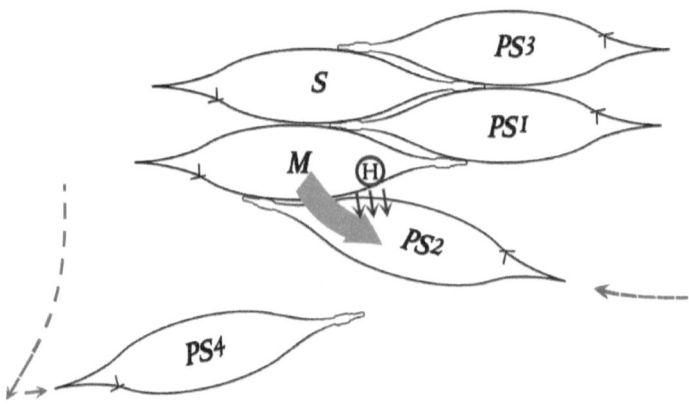

4. Piratenschiff 2 bewegt sich weiter an der Seite der Möwe entlang. Halfdan und die anderen Bogenschützen, die sich in Deckung an die Reling der Möwe begeben haben, feuern Überraschungssalven ab und töten die meisten Krieger im Bug von Piratenschiff 2.

5. Ein Enterkommando, angeführt von Hastein und Torvald, wirft Haken auf Piratenschiff 2, zieht es an die Seite der Möwe, entert es und räumt das Schiff mit Unterstützung der Bogenschützen.

6. Piratenschiff 4 zieht sich vom Heck der Möwe und der Schlange zurück und steuert auf Piratenschiff 2 zu.

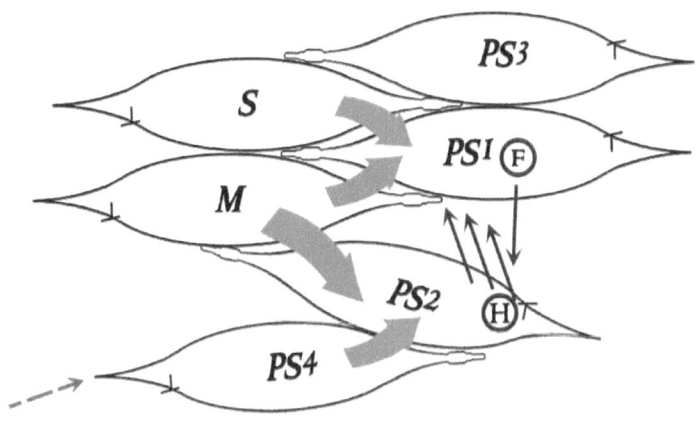

7. Aus den Bugen der Möwe und der Schlange werden Enterangriffe auf Piratenschiff 1 gestartet, die aber zunächst zurückgeschlagen werden. Halfdan und die anderen Bogenschützen, die den Angriff mit Pfeilfeuer aus dem Heck von Piratenschiff 2 unterstützen sollen, werden vom Feuer des finnischen Bogenschützen (F) an Bord von Piratenschiff 1 daran gehindert.

8. Nachdem der finnische Bogenschütze getötet wurde, schießen Halfdan und die Bogenschützen Salven auf die Verteidiger im Bug von Piratenschiff 1, und Hastein und Stig führen ihre Männer auf das Schiff und drängen die Verteidiger zurück.

9. Piratenschiff 4 dockt mit Enterhaken an Piratenschiff 2 an, und seine Mannschaft geht an Bord, um die Bogenschützen anzugreifen und das Schiff zurückzuerobern. Hrodgar führt einen Gegenangriff von der Möwe aus und wird dabei getötet.

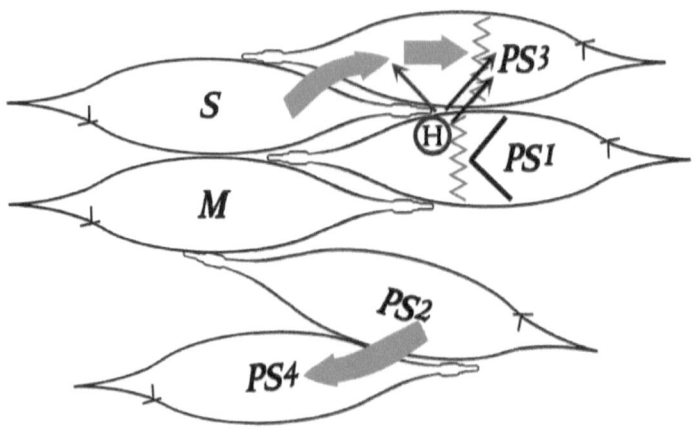

10. Angeführt von Halfdan treiben die Bogenschützen an Bord von Piratenschiff 2 und die Krieger, die mit Hrodgar von der Möwe kamen, die Angreifer von Piratenschiff 4 zurück auf ihr eigenes Schiff. Dann entern sie Piratenschiff 4 und räumen es.

11. An Bord von Piratenschiff 1 haben sich die Piraten bis kurz vor den Mast zurückgezogen, wo sie eine Keilkampflinie gebildet haben und Hasteins Schildwall abwehren.

12. Halfdan, Einar, Asbjorn und Hallbjorn queren von der Möwe in die vordere Hälfte von Piratenschiff 1; von dort schießen sie auf die Verteidiger im Bug von Piratenschiff 3, dem Seeross. Gudfred führt einen Enterangriff von der Schlange auf Piratenschiff 3 durch und räumt das Schiff dann mit unterstützendem Feuer von Halfdan und seinen Bogenschützen von Piratenschiff 1.

13. An Bord von Piratenschiff 1 wird Sigvald durch Pfeilbeschuss getötet, und der Rest der Piraten ergibt sich.

Glossar

Aldeigjuborg: Der Name der Wikinger für die Siedlung Staraja Ladoga am Fluss Wolchow am südlichen Ende des Ladogasees. Als nördlichste Station der beiden Handelsrouten, die als Oststraße bekannt waren, und die durch Russland entlang mehrerer Flüsse zum Schwarzen und Kaspischen Meer führten, war Staraja Ladoga im 8. und 9. Jahrhundert ein wichtiges Handelszentrum.

Armschiene: Eine lange Manschette aus Leder, die von Bogenschützen am Handgelenk des Armes getragen wird, mit dem sie den Bogen halten, um sich vor dem Schlag der Bogensehne zu schützen, wenn ein Pfeil abgeschossen wird.

Aurar: Wörtlich „Unzen" (Singular: Eyrir); eine Bezeichnung sowohl für das Gewicht wie auch für den Wert von Silber aus der Wikingerzeit. Acht Aurar entsprachen einer Mark.

Austmarr: Die Bezeichnung der skandinavischen Völker der Wikingerzeit für die Ostsee in Nordeuropa. Die Ostsee wurde auch als „Ostweg" oder „Aestenmeer" bezeichnet. Der letztgenannte Begriff stammt vom Namen eines der Anrainervölker, der Aesti, vermutlich ein altes germanisches Wort für die Balten.

Bandelier: Ein Gurt oder Riemen, meist aus Leder, für die Scheide eines Schwertes, der normalerweise so über der Schulter getragen wird, dass das Schwert an der gegenüberliegenden Hüfte hängt. Das Schwert mit einem Bandelier statt am Gürtel um die Hüfte zu tragen, hatte den Vorteil, dass es schneller und einfacher aus der Scheide gezogen werden konnte.

Befiederung: Die drei Federn am hinteren Ende eines Pfeils, die den Flug des Pfeils stabilisieren.

Berserker: Krieger in der skandinavischen Gesellschaft der Wikingerzeit, die für ihre außergewöhnliche Aggressivität und Furchtlosigkeit im Kampf und ihre launische, schwierige Wesensart in Friedenszeiten bekannt waren.

Birka: Eine Stadt auf der Insel Björkö am Mälarsee in Schweden. Aufgrund seiner Lage am östlichen Ende der Ostsee war Birka ein wichtiges Handelszentrum für die Oststraße, zwei lange Handelsrouten, die über mehrere Flüsse im heutigen Russland bis zum Schwarzen und Kaspischen Meer führten. Über die Oststraße konnten Händler der Wikinger direkt mit dem byzantinischen Reich und den Reichen des muslimischen Kalifats handeln.

Brassen: Die Taue auf einem rahgetakelten Schiff, die an der Rahe befestigt werden, um sie und das Segel um den Mast zu drehen.

Brünne: Ein Kettenhemd, das aus Tausenden kleiner Eisen- oder Stahlringe besteht, die miteinander verknüpft sind, sodass ein flexibles Kleidungsstück entsteht.

Danewerk: Eine große Befestigungsanlage, die am südlichen Ende der dänischen Halbinsel Jütland errichtet wurde, um die Dänen vor dem Eindringen der Franken zu schützen.

Denier: Eine fränkische Silbermünze, die erstmals von Karl dem Großen als Standardwährung eingeführt wurde. Deniers entsprachen in Größe und Wert etwa den englischen Silberpfennigen der damaligen Zeit, da 240 Deniers oder Pfennige ein Pfund ergaben.

Draugr: Ein Untoter; ein Gestorbener, der seine Ruhe nicht finden kann und nachts umgeht.

Elle: Eine Längenmaßeinheit, die aus dem Abstand zwischen der Spitze des Mittelfingers und dem Ellbogen abgeleitet wurde und etwa fünfzig Zentimeter beträgt.

Falster: Eine dänische Insel südlich von Seeland und westlich der Insel Møn.

Felag: Die Vereinbarung zwischen den Mitgliedern einer Schiffsbesatzung vor einer Reise, die unter anderem die Aufteilung des bei der Reise erzielten Gewinns regelte.

Finnen: Der in der Wikingerzeit gebräuchliche Name für die samischen Völker in Nordskandinavien. Die Samen, die später auch Lappen genannt wurden, lebten in Gebieten des heutigen Norwegens, Schwedens, Finnlands und Russlands als Jäger und Sammler.

Frankenreich: Auch fränkisches Reich genannt. Das Land der Franken umfasste ungefähr das Gebiet des heutigen Frankreichs, Belgiens, der Niederlande und des Westens von Deutschland. Bis 845 n. Chr. hatte sich das Frankenreich in

448

drei Königreiche aufgespalten: das Westfrankenreich, das etwa dem modernen Frankreich entsprach, das Ostfrankenreich, das sich östlich des Rheins über das Gebiet des heutigen Deutschlands erstreckte und das Mittelreich, das nur von kurzer Dauer war, und das sich von Friesland im Norden bis zur französischen Mittelmeerküste und Teilen Norditaliens im Süden ausdehnte.

Gauten: Eines der beiden wichtigsten Völker, die einen Großteil der Gebiete des heutigen Schwedens bewohnten. Obwohl die Länder Västergötland und Östergötland vor und während der frühen Wikingerzeit getrennte, unabhängige Königreiche waren, dominierte ab der zweiten Hälfte des zehnten Jahrhunderts das mächtigere Königreich der Svear im Osten. Während der letzten Jahrhunderte der Wikingerzeit herrschten die Könige der Svear über beide Völker und ihre Länder.

Gemeinsame Sprache: Die frühe germanische Sprache, die heute als Altnordisch bezeichnet wird, und die während der Wikingerzeit in ganz Skandinavien gesprochen wurde. Sie ist eng mit der Sprache der Angelsachsen in England verwandt, die mehrere Jahrhunderte zuvor aus ihren germanisch sprechenden Heimatländern ausgewandert waren. Obwohl sie gemeinsame Wurzeln haben, hat sich die Sprache in England bis zur Zeit der Wikinger zum Altenglischen entwickelt.

Gode: Ein heidnischer Priester der skandinavischen Gesellschaft zur Zeit der Wikinger. Die Position des Goden wurde in der Regel von einem Anführer bekleidet. Normalerweise zelebrierte der Gode nicht nur religiöse Feste und Opfergaben, sondern er nahm auch Eide ab, die oft über einem speziellen Ring aus Eisen oder manchmal auch Gold gesprochen wurden.

Großer Belt: Die Meeresstraße zwischen den dänischen Inseln Seeland und Fünen.

Haithabu: Die größte Stadt in Dänemark im 9. Jahrhundert und ein großes Handelszentrum. Haithabu lag am südlichen Ende Jütlands, auf der östlichen Seite der Halbinsel an einem langen Fjord, der sich von der Küste ins Landesinnere zieht.

Halland: Eine Provinz oder Region entlang der Westküste des heutigen Schwedens, die während der Wikingerzeit als Teil Dänemarks galt.

Helmstock: Der Hebel zum Bedienen des Ruders zum Steuern von Schiffen, auch als Ruderstock oder Pinne bezeichnet. Bei vielen Schiffstypen werden solche Stöcke mittig am Heck eines Schiffes montiert. Auf Wikingerschiffen befanden sie sich allerdings auf der rechten Seite des Schiffes, nahe dem Heck. Das moderne Wort „Steuerbord" für die rechte Seite eines Schiffes leitet sich davon ab, dass sich die Steuerung von Wikingerschiffen auf der rechten Seite befand.

Hugin: Nach der Mythologie der Wikinger war Hugin einer der zwei Raben, die dem Hauptgott Odin alles erzählten, was sich in der gesamten Welt der Götter und Menschen ereignete. Der Name Hugin bedeutet „Gedanke". Odins anderer Rabe hieß Munin, „Erinnerung".

Huscarl: Ein Krieger im Dienst eines Stammesfürsten oder Adligen, der in dessen Langhaus wohnt.

Jarl: Ein sehr hochrangiger Anführer in der skandinavischen Gesellschaft der Wikingerzeit, der in der Regel im Namen des Königs über große Ländereien herrschte. Das Wort „Jarl" ist der Ursprung des englischen Worts „Earl" (Graf).

451

Jütland:	Die Halbinsel, die das Festland des heutigen und des historischen Dänemarks bildet. Der Name stammt von den Jüten, einem alten dänischen Volksstamm.
Karl:	Ein freier Mann in der skandinavischen Gesellschaft der Wikingerzeit.
Knorr:	Ein Mehrzweckschiff, das in Skandinavien im Zeitalter der Wikinger für den Handel und andere kommerzielle Zwecke eingesetzt wurde. Knorren waren zwar ähnlich aufgebaut wie Langschiffe, waren aber für gewöhnlich kürzer und breiter, hatten höhere Seiten und waren hauptsächlich für die Fahrt unter Segel konzipiert. Sie haben jedoch normalerweise auch drei bis fünf Riemen pro Seite.
Langschiff:	Ein langes, schmales Schiff, das von den Völkern der Wikingerzeit als Kriegsschiff benutzt wurde. Langschiffe haben einen geringen Tiefgang und konnten dadurch an Land gezogen werden oder in Flüssen navigieren, und sie waren für die schnelle Fortbewegung mit Segeln und Rudern optimiert. Sie wurden auch als Drachenschiffe bezeichnet, weil sie am Vordersteven oft mit Drachenköpfen oder anderen Tierdarstellungen dekoriert waren.

Limfjord:	Ein großer Sund im nördlichen Teil Dänemarks, der in der Wikingerzeit als geschützter Durchlass von den skandinavischen Ländern bis zur Nordsee genutzt wurde.
Mark:	Eine frühe Gewichtseinheit für Edelmetall, vor allem Silber, die etwa acht Unzen oder einem halben Pfund entsprach.
Mastfisch:	Die große, schwere Holzstrebe auf dem Deck eines Langschiffes, die den Mast des Schiffes stützt.
Møn:	Eine dänische Insel südlich von Seeland mit hohen Klippen an der Ostküste, die über die Ostsee ragen.
Niddingsvaark:	Ein Akt der Ehrlosigkeit; die schändliche Tat eines Nithings.
Nithing:	Auch Nidding. Einer ohne Ehre, der deshalb nicht als Person betrachtet wurde. Das englische Wort „nothing" stammt von „Nithing."
Nocke:	Die Einkerbung am Ende des Pfeilschafts zum Einnocken des Pfeils auf der Bogensehne, um ihn zu schießen. Auch der Name für die Kerben am Ende der Wurfarme, in denen die Bogensehne am Bogen befestigt wird.

Noor: Ein brackiger See oder eine Brackwasserlagune, die durch einen Kanal mit dem Meer verbunden ist.

Nordmänner: Die skandinavischen Stämme, die im Gebiet des heutigen Norwegens lebten. Im neunten Jahrhundert wurden große Teile Norwegens zumindest nominell vom dänischen König regiert. Außerhalb von Skandinavien wurde der Begriff Nordmänner manchmal für Krieger der Wikinger auf Raubzug genutzt, egal aus welchem Land sie stammten.

Nornen: Drei alte Schwestern, die in der nordischen Mythologie zu Füßen des Weltenbaums saßen und die Schicksale der Menschen und der Welt als Fäden spannen und dann auf ihren Webstühlen webten.

Odin: Der germanische Gott des Todes, des Kriegs, der Weisheit, der Rache und der Dichtung. Er war der Hauptgott in der germanischen und nordischen Mythologie.

Öland: Eine Insel direkt vor der schwedischen Küste. Vor der Wikingerzeit bis kurz nach deren Beginn waren die Bewohner von Öland ein eigenständiges Volk, das in frühen angelsächsischen Quellen als Eowan bezeichnet wurde. In den letzten Jahrhunderten der Wikingerzeit waren sie allerdings Untertanen des Königreiches der Svear.

Östergötland: Das Land der östlichen Gauten in Mittelschweden. Möglicherweise war es ein frühes Siedlungsgebiet der Ostgoten.

Oststraße: Handelsrouten durch das heutige Russland entlang der Flüsse Wolga und Lowat-Dnepr, die von den Wikingern genutzt wurden, um direkten Handel mit dem Byzantinischen Reich und dem muslimischen Kalifat zu betreiben.

Plankengang: Planken, die beim Rumpfbau eines Wikingerschiffes verwendet wurden. Plankengänge waren oft nicht breiter als drei Zentimeter. Bei Wikingerschiffen wurde der Rumpf aus überlappenden Plankengängen zusammengenietet (geklinkert). Eine andere gängige Methode zur Konstruktion eines hölzernen Rumpfs bestand darin, die Planken Kante an Kante aneinanderzulegen und auf die Spanten zu nageln.

Rahe: Auf einem rahgetakelten Schiff ist die Rahe eine Rundstange quer zum Mast, an der die Oberkante des Segels befestigt ist.

Reffen: Die Verkleinerung der Fläche eines Segels, damit es weniger Wind erfasst.

Reffleinen: Reihen von Seilen, die auf einem Wikingerschiff horizontal über das Segel verteilt waren, damit Teile des Segels zusammengebunden werden können, um es zu reffen.

Ruda: Der Name der Wikinger für Rouen, einer fränkischen Stadt in der Nähe der Mündung der Seine.

Runen: Die Schriftzeichen der alten nordischen und germanischen Sprachen. Runische Buchstaben bestanden aus einfachen, geraden Strichen und waren leicht in Stein oder Holz zu ritzen.

Samsø: Eine der nördlichsten dänischen Inseln, rund 14 km vor der Ostküste Jütlands.

Sax: Der Sax (auch Scramasax) war ein oft ziemlich großes einschneidiges Messer, das in der skandinavischen, germanischen und angelsächsischen Gesellschaft als Waffe und Werkzeug weit verbreitet war.

Schonen: Die südwestliche Region des heutigen

Schwedens. Während der Wikingerzeit gehörten sowohl Schonen als
auch Halland, die Küstenregion
direkt nördlich von Schonen, zu
Dänemark.

Schoten: Die Taue, die auf einem Schiff mit
Rahsegel an den unteren Ecken des
Segels befestigt werden.

Seeland: Die größte der dänischen Inseln und
die Heimat der dänischen Könige
während der Wikingerzeit.

Skalde: Ein Dichter.

Svear: Eines der beiden wichtigsten skandinavischen Völker, die im Gebiet des
heutigen Schwedens lebten. Das
Königreich der Svear lag in Ostschweden.

Thing: Eine regelmäßig abgehaltene region-
ale Volksversammlung in den skandinavischen Ländern zur Zeit der
Wikinger, bei der Bürger Fälle
vorbringen konnten, über die nach
dem Gesetz in einer Abstimmung
entschieden wurde. Die bei Things
verhandelten Rechtsstreitigkeiten
waren Vorläufer und Ursprung des
Schwurgerichtsverfahrens, das
Jahrhunderte später in England
geltendes Recht wurde.

Thor:	Der heidnische Gott des Donners, der fruchtbaren Ernte, der Ehre und des Eids; der mächtigste Krieger unter den skandinavischen Göttern.
Thrall:	Ein Sklave in der skandinavischen Gesellschaft zur Zeit der Wikinger.
Vordersteven:	Die Vordersteven und Hintersteven sind die schweren Holzbalken an beiden Enden des Kiels bei einem Wikinger-Langschiff. Sie waren am Bug und Heck des Schiffes nach oben gebogen. Daran wurden die Planken des Schiffsrumpfs befestigt.
Walhalla:	Der große Festsaal des Gottes Odin, dem Hauptgott der Wikinger.
Weißer Christus:	Abschätziger Name der Wikinger für den Gott der Christen. Er sollte die Feigheit eines Gottes ausdrücken, der sich ohne Gegenwehr festnehmen und töten ließ.
Wenden:	Ein Sammelbegriff des Altertums und der Wikingerzeit für verschiedene heidnische slawische Stämme, die an der Südküste der Ostsee in den Gebieten des heutigen Deutschlands und Polens lebten. Städte der Wenden waren häufige Ziele von Wikingerangriffen in der Ostsee, und die Wenden wiederum überfielen oft dänische Inseln. Auch Veneter genannt.

Wergeld: Die Entschädigung, die beim Töten eines Mannes als Wiedergutmachung bezahlt werden musste.

Anmerkungen zur Geschichte

Diese Fortsetzung von Halfdans Abenteuern in der Starkbogen-Saga wird an ihrem Anfang und Ende von historischen Ereignissen des neunten Jahrhunderts eingerahmt. Im Jahr 845 n. Chr. starteten die Dänen einen doppelten Angriff auf die fränkischen Königreiche im Süden. Zum einen fuhren sie mit einer Flotte von 120 Schiffen die Seine hinauf – dies ist der Feldzug, der den historischen Hintergrund für den zweiten und dritten Band der Starkbogen-Saga, *Drachen aus dem Meer* und *Der Weg zur Rache*, bildet. Zu Beginn von *Die lange Jagd* sind Halfdan und seine Kameraden, darunter Jarl Hastein, gerade von diesem Feldzug im Frankenreich nach Dänemark zurückgekehrt.

Beim zweiten Angriff der Dänen auf die Franken im Jahr 845 segelte eine weitere dänische Flotte, angeführt von König Horik, die Elbe hinauf und griff die fränkische Stadt Hamburg an. Nach dem Bericht über den Angriff in der im 11. Jahrhundert verfassten *Geschichte des Erzbistums Hamburg* (*Gesta Hammaburgensis ecclesiae pontificum*) von Adam von Bremen hat die Wikingerarmee die Stadt im Gegensatz zu Paris niedergebrannt und zerstört. Obwohl wir nicht wissen können, weshalb König Horik so drakonisch gegen Hamburg vorging, könnte ein Grund darin liegen, dass die Franken zuvor von dort aus zwei erfolglose Angriffe auf Jütland gestartet hatten, zuerst unter der Führung des fränkischen Kaisers Karl dem Großen und dann unter der Führung seines Sohnes Ludwig. Es ist gut möglich, dass Horik den Franken mit der Zerstörung Hamburgs eine Lektion erteilen wollte – als Vergeltung für ihre früheren Versuche, das dänische Stammland zu erobern.

Ebenfalls im Jahr 845 oder kurz danach – die vorhandenen historischen Aufzeichnungen geben das genaue Datum nicht an – gab es Unruhe im Königreich der Svear, das sich im heutigen Ostschweden befand. Davor war Svealand von den beiden Brüdern Björn und Anund gemeinsam regiert worden. Aber laut der fränkischen Quelle *Vita sancti Ansgari* von Bischof Rimbert hatten die Brüder einen Streit, Anund wurde aus dem Königreich vertrieben und floh nach Dänemark. Damit verblieb sein Bruder Björn als einziger König der Svear. In Dänemark suchte Anund Unterstützer, die ihn wieder auf den Thron bringen sollten, und versprach ihnen, sie nach Birka zu führen und die Stadt plündern zu lassen. Schließlich konnte er sich die Unterstützung von genügend Dänen sichern, um mit einer Flotte von 21 dänischen und elf eigenen Schiffen nach Svealand zurückzukehren. Letztendlich stimmte Anund jedoch zu, ein Lösegeld von Birkas Bürgern zu akzeptieren, und die Stadt wurde verschont. Diese Ereignisse bilden den Hintergrund für die Erlebnisse von Halfdan und seinen Kameraden in Birka am Ende von *Die lange Jagd*.

Um den Lesern der Starkbogen-Saga eine historisch fundierte Darstellung der Epoche und der Kultur der Wikinger zu bieten, stütze ich mich auf eine Vielzahl von Quellen, darunter archäologische Funde, zeitgenössische Berichte wie verschiedene fränkische Chroniken oder die Angelsächsische Chronik, sowie alte Wikinger-Sagas.

Letztere wurden erst nach dem Ende der Wikingerzeit im zwölften und dreizehnten Jahrhundert niedergeschrieben und werden daher von einigen Historikern als von zweifelhaftem historischem Wert angesehen. Ich persönlich glaube, eine solche Einstellung ignoriert die Tatsache, dass die Sagas ursprünglich eine Form mündlicher Literatur waren und als solche sehr wahrscheinlich von professionellen Geschichtenerzählern mit großer Genauigkeit von Generation zu Generation weitergegeben wurden. Während einige der Sagas offensichtlich fantasievolle fiktionale Geschichten waren, die ausschließlich zu Unterhaltungszwecken geschaffen wurden, basieren andere eindeutig auf historischen Ereignissen und dem Leben realer Menschen. Zwei Sagas, auf die ich mich beim Schreiben dieses Romans immer wieder gestützt habe, waren Egils Saga, die Ereignisse im Zeitraum von der Mitte des neunten Jahrhunderts bis zum Ende des zehnten Jahrhunderts darstellt, und die Heimskringla, eine Zusammenstellung zahlreicher Sagen, Erzählungen und Gedichte aus der Wikingerzeit, die die Geschichte der Könige von Norwegen erzählt. Sie wurde im dreizehnten Jahrhundert von Snorre Sturluson, einem isländischen Skalden und Schriftsteller, aufgeschrieben.

Als Halfdan vor seiner Reise über das Austmarr einen Teil der Reichtümer vergräbt, die er im Frankenreich erworben hat, bedient er sich anscheinend einer gängigen Methode zum Schutz des eigenen Vermögens in einer Zeit, in der es keine Banken gab. In Skandinavien und in England, das von den Wikingern besiedelt wurde, wurden zahlreiche Horte aus der Wikingerzeit gefunden. Dass diese Vorgehensweise üblich war, wird nicht nur durch archäologische Funde, sondern auch durch Sagas unterstützt. In Egils Saga vergräbt der Titelheld gegen Ende seines Lebens den beträchtlichen Reichtum, den er über die Jahre angesammelt hat, in der Wildnis Islands und tötet anschließend die Sklaven, die ihm beim Verstecken des Schatzes geholfen haben. Egils Saga – oder genauer gesagt, ein darin beschriebenes Fest – war auch die Quelle für die Praxis, den Ehrengästen bei einem Festmahl weibliche Partner für das Trinkhorn zur Seite zu stellen, so wie Jarl Arinbjorn es beim Fest für Hastein auf der Insel Møn tut.

Die Bestattung auf Öland, bei der die Leichen der getöteten Mitglieder von Hasteins Truppe einschließlich des Anführers Hrodgar auf einem Langschiff eingeäschert werden, das an Land gezogen und dann verbrannt wird, ist von einem berühmten Bericht inspiriert, der im zehnten Jahrhundert von einem arabischen Reisenden namens Ibn Fadlan über die Bestattung eines Wikingerführers geschrieben wurde, die er im heutigen Russland gesehen hat.

Als Sigrid in Birka in die Sklaverei verkauft wird, stellte sich mir die Frage, welchen Preis Toke für sie erzielen konnte. Obwohl Silbermünzen in der Wikingerzeit in Skandinavien weit verbreitet waren, hatten die Münzen zum größten Teil keinen einheitlichen, allgemein anerkannten Wert. Ihr Handelswert wurde durch das Gewicht des darin enthaltenen Silbers bestimmt. Es gab einige gängige Gewichtseinheiten für Silber. Eine Mark entsprach etwa einem halben Pfund Silber. Eine Mark enthielt acht Aurar (Singular Eyrir) oder Unzen bzw. vierundzwanzig Ort, etwa ein Drittel einer Unze. Das Gewicht eines Silberpfennigs variierte. In England, Norwegen und Schweden entsprachen 240 Pfennig traditionell einer Mark, aber in Jütland waren es 288 Pfennig. Zudem wurden Pfennige nicht immer auf das genaue Gewicht geprägt, und manchmal wurde Material von skrupellosen Händlern abgeschabt, was die Münzen leichter machte, als sie sein sollten. Deshalb waren eine Waage und ein Satz Gewichte für einen Händler aus der Wikingerzeit unerlässlich.

Bei dem Preis von dreieinhalb Mark Silber, für den Sigrid verkauft wird, habe ich eine Passage in der Laxdaela-Saga als Anregung genommen, in der ein Anführer namens Höskuldr eine Sklavin von einem Sklavenhändler namens Gilli dem Russen kauft und drei Mark für sie bezahlt – ein Preis, der als dreimal so hoch beschrieben wird wie der normale Preis für eine weibliche Konkubine. Später stellt sich heraus, dass die Sklavin die Tochter eines irischen Königs ist, die einige Jahre zuvor bei einem Überfall geraubt wurde, was Höskuldr beim Kauf allerdings nicht wusste. Ich könnte mir vorstellen, dass Sigrid wegen ihrer edlen Herkunft, ihrer Jungfräulichkeit, ihres Mutes und des Marktes, auf dem sie letztendlich weiterverkauft werden sollte, einen noch höheren Preis bringen würde

Die Insel Møn, Ragnar Lodbrok und seine Söhne

Die Figur von Jarl Arinbjorn, der für den König der Dänen über die Insel Møn herrscht, ist meine Erfindung, ebenso seine Aufgabe, mit seinen Männern als die Augen des dänischen Reiches im Süden zu dienen und das Meer zu überwachen. Es fiel mir auf, dass Møns Lage am westlichen Rand der Ostsee und südlich von Seeland, der größten der dänischen Inseln und dem Sitz der dänischen Könige, sowie die hohen Klippen an der Ostseite der Insel – der höchsten Erhebung in ganz Dänemark – Møn ideal dafür machten, von den Klippen nach Angreifern aus dem Süden oder dem Osten Ausschau zu halten, die sich Dänemark auf dem Seeweg nähern. Während der Wikingerzeit waren Møn und andere dänische Inseln zweifellos wiederholt Ziel von wendischen Angreifern, die aus diesen Richtungen kamen.

In diesem Roman kauft Hastein auf Møn Vorräte für seine beiden Schiffe, darunter auch geräucherten Hering. Im Mittelalter war die Stadt Stege an einem Noor im Mittelteil der Insel das Zentrum einer florierenden Heringsfischerei und eines bedeutenden Handels mit Hering. Ich hielt es für durchaus plausibel, dass die Einwohner von Møn bereits zur Zeit der Starkbogen-Saga in der Mitte des neunten Jahrhunderts Hering gewerbsmäßig gepökelt oder geräuchert und damit Handel betrieben haben könnten, wenn auch im geringerem Umfang.

Als ich Møn für diese Geschichte recherchierte, stieß ich auf die faszinierende Bemerkung, dass der letzte unabhängige König von Møn ein Mann namens Hemming war, der Sohn von Sigurd Schlangenauge, der wiederum ein Sohn von Ragnar Lodbrok war. Leider fehlte dieser Behauptung jegliche Zuschreibung hinsichtlich der Quelle. Zudem gab der Text an, dass Hemming im frühen 9. Jahrhundert über Møn herrschte. Aus mehreren Gründen fand ich diese Aussage etwas suspekt. Damit Hemming zu der angegebenen Zeit hätte regieren können, hätte Sigurd im 8. Jahrhundert leben müssen. Außerdem halte ich es für unwahrscheinlich, dass Møn noch im frühen neunten Jahrhundert ein unabhängiges Königreich war, weil es so viel kleiner ist als Seeland, der Sitz der dänischen Könige, und nur durch eine Meerenge von weniger als zwei Kilometern Breite von der größeren Insel getrennt ist. Dennoch hat mich die Passage angeregt, Sigurd so in die Geschichte einzubauen, dass er von seinem Vater Ragnar Lodbrok als Ziehsohn an Jarl Arinbjorn übergeben wurde. In der skandinavischen Gesellschaft der Wikingerzeit war es in höhergestellten Familien nicht ungewöhnlich, einen Sohn im Haushalt eines anderen Anführers erziehen zu lassen. Dies diente dazu, Bündnisse zwischen den Familien zu zementieren. Darüber hinaus diente es auch dem Schutz der Familienlinie, da mindestens ein männliches Mitglied überlebte, wenn ein Feind den Haushalt eines Stammesfürsten angriff und auslöschte.

Der oben erwähnte Verweis auf Sigurd und Hemming verdeutlicht auch ein Problem bei der Suche nach historischen Beweisen für das Leben und die Taten des legendären Wikingerführers Ragnar Lodbrok – auch Lothbrok oder Logbrod genannt – und seiner Nachkommen. Da es kaum konkrete historische Belege zu Ragnar gibt und er in einigen eindeutig fiktiven Sagas und Gedichten der Zeit vorkommt, bezweifeln einige Historiker, dass Ragnar überhaupt gelebt hat. Allerdings war Björn Eisenseite, einer seiner Söhne, zweifellos ein realer Wikingerführer in der Mitte des neunten Jahrhunderts, über den es mehrere Erwähnungen in fränkischen und irischen Quellen gibt. Ivar der Knochenlose, manchmal auch Ingvar genannt, ist ein weiterer Sohn von Ragnar, der sowohl legendenhaften als auch historischen Status aufweist; in der Geschichte der Wikinger in Irland und England in den letzten Jahrzehnten des neunten Jahrhunderts spielt er eine wichtige Rolle. Dementsprechend erscheint es wahrscheinlich, dass der historische Ragnar ein Wikingerführer Anfang bis Mitte des neunten Jahrhunderts war und damit der Führer der Wikingerflotte hätte sein können, die Paris 845 eroberte – und der laut den fränkischen Xantener Annalen Ragnar hieß.

Für die Zwecke der Starkbogen-Saga habe ich einige Details über Ragnar und seine Söhne aus der Saga von Ragnar Lodbrok entlehnt. Obwohl dieses Werk zweifellos zu den alten Sagas gehört, die mehr Fiktion als Tatsachen enthalten, bietet es dennoch eine Quelle für einige der Legenden, die um Ragnar entstanden sind, und die während der Wikingerzeit populär waren. Laut der Saga von Ragnar Lothbrok war Sigurd Schlangenauge der jüngste Sohn von Ragnar mit seiner zweiten Frau Kraka oder Aslaug, die auch die Mutter von Björn und Ivar war. Die gleiche Saga war die Quelle dafür, dass Ragnar zwei ältere Söhne, Agnar und Eric, mit seiner ersten Frau Thora hatte, und für die Geschichte ihres Todes beim Versuch, das Königreich der Svear zu erobern, die Sigurd Halfdan erzählt.

Seereisen und Piraterie

Die Seereise nach Osten auf der Suche nach Toke

stellte einige Herausforderungen für die Recherche dar, nicht zuletzt die Frage, wie die Wikinger die Ostsee genannt hätten. Passagen in der *Heimskringla* und der *Ynglinga-Saga* bezeichnen sie als Austmarr, und diesen Namen habe ich in dem Roman verwendet. Die Gewässer um Nordjütland und die dänischen Inseln wurden in der Wikingerzeit nicht als Teil des Austmarrs betrachtet; diese wurden damals im Norden als das Jütlandmeer und im Süden zwischen den Inseln als der Große Belt und der Kleine Belt bezeichnet.

Ich habe mehrere Quellen verwendet, um die Fahrzeiten zwischen den Schauplätzen im Buch abzuschätzen. Schriftliche Aufzeichnungen aus dem 9. Jahrhundert vom Hof des Königs Alfred von Wessex in England – heute allgemein als Alfred der Große bekannt – enthalten Berichte von zwei verschiedenen Händlern, Wulfstan und Ottar, die beide auf Handelsreisen in der Ostsee unterwegs waren. Darin werden sowohl die Länder und Völker beschrieben, denen sie auf ihren Reisen begegneten, als auch die Reisezeiten zwischen verschiedenen Zielen aufgeführt. Eine weitere Quelle, auf die ich zurückgreifen konnte, war die ausgezeichnete Website für das Wikingerschiffsmuseum in Roskilde in Dänemark. Für das Museum hat man eine Reihe von Schiffen verschiedener Größen und Typen aus der Wikingerzeit nachgebaut, ausgiebig getestet und ist auch damit gefahren. Die Website enthält Informationen über die Ruder- und Segelgeschwindigkeiten der Schiffe, die ich beim Schreiben verwendet habe.

Während des größten Teils der Reise im Roman legen Hasteins beiden Schiffe jede Nacht an Land an, und ihre Besatzungen schlagen Lager am Ufer auf. Während die Wikinger ohne Frage zuweilen lange Seereisen unternahmen, auf denen sie Tag und Nacht segelten, bis sie ihr Ziel erreichten, ist Reiseberichten in zahlreichen Sagas zu entnehmen, dass sie nach Möglichkeit, vor allem in skandinavischen Gewässern, nachts ihre Reise unterbrochen haben. Es gäbe mehrere Gründe dafür. Langschiffe – der Schiffstyp, der für Kriegs- und Raubzüge eingesetzt wurde – hatten flache Rümpfe und offene Decks ohne jeglichen Schutz. Obwohl aus den Sagas hervorgeht, dass vor Anker oft zeltähnliche Schutzdächer mit Planen und möglicherweise dem Segel über den Decks der Langschiffe errichtet wurden, wären solche Schutzdächer während der Fahrt nicht möglich gewesen. Außerdem hätte es an Bord des ungeschützten Decks eines Langschiffes auf See keine Möglichkeit gegeben, für seine relativ große Besatzung eine Mahlzeit zu kochen. Damit die Besatzung bei jedem Wetter behaglich schlafen und eine warme Mahlzeit genießen konnte, wäre es also notwendig gewesen, die Schiffe über Nacht zu ankern oder ans Ufer zu ziehen.

Als ich die Reisezeiten anhand der vom Wikingerschiffsmuseum ermittelten Schiffsgeschwindigkeiten berechnete und sie mit den Reisezeiten der Händler Wulfstan und Ottar aus dem 9. Jahrhundert verglich, wurde mir klar, dass diese auf ihren Reisen wahrscheinlich nur wenige oder gar keine Pausen während der Nacht einlegten. Ein möglicher Grund könnte die Angst vor Piraten gewesen sein. Die meisten Händler wären eher mit einer Knorr oder ähnlichem anstatt mit einem Langschiff unterwegs gewesen, denn Knorren hatten tiefere, breitere Rümpfe als Langschiffe, damit sie große Mengen Fracht sicher transportieren konnten. Im Vergleich zu einem Langschiff hatte eine Knorr jedoch eine relativ kleine Besatzung, was sie zu einer leichteren Beute für Angreifer machte.

Piraten waren ein häufig vorkommendes Risiko in der Ostsee. Ein anschauliches Beispiel findet sich in Rimberts Leben von Ansgar. Darin wird erzählt, wie der christliche Mönch und Missionar Ansgar im Jahr 839 eine Reise von Haithabu nach Birka unternahm. Die Händler, mit denen er die Reise angetreten hatte, wurden jedoch von Piraten angegriffen, die das Schiff und alle Güter erbeuteten, einschließlich vierzig Bücher, die Ansgar und seine Gefährten für ihre Mission mitgenommen hatten. Die Besatzung und die Passagiere wurden an Land ausgesetzt, und Ansgar war gezwungen, seine Reise nach Birka über Land fortzusetzen. Um die Wahrscheinlichkeit solcher Angriffe zu verringern, könnten einige Händler sich für eine anstrengendere aber sicherere Route entschieden haben und zwischen ihren Reisezielen weit hinaus aufs Meer gesegelt sein, wodurch sie jedoch die Nächte nicht an Land verbringen konnten.

Die Skandinavier der Wikingerzeit hätten ihre Raubzüge übrigens nicht als Piraterie betrachtet, obwohl die Opfer ihrer Überfälle – die Franken, Engländer und Iren – die Wikinger oft als Piraten bezeichneten. Wie in vielen Kriegerkulturen der Geschichte galt bei den Wikingern das Überfallen eines anderen Stammes, Volkes oder Landes, um seinen Besitz zu stehlen, als ein ehrenhaftes und legitimes Mittel, um sich Reichtum zu verschaffen. Die Skandinavier hätten jedoch Seeräuber, die wahllos vorbeifahrende Schiffe ausraubten, als Piraten angesehen.

Die Insel Öland

Im oben erwähnten Bericht des Händlers Wulfstan aus dem 9. Jahrhundert über seine Reisen über die Ostsee schreibt er unter anderem von Eowland, dem Land der Eowaner. Er bezieht sich auf die langgezogene Insel vor der Küste Schwedens, die heute als Öland bekannt ist, und die in diesem Roman auch so genannt wird. Obwohl Öland in der späteren Wikingerzeit in das Königreich der Svear eingegliedert wurde, galt es Mitte des 9. Jahrhunderts noch als eigenständiges Land und seine Bevölkerung gehörte nicht zum Volk der Svear. Gleiches galt für eine Reihe anderer Inseln in der Ostsee, darunter Bornholm und Gotland. In der Wikingerzeit war Bornholm, das jetzt zu Dänemark gehört, bekannt als Burgundarholmr, die Insel der Burgunder. Gotland gehört heute zu Schweden.

Während ich die Route nach Osten über die Ostsee recherchierte, um über die Seereise der beiden Schiffe schreiben zu können, stieß ich auf die faszinierende und rätselhafte Geschichte von Öland, die ich für diesen Erzählstrang genutzt habe. Öland ist etwa 137 Kilometer lang und sechzehn Kilometer breit und beherbergt die Ruinen von neunzehn großen Steinfestungen, die zwischen 300 und 600 n. Chr. gebaut wurden. Die Festungen wurden alle zwischen 600 und 700 n. Chr. aufgegeben und verfielen; während des 11. Jahrhunderts wurden einige jedoch wieder aufgebaut und während der restlichen Wikingerzeit und bis ins Mittelalter genutzt. Außerdem wurde eine Reihe von vergrabenen Schätzen aus der Wikingerzeit auf Öland gefunden, und es gibt mehrere Fundamente von Steinschiffen, die auf Bestattungen aus der Wikingerzeit hinweisen.

Archäologen und Historiker wissen nicht, wer die Festungen gebaut hat, vom Offensichtlichen abgesehen – dass es Menschen waren, die zur Zeit des Baus auf Öland lebten. Aber die Fragen zur Art der damaligen Kultur und Gesellschaft bleiben unbeantwortet. War es ein militärisch mächtiges Königreich? Warum wurden die Festungen letztendlich alle zur selben Zeit verlassen? Wir wissen es nicht.

Eine Festung – Eketorp – war bereits Gegenstand umfangreicher archäologischer Ausgrabungen und wurde seitdem rekonstruiert. Das wiederaufgebaute Fort, heute ein Freilichtmuseum, ist ein anschaulicher Beweis für die imposante militärische Stärke, die die Kultur der Ölander Festungsbauer auf dem Höhepunkt ihrer Macht gekennzeichnet haben muss.

Im Roman findet das Festmahl auf Öland in der zerstörten Festung statt, die heute als Bårby oder Bårby Borg bekannt ist. Alle anderen Festungen auf der Insel sind kreisförmige Ringforts und viele enthalten Ruinen von Innengebäuden. Bårby dagegen besteht aus einem Wall in Form eines Halbkreises, der ein offenes Areal oberhalb einer steilen Klippe umschließt. Das von mir beschriebene Pferdeopfer der Ölander basiert auf einer von Archäologen entwickelten Theorie, nachdem bei Ausgrabungen in Eketorp eine große Anzahl von Pferdeknochen in einer nahegelegenen Grube entdeckt wurde.

Meine Darstellung der Bevölkerung von Öland Mitte des neunten Jahrhunderts als ein eher friedfertiges Volk, das sich kaum gegen bewaffnete Eindringlinge wie Sigvalds Piratenbande verteidigen kann, ist meine eigene Erfindung im Sinne der Erzählung. Sie ist allerdings vom Geheimnis um die vielen verlassenen Festungen auf der Insel inspiriert.

Die Seeschlacht

In den alten Sagas gibt es zahlreiche Berichte über Seeschlachten, die während der Wikingerzeit zwischen Seestreitkräften ausgefochten wurden. Ich hatte schon lange vor, einen solchen ikonischen Kampf der Wikingerzeit in Halfdans Geschichte in der Starkbogen-Saga einzubauen. Als Vorbereitung auf die Schilderung der Kampfszene in *Die lange Jagd* habe ich mehrere Beschreibungen solcher Schlachten in den Sagas gelesen, darunter die in der Heimskringla, Egils Saga und der Saga der Jomswikinger.

Zu den häufig beschriebenen Elementen in Seeschlachten der Wikingerzeit gehörte die Praxis der schwächeren Seite – und manchmal auch beider Seiten – ihre Schiffe zusammenzubinden, um eine einzelne große schwimmende Plattform zu schaffen, von der aus sie kämpfen konnten. In einer Passage in der Heimskringla, die die von König Harald Schönhaar von Norwegen gewonnene Schlacht von Solskel beschreibt, heißt es: "Es war damals Brauch, wenn sie auf Schiffen kämpften, die Schiffe zusammenzuzurren und an den Steven zu kämpfen" – das heißt, im Bug und Heck der Schiffe.

Die frühen Phasen solcher Kämpfe bestanden in der Regel aus dem Austausch vieler Geschosse: Pfeile, Speere und in einigen Beschreibungen sogar Steine. Letztere waren mit ziemlicher Sicherheit Ballaststeine, die aus dem Boden der Schiffsrümpfe genommen wurden, um sie als improvisierte Distanzwaffen zu verwenden.

Letztendlich wurde versucht, das Schiff des Feindes zu entern, denn Seeschlachten bei den Wikingern wurden durch brutale, enge Nahkämpfe entschieden. Laut verschiedenen Sagas war es nicht ungewöhnlich, dass Enterversuche zurückgeschlagen wurden, oft auch wiederholt, aber am Ende wurden Kämpfe entschieden, wenn ein Schiff „geräumt" wurde, das heißt, wenn alle seine Verteidiger entweder getötet oder so schwer verletzt waren, dass sie nicht mehr kämpfen konnten.

Die Heimskringla enthält einen sehr anschaulichen Bericht über die berühmte Schlacht von Svold, in der König Olav Trygvason von Norwegen getrennt von seiner Hauptflotte und mit nur drei Kriegsschiffen unterwegs von einer viel größeren Flotte überfallen wurde, die aus dänischen Schiffen unter der Führung von König Sven Gabelbart von Dänemark, schwedischen Schiffen unter der Führung von König Olav Skötkonung sowie Anhängern von Eric dem Jarl, einem abtrünnigen norwegischen Adligen und geschworenen Feind von Trygvason, bestand. Während dieser Schlacht kam es zu einem Kampf zwischen zwei erfahrenen Bogenschützen, der mir die Anregung für den Zweikampf zwischen Halfdan und dem finnischen Bogenschützen auf Sigvalds Schiff während der Seeschlacht in *Die lange Jagd* gab. Einer der beiden Bogenschützen in der Schlacht von Svold, der auf dem Schiff von Eric dem Jarl kämpfte, und der einen berühmten Bogenschützen an Bord von Trygvasons Schiff besiegte, wurde als ein hervorragender Bogenschütze beschrieben, der der Finne genannt wurde und der von einigen als finnischer Herkunft beschrieben wurde. Diese Beschreibung gab mir die Idee, die dazu führte, dass die Figuren von Rauna und ihrem Vater Teil der Geschichte wurden.

Halfdans Taktik, den finnischen Bogenschützen zu besiegen, indem er Asbjorn, Gudfred und Einar auf den Schildträger des Finnen schießen lässt, um ihn zurückweichen zu lassen und den Finnen dadurch Halfdans Schuss auszusetzen, wurde von einem Bericht in der Heimskringla über eine Schlacht inspiriert, bei der eine große Truppe von Wenden die Westküste Schwedens überfiel und eine Stadt in Västergötland angriff. Während des Kampfes tötete ein wendischer Bogenschütze mit jedem geschossenen Pfeil einen Mann. Er wurde von zwei Schildträgern vor feindlichem Feuer geschützt, aber ein Bogenschützenpaar aus den Verteidigern der Stadt bestehend aus Vater und Sohn tötete ihn. Der Vater schoss auf einen der Schildträger, sodass dieser seinen Schild zum Selbstschutz gerade lange genug wegzog, damit der Sohn in der Lage war, einen Pfeil in den Kopf des wendischen Bogenschützen zu schießen.

Die Inspiration für Sigvalds ungewöhnliche Rüstung und Waffe stammt aus mehreren Sagas. Kettenhemden oder Brünnen waren in den frühen Jahrhunderten der Wikingerzeit teuer und selten. Die typische

Kettenrüstung der Zeit war ein kurzärmeliges Hemd, das höchstens bis zum Ellenbogen reichte, und ein relativ kurzer Rock, der nur einen Teil der Oberschenkel bedeckte. Es gab jedoch auch längere Rüstungen. König Harald Hardrådes von Norwegen hatte ein Kettenhemd, das seine Männer „Emma" nannten, vielleicht weil es so lang wie das Kleid einer Frau war. Ich stelle mir Sigvalds lange Brünne wie ein ähnliches Kettenhemd vor.

Sigvalds Waffe, halb Axt, halb Speer, kann mit keiner gefundenen Waffe aus dieser Zeit belegt werden. Dennoch gibt es in mehreren Sagas Beschreibungen von schweren „schlagenden Speeren" unbekannter Bauart, und in Egils Saga kämpfen der Held und sein Bruder in einer Schlacht mit ungewöhnlichen, schweren, speerartigen Waffen, die in den englischen Übersetzungen der Saga Hellebarden genannt werden. Der Übersetzer hat aber offensichtlich keine genaue Entsprechung des ursprünglichen altnordischen Begriffs gefunden, denn eine Hellebarde ist eine langstielige Hieb- und Stichwaffe, die erst Jahrhunderte später im Mittelalter entwickelt wurde. Ich entschied mich jedoch dafür, Sigvald mit einer ähnlichen, wenn auch viel kürzeren Waffe auszustatten, und zwar einem Speer mit einer axtartigen Klinge auf dem Schaft, der sowohl zum Stechen als auch zum Schlagen verwendet werden konnte.

Die Samen
Die Vorfahren des Volkes der Samen – die auch Lappen genannt werden, allerdings nicht von den Samen selbst – waren finnisch-ugrischer Herkunft und

kamen bereits 10.000 v. Chr. nach Skandinavien, lange vor den germanischen Stämmen, aus denen die Wikinger hervorgingen. Um oder vor 800 v. Chr. hatten sie sich in zwei verschiedene Kulturen aufgeteilt: die Finnen und die Samen.

Das Siedlungsgebiet der Finnen lag vor allem im heutigen Südfinnland, Estland und Westrussland, insbesondere dem Gebiet um den Ladogasee. Zur Zeit der Wikinger besiedelten die Samen ein ausgedehntes Gebiet in ganz Skandinavien, einschließlich Teilen des heutigen Norwegens, Mittelschwedens und Finnlands.

Während der Wikingerzeit lebten die Samen als Jäger und Sammler, die jahreszeitliche Wanderungen unternahmen. Im Sommer zogen sie in Küsten- und Seenregionen, wo die Fischerei eine wichtige Rolle bei der Nahrungsbeschaffung spielte, und im Winter tiefer in die Wälder, wo die Jagd – insbesondere auf Rentiere – den Großteil ihres Nahrungsbedarfs erfüllte. Damit beschafften sie auch Pelze für den Handel. In der Wikingerzeit war es offenbar üblich geworden, dass sich die Samen in relativ großen Winterdörfern versammelten, auch wenn sie in den Sommermonaten wahrscheinlich eher in kleineren, familiären Gruppen lebten. Während ihrer Wanderungen und in den Sommermonaten lebten die Samen oft in Zelten aus Tierhäuten, die den Tipis der Indianerstämme der nordamerikanischen Great Plains sehr ähnlich sahen. Obwohl sie heute als Rentierzüchter bekannt sind, jagten die Samen der Wikingerzeit sie nur. Erst Ende des 16. Jahrhunderts begannen sie, Rentiere zu domestizieren und zu hüten.

Die Samen wurden von den Skandinaviern der

Wikingerzeit verwirrenderweise als „Finnen" oder manchmal als „Skriðfinne" bezeichnet, was ungefähr „Ski" und „Finne" bedeutet. Während der Wintermonate benutzten die Samen eine primitive Art von Ski für die Fortbewegung und die Jagd. Archäologische Funde und Erwähnungen in Sagas belegen, dass die Samen Handel mit den Skandinaviern der Wikingerzeit betrieben und Pelze gegen Waren eintauschten, die sie nicht selbst herstellen konnten. Allerdings ist den Sagas und dem Bericht des norwegischen Kaufmanns Ottar an König Alfred von Wessex zu entnehmen, dass einige skandinavischen Stammesfürsten regelmäßig Tribut in Form von Pelzen von den friedlicheren Samen verlangten, und sowohl Wikingersagas als auch Legenden der Samen erzählen von gelegentlichen Raubzügen gegen die Samen.

Das Wissen über die alte samische Religion ist bestenfalls lückenhaft, denn die skandinavischen Völker des Mittelalters und der Neuzeit zwangen die Samen, zum Christentum zu konvertieren, und taten ihr Bestes, alle Überreste ihres früheren Glaubens auszumerzen. Anscheinend waren ihre Götter eng mit verschiedenen Aspekten der Natur verbunden, und sie glaubten an zwei parallele Realitätsbereiche: die physische Welt und die geistige Welt. Die samischen Schamanen, Noaiden genannt, waren Männer und Frauen, die die Macht besaßen, in Trancezustände einzutreten und zwischen den beiden Welten hin und her zu reisen.

Schweden und Birka

Während der Wikingerzeit bildeten die Gebiete des

heutigen Schwedens kein einheitliches Land oder Königreich. Sowohl Schonen, die Region an der Südwestküste, als auch Halland nördlich von Schonen gehörten zu Dänemark. Die alten Heimatländer der skandinavischen Goten, Västergötland und Östergötland, zusammen als Götaland bekannt, erstreckten sich von der Westküste nördlich von Halland über Mittelschweden. Im Nordosten lag Svealand, das Königreich der Svear.

Zwischen 1000 und 300 v. Chr. wanderten Wellen germanischer Völker aus Skandinavien nach Osteuropa aus und etablierten dort neue Heimatländer. Die Gotenstämme – von den Römern als Ostgoten und Westgoten betrachtet – eroberten und besiedelten weite Gebiete, die sich zum Höhepunkt ihrer Ausbreitung von der Ostsee bis zum Schwarzen Meer erstreckten. Im späten vierten Jahrhundert fielen jedoch die Hunnen von Osten her in das Land der Goten ein und trieben sie und andere germanische Stämme nach Westen in das Römische Reich, wodurch dessen Zusammenbruch beschleunigt wurde.

Zu Beginn der Wikingerzeit hatten die skandinavischen Heimatländer, aus denen verschiedene gotische Stämme Hunderte von Jahren zuvor ausgewandert waren, noch immer die Namen, die auf die ursprünglichen Bewohner verwiesen. Obwohl sie als ein einziges Volk galten, gab es in der frühen Wikingerzeit bei den Gauten – oder Geat, wie sie im angelsächsischen Englisch genannt wurden – zumindest nominell noch zwei verschiedene Königreiche: Östergötland und Västergötland. Aber als unabhängige Königreiche spielten sie kaum eine Rolle in der Geschichte der Wikinger, und lange vor dem Ende der Ära waren die Länder und Völker von Östergötland und Teile von Västergötland unter die Herrschaft der Svear.

Die Stadt Birka auf der Insel Björkö im Malarensee im Königreich der Svear war in den ersten Jahrhunderten der Wikingerzeit ein wichtiges Handelszentrum. Um 800 n. Chr. florierte sie, aber um 970 wurde sie aufgegeben, möglicherweise weil sinkende Wasserstände im Malarensee den Zugang vom Meer aus erschwerten.

Archäologische Untersuchungen haben viele Hinweise auf Birka gegeben. Die Stadt lag an einem natürlichen Hafen, der möglicherweise von einer Barrikade aus Pfählen umgeben war. Auf der Landseite wurde sie durch einen Erdwall geschützt, der wahrscheinlich mit einer Holzpalisade versehen war. Eine auf einem felsigen Hügel erbaute Festung ragte über die Stadt und war wahrscheinlich von einer Garnison mit Kriegern besetzt, die vom König der Svear gestellt wurden. Laut Adam von Bremen in seiner Geschichte der Erzbischöfe von Hamburg-Bremen befanden sich in dem Kanal, der vom Meer zum Malarensee und nach Birka führte, Hindernisse aus Felsbrocken, die dort platziert worden waren, um den Zugang zu erschweren. Aufbauend auf dieser Beschreibung schuf ich für die Zwecke der Geschichte in *Die lange Jagd* die fiktive Insel und den Tempel für Odin, wo Lotsen darauf warten, Schiffe den Kanal hinaufzuführen.

Der fränkische Mönch und Missionar Ansgar erreichte Birka 839 n. Chr. nach einer gefährlichen Reise von Haithabu im damaligen Dänemark. Mit Erlaubnis

481

von Björn, einem König der Svear, gründete er in Birka eine christliche Kirche und bekehrte viele von Birkas Einwohnern, darunter Herigar – in den fränkischen Quellen auch Hergeier –, den Adam von Bremen als Präfekten des Königs in Birka bezeichnet. Nach zwei Jahren kehrte Ansgar ins Frankenreich zurück, um Bischof von Hamburg zu werden. Die von ihm gegründete Kirche in Birka entwickelte sich bis 845 unter der Obhut der von ihm zurückgelassenen Priester gut, bis es dort zu einem Aufstand gegen die Christen kam, und ein Priester namens Nithard getötet wurde. Ein weiterer Priester, Gautbert, entkam mit Hilfe von Herigar, der in fränkischen Quellen immer wieder als guter Mensch beschrieben wird. Der Angriff auf die Christen in Birka wird von Adam von Bremen der Anstiftung durch König Björns Bruder Anund zugeschrieben, der später aus Svealand vertrieben wurde.

In den skandinavischen Königreichen der Wikingerzeit gab es keine allgemeine Besteuerung der Bevölkerung durch die Könige. Die wichtigsten Einnahmequellen waren Raubzüge gegen andere Länder sowie das Eintreiben von Tributen von Völkern, die sich der Macht eines Königs unterworfen hatten. Der König hatte das Recht, in Notfällen sein eigenes Volk zum Dienst aufzurufen, und Könige erhoben manchmal spezielle Zölle oder Steuern, insbesondere in Städten. Obwohl ich bisher keinen ausdrücklichen Hinweis auf eine Steuer für Händler in Birka gefunden habe, wurde in Norwegen eine Steuer namens Landaurar auf Händler und Reisende erhoben, die aus dem Ausland in das Königreich einreisten. Da der König der Svear zum

Schutz von Birka dort eine Garnison samt Festung unterhielt, halte ich es für möglich, dass auch er eine ähnliche Steuer eingeführt haben könnte, um die Kosten zu decken. Ich habe die Landegebühr, die Herigar von Hastein verlangt – vier Aurar Silber pro Schiff – auf dem norwegischen Landaurar basiert, die im späten neunten Jahrhundert fünf Aurar entsprach.

Wenn Sie mehr über die Starkbogen-Saga erfahren oder mich kontaktieren möchten, können Sie meine Webseite www.judsonroberts.com (in englischer Sprache) besuchen. Dort finden Sie aktuelle Neuigkeiten zur Serie, ein Leserforum und Artikel mit weiterführenden historischen Hintergründen zur realen Welt der Wikinger.

Danksagung

Es war ein langer und steiniger Weg bis zur Veröffentlichung von *Die lange Jagd*, der vierten Folge von Halfdans Abenteuern in *Die Starkbogen-Saga*. Die ersten drei Bände der Reihe, *Ein Krieger der Wikinger*, *Drachen aus dem Meer* und *Der Weg zur Rache*, wurden ursprünglich zwischen 2006 und 2008 bei HarperCollins Publishers veröffentlicht. Es wurden viele Fehler gemacht, auf die ich hier nicht eingehen werde, aber letztendlich führten sie dazu, dass HarperCollins die Serie nach der Veröffentlichung von Band 3 eingestellt hat.

Da ich nicht jemand bin, der kampflos aufgibt, habe ich die Rechte an der Serie von HarperCollins zurückerhalten und mit Hilfe meiner Frau Jeanette meinen eigenen Verlag Northman Books gegründet. Gemeinsam haben wir im Laufe der Jahre 2010 und 2011 die Neuauflagen der Bände 1 bis 3 veröffentlicht. Nachdem die Serie wieder auferstanden war, fing ich mit der Arbeit an Band 4 an: *Die lange Jagd*.

Die Arbeit an dem Buch wurde unterbrochen, als Jeanette und ich Anfang 2012 einen lang gehegten Traum verwirklichten und von Houston, Texas auf eine kleine Farm am westlichen Rand der Cascade Mountains bei Eugene, Oregon umzogen. Der Wandel von Stadtbewohnern zu Kleinbauern auf unserem eigenen Hof war eine wunderbare, lebensverändernde Erfahrung, aber auf einer Farm hört die Arbeit nie auf. Das Erlernen der für unser neues Leben erforderlichen Fähigkeiten hat mich in meinem Schreiben weit zurückgeworfen, obwohl es auf lange Sicht die Geschichte in der Starkbogen-Saga sehr bereichert hat. Von der Schönheit der Natur umgeben zu sein, tägliche Begegnungen mit der Tierwelt zu haben und ein Leben zu führen, das eng mit dem Rhythmus der Jahreszeiten verbunden ist, hat mir zweifellos ein besseres Gespür und Verständnis für das Leben in einer einfacheren Zeit gegeben. Aber als 2012 zu Ende ging und es immer noch keine neue Folge von Halfdans Geschichte gab, versprach ich mir selbst und den treuen Fans der Serie, dass das nächste Buch 2013 erscheinen würde.

Ohne Jeanette wäre das nicht möglich gewesen. Während ich an meinem Schreibtisch arbeitete, führte sie viele, viele Tage unsere Farm im Alleingang: Gras von Hand schneiden und lagern, unseren Garten pflegen, die Tiere versorgen sowie die unzähligen Aufgaben erledigen, die in jedem Haushalt anfallen. Ich bin gesegnet, sie als meine Partnerin in jedem Bereich unseres Lebens zu haben.

Das erneute Veröffentlichen eines bereits vorhandenen Buches ist ein ganz anderes Unterfangen als ein ganz neues Buch herauszubringen. Auch wenn ich Probleme mit HarperCollins hatte, hatte ich das Glück, dort wunderbare Lektoren zu haben, deren Ratschläge die Bücher 1 bis 3 stark verbesserten. Nachdem ich *Die lange Jagd* fertiggestellt hatte, lasen es vier freiwillige Lektoren und gaben mir Hinweise und Feedback, die dazu beitrugen, dass das fertige Buch ein besseres Werk wurde. Mein Dank gilt meiner Frau Jeanette, die ein starkes Gespür für die Integrität, den Erzählfluss und die emotionale Wirkung von Geschichten hat; ihrer Tochter Laura Beyers, einer professionellen Dokumentationsentwicklerin, die geholfen hat, mehrere Szenen zu identifizieren, in denen die emotionalen Reaktionen und Motivationen von Charakteren deutlicher zum Ausdruck gebracht werden konnten; Alexa Linden, einer langjährigen Anhängerin der Serie, die oft mit mir darüber korrespondiert hat, die die Charaktere manchmal fast besser zu kennen scheint als ich, und die mir geholfen hat, dass sie sich treu bleiben; und Quinn Reid, eine Freundin und Autorin, der mir geholfen hat, mich auf die Struktur und die Spannungsbögen der Geschichte zu konzentrieren.

Layla Milholen war die Lektorin für *Die lange Jagd*, und ich bewundere die gründliche Arbeit, die sie beim letzten Schliff geleistet hat.

Quinn Reid gebührt besonderer Dank. Sie ist seit Beginn der Starkbogen-Saga im Jahr 2001 dabei, als sie mir Feedback zu meinen ersten Versuchen gab, Halfdans Geschichte in Worte zu fassen. Sie spielte eine wichtige Rolle bei der Neuveröffentlichung der Bände 1 bis 3 und war eine der Lektoren von *Die lange Jagd*. Zudem verwandelte sie meine groben Skizzen in die Karten und Diagramme, die in dem Buch enthalten sind, und formatierte die Druckausgabe. Sie ist eine gute Freundin, ein Mensch mit zahlreichen Talenten und eine wahre Kameradin. Danke, Quinn.

Besonderer Dank gilt auch Ruth Nestvold, meiner Partnerin für die deutsche Ausgabe, und ihrem Ehemann Chris, der die abschließende Lektorarbeit der deutschsprachigen Ausgaben übernimmt.

Beim Schreiben lasse ich mich von vielen Quellen

inspirieren. Zwei Phrasen in der Geschichte habe ich aus Liedertexten entlehnt. In Kapitel eins erinnert sich Halfdan an die letzten Worte von Genevieve, als sie sich in Paris trennten. Ihr Wunsch, ihre Liebe vor Wind und Wellen zu schützen, habe ich aus dem Lied "Nostalgia" von Emily Barker. In Kapitel elf, als Hastein Herigar sagt, "wenn ich sterbe, will ich es auf jeden Fall mit ungebundenen Armen tun", sind seine Worte vom Lied "This Is Why We Fight" von The Decemberists inspiriert.

Zu guter Letzt möchte ich mich bei allen treuen Fans der Serie bedanken. Sie haben nicht nur ihren Freunden und Verwandten die Bücher empfohlen und eine Mundpropaganda geschaffen, die die Serie am Leben erhalten hat, sie haben mir auch oft mitgeteilt, wie sehr sie die Geschichte mögen und sich nach mehr sehnen. Mein Dank an alle, die sich die Mühe gemacht haben, mich zu kontaktieren und mir zu sagen, wie etwas in Halfdans Geschichte sie berührt oder bewegt hat, und an diejenigen, die mir geschrieben haben, um mir zu danken, dass ich ihnen Hinweise über Aspekte das Leben ihrer Vorfahren gegeben habe. Sie alle haben dazu beigetragen, meinen Glauben an diese Reise am Leben zu erhalten. Sie sind der Grund, weshalb ich schreibe.

Judson Roberts

www.ingramcontent.com/pod-product-compliance
Lightning Source LLC
Chambersburg PA
CBHW030924020726
47498CB00001B/95